1974

W

1974
Wij waren de besten

Auke Kok

2006
Thomas Rap Amsterdam

Voor Lin, Lisa en Dido – de drie beste meisjes ter wereld

Deze uitgave kwam mede tot stand met steun van
Het Fonds voor Bijzondere Journalistieke Projecten

Inhoud

1. *Feestdag*

Tegen halftwaalf in de ochtend ging de deur van de Boeing 707 open, een straal licht gleed over de hoofden van de passagiers in het gangpad. De helden schuifelden naar voren en enigszins gebogen draaiden ze één voor één naar links, naar het licht, een vriendelijk knikje voor de stewardess van Transavia en door het gat van de deur naar buiten. De voetballers en begeleiders rechtten hun rug. Eentje deed snel een zonnebril op, als om aan te geven dat hij er weinig van verwachtte. Of misschien vond hij de plechtigheden van deze dag nu al te veel van het goede.

De meesten waren sceptisch geweest over de ontvangst die hun op deze zonnige maandag in juli te wachten stond. Je weet toch hoe de Nederlanders zijn, hadden ze hoog in de lucht tussen München en Schiphol geantwoord op vragen van een televisieverslaggever; en dan helemaal die Amsterdammers, altijd kritisch doen, altijd iets te klagen.

Nog onwennig in het volle daglicht namen de eersten, coach Rinus Michels en aanvoerder Johan Cruijff, het schouwspel in zich op. Achter hen klonk het: 'Ach, kijk nou,' en: 'Jeetjemina.'

Er waren niet zomaar wat mensen naar Schiphol gekomen om het Nederlands elftal te verwelkomen, ze waren met z'n duizenden. Als een mierenhoop had de menigte zich over het betonnen en metalen landschap van het vliegveld verspreid. Overal waar je keek stonden mensen, op de mobiele trap waarlangs de voetballers zich omlaag moesten zien te wringen, op het bevestigingsmaterieel van vliegveldwagens, achter de hekken, op de balkons, op het dak, en ze klapten en ze juichten en ze toeterden en ze hielden spandoeken omhoog en ze zongen *Het lied van de Zilvervloot*, ze zwaaiden met de Nederlandse vlag.

Op de trap zei iemand: 'Kom op jongens, zwaaien.' Ze zwaaiden, en zodra ze de trap waren afgedaald en ze voor het eerst sinds 25 dagen weer op vaderlandse bodem stonden, kregen ze door in lichtoranje mantelpakjes en witte handschoentjes gestoken bloemenmeisjes enorme lauwerkransen omgehangen, kusje links, kusje rechts, kusje links. Een vliegveldnotabele met een dure zonnebril verordonneerde aanvoerder Johan Cruijff dat hij zijn teamgenoten langs alle rijen fans moest sturen. Daar waren de mensen tenslotte voor gekomen, zei hij met een kakstem. Maar Cruijff had net wekenlang op zijn manier de wereld geregeerd en antwoordde botweg dat dat overdreven was – het gebeurde niet. Het was of de koninginnedag-achtige blijdschap op het vliegveld nog niet helemaal tot 's werelds meest bejubelde voetballer was doorgedrongen. Wat afstandelijk, op een kregelige manier afwachtend keek hij om zich heen, de lange haren omringd door de wuivende lintjes die vastzaten aan het groen van zijn krans.

De spelers en begeleiders en KNVB-officials liepen naar de aankomsthal, onderwijl zwaaiend naar de duizenden die zich achter de hekken verdrongen in de hoop een glimp op te vangen van wat toen al bekend stond als een Bijzondere Generatie. Ergens in de achterhoede, haast verborgen, liep Jan Jongbloed. De festiviteiten die hem te wachten stonden, hoefden voor hem niet zo erg. Op het eerste gezicht was dat een merkwaardige houding. Anderen zouden – als zij konden bogen op zijn recente prestaties – naar deze dag hebben uitgezien. Breeduit triomferend de trap afstuiven, iedereen een handje geven van 's morgens vroeg tot 's avonds laat, dat zouden ze gedaan hebben, en aan het einde van de dag hadden ze onder dwang thuisgebracht moeten worden want het liefste waren ze nooit meer opgehouden met blij zijn over zichzelf en het iedereen willen vertellen.

Zo niet Jan Jongbloed. Toch was de afgelopen maand voor hem een sportief sprookje geweest. Op die manier was hij in de buitenlandse pers beschreven, als een sprookjesprins, een oudere en tegelijk nauwelijks ervaren international die nergens op had gerekend en die op haast bizarre wijze de show had gestolen op het belangrijkste voetbalpodium denkbaar, de jongensdroom van Rio tot Tokio, de wereldkampioenschappen voetbal van 1974 in West-Duitsland. In tal van beschouwingen over de *Dutch Caroussel*, *Naranja Mecánica*, *Clockwork Orange* of hoe het wervelende spel van de Nederlanders ook betiteld werd, kwam hij voor: Jan Jongbloed, sigarenwinkelier tussen de superprofs. Miljoenen in en buiten Nederland hadden zich laten verrassen door de avontuurlijke en dikwijls agressieve aanvalskracht van Oranje – en van dit elftal was Jongbloed, de meevoetballende doelman, de *flying Dutchman*, een opzienbarende pion geweest. Een *no name* in mei, een fenomeen in juli. Zo snel kon dat gaan in de snelkookpan van een toernooi dat met 1,8 miljoen stadionbezoekers en een miljard tv-kijkers de belangstellingsrecords had gebroken.

Maar Jan Jongbloed had er inmiddels voldoende van genoten. Het lange verblijf van huis was voor hem een lijdensweg geweest – sociaal gezien dan. Het was volkomen nieuw voor hem geweest. De eerste keer dat hij zich in mei had gemeld op het KNVB Sportcentrum in Zeist, had hij een tas vol sportkleren en handdoeken van huis meegenomen; zo had hij dat de laatste keer dat hij opgeroepen was voor het Nederlands elftal, in 1962, ook gedaan. Van de internationaal meer gelouterde collega-keeper Piet Schrijvers moest hij horen dat zulke dingen inmiddels door anderen werden verzorgd. Al tien dagen na de start van het trainingskamp, op zaterdag 1 juni, had Jongbloed tijdens zijn verblijf in zijn dagboek geschreven: 'Meeste jongens (in 't bijzonder ik) zijn blij als ze na de wedstrijd naar huis mogen.'

Nu pas kwam het er definitief van. Jongbloed was moe. En dat niet alleen, hij was mager. Op 21 mei had hij zich in Zeist gemeld als een onbevangen keeper van 73 kilo. Voor een lengte van één meter tachtig was dat al niet bijster veel. Nu, zeven weken later, kwam hij terug als de 'wereldkampioen uitlopen', zoals de West-Duitse commentator hem de vorige dag nog had geprezen tijdens de zinderende finale in München – maar wel met een gewicht van amper 69 kilo. De afslanking was geen gevolg geweest van dodelijk vermoeiende trainingen, of van welke fysieke toestand dan ook, maar van spanningen. De dagelijkse verplichtingen in Duitsland hadden hem aangevreten. Je steeds maar weer oppeppen voor een wedstrijd, de sleur van het trainen, journalisten in je nek, camera voor je snufferd, videootje bekijken van alweer een nieuwe tegenstander, voorbespreking, nabespreking, het ijzeren ritme van gezamenlijke maaltijden en altijd maar praten over voetbal: het was hem halverwege het toernooi in West-Duitsland al de keel uitgekomen. En hoe aardig het allemaal ook was bedoeld: op feest en drukte zat hij niet te wachten. Hij verlangde naar Dini en de kinderen.

Van Schiphol ging het met de bus naar het Olympisch Stadion. De bus werd voorafgegaan door politie op motoren, er klonken sirenes, overal langs de weg stonden mensen met bloemen. Op het parkeerterrein van het Stadionplein stapten de voetballers over in open auto's, Mercedessen met leren bekleding. Ze reden de Overtoom op, bij het einde linksaf, onder een wolk van papiersnippers die KRO-verslaggever Hans van Willigenburg de kreten 'New Yorkse toestanden!' en '*tickertape parade*!' ontlokte, een enthousiasme dat hem de volgende ochtend op een reprimande van de (linkse) *Volkskrant* kwam te staan; dan meteen rechtsaf de brug over, weer rechts de Marnixstraat in, om dan uit te komen bij de zij-ingang van de Stadsschouwburg.

Pas toen ze de trap opgegaan waren, door de openslaande deuren het balkon opgestapt, pas toen, om kwart voor één in de middag, zagen Johan Cruijff en al die andere voetballers in volle glorie wat zij in West-Duitsland hadden aangericht. Ze hadden een volk gek gemaakt. Dat zij tienduizenden supporters naar Duitse stadions hadden gelokt, was hun natuurlijk niet ontgaan; menig stadion was tijdens opvoeringen van het Nederlandse Totaalvoetbal oranje gekleurd. Maar dat zij naar de mening van miljoenen iets bijzonders hadden verricht, een wonder, een voetbaldelirium, dat beseften zij pas bij de aanblik van de menigte die hen vanaf het Leidseplein luidkeels toezong.

Hol-land wint de wereldcup
Holland wint de wereldcup
Holland wint de wéreldcup
La-lala-la-la-la.

Het tafereel, de ongewone uitbundigheid, deed denken aan de Coolsingel in 1970, nadat Feyenoord als eerste Nederlandse club de Europacup had gewonnen. Al kon er toen werkelijk een beker worden getoond en waren de verbazing en de opkomst nog groter. De belangrijkste speler van toen, Feyenoorder Willem van Hanegem, werd op het balkon op de schouders getild, evenals coach Rinus Michels. Aanvaller Johnny Rep en verdediger Wim Suurbier – twee van de voetballers die tijdens het wereldkampioenschap het beste uit zich naar boven hadden gehaald – deden hun KNVB-stropdassen af en gooiden ze naar beneden. Rinus Michels stond bekend als een zwijgzame, zelfs ondoorgrondelijke man, een sfinx, een bul, een dictator, een generaal, maar hier stond hij breeduit lachend te wuiven naar de aanbidders beneden hem. Er werd gezwaaid met rood-wit-blauw, op een platform onder het schouwburgbalkon speelde een orkestje alle coupletten van *De Zilvervloot*, en *Hup, Holland hup (laat de leeuw niet in zijn hempie staan)*.

Voor de massa op het Leidseplein zelf was haar aanwezigheid stukken minder verrassend dan voor de spelers. Iedereen in Nederland wist van de gekte tijdens het WK, maar de ware omvang van de belangstelling was aan de spelers en begeleiders voorbijgegaan. Oké, *De Telegraaf* was dan al die tijd in het Duitse spelershotel bezorgd – iedere dag door een jongen op een brommer – maar de nieuwsreportage was nog geen gebruikelijke vorm in de dagbladen. Daardoor was het tijdens het WK onvoldoende tot de spelers doorgedrongen dat de Nederlandse bevolking op speeluren van Oranje massaal voor de televisie had gezeten. Als Cruijff en Van Hanegem de bal aan het rollen brachten, viel het land stil. Mensen namen vrij van hun werk, winkels sloten hun deuren omdat het 'geen enkele zin had de zaak tot zes uur open te houden', zoals een winkelier in de Amsterdamse Kalverstraat uitlegde: 'Behalve buitenlanders komt niemand iets kopen'. Buitenlanders waren toeristen, in 1974.

Nederland was blank, met een sterke hang naar gezellig en informeel, en de welvaart schoot omhoog. Minister van Financiën Wim Duisenberg prees zich gelukkig met het laagste financieringstekort in tien jaar. Premier Den Uyl noemde de financieel-economische situatie, gezien Duisenbergs voorjaarsnota, 'zonnig en gezond'. Den Uyl had het volk de woorden uit de mond gehaald. Het was bij de start van het WK naar de winkel gerend om – naar verhouding dure – kleurentelevisies aan te schaffen. In 1974 keken de meesten nog naar zwart-witbeelden. Voor aanvang van de eerste wedstrijd van het Nederlands elftal waren 125.000 kleurentoestellen over de toonbank gegaan. Winkeliers constateerden een verkoop die twee tot drie keer zo hoog was als de vorige zomer. 'Hier kun je zien dat oranje in Duitsland feller is – op 'n Blaupunkt kleurentelevisie', stond in etalages te lezen. Ineens was de kwaliteit veel belangrijker dan de prijs. Tallozen werden teleurgesteld, want geconfronteerd met een leeg magazijn. Dagelijks reden extra vrachtwagens door het land om de winkels te bevoorraden. Antennes werden grootscheeps verkocht, hoe hoger hoe beter want dan kon je ook Duitsland ontvangen. Kabelsignalen waren er nog niet. 'Meestal krijg ik op vaderdag sokken of een stropdas,' zei een blije vader op de televisie, 'deze keer een Duitsland-antenne.' Ook draagbare televisies deden het veel beter dan in andere zomers. Op de camping en op het strand schaarden de mensen zich rond het toestel om ondanks het mooie weer niets te hoeven missen van de pogingen van Nederland om de wereldtitel te veroveren.

Wat was het land stil tijdens de finale, schreven de kranten op de ochtend van maandag 8 juli; stiller dan ooit sinds de oorlog, leek het wel. De vergelijking had zich opgedrongen met de autoloze zondagen van het jaar ervoor, waarop alle Nederlanders met uitzondering van politie, ziekenvervoer en de brandweer hun auto's moesten laten staan als antwoord op de olieboycot die Arabische landen Nederland hadden opgelegd.

Op een van die tien autoloze zondagen, in november 1973, had Oranje zich in een spijkerhard en zenuwslopend treffen met de Belgen gekwalificeerd voor de eindronde van het wereldkampioenschap. Nu, op 7 juli 1974, was het nog stiller geweest, opnieuw vrijwel autoloos, bovendien hoegenaamd fietsloos, steploos, driewielerloos, maar dan vrijwillig want iedereen zat binnen voor de televisie. Op gewoonlijk drukke pleinen zoals het Vredenburg in Utrecht signaleerde een verslaggever om vijf over vier in de middag, vlak na het begin van de finalewedstrijd, slechts 'twee gehelmde motorrijders, een meisje met rood haar en een paarse cape en drie Surinamers die op de schaars rijdende bus staan te wachten; verder is het plein leeg'. De snelweg Utrecht-Rotterdam was hoegenaamd verlaten, in tram op de Coolsingel zat één passagier, een vrouw. In De Kaap, de hoerenbuurt van Rotterdam, liep geen klandizie en aangezien niemand zich meldde voor de loketten van bioscoop De Lantaarn ging het luik omlaag. Artis in Amsterdam telde 23 bezoekers. Algemene indruk van Amsterdam: 's nachts om drie uur is het drukker.

De rondrit begon gelijk in de Marnixstraat. De helden namen plaats op de ruggen van hun Mercedesstoelen en zij wuifden naar de mensen langs de weg. Het eerstvolgende doel was Huis ten Bosch, het paleis waar Juliana op maandag ministers en staatssecretarissen ontving. De gastvrouw was niet iemand tegen wie werd opgekeken. 'De koningin laat mij volkomen koud,' had middenvelder Willem van Hanegem – dubbele kralenketting achter openstaande, wijde kragen – in het vliegtuig op weg naar Schiphol verkondigd. Zijn enige ambitie was geweest de beste van de hele wereld te worden, verder interesseerde zo'n Juliana, hoe lief verder ook, hem 'geen zier': 'Iedereen is voor mij gelijk.' Zijn beste vriend was een bloemenkoopman uit Leiden, zei hij altijd, iets waarmee bekende Nederlanders als Van Hanegem en zijn vrouw Truus – na een jeugd vol armoe altijd heel gewoon gebleven – duidelijk goede sier maakten. De Van Hanegems leken het te menen, en het werd gretig genoteerd.

Begin jaren zeventig was iedereen veel gelijker dan daarvoor of daarna, leek het wel, of men deed in ieder geval graag alsof. Het kabinet-Den Uyl had gelijkheid tot beleidsvoornemen verheven ('spreiding van macht, kennis en inkomen') en op een bepaalde manier sloot dat aan bij de politieke houding van de profvoetballers – voor zover daarvan sprake was. Meer dan in andere perioden werd politieke voorkeur interessant gevonden, zelfs in interviews met profvoetballers werd er nogal eens naar gevraagd. Wim Suurbier had één keer in zijn leven gestemd, zei hij, op de pacifistische PSP, omdat het vredesdenken hem aansprak (wat bepaald vloekte met zijn reputatie als verdediger die het geweld niet schuwde). Piet Keizer las boeken over de vrijheidsstrijd in Zuid-Amerika en hij stemde op D'66. Als Keizers ploeggenoot Barry Hulshoff – volgens vele deskundigen een der beste voorstoppers ter wereld – niet geblesseerd was geweest, had hij het politieke gemiddelde van de Oranjeselectie stellig verder verlinkst; de lange en humanistisch ingestelde verdediger was openlijk criticaster van, zoals hij het noemde, het 'rechtse voetbalbedrijf' waarin hij alleen maar werkzaam was uit liefde voor het spel. Voor zover Van Hanegem stemde was dat PvdA (moest van zijn vrouw Truus, die uit een sociaal-democratisch nest kwam), daarnaast voelde hij sympathie voor de communist Marcus Bakker, een man die tenminste zei waar het op stond.

Jan Jongbloed stemde daadwerkelijk altijd op Bakkers CPN; zijn vader was lid. Daar was Jan nooit om uitgelachen, bij hem in Amsterdam-West was een lidmaatschap van de communistische partij in de naoorlogse periode heel gewoon geweest. Jij had niks, de buren hadden niks en je hoopte dat de communistische partij de wereld rechtvaardiger zou maken.

Statusverschillen leken er eventjes niet toe te doen. De vorige avond hadden de spelers nog een dolletje gemaakt met Juliana's schoonzoon Pieter van Vollenhoven. Tijdens het afscheidsbanket in het Hilton Hotel in München had de echtgenoot van prinses Margriet uitdagend met broodjes en ballen gehakt gegooid. Reservekeeper Eddy Treytel wierp een witte leren voetbal, waarop Van Vollenhoven spelershandtekeningen had verzameld, zijn richting op met een luid en duidelijk: 'Hier Pieter, vangen!' Een vorm van baldadigheid, waarschijnlijk ook bedoeld als blijk van gelijkwaardigheid, maar alle aanwezigen konden zich het voorvalletje tientallen jaren later nog herinneren, zoveel indruk maakte het.

Diezelfde avond was prins Bernhard op Johan Cruijff toegelopen met de vraag hoe de koningin hem het beste kon benaderen. Juliana was bang dat een telegram hem niet zou bereiken, een vrees die Cruijff alleen maar kon bevestigen. Dus bracht de prins-gemaal de gelukwensen van zijn vrouw mondeling over. Cruijff moest weten, zei hij, dat de koningin tijdens de finale zeer in spanning had gezeten. De jonge journalisten Frits Barend en Henk van Dorp luisterden aandachtig mee – zij hadden zichzelf onder valse voorwendselen naar binnen weten te smokkelen. Eerst hadden zij een plekje in de bus bemachtigd, waarmee de Nederlandse regering en een aantal genodigden zich naar het hotel hadden begeven. Het plekje was vrijgevallen omdat Cor Coster, de schoonvader van Johan Cruijff, besloten had niet mee te gaan. Barend en Van Dorp waren Coster na afloop van de finale tegen het lijf gelopen. Coster liep te vloeken en te tieren: over zijn schoonzoon die niet goed had gespeeld in de finale, en over een hooglopende ruzie tussen Johan en zijn dochter Danny. 'Coster had verschrikkelijk de pest in,' zei Frits Barend. 'Hij wilde gelijk naar huis. Dat banket kon hem gestolen worden.'

In de bus op weg naar het banket in München verzonnen Barend en

Van Dorp een list met een ludiek randje. Als er bij de toegang lastige vragen zouden worden gesteld, zouden zij zich voordoen als opvolgers van staatssecretaris Jo Hendriks, die zogenaamd was afgetreden in verband met de ontruiming van Dennendal. De voorafgaande woensdag, op 3 juli, had de politie deze zwakzinnigeninrichting in Den Dolder met machtsvertoon – en onder luide protesten – leeggehaald. De experimentele manier waarop daar zorg werd verleend – verplegers die min of meer samenwoonden met hun patiënten – had tot een nationaal debat geleid, tot almaar scherpere standpunten en uiteindelijk tot beëindiging van de praktijk. De staatssecretaris was niet afgetreden, al scheelde het weinig, maar dat wisten de Duitsers toch niet. Voor de langharige, gebaarde, shagrokende vernieuwers van Dennendal vormde de ontruiming een geweldige desillusie. Hun ideaal van een nieuwe samenleving, waarin gekken evenwaardig zouden zijn aan anderen, werd letterlijk ruw verstoord. Net als bij de rellen in de Amsterdamse Nieuwmarktbuurt, omtrent de aanleg van een metrolijn, uitten de protesterenden hun bezwaren dikwijls in jargon uit de bezettingstijd – ongeveer zoals vele Nederlanders de gebeurtenissen in de finale hadden beschreven.

Barend en Van Dorp slaagden er gemakkelijk in het hotel binnen te gaan, ondanks hun leren jacks, waarmee zij er toch weinig ministeriabel uitzagen. Paradoxaal genoeg had staatssecretaris Jan Schaefer met zijn onafscheidelijke geblokte overhemd en leren vestje wel grote moeite te mogen aanschuiven. De hotelmedewerkers konden zich niet voorstellen dat een Nederlandse bewindsman er zo uitzag en weigerden hem de toegang. 'Onze toenmalige ambassadeur in Bonn heeft hemel en aarde moeten bewegen om de deur voor Schaefer alsnog open te krijgen,' herinnerde ex-minister Dries van Agt zich.

Enkele uren eerder, iets na zessen, was Pieter van Vollenhoven – samen met prins Bernhard en Joop den Uyl – de kleedkamer van de Nederlandse internationals binnengelopen, vlak na de wedstrijd tegen West-Duitsland. 'Zo blote rakkers,' hoorden journalisten hem zeggen, 'mag hier gerookt worden?' En, na Michels' goedkeuring: 'Heb jij of een van de spelers dan misschien een sigaret voor me?'

Juist omdat de Nederlandse en Duitse voetballers op geen enkele manier opkeken tegen gezagsdragers, in ieder geval veel minder dan hun voorgangers, zaten de twee succesvolste ploegen van het WK er op de avond van het afsluitende FIFA-feestbanket het chagrijnigst bij. Als blijk van weerzin tegen het samenzijn met officials had de Duitse spelersbus onderweg van het Olympiastadion naar het Hilton Hotel aan het Tucherpark blauw gestaan van de sigarenrook. Tussen de Duitse en Nederlandse tafels stonden die van hun bondsbestuurders en andere hoogwaardigheidsbekleders. Met hen wensten de voetbalsterren niet aan te pappen. Zij wilden na zeven weken van afzien, afzondering, sleur en conflicten naar huis, of de kroeg in, of wat dan ook, alles liever dan die bondsofficials met hun blazers en gezwollen babbels aan hun grote ronde tafels onder hangende bloembakken in de vorm van gehalveerde voetballen.

In de foyer maakten enkele Duitse spelers ruzie met hotelmanagers. De spelersvrouwen waren niet welkom, terwijl de voetballers wel vrouwen van bondsbestuurders zagen rondstappen. Het was een traditie van de wereldvoetbalbond, FIFA, om de vierjaarlijkse eindronde van een WK te beëindigen met een banket voor de medewerkers van de voetbalbonden en de vier beste ploegen – zonder echtgenotes. Dat had nooit voor problemen gezorgd, in 1962, 1966 noch in 1970, maar deze keer wel. Nu waren er voetballers die maling hadden aan protocol. Toen de binnengesmokkelde vrouw van de Duitse voetballer Uli Hoeness werd verzocht weg te gaan, begon haar man de functionaris uit te foeteren en hij verwijderde zich demonstratief met zijn vrouw uit de feestzaal. Teamgenoten volgden hem.

Korte tijd later, het feest was nog lang niet ten einde, maakten ook de Nederlandse voetballers Willem van Hanegem en Piet Keizer zich uit de voeten. Het verlangen naar gezellig doen met de Nederlandse kabinetsdelegatie – eerder die dag uit Nederland gearriveerd per regerings-Fellowship – was minimaal. Ze wilden naar hun eigen hotel, naar hun vrouwen. 'Ik zit hier al een uur te wachten op mijn eten,' mopperde doelman Jan Jongbloed om tien uur 's avonds tegen een radioverslaggever. 'Ik wil hier weg. De rest wil ook weg.'

Verscheidene Duitse voetballers hadden dermate afkeer gekregen van hun voetbalbond en de hele sfeer eromheen dat zij hun bondscoach Helmut Schön bekendmaakten dat zij nooit meer voor het nationale elftal wilden spelen. Onder hen – oudere – sterren als Wolfgang Overath, Gerd Müller en Jürgen Grabowski. Maar ook Sepp Maier – de doelman die tijdens dit WK de beste wedstrijden van zijn leven had gespeeld – kreeg ruzie met het gezag omdat hij het gewaagd had de Beierse premier bij de entree joviaal te begroeten.

Zo kon het gebeuren dat een jonge speler als Johan Neeskens de kennismaking met de vorstin in de tuin van Huis ten Bosch aangreep om haar te wijzen op de zijns inziens onrechtvaardige behandeling door de Nederlandse fiscus (hij betaalde 72 procent belasting). Het was Juliana zelf geweest die de 22-jarige Neeskens had willen ontmoeten, om hem te bedanken voor zijn geweldige spel in West-Duitsland. 'En waar is nu de benjamin, die ons gaat verlaten?' had zij aan Michels gevraagd. De vorstin, modern genoemd, want afkerig van protocol, was goed op de hoogte: tijdens het WK had Ajaxspeler Neeskens een miljoenencontract ondertekend dat hem bond aan Barcelona, een kwestie die pas na veel juridische rompslomp en discussies in de media was beslecht. 'Dat ben ik, majesteit,' zei de middenvelder volgens zijn autobiografie *Neeskens*, 'want het belastingklimaat is daar toch wat beter dan in Nederland.' In Spanje lonkte een fiscaal voetballerstarief van tien procent.

De vorstin – zij liep vrijuit met iedereen te kletsen, zij complimenteerde de voetballers met de weinige tegendoelpunten die zij hoefden te incasseren – was dat soort voetbalvrijpostigheden wel gewend. In 1971 had Johan Cruijff haar ook al eens fiscaal ter verantwoording willen roepen. Tijdens een ontvangst op paleis Soestdijk ter ere van Ajax' eerste winst van de Europacup, had de sterspeler gezegd: 'Majesteit, nu ik u toch heb, zou ik wel eens even met u over de belasting van voetballers willen praten. Want u bent de koningin en u kunt misschien wel iets voor ons regelen!' Zijn trainer Michels en zijn voorzitter Jaap van Praag waren proestend weggelopen. Voor Cruijff was het een kwestie van toeslaan als de mogelijkheid zich voordoet. 'Ik had nooit opgekeken tegen hoog, ook nooit neergekeken op laag,' zei Cruijff daarover tegen schrijver Jaap ter Haar. Juliana vond hij een lief en warm mens, vooral omdat ze zo gewoon was. 'We zijn allemaal maar mensen en ieder heeft zijn sores op zijn eigen vlak.'

De vorstin had 'meneer Cruijff' vriendelijk doorverwezen naar de minister van Financiën. Toen enkele spelers, onder wie Neeskens, even hun glaasje champagne hadden weggezet om een balletje te trappen met de kleinzoons van Juliana, kreeg de zesjarige Willem-Alexander de opdracht tegen zijn grootmoeder te zeggen dat de voetballers die avond bleven eten.

Van Huis ten Bosch reed de stoet naar het Catshuis. In de achtertuin zette de Koninklijke Militaire Kapel de mars *Koning Voetbal* in, en zoals te doen gebruikelijk begonnen enkelen een polonaise. Anderen sloten zich erbij aan, reservemiddenvelder Theo de Jong voorop, gevolgd door Rinus Michels en zijn blonde vrouw Wil, dan Joop den Uyl die zich vliegensvlug in de kopgroep had genesteld door de handen van reservekeeper Piet Schrijvers van de rug van Wil Michels weg te rukken en de zijne daarop te leggen. Wim Suurbier, altijd in voor een geintje, bemind door vrienden, gevreesd door zijn slachtoffers, sloeg de koperen bekkens tegen elkaar. Verderop werd een kringdans opgevoerd door spelers en hun vrouwen en allerhande officials.

Collectieve blijdschap in 1974 uitte zich al snel in een polonaise – dans der gelijken. De avond tevoren had vrijwel de voltallige sportredactie van *De Telegraaf* op deze wijze de voltooiing van de laatste maandagochtend-WK-bijlage luister bijgezet. Men was een naast de redactie gelegen etablissement ingegaan, men had gedronken en men was gaan hossen, een verwonderd toeristenechtpaar uit Frankrijk in de menselijke rups opnemend. Men hoorde het echtpaar roepen wat hier eigenlijk te vieren viel.

Hilariteit domineerde het Catshuis. Premier Den Uyl kreeg een militaire pet op zijn kalende schedel gedrukt, iedereen lachen, en de dirigent moest *Koning Voetbal* steeds weer hervatten want men wist van geen ophouden. De Nederlanders hadden 'wereldgeschiedenis' geschreven, meldde de minister-president in zijn spreekbeurt. Namens de koningin mocht hij coach Michels, assistent-coach Frantisek Fadrhonc, verzorger Pierre van der Akker en aanvoerder Cruijff ridderen in de Orde van Oranje Nassau. Michels, zei Den Uyl met gebalde vuist, had de zaak beetgepakt, wetend dat het moeilijk was, maar hij stónd ervoor. Cruijff – alweer een vuist – was ook al een vent die voor zijn zaak stond, die lol had in het voetbal, die er hard voor werkte en bewondering verdiende; in hem bedankte Juliana alle spelers.

'Vanaf de aankomst op Schiphol en alle festiviteiten daarna denk je, hé, we schijnen toch meer losgemaakt te hebben dan we ooit zelf beseft hebben,' zei Michels in de microfoon. En inderdaad – nog diezelfde middag stonden zijn vermoeide discipelen te zwaaien naar tienduizend mensen bij het Haagse Congrescentrum en naar vijftigduizend mensen op de Coolsingel in Rotterdam. Het feesten duurde de hele dag door – het programma dat drie dagen eerder in elkaar was gestoken voor het geval Nederland wereldkampioen zou worden, werd volledig afgewerkt. Ook in Den Haag en Rotterdam weinig ontzag voor de autoriteiten. De Haagse burgemeester Victor Marijnen, voormalig premier, voornaam KVP'er, moest zijn spreekbeurt staken omdat de mensen almaar Nééééskens, Nééééskens bleven roepen. De spelers en begeleiders stonden erbij te grinniken, Marijnen gaf het op. De burgerzaal van het Rotterdamse stadhuis werd in polonaise betreden. Daarna gingen alle spelers ten overstaan van de menigte op de schouders. De lauwerkransen daalden van het balkon neer op de mensenmassa, een dag vol feestgedruis kwam ten einde.

Het was halfnegen in de avond toen Jan Jongbloed thuiskwam in Amsterdam-West, een gewone straat voor gewone mensen, waar iedereen elkaar kende en waar klanten zijn nabijgelegen sigarenwinkel de afgelopen maand vaker hadden bezocht dan ooit tevoren, zo trots was de Kinkerbuurt op Onze Jan geweest. Ondanks zijn succesvolle optreden had Jongbloed besloten geen handtekening te zetten onder het aantrekkelijke contract dat Ajax hem tijdens het WK had voorgelegd. Twee keer per dag trainen in een sfeer van duurdoenerij en dan verder maar wat rondhangen, het leek hem niks. Hij wilde geen volledige beroepsvoetballer worden, maar half winkelier, half *professional* blijven, wonend en werkend tussen de mensen die net zo Amsterdams praatten als hijzelf, die van een grapje hielden, het leven niet overdreven serieus namen.

Bij zijn *kluppie* FC Amsterdam (voorheen DWS) voelde hij zich op zijn gemak. Het was een club van weinig pretenties en veel kwajongensstreken in de kleedkamer, en tussen de trainingen snel naar huis voor een warme maaltijd. Zijn jaarsalaris van vijftienduizend gulden drukte slechts in bescheiden mate op de begroting van de club – het idee stemde hem tevreden. Een sociaal mens, Jan Jongbloed, uitzondering in een wereld die in een hoog tempo verzakelijkte; vreemde keeper, volkse grappenmaker die twee maanden tevoren nog had gevreesd dat Michels hem alleen maar voor Oranje had opgeroepen om de sfeer in de selectie op peil te houden.

Voor het eerst in zijn carrière vond de al 33-jarige doelman dat zijn kwaliteiten op waarde waren geschat – en dat terwijl sommigen in zijn omgeving al een tijdje speculeerden over zijn afscheid van het betaalde voetbal. Het toernooi – *zijn* toernooi – was één lange neus naar zijn critici geweest. Opgelucht was hij, dun, en doodop. Hij bedacht dat hij sinds zes uur in de ochtend bezig was geweest met 'reizen, huldigen en zwaaien naar de mensen'. En dat terwijl hij pas om twee uur naar bed was gegaan, omdat hij en zijn medespelers en alle begeleiders na de finale nog feest hadden gevierd in het spelershotel even buiten München. 'Ik ben op en blij dat het afgelopen is,' besloot hij zijn dagboek. 'De groeten van J.J.'

Op dinsdag 9 juli hernam het leven zijn normale tred. Hoewel, normaal, de meeste spelers stonden in hun woonplaatsen nog huldigingen te wachten. Zo ook Jongbloed. De dinsdag was voor hem een heilige visdag: eenzaam wiegend op een bootje tussen het riet, turend naar zijn dobber in het water, dan kwam hij tot zichzelf. Hij wilde ook wel eens helemaal niets om zich heen horen. Na alle WK-drukte van de afgelopen weken verlangde hij er nog meer naar dan anders. Het kwam er niet van. Jan en zijn vrouw Dini werden dinsdag door de Spaarndammer- en Kinkerbuurt rondgereden in een ouderwetse brandweerauto, overal zwaaiende mensen. De rit eindigde op het veld van het Olympisch Stadion, thuishaven van zijn club FC Amsterdam. Daar waren toespraken, Johnny Kraaykamp en Ria Verda traden op. Het echtpaar kreeg cadeaus, waaronder een tuinameublement, en er was speciale aandacht voor Dini én voor haar moeder, die de afgelopen maand zo fijn had meegeholpen in de zaak.

Opvallend was verder dat artikelen die verband hielden met Oranjes WK-avonturen geweldig bleven lopen. De vraag overdonderde de verkopers. Groothandelaren hadden aan de winkeliers verzocht de overtollige partijen met oranje WK-shirts terug te sturen, maar er werd niets geretourneerd, alles werd verkocht. Een drukker vreesde zijn munten met daarop 'Nederland wereldkampioen' te moeten omsmelten, met verlies van tienduizenden guldens, maar, zei hij verbaasd tegen het NOS Journaal, ze liepen als warme broodjes. Kennelijk vonden veel Nederlanders het fijn zichzelf of een ander tegen betaling van 75 gulden te verblijden met zo'n blikkerig geval, aan de ene kant zes handen die reikten naar de felbegeerde beker, aan de andere kant de Nederlandse leeuw die tegen een bal schopt. Ook de grammofoonplaten met de Nederlandse hoogtepunten van het wereldkampioenschap vlogen de winkels uit. De populaire zanger Willy Alberti, misschien wel de bekendste grammofoonplatenwinkelier van het land, hing ontspannen over zijn toonbank aan het Osdorperplein toen hij uitlegde hoe dat kwam: 'Voor de mensen was Nederland toch het beste,' zei hij. 'De buitenlandse pers schrijft dat ook, en dat is toch waar het om gaat.'

2. *Het vertrek*

Vreemd, dacht Arie Haan in de bus naar Duitsland – vreemd dat er zo weinig belangstelling voor ons is. Arie Haan was middenvelder bij Ajax en met die club had hij begin jaren zeventig bergen aandacht gekregen, zo niet bewondering en verafgoding, in binnen- en buitenland, maar het leek wel of dat allemaal verdampte zodra het rood-wit van Ajax werd vervangen door oranje. De vele internationale prijzen die Haan de voorafgaande jaren met Ajax had gewonnen, en dan vooral de manier waarop, hadden Haan en de zijnen een jaloersmakende status verschaft – die van ster. Liefhebbers en deskundigen uit alle windstreken beschouwden het spel van Ajax als inspirerend, als artistiek zelfs, een swingend orkest met Johan Cruijff als dirigent. Een Nieuwe Manier van Voetballen werd het genoemd.

Ajax – niet het Nederlands elftal – was synoniem aan avontuur, onoverwinnelijkheid, jongensachtigheid, glamour. Met hun lange haar en bakkebaarden leken ze op een rock-'n-rollband, opstandig en gevat en brutaal, aantrekkelijk voor meisjes. De jonge Ajacied en Oranjeaanvaller Johnny Rep was de eerste voetballer met een meisjesfanclub. Hoewel Arie Haan in het veelbezongen 'totaalvoetbal' van Ajax slechts 'waterdrager' was, iemand die moest werken om anderen te laten schitteren (en daarnaast was hij niet eens moeders mooiste), daalde toch heel wat van het sterrenpoeder op deze 25-jarige metaalbewerkerszoon uit Winschoten neer. Als om zijn uitstraling van eigentijdse popheld te onderstrepen, bevond zich ergens onder in de kofferruimte van de touringcar op weg naar West-Duitsland een complete stereo-installatie. Hij had zijn spullen van huis meegenomen om er zeker van te zijn dat hij zijn eigen grammofoonplaten dagelijks kon beluisteren. Popmuziek vond hij belangrijk, en hij was niet de enige van zijn generatie.

In het gezelschap dat op woensdagmiddag 12 juni vanuit Zeist de snelweg naar Arnhem en Oberhausen opreed, vormden de Ajacieden de meest dominante kliek – maar in Oranje bleef van hun goddelijke status weinig over. Ondanks de vele publiciteit die Oranje de maanden voorafgaande aan het WK had gekregen, maakte het Nederlandse volk de indruk dat het zijn schouders ophaalde voor Oranjes gang naar het eindtoernooi. 'Zo weinig als het lééft,' had Arie Haan zijn verbazing zeventien dagen eerder tegenover journalisten geventileerd. 'Als ik door Amsterdam loop en ik begin over de wedstrijd tegen Argentinië, dan weten ze niet waar ik het over heb. De KNVB moet echt meer aan *public relations* doen.'

De wedstrijd tegen Argentinië, een oefeninterland, vond plaats op 26 mei voor twintigduizend toeschouwers – in het Olympisch Stadion in Amsterdam, waar drie keer zoveel mensen in konden. De magere belangstelling was het gevolg van het weinige vertrouwen dat de voetballiefhebbers in Oranje legden. Vier dagen eerder trok het eveneens vriendschappelijke duel Engeland-Argentinië zeventigduizend toeschouwers naar Wembley, terwijl Engeland zich niet eens had geplaatst voor de WK-eindronde. Het Engelse team had zijn fans teleurgesteld en toch waren ze gekomen, voor een wedstrijd zonder belang.

Tussen de houding van de Britse en de Hollandse fans zat een lichtjaar verschil. Oranje had geen legioen, er was geen band, geen geschiedenis van beloften die werden ingevuld. Wat moest je ook verwachten van een nationaal elftal dat zich voor het EK'64 liet uitschakelen door de voetballende postbodes van Luxemburg? Van een voetbalbond die meende dat je de kwalificatie voor het WK'66 best kon volbrengen met een parttime-bondscoach (Dennis Neville)?

Er was hoogstens een publiek dat af en toe eens ging kijken om te zien of het nu eindelijk eens iets worden zou. Sinds 1938, de laatste keer dat Nederland zich had weten te kwalificeren voor een eindronde, was het antwoord telkens negatief geweest. De ranglijst van Nederlandse deelname aan WK- en EK-eindronden was tot 1974 om te huilen.

1930 WK in Uruguay: niet meegedaan.
1934 WK in Italië: in achtste finales uitgeschakeld door Zwitserland.
1938 WK in Frankrijk: in achtste finales uitgeschakeld door Tsjecho-Slowakije.

1950 WK in Brazilië: niet meegedaan.
1954 WK in Zwitserland: niet meegedaan.
1958 WK in Zweden: in voorronden uitgeschakeld.
1960 EK in Frankrijk: niet meegedaan.
1962 WK in Chili: in voorronden uitgeschakeld.
1964 EK in Spanje: uitgeschakeld door Luxemburg.
1966 WK in Engeland: in voorronden uitgeschakeld.
1968 EK in Italië: in voorronden uitgeschakeld.
1970 WK in Mexico: in voorronden uitgeschakeld.
1972 EK in België: in voorronden uitgeschakeld.

Een hele generatie voetballiefhebbers was opgegroeid met oranje als de kleur van verlies. En iedereen begreep dat die verliezersreputatie niets te maken had met gebrek aan kwaliteit; die was er altijd geweest. Sterker, gezien de beperkte omvang van het land hadden de bondscoaches sinds de oorlog – en zeker sinds de invoering van het betaalde voetbal in 1954 – altijd kunnen kiezen uit een opmerkelijke keur aan goede spelers. Nederland had een fantastische voetbalcultuur van opleidingen en accommodaties. De velden waren uitstekend en ook de fysieke en speltechnische bagage van de voetballers was ruim voldoende. Maar zodra de spelersbus de hekken van het KNVB Sportcentrum in Zeist uitreed, op papier het neusje van de zalm, het beste wat Nederland de voetbalsport kon bieden, was de ondergang nooit ver weg.

Dit verschil tussen theorie en praktijk was aan buitenlanders moeilijk uit te leggen. Van een afstand bekeken was Nederland een flinke voetbalnatie. Er waren maar weinig landen in de wereld met 960.000 clubvoetballers. Ter vergelijking: in de eerste poule in West-Duitsland moest Oranje het opnemen tegen Uruguay (102.000 clubvoetballers), Zweden (126.000) en Bulgarije (112.000). Zulke cijfers zeggen niet alles – in armere landen als Brazilië ontwikkelt veel talent zich in de informele sfeer van pleintjes, stegen en stranden. Maar ze geven op zijn minst aan dat Nederland bepaald geen klein voetballand was. Bovendien had het Nederlandse topvoetbal sinds midden jaren zestig een hoge vlucht genomen. Buitenlanders maakten een simpele rekensom: zij telden de wapenfeiten van Feyenoord (winst van Europacup I en wereldbeker in 1970) en Ajax (Europacup I in 1971, 1972 en 1973, wereldbeker in 1972) bij elkaar op. Een nationaal elftal dat was samengesteld uit de beste spelers van deze topteams – en dat in Johan Cruijff bovendien de Europese Voetballer van het Jaar 1973 in zijn midden had – was een superteam.

In Nederland zelf dachten de meesten bij het woord Oranje aan ruzies, tweespalt, achterklap, nederlagen. Als de gezaghebbende verslaggever van de *Sunday Times*, Brian Glanville, verkondigde dat Nederland voldoende kwaliteit had om in 1974 wereldkampioen te worden, wat hij al jaren deed, dan lachten de Nederlanders op de perstribune hem in zijn gezicht uit. Tegen deze reputatie viel geen pr te bedrijven, Haans oproep ten spijt.

Alleen winst en goed spel konden het beeld veranderen – en dan nog. In de door Haan gememoreerde wedstrijd tegen Argentinië, drie weken voor de start van het WK, speelde Oranje onder leiding van Johan Cruijff een prima partij. Het was de come-back van keeper Jan Jongbloed (tot dan bestond zijn interlandcarrière uit een halve wedstrijd tegen Denemarken in 1962) en het was vooral de terugkeer van een haast vergeten fenomeen: Oranje Geeft Groot Land Op De Broek. Argentinië, dat zich de woensdag ervoor op Wembley na een 2-0 achterstand nog knap had teruggevochten naar een 2-2 uitslag, werd in Amsterdam met 4-1 verslagen.

Nu en dan leek Oranjes spel op dat van Ajax aan het begin van de jaren zeventig. Dat werd als heel bijzonder beschouwd. Terwijl bijvoorbeeld het West-Duitse team regelmatig hogere niveaus haalde dan de topclubs (de beste spelers van de beste clubs speelden goed samen), was in Nederland normaal gesproken het tegenovergestelde het geval. Het probleem zat tussen de oren. 'De wil is er,' concludeerde Johan Cruijff in zijn column in *De Telegraaf*. Kennelijk was dat het vermelden waard, dat die wil er was; het stond er in vette letters boven. Twee maanden eerder al had Cruijff in zijn column onthuld: 'Ik heb er wel zin in.' In de meeste andere landen was die wil er altijd. Wie uitverkozen werd voor het nationale team, deed per definitie zijn stinkende best.

Hoofdredacteur Joop Niezen schreef in zijn weekblad *Voetbal International* dat Nederland weliswaar geen briljante wedstrijd had gespeeld tegen Argentinië, 'maar de aanzet tot het totaalvoetbal dat Ajax in haar beste tijd onder Michels speelde, zat er bij vlagen volledig in'. Niezen had schitterende goals gezien in een wedstrijd die perspectief bood: dit spel was volgens hem meer dan een uitschieter. Helaas voor Oranje geloofden de fans deze en andere loftuitingen niet, of ze beschouwden ze als een toeval, een misrekening, iets wat weer snel zou overgaan; alsof zij wisten dat de Argentijnse coach zijn spelers had opgedragen voorzichtig aan te doen, zich zo vlak voor het WK niet bloot te geven, waardoor het Oranje betrekkelijk eenvoudig werd gemaakt. In ieder geval gingen de fans nog tijdens de wedstrijd tegen Argentinië, zodra Oranje gas terugnam, over op geklap in een demonstratief, langzaam ritme. 'Komt er nog wat van', wilde deze *slow hand clap* zeggen – een blijk van afkeuren waaraan de profs een grote hekel hadden. Wij werken ons rot, mopperde Johan Cruijff in zijn *Nieuwe Revu*-dagboek, en wat kreeg je daar voor terug? 'Een publiek dat zich ijselijk stil houdt of dat irriterend gaat klappen. Daar jut je geen spelers mee op.'

En ondanks de positieve geluiden in de pers trokken tien dagen later opnieuw bijzonder weinig mensen naar De Kuip. 22.000 toeschouwers zagen Oranje slecht spelen en geen goals maken tegen de strak georganiseerde verdediging van Roemenië, 0-0. Bovendien trad Nederland in een compleet andere opstelling aan dan tegen Argentinië. Vier nieuwe spelers verschenen op het veld en van de zeven andere kregen verscheidene een taak in het elftal toebedeeld waarmee zij nauwelijks vertrouwd waren. Opvallend was dat linksbuiten Rob Rensenbrink op rechts was geposteerd (waar hij bij zijn club, Anderlecht, nooit speelde). Zo mogelijk nog opmerkelijker was de rol van middenvelder Arie Haan: hij speelde centraal in de verdediging. Zijn compaan in het centrum was aanvankelijk de Feyenoorder Wim Jansen, een middenvelder. In de rust werd Jansen vervangen door zijn Rotterdamse ploeggenoot Wim Rijsbergen, weliswaar een echte verdediger maar wel eentje die jong was en die pas in het afgelopen competitieseizoen een vaste plek had gekregen in het eerste team van Feyenoord. Toen Haan het veld opliep om tijdens de tweede helft – en voor het eerst in een serieuze interland – samen met Rijsbergen te spelen, jutte hij hem op: als het ging, zei hij, zouden zij wel eens de centrumverdedigers van Oranje kunnen worden.

Na afloop verkondigde Willem van Hanegem in de Rotterdamse perskamer dat Oranje de halve finale van het WK zou bereiken. De journalisten vonden dat wel een grappige opmerking. Onder het tijdelijke bewind van Rinus Michels leek het Nederlands elftal immers nog dezelfde duiventil als voorheen. Hoewel Michels al maanden in de media werd neergezet als een baken van rust en gezag in een zee van hectische onkunde, een vakman te midden van KNVB-prutsers, scandeerden de anders zo loyale Rotterdammers: 'Michels, ha-ha-ha.' En, met een laatdunkend citaat uit de kinderserie *Pipo de Clown*: 'Pipo, koeien!'

Johan Cruijff, wegens een blessure slechts toeschouwer, deed in zijn dagboek geen moeite zijn ergernis daarover te verbergen. 'Een paar maanden geleden heb ik tegen mezelf gezegd: ik ben benieuwd hoeveel mensen er naar onze oefenwedstrijden komen en hoe ze zullen meeleven. Ik had toen nog goede hoop dat er verandering in de houding van het Nederlandse publiek zou komen. Optimistisch was ik niet; dat ben ik nooit. Ik vind: je moet gewoon realist zijn. Maar achteraf moet ik stellen, dat ik nog veel te optimistisch ben geweest. Zo weinig publiek had ik nooit verwacht. In ieder geval had ik na de wedstrijd tegen Roemenië toch wel verwacht, dat ze de spelers het beste zouden wensen voor het komende wereldkampioenschap. Maar in plaats daarvan werden ze uitgefloten. Ik vraag me dan ook af: wat betekent zo'n wereldkampioenschap eigenlijk nog voor Nederland? Als je op die oefenwedstrijden moet afgaan, zou je zeggen: kennelijk niets.'

In de relatie voetballer-fan draait alles om identificatie, en gezegd moet worden dat Oranje al twintig jaar een rommeltje was waarmee liefhebbers zich moeilijk konden vereenzelvigen. Tussen 1954 en 1974 was het Nederlands elftal zelden meer dan een samenraapsel van goede voetballers geweest – een telkens wisselend gezelschap dat nooit een strijdbare eenheid vormde als de weerstand groot werd. Ook de poulewedstrijden, die tot deelname aan het WK'74 moesten leiden, leverden matig voetbal van Nederland op, waarbij ook de coaching – die qua weifelachtigheid en amateurisme inmiddels als typisch Hollands bekendstond – de boel niet opvrolijkte. 'Oranje valt door de mand', schreven de kranten na een nieuwe 'wanvertoning', en: 'Afgang bijna volledig'.

Maar onder leiding van Johan Cruijff was besloten deze keer alles op alles te zetten om tot het gewenste resultaat te komen. Was in het verleden al zo vaak gebleken dat Cruijffs aan- of afwezigheid van grote betekenis was voor de kwaliteit van het spel, nu wás hij er niet alleen, hij fungeerde ook nog eens als aanjager. Zeurkous Cruijff was een en al positieve energie. Dankzij een miljoenencontract bij Barcelona was Cruijff 'binnen', en hij had al veel prijzen gewonnen, maar hij maakte er geen geheim van dat hij nu per se zo'n groot WK-toernooi wilde meemaken. Hij brandde van ambitie om zich op het hoogste niveau te bewijzen. Het resultaat was heilig: als het niet goedschiks lukte, dan maar kwaadschiks.

De kwalificatiepoule bevatte twee kleine voetbalnaties zonder palmares: IJsland en Noorwegen werden met de nodige doelpunten verslagen – en soms ook met de nodige incidenten, zoals in Oslo, toen linksbuiten Piet Keizer 'geen zin' had om in te vallen. De twee wedstrijden tegen de derde tegenstander in de poule, België, moesten de gelukkige opleveren. Hoewel de Nederlandse topvoetballers hoger aangeschreven werden dan de Belgische, vertrouwde Oranje tijdens de eerste onderlinge wedstrijd, november 1972 in Antwerpen, dermate weinig op de eigen kwaliteit, dat zelfs de Nederlandse pers er nog diezelfde avond schande van sprak: 'Geen eenheid, negatief spel'. Neeskens zat enkele uren na de keiharde 0-0 wedstrijd in de Hel van Deurne volledig in de put. De erkende genieën Keizer en Cruijff hadden 'het' deze avond niet gehad, niemand had het gehad. En omdat iedereen slecht speelde had Neeskens – samen met medemiddenvelder Willem van Hanegem – de beuk erin gegooid voor het vaderland. Maar kritiek was zijn deel geworden, en niemand die het voor hem opnam. Hij had die avond in stadion De Bosuil geen glorie geoogst, merkte hij toen hij de pers hakkelend en zwetend te woord stond, maar schaamte. Hij zonderde zich af van de rest, zat aan de bar van het restaurant te huilen en liet zich in gedemoraliseerde toestand naar Amsterdam rijden door sterverslaggever Maarten de Vos, drinkend en troost zoekend bij de klanken van de Rolling Stones.

De afstand tot de voetbalfans was zo groot dat Oranje een jaar later, in november 1973, zijn laatste en beslissende kwalificatiewedstrijd speelde en dat het publiek een koele, afwachtende houding aannam. Ondanks de gunstige uitgangspositie – Nederland had aan een gelijkspel voldoende om eindelijk weer eens aan een WK te mogen deelnemen – heerste op die zondagmiddag, midden in de oliecrisis, nog steeds allerminst een stemming op de tribunes zoals het Nederlands elftal die voor de oorlog had meegemaakt, een sfeer van gezamenlijkheid en aanmoedigingen van Hup, Holland hup, laat de leeuw niet in zijn hempie staan. Het stadion zat vol, de zon scheen, maar daar is alles mee gezegd. De mensen mopperden dat zij voor hun dure kaartjes, maximaal 37 gulden vijftig, geen voldoende waar kregen.

De waar was een Nederlands elftal dat wederom niet goed voetbalde. Wel werd in deze beslissende wedstrijd, en dat was nieuw in vergelijking tot vorige cruciale kwalificatieduels, alle beschikbare energie aangewend, inclusief de destructieve. Het aantal harde tackles en andere vormen van hard en gemeen spel – én de nerveuze misverstandjes – overtroffen het aantal goede passes verre. In de laatste minuut gebeurde bijna toch nog wat al zo vaak was gebeurd: de spelers waren mentaal niet bij de les toen het erop aankwam. Bij de stand 0-0, net voldoende voor Oranje om de poule te winnen, draaide de bal de richting op van het Nederlandse strafschopgebied.

Deze bal, tollend door de koude novemberlucht van Amsterdam, was cruciaal voor de geschiedenis van het Nederlandse voetbal. De Belgische stervoetballer Pol van Himst had hem vanaf de linkerkant van het veld getrapt met de buitenkant van zijn rechtervoet – en hoewel de bal daardoor veel effect had meegekregen was hij te lang onderweg om een ervaren defensie te verwarren. Het was bovendien een zogenaamde 'dode' situatie geweest: een vrije trap voor België (na een harde overtreding van de Nederlandse aanvaller Johnny Rep) waarop een verdediging zich doorgaans goed kan voorbereiden. Maar de samenwerking tussen keeper Piet Schrijvers en zijn verdedigers Wim Suurbier, Ruud Krol, Aad Mansveld en Barry Hulshoff – bij hun clubs alom geprezen – liet het op dit cruciale moment afweten. Niemand hield de bal tegen, hij wentelde onberoerd door het luchtruim, tussen de doelman en zijn verdedigers door naar de verste paal, waar de Belg Jan Verheyen hem met de binnenkant van zijn rechtervoet tegen het net schoot. 0-1, einde wedstrijd, België naar het WK.

Maar de Russische scheidsrechter Pavel Kazakov zag dat de grensrechter zijn vlag omhoogstak: de goal werd afgekeurd wegens buitenspel. Ten onrechte, het was een reglementair gemaakt doelpunt. Het bleef daardoor 0-0. Voor het eerst sinds mensenheugenis had Oranje mazzel gehad. 'Het spijt me te moeten zeggen dat ik de toeschouwers nauwelijks gehoord heb,' schreef Johan Cruijff de volgende dag in zijn *Telegraaf*-column onder de kop 'Een droom ging in vervulling'. 'Ik had eerlijk gezegd meer enthousiasme verwacht.' In Spanje, waar hij bezig was aan zijn eerste seizoen bij Barcelona, stonden de mensen voor hem, *El Salvador*, op de banken; en negentig procent van de lezers van het Engelse sportblad *Shoot* had hem uitgeroepen tot Meest Opwindende Voetballer van Europa – iets waar Cruijff blijkens zijn column 'geweldig veel betekenis' aan hechtte. Maar in eigen land kon je hooguit zeggen dat de signalen die hij uitzond gemengd werden ontvangen. Hij was populair en een bron van ergernis tegelijk.

Die ambivalentie liet zich eenvoudig zichtbaar maken. Door sportverslaggever Theo Koomen bijvoorbeeld. Ongeveer op hetzelfde moment dat Arie Haan en Johan Cruijff zeven maanden na Nederland-België in de bus naar West-Duitsland zaten, bevond hij zich met een cameraploeg te midden van een groepje Amsterdamse jongens. Zo deed je dat – een journalist die benieuwd was naar de mening van het gewone volk ging te rade bij zogeheten ras-Amsterdammers. Dit gold helemaal voor het voetballen. De sport was na de oorlog uitgegroeid tot het nationale spel bij uitstek, en de toon ervan werd gezet in de grote steden in het westen van het land. Op alle pleintjes waanden voetballertjes zich Johan Cruijff (zoals Cruijff in zijn jonge jaren Faas Wilkes wilde 'zijn'), want hij was de beste, maar dat betekent nog niet dat zij hun jeugdheld in alle opzichten adoreerden. Op de vraag van Theo Koomen hoe zij over de aanvoerder van Oranje dachten, zei de ene jongen dat Nederland, als Cruijff zijn best deed, wel zou winnen. Maar de anderen vonden hem een 'uitslover', iemand die 'zich geweldig vindt' en dat altijd weer benadrukt. Hij schept altijd op, vonden ze, Cruijff was een 'man met te veel verbeelding', een 'kapsoneslijer'. *En assie un schop for sun pauten kraigt dan leggie.*

Inderdaad had Cruijff de laatste oefenwedstrijden niet meegedaan wegens lichamelijk ongemak, een knieblessure. Over de kritiek die hij als gevolg daarvan naar zijn hoofd geslingerd kreeg, noteerde hij verbitterd in zijn dagboek: 'Na de wedstrijd krijg je dan te horen: ja, Cruijff is weer in Nederland en meteen is hij weer geblesseerd. 'Hoe kan dat nou, hier wel een blessure en in Spanje niet?' Dan kan ik alleen maar zeggen: ik ben hier nu eenmaal altijd de gebeten hond!'

Keer op keer had hij zijn nek uitgestoken om ervoor te zorgen dat de zaakjes beter werden geregeld, maar de erkenning, waarvan hij vond dat hij die verdiende, bleef daarbij achter. Ook zijn schoonvader werd tot zijn verontwaardiging meer dan eens in de kritiek betrokken. 'Ik heb iemand wel eens horen zeggen: Coster maakt het Nederlandse voetbal kapot,' klaagde Cruijff in zijn dagboek. 'Dat snap ik dan niet goed.' Cor Coster stond bij velen model voor de verzakelijking, voor de afnemende trouw aan club en vaderland en het toenemende materialisme. Sinds december 1968, toen Cruijff huwde met Danny Coster, die hij in een discotheek had ontmoet, had haar vader Cor Coster zich in toenemende mate met Cruijffs zaken ingelaten. Hij deed dit om de eenvoudige reden dat de Amsterdamse juwelenhandelaar zag dat het inkomen van zijn schoonzoon in geen enkele verhouding stond tot wat de aanvaller zijns inziens waard was.

Coster had dan wel 'geen zak' verstand van voetbal, zoals hij schaamteloos toegaf, maar zijn dierbare schoonzoon die al zo lang geen vader meer had een handje helpen: dat deed hij graag. Hij verdiepte zich in de mores van 'het wereldje' en keek zijn ogen uit. Door hard en langdurig te onderhandelen met Ajax – en door herhaaldelijk te speculeren over belangstelling elders voor Johan Cruijff – slaagde Coster erin zijn begenadigde schoonzoon betere contracten te bezorgen. Hij speelde partijen waar mogelijk tegen elkaar uit en realiseerde zo het maximum. Dat deed hij later ook voor enkele van Cruijffs ploeggenoten, die graag van zijn bemiddeling gebruik maakten om te voorkomen dat zij nog langer door clubbestuurders werden afgescheept met contractjes beneden hun marktwaarde (woord in opkomst). 'Het is hem enkel om een goede begeleiding te doen,' wist Johan Cruijff, 'maar meestal lees je alleen slechte dingen over hem.'

Veel voetballiefhebbers dachten nog in termen van loyaliteit en spelplezier, oude vertrouwde waarden uit het amateurvoetbal; de Cruijffs, Suurbiers en Krols uit die tijd waren de eersten die openlijk praatten over zoveel mogelijk geld verdienen. Zij speelden voor hun brood, zeiden ze – al het andere was van secundair belang. Geïnspireerd door het zakelijk instinct van Cor Coster vertelde Cruijff keer op keer dat hij een beroepsvoetballer was die zijn financiële onafhankelijkheid in betrekkelijk korte tijd moest zien te bereiken. Een profloopbaan eindigde doorgaans ergens na je dertigste – en Cruijff zelf zei dat hij op zijn 31ste beslist zou stoppen, na afloop van zijn (naar Nederlandse normen) lucratieve contract dat Coster bij Ajax uit het vuur had gesleept. Hij had dus haast, hij wilde tijdig binnen zijn. Dat soort uitspraken schokte het gemoed van menige voetballiefhebber, die op zijn beurt niet genegen was snel de beurs te trekken. Acties om geld in te zamelen teneinde Cruijff voor Nederland (Ajax) te behouden waren kansloos. Hij verdiende al genoeg, vond men, het geld kon beter naar nieuwe speelpleintjes en woningen gaan. Talloze liefhebbers laafden zich aan de gratis televisiebeelden van Cruijff-in-actie, maar *NR.14 Johan Cruijff*, een door *De Tijd*-verslaggever Maarten de Vos samengestelde documentaire lofzang, gelanceerd in maart 1973, verdween al snel uit de bioscopen.

Cruijff vroeg zelfs wel eens geld voor een interview. Hij deed dat voornamelijk om het overstelpende aantal interviewaanvragen te verkleinen, maar het bevestigde zijn reputatie van geldwolf, egoïst, lastpak. Andere spelers profiteerden van zijn rebellie, maar hij kreeg de hoon. En zijn schoonvader erbij. Zo'n Jordanees type als Coster, hoorde je het land denken, zo'n patjepeeër die spelers opzet tegen hun clubs, telkens weer suggererend dat zij naar het veel beter betalende buitenland konden vertrekken, dat handjeklap van een zakenman in sieraden – wat kon daar in hemelsnaam voor goeds van komen? Voor de voetballers die hij begeleidde kwam daarvan vrij veel goeds: hij veranderde hen nogal eens van schuldenaars in rijkelui.

Maar terwijl Coster de medemens een dienst dacht te bewijzen door Cruijff in 1973 en diens jongere 'broer' Johan Neeskens in 1974 vette contracten bij Barcelona te bezorgen (Cruijffs zevenjarige contract met Ajax werd al na twee jaar afgebroken), was de dank van het land anders van signatuur dan hij verwachtte: telefonische dreigementen in het holst van de nacht (Coster, zijn vrouw en zijn kleinkinderen zouden om zeep worden geholpen), Costers auto werd gemolesteerd, vernielingen aan Costers villa schuin tegenover de RAI in Amsterdam-Zuid. Waarom wordt een Nederlander die zich onderscheidt toch zo hard aangepakt, vroeg Coster zich af; in Amerika ging dat heel anders, daar waren ze tenminste blij voor je als je het gemaakt had.

Feit is dat Cor Coster achter de schermen een belangrijke rol speelde bij de 'opstand' tegen de KNVB en de pogingen van Cruijff om de opbrengsten voor de spelers te drastisch te verhogen. Vlak voor het vertrek naar West-Duitsland hadden de voorzitter van de KNVB-sectiebestuur betaald voetbal, Jacques Hogewoning, en Cor Coster een middagje hun gemeenschappelijke hobby bedreven – whisky drinken – en onderwijl had Coster zijn gesprekspartner duidelijk gemaakt hoever zijn invloed reikte. Coster bezat de reputatie dat hij iemand genadeloos onder de tafel kon praten, en dat gebeurde ook nu weer.

Voor zover de nevel hem daartoe in staat stelde was Hogewoning aan het eind van de middag tot de conclusie gekomen dat zonder de medewerking van de 54-jarige Coster geen zaken konden worden gedaan. Niet met Cruijff en niet met een aantal andere belangrijke spelers voor wie 'ome Cor' een vaderfiguur was geworden. Hogewoning, pragmatisch jurist, in het dagelijks leven directeur sociale zaken bij Delta Lloyd, een eigentijdse firma die openstond voor inspraak, besloot Coster zijn zin te geven.

Dit resulteerde er onder meer in dat Cruijff zich mocht onttrekken aan het contract dat de KNVB voor de gehele spelersselectie had gesloten met het sportmerk Adidas. Cruijff zou ook tijdens het WK zijn persoonlijke overeenkomst met Adidas' grootste concurrent Puma eerbiedigen. In de gelederen van het KNVB-bestuur had het gestormd over deze uitzondering voor Cruijff, de aanvoerder nota bene die geacht werd het goede voorbeeld te geven. Sommige bestuurders hadden het onacceptabel gevonden, iets dat indruiste tegen alle voetbaltradities, tegen het aanzien van het Nederlands elftal, ja, misschien wel tegen de natie in haar geheel, als Cruijff niet de bekende drie strepen van Adidas zou dragen. Eén voor allen, allen voor één, zo hoorde dat in een teamsport als voetbal te zijn.

Maar in Cruijffs overeenkomst met Puma stond duidelijk dat Cruijff zich te allen tijde uitsluitend als Puma-man zou afficheren en geen symbolen van andere firma's zou dragen. Coster wist daar alles van: hij had er eigenhandig voor gezorgd dat het oorspronkelijke contract was aangepast aan, zoals hij het ongetwijfeld zal hebben genoemd, modernere condities. De 1500 gulden per jaar – door Coster een habbekrats genoemd – waarvoor Cruijff zich al vroeg in zijn carrière (1966) volledig aan de luimen van Puma had overgeleverd, was inmiddels omgezet in een 'tonnencontract'. De aanpassing werd bereikt op een manier die ze bij Puma 'niet zo netjes' vonden. Cruijff verkondigde in het openbaar dat zijn Puma-schoenen eigenlijk helemaal niet zo lekker zaten, terwijl Coster in het geheim een mooi principeakkoord met Adidas sloot: binnen de kortste keren veranderde de 1500 gulden van Puma in een kwart miljoen. Het was voldoende reden voor Puma om Cruijff tijdens het WK vast te houden aan de gemaakte afspraken. De aanvoerder van Oranje verwijderde een van de drie strepen op zijn mouwen.

De twee strepen op de mouwen van Johan Cruijff illustreerden zowel het gebrek aan gezag en zakelijk vernuft bij de KNVB als de brutaliteit van het individu dat maling had aan de autoriteiten. In andere landen was zoiets ondenkbaar, in de beide Duitslanden voorop, al was het maar omdat de bonden in die landen zorgden voor waterdichte contracten.

Ongetwijfeld stond Coster mijlenver af van het geaffecteerde conservatisme van de hoogste figuur bij de KNVB, Wim Meuleman. Deze alom geprezen bondsvoorzitter vertegenwoordigde met zijn *salonfähige* traditionalisme de tijd waarin het voetbal niet zomaar een bezigheid was, maar een pedagogisch middel om de jongelui een gezonde geest in een gezond lichaam te bezorgen. Tegenover Meuleman, een notabele tot in iedere vezel, stond de nieuwe tijd in de persoon van Cor 'een beetje smoezen hier, een beetje luisteren daar' Coster. Hij was de zoon van een arme schoonmaakster (net als Cruijff), die zich rommelend met horloges in het zwartgeldcircuit van het Waterlooplein en laverend tussen de grijparmen van de fiscus en de douanerecherche had opgewerkt tot juwelenhandelaar in goeden doen. Een *nouveau riche* van het zuiverste water, deze Coster, een *parvenu* op wiens witte haar, zonnebankbruine gezicht en gezette postuur het gemakkelijk schieten was in de brievenrubrieken van de kranten. Vertegenwoordigers van het oude geld aan de Herman Heijermansweg – de Brenninkmeyers, de Dreesmanns – noemden hem 'de smokkelaar': een handige ritselaar die zowel tijdens als na de oorlog zwarte handel had bedreven, zonder dat de Nederlandse autoriteiten hem ooit konden betrappen. De Duitsers hadden hem ingerekend wegens illegale verkoop van kaas, waarna hij zich in een Duits kamp opwerkte tot kampbewaker. Maar ook aangaande zijn vermeende handjeklap met de nazi's kon na de bevrijding niets hard worden gemaakt.

Vlotte babbelaar die tijdens de oorlog afschuwelijke ontberingen had doorstaan, knokker die intussen iedereen te slim af was geweest: Cor Coster was de sluwe eenling die de zakelijke kant van het Nederlandse voetbal in een paar jaar tijd naar zijn hand zette. Toen hij het eind jaren zestig wel gezien had met zijn dertien juwelierszaken en zijn groothandel in goud, zilver, horloges en sieraden, vormde het onderontwikkelde en tegelijk ondoorgrondelijke wereldje van het Nederlandse professionalisme een interessante kluif. In deze jungle viel heel wat te ritselen. Want het is een feit dat de manier waarop de KNVB gestructureerd was, menige zakenman die de bond voor het eerst van dichtbij meemaakte aan het lachen kon brengen. Dat de kwalificaties voor Europese en wereldkampioenschappen tot 1974 telkens weer mislukten, had alles te maken met de organisatie van de KNVB. Sinds de invoering van het betaalde voetbal, twintig jaar eerder, waren de bevoegdheden tussen de oude amateurtak en de nieuwe proftak nooit goed uitgekristalliseerd. Het gevolg was een cultuur van vage toezeggingen door de proftak die altijd weer konden worden afgezwakt of zelfs ingetrokken door de oude amateurtak.

Het professionalisme had in Zeist nooit echt gezegevierd. Het was ook een cultuur van lage spelershonoraria en slechte verzekeringen. Zuiver beroepsmatig gezien was de kans op nadelen van het spelen voor Oranje groter dan de kans op voordelen. Zo kreeg een voetballer die geblesseerd raakte bij het Nederlands elftal, als hij daardoor niet kon spelen bij zijn club, geen vergoeding en liep dus inkomsten mis. Sterker nog, toen international Piet Keizer in 1967 uit het veld werd gestuurd, volgde niet alleen een schorsing bij Oranje maar ook bij zijn club Ajax.

Van de ene bondsofficial hoorden de spelers dit, van de andere weer dat, soms op dezelfde dag – het was een sportief klimaat om gek van te worden. Het contrast tussen de organisatie bij de topclubs (die in de loop van de jaren zestig steeds beter werd) en de KNVB (die maar met zichzelf overhoop bleef liggen) werd telkens groter. De voetbalbond straalde weinig gezag uit en was dus ook zelden in staat de gescheiden kampen van de rivaliserende Ajax- en Feyenoordspelers vruchtbaar te laten samenwerken. Vlak voor het WK'74 zei de Feyenoorder Willem van Hanegem dat hij zich niet kon herinneren ooit een goede wedstrijd van het Nederlands elftal te hebben meegemaakt als het erom spande. Bij hun clubs konden de spelers zich opladen voor grote internationale wedstrijden; bij Oranje was dat er niet bij.

De spelers bewaarden hun beste motivatie voor hun clubs. Oranje deden ze er zo'n beetje naast. Of zelfs dat niet. Het kwam voor dat alle Ajacieden of Feyenoorders tegelijk afzegden voor een interland, uit protest tegen de knullige gang van zaken in Zeist. Georg Kessler, in Limburg geboren uit een Duitse vader en een Nederlandse moeder, bondscoach van 1965 tot 1970, had nogal eens het gevoel dat hij de enige was die het WK'70 in Mexico per se wilde halen. Bij de KNVB wist hij zich omringd door amateurs, de spelers werkten vaak niet mee en de clubs nog minder. In de bestuurskamers van de topclubs werd minachtend over de ambities van Kessler gesproken, ironisch genoeg ook door Ajaxcoach Rinus Michels, die in 1974 in zijn rol van 'supervisor' maar wat graag had geprofiteerd van de WK-ervaring die zijn spelers in Mexico hadden kunnen opdoen.

Ook waren er solistische demonstraties van onwil, zoals het legendarische voorval van Johan Cruijff die in oktober 1969 samen met zijn vrouw in Florence schoenen ging inkopen, omdat Danny Cruijff een modieuze schoenenzaak ('Shoetiek') wilde beginnen in de Kinkerstraat. Nou was daar niets mis mee, ware het niet dat Cruijff daardoor een training misliep in Zeist. Kessler beschouwde het buitenlandse tripje, dat veel langer duurde dan Cruijff had gezegd, als een teken van ongedisciplineerd gedrag. Het excuus van de Cruijffs dat zij opgehouden waren op een door mist lamgelegd vliegveld in Italië mocht niet baten. Cruijff werd uitgesloten van deelname aan de laatste en dus beslissende kwalificatiewedstrijd voor de eindronde van het WK'70. De eindronde werd niet gehaald; de schuld daarvan werd in ieder geval voor een deel bij de eigenzinnige stervoetballer gezocht. Het Nederlands elftal (en de KNVB) liep opnieuw de bijzondere ervaring van een WK-toernooi mis en moest daardoor naar het WK'74 als een tastend, pionierend, onzeker gezelschap van beginners.

Als om zijn uitstraling van problemenmaker nog eens te benadrukken, hield de voormalige Ajaxspits in de touringcar tegenover tv-verslaggever Henk Terlingen een oratie over een 'joint-venture' die de spelers waren aangegaan met de KNVB. Mochten veel Nederlanders het idee hebben gehad dat spelen voor Oranje een kwestie van eer was, of zou moeten zijn: op de televisie zagen zij de aanvoerder met zijn bekende, betweterig opgetrokken wenkbrauwen een heel verhaal afsteken over kosten en baten en welke bedragen aan welke zijde van de balans der KNVB moesten worden gezet. Het was een verhaal waar weinigen iets van zullen hebben begrepen of het moest zijn dat Cruijff weer eens voor inhalig rekenwonder speelde.

In werkelijkheid sloeg het betoog van Cruijff op een toestand die decennia later voor onmogelijk zou worden gehouden. Maar de toestand was reëel, hoe absurd ook, en hij moest snel uit de wereld worden geholpen. De spelers waren vlak voor het vertrek gestuit op blunders van de KNVB – een vorm van financieel wanbeheer waarvan zij de dupe dreigden te worden. Het was een nauwelijks te doorgronden kwestie, maar het kwam erop neer dat de KNVB had voorgesteld om de schulden over het boekjaar 1973 te betalen uit de verwachte inkomsten van het WK'74. Dit staaltje van het ene gat met het andere dekken leek de spelers een slecht idee: de schulden over 1973 bestonden grotendeels uit wedstrijdpremies die de bond nog moest uitbetalen aan de spelers. Cruijff en de zijnen werden kortom geacht geld bij elkaar te gaan voetballen (lees: publiek naar de West-Duitse stadions te lokken) dat al lang op hun rekening had moeten staan.

De oorzaak van het curieuze voorstel van de voetbalbond was eenvoudig: de bond had de spelers revenuen in het vooruitzicht gesteld zonder te weten waar die vandaan moesten komen. En nu was de kas leeg. Eerst had de KNVB geprobeerd geld te verdienen met Oranjes voorbereidingsperiode tijdens het voorjaar, en toen dat tegenviel moesten de WK-revenuen in de zomer er maar aan geloven. De speurtochten naar geld waren in de lente van 1974 talrijk geweest. Het zakenleven was benaderd, maar het Nederlands elftal bleek, ondanks alle aansprekende namen en de aanstelling van Rinus Michels als tijdelijke bondscoach, nog altijd geen melkkoe. Integendeel. Iemand die zich de 'spreekbuis' noemde van een soort supportersvereniging, De Vijfhonderd Man, sprak op tv met een zondags gezicht, bruin golvend haar, en een enorme bril: 'Er is helemaal geen belangstelling voor Oranje. Dat komt door de negatieve resultaten. Altijd dat gedoe in de begeleiding rond het Nederlands elftal. Daardoor denken de fans en het bedrijfsleven er negatief over. Wij proberen sponsors te werven maar het lukt gewoon niet.' Alleen een sekskoning in Dordrecht, de uitgever van het blad *Chick*, wilde er wel 'enorm veel' geld in pompen, zei de spreekbuis, maar uit vrees dat de mensen in het land Oranje als een seksclub zouden gaan beschouwen, had hij er toch maar vanaf gezien.

Eenzelfde lot trof een grootscheepse actie met zogeheten Oranjepaspoorten. Na betaling van vijf gulden konden voetballiefhebbers lid worden van de vereniging Supporters Oranje WK'74. Zij zouden dan een oranje sticker en nog enkele 'leuke aanbiedingen' ontvangen. Maar hoewel een aardig deel van dat geld bestemd was voor de amateurs, dachten de meeste fans dat de opbrengst geheel naar de spelers van het Nederlands elftal zou gaan: voldoende reden om geen lid te worden. Daarbij kwam dat Oranje in maart een treurige oefenwedstrijd tegen Oostenrijk speelde, wat de *goodwill* ook al niet bevorderde. De mensen lazen in april stukken in de krant over Ajacieden die dreigden met een staking omdat ze vonden dat de KNVB hun te weinig betaalde, en de conclusie was snel getrokken: Johan Cruijff wilde meer geld ontvangen voor slecht spel. Zo ging het maar door – de gecharterde tv-persoonlijkheid Willem Duys kon in zijn rol als aankeiler van die Oranjepaspoorten stralen wat hij wilde, slechts een fractie van de paspoorten werd verkocht. Het zoveelste middel om geld te innen was een flop.

Ook de allerlaatste poging ging de mist in. De KNVB hanteerde in mei en juni toegangsprijzen voor de WK-oefenwedstrijden van het Nederlands elftal als betrof het officiële interlands – ook wanneer de opponenten clubs als Hamburger SV (in Hengelo) en Kickers Offenbach (Den Bosch) waren. Dat zou je bedrog kunnen noemen, en de voetbalbond inde uiteindelijk dan ook meer gemopper dan centen, met als negatieve klap op de vuurpijl zo'n veertigduizend lege plekken bij Nederland-Roemenië in De Kuip.

Er was om al die redenen veel minder geld dan verwacht. Van de 850.000 gulden die de KNVB dacht te zullen verdienen aan de eerste drie poulewedstrijden in West-Duitsland – dat waren de drie wedstrijden die Oranje minimaal zou spelen – waren er al 640.00 uitgegeven. Het gevolg was dat de spelers luttele dagen voor hun vertrek naar Duitsland een betrekkelijk lage WK-premie in het vooruitzicht werd gesteld. De drie eerste wedstrijden zouden volgens het plan van de KNVB slechts beloond worden met negenduizend gulden de man. Deze fooi – want zo noemden de spelers het – moest dan tevens worden gezien als vergoeding voor het drie weken durende trainingskamp in Zeist. Hiermee werden de spelers nog eens extra gesterkt in hun overtuiging dat geen van de overige vijftien landen zo krakkemikkig georganiseerd aan de start zou verschijnen als zij. Dat kón eenvoudig niet. Jan Jongbloed becijferde in zijn dagboek dat de wereldtitel hem maximaal 25.000 gulden bruto zou kunnen opleveren. 'Hiermee ging niemand akkoord,' schreef hij. 'Sommige spelers stonden al op om hun koffers te gaan pakken.'

Voor een winkelier/voetballer als Jongbloed viel het bedrag wel mee, maar de fullprofs van Ajax bijvoorbeeld waren gewend dergelijke premies te incasseren voor het winnen van de Europacup, en dan was je niet zeven weken van huis. Bovendien zouden de Duitsers wel 60.000 gulden kunnen opstrijken als beloning voor de wereldtitel; dat wilden de Nederlanders ook. Gedurende een woelige vrijdagavond in het Sportcentrum voerde de spelersraad – waarin Cruijff het hoogste woord had – tot in de kleine uurtjes overleg met enkele bondsbestuurders. De voetballers weigerden pertinent af te reizen als een gezelschap crediteuren dat zijn uitstaande schulden moest gaan terugverdienen. 'Ze denken zeker dat wij op de pof gaan voetballen,' stond Cruijff de volgende ochtend te mopperen langs de zijlijn bij een oefenwedstrijdje in Zeist tegen de amateurs van Zwart Wit '28. Hij was geblesseerd, het regende, en ook de hoop der natie, Rinus Michels, had zijn humeur al verloren.

Later in het weekeinde kwam het allemaal nog goed. De joint-venture waarover Cruijff in de bus sprak, bestond uit drie partijen: de spelers, de clubs waarbij de selectiespelers aangesloten waren, plus de bond. Deze drie partijen zouden de risico's en de opbrengsten van het WK volgens een bepaalde sleutel verdelen. Het gevolg van dagenlang overleg achter gesloten deuren was dat die clubs bereid waren hun deel grotendeels aan de spelers te laten. Dit gebaar maakte een maximale WK-premie van 65.000 gulden mogelijk. Dat was dan wel inclusief het geld dat de spelers nog tegoed hadden.

Cruijff besloot zijn college boekhouden in de touringcar naar Duitsland met een financiële openhartigheid die je begin jaren zeventig wel vaker tegenkwam. 'Ik heb in de voorronde tien wedstrijden gespeeld voor elfduizend gulden,' zei hij, zodat de maximumpremie voor de eindronde van Oranje uiteindelijk 65.000 min 11.000 is 54.000 gulden zou worden. Wat altijd nog een stuk meer was dan de 25.000 gulden die het Nederlandse volk de voetballers volgens een enquête gunde als zij wereldkampioen werden, evenals de maximaal 10.000 gulden als zij dat niet werden.

Cruijffs uitleg over zijn Oranjepremie had onmiskenbaar de toon van iemand die intussen bezig was zichzelf in Barcelona miljonair te maken. De KNVB-premie was een schijntje van wat hij in Spanje verdiende (800.000 gulden per jaar exclusief premies). Het was ook veel minder dan de WK-gerelateerde reclame-inkomsten die hem te wachten stonden, nog los van de jaarlijkse bedragen die Puma (250.000 gulden, levenslang contract) en Philips (100.000 gulden, contract voor vijf jaar) hem toestopten. Je zou kunnen zeggen dat Cruijff in enkele jaren de sprong van Nederlandse naar internationale normen had gemaakt – sterker nog, naar de top van die internationale normen. In West-Duitsland hadden de sterren die weg dankzij de deelname aan de eindtoernooien wat geleidelijker afgelegd, maar ook daar waren de ontwikkelingen de laatste jaren vrij snel gegaan: reclame voor Marsrepen bijvoorbeeld leverde WK-deelnemer Wolfgang Overath in 1966 achtduizend mark op; vier jaar later kreeg Gerd Müller twintigduizend mark voor Marsreclame en ten tijde van het WK'74 was dat volgens *Sport Illustrierte* honderdduizend mark. De Duitse sterren hadden allen hun eigen manager die de onderhandelingen namens hen voerde;

in Nederland bleef deze branche nog zo'n beetje beperkt tot de persoon van Cor Coster. Die ene Coster belichaamde een revolutie. Op een evolutie kon hij niet wachten, daarvoor duurde de carrière van Cruijff te kort.

Dus wat deed Coster toen hij zag dat een collectief spelerscontract – waarbij alle internationals het recht om Oranjegerelateerde reclamecontracten te sluiten in handen van de KNVB legden – per 1 januari 1974 afliep? Begin januari sloot hij razendsnel een persoonlijke overeenkomst voor Cruijff met Philips. Had de KNVB het collectieve contract maar tijdig moeten verlengen, vond Coster. Door het kenmerkende amateurisme van de KNVB, en de niet minder kenmerkende zakelijke brutaliteit van Coster, had Cruijff voor het WK nu een privé-sponsor. Uiteraard kon deze particuliere stap de inkomsten voor de collectieve sponsorpot verminderen, maar aan het vigerende herenakkoord – KNVB en spelers kijken steeds primair naar het gezamenlijk belang – had Coster geen boodschap. Het ijzer was heet en het diende onmiddellijk gesmeed te worden.

De bemoeienissen van zijn schoonvader pakten extreem gunstig uit voor de bankrekening van Johan Cruijff: de revenuen stroomden van alle kanten binnen. Van alles werd geprobeerd om die stroom nog verder op te stuwen. Zo speelde in de aanloop naar het WK nog een filmkwestie, of eigenlijk twee filmkwesties. Enerzijds was er een FIFA-film over het toernooi, waarbij de Amsterdamse advocaat mr. J.H. Jonker werd ingeschakeld om namens Cor Coster Sport Promotions BV en de heer H.J. Cruijff al vooraf duidelijk te maken dat anderen – al betrof het dan een keurige instantie als de wereldvoetbalbond – niet zomaar (gratis) van Cruijffs filmrechten gebruik mochten maken. Anderzijds was er een documentaire over Cruijffs WK-avonturen in voorbereiding, ten behoeve waarvan Costers Interlux Handelmaatschappij BV speciale toegangskaarten aanvroeg. Voor zijn hoofdrol had een Spaanse filmproducent Cruijff zes ton geboden. Johan Cruijff was een firma geworden die in grote bedragen dacht. Na afloop van zijn Spaanse contract zou hij normaliter een vermogen van tien miljoen gulden hebben.

Hij stak zijn nek niet uit voor zichzelf, zei Cruijff, hij deed het voor de hele selectie. Iedereen zou ervan profiteren. Zijn toon hield het midden tussen zelfrechtvaardiging en dédain.

'Hiermee verlaten we dan het strijdtoneel, waarbij veel zaken weinig met voetbal te maken hadden,' sprak Henk Terlingen het Nederlandse volk op ironische toon toe bij het vertrek naar Duitsland. 'U weet het, er is lang strijd gevoerd om de Nederlandse selectie voldoende geld in handen te stoppen, zodanig dat ze bereid zijn straks op de WK een bal te raken.'

Terlingen, ook wel 'Apollo Henkie' genoemd, een bijnaam die hij dankte aan zijn commentaar bij de eerste landing op de maan in 1969, verstond de kunst op goede voet met vooral de Ajaxvoetballers te staan en er tegelijk publiekelijk afstand van te nemen. Daarmee vormde hij een mooi voorbeeld van de tweeslachtigheid bij de voetballiefhebbers van dat moment. Zij wilden dat de vedetten van Oranje gingen voetballen en nu eens ophielden met zeuren over geld.

Maar het vertrouwen van de spelers in hun voetbalbond was eerder af- dan toegenomen. Ze deden er altijd wat neerbuigend over. Een bond die er bijvoorbeeld pas drie kwartier voor aanvang van de laatste oefenwedstrijd tegen Roemenië – een officiële interland – in was geslaagd de lampen in de Kuip te doen ontbranden, verdiende in hun ogen niet beter.

Hun wantrouwen bleek ook weer toen enkele dagen voor het vertrek een fotosessie langdurig werd opgehouden: de spelers weigerden te poseren voordat zwart op wit stond hoe de beeldrechten waren geregeld. In hun kregeligheid maakten de voetballers nog op de dag voor het vertrek bekend dat zij de zojuist gearriveerde nieuwe KNVB-kostuums maar fanfarepakjes vonden. Er zaten oranje stiksels in de naden – en daar gingen zij dus niet vier weken in rondlopen. Het leek een grap van de komiek Max Tailleur, die het moreel van de spelers was komen versterken door wat moppen te tappen, maar het was de voetbalhelden ernst. Gelukkig waren de vrouw van de kok, Jopie Post, en haar schoonzus bereid inderhaast – de bus stond op het punt te vertrekken – oranje draden uit de 22 pakken te verwijderen.

In zijn Haarlemse woning zat de vooroorlogse international en doelpuntenmaker Kick Smit te gruwen van wat in zijn ogen verwend gedrag was. 'Ik vind dat er veel te veel over geld wordt geleuterd,' liet hij een verslaggever noteren. 'En ik vind ook dat zo'n speler dan één keer in de week moet laten zien waarom hij zoveel verdient. Maar vaak zijn ze nog te bedonderd om te lopen. Wij vochten er vroeger altijd voor, wij leefden ons helemaal in zo'n wedstrijd uit. Er is niets heerlijkers dan 's avonds moe van het sporten thuis te zitten.' Kick Smit was een legendarische aanvaller (de stripheld Kick Wilstra ontleende zijn voornaam aan hem) die zijn opvolgers in 1974 waarschuwde. Hij was er in 1934 bij geweest, in Milaan, waar het Nederlands elftal dacht in zijn openingswedstrijd op het WK Zwitserland wel even opzij te zetten, zichzelf dus overschatte, en verloor. Oranje speelde in die jaren prachtig voetbal, maar de spelers werden tijdens hun verblijf in Italië vrijer gelaten dan andere landen, het moreel verslapte. 'Achteraf denk ik dat we toen een beetje over het paard waren getild.'

Op 12 juni 1974 leek er weinig reden voor zelfoverschatting. Op Van Hanegem na dacht vrijwel niemand van de passagiers in de bus naar Hiltrup, West-Duitsland, aan grote successen. En 'De Kromme' paarde zijn overtuiging dat Oranje ver zou komen aan de zekerheid dat het goud uiteindelijk buiten bereik zou blijven. De vakantiereis die Johan Cruijff voor zichzelf en zijn gezin had geboekt, startte tien dagen voor de finale. Ook in de ogen van de rest was de finale mijlenver weg, een fata morgana. De bookmakers in Londen dachten daar anders over – maar wat wisten die van de Hollandse voorbereidingen af? Zij tipten achtereenvolgens West-Duitsland, Italië, Brazilië en Nederland. Een enquête onder de trainers van zestien deelnemende landen kwam ook al uit op die vier landen. De West-Duitse voetballers kenden het Nederlandse topvoetbal vrij goed. Op de Nederlandse televisie (dus het kan diplomatie zijn geweest) zei Duitslands aanvoerder Franz Beckenbauer: 'De Hollanders kunnen, als ze goed spelen, de grote verrassing van het toernooi worden.' Zijn teamgenoot Uli Hoeness: 'Als Nederland erin slaagt Johan Cruijff geheel in het team te integreren, ben ik ervan overtuigd dat Holland favoriet voor de titel is.' Max Merkel, oud-bondscoach van Nederland: 'Als alles klopt bij de Hollanders, moeten wij erop rekenen dat ze zeker bij de laatste vier komen.'

Het woord 'als' speelde een belangrijke rol in alle verwachtingen over Oranje. Historisch gezien een begrijpelijke slag om de arm. In Nederland zelf was het woord 'als' een hoegenaamd niet te nemen hobbel. Aanvoerder Cruijff noemde altijd andere landen als kanshebber op de titel. In de *Sunday Times* prees hij landen als de DDR, Polen en Italië: zij waren gewend aan de spanningen van een WK, ze hadden discipline en konden met psychische druk omgaan (Nederlanders dus niet, of in ieder geval onvoldoende). Het Milanese blad *Oggi* citeerde Cruijff, die een finale voorspelde tussen Italië en West-Duitsland, waarbij de Duitsers zouden winnen vanwege het thuisvoordeel. En Nederland zou bij de laatste vier kunnen komen, maar dan waarschijnlijk worden uitgeschakeld.

Om de finale te bereiken moest het Nederlands elftal het er in twee achtereenvolgende poules goed vanaf zien te brengen, bergen aan weerstand overwinnen, en geluk hebben. Zes wedstrijden lang niet falen: het zou een historisch unicum zijn, iets bovennatuurlijks bijna. Niemand durfde zover te denken. Een paar wedstrijden winnen en daardoor de eerste poule overleven, dat zou al heel wat zijn.

3. *Premies & patsers*

Daar stond hij dan, de Duitse bondscoach: in zijn kamerjas, de hoorn van de telefoon in zijn hand, achter hem twee gepakte koffers. Het was midden in de nacht van 8 op 9 juni 1974 en Helmut Schön had er schoon genoeg van. Op zijn kamer in de sportschool in Malente, het traditionele onderkomen van de *Nationalmannschaft* nabij Hamburg, vertelde Schön zijn vice-voorzitter Hermann Neuberger dat de complete spelersselectie vervangen moest worden. Zo niet, dan nam hij ontslag. De FIFA, de wereldvoetbalbond die het WK organiseerde, was al ingelicht dat er 22 nieuwe namen op de Duitse lijst konden verschijnen. De Duitse internationals waren in opstand gekomen omdat zij meer geld wilden zien, en met dat soort materialisten wilde Schön geen seconde langer samenwerken. Dat de eerste WK-wedstrijd van West-Duitsland nog maar vijf dagen verwijderd was, deed niet terzake, dit was een erekwestie. Schön trad nog liever aan met een team van de tweede garnituur dan met een elftal van egoïstische cententellers.

Iemand uit het Hollandse kamp, naar men zei Johan Neeskens, had de Duitse internationals wijsgemaakt dat de Nederlanders honderdduizend mark per persoon konden verdienen als zij wereldkampioen werden. Zo'n bedrag wilden de Duitsers ook wel. Iemand anders had geroepen dat de Italianen een bedrag van 120.000 mark konden krijgen, waardoor de stemming in de Sportschool van de voetbalbond Schleswig-Holstein, die vanaf het begin toch al niet best was geweest, nog verder verslechterde. Drukte alom – in het weekend dat Johan Cruijff *cum suis* met een staking dreigden, deden de Duitse spelers hetzelfde. Alleen ging het in Duitsland nog een stukje heftiger toe dan in Nederland.

In de twee kampen vervulden de coaches gedurende dit hectische weekend merkwaardige en tegelijk met elkaar contrasterende rollen. Michels was de dictatoriale parttimer die zich improviserend een weg baande door een woud van kongsies en achterklap. Niets was goed geregeld, dus als hij iets wilde bereiken, moest hij het heft volledig in handen nemen en houden. Schön was de voorkomende, bedachtzame coach die beleefd luisterde naar zijn spelers en die vaderde wanneer dat nodig was. Van een afstand bezien voldeed Michels veel meer aan het Duitse stereotype zoals menige Nederlander dat na de oorlog hanteerde dan de zacht pratende Schön. Omgekeerd deed Schön met zijn soms weifelachtige luisterhouding in Duitse ogen eerder Hollands aan dan Duits. Drukte de gezette, nors kijkende Rinus Michels zich nogal eens in cynische termen uit, de minzaam glimlachende slungel Helmut Schön probeerde zoveel mogelijk trouw te blijven aan zijn oude idealen van sportiviteit. Wat Michels had gedaan – een uitzonderlijk hoog bedrag voor zijn tijdelijke 'klus' eisen – zou Schön niet in zijn hoofd halen.

Michels predikte de oorlog, leek het wel eens, Schön het overleg; met een geruit petje op zijn kalende schedel zag hij er uit als een vredelievende boswandelaar. Daar stond weer tegenover dat Michels op zijn momenten een joviale Amsterdammer kon neerzetten die de spelers met droge grappen voor zich won. Ajaxspelers noemden de Michels van de trainingen en de wedstrijden een man van een andere planeet. De Michels thuis op feestjes en partijen vonden zij een moordvent, boordevol Amsterdamse humor. De brave Schön liet zich zelden of nooit op een grapje betrappen. Nederlandse journalisten vonden hem saai.

Het slecht voorbereide Nederland had behoefte aan een Sterke Man; de met voorspelbare degelijkheid omringde *Mannschaft* kon zich een baas permitteren die een tobbende voetballer een arm over de schouders legde. Zo'n koesterende coach had Oranje ook gehad, al vier jaar zelfs, in de vorm van de hakkelende enthousiasteling Frantisek Fadrhonc, maar die had nu juist wegens gebrek aan gezag plaats moeten maken voor de 'bul' Michels.

Rinus Michels moest halverwege de ruzie in Zeist naar Spanje, waar zijn club (en belangrijkste werkgever) Barcelona zaterdagavond zou aantreden tegen Español. Dit in het kader van de nationale beker, waaraan toen nog geen buitenlanders mochten meedoen, met als gevolg dat Barcelonaspits Cruijff alle tijd had de KNVB-bonzen het leven zuur te maken. Tijdens de gesprekken met de KNVB aan het begin van 1974 over zijn aantreden als tijdelijke bondscoach had Michels laten weten dat hij ook na de start van Oranjes oefencampagne op 21 mei zijn verplichtingen inzake de *Copa del Generalissimo* – vernoemd naar de regerende dictator Francisco Franco – wilde nakomen.

Michels was zaterdagmiddag kwaad afgereisd en had zijn spelers bezworen niets tegen de pers te vertellen over het conflict met de KNVB. De publieke opinie was toch al zo negatief over het Nederlands elftal, zei hij.

Van de kwartfinales op 8 juni tot en met de finale op 29 juni zouden de wedstrijden om de Spaanse beker grotendeels parallel lopen aan het WK, dat op 13 juni zou beginnen en op 7 juli eindigen. Het stond dus vast dat goede prestaties van zowel Barcelona als het Nederlands elftal de coach van beide teams tot heel wat op en neer vliegen tussen Spanje en Duitsland zouden verplichten. Ook op de dag van het vertrek naar West-Duitsland was Michels niet bij de Oranjeselectie.

Zulke provisorische toestanden waren in Duitsland ondenkbaar – in de meeste andere landen ook trouwens. De West-Duitsers waren in tegenstelling tot Holland op de meeste eindtoernooien vertegenwoordigd geweest, en op die ervaring hadden zij een geweldige kennis van zaken gebouwd. Was Michels' benoeming tot 'supervisor' het gevolg geweest van procedures die je eerder in een ministaatje in Midden-Amerika zou verwachten, de loopbaan van Schön paste volmaakt in de traditie van continuïteit en stabiliteit die de Duitse industrie al zo lang kenmerkte. Na acht jaar de secondant te zijn geweest van Sepp Herberger, de legendarische trainer die de amateurs van West-Duitsland in 1954 naar het wereldgoud had geleid, had Schön in 1964 het roer overgenomen van een schip dat op koers lag. Tien jaar later was hij al een ervaren WK-ganger: het was zijn derde WK als eerste coach, in 1966 was zijn team tweede geworden, in 1970 derde, gevolgd door de Europese titel in 1972. Jupp Derwall, sinds 1970 Schöns assistent, was voorbestemd om Schön later op te volgen (wat ook gebeurde, na het WK'78). De Duitse voetbalbond plande zijn zaakjes als het ware een decennium vooruit, gelijk een concern. Bij de KNVB was zekerheid over de dag van morgen al een hele prestatie.

Geen wonder dus dat Helmut Schön, vluchteling uit Dresden, nooit had gedacht dat hij erbij zou staan zoals nu, alleen op zijn kamer, depressief, de deur op slot. Het was een curieus beeld van de anders zo geoliede machine genaamd *Deutsche Fussballmannschaft*. Curieus, maar ergens ook wel begrijpelijk. Praten over geld was in de Duitse sport in het algemeen en bij het nationale voetbalelftal in het bijzonder altijd al een gevoelige zaak geweest. Zoiets dééd je niet. De Bundesliga, de nationale profcompetitie, was pas in 1963 opgericht – negen jaar na Nederland, waar de KNVB internationaal gezien al zo lang had getalmd met aansluiting op de naoorlogse mores. Als uithangbord van het land dat zoveel menselijk leed op zijn geweten had, diende het belangrijkste en meest in het oog lopende sportteam van West-Duitsland een toonbeeld te zijn van goed gedrag. (Voor het elftal van de DDR gold op een andere manier hetzelfde.) Dus had het de Duitse bondsbestuurders helemaal niet vreemd geleken om de premies voor het WK pas op het allerlaatste moment vast te stellen. Premies waren bijzaak.

Zeven maanden tevoren had de Nederlandse correspondent Sytze van der Zee aan Helmut Schön gevraagd waarom het West-Duitse elftal meestal succesvoller was dan de topclubs, terwijl dat in Nederland precies andersom lag. 'Misschien komt het doordat de spelers het bij ons nog altijd als een zeer grote eer beschouwen om voor het nationale elftal te mogen uitkomen,' antwoordde Schön. Trots voegde hij eraantoe dat zijn spelers zich ook wel eens voor niets in het traditionele zwart-wit van de *Bundeself* hulden.

Maar net zoals bij de Nederlanders was ook bij de Duitsers sprake van een nieuwe generatie. Vooral onder invloed van de meest succesvolle ploeg, Europacupwinnaar Bayern München, toonde de Nieuwe Duitse Voetballer zich stukken brutaler dan de spelers die aan de vooravond van het WK in 1966 nog van Helmut Schön ingeprent hadden gekregen dat zij zich op en rond het veld in de eerste plaats netjes dienden te gedragen. Sympathie kweken voor West-Duitsland was belangrijker dan winnen. Had de sportschool in Malente bij de voorbereidingen op de eindtoernooien in 1962 en 1966 nog de beschaafde allure van een conferentieoord gehad, bevolkt door toonbeelden van fatsoen; deze keer werd in de landelijke omgeving ten noorden van Hamburg niets minder dan de revolutie verkondigd.

Het waren de jongste internationals, de 22-jarige sterren Uli Hoeness en Paul Breitner – leeftijdgenoten van Johnny Rep en Johan Neeskens – die de eis het krachtigst verwoordden: een premie van honderdduizend mark voor de wereldtitel, anders werd er niet afgetrapt. De officials hadden een ultieme winstpremie van 30.00 mark voorgesteld, de spelers waren teruggekomen met een voorstel van 75.000 mark, en zo ging het door, met heen en weer bellende delegaties en voetbalprofs die het ondertussen flink op een roken zetten, nog eens bellen, nog eens bij elkaar komen en dan weer kwaad uiteengaan. Schön was onthutst. In *Einer wie ich* memoreerde Beckenbauer z'n woorden: 'Ik ben bijzonder in jullie teleurgesteld. Wij zijn sportlui, geen handelaren. Ik hoor alleen maar geld, geld, geld. Merken jullie dan niet hoe dat onze saamhorigheid verstoort? Jullie kunnen met een miljoen mark of meer per maand geen wereldkampioen worden, als jullie het in andere opzichten niet waard zijn, in sportief en moreel opzicht. Ik heb grote zin te vertrekken.'

Vlak voordat Schön zich opsloot in zijn kamer om met zijn vicevoorzitter te bellen, noemde hij de aanvalslustige verdediger Paul Breitner in het voorbijgaan een 'oproerkraaier', een 'maoïst' die het voor iedereen verpestte. Waarop Breitner, wiens zelfbewustzijn even indrukwekkend was als zijn Tamla Motown-achtige snor en haardos, zich eveneens op zijn kamer terugtrok om zijn koffer te pakken.

Paul Breitner was niet echt de maoïst waar velen hem voor hielden, maar wel 'links georiënteerd', zoals hij zelf zei, en behoorlijk eigenzinnig – en te trots om zich door wie dan ook te laten uitschelden. Thuis bij de vroegere gymnasiast hing een poster van de Argentijnse revolutionair Che Guevara, hij gaf om het milieu, en inderdaad, hij las boeken die ergens over gingen. Samen met zijn vrouw Hildegard adopteerde hij in december 1973 een kindje uit Vietnam. Het gevolg van deze – althans voor een profvoetballer – opmerkelijke levenshouding was veel aandacht in de media, plus de bijbehorende stereotypering. 'Mij is een etiket opgeplakt,' zei hij in *Kick*. 'Jaren geleden is me gevraagd welke schrijvers ik las. Uit een rits namen kozen de journalisten toentertijd die van Lenin, Marx en Mao. Ik ben daarna altijd afgeschilderd als een ultralinkse figuur. Van dat image ben ik nooit meer afgekomen.' Zelfs de afgezakte kousen waarmee Breitner placht te voetballen werden tot zijn grote verbazing uitgelegd als een vorm van provocerende nonchalance, een daad van protest, terwijl hij de medische adviezen om scheenbeschermers (en dus opgehouden kousen) te dragen, alleen maar negeerde omdat hij vond dat die dingen hem belemmerden in zijn bewegingen. (Bij het Nederlands elftal weigerden vier spelers, onder wie Willem van Hanegem, consequent scheenbeschermers; wel trokken zij de kousen omhoog.)

Breitner was duidelijk ánders. Samen met zijn vriend en ploeggenoot van Bayern München, Uli Hoeness, met wie hij in zijn jeugdjaren had samengewoond (toen Breitner in 1970 werd opgeroepen voor militaire dienst, verstopte hij zich elf dagen in de kelder en stond Hoeness de militairen die aanbelden te woord), vertegenwoordigde hij het *Sturm und Drang* van het moderne Duitse voetbal.

De Breitners van die tijd waren in het diepst van hun hart geen linkse revolutionaren, en zeker niet socialistisch, daarvoor bevatte hun sportieve en maatschappelijke eerzucht een te sterke zweem naar solisme. Non-conformistisch waren zij wel. Later zou Breitner een boek uitbrengen met de titel *Ich will kein Vorbild sein.* Vroegere helden als Uwe Seeler (goalgetter op het WK'66) zouden zulke titels nooit hebben bedacht – bewust als zij waren van hun voorbeeldfunctie voor de opgroeiende jeugd. Bovendien hadden Breitner en Hoeness geen bezwaren tegen het kapitalisme. Na het WK vertrok Breitner naar Real Madrid, onder andere omdat hij daar meer geld kon verdienen, en op het huwelijk van zijn 'slapie' Uli Hoeness was de conservatieve christelijke politicus Franz-Josef Strauss aanwezig. Beide jonge voetballers maakten er geen geheim van dat zij na het eventuele behalen van de wereldtitel een half miljoen mark aan reclamegelden dachten te gaan innen, zodat zij hun hele leven 'geen spat meer uit te voeren' hoefden, zoals Hoeness er stoer aan toevoegde. De middenvelder, geroemd om zijn loopvermogen en dynamiek, zei dat hij later manager van een voetbalclub wilde worden. Een voor die tijd ongebruikelijk, want onomwonden zakelijk toekomstperspectief. (Hoeness werd later, en al op jonge leeftijd, inderdaad manager bij de miljoenenclub Bayern München.)

Bescheiden kon je de nieuwe lichting dus niet noemen en dat was precies wat moraalridder Helmut Schön stoorde. Hij ergerde zich aan de columns en rubrieken die zijn spelers al dan niet met behulp van *ghostwriters* verzorgden in diverse kranten en tijdschriften – met als toppunt de jonkies Hoeness en Breitner, die samen met hun Bayern-trainer Udo Lattek een WK-boek in voorbereiding hadden met daarin opgenomen hun persoonlijke impressies van het toernooi. Het was een vorm van neveninkomsten die Schön misplaatst vond, om maar te zwijgen van de openhartigheden waartoe deze publicitaire verplichtingen zijn voetballers aanzetten. De behoedzaam formulerende Saks mocht dan van de oude stempel zijn, hij besefte donders goed dat de afnemers van al die stukjes in de krant niet zaten te wachten op de mededeling dat hun coach weer zo aardig was geweest vandaag. De beslotenheid zoals de Duitse ploeg die bij voorgaande toernooien had gekend, was verdwenen.

In het door Schön verfoeide WK-boek zou overigens amper een woord over de premiekwestie verschijnen. Wel schreef Uli Hoeness dat zijn oom hem op zijn zesde jaar tien mark schonk als beloning voor zijn eerste doelpunt bij de pupillen, om daaraan toe te voegen dat hij bij FC Bayern München inmiddels premies met vijf nullen opstreek. Het ging allemaal snel met de jonge honden, blijmoedig en schaamteloos rondrijdend in hun snelle auto's (de Maserati van Breitner bleef zelden onvermeld), maar Uli was toch wel oud en wijs genoeg om de opgewonden Paul er tijdens de 'premienacht' van te overtuigen dat hij zijn koffers, die hij om vier uur 's morgens voor de tweede keer gepakt had, weer moest legen.

Uiteindelijk ging niemand naar huis. Zowel in Zeist als in Malente werd een akkoord bereikt: de Nederlanders kregen als maximale winstpremie 65.000 gulden, inclusief de honoraria voor de voorronde, de Duitsers 75.000 mark. Voor de Duitse aanvoerder Franz Beckenbauer was hier sprake van een historische overwinning: voor het eerst in de

Duitse geschiedenis waren internationals in opstand gekomen tegen de macht van de bondsbestuurders. Hoewel hij in vergelijking met zijn tegenhanger aan Nederlandse kant, Cruijff, minder aanstichter was geweest in de premiekwestie en meer bemiddelaar, hanteerde hij welhaast socialistische formuleringen. Het principe was veel belangrijker geweest dan het geld, schreef hij korte tijd later in zijn autobiografie. De vastberadenheid van de profvoetballers was een demonstratie van de 'eigen kracht' geweest tegen de 'internationale ziekte' van 'de hiërarchie'.

In alle landen, stelde Beckenbauer, van Oost tot West, heb je 'machtigen en machtelozen'. De machtigen dat zijn steeds weer de bondsfunctionarissen die als 'absolute heersers' regeren, de rechtelozen de spelers, hoe beroemd ze ook zijn. Voetballers zijn in de grond van de zaak slechts 'speeltuigjes' van mannen die 'ons vanaf hun ereloge uitsluitend beoordelen op de gesteldheid van onze knieën en enkels, de beenderen en het vlees'. 'Even lief zouden ze paarden rondjes laten lopen,' wist Beckenbauer, 'om weddenschappen op af te sluiten.'

Dat soort linkse uiteenzettingen zou Johan Cruijff niet snel naar voren brengen. Cruijff had niets met links (al hadden sommige linkse studenten en kunstenaars in Nederland wel iets met hem) en van hoogdravende maatschappijvisies moest hij weinig hebben. Studenten mochten van hem wel wat vroeger opstaan, hijzelf was een en al bedrijvigheid, ambitie en eerzucht, met loon naar presteren was niets mis, vond hij. Zijn schitterende spel wekte de indruk dat het hem allemaal was komen aanwaaien, maar juist Cruijff was de vleesgeworden stelling dat ook een natuurtalent zijn doel alleen maar bereikt met tomeloos en eindeloos oefenen. Zijn lange haar, sieraden en wijde broekspijpen mochten dan manifestaties lijken van een progressieve levenshouding, in werkelijkheid waren die uiterlijkheden slechts te danken aan de modieuze verlangens van zijn eigentijds geblondeerde en opgemaakte vrouw Danny, die zelf de vergelijking met Britse popzangeressen als Dusty Springfield goed kon doorstaan. Al snel nadat zij verkering hadden gekregen, had Danny korte metten gemaakt met Cruijffs 'slobberpak' dat zij maar 'maf' had gevonden. En zijn korte haar, naar achteren gekamd 'op een manier van honderd jaar geleden' was 'het tegenovergestelde van hip'. Zij vond eenvoudig dat haar man er met lang haar leuker uitzag.

Cruijff en Beckenbauer waren gelijksoortige boegbeelden voor hun leeftijdgenoten, en die boegbeelden zeiden: wij laten niet over ons lopen. Zowel Cruijff als Beckenbauer toonde in hun puberjaren regelmatig ongedisciplineerd gedrag. Tijdens het WK hield Cruijffs oudere broer Henny – eigenaar van een sportwinkel in de Jordaan, de volkswijk waar hun ouders waren geboren – op verzoek van sportverslaggever Theo Koomen een papier voor de camera: in schools handschrift stond er vijftig maal: 'Ik moet in een wedstrijd mij netjes gedragen en fair blijven spelen'. Ondanks het feit dat de zestienjarige vlak daarvoor zijn eerste profcontract bij Ajax had getekend (voor vijftig gulden per week), was hij maar doorgegaan de scheidsrechters te bekritiseren. Toen geldboetes van tien tot vijftien gulden niet hielpen, greep het Ajaxbestuur bijna wanhopig naar het antieke middel van de strafregels. Drie jaar later, in november 1966, werd de Pietje Bell van het Nederlandse voetbal – als eerste international – uit het veld gestuurd wegens onwelvoeglijk gedrag tegen de scheidsrechter. Ook later zou hij zich meer dan eens brutaal gedragen en maling hebben aan gezagsdragers en hun taaie protocollen.

De aanvoerders van West-Duitsland en Nederland waren van bescheiden komaf en hadden bovendien de naoorlogse armoe ondervonden – en beiden hadden zich zowel bij hun clubs als bij hun nationale teams ontpopt tot eigenzinnige praters, spelverdelers, roergangers die het opnamen voor de rest. Maar aan Cruijff (1947) kon je de erfenis van zijn jeugd in 1974 beter aflezen dan aan Beckenbauer (1945). In Cruijff zag en hoorde je op zijn 27ste nog steeds het schoffie dat hij was geweest, zijn rauwe en wispelturige leven op straat, het na tweeëneenhalf jaar beëindigde verblijf op de mulo, zijn moeder die de kleedkamers van Ajax schoonmaakte om rond te komen nadat haar man Manus op 45-jarige leeftijd was overleden aan een hartaanval (Johan was toen twaalf). Veel jongens adoreerden Cruijff juist omdat hij in tijdschriften showde met zijn auto's – eerst, toen hij nog kort haar had een Mini Morris, later, toen zijn haar over zijn oren hing, een Citroën met Maseratimotor en een Japanse sportauto. Maar tegelijk werd van sterren als Johan Cruijff verwacht dat zij 'gewoon' en aardig bleven. Dat hij zich publiekelijk opstelde als de markthandelaar die hij als zoon van een groentewinkelier uit de Akkerstraat in de Betonbuurt, Amsterdam-Oost, zo goed had leren kennen, gold eerder als een voordeel dan als een nadeel.

Beckenbauer was de zoon van een postbeambte die geen schoenen voor zijn kinderen kon kopen; vlees kwam in de naoorlogse jaren bij hem thuis, in de Münchense arbeiderswijk Giesing, alleen op tafel als er op de zwarte markt elders in de gebombardeerde stad iets te ritselen viel. Toch weerspiegelde Franz Beckenbauer al vroeg in zijn voetballoopbaan een hang naar hogere kringen, een ambitie die hij gestalte gaf door bij een privé-leraar te rade te gaan inzake verfijnde tafelmanieren en de omgang met hoogwaardigheidsbekleders. Hij ontworstelde zich aan zijn verleden en leerde praten in gestructureerde zinnen, hij ging naar de opera met een strikje voor en wilde deel uitmaken van de jetset. Op zijn 29ste, in de aanloop van het WK'74, werd hij gefotografeerd terwijl hij ontspannen glimlachend, in een smoking, met naast hem zijn blondgelokte echtgenote Brigitte in een glinsterende avondjurk, de treden van een Weens concertgebouw besteeg. Een rijke vriend had de Beckenbauers erheen gevlogen met zijn privé-vliegtuig. Aan zijn hele uitdrukking kon je zien dat Kaiser Franz, zoals hij genoemd werd, over deze hele situatie zeer tevreden was.

Op de een of andere manier belichaamde Franz Beckenbauer als weinig anderen het nieuwe, succesvolle Duitsland – het Duitsland dat een kleine dertig jaar na de capitulatie door de nazi's zijn stem weer enigszins verhief. Sportjournalist Kees Jansma was een van de vele Nederlanders die zich daaraan ergerden. De Jansma's van Nederland vonden Beckenbauer arrogant. Ook veel Duitsers vonden Beckenbauer wel eens hooghartig, maar voor de Jansma's was Beckenbauer een typische 'mof'. In hun ogen was hij geen uitzondering, maar regel.

Namens zijn werkgever, het katholieke en zieltogende dagblad *De Tijd*, reisde Kees Jansma – net als Cruijff 27 jaar – met een 'gezonde hekel aan Duitsers' naar het wereldkampioenschap af. Voor zover de Duitsers in zijn ouderlijk huis onderwerp van gesprek waren geweest, stond hun slechtheid in de oorlog centraal. De meeste joden die Jansma's opa voor de oorlog had gekend – hij dreef een meubelzaak in de jodenbuurt – waren na 1945 niet meer teruggekeerd. Daar schaamde de winkelier zich voor, want had hij eigenlijk wel genoeg gedaan om de 'joodjes' te beschermen? De moralistisch getoonzette boekenreeks over de Tweede Wereldoorlog van dr. Loe de Jong was in huize Jansma verplicht leesvoer, diens televisieserie *De Bezetting* verplichte kost voor het hele gezin.

En als de oorlog er niet bij kon worden gehaald, was er altijd nog de afgunst over het economisch succes. Het stak dat West-Duitsland ondanks de internationale sancties een *Wirtschaftswunder* had beleefd waarbij de bloeiende Nederlandse economie – die in 1945 eveneens praktisch vanaf nul herbouwd moest worden – verbleekte. Afgezet tegen de stringent aangehouden loonmatiging in Nederland leek het wel of de Duitsers veel meer welvaart kenden. Erger nog, de rijksten liepen er volgens Hollandse normen schaamteloos mee te koop. Aan tafel bij de familie Jansma waren de Duitsers maar brallers en patsers, in hun bontjassen en brede wagens en protserige huizen – en Engels spreken ho maar. Drie weken te moeten verkeren tussen zulke mensen leek Kees Jansma geen pretje.

Voor Sytze van der Zee gold het omgekeerde. Toen hij in 1969 de mogelijkheid had gekregen om namens de *NRC* het saaie Hilversum in te ruilen voor een standplaats in Bonn had hij die met beide handen aangegrepen. Als correspondent beschouwde hij het sociale leven in Duitsland als een verademing. Geen spijkerpakken en slordige omgangsvormen meer, geen grauwe cafés waar de middelmaat de toon zette maar in plaats daarvan een zwierig uitgaansleven met dure auto's en smokings. Als hij voor de krant op pad moest, verbaasde hij zich over de middenklasse-hotels waar hij overnachtte: ze boden meer comfort – zwembad, sauna, massagesalons – dan de tophotels in Nederland. Regelmatig ging hij naar de *Bundespresseklub* en hij laafde zich aan de avondtoiletten, het goede eten, de hang naar het betere leven – al stak het wel dat zijn Duitse collega's beduidend meer verdienden dan hij. Net als zij droeg hij een stropdas. Als hij zich daarmee in Amsterdam vertoonde, werd hij daarop aangevallen, soms letterlijk.

Van der Zee's fascinatie voor Duitsland was ook ingegeven door het oorlogsgedrag van zijn vader. Diens NSB-lidmaatschap vormde een extra reden om zich te verdiepen in – en zich af te zetten tegen – het 'foute' verleden van Duitsland en zijn Nederlandse collaborateurs. Zo trad de jonge verslaggever in 1966 op in een Duitse reportage over het naderende huwelijk tussen prinses Beatrix en de Duitse jonkheer Claus von Amsberg. Vol bravoure en overtuigd van zijn eigen gelijk uitte hij zijn misprijzen over het toetreden van dit voormalige *Wehrmacht*-lid tot de koninklijke familie.

In politiek opzicht had de journalist Van der Zee zich aangetrokken gevoeld door de ontspanning van bondskanselier Willy Brandt en diens gewaagde, historische toenadering tot het Oostblok. Maar Van der Zee's optimisme over dit nieuwe geluid, dat hij ervoer als een frisse wind, werd al snel bedreigd door de aanslagen van de Rote Armee Fraktion. Het openbare leven in West-Duitsland kreeg een steeds grimmiger karakter; hij merkte dat de Duitse politie de kidnappings en moordpartijen van de links-revolutionaire Baader-Meinhofgroep, zeker voor Hollandse begrippen, keihard beantwoordde. De aanslag in het Olympisch Dorp tijdens de Spelen van München 1972 – de Israëlische delegatie werd het doelwit van Palestijnen – maakte het allemaal nog erger. De dood van elf Israëli's (en vijf Palestijnen) had als gevolg dat de eindronde van het wereldkampioenschap twee jaar later – met de finale in München – overwoekerd zou worden door extreme veiligheidsmaatregelen. Een nieuwe aanslag in de mondiale schijnwerpers moest immers ten koste van alles worden voorkomen.

Van der Zee besteedde graag aandacht aan voetbal. Hij had de Duitse bondscoach Helmut Schön geïnterviewd en wilde zeker naar WK-wedstrijden gaan kijken – al verwachtte hij net als de meeste van zijn landgenoten weinig van Nederland. Maar door het verkilde klimaat was zijn verlangen toch iets verminderd: een compleet voetbalfeest zou het met al die agenten en strenge veiligheidsmaatregelen nooit kunnen worden, geen onbezoedelde manifestatie van een prille en vredelievende democratie op weg naar een florerende toekomst.

Het hotel waar de spelers van het Nederlands elftal op 12 juni laat in de middag aankwamen – met slecht weer – had alles waar de Jansma's zich over beklaagden en Van der Zee over juichte. Het was een mooi en duur hotel, vijf sterren, in alles de manifestatie van de snel groeiende welvaart in West-Duitsland. Als een reusachtig Zwitsers chalet verrees het op een verhoogd terrein aan een meer, ten zuiden van de oude stad Münster. Hans Krautkrämer en zijn vrouw hadden het in 1968 laten bouwen met het geld dat zij verdiend hadden met de verkoop van hun restaurant – eerst een kleinere versie, en, omdat steeds meer welvarende gasten om zakelijke en particuliere redenen hier kwamen om van een weekendje rust te genieten, sinds het najaar van 1973 in de uiteindelijke grote versie: tachtig bedden op vier etages onder drie enorme, met donker hout beslagen puntdaken. Imposant en toch vriendelijk. Om de rustgevende landelijkheid van het Waldhotel te benadrukken, iets van geborgenheid mee te geven, stond er een toegangspoort die was overgenomen van een oude boerenhoeve uit de nabije omgeving, een ronde dikhouten boog met een stenen dakje.

Er waren feest- en conferentiezalen, er was een sauna, een zwembad met solarium, een beautysalon, een kegelbaan, alle kamers hadden een eigen ligbad, er waren terrassen die uitkeken op het door bossen omzoomde meer... Er was zelfs zoveel dat naar comfort en weldaad riekte dat het hotel tijdens de eerste inspectie in januari bijna was afgekeurd. Michels' assistent en voormalige Tsjechische vluchteling Frantisek Fadrhonc vreesde dat de overweldigende luxe de spelers van Oranje te veel van hun mannelijkheid zou ontnemen. Het moet gezegd dat het Waldhotel Krautkrämer eerder associaties opriep met luieren en verwend worden, met gezellig doorzakken bij een goed glas wijn (de Krautkrämers waren specialisten in Duitse kwaliteitswijnen) dan met topsport. Uiteindelijk werd toch door delegatielid en KNVB-dokter Frits Kessel aan Michels gerapporteerd dat Hotel Krautkrämer qua 'accommodatie, ligging en bereikbaarheid ideaal' was. Het andere hotel dat de Duitse voetbalbond had geadviseerd was slechter gelegen, de bedden veerden minder mee en de koffie smaakte er ook nog eens beroerd.

Michels zelf was bij zijn verkennende bezoek meteen enthousiast geweest. Er was een eenvoudig doch functioneel voetbalcomplex vlakbij – je hoefde alleen maar de brug die het kanaal omspande over, even doorrijden tot het kalme plaatsje Hiltrup, en je was er al. Hiltrup lag vlakbij de snelweg van Osnabrück naar Dortmund en, zeker zo belangrijk, het hotel was afgelegen: buiten de bebouwde kom, met aan de voorkant een rustige, lokale weg langs een kanaal en aan de achterkant het meer. Verder alleen bossen. Alle kamers lagen aan de achterkant. In zijn Ajaxtijd had Rinus Michels geleerd dat hotels in het centrum van een stad alleen maar problemen gaven – problemen die erop neerkwamen dat hij aan de vooravond van een wedstrijd ergens in Europa zijn tijd moest verdoen door als een waakhond op een stoel bij de lift te zitten om te voorkomen dat zijn spelers gingen stappen.

Tweede voordeel van de geïsoleerde ligging van Waldhotel Krautkrämer: het liet zich goed afschermen. Want het complex *am Hiltruper See* was niet meer de idylle van vijf maanden daarvoor. Rondom het complex lagen grote rollen prikkeldraad. In en buiten het hotel liepen zwaar bewapende politiemannen. De dag voordat de touringcar met daarop in grote letters 'Niederlande' vanaf de provinciale weg het parkeerterrein opdraaide, hadden honderd agenten het hele bos uitgekamd. Minstens twintig gewone politie- en *Kriminal*-agenten mochten de spelers geen seconde met rust laten. Vanaf Zeist was de bus al geëscorteerd geweest door eerst de Porsche-groep van de Nederlandse politie, en vanaf de grens door Duitse politie. In een vertrouwelijk schrijven van KNVB's secretaris-penningmeester, Henk Burgwal, werd duidelijk dat niets aan het toeval mocht worden overgelaten. De Nederlandse voetballers werden samen met hun Chileense collega's beschouwd als meest voor de hand liggend doelwit van terreur; voor hen waren, aldus de brief van Burgwal van 20 april 1974, 'de meest scherpe maatregelen genomen'. Nederland diende een Palestijnse aanslag te vrezen vanwege de pro-Israëlische houding van volk en regering.

Chili had zich overigens op haast potsierlijke wijze gekwalificeerd voor deze eindronde. Een militaire staatsgreep van september 1973 tegen de socialistische, maar democratisch gekozen president Salvador Allende was gevolgd door de vestiging van een dictatuur onder generaal Augusto Pinochet. De voetballende tegenstander (Sovjet-Unie) had geweigerd te spelen in het stadion van Santiago waar na de coup politieke gevangenen waren gemarteld en vermoord. De FIFA vond dat de wedstrijd Chili-USSR (de beslissingswedstrijd tussen de winnaars van een Europese en een Zuid-Amerikaanse poule) toch moest doorgaan. Op 21 november 1973 was daardoor maar één ploeg aangetreden – met als bizarre aanblik een nationaal Chileens elftal dat in vol ornaat een leeg veld overstak en 1-0 maakte door de bal in een leeg doel te trappen. De vertegenwoordiger van een dergelijk rechts-militair regime kon wel eens aangevallen worden door bijvoorbeeld de Rote Armee Fraktion, die er op gewelddadige manier naar streefde de wereld linkser te maken.

Voor Nederland kwam er nog eens bij dat Johan Cruijff internationaal bekend was – hij was Europees voetballer van het jaar 1973, hij werd al de opvolger van Pele genoemd als beste speler ter wereld — en gevaar liep te worden ontvoerd. Dat gold ook zijn drie kinderen, Chantal, Susila en de vier maanden oude zoon Jordi, zo schreef Henk Burgwal van de KNVB in januari aan zijn Duitse collega Hermann Neuberger: 'Zoals jou bekend is, zijn wij niet zulke beste vrienden van de Arabieren. Bijvoorbeeld de ontvoering van een van de kinderen van Cruijff zou mogelijk kunnen zijn.'

De aanvaller maakte zich over zijn eigen hachje geen zorgen. Cruijff had zoiets twee jaar eerder meegemaakt, toen Ajax in Buenos Aires om de wereldbeker streed. Een Philips-directeur was ontvoerd en Ajax werd bedreigd. En onlangs nog had Cruijff met zijn nieuwe team Barcelona van alles meegemaakt in Casablanca. Hij herinnerde zich bovendien dat Zuid-Molukkers hem en enkele andere Ajacieden ooit hadden bedreigd aan de vooravond van een Europacupwedstrijd. Na die voorvallen kreeg hij de hele dag twee agenten bij zich. Hij lag er niet wakker van, zei hij op de televisie, het hoorde er kennelijk allemaal bij: 'Zolang ze erover praten is er niets aan de hand. Als je niets meer hoort wordt het gevaarlijk. Bovendien zijn er volop veiligheidsmaatregelen. Ik denk er nooit aan, Danny wel, logisch.'

Direct na aankomst merkten de spelers hoe serieus de veiligheidsmaatregelen waren. Zij stonden op de gang van de derde etage op de trainingspakken te wachten, toen een fotograaf de trap op liep om dat tafereeltje vast te leggen. Zonder pardon werd de man het hotel uitgewerkt. De derde (en hoogste, dus veiligste) etage was afgehuurd voor de Oranjespelers, op de tweede zaten de leden van het WK-team der KNVB, begeleiders, medische staf, materiaalmensen, persfunctionarissen, secretariaat – de mensen die Michels aanvankelijk helemaal niet in het spelershotel wilde hebben, maar in wier aanwezigheid hij uiteindelijk toch maar had toegestemd. Wie er zeker niet mochten logeren, waren journalisten – wat enkele Duitse journalisten er niet van weerhield om buiten medeweten van Michels een appartementje te huren in het personeelskwartier. In bepaalde opzichten zouden zij daardoor meer van de levenswijze van de voetballers te weten komen dan hun Nederlandse collega's.

De Nederlandse spelers werd verzocht zich buiten het hotel zo veel mogelijk in groepjes voort te bewegen. Bezoek op de kamers was ten strengste verboden. Contacten met mensen buiten het hotel dienden onder controle te staan van, en van tevoren bekend te worden gemaakt aan de bewakingsdienst – inclusief contacten met echtgenoten en verloofdes. Telefoonverkeer werd opgenomen en vastgelegd om anonieme bellers te kunnen opsporen. Vast aanspreekpunt voor de spelers was een Duitse politieman in burger die nimmer van hun zijde mocht wijken. Spelers dienden zich steeds herkenbaar te kleden, dus in trainingspakken of uniformen, hun hotel-*Ausweis* moest goed zichtbaar zijn en hun dagprogramma diende altijd ruim voortijdig bekend te zijn bij de bewaking. De buschauffeur die de spelers naar het trainingscomplex en de wedstrijdstadions zou rijden, was een geselecteerd lid van de *Bundeswehr* en zijn bus diende na gebruik altijd te worden geparkeerd in een politiegarage zeven kilometer verderop. Het kanaal langs het hotel, normaliter druk bevaren in de zomermaanden, was afgesloten. Tijdens het screenen van het tachtigkoppige personeel waren veiligheidsbeambten volgens de brief van Burgwal gestuit op 'twee Arabieren'; de hotelleiding kreeg opdracht de Marokkaan en de Tunesiër weg te sturen.

Als laatste van de zestien deelnemende ploegen arriveerde de Nederlandse equipe in West-Duitsland, op de waarschijnlijk meest luxueuze en best beveiligde plek. Alleen al voor de deur van kamernummer 388, die van Johan Cruijff, stonden twee bewakers. De volgende avond, op donderdag 13 juni, was de openingswedstrijd, tussen de heersende kampioen Brazilië en Joegoslavië. Na de televisie-uitzending werd de spelers er nogmaals op gewezen dat zij zelfs onschuldige activiteiten als vissen (op het meer) en tennissen (bij de aanpalende tennisclub, waar hotelgasten welkom waren) groepsgewijs moesten verrichten, en onder bewaking. Ook tijdens de wedstrijden zouden de mannen van de corpulente *Oberkreisdirektor* Gustav Günter altijd vlakbij zijn.

De omgeving van Hiltrup mocht dan een beetje op Nederland lijken, vlak land met weilanden en bossen, tuinbouw, een kwekerij, een kanaal – wie niet beter wist, waande zich ergens in Zuid-Holland –, maar voor de rest was het grimmigheid troef, alles formeel vastgelegd in ambtelijke procedures, prikkeldraad, bewakers, geen bewegingsvrijheid: allemaal zaken die de gemiddelde Nederlander deden huiveren van afschuw. Het leek een voetbalfestijn te worden met de uitstraling van een gevangenis. 'Gelukkig duurt het maar hooguit vier weken,' schreef doelman Jan Jongbloed voor het slapen gaan in zijn dagboek.

4. *Uruguay*

Zaterdag 15 juni 1974 was een historische dag voor het Nederlandse voetbal, maar het is moeilijk te zeggen of dat in de eerste plaats te danken was aan de spelers of aan de fans. Eindelijk speelde Oranje sinds 1938 weer een WK-wedstrijd en eindelijk vormden de spelers en hun supporters een eenheid. Zowel het Nederlandse spel als de ongekende sfeer waarin het tot ontwikkeling kwam zou na die dag eindeloos in herinnering worden gebracht. Tot in lengte van dagen zouden de mensen zeggen: toen is het begonnen; wat nu gewoon is – een uittocht voor het Nederlands elftal – was toen een sensatie. Uittochten waren voorbehouden aan Feyenoord en Ajax, of aan de schaatsers Kees Verkerk en Ard Schenk.

Tussen Rinus Michels' min of meer experimentele elftal en 25.000 spontaan naar West-Duitsland afgereisde landgenoten ontsproot een wisselwerking die in zekere zin op niets gebaseerd was – in ieder geval niet op het geheugen. Je moest heel wat bladzijden terugbladeren in het boek van de Oranjegeschiedenis, wilde je stuiten op voorvallen als deze. De twee keren dat er na de oorlog een Oranjelegioen de grens over was getrokken, was in 1953 en 1956. Eerst had je de beroemde Watersnoodwedstrijd in Parijs: ten gunste van de Nederlandse watersnoodslachtoffers presteerden Cor van der Hart en Kees Rijvers en al die andere helden het ongelooflijke: toegejuicht door duizenden Nederlanders op de tribunes wonnen zij van de onverslaanbaar geachte Fransen. Drie jaar later zag je drommen Hollandse fans zo blij als een kind een modderveld in Düsseldorf bestormen om doelpuntenmaker Abe Lenstra op de schouders te nemen na een 2-1 zege op wereldkampioen West-Duitsland.

Maar over zulke vergelijkingen hoorde je haast niemand. 1974 was geen jaar van terugblikken; het verleden was absoluut niet in de mode, de toekomst wel. De jaren vijftig, dat was armoe, werkloosheid, lekkende daken, tocht op de gang – een donkere tijd waaraan Nederland zich met vroeg opstaan en hard werken had ontworsteld. De Nederlanders lieten in hun nieuwgebouwde doorzonwoningen centrale verwarmingsinstallaties aanleggen en keken vooruit, naar licht en droogte en hogere inkomens. Bovendien, het enthousiasme bij de wedstrijden in 1953 en 1956 kon niet in de schaduw staan van het kippenvel bij zowel het Nederlands elftal als zijn in oranje uitgedoste volgelingen op deze mooie junimiddag in Hannover.

Wat Oranje in het praktisch uitverkochte Niedersachsenstadion aanrichtte, had de magie van een geboorte. Om vier uur in de middag zag het Oranjegevoel het levenslicht.

De eerste vonk kwam van de fans, dat staat vast. Niemand had ze daar in deze getalen verwacht – de door vele teleurstellingen cynisch geworden spelers nog het minst. Zonder iets dat je naar latere maatstaven marketing kon noemen, waren ze gekomen, per trein, per auto, drinkend maar nergens amok makend, vrolijk, op een ludieke manier chauvinistisch. Honderden Nederlandse militairen die in West-Duitsland gelegerd waren, hadden plaatsgenomen op de tribunes. 'Holland geeft ze van katoen, de 44ste AVA wenst jullie kampioen', stond er op een spandoek. En: 'De 41ste pantsergenie steunt Oranje'.

Buiten de poorten van het stadion kochten de fans oranje shirts die te koop waren aangeboden door slimme handelaren met een vooruitziende blik. En ze zwaaiden met honderden vlaggen en lieten hun scheepstoeters klinken en ze zongen Oudhollandse liedjes, al voordat scheidsrechter Karoly Palotai uit Hongarije voor het eerst op zijn fluitje blies. 'In Hannover was zaterdag meer oranje te zien dan in heel Nederland op een koninginnedag,' constateerde een verslaggever. Tevens zag hij dat de fans zich uitstekend gedroegen. Een dergelijke vredelievende houding was niet zo vanzelfsprekend meer: twee weken eerder had Nederland voor het eerst kennisgemaakt met hooligans. De UEFA-cupfinale tussen Feyenoord en Tottenham Hotspur was op 29 mei verschrikkelijk uit de hand gelopen in de Kuip; tijdens vechtpartijen op de tribunes tussen Engelse supporters en de politie waren tweehonderd gewonden gevallen. Hoe anders ging het toe in Hannover. Vuurwerk mocht het stadion niet in: de Nederlanders wierpen closetrollen uit. Vredelievender projectielen dan deze kon een mens zich niet voorstellen.

Pas tijdens het inschieten, vlak voor aanvang, ontdekten de spelers dat er zoveel landgenoten waren. Arie Haan stond een beetje verbaasd naar al dat oranje te kijken en hij zag dat zijn teamgenoten hetzelfde deden. Hij kreeg er kippenvel van. Bij het binnenrijden van het stadion was de enorme hoeveelheid fans ze nog niet opgevallen – herrie van duizenden klinkt hetzelfde als herrie van tienduizenden, herrie is herrie. Johan Cruijff had gerekend op drieduizend mensen (nog heel wat, naar Nederlandse maatstaven), zeker niet op het achtvoudige daarvan. Toen hij het veld opliep en het gejuich hoorde en overal oranje zag, was hij geroerd. En al die mensen deden iets wat het Oranjepubliek vele jaren niet meer had gedaan: het Wilhelmus meezingen – hartstochtelijk zelfs. Aan de gewoonte om het volkslied in stilte aan te horen, was opeens een einde gekomen.

Godzijdank, dacht Cruijff tijdens de eerste tonen van het volkslied, ze zijn toch gekomen. Hij had bloemen bij zich gehad om die over het hek te gooien in een poging het neutrale deel van het publiek voor zich te winnen. Een overbodig gebaar: ongeveer de helft van de 55.000 toeschouwers was Nederlandsgezind, bovendien zaten er maar vijfhonderd Uruguayanen in het stadion; zij hielden een enkel schamel spandoekje op.

Naast Cruijff stond Jan Jongbloed in zijn gele keeperstrui, een bal in zijn rechterhand, de blik naar zijn schaduw op de grond. Ook bij de doorgaans nuchtere sigarenwinkelier uit Amsterdam-West liepen de koude rillingen over de rug. 'Eindelijk staan ze achter ons,' dacht hij. Hij was de hele dag nerveus geweest: kriebels in de buik, niet erg aanspreekbaar. De nervositeit had hem geeuwerig gemaakt. Terwijl de rest 's middags zat te kaarten was hij gaan slapen, langer en dieper dan normaal, dat deed hij altijd als hij last had van zenuwen.

Jan Jongbloed was direct onder de indruk geweest van het recentelijk gerenoveerde stadion in Hannover: eenvoudig en functioneel, mooie grasmat, goede douches, een ruim ligbad voor het hele elftal en een prima toilet – waar hij vlak voordat hij het veld op moest nog even een sigaretje rookte om de spanningen te onderdrukken. De Duitse organisatoren hadden duidelijk alles gedaan om het de sporters en begeleiders naar de zin te maken. Toch miste het Niedersachsenstadion, net als de meeste andere WK-stadions in 1974, dat typische voetbalgevoel. Er was een sintelbaan rond het veld, met als gevolg een ontnuchterende afstand tussen spelers en publiek. De meeste profvoetballers houden ervan als de tribunes het grasveld strak omklemmen, gelijk een arena waaruit geen ontsnappen mogelijk is en waar de toeschouwers de matadors haast kunnen aanraken. Maar ondanks de fysieke afstand bezorgden de Nederlandse spelers en supporters hun land voor het eerst – en terstond – de reputatie van een gepassioneerd voetballand.

Jongbloed voelde de druk waaraan hij blootstond. Hij wist dat veel Nederlandse toeschouwers verwonderd tegen zijn aanwezigheid zouden aankijken, voor zover ze hem niet allang hadden afgeschreven. Maar hij zou Jan Jongbloed niet zijn als hij zich bij het betreden van het gras niet meteen ontspannen had gevoeld, geholpen door de wetenschap dat hij meestal op zijn best was als het spannend werd. En uiteraard steeg zijn moreel bij het aanhoren van de luide aanmoedigingen. Ook Willem van Hanegem, die bekendstond als koelbloedig en strijdvaardig, werd erdoor geraakt, net als Cruijff, Krol, Rep en de rest. Drie dagen eerder beweerde Van Hanegem in de bus naar Hiltrup minnetjes dat de wedstrijd tegen Uruguay – zijn allereerste WK-optreden – nog helemaal niet door zijn hoofd speelde, hij onderging de trip meer als een 'potverteerreisje'. Maar eenmaal in het gelid tijdens het zingen van de volksliederen gaf de aanwezigheid van al die fans hem een veilig gevoel, zoals hij later toegaf. Zelfs al stond hij, zoals gewoonlijk, onthecht en zwijgzaam om zich heen te kijken: hij kreeg het idee dat nu niets meer kon misgaan.

Statistisch gezien kon er voor Nederland ontzettend veel misgaan. Het nationale elftal van Uruguay had veel wat Nederland miste; het belangrijkste daarvan was WK-ervaring. In 1950 was Uruguay al voor de tweede keer de beste van de wereld geweest en bij het laatste wereldtoernooi, in 1970, hadden de Zuid-Amerikanen de halve finale bereikt. Uruguay had de reputatie dat het tijdens eindtoernooien boven zichzelf uitgroeide. Wat Nederland nog het meeste tegenstond, was dat Uruguay zijn successen nogal eens te danken had aan andere dan zuiver sportieve middelen. Zelfbeheersing en respect voor het lichaam van de tegenstander stonden laag in aanzien. Het team, met vijf spelers die er ook in Mexico bij waren geweest, was geducht om zijn routine en geslepenheid, zijn defensieve vasthoudendheid en gemene trucs. Een oefenwedstrijd tegen (het eveneens gekwalificeerde) Australië had als macaber hoogtepunt een karatetrap, uitgevoerd door een Uruguyaanse voet, met als gevolg geen WK voor de Australische aanvaller Ray Baartz. Dat kon Johan Cruijff ook overkomen.

Vrees voor de Uruguayaanse, aan oorlogsdrift grenzende passie had Europees kampioen Ajax er al eens van weerhouden in Montevideo tegen de Zuid-Amerikaanse kampioen Nacional uit te komen voor de strijd om de wereldbeker. Dit overigens tot ergernis van de Uruguayaanse voetballers: bij wijze van wraak op Ajax' gedrag van drie jaar eerder eiste de besnorde aanvoerder Pedro Rocha – volgens Theo Koomen mogelijk de beste middenvelder ter wereld – enkele dagen voor Nederland-Uruguay openlijk tweehonderd dollar voor een NOS-interview. 'Jullie wilden toen niet tegen ons komen voetballen, daarom wil ik nu geld zien,' zei hij. De deal ging niet door, waarna hij in het zicht van de televisiecamera pesterig wegliep. Even later werd de televisieploeg als een gezelschap snotneuzen verwijderd uit het spelershotel van Uruguay. Hier golden duidelijk andere normen dan in Europa. 'Iedereen schijnt hier aanvoerder te zijn,' becommentarieerde tv-verslaggever Ruud ter Weijden de 'ongedisciplineerde' training. 'En iedereen is trainer, aan het gekrakeel te horen. Men doet maar wat. Ster Luis Cubilla lijkt geen zin te hebben om mee te doen, zo te zien.' Enkele spelers beperkten zich tot een partijtje basketbal.

Uruguay had ook nog even geoefend tegen een West-Duits amateurelftal en had daarbij volgens *de Volkskrant* het vriendschappelijke karakter 'volkomen' uit het oog verloren. Spelers 'joegen bloeddorstig achter hun tegenstanders aan' waarbij ook de 'handige' en 'aartsgevaarlijke' goalgetter Fernando Morena zich niet onbetuigd had gelaten. Reden voor enige bezorgdheid in het Hollandse kamp kon zijn dat dezelfde Morena van scoren moest worden afgehouden door de jonge en minst ervaren Nederlander van allemaal, Wim Rijsbergen.

Maar tussen vier en zes uur op 15 juni 1974 liepen de spelers van Uruguay met een versuft soort verbazing over het gras van Hannover als kwamen zij in aanraking met buitenaardse wezens. Ze moeten gedacht hebben dat die wezens over ultramoderne zintuigen beschikten waarmee zij met elkaar konden communiceren; alsof die wezens maar op een knopje hoefden te drukken om van het ene op het andere moment in andere snelheden te voetballen, van onnavolgbaar snel tot tergend langzaam. Uruguay etaleerde een fraaie techniek, die werd benut om de bal over korte afstanden kittig heen en weer te spelen, met leuke een-tweetjes en knappe schijnbewegingen, maar hun vakmanschap scheen nauwelijks te zijn bedoeld om de bal in het vijandelijke doel te krijgen.

Jan Jongbloed keepte een van de saaiste wedstrijden uit zijn leven. Hij kreeg de bal gedurende anderhalf uur maar een paar keer in zijn handen, meestal na een terugspeelbal van een medespeler. Alle zenuwen van de Nederlandse spelers waren bij nader inzien onnodig geweest, inclusief die van supervisor Michels. (In Zeist had hij nog gezegd dat hij Uruguay hoger aansloeg dan wereldkampioen Brazilië.) Vergeleken bij het jongensspel van Oranje leefden de voetballers van Uruguay nog in het stenen tijdperk. Langs de flanken van het Cerro Acegua-gebergte duwden zij een handkar omhoog, om tot hun ontzetting ineens aan alle kanten te worden ingehaald door elf Vespa's. Het was bijna zielig om te zien. Het lijkt wel of Uruguay zijn kampioenselftal van 1930 heeft afgevaardigd, dacht reservespeler Rinus Israel op de bank naast Michels.

Zodra de bal voor de voeten rolde van een speler die gehuld was in een lichtblauw shirt en zwarte broek, werd deze omgeven door verscheidene brommertjes tegelijk en zij lieten het slachtoffer pas met rust als zij de bal weer in hun bezit hadden. Hierna speelden zij de bal naar elkaar over op een manier die de Uruguayanen nog nooit hadden gezien (die indruk wekten zij tenminste): het voltrok zich zonder aanwijsbare patronen of zelfs afspraken, je wist nooit welke Oranjespeler op welke plek zou opduiken, en waarom.

De voetballers uit Zuid-Amerika deden alles te langzaam. Johan Cruijff en zijn mannen waren sneller, beweeglijker, speelser, dynamischer, in alle opzichten honderd jaar jonger. Dat kwam Johan Neeskens al vroeg in de wedstrijd op een schop in zijn kruis te staan; niet omdat de dader uit Uruguay hem daar wilde raken maar omdat het lichaam van Neeskens zich inmiddels op de plek bevond waar de Uruguyaan kort tevoren nog een opstuitende bal had gezien. Het spel van Nederland – al na een half uur na de aftrap door de Engelse televisiecommentator een *football exhibition* genoemd – en Uruguay – 'zij hebben hun reputatie thuisgelaten' – was in een notendop dit: een Uruguayaans been gaat naar achteren om de bal te trappen, waarna de voorwaarts bewegende voet helemaal niets raakt omdat een Nederlander de bal allang heeft afgepakt.

Grote kans dat de Nederlander het spel daarna versnelde. Dat kon door plotseling de bal van man tot man te laten gaan waarbij ieder hem slechts één keer raakte (in plaats van de bal te ontvangen en dan pas verder te transporteren, wat uiteraard veel trager gaat); het kon doordat een speler zelf plotseling naar voren sprintte met de bal aan de voet, en het kon door de bal te trappen naar een medespeler die zichzelf van tevoren al in de richting van het vijandelijke doel had gekatapulteerd, zonder te weten of de bal ooit zijn kant zou opkomen. Het waren drie vormen van tempoverhogingen die met elkaar gemeen hadden dat zij de tegenstander compleet verrasten.

Na tien minuten stond het 1-0 voor Nederland en tot ieders verbazing stond het bij het einde van de eerste helft nog steeds 1-0, in plaats van 5-0. De spelers van Uruguay zullen tijdens hun wandeling naar de kleedkamer ongelovig naar het scorebord hebben gekeken. 'Het maken van doelpunten staat bij Nederland in geen verhouding tot het veldspel,' constateerde de Britse commentator bijna verontwaardigd. 'Daar moet Michels toch aan werken.'

Nogal wat Nederlandse spelers ondergingen hetzelfde lot als Hans Tetzner. Deze sportarts had in de dagen voorafgaande aan de Nederlandse openingswedstrijd op aansporing van tv-verslaggever Herman Kuiphof herinneringen opgehaald aan de laatste keer dat beide landen elkaar hadden getroffen – vijftig jaar eerder in de halve finale van de Olympische Spelen in Parijs. Tetzner, voormalig linksback, zat erbij als een verzetsman, en zo werd hij ondervraagd, vol ontzag, als een held die in een duister verleden angstige omstandigheden had doorstaan. In die wedstrijd in 1924 had Tetzner 'maar één nette vent' ontmoet, tevens de ‘enige neger’, de alom bewierookte balkunstenaar José Leandro Andrade. Voor de rest waren het ‘geen faire spelers’ geweest, zei hij met Oudhollands understatement. ‘Als de bal weg was, haalden ze vuiligheidjes met je uit, dan schopten ze je tegen je benen. Ik heb toen een week lang niet kunnen lopen.’

Johan Neeskens bleef dit lot bespaard, maar het scheelde niet veel, vertelde hij de NOS: ‘Ze waren niet hard, maar gemeen. Als je een bal had afgespeeld en je liep samen op, dan moest je goed om je heenkijken want ze schopten je, of knepen of spuugden. Dat had eigenlijk niets met voetballen te maken. Vooraf hadden we afgesproken dat wij niet op hun provocaties zouden ingaan. Hoe graag ik het ook wilde, ik heb het niet gedaan.’ Net als de andere Oranjespelers laafde Neeskens zich aan de positieve energie die van de supporters uitging, en beheerste zich. Vooraf was hij nog bang geweest dat de mensen als het even tegenzat weer tergend traag zouden gaan klappen, want daar had hij een geweldige hekel aan. Het tegendeel was het geval, merkte hij en hij onderdrukte zijn wraakzucht.

Uruguay’s archaïsche misdaadpraktijken boden geen oplossing – ook in de tweede helft was Nederland veel sterker. De nekslag in de vorm van een tweede doelpunt kwam pas vijf minuten voor het slot van de wedstrijd die nooit een wedstrijd was geworden. Op dat moment speelde Uruguay al met slechts tien man, omdat een speler als straf voor een zoveelste harde overtreding van het veld was gestuurd. De boosdoener was Montero-Castillo, die Rob Rensenbrink naar oud Uruguayaans gebruik een schop gaf terwijl de bal al niet meer bij hen in de buurt was. Scheidsrechter Palotai had het gezien en meteen de rode kaart uit zijn borstzakje gehaald.

Zoals torero’s doen bij een wankele stier waarbij het bloed als een teken van de naderende dood uit de bek stroomt, zo sloom-arrogant liep het Nederlands elftal nu, bij de veilige 2-0 voorsprong, te voetballen: beetje rondlopen met de ontspannen tred van iemand die zijn hondje uitlaat – en dan ineens op voor Uruguay onverwachte momenten en in raadselachtige richtingen wegrennen, de bal ontvangen, een gewiekst passje geven. Of kuierend om je heen kijken nadat de bal bij een wegsprintende medespeler is bezorgd, in stilte genietend van de verwarring die deze handeling bij de tegenstander teweeg bracht.

Op zulke momenten leek het of de speler in kwestie (Willem van Hanegem was daar zeer bedreven in) het tijd vond om de vibraties in het stadion op zich te laten inwerken, het geluid van de scheepstoeters achter de atletiekbaan, de spandoeken op de oranjegekleurde tribunes, de lange schaduwen op het veld in de late middag van Hannover.

De enige Nederlander die na het tweede doelpunt extra actief werd, was Johan Cruijff. Tot dat moment was hij weliswaar de onmiskenbare leider op het veld geweest, de man die aanwijzingen gaf, haast onophoudelijk pratend en gebarend naar zijn medespelers, maar toch had hij de nodige fouten gemaakt, misschien vanwege de zenuwen. Alsof hij was verlost van de druk die hij de voorafgaande periode had gevoeld, sloeg hij na de tweede goal aan het soleren dat het een aard had, dartel, energiek, daarbij profiterend van de grote stukken grasveld die de terneergeslagen Uruguyanen onbemand lieten. Hij wist dat de première, waarnaar zo intensief was toegeleefd, een succes was geworden. En Cruijff wist ook donders goed dat de blikken na een teleurstellende ouverture *en masse* zijn kant op zouden zijn gegaan, de blikken van zowel buitenstaanders als medespelers. Die ballast gleed even na halfzes van zijn smalle schouders.

Het spel van Oranje moest tijdens dit toernooi nu eenmaal meer dan ooit van Cruijff afhangen. In de luttele maanden die Michels ter beschikking stonden om te proberen enige samenhang – dus hiërarchie – te brengen in het Nederlands elftal, besloot de ad-interimcoach al in een vroeg stadium Johan Cruijff tot 'draaipunt' te benoemen. Dat betekende dat Cruijff net zoals vroeger bij Ajax in alle opzichten de centrale leidersfiguur zou zijn – waarschijnlijk nog meer dan toen. Van andere spelers die mogelijk bij hun eigen club de voorganger waren (Wim van Hanegem bij Feyenoord) of het erkende genie dat mocht doen wat hem goeddunkte (Rob Rensenbrink bij Anderlecht), werd verwacht dat zij de superieure rol van Cruijff volledig accepteerden. Dat was gemakkelijker gezegd dan gedaan. Van Hanegem en Rensenbrink werden in binnen- en buitenland tot de grote jongens gerekend. Zij waren gewend zich tijdens een wedstrijd te manifesteren door hun instinct te volgen – ongeveer het tegenovergestelde van te doen wat een teamgenoot je opdraagt, ook al heet hij dan Johan Cruijff.

Wat de zaak evenmin vergemakkelijkte was het feit dat Cruijff een jaar eerder bij Ajax was vertrokken in een sfeer van conflicten, onder andere omdat zijn medespelers hem te dominant vonden, om niet te zeggen dat zijn praatzieke bemoeizucht hen stapelgek maakte. Desondanks moesten Cruijff en vijf van die Ajacieden nu tactisch gezien een elftal zien te dragen dat in grote lijnen in Ajaxstijl – 'totaalvoetbal' – wilde spelen. De wrevel tussen Cruijff en de Ajacieden had zeker te maken met jaloezie. Achter de schermen van Ajax' Europese en mondiale successen in de jaren na 1970 had Cruijffs glorie in toenemende mate scheve ogen gegeven. Hij verdiende meer dan de rest, overal waar de selectie neerstreek stortten journalisten en fans zich veel meer op de ranke aanvaller dan op hen. Zij wisten dat zijn flitsende Citroën Maserati een schenking was geweest van zijn sponsor en als zij de krant opensloegen, dan zagen ze hem reclame maken voor Shell, voor Hero, Clareyn jenever, Bols jenever, Albert Heijn, De Gruyter, Philips. Cruijff was in juni 1973 de eerste Nederlandse voetballer die op de cover van het Amerikaanse weekblad *Time* prijkte (Europese editie). Hij werd opgevoerd als toonbeeld van de opmars van het mediagenieke voetballen en de glamour die dat met zich meebracht. Alles stond erin over deze *long-locked pop hero*, zijn inkomen, zijn auto's, zijn voor 200.000 dollar gebouwde huis in Vinkeveen, zijn BV-constructie, zelfs zijn – conform de aard van die tijd – *exotically named* dochters Chantal en Susila en uiteraard zijn *Gucci-cool* echtgenote.

'Niet slecht voor de zoon van een groenteboer die zijn middelbare school nooit afmaakte,' concludeerde *Time* over het succes van de breeduit lachende *superstar* op het omslag. Zijn teamgenoten zullen na lezing van het verhaal niet anders hebben gedacht. 'Bij Ajax gunt men Cruijff het succes niet,' zei de voormalige Ajaxtrainer Stefan Kovacs. 'Met het ene oog haten de spelers hem en met het andere bewonderen ze hem. Cruijff heeft nu eenmaal een zesde zintuig voor voetbal en hij heeft een geweldig tactisch inzicht.' Kovacs herinnerde zich dat Cruijff bij de tactische besprekingen altijd een opmerking klaar had. 'Ook waar het de verdedigers betrof. Dan vroegen de verdedigers: waar bemoei jij je mee?'

Praktisch vanaf de eerste keer dat Cruijff had mogen meetrainen bij

Ajax, in het seizoen 1964-1965, hij was nog een bleke puber, had hij zijn oudere teamgenoten aanwijzingen lopen geven, aanwijzingen die tot hun verbazing vrijwel altijd terecht waren, maar de inmiddels gerijpte collega die zo lekker bezig was zijn zakken te vullen, overschreed in hun ogen meer en meer de grenzen van het betamelijke. In maart 1973 vervreemdde Cruijff zowat de hele club van zich door niet op te komen dagen in München, waar Ajax een Europacupwedstrijd diende af te werken tegen FC Bayern. Iedereen was ervan overtuigd dat hij fit was, de clubarts incluis, maar hij vond zelf dat hij een knieblessure had.

Tot ergernis van de aanwezige Ajaxspelers ging de persconferentie in München weer eens niet over hen, of over het spel, of de tegenstander, maar over de persoon Johan Cruijff. Wim Suurbier, nota bene samen met Johan Neeskens de enige die altijd achter hem bleef staan, vroeg zich publiekelijk af of een team soms maar uit één man bestond. Ook zijn oudere teamgenoot Sjaak Swart, evenmin een vijand van Cruijff, verzuchtte dat het leek of de andere tien er niet meer toe deden. Zelfs clubarts John Rolink zag geen reden de beste voetballer van Ajax publiekelijk te sparen. 'Medisch gezien kan Cruijff voetballen,' zei hij. 'Johan overdrijft zijn blessure. Maar ik weet wel waar het zeer zit. Hij rookt als een ketter, traint nauwelijks en drinkt gin-tonic. Je kunt nog zo'n grote techniek hebben, bij de constante druk waaraan Cruijff onderhevig is, leg je met deze levenswijze het loodje.'

Net als in 1971 lukte het Cruijff in de zomer van 1973 niet tot aanvoerder te worden gekozen. Zoals wel vaker in het begin van de jaren zeventig, bepaalden de spelers zelf, langs democratische weg, wie het aanvoerdersbandje mocht dragen (in plaats van de gebruikelijke methode waarbij de trainer de aanvoerder aanwijst). In het seizoen 1972-1973 had Cruijff tot zijn grote – en voor anderen goed merkbare – genoegen toch aanvoerder mogen zijn omdat de man die in 1971 was gekozen, Piet Keizer, ermee was opgehouden. Maar diezelfde Keizer had Cruijffs positie tijdens een trainingskamp in Twente aan de vooravond van het nieuwe seizoen toch ter discussie gesteld: hij vond dat Cor Coster het aanvoerderschap van zijn schoonzoon te nadrukkelijk uitbaatte. Cruijff werd in commerciële uitingen nogal eens als 'de aanvoerder van Ajax' neergezet. Linksbuiten Keizer, door zijn ploeggenoten vaak geprezen om zijn sociale instelling, iemand wiens interesses tenminste verder reikten dan alleen voetbal, vond dat zulk gedrag indruiste tegen het teambelang. Cruijff was naar zijn mening te veel met zichzelf bezig en daardoor ongeschikt voor het aanvoerderschap. Besloten werd opnieuw te kiezen.

Dat juist Piet Keizer tegen hem opstond, en zich bovendien weer verkiesbaar stelde, was pijnlijk voor Cruijff. Keizer was altijd een belangrijke figuur voor hem geweest: eerst een soort oudere broer die 'de kleine' wegwijs maakte in het profmilieu aan de Middenweg in Amsterdam-Oost, later de man met wie Cruijff een briljante tandem vormde in Ajax 1; de twee voelden elkaar op het veld blindelings, op haast Old Shatterhand & Winnetou-achtige wijze aan. Samen in de spelersraad, samen de vormgevers van Ajax' vindingrijke voetbal, samen op de thee bij Cor Coster, maar nu als Kaïn en Abel tegenover elkaar.

Interne democratie kan deelnemers behoorlijk kwetsen; zo ook op 12 juli 1973 in Hotel Bloemenbeek in het dorp De Lutte, waar de immer eerzuchtige Cruijff na het horen van de voor hem nadelige verkiezingsuitslag – Keizer was opnieuw gekozen – naar de telefoon liep om zijn schoonvader te bellen. Korte tijd later vertrok Cruijff naar Club Futbol de Barçelona, de (buitenlandse) club van zijn dromen waarmee hij al jaren flirtte. De overgang zou hem tevens herenigen met Rinus Michels, die daar al twee jaar (zonder veel succes) coach was.

De spelers stonden hem niet met zakdoeken uit te wuiven; alleen Johan Neeskens had zich het vertrek van Nummer Veertien ten diepste aangetrokken – hij vertelde aan Cor Coster dat hij een nacht in zijn bed had liggen huilen. En hoewel bijvoorbeeld Jan Mulder zijn vertrek betreurde, en Gerrie Mühren voorvoelde dat Ajax' gloriejaren nu ten einde waren, dachten de meesten dat zij het ook zonder hem wel afkonden. Het tegendeel bleek al direct in het seizoen 1973-1974.

Er was kortom veel oud zeer dat Oranje, en vooral zijn aanvoerder, tijdens het WK kon opspelen. Cruijff moest zich op dat wereldpodium bewijzen tegenover zowat iedereen. Tegenover de buitenlandse media die hem *Superstar* noemden op basis van zijn – ook internationaal gezien – enorme inkomen en het feit dat hij de eerste sinds de legende Alfredo di

Stefano was die voor de tweede keer tot Europees voetballer van het jaar was uitgeroepen. (Bij voorbaat bombardeerden zij hem tot een van de mogelijke uitblinkers van het WK, de opvolger van de jaren zestig-wereldsterren Eusebio, Bobby Charlton, Gianni Rivera, George Best, tot de nieuwe Pele.) Hij moest zich waarmaken tegenover de Nederlandse media die hem weliswaar de hemel inschreven, maar waarvan hij wist dat zij hem ook weer zomaar konden laten vallen; tegenover de fans voor wie hetzelfde gold (in de laatste periode bij Ajax, waarin hij dikwijls slecht speelde, werd hij in betrekkelijk brave plaatsen als Haarlem uitgefloten); tegenover de sponsors, en niet in de laatste plaats tegenover zijn jaloerse medespelers. Cruijff had een wereld te winnen.

Okselfris was hij bij de start van het WK bepaald niet. Tegenover het feit dat hij het in zijn eerste seizoen in Noord-Spanje uitstekend had gedaan, stond de wetenschap dat het veel van zijn lichaam en geest had gevergd. Hij had aan een geweldige druk blootgestaan. Hij gold niet langer als controversiële held, zoals in Nederland, maar als *Superstar*, als *El Salvador*: door het internationale succes van de verfilmde musical *Jesus Christ Superstar* (1973) modieuze termen wellicht, maar in Catalonië leek het allemaal serieus bedoeld – alsof ook de heilige initialen J.C. geen toeval waren. Barcelona was niet zomaar een voetbalclub, eerder een instituut, een politiek-Catalaans bolwerk tegen het gehate Real Madrid en de op één lijn daarmee geplaatste regeringskliek in de hoofdstad. Cruijff was inderdaad De Verlosser gebleken, want Barcelona werd in 1974 voor het eerst in dertien jaar landskampioen. Cruijff scoorde 24 keer. Maar de enorme sentimenten en het relatief ruige voetbal in de Spaanse competitie hadden hun tol geëist. Bovendien had de familie Cruijff (halverwege het seizoen verrijkt met een derde kind) duidelijk nog moeten wennen aan de nieuwe levensomstandigheden. Hij voelde zich al maanden niet lekker, meldde hij op 6 mei in zijn *Nieuwe Revu*-dagboek. 'Ik weet niet wat het is. Ik heb pijn in mijn buik en ik kan ook moeilijk adem krijgen.' Hij slikte nu 'maar allemaal pilletjes' die de clubarts hem verstrekte. 'Nu alleen nog het wereldkampioenschap. Ik wil niet zeggen dat dat nog eens een extra belasting voor me is. Maar om nou te zeggen: je gaat er ontspannen heen, dat vind ik een groot woord.' In een interview omschreef hij zichzelf als 'geestelijk moe, lichamelijk uitgeput'.

Bij een andere gelegenheid maakte hij duidelijk: 'Je traint je suf, je bent twee, drie weken van huis en je gaat bij wijze van spreken door een hel.' Meer dan eens gaf hij aan dat de langdurige verwijdering van vrouw en kinderen hem allerminst aanstond. Alles bij elkaar beschouwde hij het WK als een uitdaging, maar zeker ook als een zware opgave. En die ging hij niet uit de weg. 'In een stress-situatie,' zei hij in *1-0*, 'dan ben ik op mijn scherpst. Dan voel ik geen pijn meer, dan wíl ik slagen.'

Wat Cruijffs karwei kon verlichten, was, ironisch genoeg, het verval dat Ajax na zijn vertrek had meegemaakt. Het samenspel liep niet meer, er werd voor het eerst in negen jaar niets opzienbarends gepresteerd. Met als uitzonderlijk lichtpuntje een 6-0 overwinning op AC Milan, waarmee Ajax in januari 1974 de Europese Supercup veroverde (een onderonsje tussen de winnaars van de Europacup I en II), waren het vooral het vormverlies van de meeste Ajacieden en hun onderlinge conflicten die in het oog liepen. Al vrij snel na de start van het trainingskamp in Zeist merkten zijn vroegere ploeggenoten dat zij met Cruijff erbij weer veel lekkerder gingen spelen. Een voetballer voor wie dat in versterkte mate gold, was Arie Haan. De middenvelder had zich een jaar eerder nog kritisch uitgelaten over Cruijffs afwezigheid in München. In zijn column in *De Zaanlander* had hij zijn aanvoerder verweten dat deze zijn medespelers in de steek had gelaten, wat Cruijff hem ten zeerste kwalijk nam (maar wat voor Haan geen reden was zijn woorden terug te nemen).

Haan was mondig, hij had ondanks massieve tegenwerking van Ajax zijn onderwijzersdiploma gehaald (Michels betwijfelde of jongens die doorleerden wel gestaalde profs konden worden) en hij was gewend te zeggen wat hem op het hart lag – ook als dat in zijn nadeel was. Maar de eigengereide Haan had na Cruijffs vertrek bij Ajax ondervonden dat hij nog lang geen vedette was: zijn goede spel van de twee seizoenen daarvoor had hij te danken gehad aan de leidende hand van De Meester. Door goed op Cruijff te letten had de middenvelder heerlijk met hem samengespeeld. Als Cruijff zich uit de punt van de aanval naar het middenveld liet zakken, sprintte Haan naar voren om te profiteren van de speelruimte die Cruijff had vrijgemaakt door een vijandelijke verdediger 'weg te lokken'. Als Cruijff een spurt nam, trapte Haan hem de bal voor de voeten, en vice versa. Als Cruijff op een verdediger afliep om hem de bal afhandig te maken, rende Haan in zijn rol van 'waterdrager' naar een andere tegenstander opdat deze de bal niet zou kunnen ontvangen. Op andere momenten draafde Haan links of rechts in grote vaart langs Cruijff, vaak niet eens om de bal te krijgen maar om verwarring te stichten bij de tegenstander en het aldus voor Cruijff gemakkelijker te maken iets vindingrijks met de bal te doen. Haan had een goed spelinzicht en de longen van een paard. Hij waande zich meester van het universum en maakte veel doelpunten.

De samenwerking tussen knecht Haan en meester Cruijff was een wezenlijk element in het beweeglijke verrassingsspel van Ajax geweest, met een vitrinekast vol grote glimmende bekers als gevolg. Maar in het seizoen 1973-1974 was Haan steeds meer een statische middenvelder geworden. Hij wilde zelf initiatieven ontplooien als hij de bal in zijn bezit had (wat Cruijff hem altijd verbood: hij moest hem transporteren naar betere spelers) en hij voelde zich te groot om het water voor anderen te dragen, met als gevolg minder doelpunten en uiteindelijk minder zelfvertrouwen.

In de laatste maanden van de competitie was Arie Haan op eigen initiatief extra gaan trainen om op tijd fit te zijn voor het WK. De discipline had het hele jaar weinig voorgesteld aangezien er in 1973 een nieuwe coach was gekomen, de vriendelijke Brabander George Knobel. Deze had bij voorbaat zijn gezag te grabbel gegooid door te zeggen dat hij blij was dat hij de Ajaxsterren mocht trainen. De spelers namen het er dus van, nog meer dan onder diens voorganger Stefan Kovacs, die het Ajaxbestuur al had willen ontslaan wegens de teruglopende discipline in de spelersselectie. Daardoor was het minder opzienbarend dan het leek dat Rinus Michels er de eerste weken van Oranjes trainingskamp in Zeist de zweep over legde.

Voor Haan kwam de zweep als geroepen. Hij had eventjes gehuiverd bij het weerzien met Michels, de 'beul' die in Haans ogen dingen met spelers deed die niet van deze wereld waren. Maar de Sfinx leek inmiddels iets menselijker te zijn geworden dan in zijn conflictueuze Ajaxtijd, en Haan verlangde naar inspanning. Die kon hij krijgen. Michels wist wat hij wist, namelijk dat de discipline bij 'hofleverancier'

Ajax na zijn vertrek in 1971 in een aantal opzichten node werd gemist – zeker sinds de zomer van 1972. Het uithoudingsvermogen van de Ajax-spelers was verkleind, zodat bijvoorbeeld de Europacupfinale in mei 1973 weliswaar werd gewonnen (met 1-0 van Juventus), maar wel op het tandvlees en in een vlakke wedstrijd zonder tempo.

Michels voerde een dagelijks regime in van iedere ochtend een duurloop, gevolgd door sprints met oplopende snelheid (*Steigerung*) en intensieve gymnastiek; 's middags oefenpartijtjes tegen amateurs, die door Michels werden gebruikt om de spelers vertrouwd te maken met een bijzonder soort aanvalsvoetbal, dat hij '*pressing* op helft tegenpartij' noemde en dat hoge eisen stelde aan het *teamwork* en het spelinzicht. Hij noemde dat het 'huiswerk': niet leuk, wel noodzakelijk om in korte tijd iets uitzonderlijks te kunnen realiseren. De spelers noemden de dagelijkse trainingsarbeid loodzwaar. 'Zwaar is een subjectief begrip,' relativeerde Michels zijn aanpak. 'In vergelijking met latere jaren waren de competities toen een stuk lichter; er waren in een seizoen minder wedstrijden. En de Nederlandse competitie was bij de start van de voorbereiding nog maar ruim een week daarvoor afgelopen.' Bovendien, stelde hij, bevatte het programma ook onderdelen als 'voetvolley' en 'intensief' voetbal op een klein veld met grote doelen, die in zijn herinnering 'zeer welkom' waren bij de spelers.

Haan vond het allemaal best. Hij spande zich volledig in, zijn conditie en moreel groeiden met de dag. Hij was zich ervan bewust dat hij zijn scherpte op het veld pas bereikte door actief te worden; bij passiviteit stortte alles in. Onder de aanwijzingen van Michels en vooral Cruijff kon hij zijn intelligente dienstbaarheid weer als vanouds ontwikkelen. Het lukte weer. Sinds lange tijd maakte hij weer doelpunten, vrij gemakkelijk zelfs: hij had het gevoel dat al het goede terugkeerde. De vorm was net op tijd terug in zijn benen gekropen – anders was nooit gebeurd wat begin juni, aan de vooravond van de oefeninterland Nederland-Roemenië gebeurde: Cruijff liep op hem af om te zeggen dat er een nieuwe rol voor hem was bedacht: die van centrale verdediger. 'Je speelt libero,' zei Cruijff.

'Ben je gek?' vroeg Haan. 'Ik ben middenvelder, offensieve middenvelder nog wel. Is dit een grap?'

Natuurlijk was Haan op de hoogte van het grote probleem in de verdediging: alle bekende en ervaren centrale verdedigers waren afgevallen, vooral door blessures. Maar dit ging wel erg ver. Van jongs af aan was Haan een scorende, 'diepgaande' middenvelder geweest, geen verdediger. En dan moest hij ook nog eens verdediger zijn in het centrum, een cruciale post in het elftal, waar een fout al snel een tegendoelpunt is? Haan als leider van de defensie?

'Ik meen het,' zei Cruijff. 'Ik creëer liever twee kansen dan één. We mikken op de aanval.'

Dat niet Michels maar Cruijff deze belangrijke boodschap overbracht, zegt veel over de rol van Cruijff. Hij bemoeide zich meer met andere spelers dan hij ooit had gedaan. Op de dagen dat Michels in Barcelona was om daar zijn club naar de finale van het Spaanse bekertoernooi te coachen, dan was het Cruijff – en niet een assistent-coach – die de leiding had. In en buiten het speelveld leek zijn betrokkenheid grenzeloos. De ervaren (reserve)verdediger Rinus Israel verklaarde dat hij Cruijff nog nooit zo intensief bezig had gezien. Hij zag de vedette meeverdedigen, gaten trekken voor anderen, hun scoringskansen bieden bij de vleet. 'Er wordt altijd gezegd dat een voetballer zijn hoogtepunt bereikt tussen de 27 en 29 jaar,' zei Cruijff in *De Telegraaf*. 'Ik ben juist 27. In Spanje heb ik ook geleerd wat een zwaar programma is. Wat voor echte moeilijke duels speelde ik bij Ajax in de Nederlandse competitie? Een paar toch maar. Dat is in Spanje wel anders. Elke wedstrijd is een veldslag. Je leert dus meer te doen.'

Voor Haan was het of de scheiding van een jaar hem bewuster had gemaakt van Cruijffs leiderschap. Was de leiderspositie van Cruijff destijds bij Ajax een kwestie van evolutie geweest, van geleidelijk aan de hoogste plek veroveren in de pikorde van de kleedkamer; in Zeist moest het in minder dan geen tijd gebeuren, haast als een coup. Voor zijn ogen zag Haan gebeuren hoe Cruijff de touwtjes in handen nam, tijdens de training, in de oefenpotjes, en was onder de indruk. Hij vond het 'grandioos'.

Als libero gaf Haan goed partij tegen Roemenië. Maar zijn feitelijke, informele debuut in die rol had een kleine week eerder al plaatsgevonden, op donderdag 30 mei tegen de amateurs van de R.K. Sportvereniging Saestum uit Zeist. Haan had er wat lacherig over gedaan. 'Net

Beckenbauer hè,' had hij na afloop vrolijk geroepen. Helemaal onterecht was die vergelijking niet. De Duitse international stond erom bekend dat hij in zijn rol van laatste verdediger dikwijls vóór in plaats van achter zijn medeverdedigers liep, als een verkapte middenvelder, om zich aldus met de opzet van de aanval te kunnen bemoeien. De laatste man, ook wel 'libero', had in tegenstelling tot de drie overige leden van de verdediging, de 'mandekkers', geen vaste taak om een bepaalde aanvaller uit te schakelen. Hij moest de verdediging organiseren en eventuele doorbrekende aanvallers de bal afhandig maken – en als zo'n verdediger plotseling op het middenveld opdook, waren de middenvelders van de tegenpartij in de minderheid, zodat zij betrekkelijk eenvoudig uitgespeeld konden worden. Dit is exact wat die middag van Haan werd gevraagd.

Beckenbauer gaf zijn verrassingsacties nog eens extra glans door als 'middenvelder' het spel te verdelen; hij bepaalde de vorm van de aanval als het ware van achteruit. Het was een even riskant als getruukt spel, dikwijls uitgevoerd in zwierige tred, waarmee Beckenbauer wereldwijde furore had geoogst. Alleen spelers met een geweldige timing en spelinzicht kunnen zoiets aan. Over de risico's die Haan op z'n Beckenbauers nam tijdens een kinderlijk eenvoudige 12-1 overwinning op Saestum deed hij terecht niet duur: tegen amateurs is dat vrij gemakkelijk. Haan dacht gewoon dat hij die middag Beckenbauertje mocht spelen, omdat Michels een andere middenvelder een kans wilde geven. Michels gooide de boel tijdens de voorbereidingen wel vaker door de war om te zien hoe het uitpakte.

Maar zestien dagen later was Arie Haan in Hannover wel degelijk libero tegen Uruguay. De zenuwen die hij veel meer dan gewoonlijk van tevoren had gevoeld – in zo'n belangrijke wedstrijd had hij nog nooit op deze plek gespeeld – verdwenen al snel. Hij kon achteraf tevreden terugzien op zijn rol in het elftal, die door alle Nederlandse experts als iets bijzonders werd gezien, een vondst van jewelste. Haan had gedaan wat hij moest doen: als Oranje de bal had voor zijn verdediging lopen, zich aanbieden om de bal te kunnen ontvangen en, als hij hem kreeg, hem met simpele, korte, dus risicomijdende passjes doorgeven. Haan mocht niet 'voetballen', zoals Cruijff dat zei: als Haan ingewikkelde dingen ging verzinnen, of zomaar een mannetje passeren, dan verhoogde dat de kans op balverlies – dus ook op de kans dat de verdediging, die door Haans 'doorschuiven' onderbemand was, tegenover een overmacht aan tegenstanders zou komen te staan. Haan was net Beckenbauer, inderdaad, maar dan zonder diens dirigeerstokje. Dat stokje had Cruijff.

Het opschuiven van de laatste man was maar een van de vele positiewisselingen die het spel van Oranje kenmerkten. Aanvallers verdedigden, verdedigers vielen aan, wie op links stond opgesteld liep zomaar een tijdje op rechts, en andersom, iedereen deed van alles, het ging daardoor ogenschijnlijk chaotisch toe, wat geen probleem was zolang de spelers elkaars posities (plus de bijbehorende taken) goed overnamen. Dit vereiste van alle betrokkenen het vermogen om razendsnel keuzes te maken en tegelijk de bewegingen van alle andere teamgenoten als een radar te volgen. Iedere speler moest 'totaal' zijn, een alleskunner. Dit totaalvoetbal had Ajax enkele jaren eerder vaak gespeeld. Maar in Amsterdam kon er dagelijks op worden geoefend, en de voorbereidingsperiode van Oranje was er eigenlijk te kort voor geweest. Juist daarom had Cruijff in Zeist zo vaak gezegd dat de zware trainingen behalve voor conditieopbouw ook bedoeld waren om saamhorigheid te kweken: het gezamenlijk lijden moest lotsverbondenheid scheppen, de bereidheid om elkaars mogelijkheden en beperkingen zonder dralen te accepteren. Wie niet in dit proces wilde meegaan zou vanzelf afvallen. Het proces luidde, kort gezegd: erken je beperkingen, offer je op voor de ploeg en doe wat Johan zegt.

Tegen Uruguay was Cruijff gelijk al het gewenste draaipunt, druk gebarend als een verkeersagent, die soms iets deed wat vooral buitenlandse voetballiefhebbers met stomheid sloeg: op een teamgenoot aflopen die de bal in bezit had, hem de bal afnemen en ermee weglopen. Daardoor leek het alsof Cruijff er niet op vertrouwde dat die medespeler de bal wel ordentelijk zijn kant op zou kunnen trappen. Hoewel het voor de medespelers in kwestie vernederend zou kunnen zijn, accepteerden zij het toch: door zich te laten 'zakken' had Cruijff in de voorhoede een gat getrokken, waardoor een middenvelder in de 'vrije ruimte' kon 'duiken'; bovendien had hij op deze manier een beter overzicht op het speelveld waardoor hij kon demarreren met de bal aan de voet, dan wel met een hopelijk briljante pass gevaar stichten voor het vijandelijke doel.

In Hannover manifesteerde zich een Cruijff die van top tot teen geladen was met positieve energie. Had bijvoorbeeld de Belgische verdediger Nicolas Dewalque tijdens de kwalificatiewedstrijd in Antwerpen nog de indruk gekregen dat Cruijff het soort aanvaller was dat de strijd opgaf als het niet lukken wilde, en dat hij dan verzandde in gemopper en gekanker; van dat kwetsbare moreel was nu niets terug te vinden. Ofschoon Cruijffs eigen acties nog lang niet allemaal slaagden, stond er mede door zijn sturende aanwezigheid vanaf de eerste seconde een gedirigeerd orkest, waarvan de leden hun taken kenden, een afgetrainde falanx die de tegenstander geen seconde met rust liet. Cruijff gaf als voorste man het sein en holde op een vijandelijke verdediger die een aanval wilde opzetten af, de middenvelders liepen onmiddellijk achter hem aan, Johan Neeskens voorop, de verdedigers liepen achter de middenvelders aan en ieder 'pakte' een man. Niemand mocht verzaken. Als één speler 'zijn' tegenstander te veel speelruimte bood, dan bestond de mogelijkheid dat deze met de bal aan de voet ongehinderd naar keeper Jan Jongbloed kon rennen.

Hiermee hing de 'buitenspelval' samen: als gevolg van het plotseling voorwaarts bewegen van zowat het hele Nederlands elftal stond een aanvaller van de tegenpartij die een dieptepass wilde ontvangen tot zijn verbazing vaak vele meters buitenspel. Hij had eenvoudig niet gemerkt dat de complete verdediging van Oranje zomaar tien, twintig meter was opgeschoven. En als een tegenstander er toch in leek te zullen slagen een dieptepass te ontvangen zonder buitenspel te staan (de val was te laat 'dichtgeklapt'), dan liep de rappe Jongbloed wel tientallen meters zijn doel uit om de bal weg te trappen. Jongbloed kon veel beter 'voetballen' dan de meeste andere keepers; tot zijn vijftiende was hij veldspeler geweest, aanvaller zelfs, en hij kon behoorlijk schieten met beide benen. Daarnaast had hij een goede timing en inzicht in spelsituaties.

Niet zelden tijdens dit WK overkwam het meerdere aanvallers tegelijk dat zij in de Oranjeval liepen, tot hilariteit op de tribunes; ettelijke spelers voor wie de gebeurtenissen op het veld duidelijk even te snel waren gegaan, boden een sullige aanblik. De aanvallers van Uruguay overkwam het meer dan eens. De buitenspelval was een vondst geweest van Rinus Michels: buitenspel, de spelregel die zo vaak voor hinderlijke onderbrekingen zorgt, gebruikte hij als een tactisch wapen. Het wapen stelde het elftal in staat 'naar voren' te voetballen, 'druk' uit te oefenen op de tegenstander en daardoor de bal zo snel mogelijk te heroveren.

Het lag in het verlengde van de *pressing* waarop Michels in Zeist uitvoerig had gewezen: het speelveld breed en 'kort' houden. Dit om te voorkomen dat de middenvelders bij het op en neer draven te grote afstanden moesten afleggen en zich daarbij 'dood' zouden lopen.

De buitenspelval bevorderde dat de tegenstander op de eigen helft kon worden gehouden – dus zo ver mogelijk verwijderd van de eigen defensie die met Jongbloed, Haan en Rijsbergen op z'n zachtst gezegd niet goed was ingespeeld. Jongbloed was niet de beste keeper van Nederland, Haan geen verdediger, Rijsbergen niet de meest geroutineerde verdediger, en hun gezamenlijke wedstrijdervaring op dit niveau was nihil. (In de laatste serieuze oefeninterland, in De Kuip tegen Roemenië, was Rijsbergen in de tweede helft weliswaar gekoppeld aan Haan, maar toen keepte Feyenoorder Eddy Treytel.) Daar stond tegenover dat Jongbloed kon meevoetballen, dat Haan het principe van 'doorschuivende' libero kende van de Ajaxtactiek; en Rijsbergen kon met zijn snelheid, hardheid en concentratievermogen de minpunten van de non-verdediger Haan goedmaken.

Dit collectief naar voren voetballen, dit rusteloze opjagen van de tegenstander leek een beetje op *forchecking* bij het ijshockey of *pressing* bij basketbal: de tegenpartij werd op de eigen helft 'vastgezet' in de hoop dat deze geen afspeelmogelijkheden meer zag en de bal verspeelde. Het kwam erop neer dat de minst ontwikkelde kant van dit elftal – verdedigen – verbloemd werd als de betrokkenen hun sterkste eigenschap – aanvallen – optimaal zouden benutten. 'Dat ver van de eigen goal af spelen maakte het voor de verdedigers alleen nog maar moeilijker,' zei Michels. 'Je verlangde immers van ze dat ze extra risico's namen.' Het was een alles-of-niets-spel waarvan hij achteraf in *Panorama* ronduit toegaf dat het 'een grote gok' was geweest: 'Een héél grote gok, mag ik wel zeggen.'

Wat Nederland in Hannover opvoerde, was een spektakelstuk. De harten van de liefhebbers in Nederland en ver daarbuiten (behalve in Uruguay) gloeiden op. Het spel – het wervelende totaalvoetbal plus *pressing* – verschafte de deskundigen op de tribune weer wat hogere verwachtingen voor de toekomst van het voetbal in het algemeen. (En dat terwijl de Oranjespelers zelf nog lang niet content waren over de uitvoering; er hadden zich de nodige misverstanden voorgedaan, onder andere tussen Haan en Rijsbergen, en ook de samenwerking op het middenveld en de aanval kon nog beter.)

Al jaren werd geklaagd over de toename van de verdedigende aanpak, en vrijwel iedereen ging er vanuit dat dit WK daarvan nog veel meer te zien zou geven. Zo vreemd waren zulke sombere verwachtingen niet: de ontwikkelingen in het voetbal gingen al jaren die kant op. Vanaf het begin van de eeuw, toen iedereen ten aanval trok en vrijwel niemand zich om ploegentactiek bekommerde, was het accent steeds een beetje meer op verdedigende strategieën komen te liggen. De reden hiervoor was simpel: verdedigen loonde meer dan aanvallen. Van de vijf aanvallers die voetbalteams in de jaren vijftig doorgaans bevatten, waren er in 1974 nog maar drie over. Tegelijk waren de twee à drie verdedigers van destijds veranderd in vier à vijf. In de tussenliggende periode was bij veel Europese coaches het *counteren* populair geworden: men wachtte in verdedigende houding tot de aanvallende tegenpartij een fout maakte en de bal verspeelde, om dan vliegensvlug met een tegenaanval toe te slaan, aldus profiterend van de tijdelijke wanorde in de vijandelijke defensie. In de jaren zestig ging de Europacup I enkele keren naar Italiaanse clubs waarvan de tactiek geheel op de tegenaanval gebaseerd was. Deskundigen maakten zich zorgen dat dit *catenaccio* (slot, keten) – een speltype met een extra verdediger en weinig sprankelend aanvallend voetbal, weinig kansen voor beide doelen, weinig opwinding, weinig positivisme – ook het WK'74 zou gaan beheersen.

Ook de allerlaatste barometer van het Europese voetbal voorspelde weinig fraais. Mei, de traditionele maand voor de Europacupfinales, had winnaars opgeleverd waarvan het spel alleen de fans in eigen land had bekoord. Bayern München (Europacup I, tegen Atletico Madrid), FC Magdeburg (Europacup II, tegen AC Milan) en ook Feyenoord

(UEFA-cup, tegen de Spurs) hadden hun bekers gewonnen met degelijk, berekenend, soms hard spel.

De openingswedstrijd op donderdag 13 juni had de sceptici meteen gelijk gegeven. Brazilië, dat vier jaar eerder in Mexico onder leiding van de sierlijke spelverdeler en topscorer Pele nog voor nieuwe hoop had gezorgd door de titel te winnen met aanvallend kwaliteitsvoetbal, datzelfde Brazilië legde in 1974 na een met veel sambaglamour opgeluisterde openingsceremonie in Frankfurt het accent op de verdediging, en niet zo'n beetje ook. De wereldkampioenen speelden zonder het voetbalicoon Pele, die had zijn interlandcarrière inmiddels beëindigd. Pele liep rond in een hagelwit kostuum, een rijke dandy, gesponsord door Pepsi Cola. Tijdens de WK-wedstrijden zat hij op de eretribune in een bontjas. Wie Pele vier jaar daarvoor nog de representant had gevonden van het voetballen als ongedwongen bezigheid voor 22 jongemannen in katoenen broekjes en shirts, een simpel, haast kinderlijk spel, de triomf van geest over materie: voor veel van die mensen deed de aanblik van de grijnzende reclamezuil uit Brazilië pijn aan de ogen. Zij zagen hem als een teken van de nieuwe tijd, de verkeerde tijd.

Natuurlijk was er mondiaal steeds meer belangstelling voor het voetbal – met 98 inschrijvingen hadden alweer 23 meer landen willen meedoen aan deze WK dan in Mexico – maar verder wonnen commercie en resultaatvoetbal steeds meer veld. In het gerenoveerde Frankfurter Waldstadion ergerden journalisten zich aan de politiehanden die hen bij de entree fouilleerden; aan de vele militairen op de gang; aan de draagbare schrijfmachines die opengeklapt moesten worden om te zien of er geen wapens in zaten; aan de Braziliaanse multimiljonair Joao Havelange die de eerbiedwaardige Sir Stanley Rous in de strijd om het voorzitterschap van de FIFA had verdrongen door Afrikaanse landen geld te beloven; aan de nadrukkelijke aanwezigheid van frisdrankmerken en Adidas tijdens de openingsceremonie.

Ze waren met een kleine drieduizend man in de West-Duitse stadions neergestreken, de journalisten, en zij brachten het voetbal naar meer dan zestig landen. Het voetbal veroverde de wereld, maar de wereld zag er niet meer zo onschuldig uit als in 1970. Veel commentatoren hadden eerder het idee dat zij onderdeel waren van een geregisseerd mediaspektakel dan van een voetbalfeest. Dit was onmiskenbaar het eerste WK dat als een product werd uitgebaat. Televisie-uitzendingen waren bij de samenstelling van de wedstrijden belangrijker dan het stadionbezoek. Zelfs met de WK-mascottes Tip en Tap (twee jongetjes met eigentijds lang haar en het shirt uit de broek) werden zaken gedaan; ze mochten onder andere aan de man worden gebracht op damesondergoed. In luttele jaren was het wereldkampioenschap een bedrijf geworden. Wat dat betreft zat er tussen Mexico '70 en West-Duitsland '74 een wereld van verschil. Letterlijk en figuurlijk was de temperatuur gedaald. En het regende ook nog.

Als om de teloorgang van de oude romantiek te onderstrepen, viel er tijdens de openingswedstrijd tussen Brazilië en Joegoslavië – twee bakermatten van spelvreugde – weinig plezier te beleven. Pele's landgenoten speelden zonder hun zwarte roerganger nerveus, slordig, hard. Het bleef 0-0.

De dag daarna, vrijdag, had de andere titelkandidaat, West-Duitsland, een afschuwelijke wedstrijd gespeeld tegen Chili. De Zuid-Amerikanen verdedigden alleen maar en de Duitsers probeerden traag en onsamenhangend – chagrijnig, leek het wel – een goal te maken, wat slechts één keer lukte dankzij een *lucky* afstandsschot van de rebelse linksback Paul Breitner. Het samenspel deugde van geen kant – het eerste halfuur was aanvoerder Franz Beckenbauer meer bezig met praten en aanwijzingen geven dan met voetballen. '*Die schönsten Spiele, tolle Tore*' had hij de lezers van de boulevardkrant *Bild* beloofd; dat viel op deze warme middag in het Olympisch Stadion van Berlijn dus behoorlijk tegen. Beckenbauers ploeggenoten leden zichtbaar onder de immense druk van de favorietenrol: de ploeg die tweede was geworden in 1966 en derde in 1970 moest in eigen land een voorname titelkandidaat zijn, luidde de eenvoudige theorie. 85 procent van de West-Duitsers voorzag dat hun land wereldkampioen zou worden. Maar als het thuispubliek je massaal uitfluit als reactie op de vele (mislukte) breedtepasses, de talrijke misverstanden, dan valt dat voordeel weg natuurlijk.

Brazilië een zwartgallig rommeltje, West-Duitsland weggehoond: dat begon lekker. Maar opeens was daar Nederland dat tegen alle stromingen in als een stel jonge en bijtgrage honden tekeerging. Het lichtblauw-zwart van Uruguay zoefde naar het eigen strafschopgebied zodra de bal werd verloren; alles wat oranje was holde na balverlies juist naar voren. '*Assassins killed by the Dutch,*' riep een Engelse zondagskrant de volgende dag verheugd. Het spel van Nederland was nog niet zo goed als in enkele van de daarop volgende wedstrijden, maar het was stukken beter dan iedereen in eigen land had durven hopen. 'Eindelijk het ware Oranje,' verzuchtte *Voetbal International*. Het niveau dat objectief beschouwd al jaren mogelijk was, werd nu dan toch gehaald.

Het overheersende aspect in het Nederlandse spel was niet angst, maar bluf. Niemand belichaamde die eigenschap beter dan Wim Rijsbergen. Hij blufte tegenover journalisten nog voordat hij in Hannover tegen een bal had getrapt. Strikt genomen was dat een vreemde houding, want aan het begin van het seizoen 1973-1974 had hij nog niet eens een vaste plaats in Feyenoord 1 gehad, en zijn interlandcarrière omvatte alles bij elkaar een halve wedstrijd (tegen Roemenië). Maar Rijsbergen, opgegroeid in een milieu van katholieke betonondernemers en fanatieke amateurvoetballers uit de omgeving van Leiden, was er inmiddels aan gewend geraakt dat dingen snel kwamen. Met sommige internationals had hij al eens samengespeeld, zoals met zijn leeftijdgenoten Johan Neeskens en Johnny Rep in het Oranjeteam-tot-achttien-jaar. En bij Feyenoord gaf hij in het laatste jaar blijk onder de moeilijkste omstandigheden – zoals tijdens de UEFA-cupfinale in Londen tegen Tottenham Hotspur – het hoofd koel te kunnen houden. Sterker nog, Feyenoord won uiteindelijk de beker en Rijsbergen scoorde.

En wat misschien nog wel belangrijker was, hij was overeind gebleven op de trainingen naast De Kuip, waar de legendarische ijzervreters Rinus Israel en Theo Laseroms er een zeker genoegen in schiepen om jonkies als hij langdurig te ontgroenen met een cocktail van cynische humor en fysiek geweld. En aangezien dit jonkie hun concurrent was, werd hij extra 'opgezocht'. Moest hij van de pijn trekkebenen dan zochten ze hem nog maar eens op, om te zien of hij een flinke jongen was. Vechtpartijen op de training waren aan de orde van de dag. Als je niet oplette, plantte iemand tijdens een onschuldig partijtje zijn noppen in je hoofd. Maar Wim Rijsbergen was een nuchtere broodvoetballer – 'moderne prof' heette dat toen – die nergens tegenop keek. Hij had een stoere kop, lang haar en bakkebaarden en iets wat je een boksersneus zou kunnen noemen. Hij beschouwde de Feyenoordtrainingen als een jungle, en hij overleefde.

Rijsbergen was naar het WK gegaan met het idee af en toe te mogen invallen; hij mikte op het WK'78, daar moest een vaste plaats mogelijk zijn. 'Het wordt een paar weken op de bank zitten, mooi bruin worden,' vertelde hij de kranten laconiek. Bovendien vond hij de lage verwachtingen in Nederland over de WK-prestaties wel prettig: hij had weinig te verliezen. Dus hij was daar in Hiltrup volkomen ontspannen, zelfs toen hij hoorde dat hij de eerste wedstrijd moest meedoen. En zo antwoordde hij dus met on-Hollandse bluf op de vraag of hij wist dat Real Madrid de fikse som van tweeëneenhalf miljoen gulden overhad voor zijn directe tegenstander van Uruguay, middenvoor Fernando Morena: 'Zaterdag zal blijken dat Morena niet meer dan honderdduizend waard is.' Hij zou de marktwaarde van deze tegenstander wel even tot haar ware proporties terugbrengen. Rijsbergen zei het lachend, maar toch, het was de bluf van een bokser.

Kenmerkend was verder zijn bereidheid om zijn tegenstander moedwillig pijn te doen als dat nodig was. 'Ik sta op de gevaarlijkste man,' zei hij. 'Als ik die loslaat is dat fataal. Hoe gevaarlijker hij is, des te harder ik ertegenaan ga.' Toen Haan van Cruijff hoorde dat hij als laatste man moest spelen, had hij meteen geroepen dat hij Rijsbergen bij zich in het centrum wilde hebben, als voorstopper. Rijsbergen was een sloper, zei Haan, die altijd, zonder ook maar een moment te verslappen, bij zijn directe tegenstander zou blijven. Bij de twee andere spelers in de selectie die de rol van voorstopper op zich konden nemen, routinier Pleun Strik van PSV en Cees van Ierssel van FC Twente, was de kans veel groter dat zij gingen 'voetballen'. Een 'voetballende' voorstopper zou de verdedigende manco's van Haan mogelijk te snel zichtbaar maken. Rijsbergen moest Haan juist zoveel mogelijk uit de wind houden.

De 22-jarige verdediger beschikte over nog een eigenschap die in Nederland vanouds schaars was: hij kon zijn inbreng in een voetbalwedstrijd reduceren tot het uitvoeren van een opdracht. Hij was in staat zich anderhalf uur lang volledig te richten op de aanvaller die hij moest uitschakelen. Neigingen om zelf met de bal aan de voet leuke dingen te bedenken – met alle kansen op balverlies van dien – kon hij gemakkelijk onderdrukken. 'Als ik mijn taak goed doe dan is dat goed voor de ploeg,' zei hij. 'In het Nederlands elftal ben ik voorstopper, op die plaats heb ik bij Feyenoord het afgelopen seizoen misschien twee of drie keer gespeeld. Meestal was ik verdedigende middenvelder. Het maakt allemaal weinig verschil.' Rijsbergens taak was overzichtelijk: hij moest zijn mannetje uitschakelen en de bal onmiddellijk na de inbeslagname weer afgeven. 'Ik leverde de bal zo snel mogelijk in bij Cruijff,' zei hij later. 'Je dacht toch niet dat deze jongen dan drie man ging passeren om vervolgens een splijtende pass te geven?'

Passes waarmee Rijsbergen de toeschouwers in Hannover verbaasde, zag je inderdaad niet. Felle sprints waarmee hij telkens weer sneller bij de bal was dan zijn tegenstanders zag je des te meer.

Meer nog dan Rijsbergen, die net kwam kijken, was de eveneens 22-jarige Johnny Rep een toonbeeld van Oranjes wederopstanding. Na afloop van Nederland-Uruguay ging de Spaanse belangstelling eerder uit naar Rep dan naar Morena, meldde de Nederlandse pers trots. Morena namelijk was door toedoen van Rijsbergen 'vreselijk door de mand gevallen', terwijl Rep beide doelpunten had gescoord. Eerst had hij een voorzet van de pijlsnel mee naar voren gerende rechtsback Wim Suurbier in het doel gekopt – eenvoudig omdat hij vlugger en beter getimed naar de bal sprong dan de houterige verdedigers. Daarna had Willem van Hanegem de bal op de rand van het strafschopgebied met een subtiel slingertje langs het scheenbeen van een verdediger naar links laten draaien, naar Rensenbrink; die had de bal laag voorgezet en Rep had hem met buitenkant rechts in de rechter benedenhoek geschoten. Twee goals, *cool* en behendig.

Met een V-teken in de richting van de fotocamera's – twee vingers, twee goals – stapte hij zelfverzekerd van het veld. *De Telegraaf* had de betekenis van zijn goals eigentijds ingeschat door de sportbijlage te openen met de kop 'Marktwaarde weer een stuk omhoog'. Rep liet zich bij de kleedkamers fotograferen terwijl hij zijn blonde echtgenote Trudy vol op de mond zoende, Rep weer helemaal *happy*, maar het had totaal anders kunnen lopen. Hij had een slecht seizoen achter de rug bij Ajax – en wel zo slecht dat zijn vaste plek in het eerste elftal op de tocht stond en het bestuur zich afvroeg of het contract überhaupt verlengd moest worden.

Tot verdriet van hemzelf en zijn vrouwenfanclub was hij na het vertrek van Cruijff in augustus 1973 een dolende ziel geworden, iemand die dacht al een topper te zijn maar die in werkelijkheid aan de leiband van de routiniers op het veld en een strenge trainer op de bank tot zijn beste spel kwam. Zijn vrouw Trudy verklaarde dat haar man een harde hand nodig had, en zij vermoedde niet dat dat ooit zou overgaan. Johnny gaf toe dat hij eigenlijk te grillig was voor een topvoetballer; zijn trainers hadden daar vaak met hem over gesproken. Begin 1974 zakte hij steeds verder weg. 'Ik ga niet mee naar Duitsland,' liet hij zich tegenover *De Tijd* ontvallen, 'let maar op.' Toch werd hij geselecteerd, al mopperde Michels tijdens de oefensessies in Zeist wel eens over zijn al te vrolijke trainingsattitude. Tot op het laatst twijfelde hij of hij wel in aanmerking kwam voor een basisplaats. In Nederlands laatste belangrijke oefenwedstrijd, tegen Roemenië, werd hij niet opgesteld.

Voor de buitenwereld was Johnny Rep het Goudhaantje, een mazzelvogel die alles had wat een jongen op die leeftijd begeerde. Vanaf zijn debuut in Ajax I, in september 1971, tot het vertrek van Cruijff, twee jaar later, had hij onwaarschijnlijk veel succes gehad. Werd zijn uit klassiek voetballershout gesneden voorganger Sjaak Swart soms nerveus als de druk steeg (finales, Nederlands elftal): nou, Johnny niet. Integendeel, dan was hij op zijn best. In 1972 scoorde hij twee keer tegen de Zuid-Amerikaanse kampioen Independiente in de finale om de wereldbeker (na voorzetten van Cruijff). Hij maakte het enige doelpunt in de Europacupfinale van 1973. Hij was een man van belangrijke, beslissende goals, een snel en gehaaid voetbaltalent met, zoals dat heet, een neusje voor kansrijke doelsituaties.

Aan de ouderwetse vaardigheden waarover een aanvaller moest beschikken – passeren, voorzetten, schieten, koppen – voegde Rep tactisch inzicht toe, loop- en handelingssnelheid, scherpte en agressiviteit. Hij kon niet alleen 'incasseren' maar ook 'uitdelen': een eigenschap waarmee een aanvaller destijds het etiket 'modern' verdiende. Kijkend naar een excellerende Johnny Rep zag je de nieuwe tijd: vakkundigheid die desgewenst vervangen kon worden door een aan cynisme grenzende resultaatgerichtheid. Daarnaast leek hij ook nog eens geknipt voor de snel groeiende massamedia: een bravourevoetballer met een kapsonesloopje, een ondeugende goaltjesdief met de innemende glimlach van een playboy op het strand van Saint Tropez. Was de Nederlandse samenleving bezig het hedonisme te ontdekken en had zij behoefte aan nieuwe iconen aangaande het lossere levensgevoel? Welnu, hier stond hij en zijn naam was Johnny Rep. (Hetzelfde gold voor Ruud Krol, Johan Cruijff, Johan Neeskens, Wim Suurbier.)

In de zomer van 1974 plaatste de winkelketen Peek & Cloppenburg grote advertenties onder de kop 'Uit de plooi naar kantoor': je zag jongemannen in soepele houding, allemaal vlot, erg vlot, want we werkten al een beetje met computers maar veel mannen gingen nog steeds gekleed 'als in de tijd van de ganzenveer'. Dat wilde zeggen 'iedereen draagt hetzelfde'. Het land – de commercie – schreeuwde om jongemannen die zonder schaamte hun eigen manier van vlot durfden te *showen*. Johnny Rep had gemakkelijk voor P&C's *pleasure collection* model kunnen staan. Rep deed zijn werk, maar toch met een zekere eigengereidheid en met een nimmer wijkende suggestie van disco en colaatje tic.

Vanaf augustus 1973 leek Rep definitief de beloftevolle opvolger van de eeuwige Ajacied en publiekslieveling Sjaak Swart te zijn geworden, een jongensdroom kwam uit. Maar in de gelederen van de club gold Rep als een kwajongen die sinds zijn komst van de bescheiden profclub ZFC uit Zaandam (hij was zestien) te weinig geduld had betracht. Het duurde hem veel te lang voordat Sjaak Swart plaatsmaakte voor hem; hij vond zichzelf veel beter. En hij stond bekend om zijn lichtzinnigheid, zijn wispelturige karakter dat hem schitterende wedstrijden deed afwisselen met slordig spel en ongedisciplineerd gedrag, wat leidde tot schorsingen. Tijdens de jaargang 1973-1974 merkte hij ook nog eens dat niet alle aanmerkingen op zijn spel onterecht waren. Zodra iets niet lukte, en dat gebeurde in dat seizoen nogal eens, scandeerde het Amsterdamse publiek 'Sja-kie, Sja-kie'.

Rep leek de dupe te worden van een beslissing die hij in de zomer van 1973 samen met Cor Coster had genomen, namelijk om slechts voor één jaar bij te tekenen. Het ontbreken van een voortdurend contract met Ajax zou hem de vrijheid geven, verzekerde Cor Coster hem op basis van vele jaren Waterlooplein, om een geslaagd optreden in West-Duitsland maximaal te verzilveren. Coster was Reps eerste zaakwaarnemer. Voordien waren Reps contractonderhandelingen als volgt verlopen: Johnny werd ontboden in de bestuurskamer, Ajaxvoorzitter Jaap van Praag hield hem een contract voor, Johnny zette zijn handtekening. Rep moest maar blij zijn, aldus Van Praag, dat hij bij een geweldige club als Ajax mocht voetballen. Maar nu ging dat radicaal anders. Johnny Rep sloeg het Ajaxvoorstel voor een nieuw contract af met een zelfbewuste zakelijkheid die men niet van hem gewend was. Geheel in de geest van Cruijffs schoonvader schermde hij met interesse van – heel toevallig – Barcelona en van Belgische clubs.

Het was Johan Cruijff die zich tijdens de voorbereidingen sterk maakte voor zijn vroegere clubgenoot. Rep kreeg veel meer kansen om mee te spelen dan zijn concurrent René van de Kerkhof; in de oefeninterland tegen Roemenië, waarin Rep langs de kant bleef, experimenteerde Michels met Rensenbrink op rechts en Keizer op links. Michels wekte de indruk dat hij de aalvlugge PSV'er Van de Kerkhof uitsluitend als invaller beschouwde, iemand die voor snelheid en verrassingen kon zorgen als de vaste aanvalspatronen niet goed functioneerden. Desondanks voelde Rep genoeg redenen om tot op het laatst te twijfelen. Maar al direct tegen Uruguay pakte de gok wonderwel uit. Inderdaad scheen de voorzitter van Real Madrid, Don Santiago de Bernabeu, zeer gecharmeerd te zijn van die 'jonge Hollandse rechtsbuiten'. Onmiddellijk was Ajax' nieuwe trainer Hans Kraay naar Hiltrup afgereisd teneinde alles in het werk te stellen om de snelle aanvaller voor Ajax te behouden; na het vertrek van Cruijff en Neeskens kon zijn club zich niet nog een afscheid veroorloven. Aangezien ook Anderlecht interesse toonde, was het voor Coster een koud kunstje de diverse partijen tegen elkaar uit te spelen en zodoende een nieuw Ajaxcontract voor Rep te regelen dat veel lucratiever was dan het oude. Of Real en Anderlecht de Noord-Hollander werkelijk wilden aantrekken, wist hij zelf niet, hij had met niemand van die clubs gesproken. In ieder geval merkte hij dat Coster tegenover de media het hoogste woord had over die belangstelling, dat de pers de verhalen overnam en dat de opwinding die daarvan het gevolg was Coster in staat stelde zijn prijs flink op te drijven.

Foto familie Krautkrämer

Michels en zijn spelers voor het Waldhotel Krautkrämer

Foto Horstmüller

West-Duitsland traint. V.l.n.r. Bonhof, Vogts, Hoeness, Beckenbauer, Netzer

Foto Cor Mooij

Müller en Breitner: *Wir haben 's geschafft*

Foto Horstmüller

Oost (Bransch) en West (Beckenbauer) vlak voor een uniek treffen

Foto Horstmüller

Cruijff, Krol, Van Hanegem en Neeskens ná de 2-0 zege op de DDR en vóór de avond waarover nog veel gesproken zou worden

Foto Cor Mooij

Oranjefans bij de Duitse grens: lekker gek

Foto's *AD*/Ton den Haan

Cruijff en Keizer met paling van The Cats

Zo ontspannen als bij Nederland ging het er nergens aan toe

The Cats in Oranjeshirts. Neeskens krijgt drumles

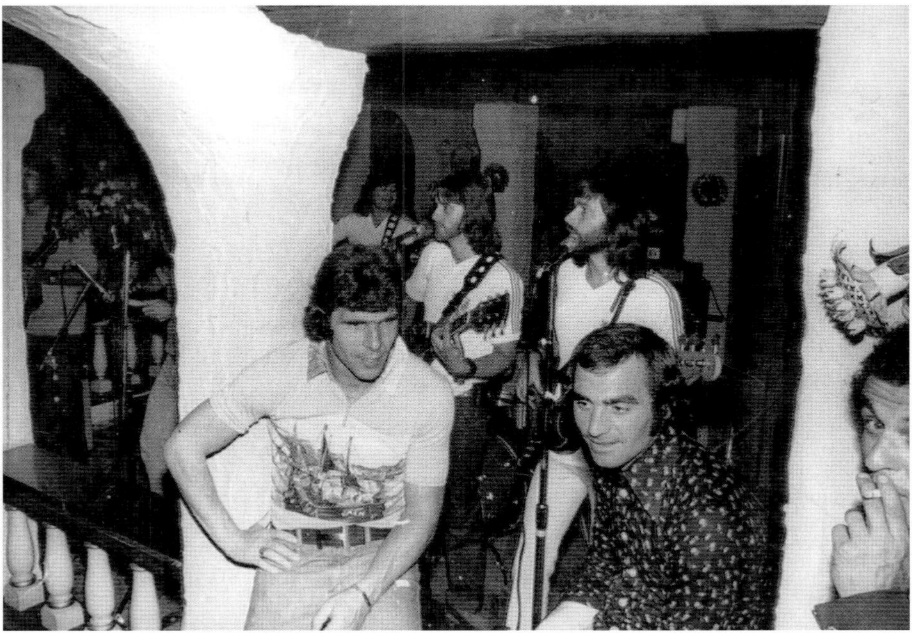

Van Hanegem en Strik in de kelder met The Cats

Die größte Sportredaktio
Kontinents berichtet vo

Ausgelassen feierten die holländischen F

Cruyff, Sekt, na

Cruijffs persconferentie na het zwembadincident.
Aanstichter Guido Frick, de man met de uitpuilende ogen linksboven op de foto, luistert mee

les der **Fußball-WM**

stars ihren Sieg über die „DDR" bis in den frühen Morgen

kte Mädchen und ein kühles Bad

Von ANDREE HILLER — Hiltrup, 2. Juli

Es begann mit einer Beat-Party. Dann folgten zärtliche Umarmungen bei schummriger Bar-Beleuchtung. Nach einem handfesten Krach um Superstar Johan Cruyff trafen sich Männlein und Weiblein im hoteleigenen Swimming-pool. Dort wurde splitternackt große Versöhnung gefeiert. So ausgelassen und „unbeschwert" gaben sich die Holländer nach ihrem 2:0-Sieg über die „DDR" im Hotel Krautkrämer in Hiltrup bei Münster.

Mit Whisky-Gläsern in der Hand tanzten die Stars mit flotten Mädchen zu den heißen Rhythmen der holländischen Top-Band „The Cats". Nur Johan Cruyff sitzt abseits – in einer dunklen Ecke neben einer rothaarigen Unbekannten, mit der er tiefe Blicke tauscht.

Plötzlich ein Blitzlicht, Cruyff springt auf und verfolgt erregt den Fotografen. Es ist Joachim Krautkrämer, der Sohn des Hotelbesitzers. Fast kommt es zu einer Schlägerei zwischen dem Hausherrn und dem großen Fußball-Star. Cruyffs Freunde trennen die beiden und verhindern den Skandal.

Doch schon eine Stunde später – es ist lange nach Mitternacht – trifft man sich zu einem Versöhnungsschluck in einem Hotelzimmer: die Spieler Cruyff, Rensenbrink, Schrijvers und Strik, Krautkrämer jun. und drei knusprige Mädchen. Danach berichtet ein Stuttgarter Journalist, der dabei war:

„Auf", laßt uns im Swimming-pool weiterfeiern", sagt Cruyff gegen 3.30 Uhr. Als Proviant werden Sektflaschen mitgenommen. Im Bad läßt man die Korken knallen und die Kleider fallen.

Über eine Stunde lang dauern die fröhlichen Wasserspiele, ehe König Johan und sein Gefolge wieder Durst bekommen. Erst bei Tageslicht löst sich die lustige Gesellschaft auf. Draußen zwitschern die Vögel.

Genau vier Stunden später, um 11 Uhr, trainieren die lebenslustigen Holländer wieder, als wenn nichts gewesen wäre. Die Truppe von Rinus Michels hat eben eine Bomben-Kondition ...

Die WM in Zahlen

Gruppe A

Holland	2	2	0	0	6:0	4:0
Brasilien	2	2	0	0	3:1	4:0
„DDR"	2	0	0	2	0:3	0:4
Argentinien	2	0	0	2	1:6	0:4

Die letzten Spiele am Mittwoch: (alle um 19.30 Uhr) Holland – Brasilien in Dortmund und Argentinien – „DDR" in Gelsenkirchen.

Gruppe B

Deutschland	2	2	0	0	6:2	4:0
Polen	2	2	0	0	3:1	4:0
Schweden	2	0	0	2	2:5	0:4
Jugoslawien	2	0	0	2	1:4	0:4

Die letzten Spiele am Mittwoch: Polen – Deutschland in Frankfurt (16.00 Uhr) und Schweden – Jugoslawien in Düsseldorf (19.30 Uhr)

Het beruchte artikel in *Bild-Zeitung*

Foto uit: *WM74*, Franz Beckenbauer, Pamir Verlag

Foto Cor Mooij

Voor Kessel, Fadrhonc, Michels en Van den Akker is de droom bijna voorbij

Rep en Cruijff onderhielden een relatie met tegenstrijdige sentimenten. Tijdens het spel voelden zij elkaar soms volmaakt aan, was er een soort voetballersvriendschap, maar tegelijk maakten zij vaak ruzie. Rep had veel te danken aan Cruijff. In de jaren bij Ajax dat Rep zat te kniezen op de reservebank omdat de Roemeense coach Stefan Kovacs almaar de voorkeur bleef geven aan Swart – volgens Rep omdat de zachtmoedige Kovacs het niet aandurfde het monument op de rechtervleugel te passeren – kwam het voor dat Cruijff tijdens een wedstrijd naar Kovacs riep: 'Rep moet zich warmlopen!' Waarna Rep zich subiet mocht prepareren om in te vallen, want zo waren de machtsverhoudingen kennelijk sinds het vertrek van Michels. Cruijff hield altijd van beweging in een elftal, van positiewisselingen en diepgang, en daarin was Rep begin jaren zeventig soms bruikbaarder dan de niet meer zo dynamische (maar wel stabiel presterende) dertiger Swart. Als geen ander kon Rep 'gelanceerd' worden door Cruijff. Het wegsprinten van Rep en het 'lanceren' van Cruijff, die de bal precies op het juiste moment zijn kant op trapte, ging met een vanzelfsprekendheid die getuigde van wederzijds perfect ingeschatte bedoelingen.

In de maanden mei en juni van 1974 trok Rep zich op aan Cruijff – haast letterlijk. Hij groeide in zijn rol van agressief jagende, meeverdedigende, kwiek en vlug passerende en doeltreffende buitenspeler zodra de aanwijzingen van Cruijff over het veld scheerden. In Hannover bleek duidelijk wie hij op dat moment eigenlijk was: de aanvaller die profiteerde als het in een elftal soepel marcheerde en die het goede teamwerk dan bekroonde met doelpunten.

Evengoed kreeg hij regelmatig – in Hannover, in Zeist, in Hiltrup, in Dortmund – geweldige scheldkanonnades op zich afgevuurd als Cruijff het idee had dat Rep het weer eens te gemakkelijk opnam, of gewoon te eigenwijs was.

Van zijn kant kon Rep zich geweldig aan zijn overheersende aanvoerder ergeren. Hij meende vaak dat Cruijff het met zijn eeuwige gekanker speciaal op hem gemunt had. Hij kreeg zelfs het gevoel dat Cruijff bang was dat hij hem naar de kroon zou steken. Net als Cruijff kon hij bijvoorbeeld demarreren met de bal aan de voet, een zeldzame behendigheid. En als Johan de bal verkeerd naar hem had getrapt, wat uiteraard wel eens voorkwam, dan kreeg Johnny de schuld als hij hem miste. Dat was zoals Rep het voelde, en aangezien hij allerminst op zijn mondje was gevallen – hij kwam uit het dorpje Jisp maar gedroeg zich en praatte als een rasechte Amsterdammer – wisselden Rep en Cruijff daardoor op de Duitse velden heel wat beledigingen uit.

Ook met Cruijffs andere compaan in de aanval, Rob Rensenbrink, lagen de zaken niet zo eenvoudig. Waarschijnlijk lagen ze nog een stuk ingewikkelder. Het gevolg daarvan was, in zekere zin, dat Rensenbrink in het Niedersachsenstadion van Hannover ontevreden van het veld stapte. Geen moment had hij het idee gekregen dat hij in staat werd gesteld zijn kunsten te laten zien en iets zei hem dat Cruijff daarmee te maken had. Rensenbrink leek nog veel meer op Cruijff dan Rep; in relaties tussen mannen is dat dikwijls een complicerende factor. Rensenbrink was even oud als Cruijff, 27, hij was slank en lenig als Cruijff, ze hadden dezelfde, lichtvoetige tred, lang haar en een geprononceerde neus. Televisiekijkers zagen Rensenbrink vaak voor Cruijff aan, en andersom. Rensenbrinks wortels lagen net als die van Cruijff in de Jordaan en zijn fluwelen techniek kon je nauwelijks de mindere noemen.

Rensenbrink had met Cruijff gemeen dat hij *tackles* verbluffend kon ontwijken: hij registreerde hun komst haast intuïtief en ontweek ze vervolgens door tijdig op te springen. Rensenbrink vond zichzelf qua balbehandeling even goed als Cruijff, en hij kon beter koppen. Het laatste was zeker waar. In zekere zin was Cruijff een concurrent van Rensenbrink. Maar de laatste was gewend zijn eigen spelletje te spelen, zijn impulsen te volgen, terwijl Cruijff zich bijna als een zakelijk leider met het hele elftal bemoeide. Rensenbrink gaf ook wel toe dat hij tactisch niet zo sterk was – eigenlijk wilde hij in een wedstrijd niet te veel denken.

Juist in het seizoen 1973-1974 was Rensenbrink tot de grote vedette van de Brusselse topclub (en uiteindelijke landskampioen) Anderlecht uitgegroeid: de voorhoedespeler die zich liet zakken om de bal te halen, die de vrijheid kreeg om over het veld te zwerven, het spel te 'verdelen', de aanval op te zetten – kortom, om Cruijffje te spelen. De stijl van Rensenbrink, dat was de bal ontvangen en zonder vastomlijnde plannen zelf iets ondernemen, zodanig dat hij dacht: 'Jezus Christus, wat ben ik nou aan het doen'. Hij was een man van momenten. Na minutenlang dromerig over het veld te hebben gewandeld kon hij ineens drie tegenstanders elegant uitspelen en scoren. Om die reden werd hij liefkozend 'slangenmens' genoemd. De coach van de Hongaarse club Ujpest Dosza had in het najaar van 1969 na een 5-2 nederlaag tegen Club Brugge (Rensenbrinks eerste club in het buitenland), gezegd dat hij Rensenbrink als een slang langs de zijlijn had zien kronkelen – en bovendien nog drie keer had zien scoren. De taalgevoelige reporter Maarten de Vos, die in Nederland ook al het woord 'totaalvoetbal' introduceerde, had vervolgens de naam Slangenmens bedacht.

De slang uithangen, dat kon Rensenbrink in West-Duitsland wel vergeten. In de ploegtactiek zoals Cruijff die graag hanteerde, bleven de twee buitenspelers aan de buitenkant om zo in het centrum, waar hij zelf speelde, voldoende speelruimte over te houden voor penetraties – van Cruijff of van middenvelders die 'diep' gingen. Op het WK waren de onverwachte schijnbewegingen met Rensenbrinks lichaam, zijn soepele manoeuvres en zijn onnavolgbare slaloms alleen gewenst voor zover zij functioneel waren. De avond voor de wedstrijd tegen Uruguay had Rinus Michels alle spelers één voor één in zijn Hannoverse hotelkamer laten opdraven. Rensenbrink kreeg te horen dat hij verkozen was boven Piet Keizer vanwege het beoogde snelle vleugelspel. In een paar korte zinnetjes werd hem te verstaan gegeven dat pingelen uit den boze was. Eén mannetje passeren mocht, maar dan moest de bal voor de goal.

Rensenbrink had dat tijdens de oefencampagne ook al te horen gekregen. Hij had zich er al bij neergelegd. Je kon dat zijn levenshouding noemen, dat neerleggen. Rob Rensenbrink was nooit het opstandige type geweest; dingen die hem niet aanstonden liet hij langs zich heengaan. Hij had het type jeugd gehad waarop je gemakkelijk een tranentrekkende jongensroman kon baseren: Eenzame Ziel Voetbalt Zich Naar Wereldglorie. Hij was een telg uit een al wat oudere vader en moeder, het was hun tweede huwelijk. Daardoor groeide hij op als een nakomer, met weinig geld en weinig aandacht van zijn ouders. Zijn grootste rijkdom was de bewegingsvrijheid op de straten van de Jordaan. Pa, voormalig eigenaar van een winkel in visbenodigdheden, bracht wasmachines rond; ma werkte ergens in de huishouding en tussen de middag gaf een van haar vriendinnen hem een boterham. Robbie had niets nodig, vond hij – het enige cadeau dat hij voor al zijn verjaardagen vroeg was een voetbal.

Hij sloot zich van de buitenwereld af en at zo weinig dat zijn ouders hem vier weken naar een Bio-vakantieoord stuurden in de duinen van Zandvoort. Hij was pas zes jaar toen hij op de trein werd gezet met een kaartje om zijn nek – 'Uitstappen in Leeuwarden' – waarna hij door een boerengezin werd opgehaald. Op de boerderij móést hij eten, of hij wilde of niet. Hij vond het verschrikkelijk en voelde zich moederziel alleen, en daar lag hij dan 's avonds in zijn bedje, niemand in de buurt om hem te redden.

Voor het aangaan van vriendschappen was hij te introvert. Hij had alleen altijd een bal – ook toen hij op zijn zevende jaar verhuisde naar de Van Bossestraat in Amsterdam-West. Het was een lastige puberteit. Andere jongens gingen naar de dancing, hij niet, hij maakte lange dagen in de fabriek want aan school had hij een hekel. Hij leerde timmeren op zijn veertiende maar timmeren lag hem niet.

Twee jaar lang ploeterde hij op een van de vele kippenslachterijen van Oostzaan, waar de Rensenbrinks waren gaan wonen omdat zijn vader inmiddels in de naburige haven werkte. De kippen kwamen aan in kisten, Rob haalde ze er levend uit en hing ze aan de haak, dan een elektrische schok, veren eraf, ingewanden eruit. En dat van zeven tot vijf: een smerig karwei maar het betaalde veertig gulden per week en dat was het dubbele van wat hij in de bouw kon krijgen.

Meisjes belden wel eens voor hem aan, hij liet ze bellen. Het enige meisje dat hij leuk vond, zijn latere vrouw Corrie, ontmoette hij op het ijs. Het woei enorm. Robbie dacht, zij heeft een 'lekkere dikke kont' dus daar blijf ik maar achter rijden. Hij was zestien, zij vijftien en lid van de kernploeg van Jong Oranje. Lekker sportief en geen gezeur aan je hoofd, zaterdag een filmpie pakken en om tien uur naar bed.

Waar talloze jongens over fantaseerden, dat overkwam hem. Bij de plaatselijke amateurs van OSV blonk hij uit, Amsterdamse profclubs lonkten, Ajax, DWS. Ook Feyenoord wilde hem graag hebben, maar hij was – net als Cruijff – verontrustend mager: de Rotterdamse clubarts vond zestig kilo bij een lengte van één meter tachtig onverantwoord voor topvoetbal. In 1965 koos Rensenbrink voor DWS omdat deze club op dat moment beter presteerde in de eredivisie dan Ajax: DWS was de landskampioen van 1964, de nummer twee van 1965, en Ajax (waar Cruijff net had gedebuteerd) bungelde ergens onderaan. Bovendien trok de 'dikdoenerij' in stadion De Meer hem niet aan. En DWS was bereid om, vanwege z'n ambities als eerste Nederlandse fullprofclub (de semi-profs van Ajax en Feyenoord hadden er nog een baan naast), een veel beter salaris te betalen. Rensenbrink kon zevenduizend gulden per jaar verdienen, exclusief de premies, wat neerkwam op het dubbele jaarinkomen van zijn vader. Zo sta je dagelijks in kippenlijven te wroeten en zo ben je een van 's lands eerste echte beroepsvoetballers. Nooit meer kippen, nooit meer timmeren, een droom kwam uit.

In de kleedkamer van Door Wilskracht Sterk kreeg hij te maken met dagelijkse pesterijen. Hij was de jongste van de ploeg en dus mogelijk de zwakste – een 'boertje' uit Oostzaan dat werd 'opgezocht' krachtens de wetten van het 'dollen' (ook wel: Amsterdamse humor). Als de trainer de kleedkamer binnenkwam, dan riep een oudere speler bijvoorbeeld: 'Hé Robbie, wat zei je nou net over de trainer?' De achttienjarige volstond dan met blozen en zwijgen. Hij nam niet eens de moeite te vertellen dat hij feitelijk even Amsterdams was als de rest. Rensenbrink liet het spreken over aan zijn voeten, met name zijn linker.

Na een maand mocht hij invallen en nadien stond hij vier seizoenen lang in het eerste eftal.

Op zijn twintigste debuteerde hij, een linksbuiten met een kippenborst, in Oranje. Daar leerde hij Cruijff beter kennen, evenals het Ajaxkliekje dat in Zeist inmiddels het hoogste woord had. Hij hield niet zo van die praatjesmakers, verklaarde hij, en als hem iets tegenstond, dan waren het wel de conflicten die daar steeds werden uitgevochten. In 1969 vertrok hij naar Club Brugge dat hem een geweldig inkomen bezorgde. De Belgische ongedwongenheid beviel hem prima, al bleef hij zowel in Brugge als in Brussel, waar hij twee jaar later ging spelen voor RSC Anderlecht, een Hollander, een buitenstaander. 'Het Slangenmens' werd bewonderd, zijn kas gespekt, maar vooral zijn vrouw verlangde terug naar Amsterdam – en toen Ajax hem in 1973 opnieuw benaderde wilde hij wel komen, heel graag zelfs: niet om Cruijffs teamgenoot te worden, maar als zijn opvolger. De steenrijke Anderlechtvoorzitter en biermagnaat Constant Vandenstock hield de boel echter langdurig op en verhoogde uiteindelijk in de zomer van 1974 Rensenbrinks toch al riante salaris nog eens flink. De aanvaller besloot zijn nieuwerwetse drive in-woning in Dilbeek bij Brussel voorlopig toch maar niet te verlaten. Rob Rensenbrink wist dat hij na afloop van zijn vernieuwde, zevenjarige contract met Anderlecht voor de rest van zijn leven niet meer hoefde te werken, een gedachte die hem zeer aansprak. Niet voor de eerste of laatste keer in zijn leven gaf hij de voorkeur aan zekerheid.

In 1974 had Rensenbrink niet zoveel draagvlak bij Oranje. Sinds zijn vertrek naar België was hij buiten beeld geraakt – België was in die jaren nog heel erg het buitenland – zodat niet hij maar de Limburger Willy Brokamp meestal werd opgesteld als de vaste kracht Piet Keizer niet kon spelen. Ondanks zijn almaar betere spel bij Club Brugge en Anderlecht werd hij pas in november 1973 weer opgeroepen voor de beslissende kwalificatiewedstrijd tegen België – zijn eerste interland sinds januari 1970. Piet Keizer was uit vorm dus de bondscoach Fadrhonc had Rensenbrink maar gebeld. Dit tot verwondering van Cruijff, die liever met een mindere Keizer speelde dan met een glanzende Rensenbrink; diens spel kende hij minder goed. Cruijff vond het echter niet correct om zijn bezwaar tegenover de bondscoach kenbaar te maken, zei Cor Coster tegen *Vrij Nederland*. Overigens had Cruijff naar waarheid kunnen zeggen dat Rensenbrink in Oranje zelden of nooit zo goed speelde als bij zijn clubs.

En toch, aan wie of wat het ook lag, aan toeval of opzet, naar aanleiding van de oefeninterland Nederland-Argentinië, op 26 mei 1974 in het Olympisch Stadion, constateerde het weekblad *Kick*: 'Rensenbrink, in betere doen dan Keizer, ontving in het eerste kwartier géén bal. Kwam daarna in al zijn handigheid los en verstevigde zijn betekenis in de gevaarlijke driehoek met Cruijff en de sluwe Van Hanegem. Maar in de tweede helft werd de Brusselse individualist weer compleet verwaarloosd.'

Nog altijd kreeg de magere spriet uit Oostzaan weinig aandacht.

Werd de verjaardag van zijn rivaal voor de linksbuitenplaats, Piet Keizer, tijdens het WK onder meer gevierd doordat enkele beveiligingsbeambten hem ten overstaan van de fotocamera van *De Telegraaf* op de schouders namen; die van Rensenbrink ging op 3 juli geruisloos voorbij.

Rensenbrink was zich terdege bewust dat hij een van de meest gewilde aanvallers van Europa was: zijn artistieke bewegingen waren een lust voor het oog en hij beschikte over een bijzonder samengesteld talent. Hij was geen typische centrumspits maar ook geen typische buitenspeler, hij was allebei tegelijk. Michels noemde dat een zeldzame combinatie. In Hannover lukte het niet die kwaliteiten ten volle aan te spreken. Hij merkte dat zijn ploeggenoten, Willem van Hanegem voorop, de bal meestal onmiddellijk aan Cruijff gaven en pas heel laat aan hem – ook als hij ervan overtuigd was dat hij er goed voor stond. Rensenbrink vatte het op als een bewijs dat er kongsies waren: in Hiltrup zag hij Van Hanegem en Piet Keizer vaak bij elkaar, zij sliepen op één kamer en konden het duidelijk goed vinden. Misschien, dacht Rensenbrink, wilde Van Hanegem zijn vriend Keizer een handje helpen door hem, Keizers concurrent, niet in z'n spel te laten komen?

Rensenbrink heeft er nooit naar gevraagd. In zulke situaties helpt het als je deel uitmaakt van een kliekje dat macht vertegenwoordigt – een Ajaxkliekje, een Feyenoordkliekje – en hij was maar een 'piepeltje' uit België; zo voelde hij dat tenminste. Cruijff had nooit deftig gedaan over die kliekjes: bij Ajax maakten hijzelf en Keizer de dienst uit, zei hij, bij Feyenoord Israel en Van Hanegem – en als die gezamenlijk iets wilden bij het Nederlands elftal dan kwam het voor elkaar.

De enige met wie Rensenbrink in Hiltrup veel optrok, was de bescheiden Santpoorter Ruud Geels: reserveaanvaller, eenling zonder kliekje. Aan een vriendschap met Geels had je niets. Geels was even kalend als goedlachs en hij droeg rugnummer één. Nooit zag je veldspelers met dat nummer, het was en is overal ter wereld een keepersnummer. Maar bij Oranje was besloten de rugnummers toe te kennen naar gelang het alfabet: hoe dichter bij de A, hoe lager het rugnummer. Daarom had Wim Suurbier nummer 20, doelman Jongbloed nummer acht en Ruud Geels nummer één. De enige die hier van had mogen afwijken was natuurlijk weer Johan Cruijff. Hij had met zijn C normaal gesproken met nummer één moeten spelen, en dus enigszins voor gek gelopen, maar het was hem gelukt nummer veertien te krijgen. Hij beschouwde dat nummer als zijn handelsmerk. Niet voor niets heette de documentairefilm die aan hem was gewijd *NR. 14 Johan Cruijff.* Geels kreeg daardoor het bijna lachwekkende nummer één – hij was er haast blij om dat hij gedurende het toernooi niet één keer zijn trainingspak hoefde uit te trekken. De spits uit Santpoort was in Hiltrup het dagelijkse mikpunt van het zogenaamde dollen door Ajax- en Feyenoord-spelers. Hij vormde het laagste punt waar het leedvermaak vanzelf naartoe stroomde. Niet dat je zegt een machtsfactor.

Zijn onvrede over de weinige ballen die hem tijdens Nederland-Uruguay waren toegespeeld, bracht Rensenbrink niet ter sprake bij Van Hanegem ('Hij zou het toch maar ontkennen'), niet bij zijn aanvoerder Cruijff, niet bij trainer Michels. Het liefste had hij een centralere rol in het team gekregen, zodat hij vaker in de buurt van het doel kon komen om te scoren. Daarnaar vragen heeft toch geen zin, dacht hij. Rensenbrink voelde zich lichtelijk geïntimideerd door het samenklitten van mensen als Cruijff, Van Hanegem, Keizer, Cor Coster en verslaggever Maarten de Vos, die juist in de aanloop van het WK niet ophield met stukken te schrijven over de Gouden Tandem Cruijff-Keizer en de Gouden Driehoek Cruijff-Keizer-Van Hanegem. 'Ik ben nog niet zo oud,' schreef De Vos in het hoofdstuk 'Cruijff en Keizer' van zijn – vlak voor het WK verschenen – boek *Slag om het Wereldgoud*, 'maar ik maak me sterk, dat er nooit een getalenteerder, verfijnder tandem op de voetbalvelden heeft rondgelopen. Dit tweetal heeft het voetbal verheven tot kunst.' Aangezien Rensenbrink tot dan toe niet kon 'harmoniëren met Cruijff' vormde Piet Keizer volgens De Vos in *De Tijd* op links toch een 'idealer oplossing, tussen Cruijff, Krol en Van Hanegem in'.

Op basis van zijn uitstekende spelanalyses en psychologische voetballersportretten (waarmee hij sinds eind jaren zestig een trend had geset) oefende Maarten de Vos veel invloed uit. Kort na het WK zou hij samen met Piet Keizer en Cor Coster het sportmarketingbureau Inter Football beginnen. Het was een bastion waar Rensenbrink niet tegenop kon – en niet mee in zee wilde. Hij sloeg het aanbod van Cor

Coster om zijn zaken te behartigen af: de vijftien procent courtage hield hij liever in eigen zak. Rensenbrink heeft zijn onderhandelingen altijd zelf gevoerd. Daar zou hij later spijt van krijgen; hij had stukken meer kunnen verdienen. Maar tegen de tijd dat hij dat bedacht, was de twintigste eeuw al voorbij, waren zijn kinderen de deur uit en genoot Rensenbrink van een aangenaam maar weinig opwindend bestaan als rentenier aan de plassen van zijn vertrouwde Oostzaan.

Rensenbrink meende in Hannover zijn best te hebben gedaan. Hij had braaf achter de rechtsback – 'zijn' mannetje – aangelopen als die de bal had, hij had zich volgens afspraak naar Cruijffs middenvoorpositie bewogen als Cruijff zelf naar Rensenbrinks linkerpositie uitweek (wat Cruijff altijd graag deed: uitwijken naar de plek van Keizer), hij was dikwijls langs de zijlijn gaan rennen met de mogelijkheid (en geenszins de zekerheid) dat Cruijff de bal naar hem zou trappen, hij had niet gepingeld want hij had rekening gehouden met het teambelang dat zei dat de linksbuiten geen ballen mocht verspelen. Maar de eenvoudige beloning in de vorm van de bal vaak toegespeeld krijgen als hij er goed voor stond – zoals hij dat bij Anderlecht gewend was – was uitgebleven.

Als om zijn eenzame misère nog te vergroten, kreeg Rensenbrink achteraf ook nog eens de nodige kritiek van zijn teamgenoten. Met name Van Hanegem vond dat hij te snel van de linksbuitenplaats naar het centrum bewoog, waardoor hij de bal niet aan hem kwijt kon. Zijn medespelers vonden verder dat Rensenbrink nog steeds te onvoorspelbaar was in zijn handelingen – wat hijzelf juist als zijn sterkste eigenschap beschouwde. 'Ik moet hier tamelijk vaak horen dat ze niet goed weten wat ik met de bal ga doen,' schamperde hij tegen journalisten. 'Dat lijkt me nogal wiedes. Weten ze het van Cruijff dan wel?'

Ook al stoorde Rensenbrink zich mateloos aan het praten van Cruijff, de eeuwig redenerende tacticus, hun relatie was niet slecht. 'Ik heb nooit problemen met hem gehad,' zei hij. Maar dat zal mede zijn gekomen omdat ze nooit met elkaar spraken – nooit, op het veld, noch buiten het veld. Rensenbrink vroeg geen uitleg, Cruijff gaf geen uitleg. 'Misschien omdat hij vond dat ik ook een goeie voetballer was,' speculeerde hij. 'De mindere spelers hadden meer problemen met hem.

Johnny Rep kreeg altijd op z'n sodemieter.' De links- en de rechtsbuiten hadden het tijdens het toernooi wel eens over het dominante gedrag van Cruijff gehad: ze besloten zich in hun lot te schikken. Hun lot was schakel te zijn in het totaalvoetbal (een term die de spelers trouwens zelden gebruikten), waarvan zij wisten dat het geheel was toegesneden op Cruijff. Totaalvoetbal was Cruijffvoetbal. (Rensenbrink en Rep zouden vier jaar later op het WK'78 – zonder Cruijff – naar eigen zeggen een veel beter en vooral prettiger toernooi spelen. Ze mochten zich grotere vrijheden veroorloven, meer op hun gevoel spelen.)

De anderen zag je na Nederland-Uruguay uitbundig zwaaien naar de 30.000 fans: Haan, Rijsbergen en Jongbloed, het verdedigende trio dat geslaagd was voor zijn examen, Johnny Rep met zijn bevrijdende V-teken, en Cruijff omdat hij de hele wereld tevreden had gesteld. Rensenbrink stond daar zo'n beetje naast en keek opzij naar zijn teamgenoten, als een toeschouwer. Ook hij hief zijn arm en het legioen zwaaide terug. De mensen zongen dat Holland de wereldcup ging winnen.

Meer nog dan de Nederlandse pers ('Dit Nederlands elftal speelde het totaalvoetbal zoals het grote Ajax dat kon,' stelde Maarten de Vos) hadden de buitenlandse media zich de ogen uitgekeken. Vooral in Uruguay. 'Nederland vernederde ons', kopte de grootste krant van dat land, *El Pais*. Want: 'Wat de Nederlanders lieten zien was perfect. Zij speelden mechanisch en ritmisch, als zij zo doorgaan zullen zij de grootste kandidaat voor de wereldtitel zijn.' Volgens *El Matutino* had Uruguay een les in voetballen gekregen, het werd tijd voor stijlaanpassingen aan de nieuwe tijd. *The Times* prees de sluwheid en de kracht van de Nederlanders, de Braziliaanse coach Mario Zagalo noemde hen kanshebbers voor de wereldtitel, en zo ging dat maar door – ook in West-Duitsland, waar *Bild-Zeitung* dolenthousiast was over Oranje. De verslaggever had duidelijk genoten van Oranjes sprankelende voetbal. Cruijff had gedanst tussen de scheermesaanslagen van de Uruguayanen, de Nederlandse spits was een allrounder zoals je die zelden tegenkomt en als Nederland en West-Duitsland eerste zouden worden in hun poules, dan zouden zij elkaar treffen in een volgende poule en dat zou de Duitse bondscoach Helmut Schön met zorg moeten vervullen aangezien Cruijff niet te stoppen was. Boven het artikel stond in grote letters: '*Die Holländer sind jetzt ganz heisse WM-Favoriten.*'

Nadat alle elftallen een keer hadden gespeeld, publiceerde het boulevardblad een denkbeeldig Wereldelftal. Daarin stonden zeven Nederlanders en één Duitser. Als enige kreeg Cruijff het cijfer zes, wat stond voor *WM-Traumspieler.* Waarop Rinus Michels in de krant reageerde met: 'De West-Duitse sportpers is bezig met een enorme psychologische oorlogvoering om de aandacht zoveel mogelijk af te leiden van de favorietenrol die West-Duitsland in feite heeft.' Het wereldelftal van *Bild* noemde hij 'belachelijk', een 'volstrekt zinloze bezigheid, waarmee men er alleen op uit is de aandacht op Nederland te vestigen'. 'We moeten deze onzin zoveel mogelijk negeren.'

Na de wedstrijd tegen Uruguay reden Nederlandse fans in triomf rond door de binnenstad van Hannover. Daarbij staken zij twee vingers in de lucht om de 2-0 zege nog eens te onderstrepen. Vele Duitsers maakten dezelfde begroeting terug – kennelijk voelden zij meer sympathie voor de Nederlandse fans en het aanvallende voetbal van Oranje dan Michels besefte of wilde toegeven. Nederlandse handelaren die bij de stadions oranje shirts stonden te verkopen (en geweldige zaken deden), merkten dat ook Duitsers 'er gek op' waren. 'Nou, ik vind alles best,' zei een verkoper. 'Zolang de kassa maar blijft rinkelen.'

Laat op de avond, het was al donker, arriveerde de gele spelersbus van het Nederlands elftal na een tocht van honderdvijftig kilometer bij het Waldhotel in Hiltrup. Daar wachtte een verrassing. Zeker honderd inwoners uit Hiltrup en Münster waren naar het luxe-oord van de familie Krautkrämer gereden om de helden te verwelkomen. Spontaan vormden zij een erehaag voor de Nederlandse sporters, die grote indruk op hen hadden gemaakt. Toen de vermoeide voetballers voorbijkwamen, goedgemutst maar met ingevallen wangen, klapten en juichten de Duitsers voor de Nederlanders.

5. *Illusies & desillusies*

Het leek totaal nieuw, wat daar gebeurde, spontaan, komend uit het niets, een experiment waaraan je van het ene op het andere moment besloot mee te doen: je eerste popfestival, je eerste gin-tonic, je eerste blowtje, je eerste WK-wedstrijd. Je sprong uit je stoel, je belde een paar vrienden en je ging erheen. In Hannover was het al een imposante vertoning geweest, al die Oranjefans, maar vier dagen later was het in Dortmund helemaal een dolle boel. Normaal doen leek verboden. De Nederlandse voetbalsupporter was geen meneer, zoals vroeger, geen heer met een hoed, sigaar tussen de lippen, lange jas; hij was een jongen (of in ieder geval gedroeg hij zich als een jongen) en hij ging gehuld in een T-shirt en een spijkerbroek. Hij liet zijn haar groeien en hij deed uitbundig; aanstellerig, zouden sommige ouderen zeggen.

In alle vroegte stond hij op de stoep van een voorverkoopadres. Hij was ingescheept in een bus volgeladen met snoep, krentenbollen, broodjes en koekjes en kratten bier. Als hij geluk had, zat hij op een stoel – de bussen zaten zo vol dat sommigen de hele reis in het gangpad moesten zitten. In een colonne van tientallen bussen ging hij naar West-Duitsland. Onderweg oefende hij in toenemende dronkenschap het Wilhelmus, beetje lacherig, want wie deed nou zoiets, het volkslied zingen, maar hij dééd het toch maar. Het gaf hem een nieuw idee van gezamenlijkheid, iets waar je met z'n allen achter ging staan, iedereen gelijkgestemd – en hij genoot van al het oranje in het Rasthaus waar hij onderweg pauzeerde. Binnen en op de parkeerplaats zag hij voornamelijk mensen in oranje kleren lopen, auto's in het oranje, vlaggen, een geweldig gevoel gaf dat, een invasie, een sensatie, een trip.

Grenzen waren in 1974 nog echte grenzen maar dat gaf niet, van het lange wachten maakte hij gewoon een nieuwe happening. Samen met al die anderen vormde hij een oranje zee, een niet te stuiten vloedgolf;

een gevoel van ongekende grootheid overweldigde hem. Zat hij in een trein van de Oranje Express, dan praatte hij zomaar tegen wildvreemden en die praatten dan terug, alsof iedereen een goede bekende was van iedereen. Op tussenstations stapte hij samen met een heleboel andere Oranjeklanten uit en dan deden ze spontaan de polonaise op het perron, *Hol-land wint de wereldcup, Hol-land wint de wereldcup, tra-la-la-la-la*, je had die moffen moeten zien kijken. Zat hij in een auto en stond hij bij de grens achter de bus van De Deylknotsen, dan had hij dubbele mazzel. De Deylknotsen was een carnavalsvereniging uit Wassenaar voor de gewone man (mensen met geld in dat villadorp werden lid van andere verenigingen). En de voorzitter, Karel Brunsveld, tevens caféhouder, had weer eens iets leuks georganiseerd: met z'n allen naar het WK. De voetbalenthousiastelingen van De Deylknotsen wilden wat graag mee: Tinus den Hollander, kelner, Jan van Leusden, uitvoerder in de bouw, Wim Teling, autokeurder bij de ANWB, en vele anderen, gezinshoofden van in de veertig, hadden best vijftig gulden over voor een toegangskaartje plus eten en drinken en het busvervoer. Om de feestvreugde nog te verhogen namen ze een boerenblaaskapel mee. Aangezien iemand – ome Jan werd hij genoemd – zijn paspoort was vergeten, duurde het wachten bij de grens nog langer dan anders. Dus wat gebeurde: de dertien leden van de boerenkapel pakten hun instrumenten uit en gingen daar voor de douane hun deuntjes staan spelen. Lekker gek – overal stapten supporters uit, iedereen hossen en springen.

De vrouwen hadden niet meegemogen van De Deylknotsen, want De Deylknotsen hielden van een biertje, en als de vrouwen erbij waren moest je je inhouden. Je inhouden was het tegendeel van waar De Deylknotsen op uit waren. Spandoeken werden uitgerold (Hup, Holland, Hup), de tuba mopperde dat het een aard had en vanonder hun carnavalshoedjes salueerden De Deylknotsen in glanzende capes naar het niemandsland tussen Nederland en West-Duitsland. Het was één grote puinhoop, lachen jongen.

Luid toeterend naderde de Oranjesupporter het stadion en daar deed hij niet zuinig. Hij kocht zich een ongeluk aan parafernalia. Bijvoorbeeld bij Tom Waardenburg uit Arnhem, een 37-jarige handelaar in oranje shirts, oranje petten en hoge oranje hoeden. Van Waardenburg mochten ze elk jaar zo'n wereldkampioenschap organiseren. Hij vond het een prachthandel. Vijftien mark voor zo'n shirt, daar zat een leuke winst op. De mensen vroegen niet eens naar de prijs – ze wilden alleen maar weten of de maat goed was en ze gingen akkoord. Waardenburg vond het wel lekker werken zo. Al maanden vooraf had de handelaar, die in het dagelijks leven langs de deuren ging met textiel, besloten naar de Duitse stadions te gaan. Maar wat hij nu meemaakte, overtrof zijn stoutste verwachtingen. Als Nederland in de running bleef, wist hij al, dan waren de spullen niet meer aan te dragen. De dag daarop zou hij weer terug naar Nederland gaan om te proberen of hij ergens nog wat shirts kon lospeuteren. Want een leuke bijkomstigheid was dat het legioen steeds veranderde. Bij elke wedstrijd kwamen er weer duizenden nieuwe gezichten uit Nederland bij.

Een beetje opportunistisch was hij inderdaad wel, de Oranjesupporter. Eerst geen cent willen uitgeven aan de zogeheten paspoortenactie, eenvoudig omdat het Nederlands elftal tijdens de voorbereidingen zwak speelde en tot ergernis van veel voetballiefhebbers almaar over de winstpremies liep te bekvechten; vervolgens tijdens het WK er telkens een wedstrijdje uitpikken, misschien twee, maar nooit ver vooruit plannen. Ondanks de plotseling opgebloeide Oranjegekte blonk hij niet uit in langetermijninvesteringen.

Niemand ondervond deze houding meer aan den lijve dan Han Stork. Na 15 juni 1974 zag zijn werkende leven er heel anders uit dan daarvoor. Tot die datum, die hij nooit meer zou vergeten, verkocht hij namens het reisbureau Maduro in Den Haag duizenden kaarten voor de WK-wedstrijden van Oranje; daarna tienduizenden tegelijk. Maduro was een zakenreisbureau dat al jaren buitenlandse trips van het Nederlands elftal verzorgde, met het hoofdkantoor op Curaçao en met connecties bij de FIFA. Er was dus al de nodige ervaring, maar vanaf maandag 17 juni kon deze officiële kaartverkoper van de KNVB de drukte niet meer aan. Vanaf de vroege ochtend werd Storks firma plat gebeld. Zijn medewerkers konden geen gewone zaken meer doen, de telefoon rinkelde de hele dag door. Plotseling was de vraag naar kaarten voor de volgende twee poulewedstrijden veel groter dan de voorraad.

De dames op de zaak lieten de schrijfmachines ratelen, stempels werden in vliegende vaart op paperassen gedrukt, uit kassamachientjes pruttelden van 's morgens tot 's avonds lange notarollen tevoorschijn. Stork verhandelde in enkele dagen 60.000 kaarten en mocht zich daarmee het grootste WK-verkoopkantoor buiten West-Duitsland noemen. Dat ging goed! Dus hij weer met het organisatiecomité in Frankfurt bellen en telexen, met de eenvoudige tekst: ik kom eraan, hoeveel kun je me leveren? Tot 15 juni had hij steeds keurig het aantal benodigde kaarten opgegeven; vanaf maandag 17 juni was alles welkom.

Stork haalde zijn kaarten persoonlijk op in Frankfurt. Daar stouwde hij zijn wagen zo vol mogelijk voor de terugreis. Hij had het vervoer een beetje voorbereid, want hij moest BTW betalen. En hij had voor honderdduizenden guldens entreekaarten bij zich en geen zin om daarvoor aan de grens al die heffingen te betalen. Dus hij had dat vooraf met de douane geregeld en telefonisch meegedeeld dat hij eraan zou komen in een groene Ford Lancia. Kon hij zo doorrijden. Toch, hoe massaal het ook toeging na de overwinning op Uruguay, kaartjes voor de volgende ronde werden nog even niet besteld bij Maduro: eerst zien, dan geloven.

De houding van de West-Duitse fans was precies omgekeerd: die hadden hun toegangsbewijzen voor de tweede ronde al op zak, de gelukkigen onder hen zelfs al voor de finale. De West-Duitsers hadden vertrouwen in hun ploeg – wat hen er overigens niet van weerhield om, in tegenstelling tot De Deylknotsen en al die andere Nederlanders, hun ploeg in geval van tegenvallende resultaten met de grond gelijk te maken. De Oranjefan zong met grote stelligheid dat Holland de wereldcup ging winnen, maar die overtuiging omzetten in het kopen van kaarten voor wedstrijden waarvan je niet zeker wist of Nederland nog wel in de race zou zijn, dat ging hem te ver. De Duitse supporter kwam voor het goud, de Nederlandse voor zijn plezier.

Was de Oranjefan getuige geweest van een Oranjeoverwinning, dan sprong hij met kleren en al in een fontein en dan stond hij in een drijfnat houthakkershemd te zwaaien met een enorme rood-wit-blauwe vlag. Of uit pure gelukzaligheid nam hij samen met een vriend een voetballer als Johnny Rep op de schouders – beide fans met zonnebril, sjekkies bungelend uit hun mondhoeken. Dat wilde Johnny best, zeker als er een fotograaf van *De Telegraaf* in de buurt was. De supporter zorgde voor verkeersoponthoud door midden op een druk kruispunt in Dortmund een vw-busje neer te zetten, de deur open te schuiven en Hollandse haring te koop aan te bieden. Hij voelde zich volledig vrij, want Nederland, *zijn* Nederland – ja echt, ineens voelde hij dat zo – leerde de wereld een lesje in het betere voetbal. Het was of de overwinningen van Oranje hem optilden. Hij legde een Nederlandse vlag op straat, bijvoorbeeld vlak voor de Nederlandse spelersbus, en gezeten op zijn knieën boog hij zich dan als een islamiet naar voren, de armen theatraal en pseudo-devoot ten hemel, en hij drukte zijn neus op de uitgespreide vlag. Ajaxsupporters hadden dit ritueel ingevoerd: vlak voor belangrijke Europacupwedstrijden over het hek klimmen en zich in de doelmond als een Arabier over een rood-witte vlag uitstorten.

Het zag er een beetje merkwaardig uit, dit namaak-oosters tafereeltje, maar de supporter schaamde zich daar helemaal niet voor. Schaamte had hij achtergelaten in Harderwijk en Woerden en Breda. Hij gaf een geheel nieuwe invulling aan het begrip openbare dronkenschap. Lallend liep hij over straat, maar hij viel niemand lastig. Hij introduceerde een onschuldig, carnavalesk soort luidruchtigheid die pas jaren later kenmerkend zou worden voor de supporters van het Nederlands elftal: wel een legioen, geen hooligans. De krant *Berlin-West* had in de aanloop naar het WK al eens gewaarschuwd voor *Die Invasion aus dem Tulpenland*, omdat voor de Hollandse *Schlachtenbummler* nu eenmaal 'geen enkele fles' veilig was, zoals tijdens bezoeken van het Ajaxlegioen was gebleken. Maar deze hoeveelheden supporters en hun niet te stelpen drank- en eetzucht zullen de toch al hoge verwachtingen zeker hebben overtroffen. Het Niedersachsenstadion in Hannover had dankzij de verkoop van elfduizend flessen bier, zesduizend ijsjes, zevenduizend braadworsten en negenduizend flesjes frisdrank een ongekende omzet gedraaid. Toch was de Oranjefan nooit te dronken of te verzadigd om te merken hoe goed de Duitsers het toernooi hadden georganiseerd. Alles liep op rolletjes, niet alleen de verstrekking van consumpties maar ook de entree, het verblijf, het vertrek – hij voelde zich welkom.

Zelfs in het geheim waren de organisatoren de Nederlanders ter wille. Die indruk kregen althans de journalisten die in januari 1974 de loting voor de eindronde bijwoonden. In de Grote Zaal van de Hessischer Rundfunk in Frankfurt voltrok zich volgens de aanwezigen achter de schermen een dubieus steekspelletje. Het steekspelletje, aldus vrijwel iedereen die erbij was, had ervoor gezord dat Nederland werd ingedeeld in een poule met gunstig gelegen wedstrijdplaatsen – het goed bereikbare Hannover en het nabije Ruhrgebied. Op een gegeven moment kwam het aan op Nederland en Schotland: deze landen moesten verdeeld worden over poule 2 (ver weg, onder andere Frankfurt) en poule 3 (dichtbij). Men hoorde voor poule 2 eerst duidelijk 'Holland' zeggen, waarna een aarzeling was gevolgd, geschuif met papieren, en prompt was de naam 'Schotland' verschenen.

De reden voor dit gemanipuleer was snel bedacht: Nederland was commercieel interessant voor het WK-organisatiecomité, dat er onder leiding van de West-Duitser Hermann Neuberger voor moest zorgen dat het voetbaltoernooi – in tegenstelling tot de Olympische Spelen van München '72 – een financieel succes werd. Het buurland Nederland werd geacht veel fans mee te nemen en 'de nieuwe Pele' Johan Cruijff was bij voorbaat een trekpleister van jewelste. '"Lootjes" kwamen uit een kassa...' luidde de afkeurende kop in *De Telegraaf*; eerlijkheid leek te zijn weggemoffeld door commerciële belangen. Bovendien speelde de DDR onder meer in West-Berlijn, Italië in de Zuid-Duitse steden Stuttgart en München, en ook dat kon geen toeval zijn.

Nu was het Schotland dat twee keer naar Frankfurt moest, en niet Nederland. Als Nederland eerste zou worden in die poule, stond al vast dat ook Oranjes daaropvolgende groepswedstrijden zich in het Ruhrgebied zouden voltrekken. (Dit tiende WK-eindtoernooi had als nieuwigheid dat de acht nummers één en twee van de vier poules niet in kwart- en halve finales zouden uitmaken wie naar de finale mocht, maar in twee nieuwe poules.) De 'loting' zag er goed uit voor Nederland. Gezien vanuit het midden van het land was het Ruhrgebied niet verder weg dan Maastricht. 'Wanneer ik de groepsindeling zo bekijk,' spotte de beroemde Schotse coach Jock Stein tegen de Nederlandse pers, 'waag ik te stellen: Holland wordt de nieuwe wereldkampioen.'

De veiligheidsmaatregelen bleken in juni best mee te vallen, en de Nederlanders werden overal vriendelijk onthaald. Dat bleek alleen al uit de tienduizenden plattegronden van Dortmund die werden uitgereikt, met daarop een in de Nederlandse taal aangegeven route naar het Westfalenstadion. In dat stadion mochten heel wat vrolijke Hollanders, in weerwil van het officiële verbod, bierflesjes mee naar binnen nemen – als zij maar beloofden dat zij er niet mee gingen gooien. Het was allemaal van een volmaakte onschuld. Onderaan de tribunes liepen venters met bier, dat kon je kopen. En als je dan helemaal achteraan stond, werd het gewoon doorgegeven. Het bier ging omhoog en het geld ging naar beneden. Het waren Hollandse omstandigheden. Gedurende het hele toernooi (dat wil zeggen: tot aan de finale) maakte de Oranjesupporter het mee dat hij met zijn oranje petje op zijn hoofd een café in stapte en dat de Duitsers dan voor hem begonnen te klappen, zo goed vonden zij het Nederlandse spel. Doelman Jongbloed repte in zijn dagboek van 'zeer enthousiaste Duitsers'.

Ook de journalisten merkten dat het in West-Duitsland goed toeven was. Zelfs Kees Jansma. Ondanks alle anti-Duitse vooroordelen waarmee hij aan de slag was gegaan, moest de jonge verslaggever van het dagblad *De Tijd* toegeven dat het werken hem bijzonder prettig werd gemaakt. De telefoon- en andere verbindingen met Nederland waren prima, de persruimtes waren uitstekend geoutilleerd, hij kwam niets tekort. Het was veel beter geregeld dan in Nederlandse stadions, merkte hij, alles deed het, de logistiek liep vlotter. En dan die wegen! Het was of zijn hekel aan de Duitsers verminderde naarmate hij het gaspedaal boven de Autobahn van Hamburg naar Frankfurt verder indrukte. Als Jansma Duitse internationals als Gerd Müller of Wolfgang Overath wilde interviewen, of de Duitse bondscoach, dan waren zij veel minder arrogant, brallerig of afstandelijk dan hij had verwacht; eerder beleefd, op het gewillige af. En ze kwamen goed uit hun woorden, beter dan de meeste Nederlandse voetballers. Het gevoel bekroop hem dat de Duitsers het erom deden, alsof zij hem extra vriendelijk behandelden in de wetenschap dat Hollanders nu eenmaal snel geïrriteerd waren over Duitsers. Hij interviewde de legendarische oud-bondscoach Sepp Herberger en hij concludeerde dat ook Herberger in zekere zin slachtoffer van de oorlog was geweest, net als Helmut

Schön, die in februari 1945 de gruwelen van de geallieerde bombardementen op Dresden had meegemaakt.

In 1956 zag Jansma zijn vader in Düsseldorf als een wildeman juichen en schreeuwen na de overwinning van Oranje op het West-Duitsland van Herberger. In de trein op de terugweg naar Nederland, toen het feesten van de duizenden Hollanders onverdroten doorging, zocht de negenjarige Kees de verklaring voor deze ongebruikelijke uitgelatenheid van zijn vader in de bezettingstijd; pa had een tijdje in de gevangenis gezeten. Nu, in 1974, besefte hij dat de Duitsers eigenlijk vrij normale mensen waren – hij had zichzelf al die jaren voor de gek gehouden.

Wel kon hij zich storen aan het gezwollen '*Fussballfreunde aus aller Welt!*' waarmee de stadionspeakers de toeschouwers welkom heetten. Dat vond hij zo vet, zo dik, zo *Duits*, dat toch nog niet al zijn oude sentimenten verdwenen. En dat de West-Duitsers sinds hun tweede plaats op het WK'66 almaar meer successen hadden gevierd dan Nederland zat hem ook niet lekker. In 1966 – zijn eerste WK als verslaggever – was hij een fan van Sigi Held, Uwe Seeler en Lothar Emmerich, uit eerlijk hout gesneden voetballers. Die bewondering ging geleidelijk over in jaloezie. Terwijl Nederland zich telkens niet kwalificeerde voor een eindronde, werd West-Duitsland derde op het zinderende WK in Mexico en eerste op het Europees Kampioenschap in België '72.

Ondanks alle nuances hadden die moffen toch net iets te veel van wat de Nederlanders misten.

Het Westfalenstadion dat op 19 juni nog meer Oranjefans opnam dan het Niedersachsenstadion Hannover, naar schatting 35.000, was in alles het toonbeeld van het Duitse *Wirtschaftswunder*. De duizenden Nederlanders die aangestoken waren door de verrassende 2-0 zege op Uruguay, meldden zich op deze woensdagavond bij de poorten van een stadion in Dortmund dat ten eerste splinternieuw was – en mooi op tijd klaar – en dat ten tweede het enige echte voetbalstadion van het hele toernooi was. 'Ik moet zeggen dat als die Duitsers iets maken, ze het wel verschrikkelijk goed doen,' schreef Jongbloed in zijn dagboek. 'Wat is dit Westfalenstadion enorm mooi. Volledig overdekt, verschrikkelijk goed licht, kleedkamers en douches allemaal geweldig.'

Het stadion ademde alleen maar voetbal: prachtig gras, compacte tribunes, vier felrode lichtmasten. Meer was er eigenlijk niet. Kenden de andere acht (gerenoveerde) stadions atletiekbanen waar de wind volop kansen had de typische voetbalvibraties tussen helden en fans weg te blazen; in het Westfalenstadion kolkten de supportersgeluiden lekker lang rond, net als in Engelse stadions.

Sfeer was er op deze avond in grote mate. Handenklappend en scanderend waren de Oranjefans vanuit het centrum van Dortmund gekomen – de bierstad in het Ruhrgebied kende tal van horecagelegenheden en men had al bekendgemaakt dat zij langer open mochten blijven dan normaal. Eerst had de oranje zee de Westfalenhalle – zeg maar de RAI van Dortmund – tot Nederlands gebied verklaard. Nu stonden de Nederlandse fans hier, hutjemutje op de staantribunes, zingend en hossend, en in hun midden ook het Wassenaarse dweilorkest in boerenkiel, plus De Deylknotsen met hun capes en mutsen en pluimen, en zij lieten de Zweedse fans, met achtduizend man toch al in de minderheid, geen kans zich te laten horen. Een hoempapaorkestje op de tribunes was in 1974 een nieuw fenomeen – reden voor de lokale krant *Ruhr-Nachrichten* om de volgende dag op de voorpagina een foto te plaatsen van het carnavalsgezelschap, alle leden met wijdopen mond, want luidkeels getuigend van vaderlandsliefde.

Het Wilhelmus werd met overgave meegezongen tijdens de officiële ceremonie voorafgaande aan de wedstrijd. Maar, wat veel opmerkelijker is, de supporters brachten het ook ten gehore op andere momenten, zomaar tussen 'Hup, Holland, hup' en 'Holland wint de Wereldcup' door. Nederlanders die uit zichzelf het volkslied aanheffen, waar kwam dat ineens vandaan? 'Het moet iets te maken hebben met het feit, dat Nederland weer eens in de verdrukking zit en dat we met zijn allen tegenover de buitenwereld ons gezicht moeten redden,' peinsde de Noord-Hollandse verslaggever Sam de Jager, verwijzend naar de oliecrisis. 'Ook bij de voetballers zelf leeft zo'n karaktertrek. Er heeft werkelijk van alles gemankeerd aan die voorbereiding, maar juist dat gegeven maakt dat spelers en publiek zich extra teweer gaan stellen en er sluimerende trekken in ons volkskarakter in het geding komen. Het is iets van verzet, het niet tegen zijn verlies kunnen dat dan naar boven komt.'

Misschien waren het inderdaad sluimerende trekken die tijdens het WK plotseling manifest werden. Al tijdens Nederland-Uruguay bezongen de fans Piet Heins *Zilvervloot*, een novum in de Oranjegeschiedenis. En ze zouden er tijdens het toernooi niet meer mee ophouden. Net als *Holland wint de Wereldcup* (adaptatie van *Ajax wint de Wereldcup*) behoorde dit lied tot de muzikale inboedel van Amsterdam. Halverwege de negentiende eeuw was het vastgelegd door de Amsterdamse dokter, dichter en volksopvoeder Jan Pieter Heije (tevens de man van *Zie de maan schijnt door de bomen*); begin jaren zeventig rolde het door het Olympisch Stadion als Ajax bezig was een voorname buitenlandse tegenstander te verslaan.

Maar zo onversneden patriottisch als Heije het meer dan honderd jaar eerder bedoeld had, zo werd het in 1974 niet meer gezongen. Heije wilde met zijn *Triomfantelijk lied van de Zilvervloot* de jonge Nederlandse monarchie moreel steunen met een ode aan Piet Heins verovering van een zwaar bewaakt Spaans zilvertransport in de Baai van Matanzas (bij het huidige Cuba). Met de incassering van het reusachtige bedrag van twaalf miljoen gulden had Hein in 1628 een belangrijke financiële fundering gelegd voor de Gouden Eeuw. Vanwege het oppeppende gehalte ervan was de *Zilvervloot* tot na de Tweede Wereldoorlog een populaire uiting van nationale trots gebleven. Maar daarna was het lied in onbruik geraakt. Dat had vermoedelijk alles te maken met de tijdgeest van de jaren zestig, waardoor zeehelden als Pieter Pieterszoon Hein min of meer de status van piraat kregen. (Feitelijk was Heins heldendaad meer roof dan verovering geweest.)

Dat bleek wel in september 1966. Het Ajaxbestuur gebruikte het lied in een poging de sfeervolle *community singing*, zoals men die in Britse stadions gewend was, naar Nederland te halen. Vergeleken bij Engeland was het in Nederlandse stadions vaak maar een dooie boel. In de pauze van de Europacupwedstrijd Ajax-Besiktas deed de stadionspeaker een oproep aan het publiek om mee te zingen met het harmonieorkest DSM onder leiding van Nico van der Linden. Alvorens de *Zilvervloot* in te zetten, speelde het orkest *Hup, Holland, Hup* en *Hand in hand, Kameraden (voor Feyenoord I)*, en *Glaasje op, laat je rijden* (een carnavalshit uit 1965 van Sjakie Schram), en *Van je Hoempa, hoempa, hoempa, DWS*. Het kan zijn dat de keuze voor een Feyenoordlied en een

DWS-lied de meligheid onder de Ajaxfans aanwakkerde, maar veel bijval kreeg het orkest niet. De mensen deden er wat lacherig over. De uitvoering van de *Zilvervloot* werd nog eens extra gefrustreerd doordat de mensen de laatste zin 'Hij heeft gewonnen, de Zilvervlo-ho-hoot' almaar herhaalden, terwijl het DSM-orkest verder wilde met het volgende couplet. De gemeenschapszang werd een flop.

Maar twee maanden later, tijdens Ajax' eerste Nederlandse monsteroverwinning op een buitenlandse topclub (5-1 tegen FC Liverpool, de beroemde wedstrijd in de mist), begon iemand zomaar ineens die chauvinistische slotzin met die plagerige lange uithaal te zingen. Het Amsterdamse publiek viel hem bij, een traditie was geboren. Voortaan bestond *De Zilvervloot* nog maar uit één zin.

Het was geen onvervalst nationalisme waarmee de strofe werd gezongen. Het was nationalisme met een draai, een knipoog: wel voor Amsterdam, voor Nederland, voor *ons*, maar niet voor het gezag. De mensen hadden het lied naar zich toegetrokken en verbasterd, het was vaderlandsliefde met een dubbele bodem. De invloedrijke schrijver en (voetbal)columnist Nico Scheepmaker, die enkele wedstrijden in West-Duitsland bijwoonde, formuleerde het dubbelzinnige Oranjegevoel als volgt: 'Langharig tuig, dat er niet over zou peinzen de koningin gedag te zeggen als zij in een koets hun discotheek zou passeren, zingt nu uit volle borst het Wilhelmus, weliswaar minder als volkslied dan als strijdlied, maar toch.'

De combinatie van de Hein-verering met de destijds veelgebruikte scheepstoeters gaf die almaar herhaalde slotzin een VOC-tintje: Nederland was allang geen wereldmacht meer, Ons Indië was onder internationale druk zelfstandig geworden, en in Nederland gebeurde tot eind jaren zestig op cultureel gebied haast nooit iets wat de moeite waard was – maar met Johan Cruijff als een eigentijdse versie van Admiraal de Ruyter had Holland begin jaren zeventig eindelijk weer eens een wapen in handen om zich ver over de grens te doen gelden. Dankzij de gesublimeerde zeeslagen op het voetbalveld had Nederland weer successen om van te dromen.

Opvallend was wel dat de Zilvervloot in 1974 al werd bezongen tijdens de eerste WK-optredens van Oranje, toen de finale nog mijlenver weg was. De triomf liep als het ware op de feiten vooruit. Misschien was dat een Nederlands trekje, het eenvoudig negeren van de veldslagen die nog moesten volgen. Het Ajaxlied *Op een slof en een oude voetbalschoen wordt Ajax kampioen* deed ook al alsof er helemaal geen serieus te nemen tegenstanders bestonden. In de aanloop naar het WK'34 zongen de Oranjesupporters (die met duizenden waren meegereisd, een uittocht van historische omvang, en dat midden in de crisisjaren): 'Wij gaan naar Rome.' Terwijl lang niet zeker was of zij de Italiaanse hoofdstad, waar de finale zou worden gespeeld, wel zouden bereiken. (Niet dus – gelijk in de eerste wedstrijd in Milaan ging het mis tegen Zwitserland, en Nederland kon weer naar huis.)

Vergelijk hiermee het lied *Fussball ist unser Leben*, de officiële WK-hymne van de Duitse voetbalbond, op de grammofoonplaat gezet door de spelersselectie en tijdens het WK'74 veel gedraaid in de stadions. Het was de eerste keer in een lange reeks dat de Duitse internationals een WK-lied opnamen, het geldt als de *Mutter aller WK-Songs*. *Fussball ist unser Leben* was een up-tempo meeklapper voor de bierkelders, geschikt om je armen in die van je buurman te steken en dan met z'n allen naar links en rechts te bewegen. Het ging over samen sterk zijn, over als elf vrienden de immense weerstanden overwinnen, met als mogelijk resultaat – als alles meezit – winst. ('... *wir kämpfen und geben alles, bis dann ein Tor nach dem anderen fällt*') Het woord goud kwam er niet in voor. In tegenstelling tot de Nederlanders wilden de Duitsers pas over een triomf spreken als zij de beker in handen hadden.

Aanvankelijk leek West-Duitse glorie in welke vorm dan ook bijzonder ver weg. Na de benauwde 1-0 zege op Chili volgde op 18 juni een dermate slechte wedstrijd tegen Australië dat het Duitse publiek, ondanks de 3-0 overwinning, de Australiërs aanmoedigde. Zoals wel vaker stond het thuispubliek in het Volksparkstadion in Hamburg kritisch tegenover het West-Duitse team met z'n vele Zuid-Duitsers, zo niet afwijzend. De idealistische bondscoach Helmut Schön drong er bij zijn spelers op aan dat zij na de 3-0 voorsprong op de moedige – maar voetbaltechnisch zwakke – Australiërs optimale inzet bleven tonen. Beckenbauer daarentegen wilde de krachten sparen voor de volgende wedstrijd, het bij voorbaat beladen treffen met de DDR, en trapte op de rem. Het zegt iets over de machtsverhoudingen in het West-Duitse kamp dat het team nauwelijks nog gas gaf.

Het publiek beantwoordde het langzame spel met fluitconcerten en met scheldkanonnades aangaande het Beierse gehalte van de ploeg. Toen de beroemdste Zuid-Duitser van allemaal, Beckenbauer, ook nog eens de arrogante kwast uithing en bovendien de bal onnodig kwijtraakte, werd het gefluit en gescheld ('*Bayernschwein!*') dermate luid dat *Kaiser Franz* iets deed waarvoor hij later openlijk zijn excuses zou aanbieden. Een voor iedereen goed zichtbare klodder vloog vanuit zijn hooghartige mondje naar de tribunes, waar de mensen vervolgens nog razender werden dan zij al waren.

De Nederlander met wie hij vaak werd vergeleken, Johan Cruijff, zou zoiets nooit doen, spugen naar zijn fans. (Wel liep hij opvallend vaak weg als zij hem na een kampioenschap op het veld wilden omhelzen.) Maar in Nederland was het treiteren dan ook lang niet zo ontwikkeld als bij de Duitsers. Voor varken werd Cruijff voor zover bekend nooit uitgemaakt; hooguit voor geldwolf. Het openbare leven in West-Duitsland was grootser en meeslepender, maar zeker ook grimmiger en hatelijker dan in Nederland. Wat betreft het moderne leven werd in Duitsland wel eens jaloers naar Nederland gekeken, waar trends in mode en popmuziek verhoudingsgewijs snel wortel schoten. Nederland had in 1974 een periode van culturele en politieke polarisatie achter de rug, verschillen in uiterlijk en maatschappijvisie hadden scherpere contouren gekregen dan ooit tevoren, leek het wel. Maar tegelijk hield het botvieren van de tegenstellingen, zeker in vergelijking met Duitsland, iets ludieks. Nederland versus West-Duitsland, dat was toch een beetje fietsen zonder licht versus de Rote Armee Fraktion. Op de Duitse voetbaltribunes had een blijk van afkeuring al snel de bedoeling de zondaars daadwerkelijk te kwetsen, te straffen; in Nederland niet. Ongetwijfeld had dat alles te maken met het verleden.

Zelfs tegen een brave tegenstander als Australië kwam de bizarre geschiedenis van Duitsland duidelijk naar voren. De West-Duitse centrumaanvaller Gerd Müller stond in Hamburg tegenover de Australische centrumverdediger Manfred Schaefer: beiden Duitser van geboorte, beiden op jonge leeftijd ontheemd. De 28-jarige fullprof Gerd

Müller (in november 1945 geboren in Nördlingen, een plaats met veel DDR-vluchtelingen) had in 1964 de wijk genomen naar Strasslach bij München, om daar namens FC Bayern hetzelfde te doen wat hij al bij TSV 1861 Nördlingen had gedaan: eerst scepsis oogsten vanwege zijn korte benen en mollige onderlijf, daarna ontzettend veel doelpunten maken. Manfred Schaefer, in 1974 een 31-jarige blonde melkman met woeste bakkebaarden, was in 1943 geboren in de Pruisische handelsstad Königsberg, dat na 1945 was ingenomen door de Russen, die het Kaliningrad doopten. Na de oorlog belandde Schaefer met zijn vader en moeder in vluchtelingenkampen bij Hamburg, waarna het gezin zijn heil zocht aan de andere kant van de wereld, in Sydney. In 1974 zat Manfred Schaefer opnieuw in een kamp bij Hamburg, het trainingskamp van het Australische team.

In het Volksparkstadion, waar Gerd Müller eind jaren zestig werd weggehoond omdat het publiek het niet kon verkroppen dat hij de Hamburgse icoon Uwe Seeler naar de reservebank had verdrongen (Uwe! Uwe! klonk het zodra Müller iets verkeerd deed), in dat stadion sloeg hij, *der kleine Dicke*, nu toe. Acht minuten na de rust nam Uli Hoeness een corner vanaf links en Müller timede veel beter dan de verdediger Schaefer; hij kopte 3-0 op het scorebord.

Gedurende het toernooi traden de duurbetaalde prof uit München en de robuuste melkboer uit Sydney gezamenlijk op in een televisieshow. Na afloop van de studio-opname vroeg Müller aan Schaefer of hij werkelijk amateur was. Trots meldde de Australiër dat hij voor de kwalificatie toch maar mooi 4.600 dollar had verdiend. Müller had hem niet uitgelachen. Hij had Schaefer strak aangekeken en gezegd dat hij dat bedrag iedere week verdiende.

Op zaterdag 22 juni moest het West-Duitse elftal opnieuw naar Hamburg. Qua reistijd was dat prettig – het spelersonderkomen in Malente bevond zich slechts negentig kilometer ten noorden van Hamburg – maar Beckenbauer en zijn mannen konden daar nu eenmaal niet op buitengewoon veel krediet rekenen. 'Ze zullen morgen wel weer roepen om Uwe Seeler als ik de bal heb,' zei Gerd Müller tegen *Kick*, 'want dat is nog steeds hun held. Voor mij is het best. Als Uwe zin heeft kan hij zo mijn shirt aantrekken. Ik zal de laatste zijn om te zeggen dat wij de laatste wedstrijden geweldig hebben gespeeld, maar een beetje steun mag je tijdens een wereldkampioenschap in eigen land toch wel van je publiek verwachten?'

In de bus naar het Volksparkstadion had *Bundestrainer* Helmut Schön al bange vermoedens dat het tegen de DDR mis zou gaan. Aan de uitstraling van zijn spelers lag dat niet: iedereen leek ten volle geconcentreerd om de eerste ontmoeting met het nationale team van Oost-Duitsland tot een goed einde te brengen. Hoewel sommigen openlijk speculeerden dat een nederlaag het voordeel zou hebben dat Nederland en Brazilië dan werden ontlopen in de volgende poule, wilde de West-Duitse equipe, Schön voorop, daar niets van weten. Het was waar dat Nederland (samen met Polen) meteen al na de wedstrijd tegen Uruguay de sensatie van het toernooi was. En indien West-Duitsland en Nederland eerste zouden worden in hun poules, zouden zij elkaar ontmoeten in een van de twee volgende groepen die toegang konden verschaffen tot de finale. Iedereen ging ervan uit dat Holland als eerste zou eindigen in Poule 3, dus Duitsers die bang waren voor Nederland konden maar liever tweede worden. De *Bundesmannschaft* wilde geen tweede worden. De spelers hadden het hun trainer beloofd. Dat had te maken met de naam van de tegenstander, Oost-Duitsland.

Voor aanvang van de Duits-Duitse wedstrijd waren beide landen al zeker van een voortgezette deelname aan het eindtoernooi. Daardoor konden andere dan zuiver sportieve sentimenten de boventoon voeren. Politiek-maatschappelijke, bijvoorbeeld. Direct na aankomst in de kleedkamer nam aanvoerder Franz Beckenbauer het woord. Hij hield zijn spelers voor dat zij deze keer niet tegen zomaar een land speelden, maar tegen de DDR. En dat betekende dat nu vooral in naam van de bondscoach moest worden gestreden. Beckenbauer vroeg of hij begrepen werd. Uiteraard werd hij begrepen. De bondscoach kwam uit de DDR. Hij wilde per se niet verliezen van een elftal dat een regime vertegenwoordigde dat hem 24 jaar eerder had genoodzaakt de benen te nemen.

Helmut Schön was opgegroeid in het oostelijk gelegen Dresden, stad van kunst en letteren, maar ook met een traditie van mooi voetbal. Met smart was de zoon van een kunsthandelaar, die wegens geldgebrek niet had mogen studeren, in 1950 vertrokken naar Saarland (waar zijn trainersloopbaan begon). Het was geen geheim dat hij daarna nog vaak aan zijn geliefde Dresden terugdacht. Hij had er gevoetbald, een lange, slungelachtige middenvoor met een goede trap in beide benen; hij had er zijn vrouw Annelies ontmoet; hij was er midden in de oorlog kampioen geworden met de Dresdner Sport-Club; hij had de stad in februari 1945 zien branden doordat de geallieerden iets deden waartoe hij hen moreel niet in staat achtte: de historische pracht van Dresden platgooien.

Ook in de naoorlogse periode toen hij als voetballende forens uitkwam voor Sankt Pauli in Hamburg, was hij steeds naar Sachsen teruggekeerd. Hij zette zich in voor de opzet van een goede competitie in Dresden, al heette Dresdner Sport-Club voortaan dan op z'n DDR's Sport Gemeinschaft Friedrichstadt. Maar vijf jaar na de oorlog nam hij definitief de benen naar het Westen. Sinds de Duitse splitsing in 1945 maakte het staatscommunisme een normaal leven onmogelijk, vond hij. Privé-gesprekken tussen hem en zijn vrouw werden afgeluisterd, en omdat hij weigerde mee te doen met enkele leninistisch-marxistische competitievervalsingen, vreesde hij een schorsing door de voetbalbond. Er zat niets anders op dan zijn familie en vrienden achter te laten.

Het Volksparkstadion kende hij heel goed. Hij had er in 1937 gedebuteerd in het nationale elftal, omringd door nazi-vlaggen en hakenkruisen. De 22-jarige voetballer, afkomstig uit een a-politieke familie, hield zijn rechterarm zowel tijdens het *Deutschland über alles* als het *Horst Wessel-lied* recht naar voren, en zijn voornaamste bezwaar daartegen was dat het allemaal zo lang duurde. Hier in Hamburg moest het gebeuren: wraak. Niet jegens de nazi's, die hadden hem en zijn familie nooit geïnteresseerd; maar jegens de DDR, de gehate communisten. Van dat soort mensen verliezen leek Helmut Schön het ergst denkbare. Hij vroeg zijn spelers, die zich in de kleedkamer in een kring hadden opgesteld, om alles te geven. Dat wilden de spelers best. Bovendien hadden zij – Beckenbauer voorop – iets goed te maken tegenover het publiek.

Maar Schön had een angstig voorgevoel. Hij besefte donders goed dat de Oost-Duitsers alles op alles zouden zetten om het maximale eruit te halen. In de beste traditie van het staatscommunisme was de Oost-Duitse deelname aan het WK'74 de uitkomst geweest van een gedetailleerd vierjarenplan. En nu de DDR in dezelfde poule bleek te zitten als de Bondsrepubliek, diende de mogelijkheid op eeuwige glorie zich aan: winnen van het grootkapitaal. Bovendien beleefde het voetbal in de DDR, ondanks het ontbreken van persoonlijkheden als Franz Beckenbauer en Günter Netzer, al jaren een opmars die in mei 1974 nog tot uitdrukking kwam in de eerste winst van een Europese beker, de Europacup II (door FC Magdeburg). En net zo goed als West-Duitsland, wist Schön, profiteerde de DDR van de typisch Duitse teamdiscipline en strijdvaardigheid, waarvan niemand eenvoudig kon winnen. Europacupwedstrijden tussen West- en Oost-Duitse clubs waren steevast beladen gebeurtenissen geweest, felle tweekampen bovendien. In het seizoen 1973-1974 had Bayern München slechts met het nodige geluk gewonnen van Dynamo Dresden.

Je hoefde geen psycholoog te zijn om te beseffen voor welke ploeg er in Hamburg de meeste eer viel te behalen. Een West-Duitse overwinning zou alleen maar normaal zijn: het land was machtiger, groter en op voetbalgebied veel succesrijker. Hoewel beide *Nationalmannschaften* elkaar nog nooit hadden ontmoet, gold de DDR als de underdog. Als iemand hier iets te winnen had, dan waren dat de mannen van de charmant babbelende 'staatstrainer' Georg Buschner. Tot Schöns ergernis loeide *Bild-Zeitung* op de morgen van het eerste (en laatste) Duits-Duitse treffen WAAROM WIJ VANDAAG WINNEN. Die chocoladeletters bevatten in zijn optiek twee nadelen: zij zouden de DDR-ploeg ongetwijfeld prikkelen om het tegendeel aan te tonen en zijn eigen spelers konden erdoor in slaap worden gewiegd. Het laatste leek in ieder geval uit te komen: vanaf de eerste minuut vond Schön zijn team ongeconcentreerd, haast verdoofd, en allerminst gedreven om de staatsamateurs met hun zogenaamde voetbalhobbyisme (in werkelijkheid werden zij financieel gesteund door staatsbedrijven) zo snel mogelijk op een achterstand te zetten. Al in de eerste minuut zorgde een blunder van West-Duitslands lange en nogal harkerige centrumverdediger Georg Schwarzenbeck ervoor dat DDR's gevaarlijke aanvaller Jürgen

Sparwasser een levensgrote kans kreeg op een doelpunt; Sparwasser miste.

Wat zich vanaf halfacht op deze zaterdagavond afspeelde, was haast surrealistisch. Zo beleefd als de 22 spelers zich in het Volksparkstadion gedroegen was zelden vertoond, zeker niet op een eindtoernooi. Misschien kwam het doordat de relatie tussen de twee Duitslanden kort tevoren nog eens extra op scherp was gezet. Begin mei publiceerden *Bild* en andere tijdschriften artikelen waaruit bleek dat de rechterhand van bondskanselier Willy Brandt, de voormalige DDR-vluchteling Günter Guillaume, jarenlang voor Oost-Duitsland had gespioneerd. Kort daarna besloot Brandt, de grote voorvechter van ontspanning tussen Oost en West, af te treden. Alsof de wereld niet nog donkerder moest worden gemaakt dan hij al was, of gewoon omdat de spelers verlegen waren met de hele situatie, kende het voetbalveld in Hamburg omgangsvormen die je eerder in een herensociëteit zou verwachten. Het was geen afspraak, het gebeurde vanzelf. 'Nu moet ik je helaas even vasthouden,' zei Franz Beckenbauer tegen de DDR-speler Harald Irmscher toen er een corner werd genomen. Volgens Beckenbauers memoires antwoordde Irmscher guitig: 'Dat lukt je toch niet!' Iedere keer als Gerd Müller in aanraking kwam met de Oost-Duitse verdediger Konrad Weise, werd hem tot zijn verbazing op ernstige toon gevraagd: 'Heb ik je pijn gedaan?'

Samen zaten zij op de grond, Müller en de DDR-speler Siegmar Wätzlich, de Oost-Duitser legde zijn hand op het dijbeen van de West-Duitser, terwijl Müller het haar streelde van Wätzlich. Op een onbewaakt moment vroeg Wätzlich aan FC Köln-middenvelder Wolfgang Overath of deze de groeten wilde doen aan een gemeenschappelijke kennis in Keulen. En na het laatste fluitsignaal vroeg Irmscher aan Beckenbauer: 'Kunnen wij wellicht de shirts ruilen?' En Beckenbauer: 'Dat wilde ik ook net voorstellen.' Waarop Irmscher: 'Dan wel graag in de kleedkamer, want onze functionarissen zien dat niet zo graag.'

Weken de meegereisde, zorgvuldig door de staat geselecteerde DDR-fans met hun kantoorhoofden, kleine papieren vlaggetjes en fatsoenlijke spreekkoren ('*Sieben, acht, neun, zehn, das ist Klasse!*') duidelijk af van de westelijke aanhang; van de Oost-Duitse spelers kon je dat qua bakkebaarden en wapperende manen niet zeggen. Van een gevecht leek helemaal geen sprake. Maar het curieuze herengedrag kon niet voorkomen dat de Oost-Duitsers in hun defensieve (counter)tactiek volhardden. Tijdens de hele wedstrijd zaten zij hun tegenstanders dicht op de huid, zodanig dat de mannen van Schön zelden een fatsoenlijke aanval konden opzetten. In de tweede helft kwamen de *Ossies* dankzij hun gestaalde conditie steeds beter op dreef. Zij namen steeds meer het initiatief, en in de 77ste minuut maakten zij in de persoon van Jürgen Sparwasser een prachtige goal. Om negen uur in de avond vertrok de bal vanaf de rechtervoet van middenvelder Erich Hamann met een hoge, diagonale boog naar de linkerkant van het West-Duitse strafschopgebied. Sparwasser ving de bal op met zijn borst, en wel zodanig dat de bal opnieuw vaart kreeg, enigszins tegen de richting in van waar hij gekomen was, waardoor de complete defensie op het verkeerde been stond. Sparwasser liet de bal in zijn loop naar de rechterdoelpaal een paar keer stuiten, zonder de controle te verliezen, en net toen hij leek te gaan schieten dook doelman Sepp Maier naar de hoek. Sparwasser wachtte een fractie van een seconde en liftte de bal tergend langzaam hoog boven de verloren keeper tegen het net.

Het bleef 1-0 voor de DDR. In weerwil van alle voornemens en stoere beloften hadden de Wessies de Ossies toch onderschat. Met de foto van de juichend weglopende aanvaller, te midden van de ontredderd op de grond gezeten West-Duitsers, kreeg het staatsapparaat van de DDR schitterend propagandamateriaal gratis en voor niets in de schoot geworpen. De ironie wilde overigens dat Sparwassers heldendaad een intuïtieve handeling was geweest, geen uiting van ingestudeerd collectivisme. Ook een soort ironie: op het donkerblauwe shirt van de gloriërende Sparwasser prijkte het rugnummer veertien, het Cruijffnummer, zodat de Nederlanders een extra reden hadden zich over de nederlaag van Beckenbauer en de zijnen te verkneukelen. In ieder geval bestelde de Nederlandse lolbroek Wim Suurbier nog diezelfde avond aan de bar van het Waldhotel Krautkrämer in Hiltrup een 'whisky Sparwasser'.

Niet één maar vijf DDR-spelers kwamen na afloop naar de West-Duitse kleedruimte. Ook nu geen kwaad woord. Paul Breitner zei: 'Gefeliciteerd!' En Sparwasser: 'Dank je wel!' Waarop de doelpuntenmaker lachend verdween naar zijn eigen kleedkamer, in de wetenschap dat hij zich voor altijd had geplaatst in de Heldengalerij Van Het Reëel Existerende Socialisme.

De West-Duitse ploeg schaamde zich. In de sportschool van de voetbalbond Schleswig-Holstein te Malente gaven de anti-helden van Hamburg zich later die avond gedeprimeerd over aan Sekt en sigaren. Drie keer niet goed gespeeld, de sfeer in het eigen kamp al weken beroerd, verloren van de staatsamateurs uit de DDR, zichzelf te schande gezet, de eigen coach ten diepste gekwetst. De gedesillusioneerde Schön beet zijn spelers toe dat hij dit nooit zou vergeten. Hij wenste niet met hen te praten en zonderde zich af. (De volgende ochtend weigerde hij met zijn spelers te ontbijten.) Niemand wilde slapen. Doelman Sepp Maier en middenvelder Uli Hoeness stapten in een VW-busje, reden naar de slagbomen, vertelden met verdraaide stemmen dat zij koffers naar het sportterrein wilden brengen, gaven in werkelijkheid gas naar Hamburg, een afstand van honderd kilometer die zij aflegden met, naar al snel bleek, een kapotte rem, teneinde in het diepste geheim hun echtgenotes te ontmoeten. (Vraag van Beckenbauer de volgende dag: 'En wat als jullie jezelf de dood in hadden gereden?' Antwoord van Hoeness in *Einer wie ich*: 'Dan waren er twee basisplaatsen in het nationale team vrijgekomen.') Voor de achterblijvers in Malente was er zelfs geen zwembad om voor afleiding te zorgen, merkte Beckenbauer later op. In de sportschool heerste de gezelligheid van een grafkelder.

Op die grauwe, natte avond in Hamburg werden de laatste illusies omtrent avontuurlijk en speels voetbal, uitgevoerd in wit shirt en zwarte broek, opgeborgen. De West-Duitsers besloten voortaan eigenschappen als strijd, snelheid en resultaatgerichtheid op de eerste plaats te zetten. Zij waren veel meer aan de bal geweest dan de DDR, maar de DDR had de beste doelkansen gekregen: een slechte basis om wereldkampioen te worden. Voortaan was het: liever lelijk winnen dan mooi verliezen. De tragische hoofdpersoon van deze omslag was een invaller, Günter Netzer. Met zijn verfijnde traptechniek en briljante spelinzicht bezat Netzer een geweldige sterstatus. Zo'n beetje als enige belichaamde de middenvelder met de lange blonde haren de rock-'n-roll in de

Duitse *Nationalelf.* Maar na het verlies tegen de DDR was het *aus mit dem Günter.* Met hem erbij had West-Duitsland even fantasieloos gespeeld als daarvoor.

Toen hij zich van Schön moest warmlopen deed hij dat zo ver mogelijk verwijderd van de reservebank, in de hoop dat Schön hem zou vergeten en hij niet hoefde invallen in dit slecht spelende team. Maar Overath was te geblesseerd om verder te spelen en het publiek schreeuwde om Netzer. Twintig minuten voor het einde kreeg het publiek zijn zin. Netzer kwam nauwelijks in het spel voor. Volgens critici omdat Beckenbauer, bij wie nu eenmaal de meeste aanvallen begonnen, hem categorisch negeerde. 'Beckenbauer vermoordt Netzer... en daarmee West-Duitsland?' kopte zelfs het Nederlandse voetbalweekblad *Kick* verontwaardigd. Het was algemeen bekend dat het tussen Netzer en de dominante Bayern-kliek niet altijd boterde.

Beckenbauer verklaarde zich bij hoog en bij laag onschuldig, maar feit is dat Netzer stormachtig werd toegejuicht toen hij het veld opliep als vervanger van de veel minder populaire Wolfgang Overath, en feit is ook dat hij na negentig minuten net als de rest met gebogen hoofd het veld weer afliep – zonder veel te hebben laten zien.

Sinds de invoering van het profvoetbal in West-Duitsland in 1963 had Günter Netzer samen met de rest van Hennes Weisweilers *Fohlenelf* een opmars beleefd, zoals je die alleen in jongensboeken tegenkomt. Onder leiding van trainer Weisweiler legde het jonge team van Borussia Mönchengladbach een zegetocht af van de regionale divisie naar de top van de Bundesliga. De veulens werden landskampioen in 1970 en 1971 en bekerwinnaar in 1973. Verdediger Berti Vogts kon zich in een aanvaller vastbijten als geen ander, rechtsbuiten Jupp Heynckes was een genot voor het oog, Herbert Wimmer een ideale cipier op het middenveld, maar de centrale figuur was Günter Netzer. De Duitse liefhebbers van niet-calculerend, zeg maar niet-Bayern München-achtig maar juist *spielerisch* voetbal, van avontuur, laafden zich aan 'Gladbach' – en dan vooral aan die man in het midden, die onberekenbare Netzer met z'n geniale passes, beetje lui, beetje langzaam, en juist daarom aanstekelijk verheven. Het Duitse voetbal herbergde opvallend weinig sexy aantrekkingskracht, maar gelukkig was er Günter Netzer: de eerste profvoetballer met een eigen disco, genaamd Lovers Lane. Natuurlijk een disco – discotheken golden in de eerste helft van de jaren zeventig als nieuwerwetse, opwindende uitgaansgelegenheden. Dat paste wel bij Netzer. Hij was het soort voetballer bij wie je niet altijd gelijk aan voetballen dacht.

Zijn hoogtepunt was het EK'72 geweest. Dat was niet alleen omdat West-Duitsland de finale in Brussel won (met 3-0 van de Sovjet-Unie, na de 2-1 zege in de halve finale op gastland België), maar vooral vanwege de manier waarop: met frivoliteiten die de wereld niet van Duitsers gewend was. Later in de twintigste eeuw zou geen *Nationalmannschaft* nog zo opgehemeld worden als het team van Beckenbauer, Heynckes en Netzer. Je zag Duitse pirouetjes en hakballetjes; vanaf de buitenkant-voeten van Beckenbauer en Netzer werden de heerlijkste draaiballen verstuurd, waarbij de handelingen van de Russen tot zielloos gedraaf verbleekten. Het elftal was gemiddeld jonger dan 25 jaar en het etaleerde op de middag van 18 juni 1972 een wervelend soort aanvalsspel dat zelfs de BBC-commentator inspireerde tot lyrische complimenten. Hij prees de *arrogant flicks* van Beckenbauer en Netzer, die elkaar af en toe met haast kokette een-tweetjes vrij speelden te midden van de statische, bedaagde Russen. 'Het ziet er eenvoudig uit,' zei de televisieverslaggever over Netzer, 'maar het is de controle, de techniek, het talent dat uit iedere vezel spreekt.' En over Beckenbauer: 'Hij is nu al het fenomeen van de jaren zeventig. Hij trekt aan alle touwtjes, hij kost een fortuin maar hij speelt het spel dat hij liefheeft.'

De rappe aanvallers zetten de verdedigers van de Sovjet-Unie stevig onder druk, en als de bal ingeleverd was bij Netzer was de kans groot dat hij de bal in één keer over een afstand van veertig meter perfect voor de voeten van rechtsbuiten Heynckes of linksbuiten Erwin Kremers trapte. Beckenbauer rukte vanachter zijn defensie op naar het middenveld en de aanval, daarbij samenwerkend met Netzer als twee gezworen kameraadjes op het schoolplein. De combinatie van gedurfde passing, van rushes langs de zijkanten, plus in het midden van de aanval die ultieme goaltjesdief Gerd Müller gaf het elftal een speels soort onoverwinnelijkheid.

Na afloop, toen duizenden Duitse fans de sintelbaan van het Brusselse Heizel-stadion overstaken om hun helden te feliciteren met deze 'galavoorstelling', voegde de commentator er nog aan toe: 'Dit is zonder twijfel het beste team van Europa. Dit jonge elftal kan alleen nog maar beter worden. Over twee jaar zal een verschrikkelijk goed team nodig zijn om te voorkomen dat dit elftal in eigen land wereldkampioen wordt.'

Voor Brian Glanville van de *Sunday Times* waren er begin jaren zeventig twee vertegenwoordigers van het totaalvoetbal: Ajax en West-Duitsland. Net als bij Ajax hanteerde het West-Duitse team tal van positiewisselingen en tempoversnellingen, het spel waaierde alle kanten op. In de EK-kwartfinales werd Engeland uitgeschakeld door West-Duitsland – of liever gezegd door Günter Netzer, die in april 1972 op Wembley mogelijk de beste wedstrijd van zijn leven speelde. De blonde zwerver met de wapperende haren verdeelde het spel, hij nam de plek over van Beckenbauer als deze naar voren opstoomde, hij vertraagde als hij daar zin in had en hij strooide tijdens deze kwartfinalewedstrijd met passjes waarvan de Britten nog meer duizelden dan van de uiteindelijke 3-1 nederlaag. Het Engelse publiek applaudisseerde regelmatig voor hem: Günter Netzer, de aanstichter van, zoals het gezaghebbende Franse sportblad *L'Equipe* het noemde, het 'voetbal van het jaar 2000'.

Voor altijd zou men zich deze editie van Engeland-West-Duitsland herinneren als de wedstrijd waarin Engeland werkte en West-Duitsland voetbalde. Dit was het moderne voetbal zoals Helmut Schön zich het altijd had gewenst, speels, aanvallend, tactisch slim – uitgevoerd door spelers die tijdens de wedstrijd zelf originele beslissingen durven te nemen. Aan deze periode zou hij tot aan zijn overlijden in 1996 met het meeste plezier terugdenken. Hij vertelde zijn spelers dat hij niets liever wilde dan dit team te handhaven tot en met de wereldkampioenschappen in 1974; dan zouden zij een goede kans maken op de overwinning. Maar nadat het Duitse droomspel in het najaar van 1972 nog even had gevlamd, 5-1 tegen Zwitserland, zakte het in de aanloop naar het WK'74 steeds verder weg. Blessures en vormverlies veranderden het nationale elftal in een duiventil.

Na verloop van tijd kreeg Schön een hekel aan de telefoon – zo vaak belden er spelers af. Tot zijn grote verdriet ruilde Netzer bovendien Borussia Mönchengladbach in 1973, na tien jaar trouwe dienst, in voor Real Madrid. (De Spaanse grenzen waren opengegaan voor buitenlanders. Cruijff ging naar Barcelona, Netzer naar Madrid, voor drie miljoen mark.) Schön wilde hem in de buurt hebben, in de Bundesliga, zodat hij hem net als de rest van de internationals goed kon observeren; aan het Italiaanse verblijf van de jaren zestig-sterren Helmut Haller en Karl-Heinz Schnellinger bewaarde Schön geen goede herinneringen. Schön had Netzer op het hart gedrukt niet naar Spanje te gaan. Dat de middenvelder het toch deed, en nog wel zonder het eerst aan hem te vertellen, stelde Schön teleur. *Der Günter*, vonden de bondscoach en zijn selectiespelers, had zich buiten de gemeenschap geplaatst. De zakenman annex *dandy* kon zich veel permitteren, maar dit niet.

Netzer raakte in Madrid ook nog eens geblesseerd en zijn conditie werd als gevolg van de in Spanje ondermaatse trainingsarbeid almaar minder. Veelal spelend zonder Netzer verloor West-Duitsland heel wat vriendschappelijke wedstrijden (als WK-organisator hoefde West-Duitsland geen kwalificatie af te werken); zelfs in eigen land, van Brazilië, Argentinië en Joegoslavië.

Het alternatief voor Günter Netzer heette Wolfgang Overath: een wendbare spelverdeler met een zuivere pass in zijn linkerbeen, een echte nummer tien en bovendien stukken ijveriger dan Netzer. Maar hij bezat niet de briljante gaven die Netzer zo elektrificerend maakten. Overath was niet geniaal, hij zette het land niet aan het dromen, hij was gewoon ontzettend goed. Beiden worden altijd weer tot de beste Duitse voetballers aller tijden gerekend, beiden waren al tijdens hun loopbaan iconen. Maar terwijl Overath associaties opriep van een uitmuntende ambachtsman, gaf Netzer de toeschouwers het idee dat voetballen meer was dan je best doen, dat er uit de chemie van gras, een leren bal en twee doelen ook iets te halen viel dat op kunst leek. In de discussies over 'Netzer of Overath', die de Duitse media jarenlang beheersten, sloop altijd iets van 'manager of bohémien'.

Overath was een typische toernooispeler, wat hij zowel in 1966 als in 1970 had bewezen, een ervaren knokker die zijn ploeggenoten nooit in de steek liet. Dit was precies waarom zijn medespelers hem dikwijls prefereerden boven Netzer: zijn inbreng liet zich beter voorspellen. Maar ook was hij minder zelfverzekerd.

Uiteraard was de Keulse middenvelder Overath de nationale vreugde over het EK'72 – dat hij wegens een blessure had moeten missen – niet ontgaan. Tijdens Mexico'70 was hij uitgeroepen tot de beste middenvelder van het (sterk bezette) toernooi, en in de strijd om de derde plaats tegen Uruguay had hij het enige en beslissende doelpunt gemaakt, maar nu leek het wel of iedereen dat hele toernooi en Overaths knappe middenveldspel alweer vergeten was. Iedereen sprak alleen nog van Netzer. En of de duvel ermee speelde: net toen Schön hem samen met Netzer op het middenveld wilde uitproberen (wat volgens deskundigen niet kon, twee kapiteins op één schip), kreeg hij een liesbreuk.

Tussen 1972 en 1974 ging hij door een diep dal. Naarmate het publiek luider blijk gaf van verlangen naar Netzer, zonk Overaths zelfvertrouwen verder naar de bodem. Juist in veel van de geflopte WK-oefenwedstrijden speelde hij (slecht) mee, waarbij de houding op de tribunes het hem niet gemakkelijker maakte. Hij irriteerde het publiek door zich af en toe zodanig door kleinigheden uit zijn evenwicht te laten halen dat hij de controle over de bal verloor. Dan floten de mensen hem weer uit, en als hij vervolgens werd ingewisseld voor een ander steeg gejuich op. Zelfs in de meest armetierige dorpjes die FC Köln aandeed, riepen de boeren 'Netzer! Netzer!' zodra zij Overath in het vizier kregen. Je zou hem een Duitsere speler kunnen noemen dan Netzer, maar kennelijk straalde de kleine vechtjas uit Keulen iets uit waarin de Duitsers zich diep van binnen niet wensten te herkennen: mentale kwetsbaarheid.

Overath trok zich de kritiek enorm aan. Van jongs af aan had hij alles gegeven aan de sport die hem had terugbetaald met glorie en onafhankelijkheid. Als jongste in een gezin van acht kinderen en woonachtig in een veel te klein huisje had hij het sappelen en lijden van zijn vader gezien, een eenvoudige ambtenaar in Siedburg, bij Keulen, wiens portemonnee amper de tien benodigde marken bevatte voor de gymnasiumopleiding van zijn jongste zoon. Overaths zeldzame voetbaltalent, fanatisme en tomeloze eerzucht hadden hem in de loop der jaren de gewenste materiële vrijheid gegeven, en hij had het recordaantal van 324 Bundesliga-wedstrijden achter de rug, maar hij kon het nog altijd niet stellen zonder de bevestiging van zijn omgeving. Tussen 1972 en 1974 durfde hij op een gegeven moment de sportpagina's niet meer te lezen, hij durfde geen bal meer te ontvangen, geen pass te verzenden. Op zijn 29ste overwoog hij serieus zijn interlandcarrière te beëindigen.

Typerend voor Overath was misschien wel dat hij zich beter voelde naarmate het duidelijk werd dat Netzer moest afhaken. Net zo goed als de anderen in de spelersselectie zag hij dat Netzer niet over de vorm en de conditie beschikte die noodzakelijk waren om een WK te spelen. In de paar wedstrijden dat Netzer meedeed, struikelde hij uit krachteloosheid zowat over zijn eigen benen. Het leek wel of de bejubelde middenvelder in Spanje alleen maar zijn centen had zitten tellen, zo beroerd was hij eraan toe. Doelpunten had hij gedurende het seizoen in Spanje niet één keer gemaakt. De maanden voor het WK'74 deed Netzer er alles aan om op tijd fit te worden. Hij maakte extra trainingsuren, en onderwijl lieten de media hem geen dag met rust, zo vurig hoopten zij op een wonder. Dit tot ergernis en afgunst van onder anderen aanvoerder Beckenbauer, die in zijn beste vorm nog minder populair was dan Günter Netzer met overgewicht. Zelfs over het merkwaardige probleem dat Netzer contractueel gehouden was om vlak voor het WK een handtekeningentournee te doen (drieduizend mark per uur voor het zetten van handtekeningen), terwijl hij zijn tijd volgens iedereen beter kon besteden aan extra trainingen, en er daarnaast veel gedoe was over zijn reclamecontracten, schreef een krant als *Bild* uiterst begripvol. In ingezonden brieven smeekten de mensen om Netzer, de *bon vivant*, de hippie, de man met verbeeldingskracht.

Zij kregen Overath. Achter de gesloten deuren van Malente, waar Netzer zijn slappe benen toonde, daar keerde bij Overath de magie terug in zijn voeten. In een laatste testwedstrijd, tegen de districtsamateurs van Schleswig-Holstein, stelde Schön eerst het middenveld van het EK'72 op: behalve de jonge en dynamische Hoeness het Gladbachduo Netzer en diens wapenknecht Wimmer. Overath, die de tweede helft zou meedoen, durfde niet te kijken. Wel haalde hij opgelucht adem dat er geen journalisten werden toegelaten; van journalisten mocht hij dagelijks vernemen dat Günter Netzer de man was die Duitsland nodig had. Toen hij tijdens het laatste oefenpartijtje hoorde dat enkele omstanders Netzer een buitenbeentje in het elftal hadden genoemd, speelde hij na de rust bevrijd van zorgen en zenuwen. Hij scoorde, alles lukte.

De volgende dag zei Schön hem dat hij de eerste WK-wedstrijd zou spelen.

Netzer speelde niet. Ook in de tweede wedstrijd, tegen Australië, zat hij op de reservebank. Hij zag toe hoe zijn sportieve (maar niet persoonlijke) rivaal als een der weinigen goed voetbalde. Pas in de slotfase tegen de DDR mocht Netzer opdraven, en dat alleen maar omdat Overath geblesseerd uitviel. In 1966 en 1970 had Netzer het WK gemist, en een volgende WK zat er voor de bijna dertigjarige balkunstenaar niet meer in. De held van 1972 was de anti-held van 1974 geworden. De WK-loopbaan van een der meest aansprekende figuren uit de Duitse voetbalgeschiedenis had zich beperkt tot twintig treurige minuten.

Na het echec tegen Oost-Duitsland was het met de kern van het Netzeriaanse voetbal, elegant omgaan met risico's, compleet gedaan. Helmut Schön moest toegeven dat de droom van 1972 niet kon worden herhaald. Er was onder de helden van '72 te veel blessureleed (waaronder Jupp Heynckes) en te veel vormverlies om de ogen voor te sluiten. West-Duitsland had zich weliswaar geplaatst voor de volgende ronde, maar je had erg veel fantasie nodig om dit wankelmoedige en intern verdeelde gezelschap nog langer titelkandidaat te noemen. Het roer ging om. De jonge en brutale middenvelder Uli Hoeness werd door Beckenbauer openlijk gekapitteld wegens zijn gemakzucht. Hoeness, Beckenbauers ploeggenoot bij Bayern München die tijdens het EK'72 een sensationele doorbraak maakte in het nationale team, kon de weelde van het vroege sterrendom ('*Hoeness wird der Superstar der WM*', kopte *Bild*) niet dragen. Hoeness, een veel betere voetballer dan de 'draver' waarvoor sommige Nederlandse internationals hem hielden, had enkele nadelen: te veel praatjes (assistent-bondscoach Jupp Derwall noemde hem een rijkeluiszoontje); te weinig inzet; te veel bezig met het schrijven van een WK-boek en te veel vriend van Breitner, die geen vriend was van Beckenbauer.

Beckenbauer zelf besloot zijn aanvallende impulsen op het veld voortaan te beperken en zich vrijwel geheel aan zijn verdedigende taken te wijden. Voor Bernd Cullmann, de *gentleman*-achtige middenvelder die in de eerste drie wedstrijden de Netzer-rol had vertolkt door regelmatig van positie te wisselen met Beckenbauer (dat deed Overath namelijk niet), was mede daarom geen plaats meer. Voor Cullmann kwam de harde en beweeglijke, maar betrekkelijk onervaren Rainer Bonhof. Hoewel de in Nederland geboren Bonhof goed kon aanvallen, stond hij veel meer dan Cullmann bekend als iemand die de gevaarlijkste middenvelder van de tegenpartij kon uitschakelen. Het was een kenmerkende wissel: bedachtzaamheid en intelligentie werden ingeruild voor dynamiek en loopvermogen. Het West-Duitse spel, ont-Netzerd en ge-Overath, viel terug op collectieve vastberadenheid en bescheidenheid. Kennelijk waren de spelers momenteel niet de superindividualisten waarvoor zij zich zo graag hielden. Zij gaven zich over aan zelfkritiek. Dit geheel tot instemming van de Duitse fans, die hen van Bremen tot Stuttgart uitjoelden. Voor zover er inderdaad sprake was van zelfgenoegzaamheid, zoals Beckenbauer stelde, werd deze vakkundig onschadelijk gemaakt door de hoon waarmee de *Nationalmannschaft* van alle kanten werd overladen.

6. Wij waren de hardsten

Wie had dat van tevoren kunnen bedenken: voor het Nederlands elftal was Dortmund veel meer een veilige thuishaven dan Hamburg voor het team van West-Duitsland. In de bierstad in het Ruhrgebied speelde Oranje zijn tweede en derde poulewedstrijd, tegen Zweden en Bulgarije, en het leek wel of hier sprake was van een annexatie. Dortmund zag oranje van de mensen, het publiek steunde het Nederlands elftal zonder enige scepsis. Het team van de adembenemende Johan Cruijff werd eerste in zijn poule en het was of heel de wereld hoopte dat dit Hollandse feest nooit zou overgaan. In dit gemoed deelde de Duitse pers volmondig. Volgens *Bild-Zeitung* walste Nederland 'met een tempo honderd-metersprinters waardig' over zijn tegenstanders heen. Onder de kop '*Oranje Überall*' schreef de *Westdeutsche Allgemeine*: 'Nederland was oppermachtig zowel op als buiten het veld.' Waarna ook *Die Welt* het Nederlands elftal de grote kanshebber op het goud noemde: een superieur team dat in staat was een wedstrijd 'als een wandeling' te beëindigen. 'Imponerend waren bij Nederland de snelle vleugelspelers,' vond *Westfälische Rundschau*. 'Helmut Schön zou blij zijn als hij twee buitenspelers had van het formaat van Rep en Rensenbrink.'

Toch voltrok zich bij Nederland een zelfde persoonlijk drama als bij de Duitsers: het drama van Piet Keizer. Net als Günter Netzer was ook hij een boegbeeld van briljante eigenzinnigheid en ook hij vond zijn Waterloo op het WK'74.

Vlak voor de start van het toernooi had Keizer van Michels te horen gekregen dat Cruijff het draaipunt zou worden, en volgens de supervisor was Keizer niet iemand die geheel in dienst van een ander kon spelen. Rensenbrink kon dat wel, zei Michels, daarom was hij de eerste keus. Tevens zei Michels dat hij in bepaalde omstandigheden een beroep op Keizer wilde doen. Keizer had hier begrip voor; hij kon zich wel vinden in de basisopstelling. Hij ging dus naar West-Duitsland met de wetenschap dat hij in ieder geval de eerste wedstrijd op de reservebank zou zitten. Reserve: dat was Keizer, een der meest bejubelde aanvallers van Nederland, winnaar van een lange reeks landstitels en nationale en internationale bekers, nauwelijks gewend.

Keizer was een begrip, het archetype van de technisch behendige, veelvuldig scorende linksbuiten die de loop van een wedstrijd met één bevlieging een ander aanzien kon geven. Hij werd door iedere coach, als er tenminste niet weer een kwestie-Keizer was, onmiddellijk in het elftal opgenomen. Hij had met Netzer gemeen dat hij een unieke figuur was die spelproblemen op het veld ooploste met techniek en vernuft, niet met hardlopen of de bal een wilde knal verkopen. Een beetje van de oude stempel waren zij, meer oog dan spieren, en tegelijkertijd beschikten zij over een tijdloze kunstzinnigheid. Aan het einde van hun carrières hadden zij schijnbaar voor altijd hun afdruk achtergelaten in het bewustzijn van de voetballiefhebbers. Bij 'type Keizer' of 'type Netzer' kon iedereen zich iets voorstellen.

Maar Keizer was geen glinsterend reclamemerk zoals de Duitser. Hij verfoeide iedere vorm van sterrendom; media-aandacht kon hem gestolen worden. Geld verdienen met een handtekeningentournee bijvoorbeeld zou niet in hem opkomen. Hij bleef het merkwaardig vinden als mensen hem om een handtekening vroegen. Zijn krabbeltje was toch zeker niet meer waard dan dat van zijn buurman of zijn zuster? Hij speelde niet voor het publiek, maar voor zichzelf. Fluitconcerten of aanmoedigingen, het liet hem allemaal koud, zei hij. Een Ajax-Feyenoord kon wat hem betreft best in een leeg stadion afgewikkeld worden.

Enerzijds was hij opgegroeid als de klassieke Amsterdamse rebel: op zijn veertiende jaar van school gestuurd, schorsingen bij Ajax en het Nederlands elftal, waarin hij op zeventienjarige, respectievelijk negentienjarige leeftijd debuteerde. Anderzijds stond hij bij zijn medespelers te boek als gereserveerd: het viel hun op dat hij altijd eerst nadacht voordat hij antwoord gaf. (Een houding waaraan zij het vermoeden van bovenmatige intelligentie ontleenden.) Voor de buitenwacht vaak een raadsel, voor zijn ploeggenoten vooral een sociaal denkend mens, tegen wie werd opgekeken; jongeren als Johan Neeskens voorzag hij in en buiten het veld van adviezen. In 1971, toen er een nieuwe aanvoerder moest worden gekozen, stemden zestien van de achttien Ajaxspelers op hem.

Als hij – met tegenzin – een interview gaf: geen woord over zijn privé-omstandigheden. Vragen in die richting pareerde hij met een even simpel als dodelijk: 'Volgende vraag'. Keizer wilde als een normaal mens door het leven, met als enige uitzondering de uren die hij op het veld stond, dan verzon hij dingen die dichters naar de pen deden grijpen. Hoewel hij na de opkomst van het linkse levensgevoel in de jaren zestig nogal eens werd vereenzelvigd met virtuozen uit de poëzie en popmuziek, benadrukte hij dat hij niet was opgegroeid met Elvis of met Rimbaud, maar met een bal: het onder alle omstandigheden controleren van de bal was het belangrijkste doel in zijn leven. Als Keizer de bal kreeg, had niemand een idee wat zou volgen. Dit leidde tot bezorgdheid bij zijn clubtrainer Rinus Michels, die meer tactische discipline van hem verlangde. Het leidde tot euforie (als een van zijn alles-of-niets bewegingen lukte) dan wel wanhoop (als de actie hopeloos faalde) bij de Ajaxfans.

Ongeveer zoals Netzers Borussia Mönchengladbach was Keizers Ajax de troetelclub van de voetbalintelligentsia. De vereniging in Amsterdam-Oost werd gezien als een baken van creatieve aanvalslust. En de as van al dat moois heette Cruijff-Keizer. Kenners zoals de schrijver/columnist Nico Scheepmaker hielden hele verhandelingen waaruit moest blijken dat Keizer eigenlijk beter was dan de wereldster Cruijff. Waar de laatste vaak zijn sprintsnelheid 'nodig' had om een verdediger te passeren, kon Keizer dat uit stilstand (tenminste, als het goed ging) – met ogenschijnlijk uit het niets getoverde schijnbewegingen. Op inzicht in de artistieke ingevingen van deze steile en grillige, beetje mysterieuze linksbuiten lieten voetbalintellectuelen zich maar al te graag voorstaan.

In 1974 was Piet Keizer echter niet meer de gevaarlijke linksbuiten uit de jaren zestig. Verrukkelijke passeeracties (zijn vermaarde 'schaarbeweging'), op maat gesneden voorzetten, droomdoelpunten: hij liet ze nog maar weinig zien. Hij legde zich steeds meer toe op bedachtzaam opbouwspel achter de voorhoede. Zeker sinds het vertrek van Johan

Cruijff naar Barcelona was Keizer geleidelijk aan meer middenvelder geworden dan aanvaller. En niet per se beter. Net als voor praktisch al zijn ploeggenoten was 1973-1974 voor hem een tobberig seizoen geworden. Tegen Uruguay bleef Keizer, tot 1973 jarenlang een vaste kracht, buiten het Nederlands elftal. Het middenveld was met Van Hanegem, Jansen en Neeskens voortreffelijk bezet, dus de enige plek voor Keizer was zijn oude stek, linksbuiten. Daar speelde Rensenbrink, met 27 jaar een sportman op het hoogtepunt van zijn kunnen en niet, zoals de vier jaar oudere Piet Keizer, een aanvaller op zijn retour. (In die tijd gold een speler van 31 als oud.)

Maar op dinsdag 18 juni, 's avonds om elf uur, maakte Michels plotseling bekend dat niet Rensenbrink maar Keizer de volgende dag zou spelen tegen Zweden. Punt. Rensenbrink kreeg geen toelichting, Keizer evenmin. Dat terwijl de spelbenadering van de Zweden niet zo geschikt leek voor Piet Keizer: afgesproken was dat hij mogelijk zou worden ingezet tegen landen die Oranje in de verdediging zouden dringen; dan kon de snelle voorwaartse passing van Keizer mogelijk van meer nut zijn dan het lopen met de bal aan de voet door Rensenbrink. En iedereen verwachtte juist dat de Zweden tegen Nederland een countertactiek zouden hanteren. Dat was op woensdagavond 19 juni inderdaad het geval: de enige Zweden die zich in de buurt van Jan Jongbloed vertoonden, waren de vliegensvlugge Kaiserslautern-aanvaller Roland Sandberg en de 'balvaste' en tegelijk kopsterke PSV'er Ralf Edström.

Keizer speelde een beroerde wedstrijd. Hoewel hij direct bij de eerste aanvallen de bal kreeg toegespeeld (waarmee op z'n minst de suggestie werd gewekt dat enkele medespelers hem prefereerden boven Rensenbrink, die immers zo weinig in het spel was betrokken), deed hij er vrijwel niets goeds mee. Hij trapte de bal zomaar naar een Zweed; hij liet de bal klunzig over de achterlijn lopen; hij gaf voorzetten die ook een mindere keeper dan de geweldige Ronny Hellström gemakkelijk had kunnen vangen; zijn 'schaarbeweging' mislukte; en, als om zijn misère nog eens te onderstrepen, wist hij ook zoiets simpels als een inworp niet tot een goed einde te brengen.

Hij had zich bij het begin van de wedstrijd 'nerveus als een beginneling' gevoeld, zei hij later, en dat was te merken. Er was maar één moment waarop hij zijn ongeëvenaarde spelinzicht liet zien: op de Nederlandse helft ontving hij de bal van Wim Suurbier, en hij speelde hem in één keer (nota bene met zijn rechtervoet) door naar Cruijff: een Keizeriaanse manier van tussenstappen overslaan, een briljante recht-vooruit-handeling waardoor Cruijff alleen op doelman Hellström af kon rennen en scoren – ware het niet dat een verdediger hem tijdig vastpakte (en geel kreeg).

Bij Johan Cruijff lukte praktisch alles. Hij passeerde iedere Zweed die hij tegenkwam, binnendoor of buitenom, hij versnelde en vertraagde het spel waar en wanneer hij maar wilde – de hele wedstrijd door leek hij verliefd op de bal en de bal op hem. Achteraf werd gediscussieerd of Cruijff niet te veel zelf had gedaan, maar dat is in zoverre onzin dat hij zijn medespelers Rep en Van Hanegem herhaaldelijk prachtige doelkansen had bezorgd, en dat deze telkens werden verprutst. Later bleek dat hij in de pauze voor het eerst last had gehad van een geheimzinnig virus, zoals bondsarts Kessel het noemde, resulterend in braken en buikloop. (Ook Johnny Rep en Wim Jansen hadden er last van, evenals de reservespelers Harry Vos, Eddy Treytel, Ruud Geels en Willy van de Kerkhof. Een enkele journalist suggereerde overigens dat het ongemak was veroorzaakt door drank.) De dagen daarop kon Cruijff amper meetrainen van slapte.

Tijdens Nederland-Zweden heeft alleen het toilet iets van zijn problemen gemerkt. Als een hinde dartelde hij over het veld van Dortmund, luid toegejuicht door De Deylknotsen – de alom aanwezige spits genoot zichtbaar van iedere speelminuut. De weergaloze schijnbeweging, waarbij hij eerst leek voor te zetten maar de bal met verbluffende snelheid en lenigheid achter zijn standbeen langs haalde en de andere kant op rende, de verdediger Jan Olsson in opperste radeloosheid achterlatend, dat fragment zou decennia lang door de BBC worden vertoond en de geschiedenis in gaan als de *Cruyff Turn*. Toch was het ook zo'n avond waarop de bal niet in het doel leek te willen, zodat het 0-0 bleef en bij de voetbalpers de teleurstelling overheerste.

Dus wat deed Cruijff? Tegenover de verbaasde journalisten uit binnen- en buitenland ontvouwde hij een theorie, die alles – zijn eigen topspel, de vele kansen maar ook de vervelende 'brilstand' – moest verduidelijken. 'Voetballen en goals maken zijn twee verschillende dingen,' zei hij. 'Ze hebben niets met elkaar te maken. Iedereen die op een voetbalveld loopt kan een doelpunt maken, maar hoeft nog niet goed te kunnen voetballen. Wij voetballen erg goed, maar het scoren blijft daarbij achter.' De volgende ochtend zei hij op het terras van het Waldhotel in Hiltrup nogmaals tegen de NOS: 'Hem erin schoppen is iets anders dan goed spelen. Je hebt het of je hebt het niet. Je kunt er niet op trainen. Nederland is de enige ploeg die tegen deze defensieve ploeg zeven tot acht kansen gecreëerd heeft: dat betekent dat je veldspel zeer goed was. Het is veel erger als je er maar twee creëert en die mis je; nu weet je tenminste dat je goed speelt.'

Zweden was een compleet andere tegenstander dan Uruguay gebleken, veel sneller en vasthoudender, en voorin gevaarlijker. Voor deze tegenstander was Jongbloed de hele dag al angstig geweest, en hij had met Michels vlak voor aanvang van de wedstrijd een kribbige conversatie tussen twee nerveuze heren gevoerd. Maar Oranje had ook nu hartstochtelijk naar voren gevoetbald, linies waren dynamisch over elkaar heen gebuiteld, Edström was in de lucht goed aangepakt door Rijsbergen, en de aalvlugge Sandberg had de hele wedstrijd in de achterzak gezeten van de nooit verslappende mandekker Wim Suurbier.

Van dat goede voetbal maakte Piet Keizer voortaan geen deel meer uit. Zijn *off-day* werd treffend geïllustreerd door het 'Pietje! Pietje!' dat op de tribunes na verloop van tijd was overgegaan in 'Robbie! Robbie!'

Drie weken later, de dag van de heldenontvangst in Amsterdam, Den Haag en Rotterdam, maakte Piet Keizer de feestelijkheden maar een klein beetje mee. Meteen na de landing van het vliegtuig had hij een zonnebril op zijn neus gezet; vanachter zijn donkere glazen had hij maar flauwtjes in de vreugde gedeeld. Na aankomst op het Leidseplein kneep hij ertussenuit. De grillige linksbuiten die, ondanks zijn structurele gebrek aan hoogdravende ambities, deelname aan het WK vooraf als zijn 'grootste voetbalideaal' had gezien, maakte zich op maandag 8 juli ongemerkt los uit het Oranjegezelschap. 'Waar is Keizer?' vroeg elftalbegeleider Carel Akemann. 'Die is kwaad naar huis,' was het antwoord.

Als de gewone man die hij zo graag wilde zijn, zat Keizer even later samen met zijn vrouw en twee zoontjes om de hoek, in het restaurant

Oesterbar. Het was vertrouwd terrein: de Ajaxselectie streek er vaak neer als voorbereiding op wedstrijden, in het restaurant dat gedreven werd door Keizers schoonvader, tevens eigenaar van het aanpalende café Hoopman. Daar zat hij dan: voor hem geen gekkigheid op het balkon van de Stadsschouwburg, niet breeduit zwaaien naar al die mensen, er was alleen de weldadige rust van de anonimiteit. Tijdens het toernooi had hij zich tot ieders verbazing telkens positief opgesteld, voor iemand als Willem van Hanegem was hij zelfs een stimulerende factor geweest, maar nu wilde hij niet meer. Hij baalde, zijn hele inbreng op het WK had zich beperkt tot een slechte wedstrijd tegen Zweden. Het hele seizoen had hij willen bewijzen dat hij nog wel degelijk kon meekomen, dat de critici ongelijk hadden. Dat was hem niet gelukt, mede doordat hij gedurende het seizoen meer de stad in was geweest dan je van een topvoetballer zou verwachten. In de aanloop naar het WK had hij zich suf getraind (al kon hij zich tijdens de 'ongelóóóflijk' zware trainingen in Zeist niet aan de indruk onttrekken dat Michels zich 'rot' stond te lachen om al die spelers die zich uitsloofden om maar vooral mee te mogen naar West-Duitsland). Hij was een tijdje gestopt met roken, wat in zijn geval vrij veel wilde zeggen.

Piet Keizer besefte dat het deze zomer allemaal anders was gelopen dan gehoopt. Zijn startsnelheid, toch al nooit een pluspunt, was niet hoog genoeg meer, zijn achillespezen waren murw gebeukt door verdedigers en zijn grote tenen waren gevoelloos geworden waardoor hij niet zuiver meer kon trappen. Het voetballen viel hem steeds zwaarder. Zijn mogelijkheden om te doen wat hij wilde, namen steeds verder af – hij gaf het volmondig toe. Halverwege het WK grapte hij nog dat hij hoopte dat Michels hem spaarde voor de finale. Maar ook dat ging – hoewel het er toch nog even op had geleken – tot zijn woede en verdriet niet door. De koek was op, ze zochten het maar uit.

Enkele maanden later, toen hij ook nog eens ruzie kreeg met de nieuwe Ajaxtrainer Hans Kraay, maakte hij van de ene dag op de andere een einde aan zijn loopbaan. Minstens tien jaar raakte hij geen bal meer aan. Dat moet letterlijk worden opgevat: nul ballen. Als hij naar een amateurwedstrijdje stond te kijken en de bal rolde in zijn richting over de zijlijn, dan deed hij een stapje opzij.

Tijdens het toernooi in West-Duitsland zei Keizer over zijn tegenvallende spel: 'Ruim voor het WK was duidelijk dat het zo zou kúnnen lopen. Dat zijn van die onvermijdelijke dingen. Het kan je overkomen bij een oefenwedstrijd tegen Zwart-Wit, het kan ook hier. Over het hele WK zijn er meer gevallen. Neem Netzer.' Maar Netzer hield ondanks de tegenslag geen persoonlijk trauma aan het toernooi over, en hij wel. Netzer was gewoon met zijn coach in gesprek gebleven, Keizer niet. Schön was iemand die het gesprek met zijn spelers altijd opzocht. Dat deed hij ook bij Günter Netzer, zelfs als deze lastige maar aansprekende leidersfiguur ziedend was over een publieke uitspraak van zijn bondscoach. Zo bekritiseerde Schön een keer na een verloren wedstrijd in Spanje enkele spelers, waarna de pers zijn woorden aan het adres van Netzer er zoals gewoonlijk uitlichtte en in vette letters boven de artikelen plaatste. Netzer verkondigde vervolgens in de media nooit meer voor het nationale team te willen spelen. 'Helmut Schön beschouw ik als overleden,' zei hij. Schön regelde een gesprek onder vier ogen, en nog één, de kemphanen dronken koffie en Netzer stelde zich weer beschikbaar.

In deze en andere gesprekken maakte Schön de middenvelder duidelijk waar het soms aan schortte: aan volharding en concentratie. Netzer kon soms op een geweldige manier de bal veroveren op het middenveld, om daarna net iets te dromerig en balverliefd te gaan wandelen, zodat de tegenstander hem de bal weer afhandig kon maken. Zulk een 'kindergedrag' hoorde niet bij het moderne topvoetbal, maakte Schön duidelijk. Waarna Netzer zich in de eerstvolgende wedstrijd minder als een diva opstelde en meer als een krijger.

Schön nam een speler die hij ging teleurstellen altijd even apart. Bernd Cullmann bijvoorbeeld, de middenvelder en laatste man van FC Köln die hij sinds een jaar als 'Netzer' had laten spelen, legde hij onder vier ogen uit waarom hij ontevreden over hem was. En Cullmann gaf hem gelijk; de technisch bekwame, soms wat brave voetballer was over zichzelf niet erg te spreken, al had hij dan gescoord tegen Australië. Ook Netzer wist precies waarom hij niet speelde en Overath wel. De bondscoach maakte er in het voorjaar van 1974 geen geheim van dat hij Netzer in beginsel hoger had zitten dan Overath. Netzer was immers de spil in Schöns ideale voetbal in 1972 geweest, de denker, de strateeg.

'Beiden kunnen een uitstekende lange pass afgeven,' analyseerde Schön in zijn boek *Fussball*. 'Beiden beschikken over een perfecte balcontrole. Beiden hebben een ongehoord sterke dribbel. Maar slechts één is een echte *drijver*, slechts één versnelt het spel: Günter Netzer.' Waar Overath op beslissende momenten kon aarzelen, voegde hij eraantoe, was Netzer altijd bereid tot actie over te gaan.

Toch kreeg Overath onder het bewind van Schön vaker het vertrouwen dan Netzer, om de eenvoudige reden dat hij zich verdedigend meer voor zijn medespelers inspande. Tevens waren de invloedrijke Bayernspelers meer gecharmeerd van Overath. Netzer was beter, Overath betrouwbaarder. Zo liet Schön zijn lievelingsmiddenvelder Netzer tot enkele dagen voor de eerste wedstrijd tegen Chili lang oefenen op het samenspel met Beckenbauer, waaronder een-tweetjes, in de hoop dat de magie van 1972 kon worden hersteld. Maar hij koos uiteindelijk voor Overath.

Na het WK speelde Netzer nog twee interlands, waarna hij zelf ook wel besefte dat het zo niet langer ging, en hij stopte ermee. Over Schön verder geen kwaad woord. De bescheiden *Bundestrainer*, die tegen de zestig liep, kon deze en andere kwesties goed begeleiden omdat hij over diplomatieke vaardigheden beschikte en omdat hij zich als functionaris van een stabiele voetbalbond de houding van een geduldig gezinshoofd kon veroorloven. Hij legde zijn arm om de schouder van een speler die na een nederlaag het veld afdroop, hij omhelsde zijn aanvoerder als er was gewonnen, hij drukte het hoofd van een teleurgestelde speler tegen zijn borst als er was verloren.

De huwelijken van Schön en Michels bleven beide kinderloos, maar alleen de Duitser wilde zich nog wel eens in familiaire termen uitdrukken. Zijn voorganger Sepp Herberger was als een 'vader' voor hem geweest, schreef hij in zijn autobiografie *Fussball*. (In zijn ogen was Herberger de Konrad Adenauer van het naoorlogse *Bundes*-voetbal.) Een enkele speler beschouwde hij als zijn 'zoon'. Dat was dus wel het tegenovergestelde van spelers zien als nummers, wat Michels deed. Die vaderrol van Schön zag je Rinus Michels nooit innemen. Troost bieden leek niet zijn grootste hobby. Nadat hij tot verbazing van de complete perstribune Keizer in de wedstrijd tegen Zweden niet had ingewisseld voor Rensenbrink, gaf hij daarover geen uitleg. Zulke uitweidingen hoorden niet bij het moderne topvoetbal, vond hij.

Ondanks het debacle dat het WK voor Netzer was geworden, hield hij contact met Schön; Keizer besloot na de finale nooit meer een woord tegen Michels te zeggen.

Marinus Jacobus Hendricus Michels had Ajax in zes jaar tijd geprofessionaliseerd met weinig woorden en veel daden. Om de overgang van hobbyisme naar vakmanschap mogelijk te maken eiste hij van zijn spelers – bij zijn komst in de zomer van 1965 nog veredelde amateurs – beroepsmatig gedrag: overdag trainen, instructies nauwgezet opvolgen, verantwoord leven, stropdassen dragen bij het clubkostuum, je opstellen als lid van een team – met andere woorden je plaats kennen en alles doen wat in je vermogen ligt om het totaal meer te laten zijn dan de som der delen. Hij handelde en reorganiseerde zonder grote buitenlandse voorbeelden voor ogen. Hij pionierde zichzelf en zijn selectie naar het internationale topvoetbal, waarvan Ajax zo graag deel wilde uitmaken. Een wedstrijd moest niet langer beschouwd worden als een vrijblijvend potje maar als een strijd op leven en dood.

Mede omdat Michels met enkele spelers een sportief verleden deelde, behield hij grote afstand en ontpopte zich tot een zwijgzame dictator. De gemakzuchtige voetballer die hij in de jaren vijftig was geweest, de voetbalverslaafde pretletter op de straten van Amsterdam, had goeddeels plaatsgemaakt voor een ernstige, studieuze coach met brandende ambities. Het was een houding, een zelfgekozen harnas waarvan Piet Keizer zich niet kon voorstellen dat Michels zich daar werkelijk gelukkig in voelde.

De Nieuwe Michels deelde mee wie op welke plek speelde, daarover was geen discussie mogelijk. Zijn verhouding tot de voetballers van Ajax nam soms groteske proporties aan, want voetballers, vond Michels, moesten hun emoties en andere menselijke waarden thuislaten en zich in hun rol als profvoetballer gedragen als uitvoerders van taken. Wie de poorten van het stadion De Meer opreed, reduceerde zichzelf volgens deze zienswijze tot een rugnummer. Uiteraard mochten spelers binnen de grenzen van hun taken en functies hun gevoel volgen tijdens het spel, maar verder waren zij schaakstukken waarmee Grootmeester

Michels naar believen kon schuiven. Het ging om het geld, niet om de lol.

De cultuur van vermaningen en disciplinaire boetes escaleerde herhaaldelijk, ook in de succesperiode van begin jaren zeventig. Na het behalen van het landskampioenschap in 1970 barricadeerden de spelers hun kleedkamer; de coach, die volgens de meesten weer eens inhumaan had geschaakt met voetballers, was niet welkom op het feest. Toen Michels een jaar later vertrok naar Barcelona, was Ajax inderdaad een toonaangevende club. Maar hij was de man die wist dat hij voorlopig niet meer kon terugkeren naar de Middenweg; hij had te veel mensen beschadigd. Met Piet Keizer sprak hij toen al ruim een jaar niet meer. Het was een uit de hand gelopen brouille die begon in april 1970, toen Michels naar aanleiding van de wedstrijd Arsenal-Ajax (3-0) zei: 'Als Keizer in zijn eigen strafschopgebied komt, loopt het je dun door de broek.' Hiermee wilde Michels zeggen dat Keizer, als hij zijn verdediging assisteerde, te veel risico's nam. De beledigde linksbuiten antwoordde: 'Als je daar zo'n last van hebt, moet je de volgende keer luiers meenemen.' Keizer besloot niets meer tegen Michels te zeggen, waarop ook Michels er het zwijgen toe deed. Het elkaar ontlopen duurde zestien maanden lang. Voor zover er contact was, was dat van lichamelijke aard – een aanslag van Keizer op de enkels van Michels tijdens een trainingspartijtje, waardoor deze vier weken in behandeling moest van de fysiotherapeut.

De oorzaak van de wederzijdse afkeer was Keizers weigering om Michels' botte methoden te accepteren; hij vond het idioot dat een trainer alleen maar trainer was en niet ook nog een mens met een hart. Van zijn kant stoorde Michels zich aan de linksbuiten omdat deze naar zijn inzicht tactisch te weinig professioneel handelde. Ook Piet Keizer moest zich als een rugnummer gedragen, als een uitvoerder van taken en functies, en dat verdomde hij. Vlak na Ajax' eerste Europacupoverwinning in mei 1971, toen Michels zijn vertrek bekendmaakte, danste de anders weinig explosieve Piet Keizer van plezier op de tafel – wat temeer vreemd was omdat hij geblesseerd was en amper op zijn benen kon staan. Het idee voortaan verlost te zijn van Michels verdoofde de pijn meer dan de injecties van de clubarts.

Overigens: acht maanden na Michels' vertrek uit De Meer speelde

Ajax weer tegen Arsenal (kwartfinale Europa Cup 1). En warempel, in het Olympisch Stadion kwamen de Engelsen op voorsprong doordat Keizer nonchalant terugkopte naar doelman Heinz Stuy; Ray Kennedy kon eenvoudig scoren. Niet bekend is of Rinus Michels bij het bekend worden daarvan op een tafel is gesprongen, roepende: 'Ik zei het toch!'

Niet zo verwonderlijk dus dat in het voorjaar van 1974 heel wat werd afgefluisterd over de relatie Michels-Keizer. Hoe zouden zij zich ten opzichte van elkaar gedragen? In Zeist viel het Jan Mulder nog op dat Keizer niet één keer naar Michels keek toen deze zijn eerste teambespreking hield. Maar in Hiltrup bleek de verhouding al snel beter dan men had verwacht. Niet doordat de kwestie werd uitgepraat, maar doordat Michels besloot de ban te breken. Keizer althans toonde zich blij dat de interim-bondscoach iets meer woorden met hem wisselde dan in de Ajaxjaren. Keizer vond Michels ineens geen hinderlijke 'onderwijzer' meer (Michels was een voormalige gymnastiekleraar voor slechthorende kinderen), maar een op z'n minst acceptabele 'professor'. Voor het overige viel de ingewikkelde relatie tussen de coach en de aanvaller nauwelijks op, voornamelijk doordat Michels überhaupt weinig met zijn spelers praatte en hij zich de meeste tijd in zijn hotelkamer schuilhield (voor zover hij niet voor een paar dagen naar Barcelona afreisde wegens bekerverplichtingen van die club). Warmte en gezelligheid bewaarde Michels voor bijzondere gelegenheden; in het dagelijks leven overheersten eenzaamheid en wantrouwen. 'Ik kan moeilijk direct contact maken,' zei hij in een interview. 'Omdat er al die jaren te veel wrijvingen zijn geweest, is het voor mij een probleem af te dalen. Niet omdat ik dat niet zou willen, maar ik heb altijd de angst dat wanneer ik iets toegeef, dat daarvan geprofiteerd wordt.' Hoewel Michels gedurende zijn hele loopbaan te maken heeft gehad met voetballers die moeite hadden met zijn koele distantie, liet hij zich in tegenstelling tot veel andere coaches weinig betrappen op valse beloften. Wie lang van stof is, biedt anderen de ruimte om er iets uit te halen wat feitelijk niet wordt bedoeld. Michels kon er tenminste vrijwel altijd vanuit gaan dat de paar woorden die hij sprak goed overkwamen.

De toon waarop Schön vaak in gesprek bleef met zijn spelers, zo belangstellend, zo onderdanig haast, dat zou de 46-jarige bevelhebber Rinus Michels nooit zijn bevallen. Om maar te zwijgen van wat Schön overkwam na de 1-0 nederlaag tegen de DDR – zulke toestanden waren in de belevingswereld van Michels eenvoudig ondenkbaar. Schön was na het echec in Hamburg dermate de kluts kwijt, na het verlies dat hij als een persoonlijke afgang beschouwde, dat hij zijn aanvoerder Beckenbauer verzocht om tijdens de persconferentie in het stadion het woord te nemen. Een aanvoerder die zich openlijk naast – zo niet boven – zijn coach stelt: dat hoefde zelfs Johan Cruijff niet te proberen bij Michels.

De dag daarop – Schön gaf zich in het eenzame halfdonker van zijn kamer over aan een depressie, tot niets in staat – regelde Beckenbauer de verhuizing naar het nieuwe onderkomen in Kaiserau, ten westen van Keulen. (West-Duitslands wedstrijden in de nieuwe poule zouden meer in de omgeving van het Rijnland plaatshebben.) Ook maakte hij een einde aan een oude gewoonte. Hij weigerde nog langer in de kleedkamer voor een interland de eed af te leggen, zei hij. Gezwollen tradities als deze, tijdens het WK'54 ingesteld door Herberger en bedoeld als blijk van trouw aan het vaderland, pasten niet meer in deze tijd, vond hij. Beckenbauer vond het ouderwets om iedere keer weer enkele formele woorden te spreken en vervolgens een korte rede te houden. Geen speler liet zich daardoor nog in vuur en vlam zetten – temeer niet daar hij er zelf niet eens in geloofde. Bezwaren van onder anderen assistent-coach Jupp Derwall wuifde hij koeltjes weg. (Beckenbauers teamgenoot Paul Breitner gaf nogal eens te kennen dat hij het Duitse volkslied waardeloos vond. Aan die traditie hebben de Duitsers toch maar vastgehouden.)

Aangezien Schön ook na aankomst in het nieuwe spelersonderkomen nog niet capabel was in het openbaar te spreken, aangedaan als hij was door de haast voelbare spot vanuit de DDR, leidde Beckenbauer een druk bezochte persconferentie. *Der Kaiser* deed zijn bijnaam eer aan door kalm en openhartig over de problemen in het team te spreken. Hij bekritiseerde enkele medespelers, vooral jongeren (zoals Uli Hoeness), die zijns inziens te veel naast hun schoenen liepen. En hij kondigde een nieuwe, meer 'realistische' speelwijze aan. Menige journalist kreeg de indruk dat niet Schön maar Beckenbauer de baas was –

wat Beckenbauer overigens later altijd heeft ontkend; hij vond Schön de 'ideale bondstrainer'. En Schön hield achteraf vol dat hij Beckenbauer juist had vermaand zich nu eindelijk als een echte aanvoerder te gedragen, en zijn teamgenoten tot de orde te roepen. Het leek een machtsovername van de rebelse Beckenbauer, de aanvoerder die veel meer dan zijn voorgangers bereid was het gezag te tarten. 'Van een coup tegen Schön of iets dergelijks was helemaal geen sprake,' zei invaller Bernd Hölzenbein, die na de ingreep van Beckenbauer voor het eerst van zijn leven in de basisopstelling voorkwam. 'De trainer was gewoon tot niets meer in staat. Beckenbauer deed wat hij behoorde te doen als aanvoerder: hij hielp zijn coach die diep in de problemen zat. Zo hoort het, vind ik.'

Schön en Michels handelden in veel opzichten tegengesteld. De Duitse idealist liet zijn internationals principieel uitsluitend oefeningen doen met een bal, veel partijtjes van vier tegen vier, want, zei hij, met een training bereiden de jongens zich voor op de wedstrijd en in de wedstrijd draait alles om de bal. Onder de Hollandse realist moesten de voetballers soms net zo lang hardlopen tot zij lagen te kotsen. Maar Schön had dan ook te maken met spelers die van zichzelf redelijk gedisciplineerd waren, terwijl Michels een straffe looptraining onder meer toepaste om de teugels aan te trekken, zonder welke zijn spelers – en dat wist hij maar al te goed – het ervan zouden nemen. Schön werkte in een omgeving van gezag en orde, Michels moest erkenning van het gezag – *zijn* gezag – eigenhandig afdwingen en in stand houden. Hoe belangrijk dat was, schreef *De Tijd*-verslaggever Eddy Poelmann. Er was maar één verschil met de kwalificatieperiode, vond hij, 'de aanwezigheid van Rinus Michels'. 'Michels, die me, na afloop van de eerste trainingsdag, niet alleen toevoegt "niet in paniek raken, rustig blijven", maar die filosofie zelf ook uitstraalt. Was er geen Rinus Michels in Zeist geweest, dan was het nu een pan. Nu er wel een Rinus Michels is, heerst er – ondanks alles – een sfeer van rust en vertrouwen.'

Michels en Schön waren leergierige vertegenwoordigers van hun vak, perfectionisten die verder keken dan de horizon, bouwers van een geoliede organisatie in en buiten het veld. Maar Michels' werk was in zoverre veel zwaarder dan dat van Schön, dat hij alle touwtjes zelf in handen moest nemen – en houden. De touwtjes waren hem aangeboden door de KNVB-bestuurders Henk Burgwal en Gerrit Brokx, die hem begin januari 1974 hadden bezocht in Barcelona. Ze hadden hem gevraagd op tijdelijke basis het Nederlands elftal te leiden, tot en met het WK. Het nationale team was een beetje een stuurloos schip, legden de bestuurders uit. Er waren liefst twee bondscoaches – Frantisek Fadrhonc en Cor van der Hart – maar zij beschikten over te weinig gezag. Bovendien werd hun onderlinge relatie eerder gekenmerkt door tegenwerking dan door samenwerking; Van der Hart maakte er tegenover de media geen geheim van dat hij niet in staat was met Fadrhonc te praten. Michels werd verzocht zich als een 'supervisor' boven de twee kemphanen te stellen.

Hij was op het aanbod ingegaan; sinds hij samen met zijn vrouw Wil het WK'70 had bezocht, hoopte hij zo'n toernooi eens te mogen meemaken. En omdat de KNVB een half jaar eerder had meegewerkt aan de overgang van Johan Cruijff naar Barcelona, deed het bestuur van deze club nu niet moeilijk. Vanaf half mei mocht Michels het coachen van Barcelona en Oranje combineren. Als een eenzame despoot baande hij zichzelf en zijn spelers een weg naar het toernooi. De manier waarop hij achter de schermen te werk ging zou zich pas in de volgende eeuw laten reconstrueren, toen de KNVB-archieven toegankelijk werden en er een doos was met daarop het inmiddels magische getal '1974'. In die doos zat een brief van Carel Akemann uit februari 1974. Michels had Akemann aangewezen als elftalbegeleider ('Niemand bij de KNVB durfde te protesteren,' zei Akemann later), omdat hij in dienst was van de KNVB en omdat hij helemaal het behulpzame type was dat Michels goed kon gebruiken. Akemann, sinds 1965 werkzaam in Zeist, schreef onder de aanhef VERTROUWELIJK aan secretaris-penningmeester Burgwal dat Michels ontstemd was over de voorgenomen benoeming van Otto Roffel tot elftalbegeleider. 'Tot mijn zeer grote verbazing deelde Michels mij maandagavond 18 februari mede, dat hij hierin niet is gekend door het bestuur W.K. Tijdens dit telefonisch gesprek was Michels hoogst verontwaardigd en hij deelde mij mede, indien mijn mededeling juist zou zijn, dat hij zich zou terugtrekken.'

De kern van de methode-Michels was gebruik te maken van zijn eigen onafhankelijkheid. Als hem iets niet zinde dan dreigde hij gewoon met opstappen. Aangezien de KNVB te zeer verstrikt was in zijn eigen web van inconsistente afspraken, was het middel zeer effectief. Hij hing zijn mogelijke vertrek welbewust als een zwaard van Damocles boven het Sportcentrum in Zeist – en tot aan de dag van het vertrek naar Hiltrup liet hij het daar hangen. De internationals die maar door bleven steggelen over de financiële voorwaarden kregen het te horen, de KNVB-bestuurders legde hij een ultimatum op. Als de heren er op een bepaalde datum niet uitkwamen, zochten ze het in Duitsland zelf maar uit. Dat werkte heel goed.

Daarnaast miste ook het zaaien van angst zijn uitwerking niet. Elders in de brief van Akemann gaf de elftalbegeleider aan hoezeer Michels hem onder druk zette. Michels wilde dat Akemann in minder dan geen tijd een hele reeks oefenwedstrijden organiseerde, waarin immers haast uit het niets een team moest worden gesmeed dat met enig fatsoen aan het WK kon deelnemen – een hecht team, kortom. 'Het is voor mij een bijzondere geruststelling, dat ik op dit moment reeds 50% aan de wensen van Michels heb kunnen voldoen,' rapporteerde Akemann aan Burgwal. 'Ik had nl. grote angst, dat mijn positie zou gaan wankelen indien het mij niet zou zijn gelukt wedstrijden te arrangeren.' Ontheven te worden uit zijn functie leek hem een nachtmerrie. Zijn benoeming immers was niet minder geweest dan een droom die uitkwam.

Michels had vijftien oefenwedstrijden geëist, iets wat, gezien de korte voorbereidingstijd, vrijwel onmogelijk was. 'Ik durfde Michels niet te zeggen dat dat onhaalbaar was,' zei Akemann. 'Als Michels iets zei, dan móést het ook. Ik deed alles wat hij van mij vroeg.' Gelukkig bleken de vijftien oefenwedstrijden goeddeels gespeeld te kunnen worden tegen amateurteams: met zijn verleden als KNVB-secretaris van het zaterdagmiddagvoetbal onderhield Akemann, zelf in de jaren vijftig een niet onverdienstelijk middenvelder in het tweede elftal van Fortuna Vlaardingen, tal van contacten die zich in een mum van tijd lieten verzilveren.

Rinus Michels had volledige zeggenschap bedongen en daar handelde hij naar. Maar hij wist vermoedelijk niet dat hij tweede keuze was. Mede omdat men ervanuit ging dat Michels toch niet losgeweekt kon worden van Barcelona, was eerst Ernst Happel benaderd. Happel was net als Michels het mysterieus zwijgende type met voldoende gezag en tactische vindingrijkheid om in enkele maanden tijd een enigszins stabiel Nederlands elftal te creëren. Onder zijn leiding veroverde Feyenoord als eerste Nederlandse club in 1970 de Europese en mondiale beker; de Oostenrijkse crack uit de jaren vijftig stond bekend als een genie met bravoure. Nadat Jacques Hogewoning (KNVB) hem voor de post van supervisor had benaderd gaf hij een interview aan *Voetbal International*. Dat had hij beter niet kunnen doen. *VI*'s kerstnummer van 1973 bevatte ruim voldoende uitspraken om van Happel af te zien.

De coach werkte inmiddels niet meer in Rotterdam maar in Sevilla, waar hij met zijn lange haar en modieuze kleding als een playboy werd beschouwd. Was dat nog tot daaraan toe, daarnaast hield Happel een pleidooi voor het gebruik van tabak en alcohol tijdens het WK – op de bijgaande foto, waarop de spreker zich in een etablissement cognac liet bijschenken, de daad bij het woord voegend. Ook zijn bewering dat spelersvrouwen zijns inziens niet welkom moesten zijn in het spelershotel, maar dat diezelfde spelers wel in de mogelijkheid moesten worden gesteld tot een 'dingetje', maakte zijn kandidatuur er niet sterker op. Vijf weken zonder seks zou een 'catastrofe' zijn, wist hij, de voetballers zouden 'tenslotte met een ding gelijk een olifant rondlopen. Eens moest het eruit'. Maar dus niet bij de echtgenotes en verloofdes.

Een trainingskamp in de aanloop naar het WK leek de voormalige Feyenoordtrainer ook al weinig zinvol. Eerst zou hij iedereen op vakantie sturen. 'Naar eigen inzicht te besteden. De een gaat lekker op Terschelling zitten, de ander verkiest Spanje.' Tijdens het toernooi moest iedereen zich 'zo soepel mogelijk' gedragen, geen verplichtingen ten aanzien van kostuums en dergelijke, dat was uit den boze.

Bij nader inzien leek deze Ernst Happel, hoeveel hij ook van voetbal af wist, toch niet helemaal de ideale kandidaat om de discipline bij het Nederlands elftal eens flink aan te trekken.

Ten tijde van Happels interview was de positie van de officiële eerste man, Fadrhonc, volledig onhoudbaar geworden. In het diepste geheim had KNVB's secretaris-penningmeester Henk Burgwal in december

1973 een onderzoek ingesteld naar het functioneren van de bondscoach. De resultaten waren schrijnend. De 'streng vertrouwelijk' vastgelegde gesprekken met mensen die hem sinds zijn aanstelling in 1970 van nabij hadden meegemaakt, doken later in het archief op – en het was maar goed dat de hoofdpersoon toen allang was overleden (in 1981). Fadrhonc, aldus de ondervraagden, had dan wel de kwalificatie voor het WK'74 op zijn naam staan, hij kon 'absoluut niet organiseren'. Volgens Pierre van den Akker, masseur, tevens vertrouwensman voor veel spelers, maakte de tot Nederlander genaturaliseerde Tsjech, na de communistische staatsgreep in 1949 naar Nederland gevlucht, een 'show' van wedstrijdbesprekingen, die verder weinig om het lijf hadden. Een fatsoenlijke warming-up was er 'nimmer' bij; dikwijls begon hij direct met een straffe training waardoor er 'direct blessures' vielen.

Van overwicht was al helemaal geen sprake. De spelers met de grootste mond kregen het meeste hun zin. Zo ontving Johan Cruijff na afloop van de beslissende WK-kwalificatiewedstrijd tegen België dokter Co Greep in de kleedkamer (wat zomaar niet mocht), om met hem naar de massagetafel te verdwijnen. Fadrhonc maakte daarover een afkeurende opmerking tegen masseur Van den Akker, maar niet tegen Cruijff zelf, volgens Van den Akker omdat hij dat niet durfde. 'De heer Fadrhonc heeft een zeer sterke sympathie en antipathie in de spelersgroep,' meldde de bondsarts Frits Kessel, 'waarbij de absolute topspelers en de Ajaxspelers alles mogen, met als sterkste voorbeelden het weigeren om in te vallen van de Heren Keizer (tweemaal) en Van Hanegem, en de andere spelers niets mogen met als voorbeeld Epi Drost die, na een weigering om als ballenjongen op te treden, volledig uit de selectiegroep verdween.'

Epi Drost was een jongen uit de provincie, hij speelde voor FC Twente, en vertegenwoordigde geen macht. In de provincie had Fadrhonc het tot zijn aanstelling goed gedaan, hij vierde successen met Willem II in Tilburg, bij Sportclub Enschede (voorloper FC Twente) coachte hij mannen als Helmuth Rahn (West-Duitse wereldkampioen van 1954) en Abe Lenstra en hij was grondlegger van het vermaarde jeugdinternaat van Go Ahead in Deventer, waar het eerste elftal onder zijn leiding modern en aantrekkelijk voetbal speelde. Maar hoewel de inmiddels 59-jarige in het verleden het nationale team van Tsjecho-Slowakijke had geleid, zouden zijn alom geroemde enthousiasme en emotionele betrokkenheid – Michels noemde hem een rare man – juist bij belangrijke interlands van te weinig nut zijn. Van sport en sportbeleving wist dr. Frantisek Fadrhonc bijzonder veel, met ontzag sprak men van zijn academische vorming inzake lichamelijke opvoeding aan de Karel Universiteit in Praag. Maar, zei Kessel, 'zodra de stress van een selectie optreedt, wordt hij besluiteloos en zonder zelfvertrouwen'. 's Mans nervositeit rondom wedstrijden is 'buitengewoon groot' zodat elk normaal gesprek 'onmogelijk' is, want 'meestal luistert hij niet'. Bovendien: 'De Heer Fadrhonc vindt voedingsregels kennelijk onzinnig, want hij zit tussen de frites etende spelers op de tribune, een dag voor een interlandwedstrijd'.

Frantisek Fadrhonc werd door weinig journalisten serieus genomen, al was het maar doordat Varendonk, zoals Michels hem placht te noemen, een aan cabaret grenzend brabbeltaaltje voortbracht dat zich niet al te gemakkelijk in begrijpelijk Nederlands liet omzetten. Met deze 'onstabiele man' zou Oranje volgens de ondervraagden op het WK zeker de mist in gaan. Tijdens wedstrijdbesprekingen kon hij zich dermate laten gaan dat de spelers op de voorste rij wegdoken teneinde het in het rond vliegende mondvocht te ontwijken. Toch waren de meesten dol op hem, ze vonden hem grappig en aardig. Veel meer dan in de tijd van Fadrhoncs voorganger Georg Kessler – een jonge, miskende en daardoor ietwat tragische bondscoach – kwamen Cruijff en veel anderen met plezier naar Zeist. Een beroemd voorbeeld van hun affectie voor 'Dokter Franz' werd geleverd in Athene. Bij de KNVB waren de geluiden om de Tsjechische Nederlander te wippen tegen het einde van 1971 steeds luider geworden. Om zijn positie te versterken deed Oranje onder aanvoering van Johan Cruijff in februari 1972 extra zijn best. Griekenland werd met 5-0 verslagen. Dokter Franz mocht blijven.

Tegenover de KNVB-commissie legde de goed ingevoerde masseur Pierre van den Akker in december 1973 uit dat de liefde voor de bondscoach minder onbaatzuchtig was dan zij leek. Voetballers als Cruijff, Krol en Keizer ondervonden bij hun clubs regelmatig problemen met de leiding, zei hij, en zij waardeerden het dus zeer dat zij in Zeist iemand boven zich hadden die zij 'om hun vinger' konden winden. De goals in Athene werden gemaakt door – mogelijk niet toevallig – de Ajacieden Hulshoff, Cruijff (ieder twee) en Neeskens. 'Cruijff,' schreef journalist Maarten de Vos, 'vindt het heerlijk af en toe een paar uurtjes uit het KNVB-Sportcentrum in Zeist te wippen om even naar vrouw en kinderen te rijden. Het hóórt natuurlijk niet, maar Fadrhonc heeft er zoveel binding mee gekweekt, dat diezelfde Cruijff later voor een groot gedeelte verantwoordelijk zou worden voor de kwalificatie.'

Toch had ook Maarten de Vos, die er met zijn stoppelbaardje, leren jack en gebloemde overhemd een beetje als The Who's rockgitarist Pete Townshend en dus erg eigentijds uitzag, zijn bekomst van de sympathieke weifelaar uit Oost-Europa. Liever zag hij een meer representatieve persoon naar Zeist komen, een heerser. 'Een bondscoach is nu eenmaal een autoriteit in Nederland,' schreef hij. 'Na de minister-president is hij wellicht de meest geciteerde openbare figuur. Met die omstandigheden moet je rekening houden.' Iedereen snakte naar autoriteit.

Toen ook een aantal spelers direct na de behaalde kwalificatie in november 1973 de tactische en communicatieve gebreken van Fadrhonc openlijk op de korrel nam, begreep ook KNVB's secretaris-penningmeester Henk Burgwal dat er iets moest gebeuren. Burgwal had weliswaar Fadrhonc pesoonlijk benoemd en hem daarna steeds de hand boven het hoofd gehouden, maar een serie vernietigende quotes van met name Barry Hulshoff en Willem van Hanegem, wier meningen publicitair gezien in hoog aanzien stonden, had haar uitwerking niet gemist.

Een jaar eerder had Burgwal al moeten instemmen met de benoeming van een tweede bondscoach, Cor van der Hart, en ook dat was op een fiasco uitgedraaid. De dubbele bondscoach was een typerend staaltje KNVB-politiek: officieel viel de bondscoach onder het – conservatieve – bondsbestuur, dat de profs en de amateurs overkoepelde, maar in de praktijk had hij vooral te maken met het profmilieu en dus met het sectiebestuur betaald voetbal, waarvan de meer vooruitstrevende Jacques Hogewoning voorzitter was. Deze zegde Van der Hart toe dat hij in 1973 de nieuwe bondscoach zou worden (hoewel Hogewoning daar officieel niet over ging), waarna Van der Hart moest ervaren dat het bondsbestuur (Henk Burgwal) Fadrhonc gewoon liet zitten waar hij zat. Van der Hart, in de jaren vijftig een vooraanstaande centrale (prof)verdediger en als trainer behoorlijk succesvol bij jonge profclubs als Holland Sport en AZ'67, maakte een afschuwelijke jaargang 1973-1974 mee. Fadrhonc zag hem (terecht) als een gevaar en dwarsboomde hem aan alle kanten, terwijl de bestuurders in Zeist hem uiteindelijk niet steunden. Bij wijze van troost kreeg hij Jong Oranje onder zich, dat door gebrek aan faciliteiten werd uitgeschakeld door Jong Hongarije (voor het EK).

Michels toonde niet de geringste belangstelling voor het drama rond de twee coaches. Dat Van der Hart een oude voetbalvriend van hem was (zij speelden samen bij Ajax, zij deelden een Frans prof-avontuur), vond Michels van geen belang. Van der Hart probeerde zijn toestand wel eens onder de aandacht van Michels te brengen maar dat was tevergeefs. Michels had alleen met een optimaal resultaat op het WK te maken, vond hij, niet met het menselijk leed erachter. Menselijke factoren waren niet 'functioneel'.

De anarchie in Zeist bestreed hij door van begin tot eind zijn eigen lijn vast te houden. En hij deed dat zodanig dat de journalisten hem nog meer bewonderden dan voorheen. Eindelijk, vond vrijwel het complete journaille, was er iemand aan het roer die zelfvertrouwen uitstraalde, die in alle rust en eenzaamheid harde maatregelen durfde nemen, die de baas was. *Voetbal International* noemde hem De Peetvader, naar analogie van de films *The Godfather* part 1 (1972) en part 2 (1974), over de nietsontziende maffiabaas Vito Corleone, en dat bedoelde het weekblad (samen met het opinieweekblad *Vrij Nederland* aangesloten bij de linkse uitgeverij De Weekbladpers) als een compliment.

Net als Corleone was Michels niet alleen harder en dominanter maar ook wijzer dan de meeste collega's. Je hoorde hem zelden iets beweren dat niet op feiten gebaseerd was. Michels was iemand die je nog wel eens op het lezen van een boek kon betrappen, wat je niet van iedere voetbaltrainer kon zeggen, maar hij had dan ook op de HBS gezeten. Voor hij tot beslissingen kwam wilde hij altijd eerst de materie doorgronden. Ook na de pedagogische academie ('kweekschool') bleef hij studieus ingesteld. In de jaren zestig nam hij de Ajaxspelers mee naar Europacupwedstrijden in nabije steden als Brussel en Keulen, zodat zij de normen van het internationale topvoetbal met eigen ogen konden aanschouwen. In de zomer van 1970 trok hij samen met zijn vrouw Wil door Mexico om WK-wedstrijden te bekijken en daar zijn voordeel mee te doen. Hoe opmerkelijk dat was, mocht blijken uit het feit dat zelfs tijdens het WK'74 in buurland West-Duitsland amper Nederlandse trainers gesignaleerd werden. Michels was zich terdege bewust op welk een eenzaam niveau hij zich bevond, wat hem sterkte in zijn neiging om eerder naar zichzelf te luisteren dan naar anderen. Zelfkennis bezat hij ook: juist omdat hijzelf in zijn voetbalcarrière dikwijls de kantjes had afgelopen, en als spits van Ajax niet altijd een even gedisciplineerde indruk wekte, wist hij als geen ander hoe hij dergelijke zwakten moest aanpakken.

Tussen zijn aankomst in Zeist en zijn vertrek naar Barcelona na het WK had hij, kort gezegd, overal maling aan. Hij wist best dat de KNVB zich financieel genoodzaakt zag om verhoogde entreegelden te vragen voor de door Carel Akemann inderhaast georganiseerde oefeninterlands, maar dat weerhield hem er niet van zijn experimentele zoektocht naar het ideale Nederlands elftal voort te zetten. Het publiek morde volop bij Nederland-HSV Hamburg in Hengelo, bij Nederland-Kickers Offenbach in Den Bosch, bij Nederland-Roemenië in Rotterdam, zelfs bij de enige officiële oefeninterland die de geschiedenis is ingegaan als een geslaagde WK'74-test, Nederland-Argentinië. Michels gooide de boel naar eigen believen door elkaar, of de mensen het leuk vonden of niet. Als hij het tijd vond voor een oefening in het rondspelen van de bal, dan werd de bal eindeloos rondgespeeld, ook als het publiek leuke aanvallen wilde zien en dat met *slow handclap* onderstreepte. In zulke gevallen weerstonden de spelers de kritiek van de pers na afloop zonder veel moeite – voor hen gold maar één oordeel, dat van De Peetvader. 'Bij Fadrhonc had ik natuurlijk nooit van z'n leven in het doel gestaan,' zei Jan Jongbloed tegen journalisten. De media immers hadden het op die merkwaardige keeper van het bescheiden FC Amsterdam nooit zo begrepen. 'Maar Michels gaat dwars tegen de publieke opinie in. Die trekt zich van niemand wat aan en die zegt op een gegeven moment gewoon: luister eens Jan, jij moet aan de bak.'

Michels bedreef in feite crisismanagement: hij maakte een einde aan de democratie. 'Daar zijn we te laat van afgestapt,' zei hij tegen de *Sun-*

day Times. 'Het Nederlandse voetbal draaide helemaal rond inspraak. Iedereen mocht zich overal mee bemoeien, met als gevolg dat niemand beslissingen nam. Er zijn zoveel interne problemen en elkaar tegenwerkende persoonlijkheden. Mijn titel als supervisor zou alles moeten overkoepelen, maar als we samenkomen, zullen we maar drie weken hebben of zelfs minder, voor het toernooi begint. Brazilië had vier maanden. Het ziet er hopeloos uit. Mijn enige hoop, de enige Nederlandse kans, ligt bij de kwaliteit van de spelers.'

De Corleone van Oranje probeerde uit, en trok zijn conclusies. Zo rijpte bij middenvelder Arie Haan het idee dat hij laatste man zou worden, niet omdat Michels hem dat vertelde, maar omdat hij merkte dat Michels hem in de laatste fase van de voorbereiding daar steeds weer opstelde, waaruit Haan opmaakte dat hij voldeed en dus maar op dezelfde voet doorging. Michels mompelde wel eens iets over 'weinig risico's nemen' en Haan bekeek videobanden van Franz Beckenbauer, en dat was het wel zo'n beetje. Bij de dagelijkse oefenpartijtjes liet Michels de verdediging vaak een helft bij de amateurs meespelen, dus tégen Oranje. Dan kon hij zien hoe het probeersel Haan/Rijsbergen zich gedroeg als er verdedigd moest worden tegen toppers als Cruijff en Rensenbrink.

De omstandigheden dwongen Rinus Michels meer tot experimenteren dan hem lief was. De oorzaak daarvan was een serie tegenvallers die ieder normaal mens zou ontmoedigen, maar hem niet (althans hij liet dat niet blijken). Nummer één was Willy van der Kuylen. De PSV'er zegde al voor de start van het trainingskamp af. Van der Kuylen was een formidabele – tweebenige – schutter uit Brabant, een authentieke nummer tien, spelmaker én topscorer, maar wel eentje wiens woorden lang niet zo krachtig waren als zijn schoten op het doel. Bij het minste of geringste voelde hij zich geïntimideerd door de vlotgebekte Randstedelijken, vooral die van Ajax. Van der Kuylen, volgens journalisten een 'ramp' om te interviewen, voelde zich achtergesteld door concurrenten als Rep en Jan Mulder, 'praters', vond hij, die door de Amsterdamse pers het Nederlands elftal 'ingeschreven' werden.

Tegenover televisieverslaggever Herman Kuiphof hield hij een ondoorgrondelijk betoogje over KNVB-brieven en selectienormen en vakantiedagen. Hoewel, ondoorgrondelijk: uit zijn houding kon je duidelijk proeven dat hij de afstand Eindhoven-Zeist mentaal veel groter maakte dan het feitelijke aantal kilometers, en dat deze sportieve, zuiver passende en knallende Van der Kuylen de confrontatie met zijn oneindig veel brutalere evenknie Cruijff maar wat graag uit de weg ging.

De volgende die niet meewilde was middenvelder Gerrie Mühren. Deze fijnbesnaarde technicus had na een Ajaxseizoen vol ruzie en achterklap, waarin hij zijn problemen met een knieblessure en een huilbaby thuis met niemand op de club had durven of willen bespreken, eventjes helemaal geen zin meer in voetbal. De bescheiden 'linkspoot' uit Volendam vond zichzelf onvoldoende in vorm voor een WK – en nog eens zes weken optrekken met zijn almaar kankerende Ajaxcollega's, die evenmin in vorm waren maar die zijns inziens alleen maar voor het geld meewilden: alleen de gedachte al maakte hem depressief.

Vlak voor het trainingskamp werd duidelijk dat de langdurig geblesseerde libero Epi Drost niet op tijd fit zou zijn. En een half uur nadat alle spelers zich in mei hadden gemeld op het Sportcentrum, pakte Ajax' centrale verdediger Barry Hulshoff alweer zijn koffers: zijn gekwetste rechterknie voldeed toch niet. Exit voor Hulshoff, de lange en internationaal gevierde voorstopper (de beste ter wereld volgens sommigen), de zachtmoedige die een spits kon elimineren zonder gemeen te doen, de verdediger met het spelinzicht van een opbouwer, voor hem was dit de grootste klap in zijn carrière.

De man met wie Hulshoff normaliter het centrum van de verdediging zou vormen, Feyenoords ijzervreter Rinus Israel, Nederlandse beste libero in de jaren zestig, had een verloren seizoen achter de rug. Zijn spel stond in het teken van weinig zelfvertrouwen en veel blessures. Zijn lichaam, toch al nooit een toonbeeld van souplesse, was op zijn 32ste niet meer zo wendbaar, en in de UEFA-cupfinale tegen Tottenham Hotspur bleek weer eens dat de manier waarop hij de functie van libero invulde – vrijwel steeds achter zijn mandekkers opererend – het tegendeel was van wat de 'spionnen' in de Kuip, Michels, Van der Hart en Cruijff, voor ogen stond: regelmatig vóór de verdediging spelen. Tot overmaat van ramp overleed Israels vader op de dag voor het vertrek naar Duitsland.

Hoeveel de voormalige stratenmaker uit Amsterdam-Noord ervoor overhad mee te doen, bleek uit het feit dat hij, hoezeer hij ook gesteld was geweest op zijn vader, direct na de begrafenis op vrijdag 14 juni naar Hiltrup reed. Zodoende kwam de metselaarszoon Israel 's avonds halsoverkop aan in Waldhotel Krautkrämer, twee dagen na de anderen, om de volgende dag te zien dat niet hij maar Arie Haan zou spelen.

Michels heeft nog even met de gedachte gespeeld om linksback Ruud Krol in het centrum te laten spelen; in jeugdelftallen van Ajax had Krol vaak op die plek gestaan. In een gesprek had Krol zich bereid getoond als laatste man op te treden, maar, zei hij, 'u moet het beslissen'. Uiteindelijk vond Michels het toch belangrijker de posities aan de zijkanten – die met Suurbier op rechts en Krol op links tenminste nog enige zekerheid boden – onveranderd te laten. In de tweede helft van de jaren zeventig ontpopte Krol zich alsnog tot een der beste libero's in de Oranjehistorie.

Aangezien ook ADO's robuuste laatste man Aad Mansveld in het voorjaar van 1974 geblesseerd was (in maart was hij geopereerd aan zijn enkel), en er dus geen centrale verdedigers van topniveau meer beschikbaar waren, was het voor Michels extra verdrietig dat de juristen van de KNVB hem hadden bericht dat pogingen om de West-Duitser Horst Blankenburg te naturaliseren geen zin hadden. De centrumverdediger uit het gouden Ajaxteam was in het verleden een keer voor 'West-Duitsland onder de 23 jaar' uitgekomen, zodat de wereldvoetbalbond hem nooit permissie zou geven namens Nederland te spelen. Eerst voor het ene land uitkomen en daarna voor het andere, dat mocht niet van de FIFA. Voor Blankenburg was dit een dubbele tegenvaller: hij was dus voorgoed een voetbal-Duitser, maar hij had de West-Duitse bondscoach Helmut Schön in het verleden al dermate gebruuskeerd als reactie op Schöns weigering hem te selecteren, dat deze hem nu, na een poging Nederlander te worden, zeker niet meer zou oproepen. Blankenburg had op het verkeerde paard gewed, of, zoals *Bild-Zeitung* met enig leedvermaak noteerde, zich *Auf Die Falsche Fahne Gesetzt.* Naast deze kop stond een foto van de centrumverdediger in Ajaxshirt op een Hollandse vlag. Zijn deelname aan het WK zou zich beperken tot het verzorgen van televisiecommentaar bij de ARD.

Twee dagen na de start van het trainingskamp hield PSV-doelman Jan van Beveren, volgens menige Nederlandse voetbaljournalist de beste ter wereld, het voor gezien. Van Beveren worstelde al maanden met zijn lies en had alles op alles gezet om mee naar het WK te kunnen, maar hij voelde zich niet sterk genoeg. Hij had het puur voor het geld kunnen doen, gaf hij toe, maar 'dat is mijn aard niet'. Zelf kreeg de sierlijke doelman Van Beveren, ook wel: Lange Jan, de indruk dat zijn aarzeling door Michels en de rest van 'Amsterdam', zoals hij de Randstedelijke kongsie omschreef, als aanstellerij werd uitgelegd.

Vermoedelijk was die indruk juist. Er was in die jaren een voelbare scheiding tussen spelers van boven en van beneden de rivieren, en 'Amsterdam' vond Van Beveren (hoewel een geboren Amsterdammer) en Van der Kuylen 'zeikerdjes' die altijd wat te klagen hadden. Andere PSV'ers handhaafden zich in Hiltrup door dagelijks met 'Amsterdam' mee te kaarten (Pleun Strik), dan wel de pias uit te hangen en zich voor alles te lenen (gebroeders Van de Kerkhof). Feit is dat de Amsterdammer Michels bepaald koeltjes op het negatieve bericht over Van Beveren reageerde.

In ieder geval moest iedereen die Van Beveren zijn afzegging op de televisie zag toelichten, onmiddellijk erkennen dat zijn afwezigheid op het WK voor het fotogenieke gehalte van Oranje een groot verlies was. Jan van Beveren was een modieuze verschijning, bloemetjesoverhemd met enorme boorden, bloemetjesstropdas, daaroverheen een gouden kettinkje van boord naar boord, imposante bakkebaarden, lang blond haar dat wuifde in de wind. De ranke doelman een elegante *save* zien maken behoorde tot de sensaties van het Nederlandse voetbal. Hij had de stuntman van het WK kunnen worden, maar de wereld moest het doen met Jan Jongbloed: in alles het tegendeel van Van Beveren, meer grote mond, meer Amsterdam, minder gratie, minder *looks*. Overigens zou Jongbloed op zijn manier toch voor de nodige stunts zorgen.

Dat Michels na rijp beraad bij Jongbloed uitkwam, had ook te maken met nog weer een tegenvaller – het vormverlies waarmee topkeeper Piet Schrijvers al een tijdje kampte. Net als Johnny Rep had hij voor het eerst in zijn leven een zaakgelastigde in de arm genomen, in de persoon van Cor Coster. En net als Rep had hij op advies van Coster een nieuw contract van zijn club – FC Twente – geweigerd, in de veronderstelling dat deelname aan het WK gouden bergen zou opleveren.

Maar in tegenstelling tot Rep bleef hij in een sportief dal zitten. Er meldden zich geen clubs voor hem, en FC Twente startte onderhandelingen met andere doelmannen, waardoor hij onzeker werd en zelfvertrouwen verloor. In Zeist keepte hij minder goed dan Jongbloed. Aangezien de eerste doelman, Jan van Beveren, afviel, koos Michels voor de keeper die tijdens de voorbereidingen de beste indruk maakte: voor Jongbloed. Hoewel Schrijvers tijdens het WK telkens van Cor Coster te horen kreeg dat alles goed zou komen, eindigde hij het toernooi zonder zich in de kijker te hebben gespeeld, en zonder club. Hij had zich al verzoend met de gedachte dat hij zijn centen voorlopig zou moeten verdienen bij de Betoncentrale. (Zijn vader zat ook in de bouw, als 'werfbaas' op een houtfabriek in Utrecht.) Maar vlak voor het begin van de nieuwe competitie wilde Ajax hem hebben en kwam alles tot zijn eigen verbazing nog goed.

Al met al had Michels de beschikking over weinig goede verdedigers en keepers – laat staan verdedigers en keepers die goed op elkaar ingespeeld waren – en over veel goede aanvallers. Niet verwonderlijk dus dat het twee aanvallers waren die sneuvelden toen de selectie twee weken voor het vertrek naar Duitsland moest worden teruggebracht van 24 naar 22 man. Na afloop van de oefeninterland tegen Argentinië, in de namiddag van zondag 26 mei, werden Jan Mulder en Willy Brokamp ontboden in het ballen- en materialenhok van het Olympisch Stadion. Michels had er de hele dag mee in zijn maag gezeten, zou hij later toegeven, en dat bleek ook wel, want hij stond met zijn rug naar de spelers gekeerd. Om zich een houding te geven deed hij alsof hij een stapel cornervlaggen inspecteerde. Op Jan Mulder maakte hij een nerveuze indruk. 'Wat ik nu ga zeggen verpest mijn hele dag,' zei De Peetvader.

Mulder en Brokamp namen het als een man. Zij beloofden dat zij beschikbaar zouden blijven voor het geval Michels hen toch nog nodig had tijdens het toernooi, zij wensten hem veel succes. 'Ik zeg er liever niet te veel over,' verklaarde Mulder even later tegenover journalisten, 'want ik heb er geen zin in de zielige jongen uit te hangen. Natuurlijk ben ik teleurgesteld, maar ik neem Michels niets kwalijk. Hij doet zijn werk voortreffelijk.' Daarna reed hij naar het huis van zijn schoonouders in Groningen en sloeg er een oud kippenhok in elkaar.

Brokamp mocht dan bekendstaan als een flegmatieke voetballer, een levensgenieter, de koning van het Vrijthof in Maastricht (als zodanig zou hij na zijn overgang van MVV naar Ajax, enkele maanden later, al snel door de mand vallen); voor Mulder daarentegen was het een geweldige klap. Sinds zijn transfer van Anderlecht naar Ajax, twee jaar eerder, had hij vrijwel permanent met een knieblessure getobd. Afgezien van enkele flonkerende optredens, zoals bij de 6-0 overwinning op AC Milan voor de Supercup in januari 1974, was hij niet meer de oude geweest. Het WK had hij willen aangrijpen om te laten zien dat hij nog altijd een Europese topvoetballer was. De houtsnippers in Groningen getuigden van zijn frustratie.

Voor hun medespelers was het duidelijk waarom Brokamp en Mulder afvielen: niet omdat zij niet goed genoeg waren, maar vanwege een te weinig positieve houding. Voor het basiselftal zouden zij niet in aanmerking komen en Michels wilde reserves die zich constructief opstelden. In Michels' visie moest je 'rotte appels' verwijderen om de rest van de fruitmand in goede staat te houden. Rep en Rensenbrink – Mulders collega's bij Ajax, Anderlecht en Oranje – vonden hem vaak een zeurkous. Hij kon enorm klagen over broekjes die te strak zaten of de stadionmuziek die niet oké was of over andere ogenschijnlijke pietluttigheden. In Zeist deed hij volgens bondsarts Kessel 'moeilijk' over het eten. 'Voor kwaadaardige gezwellen binnen je groep koop je niets,' motiveerde Michels zijn keuze in *Panorama*. 'En met gezwellen bedoel ik dan figuren, die buiten het voetballen zélf de stemming verzieken door oeverloos gekanker en geouwehoer.' Dus: 'Het was duidelijk dat een aantal klanten verder niet in aanmerking kwamen. Met name onze vriend Mulder heb ik als mens nooit zo'n prettige figuur gevonden. Een superindividualist.'

Mulder omschreef zichzelf als een 'pure aanvaller', niet als iemand die achter verdedigers aanliep – en dat 'storen' was juist wat Michels van zijn voorhoede verlangde. Daarnaast kan in het nadeel van Mulder hebben gespeeld dat hij het trainingskamp in Zeist een 'concentratiekamp' noemde. 'Ik deed wat de meeste voetballers niet doen,' zei Mulder in *Lucky Ajax, de eregalerij*. Hij was een HBS'er die wel eens over politiek begon (over de Franco-dictatuur in Spanje bijvoorbeeld, waar Cruijff zijn geld verdiende), die wist wie Willem Frederik Hermans was en die daarom al snel een buitenbeentje werd genoemd. 'Ik zei er wat van als ik ergens verontwaardigd over was. Materiaal dat niet deugde, bespottelijke knokfilms waar we gezamenlijk heen moesten.'

Voor Nico Scheepmaker waren Mulder en Brokamp 'persoonlijkheden' die Oranje op het WK nodig kon hebben. Michels dacht daar anders over. Van gezeglijke (en ook nog eens getalenteerde) aanvallers als Ruud Geels en René van de Kerkhof wist hij tenminste zeker dat zij zonder morren op de reservebank of zelfs op de tribune zouden plaatsnemen, en dat wekenlang.

Je kon het zo gek niet bedenken of Michels probeerde het uit. Was er eerst tegen HSV Hamburg een 4-2-4 opstelling, met Cruijff als hangende spits, vervolgens bleek dat 4-3-3 toch beter liep. In de carrousel van Zeist deden alle spelers zo ongeveer alle plekken in het elftal aan, een toestand die nog werd versterkt doordat de Feyenoorders pas halverwege het trainingskamp konden meedoen, omdat zij de UEFA-cupfinale tegen Tottenham Hotspur moesten spelen. Erg nadelig, want Michels zag het Rotterdamse middenveld met Van Hanegem en Wim Jansen als 'barometer' van het team. Bovendien was het draaipunt Johan Cruijff ruim een week afwezig wegens een blessure.

Illustratief voor het zoeken en tasten tussen half mei en half juni 1974 was het ironische feit dat pas op dinsdag 11 juni, in de tweede helft van de allerlaatste oefenwedstrijd, op de dag voor het vertrek naar Hiltrup, de verdediging speelde zoals die ook tegen Uruguay zou aantreden – en dat supervisor Michels daar niet bij was. Het was tegen de amateurs van Vaassen, en Michels was in Barcelona wegens bekerverplichtingen. 'Weer een complete verrassing aangaande de opstelling,' schreef Jan Jongbloed in zijn dagboek. 'De achterhoede speelde bij de amateurs en bestond uit Jongbloed, Suurbier, Rijsbergen, Haan en Krol. Voorhoede tegen ons Rep, Cruijff, Rensenbrink.' Bijna leek het erop dat na de rust het hele basisteam zoals dat later furore zou maken werd opgesteld, hoogstwaarschijnlijk voor het eerst, maar in de tweede helft bestond de voorhoede niet meer uit Rep, Cruijff en Rensenbrink, maar uit René van de Kerkhof, Geels en Keizer. Het legendarische elftal van 1974 speelde dus pas in zijn eerste WK-wedstrijd tegen Uruguay in zijn 'gouden' samenstelling.

Intussen bouwde Michels aan het teamgevoel. Een belangrijk middel was het buitensluiten van de bondsofficials. Met name Johan Cruijff verklaarde bij herhaling hoe prettig hij het vond dat de voetbalfunctionarissen niet langer zomaar bij de spelers konden binnenvallen. 'Michels accepteert niets,' zei aanvoerder Cruijff in de bossen van Zeist tegen de NOS, gehuld in een oranje trainingspak met daarop een groot Puma-embleem. 'Hij geeft de grote lijnen aan, daarbinnen kun je je vrij bewegen. Hij snoert iedereen de mond, ook de officials. Iedereen moet toestemming vragen om binnen te komen, ook de mensen van de KNVB. De spelers zien dat en dat maakt indruk. Dat hele gedoe met die twee organisaties binnen de KNVB is er wel, maar het vindt plaats in een ander gebouw, wij hebben daar niets mee te maken. Als de ene organisatie zegt: we spelen in het rood en de andere zegt: wit, dan zegt Michels groen en dan wordt het groen. Dat is het belangrijkste.'

Het gegeven dat het eindelijk de spelers waren die in het middelpunt stonden, en niet de officials met hun onderlinge gekijf, versterkte het zelfrespect en het gevoel van gemeenschappelijkheid. Zo vond er eind mei een groepsdiscussie van anderhalf uur plaats over de verschillen tussen het Ajax- en het Feyenoordsysteem. Michels maakte de spelersgroep duidelijk dat er min of meer in de Ajaxstijl gespeeld zou worden en dat dat voor de Feyenoorders problemen kon veroorzaken. Ajax was gewend met veel positiewisselingen en dynamiek te spelen; Feyenoord opereerde, hoewel ook daar de flankverdedigers gewend waren veelvuldig ten aanval te trekken, doorgaans toch wat statischer en langzamer. Voor de manier waarop Feyenoord zijn aanvallen opzette – kort gezegd: in zijn rug gedekt door een solide verdediging verstuurde Van Hanegem in zijn eigen, niet al te hoge tempo passjes naar de voorhoede – was in het beoogde 'snelle circulatievoetbal' geen plaats. Michels hamerde vrijwel dagelijks in Zeist op het belang van *pressing*. 'Voor iedereen geldt: wat doen we bij balbezit en wat doen we bij balverlies,' zei ex-Ajacied Cruijff. 'Daar moet iedereen in mee. Daardoor worden de verschillen tussen bijvoorbeeld Ajax- en Feyenoordspelers weggevaagd.'

'Heerlijk' vond Feyenoorder Rinus Israel de gedachtewisseling. 'De aanvallers,' concludeerde hij tegenover een dagbladjournalist, 'moeten meer hun opkomende verdedigers afstoppen, de halflinie hun eigen man houden en wij als verdediging wat meer aansluiten. Bij zo'n gesprek leef ik helemaal op.' Net als veel anderen laafde Israel zich aan de pure voetbalman Michels, de trainer die aan een paar woorden genoeg had om een speler duidelijk te maken wat van hem werd verwacht. Tot zijn schrik – en inspiratie – ontwaarde Israel de gestalte van Michels, terwijl hij zich naast De Kuip aan het voorbereiden was op Feyenoords UEFA-cupfinale. Als Michels er zoveel voor overhad om te zien hoe het hem verging, als Michels zoveel in zijn vak investeerde, waarom hij dan niet? 'Michels heeft er nu al een eenheid van gemaakt,' zei Israel, 'een echte ploeg.'

Een andere Feyenoorder, Willem van Hanegem, merkte op zijn manier wat Michels onder discipline verstond. Nadat hij een huisregel van het trainingskamp in Zeist had overtreden – hij was 's avonds om elf uur niet op zijn kamer – had Michels, zoals hij het later formuleerde, hem voor het vuurpeloton gesleept. Daar had Michels twee redenen voor. Ten eerste stond Van Hanegem bekend als een briljante maar stuurse voetballer die zich moeilijk liet coachen. (Met de opeenvolgende Feyenoordtrainers Ernst Happel en Wiel Coerver had hij het ene na het andere conflict uitgevochten.) Zelfbeheersing in en buiten het veld was niet Van Hanegems sterkste eigenschap. Ten tweede kon Van Hanegems lichte vergrijp, hij was niet zo heel laat, mooi gebruikt worden ter versterking van het groepsgevoel. Want tegelijk was hij wel een dominante persoon, een 'sleutelfiguur'; hem stevig aanpakken zou op iedereen veel indruk maken.

Wat deed De Peetvader? De volgende ochtend riep hij de selectiespelers bijeen in de vergaderzaal. Terwijl Van Hanegem als een klein kind op de gang moest wachten, kregen de anderen te horen wat er was gebeurd – Willem was betrapt op het niet naleven van de huisregels. Michels stelde dat de zondaar wat hem betrof direct naar huis mocht. Niet voor niets had hij het verblijf in Zeist onderworpen aan strenge regels. (Onder andere was er een rook- en drankverbod; veel internationals waren rokers en/of drinkers.) Michels wilde alleen met een gedisciplineerde groep naar Duitsland, zei hij. Straks zouden ze weken op elkaars lip zitten en dan kon hij dergelijke escapades niet gebruiken. Hij besefte zelf ook wel dat Willem een belangrijke factor voor het team kon zijn, zei hij, daarom mochten de overige spelers voor één keer zeggen wat er met hem moest gebeuren. Maar de volgende keer zou Michels eigenhandig oordelen, wie het ook betrof.

Uiteraard besloten de spelers dat Willem nog een kans verdiende; Van Hanegem wilden zij niet graag missen. 'De verantwoordelijkheid voor dat besluit legde meteen een positieve druk op die groep om de gedragsregels nu wel na te leven,' schreef Michels later in zijn boek *Teambuilding als route naar succes*. 'Dat was de bedoeling van die aanpak.' En: 'Prompt lekte dit voorval ook niet uit. Een prima teken dat het met de saamhorigheid wel goed zat.'

Hoewel Van Hanegem niet was wezen stappen – hij had bij de slagbomen van het Sportcentrum een paar entreekaartjes voor het WK overhandigd aan een kennis uit Rotterdam – was het 'vuurpeloton' wel degelijk bedoeld om het stappen in te dammen. Maar op dat gebied liet deze generatie zich nauwelijks beteugelen, ook niet door een vuurpeloton. Daar konden de vrouwelijke bezoekers van bowlingcentrum PPM in Amersfoort van meepraten. Het centrum was kort voor het WK geopend met kapitaal van de familie Van Heugten, die een van Nederlands grootste tapijtondernemingen had opgebouwd (met de destijds vermaarde tapijttegels) en voor veel geld verkocht. Tot verbazing van de KNVB wilden de internationals steeds weer naar dat bowlingcentrum. Nu waren er in die tijd behalve restaurants, cafés en disco's nog weinig boeiende uitgaansgelegenheden in een provinciestad als Amersfoort, maar, zoals elftalbegeleider Carel Akemann dacht: dat bowlen gaat toch een keer vervelen?

PPM kende behalve een bowlingbaan een bistro, een destijds modern soort restaurant, met biefstuk die geserveerd werd op plankjes, uitgerust met steakmessen. Plankjes en steakmessen: dat appelleerde aan Franse eetgewoonten en dat werd in die tijd opgevat als erg vooruitstrevend. Maar de grootste verlokking van het bowlingcentrum was een afgesloten barretje, waar de Oranjespelers meisjes ontmoetten. Michels wist daar niets van, enkele KNVB-medewerkers wel. Zo regelde Akemann na verloop van tijd dat de spelers een borreltje in hun cola kregen. (Carel was de beroerdste niet, wisten de spelers, Carel was een echte voetbalman.) En bondsarts Frits Kessel merkte dat sommige voetballers volgens de huisregels weliswaar om acht uur uit Zeist waren vertrokken, en dat zij om elf uur 's avonds weer binnen waren, maar dat zij tegen halftwaalf, dus na de kamercontrole, weer naar Amersfoort afreisden. Akemann en Kessel hielden de informatie geheim.

De spelers trokken – ook na 1974 – steeds weer naar het bowlingcentrum. De lokroep van meisjeskamers in Amersfoort was niet te weerstaan. 'We gaan er beter door voetballen,' kregen de meisjes na afloop van een intiem samenzijn te horen. Een van hen – ze heette Loes – ging niet lang na het WK door het leven als mevrouw Rijsbergen.

Waren het zoeken naar de juiste spelersformatie en het opvijzelen van het groepsmoreel al moeilijk genoeg, daarnaast moest Michels ook nog de elkaar beconcurrerende, feitelijk tot assistent-bondscoaches gedegradeerde Fadrhonc en Van der Hart uit elkaar halen. Op de bank deed hij dat letterlijk: de een zat links van hem, de ander rechts. En tijdens het WK scheidden hun wegen nog verder: Fadrhonc hielp Michels bij de trainingen in Hiltrup en zat naast hem op de reservebank, Van der Hart was veelvuldig op pad om aanstaande tegenstanders te analyseren. De rapporten die hij daarvan maakte (aanvankelijk met tegenzin, want hij was toch zeker aangenomen als aanstaande bondscoach, niet als rapportenman), werden van meet af aan de hemel in geprezen: alles wat erin stond aan sterke en zwakke aspecten van de tegenstander bleek te kloppen. Van der Hart had hierin geen enkele ervaring, maar het ging hem goed af.

Hoewel ook het gezag van de 46-jarige Cor van der Hart niet overdreven groot was, werden zijn inzichten in het voetbalspel serieus genomen. Hij was een grote en trotse vent, een rauwgebekte, forsgebouwde mannetjesputter met een verleden als 'stopper' van internationale allure. Op de trainingen in Hiltrup kweekte Corrie, zoals de spelers hem noemden, nog steeds ontzag met zijn geweldige traptechniek. Hij was twee weken ouder dan Michels, en net als de supervisor was hij Amsterdammer van geboorte, maar hij had zich tegengesteld ontwikkeld. De bouwvakkerszoon had zijn school niet afgemaakt en bleef intellectueel altijd verre de mindere van drukkerszoon Michels. In 1964 slaagde Michels voor zijn trainersdiploma, Van der Hart zakte.

Terwijl Ajax onder Michels een club van internationaal aanzien werd, voelde Van der Hart zich helemaal thuis in het familiaire milieu van Holland Sport, waar een cultuur heerste van zwart geld en een borreltje na. Maar als voetballer had Van der Hart het met 44 interlands tussen 1955 en 1961 weer stukken verder geschopt dan Michels, die slechts vijf weinig indrukwekkende interlands op zijn naam had staan. En waar Michels al vele jaren alles in het werk stelde de naoorlogse generatie een levensstijl bij te brengen van onthouding en vroeg naar bed, daar was het drankprobleem van de even openhartige als licht ontvlambare Van der Hart onderwerp van publieke discussie.

Wat betreft de 'gok' met Haan en Rijsbergen als verdedigingsduo had Van der Hart een grote inbreng. De vroegere verdediger van onder andere Fortuna '54 rapporteerde gunstig over het spel van Rijsbergen tijdens enkele UEFA-cupwedstrijden van Feyenoord, en hij zou nooit meer vergeten waar hij na afloop van de oefeninterland Nederland-Argentinië stond: in het urinoir van het Olympisch Stadion. Vooraf had hij met Michels afgesproken dat zij elkaar na de wedstrijd daar, in een uit grauw beton opgetrokken, stinkende ruimte, zouden ontmoeten om de namen te noemen van de twee toekomstige centrale verdedigers. Die middag hadden Strik en Israel een redelijk functionerend hart van de defensie gevormd.

Van der Hart stond er al, met zijn gezicht naar de muur boven de pisbak. Michels kwam naast hem staan. 'Nou?' vroeg hij.

'Haan-Rijsbergen,' antwoordde Van der Hart.

'Dan weet ik genoeg.' Enkele dagen later werd het experiment met Arie Haan en Wim Rijsbergen voor het eerst uitgevoerd.

Aangaande de wedstrijd tegen Bulgarije, op 23 juni in Dortmund, had Van der Hart een speciaal plan bedacht. Voor speciale plannen was alle reden: door het 0-0 gelijkspel tegen Zweden was Nederland nog niet zeker van plaatsing voor de volgende ronde. De uitgangspositie was gunstig – een gelijkspel volstond – maar door de vele gemiste kansen tegen Zweden was er onzekerheid in de ploeg gekropen. Een geheimzinnig virus, dat enkele spelers de voorafgaande dagen veelvuldig naar het toilet had gedreven, maakte het zelfvertrouwen evenmin groter. In de race naar het WK'70 had Bulgarije het Nederlands elftal uitgeschakeld en het afgelopen seizoen was Ajax uitgeschakeld door CSKA Sofia. Een troost was dat Cruijff in geen van deze confrontaties had meegedaan.

Suggesties om naast Cruijff een echte 'afmaker' te posteren, Ruud Geels bijvoorbeeld, werden door Michels in de wind geslagen: het team moest in deze formatie verder groeien. Zo waren de rapporten van Van der Hart ook opgesteld: de intentie was altijd de tegenstander zodanig te bestrijden dat de eigen speelstijl – het voorwaarts stuwende totaalvoetbal – zoveel mogelijk tot zijn recht zou komen.

Het doel zou deze keer nog meer dan anders de middelen heiligen. Michels liet er geen onduidelijkheid over bestaan dat uitschakeling welhaast een historisch onrecht zou zijn. Tot verbazing van vriend en vijand eerst twee wedstrijden goed spelen en dan na de derde alweer naar huis moeten: het mocht per se niet gebeuren. Dat was exact de toonzetting van Van der Harts rapport. De Bulgaren, schreef hij, speelden meestal onsamenhangend en langzaam, en ze kwamen moeilijk tot scoren. Tegenover hun voortreffelijke baltechniek stonden hun mentale en fysieke kwetsbaarheid: daarop konden zij worden gepakt. En verder omschreef hij zoals altijd hun spelsysteem, hun manier van dekken, hun corners, vrije trappen en dergelijke. Maar zijn speciale plan zette Van der Hart er niet bij. Hij had de indruk gekregen dat Michels zijn rapporten aan zijn spelers liet lezen, en dit plan moest geheim blijven. Onderaan het rapport schreef hij daarom, met rood onderstreept: 'Over deze ploeg moet ik je persoonlijk spreken.'

Een dag voor de wedstrijd tegen Bulgarije staken Michels en Van der Hart de koppen bij elkaar. 'Wat vind je eigenlijk van mijn rapporten?' wilde de 'spion' weten. 'Kun je er wat mee? Ik hoor er niks over.'

Michels, ontwijkend: 'Wat is er?'

'Ik had het er wel in kunnen zetten,' antwoordde Van der Hart, 'maar als het wordt doorverteld, ben ik de gebeten hond. De beuk moet erin. Ik ga precies vertellen hoe je het moet doen. Die Bulgaren hebben een heel technische ploeg, dus je moet eens schijt hebben aan gele kaarten. Alleen moet je ze goed distribueren; nu pak ik er een, straks pak jij er een. Maar ze moeten keihard worden aangepakt. Je moet ze slopen.'

Gesloopt werden ze. Nog fanatieker dan in de vorige wedstrijden joegen de Nederlanders hun tegenstanders op, ze achtervolgden ze tot ver op hun eigen helft. Michels had zijn spelers vlak voor de wedstrijd nog voorgehouden dat er onder geen beding verloren mocht worden. Heel wat spelers waren op dat moment zenuwachtig, Haan bijvoorbeeld, maar ook aanvoerder Cruijff. 'Johan is toch ook voor de wedstrijd erg nerveus,' schreef Jongbloed later die dag in zijn dagboek. Haan tackelde, Suurbier en Rijsbergen en Neeskens zetten vliegende slidings in waarbij de plaggen loskwamen van de aarde – en dat terwijl het gras op deze bloedhete middag in Dortmund, 25 graden in de schaduw, droog en stug was. Suurbier kreeg een standje omdat hij na een levensgevaarlijke tackle de benen van Giorgi Denev nog eens extra onder handen nam. Even later lag de Bulgaarse centrumverdediger Kiril Ivkov met een hoofdwond langs de zijlijn.

Het maken van veel overtredingen vormde als het ware onderdeel van de tactiek: de verdediging, die met Haan en Rijsbergen tenslotte onzeker was, diende te worden ontlast door de tegenstander zoveel mogelijk op de eigen helft te houden. Maar bij onverwacht balverlies moest de bal onmiddellijk worden terugveroverd. Het enige alternatief was een overtreding. Zeker als Haan op het middenveld liep, was het gevaar voor een gevaarlijke tegenaanval, waarbij tegenover iedere vijandelijke aanvaller slechts één (of nog minder) Oranjeverdediger zou staan, en er dus geen rugdekking zou zijn, te groot. In de aanpak waarvoor is gekozen, de compromisloze aanval, kon de lichte kant het niet stellen zonder de donkere kant, het slopen.

De hoofdpersoon inzake het slopen was Willem van Hanegem. Ook nadat hij een vermaning kreeg wegens ruw spel ging hij maar door met hard tegen iedere Bulgaar aan te lopen die hij tegenkwam. En toen gebeurde het.

Het slachtoffer was een speler genaamd Bozhil Kolev. 'Waarom ik die goser zo grondig aanpakte?' herhaalde Van Hanegem na afloop de vraag die hem van alle kanten werd gesteld enigszins lacherig. 'Man, dat had ik van die jongens van Ajax gehoord. Zó moet je ze aanpakken, hard ertegenaan, nou, waar was-ie?' De Ajacieden kenden Kolev als speler van CSKA Sofia; zij hadden hem de laatste twee seizoenen ontmoet in de strijd om de Europacup. En waar-ie was? Hij lag te kermen op de grond, vlakbij de zijlijn, ter hoogte van de Nederlandse spelersbank. Zonder aanwijsbare reden was Van Hanegem met twee gestrekte benen en zijn complete, nogal zware lijf erachteraan op de arme Bulgaar ingegleden. Terwijl Kolev op de grond lag te schreeuwen, knipoogde Van Hanegem naar de Nederlandse bank.

Op die bank zat onder anderen de fysiotherapeut Hans Wolff. Hij huiverde. Hij zag een Nederlandse international een blik van verstandhouding wisselen met zijn trainer, na wat hij opvatte als niets minder dan een sportieve misdaad. Wolff, het 39-jarige hoofd van de Revalidatie Polikliniek Zonnestraal in Hilversum, wist veel van sport. Hij had ervaring met roeiers, met schaatsers en tennissers, hij was gek op dammen en schaken, maar ook op marathonlopen. Hij had de alternatieve Elfstedentocht in Noorwegen gereden. Iedere ochtend kon je hem om zeven uur in de bossen rondom het Waldhotel in Hiltrup zien hardlopen. Wolff ging graag om met sportlieden, en toch was het WK'74 de eerste en de laatste keer dat hij het Nederlands elftal begeleidde. De weken voorafgaande aan het WK had hij de geblesseerde knie van Johan Cruijff behandeld, hij had de linkerelleboog van Jan Jongbloed helpen genezen, maar hier in West-Duitsland voelde hij zich moederziel alleen. Doelman Jongbloed – die zich in zijn dagboek beklaagde over het gebrek aan interessante gesprekken in Hiltrup – voelde 'bewondering en sympathie' voor hem; en de gepromoveerde wetenschapper Frantisek Fadrhonc trok hem op een avond naar een tafeltje om samen even verlost te zijn van 'die rotzooi', zoals de coach het noemde, en om onder het genot van een goed glas wijn een conversatie op te zetten. Bij de rest lag Hans Wolff erbuiten, en werden er – dus – hardop grappen over hem gemaakt, ook door Michels.

De eerste 'fysio', Pierre van den Akker, sloot hem buiten. Van zijn kant ergerde Wolff zich wild aan het medisch materieel dat continu werd gestolen, de scharen, het verband, de chocolade snacks die hij in een laatje bewaarde voor spelers die even moesten wachten. Hij ergerde zich aan de trainingskleren en andere KNVB-eigendommen die spelers en begeleiders ontvreemdden om ze weg te geven, dan wel – wat vaker voorkwam – ze te verkopen. Aan het list en bedrog waar de Nederlandse kolonie zich zijns inziens structureel aan overgaf. Aan de grote hoeveelheden whisky op de kamers van sommige selectiespelers. Aan de machteloze strijd van Michels tegen het pokeren om hoge bedragen. Aan het dagelijks gesol met Ruud Geels. Aan het dagelijks getreiter van de kok. Aan de eigenwijze onzin die Cruijff uitsloeg zonder dat iemand hem corrigeerde. Aan de fles die Van der Hart uit het raam naar beneden gooide, bijna op het hoofd van Johan Neeskens. Aan de doodschop die Israel tijdens een training uitdeelde aan Rijsbergen toen hij merkte dat zijn jonge ploeggenoot van Feyenoord de plaats van centrale verdediger had ingenomen (een handeling waar Michels een fikse boete voor oplegde). Aan de smerige moppen in de bus. Aan de dubieuze rol van zijn collega-fysiotherapeut Pierre van den Akker, die zoveel wist van wat spelers tijdens buitenlandse reisjes hadden uitgespookt, en die hen al zo vaak had bijgestaan (van geslachtsziekten afhelpen bijvoorbeeld) dat hij aan Jacques Hogewoning vroeg: 'Waarom handhaaf je die man?' Waarop de voorzitter van de sectie betaald voetbal had geantwoord: 'Hij heeft ons in zijn macht.'

De door dokter Kessel ingeschakelde fysiotherapeut uit Hilversum vond vrijwel iedereen met wie hij in Hiltrup te maken had dom, onbetrouwbaar en ordinair. En het leek wel of al die onbeschaafdheid zich samenbalde in de knipoog van Willem van Hanegem.

Vlak voor de rust van Nederland-Bulgarije keek Cor van der Hart tevreden naar het veld. Het was de enige Oranjewedstrijd op het WK die de 'spion' bijwoonde, en alles verliep volgens plan. Het stond in doelpunten 2-0 en in gele kaarten 3-0. Michels keerde zich op zijn bankje half om naar de tribunes en stak zijn duim naar hem op. Nog decennia later zou Van der Hart dat glorieuze moment, dat jongensboekencontact met zijn oude kameraad maar wat graag in herinnering roepen. 'Ik zag zó mijn rapport uitgevoerd worden,' zei hij met glinsterende ogen.

Paradoxaal genoeg kreeg Nederland de gele kaarten niet wegens harde overtredingen, maar als straf voor kritiek op de leiding (Jansen, Van Hanegem) en voor het niet tijdig afstand nemen bij een vrije trap van de tegenpartij (Cruijff). De scheidsrechter Toni Boskovic uit Australië had er volgens de Nederlandse journalisten dan ook helemaal niets van begrepen, hij had 'nog nooit buiten de archipel gefloten' en kende de mores van het moderne profvoetbal niet. Kennelijk was deze vreemde figuur 'door de zeer ruime mazen van de FIFA geslopen' en had men hem per ongeluk een WK-wedstrijd toegewezen.

Schrijver Nico Scheepmaker ging er eerst nog vanuit dat de scheidsrechter op het punt stond Van Hanegem een rode kaart te geven, en dat De Kromme daarom in de rust werd gewisseld voor Rinus Israel. (Michels ontkende dat.) 'Wat Van Hanegem in de eerste helft met Kolev uitspookte, had niets meer met aftroeven of zoiets te maken,' noteerde Scheepmaker in een column, 'maar alles met het stelselmatig demonteren van de tegenstander. "Ik speel nu eenmaal om te winnen," zei Willem na afloop. "De anderen spelen ook om te winnen, maar die gaan toch niet zo tekeer als jij," heb ik geantwoord.'

In de meeste commentaren werd Van Hanegems gedrag vergoelijkt als zijnde echt iets voor hem, gekke Willem, wreed en briljant; hij speelde nu eenmaal graag kat en muis met tegenstanders. Bovendien verzond hij tussen zijn sloperswerk de meest fantastische passes en veroverde hij met zijn tomeloze inzet de ene bal na de andere. En kort voor het begin had Van Hanegem te horen gekregen dat zijn twee gele kaarten uit de voorronden nietig waren verklaard. Dat betekende dat een nieuwe gele kaart niet als zijn derde in de boeken van de FIFA zou worden genoteerd (waarna een schorsing zou zijn gevolgd), maar als zijn eerste. Deze schone lei gaf hem ruimte om toe te slaan, vonden de journalisten, want zo is onze Willem nu eenmaal. Als hij op het strand tijdens een partijtje voetballen tegen zijn zoontje Gert al bereid was zijn achtjarige tegenstander een 'beuk' te verkopen teneinde de winstkansen te maximaliseren, dan toch zeker ook tegen een stelletje Bulgaren?

Willem, zo wist iedereen, was opgetrokken uit slechts twee elementen: Voetbal en Winnen. Die twee elementen hadden hem gemaakt tot wie hij nu was: een van de meest populaire voetballers van Nederland, een genie. Hij had het meegemaakt dat hij als straatarm Utrechts jochie niet bij een club kon voetballen, omdat zijn ouders geen geld hadden voor voetbalschoenen. Hij had een jeugd achter de rug van straatvoetbal, van op zijn veertiende gaan werken, achtereenvolgens als hulpje in het magazijn van een wasmachinefabriek (waar de baas hem de huid vol schold), in een tegelfabriek, als schoorsteenveger, in de voddenhandel, in een manchetknopenfabriek, als schepenlosser in de haven, in een schildersbedrijf, en overal was sprake van bedrijfsongelukken, van pech, van brutaal gedrag tegen superieuren; maar het langst werkte hij bij het stukadoorsbedrijf van de broer van zijn vrouw Truus. Over al die dingen praatte hij met aandoenlijke openhartigheid. (Alleen over een familietragedie in de bezettingstijd, in zijn geboortedorp Breskens, daar sprak hij haast nooit over.) Het was algemeen bekend dat Willem een laatbloeier was – het Nederlands elftal was het eerste vertegenwoordigende elftal waarin hij speelde. Hij debuteerde op zijn 24ste, voor iemand van zijn kaliber een vrij hoge leeftijd.

Altijd had hij gehouden van afwijkende voetballers (hij bewonderde Piet Keizer, met wie hij in Hiltrup veel optrok en een slaapkamer deelde). Om diezelfde reden werd hij geadoreerd door talloze Nederlanders: hij was onder alle omstandigheden zichzelf. En zijn hart zat op de goede plaats. Gedurende zijn hele carrière voelden geestelijk gehandicapten zich tot hem aangetrokken. Alsof ze iets in hem herkenden, zei hij wel eens; 'dat ze mij als een lotgenoot zien. Ja, weet je veel'. Altijd maakte hij tijd voor ze, gaf hij ze handtekeningen, foto's, shirts. Een zwakzinnige stond bij hem in even hoog aanzien als Joop den Uyl of Toon Hermans of welke illustere Nederlander dan ook die hij ontmoette; misschien wel hoger.

De eigenlijk te trage, bonkige reus Willem had zijn lichamelijke beperkingen ('Ik loop niet mooi') op ongeëvenaarde wijze omgezet in een vernuftige balbehandeling en het vermogen om spelproblemen creatief op te lossen. De Kromme liep niet hard, maar hij zag alles eerder dan wie ook. 'Onbegrijpelijk, wat die man allemaal kan met dat linkerbeen,' zei de Schotse coach Jock Stein nadat zijn team Celtic Glasgow de Europacupfinale in 1970 met 2-1 had verloren van Feyenoord. 'Ik vind het even onbegrijpelijk dat een man zonder startsnelheid een heel middenveld kan bestrijken.'

Typerend staaltje De Kromme-voetbal op het WK'74: Neeskens verovert ergens in de buurt van het Nederlandse strafschopgebied de bal, hij geeft hem zonder aarzeling aan Van Hanegem, en waar anderen seconden nodig zouden hebben om te zien hoe het spel moest worden voortgezet, plaatst hij de bal direct na ontvangst al dertig meter naar voren, precies voor de voeten van een wegsprintende buitenspeler.

Geen betere lanceerinstallatie dan de gevoelige buitenkant van Willem van Hanegems linkerschoen.

Wat minder bekend was, maar wat stellig een rol speelde in zijn knipoog naar Michels, was de bijzondere geschiedenis die hij en de supervisor deelden. Want, hoe raar het ook klinkt, het was niet zijn eerste knipoog. In 1968, toen zijn voetbalclub Xerxes/DHC failliet ging, wilde hij naar Ajax. De reactie van Ajaxtrainer Michels luidde: Te langzaam, te eenzijdig. Van Hanegem ging naar Feyenoord – en dat was nou typisch Willem, gelijk speelde hij tegen Ajax de wedstrijd van zijn leven, en zorgde hij ervoor dat hij zoveel mogelijk in de buurt van de Ajaxspelersbank kwam te spelen; beetje Michels pesten. Toen vaststond dat Feyenoord zou winnen, gaf hij Michels een knipoog, en genoot. 'Stel dat Michels ooit bondscoach wordt?' vroegen Frits Barend en Henk van Dorp in 1971 aan hem. 'Dan ziet het er voor mij niet zo best uit,' antwoordde hij. 'Michels heeft het niet zo met mij voor.'

Dat was dus wel even schrikken voor Willem, dertig jaar inmiddels, in de aanloop van wat normaliter zijn laatste kans op een WK-eindronde zou worden, toen het aantreden van Michels bekend werd. Want waarom zou Michels een te trage en eenzijdige middenvelder opstellen? Maar Van Hanegem kwam in de oefencampagne veel aan spelen toe; een beslissing van Michels die overigens werd vergemakkelijkt door het afzeggen van Van Hanegems concurrent voor de linkshalfpositie, Ajaxspeler Gerrie Mühren. Tijdens de trainingen in Zeist wist de supervisor Van Hanegem op de juiste manier te prikkelen. Als een bepaalde oefening om het samenspel met Rensenbrink te verbeteren mislukte, en Van Hanegem had op de van hem bekende wijze lopen vloeken en kankeren, dan reageerde Michels achteraf met: jammer genoeg lukte het oprukken van Rensenbrink niet helemaal, maar Van Hanegem zei gelukkig niets en bleef lachen. De Kromme noemde dat psychologische trucjes, opbeurende grappen waar hij erg gevoelig voor was. De dag voor de eerste WK-wedstrijd, tegen Uruguay, toen Michels de spelers één voor één in zijn kamer van het Parkhotel in Hannover liet komen, gaf de supervisor nogmaals blijk van zijn pedagogisch inzicht. Hij zei precies wat Van Hanegem wilde horen. Hij zei alleen maar zoiets als: je weet wat je te doen staat, ik reken op je.

Van Hanegem vond Michels 'een groot trainer, misschien meer psycholoog dan trainer'. Dat kwam goed uit, hij had een onzekere periode achter de rug. Volgens sommige verslaggevers had Van Hanegem gedurende het afgelopen seizoen bij Feyenoord maar drie goede wedstrijden gespeeld. Zijn trainer Wiel Coerver maakte hem het leven zuur door atletisch loopvoetbal voor te schrijven, dat volgens Coerver de toekomst had (zo dachten er toen wel meer over) maar dat absoluut niet bij de stijl van De Kromme paste. Het was daardoor twijfelachtig of Van Hanegem in het nieuwe seizoen wel een vaste plaats in Feyenoord I zou krijgen. Maar in Hannover wist hij na de paar woorden van Michels dat het bij Oranje wel goed zat. Hij kreeg het vertrouwen waarnaar hij snakte. Hij speelde tijdens het WK op zijn best – hoewel in een andere rol dan bij Feyenoord, namelijk met een verdedigende, 'controlerende' taak, ten dienste van Cruijff. En 'op zijn best' wilde dus zeggen: briljant en gemeen.

Hij doorstond helse spierpijnen in de buik en aan zijn enkel (reden van zijn wissel tegen Bulgarije) om maar te kunnen spelen, want voor Michels stond hij altijd klaar. Bondsarts Frits Kessel hoorde Van Hanegem tegen Michels zeggen dat hij niet fit was. Het antwoord van de supervisor luidde: 'Willem, er lopen er twee naast je en twee achter je. Zij lopen, jij speelt je spelletje, dan komt het goed.' En Willem speelde en het ging goed. 'Ik heb zelf niet zo'n bijzonder toernooi gespeeld, dacht ik,' zei hij na afloop van het toernooi in het vliegtuig tegen Henk Terlingen. 'Maar wát ik heb gepresteerd, was dankzij hem aan de overkant.' Hij knikte naar de man aan de overzijde van het gangpad, naar Rinus Michels die zijn kin in diep gepeins liet rusten op zijn gespreide vingertoppen, een echter Peetvader. 'Hij heeft mij een bepaalde opdracht gegeven; je weet, bij Feyenoord ben ik normaal gesproken de voorste man van het middenveld en nu was ik meer verdedigend. Ik had zoveel vertrouwen in die man, dat ik dacht, wat hij zegt is het beste. Het is moeilijk uit te leggen, je moet het meemaken. Ik speel nu veertien jaar betaald voetbal, maar dit zijn de mooiste weken geweest uit mijn hele carrière. Onder zo iemand te werken.'

Maar Michels was steeds op een afstand gebleven. 'Ik probeerde wel eens contact te krijgen met Michels,' zei Van Hanegem, 'maar dat lukte haast niet. Dat was wel zonde. Je wilt wel eens zomaar wat over het voetballen praten. Dat hebben we één of twee keer gedaan maar dat had ik vaker gewild. Omdat je het zo'n fijn iemand vindt, wil je er elke dag gewoon mee praten.' Voor de rest was het 'iets enorms', zei hij. 'Ook als we in de eerste ronde eruit hadden gelegen had ik dezelfde waardering voor hem gehad als nu. En die zal ik altijd voor hem blijven houden. Hij kan bij mij geen kwaad meer doen.'

De andere hoofdpersoon bij Nederland-Bulgarije was Johan Neeskens. Vooraf had Van der Hart aangegeven dat alles bij de Bulgaren om hun spelverdeler draaide, de middenvelder en aanvoerder Christo Bonev. Maar geen nood: 'Neeskens als cipier van Bonev en de Bulgaren zijn al ontmanteld.' Dat viel tegen. Neeskens had moeite met Bonev, een robuuste uitvoering van Beckenbauer, een technicus die een bal de meest verrukkelijke draaiingen kon meegeven. Een genot voor het oog, deze Bonev. Tijdens de wedstrijd werd de bewaking overgenomen door Wim Jansen. Later, toen Van Hanegem was vervangen door Israel, schoof Rijsbergen door naar het middenveld om Bonev in bedwang te houden.

Toch werd deze warme zondagmiddag een Neeskens-middag. Hij presenteerde het veertigduizendkoppige legioen uit Nederland, dat aan één stuk door Hollandse liederen en getoeter voortbracht, iets dat al snel legendarisch zou worden: de Neeskens-penalty. Specialisten op dit gebied namen en nemen strafschoppen doorgaans weloverwogen; zij mikken precies in de hoek, of zij misleiden de doelman, zij doen slim. Zo niet Johan Neeskens. Hij deed hard. Op zondagmiddag 3 maart 1974 was hij ermee begonnen. In een thuiswedstrijd van Ajax tegen AZ'67 – met over en weer de meest verschrikkelijke overtredingen, met vechtpartijen en een rode kaart voor Jan Mulder wegens slaan – daarin miste Ajax' erkende strafschoppennemer Gerrie Mühren, de man met de zuivere trap, een penalty. De bal werd te zacht ingeschoten, keeper Gerrit Vooys stopte hem. Toen Ajax kort daarop wederom een strafschop werd toegewezen, was daar ineens Johan Neeskens. Mühren had tegen hem gezegd: 'Neem jij hem maar.' Wat volgde, was volgens *de Volkskrant* 'een verschrikkelijk hard schot'. Neeskens schoot de bal met stip en al het doel in, zoals dat heet. Vanaf dat moment was Johan de vaste strafschoppennemer.

Tien weken later, in de oefeninterland Nederland-Argentinië, nam Neeskens zijn eerste penalty namens Oranje. Hij trapte de bal zo hard mogelijk tegen het net. Als de bal niet zo goed gemikt was, gaf dat niet, vond Neeskens, de bal had een dermate grote vaart dat de keeper er toch niet bij kon. In de oefenwedstrijd tegen Kickers Offenbach op 1 juni herhaalde Neeskens zijn recept. De verwoestende kracht waarmee de bal vanaf de witte stip op het doel werd gevuurd maakte bij de Oranjefans iets gelukzaligs los; voor de keepers gold het tegenovergestelde.

Het was dus minder verrassend dan het voor velen leek, toen Neeskens de bal in de vijfde minuut van Nederland-Bulgarije op de stip legde en een aanloop nam. Hij joeg het leer langs keeper Stefan Staikov, veertigduizend van de 54.000 toeschouwers voelden zich eventjes vederlicht van blijdschap. En nóg een keer. Omdat Jansen en Rep te vroeg de zestienmeterlijn waren gepasseerd, namelijk voordat Neeskens de bal had beroerd, moest hij hem van de Australische scheidsrechter opnieuw nemen. Er ontstond tumult in het strafschopgebied, de boze Jansen kreeg de gele kaart, maar Neeskens bleef ijzig kalm. Misschien kwam het doordat hij drie dagen tevoren miljonair was geworden. Ja, zijn geestelijke rust kan best te maken hebben gehad met de witte Rolls Royce die op donderdag 20 juni voor het hotel van de familie Krautkrämer was komen voorrijden, met Cor Coster die was uitgestapt, samen met Barcelona's algemeen manager Armando Carabén. Onder het flitsen van *Telegraaf*-camera's waren pennen tevoorschijn gehaald en een droomcontract was ondertekend.

Het woord droomcontract moest in zijn geval letterlijk worden genomen: het maakte een einde aan de financiële nachtmerrie waarin hij was beland als medeoprichter en eigenaar van de snackbar annex tearoom annex discotheek Cocky's Bar in Zaandam. Dankzij het contract met Barcelona – dankzij Coster – maakten torenhoge schulden in een handomdraai plaats voor een bedwelmende hoeveelheid nullen aan de goede kant van de streep. Het leren omgaan met roem, en de verzilvering daarvan, verliep in deze periode met vallen en opstaan, en Neeskens was niet de enige voor wie dat gold. Van Hanegem schonk bezittingen aan anderen met een gulheid die iedere adviseur hem met kracht zou hebben ontraden; en wie een uurtje meedraaide in het huishouden van Wim Suurbier in Bergen schudde zijn hoofd over de materiële onbezonnenheid die er heerste. Maar Neeskens leek voorgoed van zijn financiële zorgen bevrijd.

Een andere factor die zal hebben bijgedragen aan het regelmatig voortkloppen van zijn hart bij het nemen van de penalty's, was de wetenschap dat hij een dag later in Münster in ondertrouw zou gaan met zijn jonge geliefde Marian Schuphof. Het leven was goed, in 1974, het lachte hem van alle kanten toe. Neeskens nam opnieuw een aanloop en knalde de bal op vrijwel dezelfde manier langs de graaiende handen van de keeper als even tevoren – links en halfhoog.

De penalty werd gegeven omdat Cruijff vlak bij de achterlijn was neergelegd door Zonio Vassilev. In de laatste minuut van de eerste helft overkwam Jansen hetzelfde (tackle door Stefan Velitschkov). Hetzelfde procédé volgde. Neeskens. Aanloop. Boem. Weer links van de keeper, maar hoger. 2-0.

In de tweede helft werd het Nederlands elftal minder hardvochtig, maar het scoorde evengoed nog twee keer. Negentien minuten voor het einde volleyde Johnny Rep de bal vlak onder de lat (3-0), twaalf minuten voor het einde schoot Ruud Krol een Bulgaarse voorzet langs zijn eigen keeper (3-1) en twee minuten voor het einde kopte invaller Theo de Jong de bal in het doel na een aanval die kenmerkend was voor het Nederlandse WK-spel (4-1). Dat ging zo. Minutenlang speelde Oranje de bal rond. De Jong gaf de bal op het middenveld aan Krol, die trapte hem naar de links opgestelde Cruijff. Deze wachtte met de bal aan de voet net zo lang tot De Jong zijn spurt over de as van het veld had volbracht en in het Bulgaarse strafschopgebied was aanbeland; hij verzond een draaiende bal naar de penaltystip en zonder dat De Jong vaart hoefde te minderen dook hij doeltreffend naar voren.

Bal in de ploeg houden door hem van man tot man te laten gaan, het spel vertragen, dan plotseling versnellen en de tegenpartij verrassen: het was deze combinatie van bluf en technische finesse, deze *Clockwork Orange*, die liefhebbers in binnen- en buitenland lyrisch maakte.

Nederland had Bulgarije gesloopt – en overklast. Enerzijds was het merkwaardig om te zien dat Rijsbergen zelfs bij de veilige stand van

3-0 een tegenstander halverwege het veld, en dus zonder dat er ook maar enig Oostblok-gevaar dreigde, een doodschop verkocht. Anderzijds was het komisch dat de Bulgaren als oude mannen versteenden zodra de Nederlanders op een hogere versnelling overschakelden, of wanneer drie Bulgaren tegelijk in de Nederlandse buitenspelval trapten. Maar Oranje had ook opnieuw veel doelkansen niet verzilverd. Ettelijke keren doken Nederlanders alleen op voor keeper Staikov, zonder er veel mee te doen. 'Het had 6-1 kunnen staan,' riep tv-commentator Herman Kuiphof bij de stand van 3-1 wanhopig. 'Nederland verprutst talrijke kansen,' kopte *The Times*. Onder die kop bleek dat het Nederlandse spel behalve bewondering ook afschuw wekte. 'Het potentieel van dit Nederlandse team is zo helder als de waardige tred van een mannequin. Iedere pass, elke nauwsluitende positiewisseling heeft een élégance waaraan weinig elftallen in de wereld kunnen tippen. Hoe droevig is het dan, dat dit modellen zijn met vieze nagels. Ondanks hun superioriteit over het stereotiepe spel van de tegenstander begingen de Nederlanders 29 overtredingen, meestal onnodig en irritant.'

Na deze wedstrijd, de laatste in de poule, stond Nederland er niet best voor op de lijst van de Fair Play Cup. Het stond (samen met Zweden) op de zevende plaats. West-Duitsland – dat niet goed maar ook niet hard speelde – voerde de lijst aan. De tweede plaats werd onder meer ingenomen door de tamme strijders van Bulgarije. 'Gele kaarten horen erbij,' zei Rinus Michels op de radio. 'Ik blijf zeggen: een elftal dat in zo'n toernooi niet aan voldoende gele kaarten komt moet een boete krijgen, want dat heeft niet gedaan wat het moet doen. En wat een rode kaart betreft: ook dat kan een keer gebeuren.'

Het sloperswerk maakte van het Nederlands elftal nog meer een gestaalde eenheid dan daarvoor. 'Achteraf gezien moet ik vaststellen dat die wedstrijd tegen Bulgarije de wedstrijd is geweest waarin het elftal echt is gaan draaien en wij ook zelf in de gaten kregen dat we een heel goed elftal hadden staan,' schreef Johan Neeskens in zijn autobiografie. 'Zoals we nu spelen,' verklaarde Rijsbergen na afloop, 'moeten we hier in West-Duitsland elke tegenstander kunnen pakken. We zijn in topvorm.' Die vorm werd dus niet opgestuwd met zuiver voetbal, wist ook Michels. Maar dat gaf niet: 'Uiteraard zijn techniek en tactiek belangrijk, maar in deze wedstrijd ging het allereerst om karakter. En dat heeft dit elftal getoond.'

De 4-1 zege, plus het zelfvertrouwen dat dit met zich meebracht, inspireerde het Oranjeteam om de blik maar gelijk ver vooruit te werpen. Er volgde nog een poule met drie zware tegenstanders. Maar Cruijff zei: 'Als we deze inzet ook in de tweede ronde kunnen opbrengen, kunnen we de finale halen.' Suurbier wist: 'Zo worden we wereldkampioen.' Krol zei hetzelfde – met een grap, maar niet minder veelzeggend: 'Ik ben er trots op. Ik ga waarschijnlijk de geschiedenis in als de enige speler die in een wereldtoernooi Jongbloed heeft gepasseerd.'

7. *Verveling & Victorie*

Daar waren zij dan eindelijk, de vrouwen. Danny Cruijff, Trudy Rep, Titia Haan, Keetie Schrijvers, Jenny Keizer, Truus van Hanegem, Coby Jansen: samen met nog zes echtgenotes en verloofdes togen zij na afloop van Nederland-Bulgarije naar het Waldhotel, en daar werden 'de bloemetjes', zoals *De Telegraaf* olijk noteerde, 'tot in de late uurtjes aan de hotelbar buitengezet'. Wie niet kwam, was Dini Jongbloed. De sigarenwinkel in Amsterdam-West kon niet onbeheerd worden achtergelaten, en daarnaast stond de vele publiciteit over de kwestie 'komen ze wel of komen ze niet' de Jongbloeds tegen. De komst van de vrouwen was door de media geheel in het teken geplaatst van seks: de Jongbloeds vonden het een gênante vertoning. Mede om die reden voelde Maya Suurbier, hoewel bepaald niet de meest schuchtere van de spelersvrouwen, zich weinig op haar gemak in Hiltrup; zij besefte dat iedereen wist waarvoor zij was gekomen.

Overigens weerhield dat Jongbloed er niet van er net zo hard grapjes over te maken als de rest. Tijdens een radio-interview met Joop Niezen antwoordde hij op de vraag hoe hoog de nood dan wel was: 'Circa zestien centimeter.' Johan Cruijff reageerde een stuk serieuzer op al het geginnegap inzake de spelersvrouwen. 'Het gaat niet om wat de mensen er al snel van maken,' zei hij op de televisie. 'Dat het een sekspartijtje wordt of zo. Dat is een oppervlakkige en domme gedachte. Ik heb zoveel geestelijk contact met mijn vrouw dat dat niet de basis is, gelukkig.' Juist daarom vond hij het zo fijn dat hij Danny weer kon zien. De Cruijffs lachten die avond dan ook voluit naar de camera van *De Telegraaf*. In hun gezelschap stond de niet minder goedgemutste Johan Neeskens, glaasje champagne in de hand, de man van de penalty's, de man van de pas verworven miljoenen. Iedereen had sinds het einde van de wedstrijd tegen Bulgarije gelachen –

iedereen was, zoals Jongbloed in zijn dagboek schreef, 'zielsgelukkig'.

Het was een mooie avond. 'Na het diner was er een gezellig samenzijn in de bar,' schreef Jongbloed, 'waar ik niets van kan vertellen, want we zijn met acht vrijgezellen, via de keuken weggeslopen en in Willem van Hanegem z'n auto naar de stad gereden. Daar hebben we 'm behoorlijk geraakt moet ik zeggen. Je krijgt namelijk na zo'n overwinning en het feit dat je in 't Nederlands elftal speelt een gevoel over je, dat niemand je iets kan maken. Enfin, we waren precies op tijd om de ochtendkrant mee naar binnen te nemen.'

De volgende dag is vast en zeker de geschiedenis ingegaan als een der gezelligste maandagen van Oranje. Vanuit een wolkeloze hemel scheen de zon op het Waldhotel Krautkrämer, op het meer en z'n bootjes, op de bossen waar het lieflijk hand-in-hand wandelen was door Arie en Titia Haan en al die andere stellen die elkaar na een scheiding van elf dagen ongetwijfeld veel te vertellen hadden. De hele dag was het druk op het terras voor het restaurant, Johan en Danny nuttigden er een koffieontbijt, hij in een ruitjesoverhemd, zij in een streepjesoverhemd, Johnny tortelde met zijn blonde Trudy, Theo en Coby duwden een bootje het water op, de kindjes van Piet en Keetie Schrijvers sprongen uitbundig in het rond. Anderen zochten plezier in het inpandige zwembad, vanwaar je een heerlijk uitzicht had op het terras en het meer. Willem en Truus gaven de voorkeur aan de luie ligstoel en Piet en Jenny Keizer hingen babbelend over de rand van hun balkon.

Al het ongedwongen kuieren en kirren vond plaats zonder de hoogste baas, de almachtige Rinus Michels; hij was 's morgens vroeg naar Barcelona gevlogen om zijn clubteam die avond te coachen tijdens de halve finale in de strijd om de nationale beker, tegen Atletico Madrid. De meeste spelersvrouwen gingen gehuld in een bikini, zo warm was deze junidag in Hiltrup. De foto's die de kranten van deze 'feestdag' in Hiltrup afdrukten – 'Oranje-Mannen Niet Alleen' – waren groter dan de meeste wedstrijdfoto's in die dagen; de spelersvrouwen waren in enkele jaren tijd een fenomeen geworden. Van de jonge vrouwen met hun loshangende haar en modieuze make-up en sieraden ging een soort glamour uit dat het uitstekend deed in de media. Het voetbalblad *Kick* publiceerde sinds augustus 1973 op de achterkant wekelijks een paginagrote kleurenfoto van een spelersvrouw: op haar mooist, bevallig, in een bikini, of onderuit in een rieten schommelstoel, of tussen het groen, met links onderin een kort tekstueel niemendalletje over haar bestaan als de vrouw-van.

Er was een stijgende behoefte aan uiterlijk vertoon en *human interest.* De mens achter de topsporter werd steeds interessanter gevonden en daarin vervulde de echtgenote een voorname rol. Interviews werden vaak thuis gegeven, waarbij de vrouw of vriendin zich naast haar aanbeden man op de sofa nestelde (voetballers hadden altijd leren sofa's) en zich regelmatig in het gesprek mengde. Van de bekendste spelersvrouw van allemaal, Truus van Hanegem, iedereen kende haar hese stem en volkse directheid, kwam je bijvoorbeeld te weten dat zij 'voorbeeldig gekapt' ging, 'in glimmende groene blouse, beige pantalon en op poezelige slofjes'. In de nieuwbouwwoning van de Van Hanegems te Hendrik-Ido-Ambacht (topvoetballers betrokken vrijwel steeds nieuwbouwwoningen) bevond zich een 'van veel snuisterijen voorziene salon'. Er waren diepe leren banken, kon je in een WK '74-bijlage van *De Telegraaf* lezen, die vlak voor het toernooi verscheen. Aan de muur hingen twee Rembrandts, *De Staalmeesters* en *De Nachtwacht.* Truus betreurde het dat de 'echte Rembrandts' zo duur waren: 'Onbetaalbaar gewoon, ja ook voor topvoetballers, van wie de mensen al vlug denken dat ze miljonair zijn.'

'Belachelijk', vond zij alle heisa over hoe het nu moest met de seksualiteit tijdens het toernooi – al die mannen wekenlang zonder hun vrouwen, het was me wat. Over zeelieden of mannen van wie de vrouwen in het ziekenhuis liggen hoorde je toch ook nooit iets? Zo dacht de 'blauwogige, knappe' Yvonne Krol (21) er ook over. 'Als ze de finale halen,' zei ze in dezelfde *Telegraaf*-bijlage, 'is Rudy zes weken van huis. Dat heb ik nog nooit meegemaakt. Maar ik maak er geen punt van. Die lange scheiding is een van de consequenties, die je maar hebt te accepteren. En wat de consequenties voor de seksuele relatie betreft: ik heb sterk de indruk dat de mensen rondom de voetballers heen daar meer problemen mee hebben dan de voetballers zelf.'

Na de zorgeloze maandag 24 juni kwam dinsdag 25 juni: zomaar een dinsdag, geen speeldag, dus geen wedstrijd om je voor op te laden, geen spelersvrouwen meer want die waren weer vertrokken. Wat restte was het besef dat het verblijf in Hiltrup dankzij de overwinning op Bulgarije met tien dagen was verlengd: woensdag tegen Argentinië, zondag tegen Oost-Duitsland en de woensdag daarop tegen wereldkampioen Brazilië. En de zondag daarop, als alles goed ging, de finale in München. De eerste plaats in Groep 3 bezorgde Oranje een plek in de poule waarvan de stadions zich wederom in het grensgebied bevonden, in Gelsenkirchen en Dortmund. In tegenstelling tot de West-Duitsers hoefden de Nederlanders daardoor niet te verkassen. Voor de sfeer in de Nederlandse kolonie had dat verregaande gevolgen: de nieuwe poule bood een sportief geweldig, maar sociaal gezien behoorlijk saai vooruitzicht. Ondanks de goede onderlinge verhoudingen was de voorafgaande week al de nodige verveling ontstaan, en het zat er dik in dat die alleen maar zou toenemen.

Het leven in Hiltrup begon een beetje monotoon te worden. Piet Keizer verzuchtte in *Kick*: 'Eten, trainen, eten, rusten, trainen, eten, tv. Iedere dag. Ik zou wel eens een keer niet willen eten, alleen maar om dat ritme te doorbreken, of een keer om drie uur in plaats van om één uur. Het wordt wel een beetje zwaar, zo langzamerhand.' Voor de klacht viel iets te zeggen, het was altijd weer om 9.30 uur ontbijten, om 10.30 uur trainen, om 13.00 uur lunchen, om 14.00 uur rusten, om 16.00 uur recreëren, om 19.00 uur dineren, om 20.00 uur recreëren, om 23.00 uur naar bed. Het gebeurde wel eens dat er een half uur later werd getraind dan het vaste schema voorschreef; en er was vrijwel dagelijks een persbijeenkomst, die de ene keer om 13.30 uur plaatsvond en de andere keer om 18.00 uur; en het kwam voor dat er 's middags nog een keer werd getraind, een wandeling ingelast, een bezoekje aan Münster afgelegd; maar voor het overige triomfeerde een niet te vermurwen regelmaat. Eventuele afwijkingen van het vaste programma stonden in kloeke zinnen op papiertjes die aan de muren van de ontbijtzaal op de begane grond hingen. Tijdens het WK stond de ontbijtruimte ter beschikking van de Oranjeselectie en haar begeleiders; de overige gasten ontbeten in het restaurant. Ook in de gang hingen de instructies van De Peetvader, die zijn zaakjes gedetailleerd plande. 'Die papiertjes had hij de vorige avond laat allemaal eigenhandig opgeplakt,' herinnerde elftalbegeleider Carel Akemann zich. '"Loop het allemaal even langs," bromde hij dan 's morgens tegen me. Voor iedereen was altijd helder wat het dagprogramma was.'

Ondanks de toenemende vrolijkheid – succes maakt vrolijk – liepen de spanningen op. Nogal wat spelers werden chagrijnig van het militaire regime, en dan had je ook nog die strenge veiligheidsmaatregelen. Van een spontane, persoonlijke invulling van de vrije tijd was maar nauwelijks sprake. Drie vrouwen van Feyenoordinternationals, Truus van Hanegem, Coby Jansen en Coby de Jong, vertoefden tijdens het toernooi in een stacaravan bij de Ruhrstad Bochum, maar even langswaaien in het Waldhotel was er niet bij; de veiligheidsmaatregelen stonden het in verband met mogelijke aanslagen niet toe. 'Het zal niet worden toegestaan,' had KNVB's secretaris-penningmeester Henk Burgwal verordonneerd, 'dat vrouwen, verloofden of anderen een speler in de hal van het hotel wensen te spreken zonder uitdrukkelijke toestemming.' Die moest eerst worden gegeven door *Polizeihauptkommissar* Hans-Jörg Nitze van het politiebureau Hiltrup. 'Bezoek aan de kamers is ten strengste verboden.' Uitgezonderd dan die ene maandag, en die was alweer voorbij.

Op de achtergrond was de vrees voor ontvoeringen altijd aanwezig. Zo vloog iedereen op de dag van Nederland-Bulgarije in blinde paniek de gang op. Jongbloed en zijn 'slapie', collega-doelman Piet Schrijvers, lagen wat te lezen op hun kamer, toen het alarm afging. 'Het bleek echter, dat iemand een peuk had uitgemaakt in een bloembak, niet wetende dat dit een bak met kunstbloemen was,' noteerde Jongbloed. 'De bewaking had geloof ik meteen het alarm in werking gesteld. Al met al zijn we nog niet gekaapt.'

Enerzijds ontspon zich al snel een typisch Hollandse, informele sfeer in het hotel, met veiligheidsbeambten die gezellig een borreltje meedronken met de KNVB-officials, die meerenden in de bossen rond het meer, die de jarige Piet Keizer enthousiast op de schouders namen als een persfotograaf daar om vroeg, die meezwommen in het zwembad, die haast kameraadschappelijk met de voetballers optrokken. En de voorschriften werden uiteraard wel eens op z'n Hollands overtreden; soms dermate vaak dat politiecommissaris Gustav Günther zich er bij Burgwal over beklaagde dat spelers en journalisten tijdens de persconferenties in weerwil van de regels buiten de persruimte gingen zitten praten; soms nam men zomaar op het terras plaats. Op deze manier wenste Günther geen verantwoording te nemen voor de veiligheid, zei hij.

Maar anderzijds waren de aanblik van die enorme rollen prikkeldraad rondom het hotel voldoende om eruit te willen. Hetzelfde gold voor het herhaaldelijk gepatrouilleer met honden en het verbod om je anders dan in groepjes buiten het hotel te begeven, zelfs als het slechts een potje tennis op de aanpalende tennisclub betrof. De Duitse veiligheidsbeambten mochten dan best aardig tegen de voetballers zijn, tegelijkertijd weken zij nooit van hun zijde, en zo was het steeds hetzelfde liedje: onder escorte wandelen, onder escorte naar de bus op de parkeerplaats lopen, vijf minuten later onder escorte van de bus naar het amateurvoetbalcomplex van Hiltrup lopen, onder het toeziend oog van mannen met petten en honden de spieren losmaken, onder escorte weer terug met de bus. Een erehaag van juniortjes hoefde niet te worden geformeerd als de Oranjehelden het voetbalveld betraden voor het spelen van een WK-wedstrijd; een rij politieagenten stond al klaar.

Al met al leek het eerder op geleefd worden dan op leven. Iemand als Jan Jongbloed miste zijn vaste visdag. Hier kon hij nooit eens alleen zijn, en daar verlangde hij zo naar. Nu bleef alles maar door zijn hoofd spoken. Piet Keizer en hij waren laatst met zijn tweeën in een bootje aan het vissen. Dat mocht dan nog net – zolang ze maar in de buurt van de kant bleven. Maar gelijk vlogen de sinaasappelen hun om de oren. Vreselijk kinderachtig, vond Jongbloed dat. Hij kon zich die 'baldadigheden' wel voorstellen, zeker in zo'n 'lamlendige stemming', maar ze moesten ook beseffen hoe 'bloedserieus' hij dat vissen nam.

Een van de meest effectieve manieren om de sleur en spanningen te bestrijden was pesten. Het grootste slachtoffer daarvan was Ruud Geels, de invaller-spits die net als Jan Jongbloed zijn vrouw had thuisgelaten. 'Dat heb ik altijd zo belachelijk gevonden,' zei hij tien jaar later tegen *Vrij Nederland*. 'Zo banaal, de vrouwen laten overkomen om, want daar kwam het toch op neer, even snel een wippie te maken. Walgelijk.' In datzelfde interview noemde hij de periode-Hiltrup 'de ergste weken uit mijn leven'. Dat kwam niet doordat hij geen enkele keer mocht meespelen; het kwam door de pesterijen. Met name de drie dagelijkse maaltijden waren voor de correcte, maar veel scorende spits van Club Brugge een marteling. Hij was ingedeeld bij de tafel van Keizer, Rep, Van Hanegem, Israel, Suurbier en Krol. De laatste twee vormden het befaamde en gevreesde duo Schnabbel & Babbel. De Ajaxbacks Krol en Suurbier hadden een keer in Hiltrup spontaan tijdens een televisie-interview van Henk Terlingen grappig gedaan, als een komisch duo. Het stel voelde zich op z'n gemak met Terlingen, een Amsterdamse kennis van Krol die schaamteloos voor zijn liefde voor Ajax uitkwam. Het beviel zo goed dat besloten werd de eenakter enkele keren per week op te voeren: de een trompetterde in een opgerold papier en vervolgens deden zij een dialoogje waarin met alles de draak werd gestoken. Voor veel televisiekijkers werkte het aanstekelijk: twee voetbalprofs die getuigden van spontane, brutale humor. Het was een treffende illustratie van zowel de naoorlogse generatie die overal maling aan had, als het feest dat de Nederlandse aanwezigheid op het WK bezig was te worden.

Geels zat recht tegenover Schnabbel & Babbel. Hij voelde 'een sfeer van: wat moet die piepel bij ons aan tafel?' en dat werd hem duidelijk gemaakt ook: 'Het begon al 's ochtends als ik iets op het brood wilde nemen. Of het was te dik, of het was te dun, zo van: hé Geelsie, één plakkie kaas voor jou is meer dan genoeg. Of: Geelsie, je ziet zo mager, neem nou twee plakkies. Als ik koffie nam, dan was het: ho, ho Geelsie, zou je niet eerst vragen of wij koffie moeten, zou je niet even wachten? En dat gebeurde elke maaltijd, of het nou aardappels waren, het toetje, vreselijk. Ik ging op het laatst met knikkende knieën de trap af als we moesten eten.'

Van de tafelgenoten deed Israel wel eens mee aan het jennen; de rest zag en hoorde het allemaal geamuseerd aan; alleen Johnny Rep distantieerde zich er wel eens van, al nam hij het niet voor Geels op, net zo min als alle andere spelers, van wie ook Jongbloed zich aan het gesar stoorde. Alles was gericht op 'het totaal kapotmaken van een ander', zoals Geels het uitdrukte. Deze 'zogenaamde tafelhumor' bracht de 26-jarige spits ertoe altijd zo snel mogelijk na de maaltijd naar zijn slaapkamer te gaan 'om iets te lezen'.

Tijdens het WK-toernooi werd bekend dat Ruud Geels zou overgaan van Club Brugge naar Ajax; na de zomer zou hij dus het hele jaar door vrijwel dagelijks met zijn kwelgeesten moeten optrekken. Schnabbel & Babbel gaven alvast een voorproefje door aan tafel een act op te voeren, de een had in de krant gelezen dat Geelsie naar Ajax kwam, waarna de ander dat maar vreemd vond, want wat moest een club als Ajax nou met zo'n 'bange wezel'. Suurbier zei dat ook gewoon in de krant: hij had na het vertrek van Cruijff en Neeskens goede aankopen verwacht, niet zo'n Ruud Geels die in uitwedstrijden 'zo bang' was 'als een wezel'.

Geels, die overigens ook bij Ajax zijn reputatie als veel scorende spits ruimschoots zou waarmaken, zocht geen steun bij de leiding; hij wilde niet zwak zijn. Om zich niet te laten kennen zette hij zich steeds weer aan de tafel van de gestaalde karakters. Een andere jongen uit de provincie, Arie Haan uit Winschoten, keek wel uit. 'Iedereen mocht zijn eigen plaats aan tafel kiezen,' vertelde hij in zijn memoires. 'De eerste dag kwamen Van Hanegem, Suurbier en Israel bij me zitten. Ik heb subiet een andere tafel uitgezocht. Ik was nog jong, geen Amsterdammer, geen westerling. Ik wist dat het moeilijk was tegen dat stel op te boksen. Je kon het beste uit hun buurt blijven als je tenminste op je rust was gesteld. Ze waren niet gemeen, ze wilden alleen iemand opnaaien. Ik voelde er echter niets voor om hun populariteit over mijn rug te versterken.'

Frits Kessel wees Michels op het drama dat zich voltrok met Geels, die het allemaal maar liet gebeuren: 'Ik stapte op Michels af en ik zei: "Rinus, je moet er iets aan doen, die jongen zakt door de grond." Zijn zelfvertrouwen werd met de dag minder. Op den duur kon hij niet meer meekomen met de trainingsspelletjes, wat het allemaal nog erger maakte. Het was de cultuur van Ajax en Feyenoord: een nieuweling werd getest; iemand werd pas geaccepteerd als hij kon bewijzen dat hij beter was. Geels vertelde aan tafel dat zijn vrouw aan het verhuizen was; je begrijpt dat de jongens daar gelijk allemaal grapjes op verzonnen.'

Michels vond het niet nodig in te grijpen, aanvoerder Cruijff evenmin. Zij kenden de harde wetten van het voetbal in de grote stad. Na een soort ontgroening hoorde je er pas bij. Zoals Krol als jongeling werd aangepakt in de kleedkamer van Ajax, door gelouterde krachten als Sjaak Swart en Bennie Muller, zo pakte hijzelf Geels, de nette huisschilder uit Santpoort. 'Daar word je sterker van,' vond Krol decennia later, als vijftiger, nog altijd. 'Je leert je mondje te roeren, weerstand op te bouwen. Jongens uit de provincie hadden het bij ons altijd lastiger. Ajax eiste een andere instelling. Je moest er iedere dag op het topje van je tenen lopen; verlies werd niet getolereerd. En dat plagen van Geels, ach, wij verveelden ons, het was een verzetje.'

De 22-jarige Johan Neeskens was in 1974 al een vedette, maar vier jaar eerder had ook hij het verschil gemerkt tussen de provincie en Amsterdam. Had de Heemstedenaar vlak na zijn komst verdienstelijk meegedaan in een vriendschappelijke ontmoeting met Chelsea, en voelde hij zich daardoor al een hele bink, dan zei Michels volgens Neeskens' autobiografie doodleuk: 'Je hebt nou wel lekker gespeeld Neessie, maar begin vandaag nu eerst maar eens even met al die spullen naar het veld te brengen en dan kun je na de training mooi nog even alle schoenen poetsen.'

Neessie had leren incasseren. Ze hadden hem gepest – hij had zich de eerste periode dermate minderwaardig gevoeld dat hij zijn mond niet durfde te openen. Hij was snel gekomen, deze zoon van een Hoogovens-arbeider, een spijkerharde en vroegvolwassen verdediger van de eerstedivisieclub RCH uit Heemstede. Die snelle doorbraak dankte hij aan geluk (Ajax ging na zijn komst in de zomer van 1970 over van 4-2-4 op 4-3-3, waardoor er naast de internationals Nico Rijnders en Gerrie Mühren een plek extra op het middenveld kwam); maar ook aan zijn atletische eigenschappen (als tiener speelde hij behalve in Oranjes jeugdvoetbalelftal ook in het nationale jeugdhonkbalteam).

Daarnaast beschikte hij over een doorzettingsvermogen dat je zelden tegenkwam. Voor zover hij een oorzaak kon bedenken, zocht hij die in de vijftien kilometer die hij dagelijks naar de LTS in Hoofddorp had gefietst, en terug, weer of geen weer. Bovendien klaagde hij niet als hij nog tijdens zijn eerste seizoen bij Ajax 's nachts wakker werd van de pijn in zijn rug, die het gevolg was van tocht in zijn met zeven mensen druk bevolkte ouderlijk huis. Hard spelen deed hij al zolang hij zich kon herinneren. Hij had daar zelf ook geen verklaring voor: vanaf zijn achtste had hij niet anders gedaan. Het zat in hem, stelde hij, en hij geloofde niet dat het ooit nog zou veranderen.

Net als zijn jeugdheld, de legendarische schoffelaar Nobby Stiles van Manchester United, zeurde hij niet snel als een ander hem een schop teruggaf. Hij kon veel hebben. Zijn sterke lijf stelde hem in staat 's avonds aan de zwier te gaan en de volgende dag twee maal drie kwartier te bikkelen alsof hij om negen uur onder de wol had gelegen. Na twee seizoenen bij Ajax vermaande het bestuur hem echter om meer als een sportman te leven, en gelukkig waren er oudere medespelers die zich over hem ontfermden. Jarenlang meldde Neeskens zich op zaterdagavond ten huize van de senior Sjaak Swart. 'Om een uur of acht kom ik bij hem aan,' zei hij in 1972 tegen *VN*. 'Dan liggen mijn pyjama en mijn rooie kamerjas al klaar, om acht uur kleed ik me uit en dan kijken Sjaak en ik beiden in pyjama tot half elf naar de televisie. Zijn vrouw Andrea zorgt dan voor heerlijke stukjes kaas en worst en jus d'orange. Sjaak en ik liggen op de bank en op de luie stoelen en Andrea zit op de grond. Om half elf zegt Sjaak: Johan, naar bed.'

De benjamin van de selectie luisterde naar de aanwijzingen van de ouderen en tegelijk dwong hij respect af door zijn eigen spel te spelen, door zich niet te laten kennen als ze hem sarden. Neessie rechtte zijn rug, hij trok zich op aan de gepantserde kleedkamercultuur en ontpopte zich als een toonbeeld van onverzettelijkheid, een dragende factor.

Ruud Geels zat heel anders in elkaar. Hij vond het op zijn 26ste nog steeds ergerlijk dat hij in Hiltrup geen Ruud werd genoemd maar Geelsie. Voor hem waren Krol en Suurbier geen belhamels, maar kwelduivels.

Ruud Krol en Wim Suurbier waren opgegroeid zonder welstand, zonder subtiele omgangsvormen, de straat was hun jungle en wie niet tegen een dolletje kon, die had bij hen niets te zoeken. Wat zij hadden bereikt, dankten zij alleen aan henzelf; loopbaanbegeleiding bestond nog niet. Onderweg naar de top waren hun ellebogen de enige instrumenten waarop ze voor honderd procent konden vertrouwen. Van hun tweeën was de 29-jarige Suurbier de hardste en de vrolijkste. Hij werd de ideale prof genoemd. Buiten de wedstrijden was hij de hofnar die alles van iedereen zei wat in hem opkwam, hoe grof ook. Hij was de stapper, de levensgenieter die sinds het overlijden van zijn ouders op zijn twaalfde jaar had leren pret maken en overleven. Maar zodra hij van de kleedkamer naar het voetbalveld liep, ging de knop om en werd hij een rugnummer en kon hij zich beter dan wie ook houden aan de taken die hem waren opgedragen. Thuis tegen Telstar of uit in een Turks stadion dat kolkte van vijandigheid, voor hem kwam het allemaal op hetzelfde neer: je had een taak en die voerde je uit. Als hij de nummer 11 moest bewaken dan deed hij dat van de eerste tot en met de laatste minuut – en als die bewaking het bewerken van de pezen van zijn directe tegenstander vergde, dan gebeurde dat. Soldaat Suurbier leverde nooit half werk af.

Exact zoals Michels van zijn spelers verlangde, zette Suurbier meteen vanaf de start van het WK zijn privé-problemen van zich af. Een bedrijf in sportartikelen dat hij in Amsterdam had geopend, eindigde al snel in een financieel drama, en ook de relatie met zijn vrouw Maya dreigde te mislukken. Op dinsdag 25 juni onthulde *Bild-Zeitung* hoe het allemaal toch nog goed was gekomen met de Suurbiers. In een artikel dat mede op naam stond van Jan de Deugd van *De Telegraaf* kreeg Danny Cruijff krediet voor haar hulp aan het geplaagde stel: zij had Maya en haar kind naar Barcelona gehaald om bij te komen. En tijdens haar bezoek aan Hiltrup had Maya het met haar man weer bijgelegd. Wim, die zich de voorafgaande periode volgens het schandaalblad met een vriendin in de Amsterdamse binnenstad vertoonde, mocht Maya weer kussen. *Bild* noemde het *die schönste WM-Geschichte.*

Ondanks dit alles had Suurbier gespeeld als de 'onmenselijke' pion naar Michels' hart. Financiële noch huwelijksproblemen konden voorkomen dat hij al twee keer was opgenomen in de *Bild Weltelf.*

In een periode waarin de gemiddelde Nederlandse profvoetballer nog last had van een zwakke wedstrijdmentaliteit, kende de nummer 2 van Ajax (sinds 1964) en Oranje (1966) geen angst of concentratieverlies. Kende hij eigenlijk wel emoties? In zijn portrettenbundel *De Ajacieden* had Maarten de Vos verscheidene pagina's nodig om aan te tonen van wel. Suurbier was vroeger aanvaller geweest – net als Krol en net als de andere Oranjeverdedigers Haan en Rijsbergen; ook in zijn defensieve rol was zijn aanvalslust niet te temmen. Vleugelbacks die 'opkwamen' golden in de jaren zestig als modern. Suurbiers lange sprints langs de rechterzijlijn waren in 1974 al lang legendarisch. Zijn ongekende snelheid – honderd meter in elf seconden – benutte hij zowel om aanvallers op de huid te zitten als om in een handomdraai mee ten aanval te trekken. Helaas voor hem kon de techniek waarmee hij de ballen voor het doel probeerde te trappen de hardheid van zijn overtredingen meestal niet evenaren.

In de jaren zestig overkwam het hem een keer dat hij een minuut te laat was voor een wedstrijdbespreking. Michels, die al was begonnen, zag hem binnenkomen en zonder iets te zeggen veegde hij de naam Suurbier van het schoolbord. Suurbier zou de eerstvolgende wedstrijd voor straf niet meedoen en hij kwam nooit meer te laat. Sommige ploeggenoten vonden dat er een steekje aan hem los zat; de westerse beschaving leek op hem geen vat te hebben gekregen. Maar tegelijk: zo'n gozer. Tegenover zijn geslachtsdeel dat hij in een vlaag van ongekende geestigheid op de bar van het Waldhotel legde teneinde een bestelling kracht bij te zetten, stond het onwrikbare gegeven dat hij onder alle omstandigheden bereid was een vriend uit de penarie te helpen.

Suurbier was het type voetballer aan wie een televisieverslaggever tijdens het WK zomaar om een mop kon vragen. De kijkers thuis zagen dan twee twinkelende ogen onder een zwarte haardos en dan klonk het op z'n Amsterdams: 'Zitten twee mannen in de trein. Zegt die ene, zal ik een mop vertellen? Zegt die ander, ik ben een Belg. Zegt die ene weer, geeft niet dan vertel ik hem twee keer.'

Hierna legde Ruud Krol een hand op Suurbiers schouder, met een verwijzing naar het hippietijdperk dat achter hen lag: '*Peace brother, you must come to dinner.*' Lachend dropen Schnabbel en Babbel af.

Om de maaltijden nog leuker te maken dan zij dankzij het vernederen van Ruud Geels al waren, bood zich nog een mogelijkheid aan tot een verzetje: de kok. Henk Post was een kleine, onzekere, haast schuchtere man, een ideaal mikpunt. Zeven jaar al kookte deze voormalige medewerker van de Holland Amerika-Lijn in het Sportcentrum in Zeist. De Oranjespelers kende hij vrij goed, mede doordat de selecties van Ajax en Feyenoord nogal eens in Zeist neerstreken om zich enkele dagen voor te bereiden op belangrijke wedstrijden. Maar net als Geelsie wist ook 'Henkie' na de avondmaaltijd in Hiltrup niet hoe snel hij naar zijn kamer moest – het WK '74 was een episode die weinig van hem heel liet. Zes weken lang stond hij zeven dagen in de week voor de jongens klaar. Johan Neeskens geen rood vlees? Oké, dan kreeg Neeskens – lieve jongen, vond Post – iedere dag kip of schnitzel. Van Hanegem net als thuis andijvie met een bal gehakt? Komt voor mekaar! Iemand nog een omelet-appel (Posts specialiteit)? Tuurlijk jongen. Maar behoefte aan nader contact had hij niet. Met het kaarten bijvoorbeeld kon hij toch niet meedoen – voor de bedragen waar het om ging, was zijn bescheiden salaris niet toereikend.

In de keuken hield Henk Post toezicht op wat de Duitse koks bereidden – en Post er maar op wijzen dat de Hollanders naar Duitse maatstaven mager aten, dus alsjeblieft niet al die jus en die sauzen en al die vetranden aan het vlees. En aangezien Post in een vreemde keuken stond, en dus gespannen was, en hij weinig Duits sprak, kostte het veel energie om chef-kok Herr Stein en slager Uli duidelijk te maken wat hij bedoelde. Het lukte toch altijd – en ondertussen zonden die klieren hem voor alles en nog wat terug naar de keuken. Hij wist dat hij gedold werd, maar hij voelde niet de kracht ertegenin te gaan. Doen wat de Oranjehelden van hem vroegen was zijn manier om van het gezeur af te zijn – onderwijl de dagen tellend dat hij weer naar huis mocht.

'Die man deed vreselijk zijn best,' vertelde Wim Suurbier later bijna trots aan *Nieuwe Revu*: 'Uren en uren stond hij in de keuken. Tijdens de lunch en het diner kwam hij altijd even vragen of alles naar wens was. Nou, en dan begonnen we hè, Ruud en ik. Zeiken, weet je wel. Zo van: nou, ik ben blij dat u het zelf komt vragen, want het was weer niet te vreten; ik begrijp niet hoe je ons zulke troep durft voor te zetten; vreselijk, het is een grof schandaal! Als een geslagen hond droop die man dan weer af naar zijn keuken, om de volgende avond weer heel beteuterd te verschijnen. En dan gebeurde weer precies hetzelfde. Een maand lang!' Onnodig te zeggen dat de oorzaak van het 'geheimzinnige virus', dat verscheidene spelers buikloop had bezorgd, onder luide bijval in het eten van Henk Post werd gezocht. Toehoorders als René van de Kerkhof kregen met de kok te doen. De jonge PSV'er vond het 'op het schandalige af' om iemand die 's morgens om zes uur voor je in de keuken stond zo te kleineren. Hij dacht wel eens 'moet dat nou zo, gaat dit niet te ver?' Maar Van de Kerkhof durfde het als 'boertje uit

Brabant', zoals de Suurbiers van deze wereld hem beschouwden, niet voor hem op te nemen.

Halverwege het verblijf in Hotel Krautkrämer stortte Post in. Op de vrije dag tussen de wedstrijden tegen Zweden en Bulgarije wilde hij de spelers verrassen. Hij vroeg aan dokter Kessel of hij de jongens een Indische maaltijd mocht voorzetten. Hij was er erg goed in, zei hij. Eigenlijk was Indisch eten te vet voor sporters, vond de bondsarts, maar vooruit. Henk Post deed nog meer zijn best dan anders en die avond zat zijn clientèle heerlijk te smullen. Menigeen schepte voor de tweede keer op. Henk Post, opgetogen over zijn succes, helemaal klaar voor zijn moment van glorie, gooide de deuren naar de eetzaal open en riep: 'Alles is op!' In plaats van applaus hoorde hij Krol en Suurbier verzuchten: 'Hè, hè, dat werd tijd.' De arme kok liet zich in een stoel zakken, de tranen liepen over zijn wangen. 'Heren, tot ziens,' snikte hij, 'ik pak mijn koffers.' Maar voor hij wist wat er gebeurde, werd hij op de schouders genomen. Iemand plukte een krans van de muur en hing die om zijn nek – en zo werd Henk Post door de eetzaal gedragen en toegejuicht, als de held die hij niet was. Het medelijden van dokter Kessel met de kleine kok nam verder toe.

Post wist best dat die jongens het zo kwaad niet bedoelden. Toen Ruud Krol tijdens het verblijf in Zeist weer eens had uitgeroepen: 'Hé Henkie, kun je nog wat eten voor me klaarmaken?' had hij geantwoord: 'Wanneer neem je mij nu eens mee uit?' En diezelfde avond, de dag voor het vertrek naar West-Duitsland, nam Krol het hele gezin-Post mee naar de Chinees in Zeist. Achttien jaar later, Post was 25 jaar in dienst bij de KNVB, kreeg hij van Willem van Hanegem een horloge. Johan Neeskens stuurde hem een kaartje vanuit zijn woonplaats in Zwitserland.

Om de tijd door te komen was iedere dag wel iemand de klos. Neeskens gooide tijdens het bekijken van videobeelden peper in de bilnaad van Fadrhonc. Het aanzien van de krabbende hand van de assistent-trainer maakte het kijken naar de voetbalwedstrijd – wat Michels verplicht stelde en waaraan sommige spelers een hekel hadden omdat zij het wel eens ergens anders over wilden hebben – weer een stuk aangenamer. Fadrhonc' geïrriteerd heen en weer schuiven en zijn niespartij nadat zijn hand eerst naar zijn billen en daarna naar zijn neus was gegaan, bracht heel wat hilariteit teweeg.

En als de voormalige Tsjech in paniek de sauna had verlaten na het zien van een naakte vrouw, mompelend: 'Dit is *gegen* mijn *prinsiep*,' dan werd dat gierend doorverteld. Elftalbegeleider Carel Akemann kreeg tijdens het WK een radio aangeboden door de spelers, die zij bij nader inzien – humor! – op een tentoonstelling bleken te hebben gestolen. Akemann besloot de radio maar terug te brengen. Hij was wel wat gewend van de jongens – van Wim Suurbier bijvoorbeeld, die met zijn vieze schoenen over Akemanns auto was heengelopen toen hij hoorde hoe gloednieuw die was.

Het dollen werkte aanstekelijk; anderen namen het van de spelers over. Akemann was erbij toen de pijlen werden gericht op Jacques Hogewoning. Na een interview door Anton Witkamp van *De Telegraaf*, de kelen waren gesmeerd met de ene whisky na de andere, werd de voorzitter van het sectiebestuur betaald voetbal uit balorigheid op een hoge kast gezet. Hogewoning klom eraf, in zijn toestand wellicht geen verstandig initiatief, en hij struikelde na zijn landing in de richting van de lift die zich tegenover de kast bevond. De deuren stonden open. Onder grote hilariteit kreeg Hogewoning nog een zetje na en hij verdween uit het zicht. Iemand drukte op een knopje zodat de deuren sloten, en de KNVB-bestuurder werd buiten zijn wil naar boven afgevoerd.

Hogewoning kon zich daar later niets van herinneren. 'Ik weet niks van een kast,' zei hij, 'maar misschien kwam dat doordat ik te veel had gedronken.' Onder meer Akemann, Witkamp en de journalist Joop Niezen daarentegen zouden deze aftocht van de bondsbestuurder nooit meer vergeten. Begrijpelijk. Je hoefde geen wereldreiziger te zijn om te beseffen dat voetbalautoriteiten in weinig andere spelershotels zo vrijpostig werden behandeld als in Hiltrup.

Op dinsdag 25 juni, de ochtend van het besef dat het allemaal nog lang niet voorbij was, zat de KNVB-voorzitter Wim Meuleman op het terras onbedaard te genieten van de zon. Dat deed hij wel vaker: in zijn ene hand een sigaar, in zijn andere *De deur op een kier* van Max Dendermonde. Totdat er precies boven zijn hoofd op de derde etage – de spelersetage – een emmer water werd omgekeerd en de inhoud op zijn eerbiedwaardige schedel neerdaalde. De bondsvoorzitter ontstak in toorn en eiste dat de dader werd opgespoord. Voor het vertrek naar Hiltrup had hij de profvoetballers nog voorgehouden: 'Jongens, dit wordt de eerste keer dat jullie een WK meemaken. Mogelijk wordt het ook de laatste keer. Normaal gesproken maak je zoiets als dit maar één keer mee. Geniet ervan!' Niet wetende natuurlijk dat dat genot op Dik Trom-achtige wijze, en ten koste van hem, gerealiseerd zou worden. Carel Akemann werd op onderzoek uitgestuurd, maar de elftalbegeleider, tevens vertrouwensman van de spelers, had al snel door in welke kring de schuldige moest worden gezocht en liet het erbij zitten. Meuleman kon later die dag met moeite door zijn dochter Liesbeth, werkzaam op de pr-afdeling van de KNVB, worden overgehaald zijn verblijf in het Waldhotel voort te zetten. Zij wees haar vader op de toenemende spanningen bij de spelers, die nu eenmaal naar een ontlading zochten.

's Middags bekende Johnny Rep schuld. Hij deed het tussen neus en lippen door tijdens een televisie-interview met Henk Terlingen, dat uiteraard niet op de Duitse televisie te zien was, dus waarvan Meuleman niet geweten heeft. Rep en Terlingen stonden op het terras (wat officieel niet mocht) en ze hadden het over de verveling. 'Het is niet gezond, zo lang bij elkaar,' zei Rep. 'Ik begin er nu wel van te balen. Niet van het voetballen, maar van het hier steeds in het hotel hangen. Voor mij is het nu wel genoeg.' Plotseling dook hij weg want hij kreeg een plens water over zich uitgestort. In plat Noord-Hollands klonk het, na een grinnikje van de prof die vertrouwd is met pesterijen, de blik naar boven, naar de spelersetage: 'Wat een kolerelijers... Ik flikte dit vanmorgen bij Meuleman.'

Om de nutteloze uren te overbruggen kon je elkaar treiteren, je kon iemand uit zijn evenwicht proberen te halen, je kon vissen, wat heel veel gebeurde (maar als je dan 's morgens vredig in je bootje zat, dan klonk alweer de vervloekte stereo-installatie van Arie Haan die voor de zoveelste keer The Hollies of de zomerhit van 1974, *Fly Away Little Paraquayo* van de George Baker Selection over het water liet stuiteren), je kon kaarten (wat zo mogelijk nog meer voorkwam dan vissen), je kon een potje gaan tennissen. Verder kon je heel weinig. En de deur uitgaan betekende in toenemende mate belaagd worden door handtekeningenjagers, dus ook daar ging de lol vanaf. 'Ook Michels schijnt zich te vervelen,' schreef Jongbloed in zijn *VN*-dagboek, 'want vandaag heb ik hem zelfs een tijdje zien vissen met Cor van der Hart. Om de tijd maar wat te doden gaan ze nu al in de sauna zitten.'

Onzekerheid maakte zich van de Hollandse equipe meester. Want, hoe kom je zo'n lange tijd door met mensen die je voor het merendeel misschien wel mag, maar die toch bepaald niet je kameraden zijn? Het was voor alle betrokkenen de eerste keer, iedereen pionierde. Vermoedelijk sprak Jongbloed namens velen toen hij zei: 'Ik zal blij zijn als ik thuis ben. Ik ga mijn vrouw en kinderen nu wel erg missen.'

De verveling werd ook voor Michels een punt van zorg. Zelfs het verdwijnen van een stuk ossenworst leidde de volgende ochtend, woensdag, tot een ergernis die in geen verhouding leek te staan tot het vergrijp. Piet Keizer, erkend liefhebber van deze worst, werd ongeveer even kwaad als Meuleman over z'n natte pak. Hij eiste dat de kwestie tot op de bodem werd uitgezocht. 'Geef de ossenworst terug!' riep de reserve-linksbuiten volgens *De Telegraaf* in het rond, maar hij kreeg slechts verontwaardigde ontkenningen. Henk Post had werkelijk geen idee waar de worst gebleven was, en ook de officials die door Keizer op het matje werden geroepen, bleven het antwoord schuldig op de vraag waar die ossenworst toch uithing.

Op de ochtend van de verdwenen ossenworst verklaarde Michels, net teruggekeerd uit Barcelona: 'Het elftal draait wel goed, maar ons grootste probleem is de tijd door te komen. Maar goed, nu nog enkele uren en dan gaat het weer gebeuren.' Om het grootste probleem te tackelen, het gebrek aan afleiding, gooide Michels het diezelfde dag op een akkoordje met het *Algemeen Dagblad* en *De Telegraaf*. De elkaar beconcurrerende ochtendkranten, beide behept met veel sport en *human interest*, mochten elk een feestavond organiseren. Het eerste feest zou kunnen plaatsvinden op zondagavond, na de wedstrijd tegen de DDR.

Het op één na grootste probleem – hoe versla je het nationale elftal van Argentinië – werd op de dag van de verdwenen ossenworst met betrekkelijk weinig moeite geëlimineerd. In het Parkstadion van Gelsenkirchen klopte vanaf halfacht die avond vrijwel alles. Oranje speelde zo goed dat Cruijff het zich kon veroorloven voor zijn doen opvallend veel balverlies te lijden. De drager van de 4-0 zege op Argentinië was niet Cruijff maar Van Hanegem, al scoorde De Kromme niet en De Kleine wel (twee keer; de andere doelpunten waren van Krol en Rep). Wonderlijk genoeg onderstreepte Cruijff daarmee zijn stelling naar aanleiding van Nederland-Zweden: scoren had niets te maken met goed spelen.

Van Hanegem was bij hoegenaamd iedere geslaagde aanval betrokken. Hij passeerde tegenstanders op één vierkante meter, hij verzond de heerlijkste dieptepassjes, hij veroverde diverse ballen met volmaakt getimede slidings, hij zette geraffineerde een-tweetjes op, en, zeer ongewoon voor hem, je zag hem met die gebogen rug regelmatig bezeten spurts naar het vijandelijke doel maken.

Op links rende Rob Rensenbrink meer achter verdedigers aan dan men hem ooit had zien doen; Johan Neeskens stuwde en bikkelde zo onstuimig dat invaller Mario Kempes (de man die in de WK-finale van 1978 twee keer zou scoren tegen Nederland) spijt moet hebben gehad dat hij zijn trainingspak had uitgetrokken; Haan hield zijn defensie van de eerste tot de laatste minuut strak georganiseerd en Rijsbergen trakteerde de Europese topscorer (van Sporting Lissabon) Hector Yazalde op een beroerde avond. De nul voor Argentinië was volkomen terecht, want in overeenstemming met nul doelkansen. De vier voor Nederland was onterecht: ook nu werden weer veel kansen gemist.

Oranje speelde sneller, speelser, aanvallender en harder (zeventien overtredingen) dan Argentinië (elf overtredingen). Het samenspel verliep vlotter dan in de eerste drie wedstrijden, de carrousel draaide geolied rond, dus zonder misverstanden; steeds werden de posities goed overgenomen. 'Als het zo doorgaat kunnen we elkaar straks blindelings vinden,' juichte Neeskens. Joop Niezen van *Voetbal International*, die na de vriendschappelijke ontmoeting met Argentinië, precies een maand eerder, blij was dat Oranje af en toe het Ajaxspel van begin jaren zeventig benaderde, tikte op zijn schrijfmachine: 'Zelfs de verrukkelijke vertoningen van Ajax in de voorgaande jaren kunnen de vergelijking met de wervelende Oranjeshow nauwelijks doorstaan en dat zegt veel.'

Rinus Michels, de maker van het Gouden Ajax en dit superelftal, toonde na de derde goal het gebaar dat hij een enkele keer had gemaakt tijdens Ajax' gloriejaren: hij wreef zich boven zijn hoofd in de handen, hij balde zijn vuisten en lachte heel even zo blij als een kind. Voor de natie was dat reden tevreden achterover te leunen: als de norse Peetvader lachte dan wist je dat het goed zat. Michels deed trouwens geen moeite zijn vreugde met anderen te delen. Toen hij na het laatste fluitsignaal van zijn bankje opstond, en Frantisek Fadrhonc hem een kus op de wang gaf, verstijfde hij en liep door.

Nederland werd overladen met complimenten. Het elftal van Michels stond model voor de grote meevaller van de eerste ronde: veel verdedigende teams waren uitgeschakeld, waaronder Uruguay, Chili, Bulgarije en, tot verrassing van velen, Italië. Ondanks de aanwezigheid van internationale sterren als Gianni Rivera, Luigi Riva en Giacinto Facchetti was deze WK '70-finalist – nipt – de mindere gebleken van Argentinië, dat vervolgens zelf kansloos was geweest tegen Nederland. In de poule van Italië en Argentinië was Polen veruit superieur, met flitsend aanvalsvoetbal. De wereld smulde van het vleugelspel van Grzergorz Lato en Robert Gadocha, met in hun midden Andrzej Szarmach en daarachter de beroemde spelverdeler Kazimierz Deyna – en dan in het doel ook nog eens die sensationele Jan Tomaszewski, de man die Engeland de pas naar het WK had afgesneden door in het najaar van 1973 in het Wembley-stadion een onvergetelijke wedstrijd te keepen.

Polen was verfrissend en aantrekkelijk, vonden de liefhebbers. Maar Nederland was super. 'Wie Nederland klopt, wordt wereldkampioen,' zei Argentiniës aanvoerder Roberto Perfumo. Zijn coach Vladislao Cap voegde eraan toe: 'Wij verloren van een briljant elftal.' Miljan Miljanic, de trainer van Joegoslavië, verklaarde: 'Nederland en West-Duitsland worden finalisten. Die landen spelen totaalvoetbal.' *The Times* bejubelde het 'vloeiende' zelfs 'literaire' spel, dat 'modern' ronddraaide zonder vaste spelersposities. *Bild-Zeitung* was net als voorheen enthousiast over Oranje: '4-0! Wie Kan Deze Hollanders Stoppen?' Misschien wel niemand, dacht Haan: 'Kwalitatief gezien moeten we de finale halen.'

In het Oranjekamp hoorde je niemand over de onweersbuien en het dientengevolge spekgladde veld, die de Argentijnen in de tweede helft hadden benadeeld. (Rensenbrink zag hoezeer zij onder de indruk waren van het doorweekte gras. Volgens sommige commentatoren zou een dergelijke regen in Argentinië reden zijn geweest de wedstrijd te staken.) Volledig onbesproken bleef ook de afwezigheid van Carlos Babington. Deze Argentijnse spelmaker, tijdens de eerste ronde een van de sterren van het toernooi, was geschorst wegens drie gele kaarten. Met als gevolg dat het Argentijnse middenveld, dat volgens de *Sunday Times* 'nutteloos' was zonder Babington, een verweesde indruk wekte tegen het glimmende gele decor van Hollandse zuidwesters op de tribunes.

Ook de Nederlandse journalisten gaven zich over aan superlatieven. Volgens Joop Niezen bijvoorbeeld had Oranje 'sinds enkele duels een wonderploeg analoog aan de formaties die ooit Hongarije, Oostenrijk en Brazilië op de been hebben gebracht'. 'Er kan nog veel gebeuren op dit toernooi,' vervolgde de *VI*-hoofdredacteur, 'maar vast staat nu al dat het Nederlands elftal de WK-geschiedenis zal ingaan als de meest opwindende ploeg.' De enige relativering bestond uit de vraag hoe lang Oranje hiermee kon doorgaan, met dit krachten verslindende spel van jagen en storen. Inderdaad was het opvallend dat Nederland ook bij de 3-0 voorsprong in de hoogste versnelling doorging met de tegenstander in het nauw te drijven. Oranje speelde alsof het toernooi ieder moment afgelopen kon zijn.

Voor de rest overheersten een aan euforie grenzende blijdschap en trots, vooral trots. Het was alsof de pers meegroeide met de helden van het gras. Van alle landen ter wereld stroomden journalisten naar Hiltrup om het wonder te aanschouwen, de mannen die in vier dagen tijd met 4-1 en met 4-0 hadden gewonnen van respectabele tegenstanders, om Cruijff te zien, de Redder van het Voetbal, en Michels, die merkwaardig bassende coach die er het ene moment was en het andere moment in Barcelona zat, en Jan Jongbloed, de Vliegende Kiep annex 'debutant' van 33 jaar. Allereerst waren het de spelers zelf die daarvan profiteerden, namelijk door geld te vragen voor interviews. Zo bemiddelde elftalbegeleider Carel Akemann voor Willem van Hanegem. 'Vooral Britse bladen en televisiestations, maar ook Zuid-Amerikanen vonden het geen probleem om grote bedragen te bieden,' herinnerde

Akemann zich. 'Zij waren dat wel gewend. Ik vroeg een bepaald bedrag en Willem liet mij daarvan een deel houden. Ook andere spelers verdienden zo een zakcentje bij.'

En wanneer de voetballers er toch even geen zin in hadden, dan mochten de Nederlandse journalisten hun zegje doen. Die deden dat maar wat graag. 'Het was of wij meegroeiden met de spelers,' herinnerde Joop Niezen zich nog goed. 'Gedurende het WK nam de vereenzelviging met de dag toe. Het sterrendom van Cruijff en de rest straalde ook op ons af. Wij voelden ons geweldig: buitenlandse journalisten vroegen ons naar de eigenschappen van het spel, van de spelers, het totaalvoetbal.'

Maar uiteraard had Rinus Michels in 1974 niet ineens het totaalvoetbal geïntroduceerd, zoals later dikwijls is beweerd. Het idee van positiewisselingen, van spelers als alleskunners, van aanvallende backs en verdedigende aanvallers zag je sinds eind jaren zestig al meer en meer. 'Door de enorme toeneming van het verdedigende voetbal,' stelde Michels in oktober 1968 in de *Haagse Post*, 'ziet men dat het aanvalsvoetbal niet beperkt blijft tot de aanvallers, maar dat ook de verdedigers een voorname rol gaan spelen in de aanval. Vergeleken met vroeger betekent het, dat een elftal van nu in zijn totaliteit verdedigt en aanvalt.' Het idee werd als theorie al uitgewerkt door de vermaarde Oostenrijkse sportjournalist Willy Meisl. In de periode dat hij ermee kwam, halverwege de jaren vijftig (hij werd weggehoond als een rare futurist) trokken backs als de Belg Pol Anoul, de Italiaan Facchetti en bij DWS/A Hans Boskamp en later Frits Flinkevleugel onvervaard ten aanval. De bekende Nederlandse sportjournalist Ad van Emmenes schreef mee aan het jongensboek *Nou wij boys!* waarin een jeugdteam glorieert door de tegenstander in de war te brengen met positiewisselingen en -overnames. Het eerste nationale team dat de droom van Van Emmenes – aanvallende verdedigers, verdedigende aanvallers – realiseerde, was niet Nederland maar West-Duitsland, op het EK'72. De jeugdheld van Johan Cruijff was de Argentijnse spits Alfredo di Stefano, een nummer negen die in de jaren vijftig over het hele veld zwierf, die zijn verdedigers bijstond, die aanvallen opzette én afrondde.

Het totaalvoetbal werd kortom net zo min vanuit het niets uitgevonden als de stoommachine.

Dat liet onverlet dat Maarten de Vos en al die andere, goedontwikkelde sportjournalisten in Hiltrup het ten overstaan van Israëlische, Peruviaanse, Japanse en waar dan ook vandaan gekomen cameraploegen allemaal maar wat graag uitlegden. Voor de buitenwereld immers vormde het Oranje-spel tijdens het WK '74 'dé ontdekkingsreis van de laatste tien jaar', zoals *Voetbal International* trots noteerde. En telkens weer werd uit de doeken gedaan dat aanvallen – want dat was het meest bijzondere aan Oranje: de niet-aflatende aanvalsdrift – geen zaak was van opportunisme, maar van een visie, een gedachte.

In het kielzog van de gearriveerde journalisten steeg de jonge verslaggever Matty Verkamman rechtstreeks mee ten hemel. Hij was nog maar 23 jaar, en tot aan de voorbereidingen in Zeist had hij nog amper met internationals gesproken, maar hier in Hiltrup leek het wel of er tussen hem en de spelers geen grenzen bestonden. Iedere dag was hij namens het dagblad *Trouw* bij de 'persinstuif', en wie hij ook aanklampte, iedereen maakte tijd voor hem. Van Rob Rensenbrink, die hij verschrikkelijk aardig vond, kreeg hij anderhalf uur. Hij interviewde de ster van het toernooi, Johan Cruijff, alsof hij niet anders gewend was. Hij hing aan de lippen van Rinus Michels, die zulke geweldige persconferenties gaf, met zinnige statements in diverse talen, hele *happenings* waren dat.

Ondanks de opmars van de televisie stond de schrijvende pers in hoog aanzien: alle internationals vroegen of zij een exemplaar van de krant met hun interview toegestuurd konden krijgen. Omgekeerd was de dagelijkse persinstuif voor de spelers ook zeer welkom, dan spraken ze nog eens iemand. Verkamman genoot van iedere seconde en hij voelde dat de journalistieke afstandelijkheid, die hem als aankomend verslaggever was aangeleerd, steeds verder naar de achtergrond schoof. Net als zijn idool Maarten de Vos wilde hij erbij horen, er deel van uitmaken en daardoor alles te weten komen over de mens achter de voetballer. Journalisten en voetballers werden één. Op één na.

Als Ben de Graaf ergens een hekel aan had, dan was het wel het geklit tussen pers en voetballers. Sinds eind jaren zestig hadden collega's als Maarten de Vos er een gewoonte van gemaakt de kleedkamers binnen te dringen. Daar registreerden zij de emoties, het zweet, de conflicten, zij beschreven de sfeer die zij aantroffen na winst of verlies. Moderne sportjournalistiek liet de spelers zelf aan het woord, over hun twijfels en ambities, hun geestestoestand, zeker voor zover die van invloed was geweest op hun spel. Het citeren door deze 'quotezakken' was in de mode geraakt. Ben de Graaf, al elf jaar werkzaam voor *de Volkskrant*, vond dat onzin. In een kleedkamer had hij niets te zoeken, en bij de spelers thuis nog minder. De Graaf bereidde zich voor, hij las zich in en na het zien van de wedstrijd trok hij zich terug om zijn verslag te schrijven. Hij hoefde die spelers niet te kennen en die spelers hem niet. Hij wilde objectief zijn, analyseren in onafhankelijkheid. Citeren kon zijns inziens niet in de schaduw staan van beschouwen.

Meegloriëren met topsporters vond hij voor de dommen. Ben de Graaf oefende zijn vak uit met een ideaal: het beschrijven van sport als iets hogers dan het streven naar succes. Winst geeft een heerlijk gevoel, dat begreep hij best, maar het kon ook het zicht ontnemen op het verdriet van de ander. Mensen die hun ogen daarvoor sloten vond hij bekrompen. Sport, betaald of niet, was bedoeld om mensen nader tot elkaar te brengen. Ook De Graaf ondervroeg wel eens profvoetballers: Uwe Seeler, Bobby Charlton, Eusebio – voorbeeldige sporters, welopgevoede mannen die hem ophaalden van het station of het vliegveld en met wie hij dan een dagje optrok. Dat soort voetballers werd aan alle kanten getrapt tijdens een wedstrijd maar je zag ze altijd koeltjes reageren: dat was De Graafs ideaal. Zulke atleten moesten winnen, uit welk land ze ook kwamen; Nederland of een ander land, het maakte hem niets uit.

In het totaalvoetbal zag Ben de Graaf een gevaar voor het spel waarmee hij was opgegroeid; als verdedigers moesten kunnen aanvallen en aanvallers verdedigen, dan kreeg je gemiddelde, onopvallende spelers. Voetballers met bijzondere, artistieke kwaliteiten zoals Coen Moulijn en Piet Keizer zouden daardoor in de vergetelheid worden gedrongen. En wat hij van meet af aan hekelde: de 'overdreven hardheid' waarmee dat in 1974 gepaard ging. De enkele keer dat hij Michels zijn bedenkingen voorhield, kreeg hij te horen dat zijn zienswijze 'niet realistisch' was. Voordat Oranje naar Hiltrup afreisde, plaatste *de Volkskrant* een kritische voorbeschouwing van De Graaf. De kop: 'Oranje Niet Goed Genoeg voor Wereldtitel' zette gelijk al kwaad bloed bij de spelers.

Hoewel bijvoorbeeld Michels beweerde dat hij *de Volkskrant* helemaal niet las, trok men zich de vreugdeloze houding van deze van oorsprong katholieke, maar sinds de jaren zestig linkse ochtendkrant bijzonder aan.

Tijdens het toernooi was De Graaf kritisch gebleven. Hij prees Cruijff voor de 'beste show uit zijn internationale carrière': 'Er zat een toverstaf in zijn voeten waarmee hij gladde rushes en loepzuivere centers tot stand bracht.' Hij loofde de techniek van de Oranjeploeg, de snelheid van spelen, het 'ongelooflijk knap positiespel', de 'tactische meestertrucs'. Maar in één adem doken in ieder wedstrijdverslag weer de 'meedogenloze acties' op, de 'agressiviteit' en het 'gebrek aan discipline'. In andere kranten kwam je zulke kanttekeningen hooguit in de marge tegen; bij De Graaf waren zij de rode draad. Het Nederlands elftal, schreef De Graaf na de 4-0 zege op Argentinië, 'heeft zijn kandidatuur voor de WK-finale gesteld'. Maar, besloot hij even bloemrijk als moralistisch: 'Het slotgerecht zal ook de neutrale waarnemers goed smaken als bittere kruiden, waartoe wij de killersacties rekenen, in de nu volgende wedstrijden tot een minimum worden beperkt.'

De spelers hadden hier genoeg van. Zo toegesproken te worden door iemand die zelf amper de moeite nam hen beter te leren kennen, maakte de bejubelde helden giftig van nijd. 'Waar is Graaf Ben?' kon je een speler als Suurbier op bijtende toon horen roepen. Maar De Graaf was er niet.

Op de dag na Nederland-Argentinië vond een gesprek plaats tussen Ben de Graaf, aanvoerder Johan Cruijff en Rinus Michels. Aanleiding was de 'boycot' van *de Volkskrant* waartoe de Oranjeselectie eerder die week had besloten: met verslaggevers van deze krant werd niet meer gesproken. Voor Ben de Graaf maakte dat weinig uit, hij wilde toch geen interviews met ze, maar zijn jongere collega Henk Wehberg had er wel last van. De Graaf, rood haar tot net over de oren, pijproker, geruite colbert, kreeg te horen dat hij onmiddellijk moest ophouden met zijn zure berichtgeving over het Nederlands elftal. Iedereen stond achter Oranje, vond Cruijff, dus hij ook. 'Kijk eens,' zei Michels, 'als er op weg naar de wereldbeker een obstakel ligt, dat mijn spelers irriteert, dan moet het verwijderd worden. Stukken in een krant die spelers uit balans zouden kunnen brengen of tweedracht kunnen zaaien, vormen zo'n obstakel. Daarom: weg ermee.' De Graaf, zei de supervisor, was de rotte appel in de kist.

De verslaggever wees hem erop dat hij zelf wel uitmaakte wat hij opschreef; met de mening van de Oranjespelers had hij in feite niets te schaften. Zolang hij zich aan de wet hield, zei hij, konden ze hem niks maken. De kemphanen werden het niet eens en De Graaf beende weg. Wat volgde, zou een van de meest vertelde anekdoten uit de Oranjegeschiedenis worden. Bij de lift werd De Graaf opgevangen door Willy en René van de Kerkhof en reservekeeper Piet Schrijvers. Ze pakten hem beet en lieten niet meer los. De lift ging naar beneden, naar de kelder. Schrijvers vond het maar wat goed dat De Graaf een kunstje werd geflikt. De ondertoon in die *Volkskrant*-stukken kwam hem flink de keel uit. Bovendien had De Graaf het geflikt om een vermeende kwestie tussen Cruijff en Van Hanegem te behandelen. (Van Hanegem zou in een bepaalde wedstrijd hebben geleden onder het feit dat Cruijff de bal steeds ophaalde op het middenveld waardoor De Kromme te weinig aan initiatieven toekwam.) Zulke dingen hoorde je niet te publiceren, meende de keeper. Omstanders kregen medelijden met het gekwelde hoofd van de sportverslaggever onder de arm van de forsgebouwde doelman.

De deuren gingen open en daar stond onder meer Rinus Israel. De journalist werd de lift uit getrokken, naar rechts, de gang door, en dan links, een soort wenteltrap op. De lucht van chloor drong hun neuzen binnen. Bovenaan bevond zich het zwembad, het water tot aan de rand, en vlakbij. Zij deden een paar passen naar voren en lieten hun slachtoffer vallen. Gelukkig gaf Israel hem nog net een duw, anders was De Graaf met zijn hoofd op de rand neergekomen. In een flits, nog voor hij het water raakte, zag de verslaggever Johan Neeskens zitten. De miljonair glimlachte.

Alles was nat, zijn kleren, zijn papieren, zijn paspoort, de foto's van zijn kinderen, zijn pijp. De spelers en andere omstanders hadden reuze lol, maar Ben de Graaf was ziedend. Voor hem was dit niet ludiek, maar vijandig, een intimidatie. 'Morgen gooien ze je misschien wel uit het raam of een steen naar je hoofd,' zei hij geschokt op de televisie. 'Terreur, misschien is het een zwaar woord, maar voor de journalistiek vond ik het een pijnlijk gebeuren. Niet voor mijzelf, in het water liggen is niet zo erg hè.' En was hem nou een nat pak bezorgd door Cruijff en Rensenbrink, nee, de schande was hem aangedaan door die Brabantse boertjes Van de Kerkhof!

De actie was bedacht door Krol, Suurbier en Cruijff – en het had hun wijzer geleken het vuile werk door de reserves te laten opknappen. Afgesproken was dat als 'Ben Azijn' geen toezegging zou doen aangaande zijn ongewenste kritiek, er uit een ander vaatje zou worden getapt. De uitvoering verliep volgens plan. Het meenemen en onderdompelen van De Graaf toonde aan dat de teamgeest zowel op als buiten het veld inmiddels optimaal was. Rondom de wedstrijden en tijdens de trainingen zetten de reserves zich volledig in, en ook nu hadden zij veel over voor de eenheid van Oranje.

Aanvoerder Cruijff legde een verklaring af. 'Iedereen is positief, iedereen spreekt vóór Nederland, dan kun je geen interruptie gebruiken,' zei hij in het schijnsel van de tv-camera. Zijn ingevallen wangen staken scherp af in zijn gezicht. 'Iedereen wil dat we zover mogelijk komen en dan moet er niet iemand gaan dwarsliggen. Er is één uitspraak geweest van Michels: hij zei voor aanvang van het toernooi al, wie niet voor ons is, is tegen ons, en wie tegen ons is wordt eruit gegooid. Dan is het alleen maar prettig als iedereen er zo over denkt, en zo denken alle spelers er ook over. Want het is natuurlijk geen pretje om hier zes weken te zitten. Ik ga ook liever naar huis. Als ik morgen naar huis kon dan ging ik. Iedereen offert alles op en dan accepteert geen van de spelers dat iemand roet in het eten gooit of tracht te gooien.'

Bijval kreeg De Graaf haast van niemand. De enige tastbare steun bestond uit een door de IKON-rubriek *Kenmerk* toegestuurde bos bloemen. De redactie prees De Graaf om zijn 'objectieve' verslaggeving. Wat hem was overkomen, werd door de links-christelijke programmamakers vergeleken met het opsluiten van journalisten in het Spanje van dictator Franco. 'Daar hadden Michels en Cruijff behalve peseta's ook ideeën opgedaan,' stelde *Kenmerk*.

Maar verder vonden de collega's dat De Graaf het er zelf naar had gemaakt, met die eeuwige azijnpisserij van 'm. En had-ie maar niet steeds het verheven buitenbeentje moeten uithangen. Waarom had hij nooit geïnvesteerd in contact met de spelers en zij wel? De KNVB wilde geen poespas en de Nederlandse Sportpers-voorzitter Joop Niezen, tevens *VI*-hoofdredacteur, was van mening dat hij niets kon doen voor De Graaf – al dacht De Graaf daar zelf heel anders over. Vele jaren later gaf Niezen toe dat De Graaf 'zeker geen ongelijk' had met zijn aanmerkingen op het harde spel. 'Maar wij,' zei hij, 'konden ons zo'n houding niet permitteren.' De voetbalbond en Oranje waren belangrijke troeven voor *Voetbal International*. Het *AD* had Feyenoord, *De Telegraaf* had Ajax en *VI* had het Nederlands elftal, dat er in de andere periodieken lange tijd maar een beetje had bijgehangen. 'Het was jarenlang ons doel om het klimaat rond het Nederlands elftal te helpen verbeteren,' zei Niezen. 'Niet vanwege de oplage, maar vanwege de invloed.' Dus had Niezen eind jaren zestig een trainerscursus gevolgd bij bondscoach Kessler en had hij zijn 'goede contact' met Cruijff zorgvuldig gecultiveerd – een contact dat hij in 1974 niet zomaar te grabbel wilde gooien.

In 1994 was Arie Haan bereid om toe te geven dat De Graaf toch niet helemaal mesjokke was geweest: 'Die hardheid, dat was wel zo. Misschien wisten we ook wel dat hij gelijk had. Maar we wilden gewoon niet dat er slecht over ons werd geschreven. Nu zou je er niet zo'n probleem van maken als een krant dat doet.'

De Graaf ging overigens gewoon door met enerzijds het goede spel te prijzen en anderzijds het grove spel te hekelen. De ochtend na zijn onvrijwillige duik eindigde hij zijn verslag van de gebeurtenissen met gevoel voor ironie. 'Als deze manifestatie de groep moreel zal sterken,' schreef hij, 'mogen wij ons hopelijk vleien met de gedachte ook iets tot het succes van Oranje te hebben bijgedragen.'

8. Een koel bad

Journalisten vertellen altijd alles aan elkaar door, dus ook in de zomer van 1974. Het duurde daarom niet lang voordat het nieuws zich over de spelershotels van West-Duitsland verspreidde: bij de Hollanders kon je wat beleven. Overal was het saai, en misschien vonden de Nederlanders wat zij meemaakten zelf helemaal niet zo opwindend, maar in de ogen van de anderen heerste in het Waldhotel Krautkrämer een aanlokkelijk soort vrijzinnigheid die je elders beslist niet tegenkwam. Bij de West-Duitsers bijvoorbeeld klaagden de voetballers over de Spartaanse levensomstandigheden die Helmut Schön hun oplegde. De bondstrainer was hoffelijker en vriendelijker dan iemand als Michels, maar ook vormelijker en bangelijker. In Malente en in de Sportschule in Kaiserau, bij Keulen, waar de *Mannschaft* voor het spelen van de wedstrijden in de tweede poule naartoe was verhuisd, mocht haast niets. De spelers leden aan *Lagerkoller*: ze werden gek van de sobere eentonigheid die er heerste. Iedere dag twee keer trainen was volgens Beckenbauer eenvoudig te veel. Hij vroeg zich af of het soms de bedoeling was dat ze wereldkampioen trainen werden. Zijn ploeggenoot Günter Netzer vond het idioot om 22 mannen wekenlang op te sluiten. Paul Breitner vond dat de spelers als kinderen werden behandeld.

De Hollanders beseften tenminste dat je de teugels af en toe moest laten vieren, hield Beckenbauer zijn coach voor. Als de Nederlanders hun vrouwen een dagje (en een nachtje!) mochten laten overkomen, waarom zij dan niet? De Nederlanders in een luxe hotel, de Duitsers in een sportschool: de wereld leek onrechtvaardig verdeeld. En dat terwijl niemand kon beweren dat Johan Cruijff en zijn ploeggenoten er minder door gingen spelen; misschien wel integendeel. De Nederlanders leefden vrolijker én zij speelden vrolijker dan de Duitsers.

Het leven als WK-deelnemer, vonden de Duitse voetballers, stond veel te veel in het teken van de sport, altijd maar weer die sport. Gevreesd werd dat de trainingskampgekte zou leiden tot overconcentratie. Hoewel ook sommige Duitsers er wel eens tussenuit knepen – Beckenbauer bezocht stiekem de populaire filmactrice en zangeres Heidi Brühl – haalde dat de onvrede onvoldoende weg: de Duitsers wensten dezelfde leefomstandigheden als de Hollanders.

Wat het allemaal nog erger maakte: Franz Beckenbauer was er zelfs (ten onrechte) van overtuigd dat de Nederlanders regelmatig met hun vrouwen optrokken, en dat zij – en dat leek zijn jaloezie nog meer te verhogen – zomaar de kamermeisjes in hun frivole levenswijze konden betrekken. De mare ging dat de Hollanders het ene feestje na het andere bouwden. Intussen moesten *Der Kaiser* en zijn teamgenoten 'als monniken' leven, klaagde Beckenbauer in zijn autobiografie *Einer wie ich*. De West-Duitse voetbalbond scheen de mening te zijn toegedaan 'dat vrouwen voor mannen, die sportieve topprestaties moeten leveren, schadelijk zijn'. Maar, schreef hij, 'tot nu toe heb ik die bewering nog nooit bevestigd gezien'. Van drie weken trainingskamp, 'opgesloten' in een sportschool met een hoog hek eromheen, werd een mens 'krankzinnig'.

De aanvoerder wist van zijn coach Helmut Schön gedaan te krijgen dat deze het regime versoepelde. En vooruit, de vrouwen mochten komen – wat Brigitte Beckenbauer, Jutta Hölzenbein, Hildegard Breitner, Susi Hoeness, Agnes Maier en Uschi Müller zich geen twee keer lieten zeggen. '*Die Frauen Dürfen Nach Unseren Spielern*', kopte *Bild* verheugd. Maar van overnachten kon geen sprake zijn. Ook Schön werd beperkt in zijn macht om dingen te veranderen. Dat kwam vooral door de veiligheidsregels – zelfs als de gelovige trainer naar de kerk ging, kreeg hij een mannetje mee. De dreigementen met aanslagen die het Duitse kamp telefonisch bereikten (en die er soms toe leidden dat de bus met een omweg naar het stadion reed), voerde Schön niet eens als argument voor de geestdodende omstandigheden aan. Van zulke verontrustende informatie hoorden de spelers gevrijwaard te blijven, vond hij. De Duitse selectie maakte een uitje, ze gingen naar een cabaretvoorstelling in Lübeck, er was een drukbezochte Open Dag, waarop de hoge hekken van de sportschool eindelijk eens van het slot gingen en het publiek toestroomde, en dat was het dan. De seks moest maar even wachten. Van een paar weken onthouding was een sportman nog nooit ziek geworden, vond de bondstrainer.

In z'n algemeenheid bleven de Duitsers meer van de buitenwereld afgesloten dan de Nederlanders. De pers werd mondjesmaat toegelaten. Van een dagelijkse persinstuif, zoals in Hiltrup, met z'n in- en uitlopende journalisten, was absoluut geen sprake. Nederlandse journalisten die zich voor niets bleken te hebben aangemeld bij de Sportschule in Kaiserau, schreven boosaardige stukken over Schön die hen met valse beloften had misleid. Het moet gezegd: zulke streken werden in Hiltrup niet geleverd. Het Waldhotel Krautkrämer was geen kazerne, en ook geen klooster. De spelers slenterden wat rond in hun trainingspakken en iedereen kon ze aanspreken. Zelfs buiten de vaste tijden van de persinstuif werd nog menig interview gegeven. 'Door het geweldige spel van het Hollandse team en door de open sfeer kreeg ons hotel al snel de reputatie dat het hier gebeurde,' zei Hans Joachim Krautkrämer. In 1974 was hij de 26-jarige zoon van de eigenaar en werkzaam in het hotel als manusje van alles; later zou hij het hotel van zijn vader overnemen. 'Andere spelershotels kwam je niet eens binnen.'

Bild-verslaggever Otto Stubbe, kenner van het Nederlandse topvoetbal en op goede voet met onder meer Johnny Rep en Arie Haan, verwonderde zich over de heersende cultuur. 'Het voetbal leek er wel bijzaak,' herinnerde hij zich. 'Dat had te maken met het zelfbewustzijn van de meeste spelers. Ze wisten dat zij de besten waren.' In de ogen van Stubbe was Nederland superieur. In februari noemde hij Johan Cruijff in een artikel in *Bild am Sonntag* over de geboorte van diens zoon Jordi 'Europa's grootste speler'. Waarmee hij impliciet stelde: Beckenbauer dus niet.

De Duitse gasten in het Waldhotel verbaasden zich over het losse gedrag van de Hollandse kolonie. Die losheid werkte aanstekelijk, want binnen de kortste keren werd ontspanning de norm. 'Van de bediening tot de gasten en de veiligheidsbeambten: iedereen vond de Hollanders sympathiek,' zei Krautkrämer junior. 'De Nederlanders gedroegen zich *locker*, en hoewel zij sportief veel succes hadden en daardoor veel belangstelling kregen, hadden zij geen sterallures. Het waren vooral gewone jongens. Zij bewogen zich vrijelijk tussen de andere gasten en zorgden daardoor voor een prettige sfeer.'

De omgang tussen de Duitsers en de Nederlanders werd misschien nog het best geïllustreerd door de familie Krautkrämer zelf: het echtpaar en zoon Hans Joachim reisden mee naar alle wedstrijden van het Nederlands elftal, zij kregen van de KNVB kaartjes voor de eretribune. En naarmate het toernooi vorderde, wisten de Krautkrämers niet meer of zij nu hoopten dat hun eigen land wereldkampioen zou worden of Nederland. Omgekeerd beschouwden de spelers Krautkrämer senior als een joviale voetballiefhebber wiens gastvrije en Bourgondische levenshouding ertoe bijdroeg dat zij zich in zijn hotel al snel thuisvoelden.

Net als de welstandige clientèle – veel zakenlieden – lieten de Nederlandse voetballers en hun begeleiders blijken dat het leven voor hen iets was om van te genieten. 'Bekende spelers als Cruijff, Keizer en Jongbloed liepen gewoon rond met een brandende sigaret,' zei Krautkrämer junior. 'Spelers zag je rustig met een fles wijn onder de arm naar boven lopen. Dat deden zij niet opvallend, maar ook niet echt stiekem. De officials van de voetbalbond zaten iedere avond aan de bar en die wisten 'm flink te raken. En wat de spelers betreft: die zag ik meestal niet meer na het avondeten, geen idee wat zij aan het doen waren.'

Grote kans dat zij achter een gesloten deur zaten te kaarten om bedragen die hoger waren dan Michels toestond. Daar werd bij gerookt en gedronken. Als er op de kamer van Keizer werd gekaart, kwam er stellig een borreltje op tafel. Het kwam voor dat hij tegen elftalbegeleider Carel Akemann zei: 'Kom Carel, we gaan een borreltje drinken.' Dan namen zij de lift naar de derde etage, waar Keizer de deur van zijn badkamer opende. Het licht liet hij daarbij hoogstwaarschijnlijk uit: het bad van de linksbuiten en visfanaat zat vol levende maden. Als de diertjes licht zagen, kwamen zij in beweging en zouden zij het – tot afgrijzen van Keizers kamergenoot Willem van Hanegem – mogelijk op een lopen zetten. Akemann wist wat Keizer in de badkamer ging doen: met een schroevendraaier de spiegel van de muur losschroeven. Achter de spiegel bevond zich een nisje; daarin stond een fles jenever. Fles op tafel, stukje ossenworst erbij, dan was het leven goed.

In de jaren zeventig vormde het drinken van sterke drank nog lang geen taboe, zeker niet in de arbeidersmilieus waaruit de meeste voetballers kwamen. In de bruine kroegen lieten mannen zich een jenever inschenken; vrouwen bessenjenever of Berenburg. Weinigen keken ervan op toen Johan Cruijff zich in 1972 leende voor een reclamecampagne voor Clareyn jenever. 'Een borreltje drinken' was ook in Hiltrup een veelgehoorde zin. De doelmannen Schrijvers en Jongbloed spraken ze tegen elkaar uit, bijvoorbeeld als een overigens 'fantastisch' gesprek met Cruijff, Jansen en Van Hanegem inzake een aanstaande tegenstander hen begon te vervelen. Kom, zeiden ze dan, we gaan een borreltje drinken.

Als Michels naar Barcelona moest dan kwam het voor dat hij de spelers verbood 's avonds naar de bar te gaan. Maar daarmee was niet gezegd dat het rustig bleef. Die indruk kreeg althans de Duitse ex-international Bernd Cullmann. Begin jaren tachtig was Michels zijn coach bij FC Köln. 'Waarom bent u toch zo streng?' vroeg de Keulse libero. De norse figuur van Michels en de ontspannen Rijnlandse sfeer leken toentertijd niet geheel voor elkaar in de wieg gelegd. Vooral de fijngevoelige buitenspeler Pierre Littbarski beleefde onder het regime-Michels heel wat moeilijke momenten. 'Tijdens het WK '74,' lichtte de heer-voetballer Cullmann zijn vraag toe, 'hoorden wij allemaal van die mooie verhalen over het Nederlands elftal, over drank en meisjes. Maar wij mogen nu niets.'

In de herinnering van Cullmann antwoordde Michels: 'Ik moest soms naar Barcelona. Zodra ik weg was, begon het theater.'

Op de avonden dat de kelderbar verboden gebied was, waren het geen glazen die in de belangstelling stonden, maar flessen. Zomaar twee fragmenten uit het dagboek van Jan Jongbloed. Eerst schreef hij dat de vrouw van zijn kamergenoot Piet Schrijvers behalve een paar flessen Cola ook een fles cognac had meegenomen, want 'die is hier niet te betalen': 'Een fles Cola kost hier f. 10,-, kan je nagaan wat de cognac kost.' Enkele dagen later: 'De jongens hebben er lucht van gekregen, dat we een fles cognac op de kamer hebben, dus nu moeten we de kamer afsluiten als we er niet zijn.' Dat zei iets over het verlangen naar sterke drank, en ook over de mate waarin je je medespelers blijkbaar kon vertrouwen.

Op avonden dat het barbezoek was toegestaan, zaten de spelers er graag: beetje kletsen, borreltje drinken. In die gelegenheid onder het terras, een lage, door pilaren gestutte ruimte die zij bereikten door een brede wenteltrap af te dalen vanaf de ontvangstruimte op de begane grond, zaten de jongens gezellig onder elkaar. 'Tot op zekere hoogte lieten wij ze het leven leiden zoals zij dat thuis gewend waren,' wist bondsarts Frits Kessel nog. 'Honderd procent discipline beschouwden we als onhaalbaar.' Dus: 'Op een avond kwam Piet Keizer naar me toe. Hij zegt *dok*, ik ben thuis gewend een cognacje te drinken. Doe maar, zei ik. Ja, zei hij, maar als Michels het ziet dan komen er problemen. Ik zeg, maak je geen zorgen, doe maar.'

Aan tafel stond Michels geen drinkgelagen toe. 'Hij was bang dat spelers die er niet tegenkonden eraan zouden meedoen,' zei Kessel. 'Wat de spelers op hun kamer deden, interesseerde hem veel minder. "Zolang ze maar niet dronken op de training verschijnen," zei hij dan.' Dezelfde houding nam de arts aan inzake het roken. Het mocht van hem, maar niet in het openbaar. Als geen ander kende Frits Kessel de schadelijke gevolgen van nicotine, maar als je het verbiedt, zei hij, 'dan gaan de mannen die trek in een sigaretje hebben toch rustig op het toilet zitten en moet je eerst een half uur de deur openzetten voor de rook verdwenen is.' In Hiltrup kon het zomaar gebeuren dat de bondsarts verwikkeld was in een interview met een radioverslaggever en dat Piet Keizer kwam aanlopen om, zoals *De Telegraaf* schreef, 'achteloos' een sigaretje uit de borstzak van Kessel te halen. De linksbuiten stak hem aan, de dokter keek glimlachend toe en gaf de speler een knipoog.

Beneden in de barruimte hadden de stervoetballers zo hun codes om aan sterke drank te komen. Als Michels in de buurt was, zeiden de spelers tegen elkaar: 'Doe mij maar een telefoontje.' Geheimtaal voor: ik wil jenever of cognac in de cola. En de beveiliging dronk uitbundig mee: Jongbloed herinnerde zich jaren later nog de beschonken toestand van een veiligheidsagent, en Rep zou niet meer vergeten hoe hij en enkele medespelers door een agent het hotel uitgesmokkeld werden, waarna het hele gezelschap, inclusief de agent, ging stappen in Münster, op tien minuten rijden van Hiltrup.

Deze escapades bleven niet altijd onopgemerkt. Carel Akemann kwam een keer ter ore dat drie spelers in Münster waren gesignaleerd. 'Een caféhouder daar vertelde mij dat. Ik zeg, dat kan niet waar zijn. Jawel hoor, zei die man, ze hadden het Nederlandse embleem op hun revers. Uit de signalementen die deze man mij gaf kon ik opmaken wie het waren geweest. Ik heb het Michels nooit verteld. Dat vond ik nergens voor nodig.' Akemann ging zelf nooit mee de stad in. Hij dolde met de spelers, in het hotel, in de kleedkamer, in de bus, op het trainingsveld. De 'pure voetbalman' zoals hij zichzelf beschouwde, was daar altijd voor in. 'Ze zeiden vaak tegen me, hé Carel, ga je mee uit? Maar ik wilde niet weten wat zij uitspookten. Je moet je grens kennen. Een aantal dronk nu eenmaal graag een pilsje. Als de jongens uitgingen, nam ik om halfelf een fles wijn mee naar mijn kamer.'

Misschien was dat naïef, gaf hij toe, 'maar het was allemaal nieuw voor ons, zo'n WK: Deze jongens waren niet met internationaal profvoetbal opgegroeid. Ze hadden het zelf allemaal ontdekt – zonder de professionele begeleiding waar latere generaties van profiteerden. Deze jongens waren behanger geweest, stratenmaker, metselaar: rauwe klanten die je niet zo eenvoudig kon beteugelen.'

Jongbloed, die dertien pakjes sigaretten van huis had meegenomen, zat nogal eens achter in de spelersbus samen met Cruijff een sigaretje te roken. Dan had hij sterk de indruk dat Michels – steevast voorin – zich expres niet omdraaide, om het niet te hoeven zien en om er dus ook niets van te hoeven zeggen. Ook rookte Cruijff in de rust van een wedstrijd heimelijk op de wc. 'Ik regelde sloffen voor hem,' zei Akemann: 'Camel zonder filter. Dat was ook mijn merk. Cruijff maakte in die tijd reclame voor een ander merk, maar dat rookte hij niet.' Cruijff rookte dermate veel – een pakje per dag – dat zijn 'slapie' Johan Neeskens naar de elftalbegeleider liep met de vraag of hij een andere hotelkamer mocht. 'Hij zei, als Johan weer eens niet kan slapen, dan loopt-ie almaar door de kamer te roken en nog meer te roken. Ik heb daar last van.'

Dat verhaal van Neeskens was waarschijnlijk niet overdreven, wist Akemann. Cruijff had wel vaker slaapproblemen. De elftalbegeleider kocht al eens een kussen voor hem omdat de sterspeler moeite had met de kussens van het Waldhotel. De kussens van Krautkrämer waren om de een of andere reden niet prettig voor zijn nek. Akemann zag er eigenhandig op toe dat de fijngevoelige, altijd wat nerveuze Cruijff gedurende het hele toernooi zijn vaste slaapkussentje hield. En Neeskens kreeg een eigen kamer.

In de herinnering van voorstopper Wim Rijsbergen was het 'iedere avond feest'. Zijn collega-verdediger Ruud Krol vatte zijn levenswijze in Hiltrup bondig samen met een eigen, misschien wel freudiaanse variant op een oud gezegde: ''s Nachts een man, 's morgens een man.' En dat kon best, die nachtbrakerij, want: 'Het leeuwendeel van de spelers draaide al een aantal jaren mee en wij wisten dus tot hoe ver wij konden gaan. Die grenzen dienden we zelf aan te geven. Het belangrijkste was dat je de volgende ochtend om halfelf weer je mannetje stond op de training.'

Bij de voetbaljournalist Siegfried Drach oogstten de spelers van Oranje bewondering voor beide aspecten. Drach was de 26-jarige verslaggever bij de grote concurrent van *Bild-Zeitung*, de boulevardkrant *Express,* waarvan de editie in Köln de meest verkochte krant was in het Rijnlandgebied. Hij volgde Ajax al jaren. Het artistieke aanvalsspel van die ploeg deed hem watertanden en hij was dus verheugd dat hij verslag mocht doen van het Nederlands elftal.

Tijdens het WK '74 wisten weinig Duitsers zoveel van de Nederlandse internationals als 'Sigi' Drach: hij logeerde permanent op het hotelcomplex. Rinus Michels had weliswaar verordonneerd dat er geen journalisten in het Waldhotel mochten verblijven, maar hij moet daarbij alleen de Nederlandse pers voor ogen hebben gehad. Achter het Waldhotel bevond zich een carré van appartementen voor het personeel. In een ervan woonde oma Krautkrämer. Voor de duur van het WK had zij die verlaten, zodat haar woning verhuurd kon worden aan journalisten. Daardoor verbleven er permanent drie Duitse journalisten in het hotelcomplex, die dus dicht bij het vuur zaten. Twee van hen waren er puur voor de feiten, onder andere voor het Duitse persbureau DPA. Drach was de enige boulevardjournalist. Hij zag ze rondlopen, de Oranjespelers, hij zag de verveling toeslaan, de aandacht voor meisjes groeien. Hij zag sommigen wodka-lemon drinken in hoeveelheden die hij niet voor mogelijk hield bij topsporters, hij zag ze van alles doen wat Michels verboden had.

Nooit meer zou de *Express*-journalist vergeten wat hem laat op een avond overkwam. Hij liep over de gang toen hij plotseling wc-deuren hoorde dichtslaan. Hij ging het herentoilet in en terwijl hij daar stond te urineren gluurde hij voorzichtig over een muurtje: daar stonden Cruijff, Neeskens en Keizer. Van opluchting bolden zij hun wangen, ze dachten dat Michels aan het controleren was en hen op overtreding van de huisregels had betrapt. Drach had deze drie al jaren het spel zien opvoeren zoals het hoorde, elegant, elkaar de bal door de lucht toespelend – en niet, zoals hij in Duitsland meestal zag, veilig en degelijk over de grond. De aanblik van deze voetbalhelden, als betrapte schooljongens op het toilet, vormde een onuitwisbare indruk. Hij vond het 'ongelooflijk', maar, wist hij, ze knepen er wel vaker tussenuit als Michels sliep.

Op een gegeven avond klampte een ervaren Oranjespeler Drach aan. De speler, van wie Drach de naam geheim wil houden, hield een brief in zijn hand, met een foto: fanmail zoals het Nederlands elftal die dagelijks kreeg toegestuurd. 'Sigi, breng me naar haar toe,' zei de basisspeler. Drach zag het adres op de envelop en riep uit: 'Stuttgart! Dat is vier uur rijden van hier!' De voetballer zei dat dat niet gaf. Hij wilde erheen. Drach weigerde. Het zou hem een slechte naam bij Michels kunnen bezorgen, zei hij. Drach was tot veel bereid. Hij stond zijn appartement tijdelijk af als een speler zich daar met een meisje wilde afzonderen, en hij regelde nog wel eens wat op dat gebied voor de jongens, maar dit ging te ver. Drach hield stand, wat de basisspeler hem zeer kwalijk nam.

Vier uur heen en vier uur terug voor een, nou ja, voor dat dus, en dan de volgende ochtend weer trainen: de hormoonspiegel en de energie van de basisspeler spraken al evenzeer tot Drachs verbeelding als de sportieve inzet waartoe die voetballer vervolgens weer in staat bleek te zijn. Drach vond het geweldige jongens. Want welke journalist maakt het bijvoorbeeld mee dat hij 's nachts op het terras Johan Cruijff tegenkomt, dat hij er moeiteloos in slaagt een praatje met hem te beginnen, zodanig dat Cruijff onder het genot van een broodje salami uit de losse pols een serie voetbalwijsheden oplepelt? Het maandje Hiltrup – dicht op de huid van wat hij de beste voetballers ter wereld vond – zou altijd het hoogtepunt in zijn journalistieke loopbaan blijven.

Een van Drachs collega's, Otto Stubbe van *Bild-Zeitung*, die het Waldhotel vaak bezocht, had plezier om de verbazing van de veiligheidsbeambten als zij weer eens enkele Nederlandse spelers kwijt waren. Mensen die regelmatig in het niets oplosten, konden zij moeilijk bewaken. Stubbe had op zulke momenten wel een sterk vermoeden waar de vermiste voetballers zich schuilhielden: in het appartement van Sigi Drach. Een andere mogelijkheid was dat ze het hotel waren uitgeglipt. Uiteraard was dat ten strengste verboden, maar het gebeurde wel. 'Even de hond uitlaten', noemde Suurbier dat.

Het kwam zelfs voor dat een speler het hotel werd uitgesmokkeld. Mogelijk had Jan Stappenbeld, van *De Telegraaf*, daar dan voor gezorgd. Meer dan welke fotograaf ook investeerde hij in zijn persoonlijke contacten met topvoetballers. Stappenbeld kende ze allemaal, de spelers, de spelersvrouwen, de coaches, de bestuurders, en allemaal kenden zij Stappenbeld. Hij had al hun adressen, hij legde er eer in altijd de eerste te zijn om een pasgeboren voetballersbaby te kieken. En iedereen was bereid iets aparts voor hem te doen: gekke kleren aantrekken, hoedjes opzetten, een groet brengen, je kon het zo gek niet verzinnen of ze deden het voor Stappenbeld, de man voor wie voetballers een *society* vormden die hij met overgave portretteerde.

De spelers kegen er veel voor terug. Als Ajax – *De Telegraaf* was toch vooral Ajax – enkele dagen in het buitenland verbleef, dan zocht Stappenbeld uit waar de spelers ('Jan, heb je nog wat leuks?') de avond na de wedstrijd konden stappen zonder dat het al te zeer in de gaten liep. Hij vond een geschikte locatie en liet de uitbater beloven dat er geen ruchtbaarheid aan werd gegeven.

Ook fungeerde hij als klankbord. Tijdens het WK '74 zat een Oranjespeler in de put. Stappenbeld, die al snel het vertrouwen van de politie had veroverd ('De hoofdcommandant beschouwde mij als een onbezoldigd lid van de beveiliging'), kreeg het al snel voor elkaar dat hij vrijelijk in en uit mocht rijden. Op een avond reden hij en de speler door de slagbomen het terrein af, Stappenbeld achter het stuur, de speler in de kofferbak, om even later halt te houden voor een boerencafé ergens tussen Hiltrup en Münster. Twee uur lang luchtte de speler zijn hart onder het drinken van wat borrels, hij stapte weer in de kofferbak en de auto reed terug naar het hotel.

Rinus Michels is de geschiedenis ingegaan als de man van de discipline, maar in Hiltrup kregen de spelers eerder de impressie dat hij zijn eigen leven leidde. De meeste tijd zagen zij hem nauwelijks. Jan Jongbloed verwonderde zich over de vrijheden die hij en de andere spelers kregen – en gebruikten. 'Iedereen verbaasde zich daarover,' wist Haan nog. 'We deden wat we wilden. Michels zag je eigenlijk alleen maar op de training. Hij wilde duidelijk niet te veel zien, want als je iets ziet en je grijpt niet in, verlies je gezag.' Reserveverdediger Pleun Strik herinnerde zich in *de Volkskrant* dat de supervisor in Zeist vertelde: 'Ik ben maar even uit Spanje gekomen om dit klusje te doen; het is jullie toernooi.' En, voegde Strik eraan toe: 'Die indruk kreeg je daar ook in Hiltrup. Iedereen had een grote eigen verantwoordelijkheid, iedereen had zijn eigen bedtijd. Ik heb heel wat nachten zitten kaarten. Michels lag helemaal aan de andere kant van het hotel. Hij liet ons onze gang gaan. Maar de manier waarop er geleefd werd en met elkaar omgegaan werd, was duidelijk niet zijn stijl.'

Piet Schrijvers, die net als Strik dikwijls ver na middernacht zat te kaarten, 'colaatje-tic erbij', meende dat Michels het best wist, de schendingen van de afspraken, maar dat hij een oogje toekneep zolang de prestaties in orde waren. En daarover had de supervisor niet te klagen. Zeker na een wedstrijd liet hij de spelers vrij. Velen in zijn omgeving vonden die houding getuigen van psychologisch inzicht; Michels begreep dat het goed was de teugels af en toe los te laten. 'De ochtend na een wedstrijd-plus-feest pakte Michels de jongens extra hard aan,' zei elftalbegeleider Akemann. 'Dan liet hij fysiotherapeut Hans Wolff voorop lopen. Die man was marathonloper. "Zo, de jongens lopen het er weer uit," zei Michels dan tegen me.'

Het hoogtepunt van de uitspattingen, van het zondige, van het soort geruchten waarover wel eens stoere verhalen de ronde deden maar die daar in Hiltrup allemaal werkelijkheid schenen te worden, de climax van al die opwinding – misplaatst of niet – vond plaats op zondagavond 30 juni. Over weinig avonden is, althans waar het voetballers betrof, naderhand zoveel gesproken als over deze. De gangmakers waren The Cats. Michels had het een leuk idee gevonden om de verveling onder de spelers te bestrijden met entertainment. Zijn vroegere teamgenoot bij Ajax, Hans Boskamp, inmiddels impresario, kon wel wat regelen. De 42-jarige Boskamp wist waar de jongens van hielden, van The Cats. Cassettebandjes van The Cats waren vaste prik in de spelersbus op weg naar een stadion. Menig liedje werd dan meegezongen, met Suurbier en Neeskens als gangmakers. Als voormalige adjunct-directeur van Bovema had Boskamp de Volendamse popgroep zo gevonden. De band zegde gelijk toe.

Toen de leden van The Cats en Oranje elkaar troffen in het Waldhotel vlogen zij elkaar om de hals. Er was alle reden voor een partijtje: Nederland had zojuist van Oost-Duitsland gewonnen en de muzikanten en enkele voetballers kenden elkaar bijzonder goed. Sociaal gezien waren de Amsterdammers de dominante factor bij het Nederlands elftal – 'Wij waren in de meerderheid, dacht ik,' zei Krol – en sinds eind jaren zestig waren Amsterdam en Volendam steeds dichter tot elkaar gekomen. Bij Ajax speelden twee Volendammers, Arnold en Gerrie Mühren; hun neef Arnold Mühren was de bassist en de drijvende kracht van The Cats. Gitarist en zanger Cees Veerman had zelf behoorlijk goed gevoetbald, hij kende onder anderen Piet Keizer van jeugdteams en hij was bevriend met Neeskens en Hulshoff. Maar hij onderhield ook een warme band met Van Hanegem. Hij kende Cruijff en Keizer zo goed dat hij bepaalde karaktertrekjes decennia later nog kon schetsen aan de hand van hun rookgedrag. 'Cruijff deelde nooit uit, maar bietste wel,' zei Veerman. 'Keizer bietste nooit, maar stond wel altijd uit te delen. Voor de spelersvrouwen had hij een pakje Stuyvesant bij zich, terwijl hij zelf shag rookte.'

Zowel op het Leidseplein als aan de Volendamse haven kon je de zoete harmonieën van The Cats en George Baker Selection dagelijks horen. Beide exponenten van de 'palingsound' hadden een ontwikkeling doorgemaakt van stevige rock naar muziek die commercieel veel meer succes bood en die op de een of andere manier goed aansloot bij de Volendamse traditie van kerkkoren: melodieuze meezingers voor jong en oud. Ajaxspelers als Piet Keizer vertoonden zich op de tribunes van de voetbalclub Volendam. Keizers schoonvader en café-uitbater op het Leidseplein had een zwak voor het katholieke dorp achter de dijk, dat door zijn voetballers en popmusici steeds beroemder werd. Dikwijls gingen de Ajacieden na afloop van een wedstrijd naar een optre-

V.l.n.r. Neeskens, Krol, Van Hanegem, Jansen, Suurbier, Rep, Rijsbergen, Rensenbrink, Haan, Jongbloed, Cruijff

Foto uit: *WM74*, Franz Beckenbauer, Pamir Verlag

Cruijff wordt vóór de zestienmeterlijn getackeld

Foto ANP

Scheidsrechter Taylor aarzelt geen moment

Foto Cor Mooij

Mislukte trap, toch een goal

Foto ANP

Hölzenbein toont zijn specialiteit. Penalty

Foto Horstmüller

En Müller toont de zijne. Doelpunt

Foto Cor Mooij

Een van de vijf grote kansen van Nederland in de tweede helft

Foto Cor Mooij

Foto Cor Mooij

V.l.n.r. Sir Stanley Rous, Walter Scheel, Cruijff, Haan, Rijsbergen, Van de Kerkhof. Daarboven: Van Agt, Van Vollenhoven, Van Doorn, Westerterp, Duisenberg, Van Kemenade

Foto Cor Mooij

Beckenbauer, Maier, Breitner en Grabowski. Het kabinet-Den Uyl klapt mee

Foto ANP

De Jong, Michels, Wil Michels, Den Uyl, Schrijvers, Maya Suurbier: dolle vreugde in de tuin van het Catshuis

Foto ANP

Holland wint de wereldcup, la-lala-la-la-la

den van The Cats. Johnny Rep nam zijn coach Stefan Kovacs wel eens mee en dan had die man een reuzeleuke avond. Nog vaker werd café De Molen bezocht, aan de haven van Volendam. Dikke kans dat zij daar leden van The Cats tegen het lijf liepen, evenals goed ingevoerde journalisten als Maarten de Vos. Wie wilde weten wat er omging in 'het wereldje' ging op zondagavond naar café De Molen.

Het recente verleden van The Cats liep parallel aan dat van Ajax (en Feyenoord): een opmars vanaf midden jaren zestig, gevolgd door een bloeitijd tussen 1968 en 1974. Het was onmiskenbaar een generatiekwestie. De *babyboomers* van de Nederlandse popmuziek, voorzien van *airplay* door hun leeftijdgenoten bij de piratenzender Radio Veronica, en het profvoetbal zaten in een lift die massacultuur heette en die razendsnel omhoog ging.

En, toeval of niet, zowel bij The Cats als bij Ajax hield het opzwellen van de ego's gelijke tred met de onverwachte successen. In beide gezelschappen leidde dat tot conflicten en trauma's. Een maand voor hun optreden in Hiltrup verzorgden The Cats een afscheidsoptreden in Purmerend. Ze hadden genoeg van elkaar – net als de meeste Ajacieden in die periode. Dertig jaar later kon Cees Veerman, held van het eerste uur met onder meer het door hem gezongen uptempo nummer *Sure he's a cat*, nog vol vuur praten over de streken die de held van het tweede uur, zanger Piet Veerman (zanger van de ballade *Lea* uit 1968), hem leverde – bijvoorbeeld door tijdens een optreden, als Cees aan het zingen was, pal voor zijn neus te gaan staan. Ogenschijnlijk kleine dingen waren in de hoofden van de betrokkenen grote dingen geworden, onverdraaglijke, onvergeeflijke dingen. Dat zij nu toch in West-Duitsland nog een keer hun hits kwamen spelen was vooral een blijk van genegenheid voor de voetballers. Bovendien was West-Duitsland de sentimentele melodieën van The Cats nogal toegedaan: de band had er verscheidene hits gehad, en er zelfs een geheel in het Duits gezongen langspeelplaat uitgebracht.

Op zondag 30 juni 1974 zat het hele wereldje voor de verandering niet in café De Molen maar in de bar van het Waldhotel Krautkrämer. The Cats werden betaald door het organiserende *Algemeen Dagblad*, dat er als tegenprestatie goede sier mee mocht maken. Die avond werd het dan ook, en daar was geen woord van gelogen, 'een dolle boel'. 'AD-Knalfuif Met The Cats Voor Oranje', kopte de ochtendkrant trots. De popmuzikanten en de voetbalsterren waren nog niet uitgeknuffeld of Johan Cruijff nam plaats achter het drumstel, en ook spelers als Jansen en Geels probeerden diverse instrumenten uit. Toen The Cats, gehuld in oranje shirts, de avond openden met de megahit *One way wind*, was het of het toch al lage plafond nog verder zakte, zo hard joelden de spelers het nummer mee – net zoals zij dat in de bus gewend waren. De aanwezigen dronken nog meer dan anders. The Cats deelden paling uit. Cruijff schonk Cees Veerman twee shirts. De zoon van de uitbater, Hans Joachim Krautkrämer, die er maar wat graag bij wilde horen, liep enthousiast rond met flessen champagne. Voetballers als Rep en Strik trokken enkele Cats-vrouwen de dansvloer op, wat bassist Arnold Mühren inspireerde tot de opmerking: 'Beste Oranjespelers, we hebben onze vrouwen meegenomen, maar we weten eigenlijk niet of meneer Michels het goedvindt dat jullie er aan zitten. Er zijn namelijk al heel wat elftallen door dit soort zaken de mist ingegaan.' Iedereen moest daar volgens het *AD* hartelijk om lachen.

Dol was het inderdaad, al dat zingen en lachen en dansen en drinken. Niet het soort avond waaraan je snel een einde wilt maken.

In de luwte van het feest vertrouwde Willem van Hanegem aan Cees Veerman toe: 'Wij worden zeker geen wereldkampioen. Vandaag zag je tegen de DDR al sommige spelers naast hun schoenen lopen. Rep bijvoorbeeld, maar er zijn er meer. Geloof me, we halen het net niet.' In die dagen kon je ook Rinus Michels zijn wenkbrauwen zien fronsen. Het winnen van wedstrijden immers begon een beetje gewoon te worden. 'Dat is dus het negatieve,' klonk zijn tenor bijna bedrukt op de televisie. 'Dat het zelfvertrouwen te groot wordt en de scherpe kantjes eraf gaan. Dat is gif voor een team. Dat probeer je dan de dagen voor een wedstrijd te bespelen.'

Om een knalfuif als deze hadden de helden van Oranje gevraagd, het was hun avond, dit hadden zij letterlijk verdiend. Ze hadden vanaf vier uur in de middag een lastige wedstrijd tot een goed einde gebracht. In een kletsnat Parkstadion in Gelsenkirchen was de DDR een bijzondere tegenstander gebleken, eentje die alleen maar verdedigt: het was op z'n

Italiaans, *catenaccio*, maar dan praktisch zonder tegenaanvallen. Van de flair die de Oost-Duitsers hadden laten zien in Hamburg tegen West-Duitsland was niets meer over. (En van de beruchte stormaanvallen waarmee de DDR het Nederlands elftal in de jaren rond 1970 het leven zuur maakte nog minder.) De mannen van trainer Georg Buschner wekten de indruk dat het toernooi er na de 1-0 zege op de decadent geachte *Wessies* nog maar weinig toe deed. De buit – opname in de eregalerij van het reëel existerende socialisme – was al binnen.

Het Oranjeteam kende inmiddels amper nog zenuwen. Vol zelfvertrouwen was het elftal het doorweekte gras opgestapt en iedereen had zich aan de tactische afspraken gehouden. Het was niet in de Oost-Duitse val gelopen. De schaarse openingen die tussen de vele vijandelijke verdedigers gevonden konden worden, hadden, en dat was nog niet eerder voorgekomen, gelijk tot doelpunten geleid. Al na acht minuten scoorde Neeskens uit een flipperkast-aanval, en twintig minuten voor het einde maakte Rensenbrink eindelijk zijn eerste WK-goal. De laatste was een zogeheten binnentikkertje, maar voor de maker van groot belang – hij zou na afloop verklaren dat er een last van zijn schouders gleed op het moment dat de bal de doellijn passeerde. En het leek of Cruijff voelde wat er in de solitaire linksbuiten omging: hij vloog hem om de hals als betrof het de winnende goal in de finale.

Meeslepend was het treffen door de aanhoudende regen en de negatieve tegenstander niet, maar de Oranjespelers zochten na negentig minuten de kleedkamer in de wetenschap dat ze in ieder geval bij de eerste vier zouden eindigen. Nederland bij de beste vier van de wereld: op een dergelijk resultaat had vrijwel niemand gerekend – en zij, de spelers, hadden het allemaal zelf gedaan. Het toernooi – *hun* toernooi – kon vanaf dat moment niet meer stuk.

De hand van de supervisor was natuurlijk merkbaar, vooral in psychologische zin: hij zorgde voor rust en duidelijkheid. Maar in het veld werden de meeste beslissingen door de spelers zelf genomen. Michels was er letterlijk en figuurlijk niet altijd bij. Zowel tijdens de oefencampagne in Zeist als tijdens het toernooi zelf reisde Michels op en neer naar Barcelona. Dat betekende dat hij er gedurende het WK, toen hij Barcelona's twee halve finale-wedstrijden tegen Atletico Madrid en de finale bijwoonde, drie keer een etmaal afwezig was. De trainer die korte tijd later zou worden toegezongen als De Generaal propte zich in een tweemotorig vliegtuigje, achter twee kaartlezers zoals hij de piloten noemde, en bij ieder zuchtje wind moest hij zich vastklampen om zijn evenwicht te bewaren. Het bestuur van FC Barcelona had dit vermoeiende gependel niet van hem geëist, zei Michels. Hij voelde het eerder als een morele plicht om zijn team, dat in het bekertoernooi moest aantreden zonder de niet-Spanjaarden Cruijff en de Peruviaan Hugo Sotil, tot het einde toe te steunen.

Op de dag van Nederland-DDR kwam hij in de vroege ochtend aan met het privé-straalvliegtuigje van Frits Philips, dat hem dankzij bemiddeling van de Brabantse KNVB-bestuurder (en CDA-politicus) Gerrit Brokx ter beschikking was gesteld. Ook zorgde Brokx – die het Philipsconcern aanlokkelijke publiciteit in het vooruitzicht had gesteld – ervoor dat de jet mocht landen op het vliegveld Lohausen bij Düsseldorf, niet zo ver van Hiltrup. Zodoende kon Michels op zaterdagavond Barcelona coachen tijdens de bekerfinale in Madrid (4-0 verlies tegen Real) en op zondagmiddag Oranje dirigeren tegen de DDR.

De jongens van Oranje handelden veelal naar eigen inzicht. Suurbier rende naar voren en bleef daar soms net zo lang als het hem goeddunkte. Rep liep hij dan niet voor de voeten omdat die even voor 'Cruijff' speelde in het centrum van de aanval; Cruijff die op zijn beurt op het middenveld liep, bijvoorbeeld op de plaats van Jansen die deed of hij Suurbier was omdat de echte Suurbier immers tijdelijk was gaan doen of hij Rep was. Maar op een ander moment liep rechtsback Suurbier helemaal op links, en linkshalf Van Hanegem op rechts, en laatste man Haan voorin en linksbuiten Rensenbrink achterin – wat allemaal niet uitmaakte zolang de posities maar bezet bleven. 'Het elftal speelt op een heel ongebruikelijke manier,' verklaarde Francisco Marinho, linksback van Oranjes eerstvolgende tegenstander, Brazilië. 'Iedereen loopt maar kriskras door elkaar heen en als je ernaar zit te kijken, weet je nauwelijks wie de aanvallers en wie de verdedigers zijn. Volgens mij is dit het voetbal van de toekomst.'

Om deze carrousel draaiende te houden was Michels nauwelijks nodig – de spelers gebruikten hun ogen, hun formidabele spelinzicht en handelden daarnaar. Dat konden zij doen omdat de taakverdeling in het veld voor iedereen duidelijk was. En aan de juistheid van de rapporten van Cor van der Hart aangaande de tegenstander twijfelde niemand. Michels hoefde individuele spelers dan ook niet lang toe te spreken. 'Hij vertelt ons echt geen nieuwe dingen,' zei Ruud Krol tegen *VI*, 'maar de manier waarop hij alles overbrengt is verschrikkelijk goed. Kort, maar krachtig. Enorm duidelijk.' Een zwijgzame, mysterieuze trainer als Michels vond hij 'wel passen'. 'Ik geloof ook dat er spelers zijn die daar niet goed tegenkunnen. Als ik een goede wedstrijd heb gespeeld, zegt hij niet: "Oké Ruud." Hij gaat er vanuit dat je dat zelf wel kunt begrijpen. Ik kan daar goed tegen, anderen misschien niet.'

Wat Rijsbergen te horen kreeg, ging nauwelijks verder dan 'mannetje uitschakelen, bal inleveren bij Haan of Cruijff'. Jongbloed organiseerde de verdediging geheel zelf. 'De meeste mensen hebben, naar mijn mening, een verkeerd beeld gekregen van de manier waarop Michels optrad,' zei hij tegen *Nieuwe Revu*. 'Bijvoorbeeld in mijn geval denken ze nog steeds dat Michels op een dag heeft gezegd: Jan, jij moet als een soort libero achter de verdediging spelen. Veelvuldig en ver uitlopen dus. Dat is absoluut een misvatting.' Want de doelman en de supervisor hebben elkaar in die hele periode 'maar een paar keer' gesproken en 'dat waren korte gesprekken'. 'Tegen mij zei hij: jij speelt! En dat was het! Het doornemen van de tactiek deden we voor een belangrijk deel zelf.'

Michels zorgde voor gezag en structuur, zowel op als buiten het veld; Cruijff voor de speltechnische details. Dat bleek alleen al bij de instructies voor Arie Haan. 'Michels heeft in die weken amper met me gesproken,' zei hij. 'Hij keek alleen maar of het goed ging. Degene die veel tegen me praatte, was Cruijff – in het veld.'

Juist omdat Michels' voorbereidingstijd extreem kort was – hij was pas een maand voor aanvang van het WK volledig beschikbaar – legde hij de verantwoordelijkheid meer dan gewoonlijk bij de spelers. 'Er zat niet veel anders op,' zei Michels. 'Dit was een generatie voetballers die dat aankon, anders hoef je er niet aan te beginnen. En natuurlijk kwam het goed van pas dat er een speler als Cruijff bij liep. Maar het oorspronkelijke idee om in deze mate op de aanval te spelen, pressie uit te oefenen, kwam van mij. Het leek mij interessant om te zien of we daar de tegenstanders mee konden verrassen. In de voorbereiding heb ik de middenvelders uit en te na verteld wat zij moesten doen. Keer op keer heb ik ze gewezen op het belang dat iedereen zijn taken zou uitvoeren, omdat we anders achterin in de problemen zouden komen. Daarbij waren Cruijffs tactische inzichten mooi meegenomen. Zeker omdat zijn interesse veel meer bij aanvallen lag dan bij verdedigen. Ook voor zijn eigen spel maakte hij daar veel gebruik van.' Cruijff was de enige speler met wie Michels veelvuldig overleg pleegde.

De meester-organisator Michels zorgde voor teamgeest, voor vertrouwen, voor conditie en voor afspraken die hij gewoontegetrouw in korte, heldere zinnen overbracht, overtuigd als hij was van de beperkte intelligentie van voetballers: Haan wist dat hij sober moest passen; Suurbier moest zijn mannetje uitschakelen en zijn momenten kiezen om naar voren te rennen; Rensenbrink wist dat hij niet mocht pingelen en dat hij zijn directe tegenstander moest afstoppen; Neeskens moest vanuit het middenveld 'diep' gaan; Jansen moest controleren, gaten vullen; en Van Hanegem was geheel doordrongen van het feit dat hij de regie in het veld moest overlaten aan de man om wie alles draaide, om Cruijff.

De aanvoerder had een moeilijke middag – de Oost-Duitse verdediger Konrad Weise zat hem continu op de hielen. Cruijff was daardoor niet zo pregnant in beeld geweest met zijn *rushes* en passeerbewegingen als anders. Wel had hij ook nu onmiskenbaar de leiding. Tegen de DDR zag je hem gewoontegetrouw maar zelden níéts doen. Als er geen bal in de buurt was, of als die zich even buiten het speelveld bevond, gebruikte hij die seconden om medespelers toe te spreken. Cruijff was altijd bezig. 'Dat was uniek,' zei Michels, doorgaans niet zo gul met complimenten, in *De Leeuw en de kater*: 'Je met de rest op het veld bemoeien zonder dat jouw eigen spel eronder lijdt.' Want: 'Het was steeds wachten op creatieve momenten van Cruijff. Daar kun je ook als trainer van genieten.'

Cruijff regelde de zaakjes voor Michels, wist iedereen, soms zodanig dat ook Michels amper begreep waarom en waartoe. Bondsarts Frits Kessel hoorde de supervisor naast hem op het reservebankje wel eens mompelen, als Cruijff de boel in het veld omzette: 'Wat is-ie nou weer aan het doen?' Reservedoelman Piet Schrijvers, die gedurende het hele

WK-toernooi naast hem op het bankje zat, heeft Michels niet één keer nerveus gezien. 'Tijdens de wedstrijd zei hij nooit veel,' herinnerde hij zich. 'Hij wist dat Cruijff ervoor zorgde dat de instructies werden opgevolgd.' Cruijff was de baas op het veld, een positie die hij volgens Rep onder meer kon bestendigen doordat hij te allen tijde bereid was een eigenwijze teamgenoot 'kapot' te maken. 'Hij speelde de bal gewoon zodanig naar je toe dat je er niet bijkon en dan schold hij je uit,' zei de rechtsbuiten. Voor Michels vormde dit *law and order* op het veld een geruststellende gedachte.

Tegen de DDR zocht Cruijff zijn heil in het 'meetrekken' van zijn irritante, want niet-aflatende bewaker Weise uit de verdediging, opdat medespelers in het daardoor geschapen 'gat' zouden duiken. Die gaten waren bijzonder weinig ontstaan. Maar ook het taaie team van de Duitse Democratische Republiek werd met een verbluffende zelfbewustheid opzijgeschoven. Mocht het tot een finale Nederland-West-Duitsland komen, stelde NOS-commentator Koen Verhoeff tijdens de wedstrijd, dan wisten sommige Duitse media al wie Cruijff zou bewaken: Berti Vogts. Deze verdediger van Borussia Mönchengladbach stond bekend als de beste mandekker van zijn land, een bijter die nooit losliet, nog vasthoudender en geconcentreerder – en als het moest gemener – dan Konrad Weise van de DDR. Verhoeff maakte zich daar echter allerminst zorgen over: 'Niemand kan Johan Cruijff in deze vorm uitschakelen. Ook Vogts niet, met z'n harde overtredingen.'

Toch was het opnieuw Nederland dat de meeste overtredingen maakte: twintig, tegen acht van de DDR. Een feit waar je Verhoeff niet over hoorde. Wél over het statistische gegeven dat Nederland (na Polen) tot dan toe van alle ploegen de meeste keren op het vijandelijke doel had geschoten. Maar echt grof was Nederland deze keer niet geweest, constateerde zelfs Ben de Graaf de volgende ochtend. De ploeg had zichzelf in Gelsenkirchen 'aardig onder controle'. 'Het schijnt dat Michels zijn mannen, die van alle deelnemers aan de tweede finaleronde het hoogste aantal overtredingen op hun creditrekening hebben staan, heeft doordrongen van de noodzaak zich wat in te tomen,' schreef hij. De voetballers uit de DDR, die hij bij eerdere gelegenheden – conform de linkse tijdgeest van begin jaren zeventig – loftuitend omschreef als 'sportieve' en 'eerlijke arbeiders', de 'overalls' die het met 'zwier' opnamen tegen de 'dure pakken', de 'volgevreten kapitalisten' uit het Westen, die Oost-Duitsers hadden het met hun defensieve spel ook bij De Graaf van *de Volkskrant* verbruid.

Net als Verhoeff genoten de tienduizenden Oranjefans in hun gele oliejacks en onder hun rood-wit-blauwe paraplu's met volle teugen van het Hollandse optimisme, van de haast drogerende wetenschap dat Nederland minimaal tweede zou worden in zijn poule en in het weekend dus sowieso naar München zou gaan: voor de strijd om de derde plaats op zaterdag of voor de finale op zondag. Ze zaten in de stromende regen. De meesten van hen hadden alle mogelijke moeite moeten doen om een kaartje te bemachtigen voor iets wat bij nadere beschouwing een glijpartij zonder sportieve hoogtepunten bleek te zijn. Maar zij maakten nu toch maar mooi deel uit van de almaar naderende, suikerzoete zekerheid dat Nederland de Zilvervloot al binnen had en nu ook vast de wereldcup ging winnen.

Het was in deze euforische stemming dat de avond in de bar van het Waldhotel voorbijgleed. Hoewel, gleed: de juichstemming verliep niet zonder incidenten. Er was het geval-Van der Hart en er was het geval-Cruijff. Beiden hebben later hun geval bij hoog en bij laag ontkend. Tot in de volgende eeuw zou Van der Hart zeggen dat hij die avond helemaal in z'n eentje op zijn kamer doorbracht. Vele omstanders spreken dit tegen en beweren dat zij hem tijdens de knalfuif wel degelijk hebben gesproken en hem allerlei dingen zagen doen. Sterker, 'Corrie' wekte aanvankelijk de indruk dat hij de tijd van zijn leven had. De verslaggever van het *Algemeen Dagblad* noteerde dat Van der Hart samen met onder meer die andere assistent-coach, Fadrhonc, aan een tafeltje zat en dat hij 'af en toe, en iedere keer volkomen onverwacht met een luide schreeuw zijn glas champagne omhooghield'.

Cruijff op zijn beurt meende dat zijn geval niet kan hebben plaatsgevonden, omdat het onmogelijk was, technisch niet uitvoerbaar. Zijn geval was een complot bedacht door derden, zei hij, een verzinsel met de bedoeling hem en zijn medespelers uit hun evenwicht te halen.

Beide gevallen kunnen dus uitsluitend gereconstrueerd worden op basis van wat anderen hebben gezien. Wat de kwesties verder gemeen hebben is dat ze een negatieve invloed hadden op de laatste en belangrijkste WK-wedstrijd van het Nederlands elftal.

In de herinnering van Hans Boskamp begon het geval-Van der Hart tijdens het diner. Maar misschien begon het veel eerder, een kleine dertig jaar eerder al, tegen het einde van de oorlog. De net zeventienjarige Cor van der Hart keek uit het raam van de derde etage bij het Oosterpark in Amsterdam. Hij zag dat zijn vader, die bouwvakker was, stond te praten bij een op kolen gestookte vrachtwagen. De chauffeur drukte het gaspedaal in, waarop de vrachtwagen plotseling explodeerde. Cor zag hoe zijn vader schuivend op zijn billen probeerde weg te komen. Van der Hart senior verloor zijn been en een week later zijn leven. De aanblik van zijn ontredderde vader, en de tocht naar de begraafplaats precies op bevrijdingsdag, en iedereen maar feesten terwijl de familie Van der Hart in diepe rouw verkeerde: aan deze tragedie heeft de voetballer annex trainer 'wel een tikkie' overgehouden, vertelde hij. Dat tikkie was natuurlijk een geestelijke mokerslag, met een litteken voor de rest van zijn leven.

In ieder geval had Van der Hart in 1974 een kwaaie dronk, dat was geen geheim. Voor de ogen van de ex-voetballer, ex-platenmaatschappijdirecteur en acteur/entertainer/impresario Hans Boskamp doemde decennia later nog het beeld op van een lange tafel in Hiltrup, en van Cor van der Hart die het schuim uit een fles champagne laat vloeien over de jurk van de echtgenote van hoofdcommandant Günther. De Duitser werd woest, hij kreeg ruzie met Van der Hart. In het beeld van Boskamp deinsde die grote Van der Hart – het rauwe type dat voor niemand ontzag koesterde – er niet voor terug de hoofdcommandant met de fles te bedreigen.

Later op de avond zat Van der Hart in de gang een borrel te drinken met Cees Veerman van The Cats. Veerman kon goed met Van der Hart overweg. De gitarist/zanger met de gekleurde brillenglazen wist wat drank met iemand kon doen – hijzelf was slecht bestand tegen hoge alcoholpercentages en hij nam die dan ook zelden tot zich. Als kind van de jaren zestig was Veerman een echte blower: na een optreden trok hij zich doorgaans terug met een gitaar en een stickie. Hij wist wel hoe hij Van der Hart moest aanpakken – door contact te houden. 'Cor mocht mij graag,' herinnerde hij zich. 'Dankzij mijn betrokkenheid bij de voetbalclub Volendam kwam ik hem wel eens tegen in Zeist en dan deed hij altijd erg aardig tegen me.'

Na de laatste toegift zaten zij samen op een bankje. De voetbalcoach dronk whisky en Veerman, geheel tegen zijn gewoonte in, dus ook. Het was al laat. Veerman zei dat hij naar bed ging, waarop Van der Hart een fles beetpakte en hem vervaarlijk de lucht in stak, als een wapen. 'Je blijft hier!' De muzikant ging toch.

Weer later kwam ook de Duitse journalist Sigi Drach in aanvaring met Van der Hart. Als 'hotelgast' was het voor Drach een eenvoudig kunstje aan het feest deel te nemen. Het incident voltrok zich aan de bar. De vrouw van Cats-zanger Piet Veerman was erbij betrokken, er was een hand die over haar rug ging, iets waarvan zij niet gediend was, er was sprake van aandacht die de een wel en de ander niet van haar kreeg, en hoe het ook kwam, een tijdje later meende Cor van der Hart voldoende reden te hebben om Sigi Drach in kennelijke staat op te wachten bij de trap. Hij viel Drach aan. Nu was ook de *Express*-verslaggever vrij lang, maar toch waren twee mannen (in de herinnering van Drach: Pierre van den Akker en Frits Kessel) nodig om hem te ontzetten. De KNVB'ers namen Van der Hart mee naar zijn kamer. Daar stond een volle fles champagne.

Op het moment dat Van der Hart zijn raam opende, met de bedoeling de fles in razernij naar buiten te gooien (waarmee het geval-Van der Hart een climax vond die sommige voetbaljournalisten nog jaren aan elkaar zouden vertellen, maar nooit aan het publiek), op dat moment was ook het andere geval, het geval-Cruijff, in volle ontwikkeling. Het geval-Cruijff begon ergens halverwege de avond. Iedereen was nog vrolijk, op het uitzinnige af, want ze hadden van Oost-Duitsland gewonnen en ze zaten bij de laatste vier en ze gingen nog heel veel winnen, misschien wel de wereldbeker. Van Michels mochten op avonden na gewonnen wedstrijden de regels worden overtreden – iets waar menigeen met overgave aan bezig was. Voor zijn part gingen de spelers helemaal niet naar bed, als ze er de volgende wedstrijd maar stonden. De maandag zou een vrije dag zijn – een soort weekend lag voor de boeg. De zoon van de eigenaar, Hans Joachim Krautkrämer, ook helemaal blij, wilde deze feestavond vastleggen. Met overgave liep hij links en rechts foto's te maken. Volkomen onschuldig, vond hij zelf.

Johan Cruijff dacht daar heel anders over. Een flitslicht trof hem en een dame naast hem aan tafel tegelijkertijd. Er was niets aan de hand met die dame, niet eens een flirt, wist Krautkrämer ook vele jaren later nog zeker. De vrouw hoorde bij een groep plaatselijke notabelen met wie Cruijff een tafel deelde. Maar de sterspeler was zich op zijn 27ste jaar terdege bewust van het effect dat een foto van hem kon hebben in de massamedia; hij profiteerde daar financieel al jaren van. Maar ook de keerzijde van die uitstraling kon uiteraard enorm zijn. Een foto van hem met een onbekende dame was zo'n keerzijde. Een dergelijke foto kon nogal desastreus uitpakken voor zijn huwelijk, om eens wat te noemen, een huwelijk dat op dat moment niet in grote bloei verkeerde. Ingrijpen was noodzakelijk. 'Hij liep me achterna en schold me uit,' zei Krautkrämer. 'Ik schold terug. Het kon me niets schelen dat iedereen naar ons keek, hij had zich niet met mijn zaken te bemoeien. Ik kende die vrouw helemaal niet, ik vond dat er niets aan de hand was. Cruijff wilde dat ik de film aan hem afstond. Dat weigerde ik. Hij achtervolgde me tot in de keuken, maar hij heeft de film niet gekregen. Daar, in de keuken, heeft mijn vriendin toen bemiddeld. Zij stelde Cruijff gerust, ze zei dat er niets met de foto's zou gebeuren.'

Hans Joachim Krautkrämer had een kamer in het hotel van zijn ouders, op de eerste etage. Het vertrek was ingericht als huiskamer, met een sofa en een barretje. Daar zat hij later op de avond, de klanken van The Cats waren al lang weggestorven, nog wat te drinken met zijn vriendin, twee van haar vriendinnen en enkele Oranjevoetballers. Na een tijdje voegde Johan Cruijff zich bij het gezelschap. 'Hij en ik gaven elkaar een hand,' zei Krautkrämer. 'Het was over.' Zoals dat gaat met mensen van halverwege de twintig die een slok op hebben: stil was het niet. Er werd luid gepraat, popmuziek van de Bee Gees klonk uit de luidsprekers. 'Er kwam een klacht bij de receptie,' zei Krautkrämer tegen *de Volkskrant*. 'De gast in kamer 111 had last van de herrie. Ik ben ernaartoe gegaan en heb gezegd: stiller wordt het niet. Je kunt dus kiezen, meefeesten of hier blijven. Toen hij eenmaal zag wie erbij waren, besloot hij mee te doen.'

De gast van kamer III, enkele schreden verwijderd van Krautkrämers vertrek, had opvallende, enigszins uitpuilende ogen en hij heette Guido Frick. Hij was sportverslaggever van de *Stuttgarter Nachrichten*, en daarnaast bekwaamde hij zich in de schilderkunst, waarvan hij in de jaren negentig zijn beroep zou maken. Anderen vonden dat Frick er met zijn lange haar ook een beetje als een kunstenaar uitzag. Toch slaagde hij erin het Waldhotel in Hiltrup binnen te dringen. De manier waarop dat ging, was geheel in tegenspraak met de officiële veiligheidsregels. Zoals ieder ander meldde Frick zich bij de receptie, direct na de ingang rechts. De receptioniste vroeg of hij journalist was – maar op een toon waaruit hij onmiddellijk opmaakte dat het beter was een andere professie te noemen. Frick zei dat hij vertegenwoordiger was in *Spetzle*, Duitse pasta, op doorreis naar Hamburg. (Hiltrup lag vlakbij de *Autobahn* van Dortmund naar Hamburg.) De receptioniste geloofde hem en beloofde de sleutel voor een kamer op de eerste etage te geven. Toen hij 's avonds kabaal hoorde, liep hij naar beneden. Men vertelde hem dat de Nederlandse voetballers beneden in de barruimte een feestje hielden.

Hij ging er kijken en zag een gezelschap in jubelstemming. Frick kreeg de indruk dat de aanwezigen een partij vierden alsof zij al wereldkampioen waren, zo uitbundig ging het toe. De Duitse journalist verbaasde zich daarover. Hij was ingezetene van een land waar sportprestaties pas gevierd werden nadat de beker was overhandigd, geen seconde eerder. 'Op deze manier worden zij nooit wereldkampioen,' dacht hij. Bij de spelershotels van de DDR en Brazilië was hij geweest, maar, zei hij: 'Daar kwam je echt niet bij. De Brazilianen kwamen naar buiten om met de pers te praten. Journalisten mochten niet naar binnen. Bij de DDR was het net zo. En daarnaast viel al dat drinken en roken mij wel erg op: ook de Brazilianen gedroegen zich *locker*, maar over toestanden zoals bij de Hollanders hoorde je niemand.'

Het zal halftwee in de nacht zijn geweest dat 'vertegenwoordiger' Frick de kans kreeg aangeboden met de voetballers kennis te maken. Hij wist niet wat hem overkwam, hij adoreerde hen als popsterren. 'Johan Neeskens, Johan Cruijff, John Rep, Arie Haan… jongen, dat waren de voetballende Beatles van de jaren zeventig,' zei hij tegen *Aktueel*. Nederland speelde tijdens het WK verreweg het meest opwindende voetbal, wat voor hem de reden was om zijn aandacht van de DDR, die hij al weken volgde, naar deze ploeg te verleggen. Zeker na de 2-0 nederlaag tegen Nederland was het boeiende van de DDR er wel af.

Frick, steeds op zoek naar het 'andere' voetbalverhaal, herkende in de kamer van Krautkrämer een stuk of zeven Oranjespelers, onder wie Cruijff. Hij besloot meteen maar naast de beroemdste van allemaal plaats te nemen. Cruijff zat aan het barretje, met zijn rug naar het gezelschap. Nadat zij een tijdje hadden zitten babbelen, waarbij Frick er speciaal op lette niet al te nieuwsgierig te zijn (maar slaagde daar kennelijk onvoldoende in), keek Cruijff hem vragend aan: 'Je bent toch niet van de pers?'

De man met de uitpuilende ogen vertelde dat hij pastavertegenwoordiger was en legde hem uit wat *Spetzle* waren. Hij verbaasde zich over zowel de drie whisky's die 's werelds beste voetballer achteroversloeg als de tien sigaretten die Cruijff in het tijdsbestek van een uurtje van hem bietste. 'Merkwaardig,' dacht Frick, 'zoveel geld verdienen en dan zo gemakkelijk sigaretten van een ander aannemen.' Maar het deerde hem niet, daarvoor was hij te zeer onder de indruk van het schouwspel om hem heen. Met naast hem de 'onafgebroken' rokende stervoetballer en achter hem andere Nederlandse spelers die wat op de sofa hingen, of een beetje dansten, waarbij sprake was van – onschuldig – lichaamscontact met de drie meisjes: Frick besefte dat dit bijzonder interessant materiaal kon zijn voor een verhaal in de krant. Dit was niet zomaar een 'ander' voetbalverhaal, dit was een primeur van de meest opwindende soort. Nederland was tijdens het toernooi op ieders lip als de uitblinkende ploeg, en in de Duitse pers gold al geruime tijd dat alles wat *Superstar* Cruijff aanging interessant was. En het werd nog veel interessanter.

Cruijff stelde voor te gaan zwemmen. Blootsvoets (om de andere hotelgasten niet te wekken) en met flessen *Sekt* onder de arm gingen de overgebleven voetballers Cruijff, Rensenbrink, Strik en Schrijvers, alsmede de *undercover*-journalist en de drie meisjes naar de kelder – en dan weer een wenteltrap op, naar de *Bäder-Abteilung* die Ben de Graaf zo goed kende. Deze keer gingen de kleren wel uit en iedereen sprong naakt in het water.

Het was een mooi zwembad, twintig bij zes meter, met aan de muur een metershoog, kleurrijk mozaïek dat vermoedelijk een vis voorstelde. Aan de ene korte zijde boven het bad vijf ronde ruiten van matglas, daar recht tegenover een glazen wand met uitzicht op het meer. Ligstoelen en spiegelende pilaren verhoogden de suggestie van afgeschermde en veilige, haast tijdloze luxe.

Hoewel Guido Frick goed oplette om te zien of er iets spannends gebeurde tussen de spelers en de meisjes, kon hij niets bijzonders ontdekken: hooguit wat darren en spartelen en kirren, meligheid tussen aangeschoten twintigers. Men hing zo'n beetje aan de rand van het bad en spartelde wat en flirtte wat, meer was het niet. Om niet op te vallen, spartelde Frick duchtig mee en deed of ook hij onbedaarlijke lol had.

Omstreeks vier uur ging Frick naar bed, helemaal vol van de curieuze gebeurtenis waar hij deel van had uitgemaakt. De rest keerde terug naar de kamer van Krautkrämer. Even later meldden zich daar Arie Haan en Johan Neeskens, net terug van een nachtelijk avontuurtje in Münster. (Ook Wim Rijsbergen en Jan Jongbloed waren het hotel uitgeglipt – ze waren nota bene door een politiebusje weer teruggebracht nadat zij in een of ander dorp waren gestrand.) Haan en Neeskens hadden een stap in de wereld gezet, zoals Haan dat noemde. Hoewel het verboden was het hotel te verlaten, hadden de twee – die een hotelkamer deelden – een veiligheidsbeambte overgehaald hen door te laten. De man had als voorwaarde gesteld dat hij met ze mee uit zou gaan. Kennelijk was de aantrekkingskracht van een avondje stappen met twee Nederlandse voetbalhelden groter dan het – toch typisch Duitse, zou je zeggen – plichtsbesef. 'Of we van Michels weg mochten, wisten we niet,' memoreerde Haan in *Arie Haan, genoeg gelachen.* 'We zagen hem alleen bij de besprekingen en bij de maaltijden.'

Net toen het drietal weer bij het Waldhotel terugkeerde, landde de volle champagnefles van Cor van der Hart naast hen op de parkeerplaats. 'De klap was oorverdovend,' vertelde Haan. 'We schrokken ons te pletter. We ontdekten dat in het appartement van de zoon van de hoteleigenaar een feestje aan de gang was. We waren nog niet moe, dus gingen we daar een slokje drinken. Het viel ons op dat een aantal jongens natte haren had. Maar zij gaven geen verklaring hoe dat was gekomen. Het interesseerde ons ook niet. Wij hebben daar tot in de kleine uurtjes gefeest. Bij het ochtendkrieken ben ik gaan slapen en dromen van de komende finale.'

Na een korte nachtrust belde Guido Frick zijn chef bij de *Stuttgarter Nachrichten.* Bij nader inzien twijfelde hij of hij deze privé-party wel tot nieuws moest verheffen. Frick had er slecht door geslapen, hij voelde zich toch een beetje schuldig over de leugen die hem getuige had laten zijn van iets wat niet voor hem was bestemd. Zijn chef daarentegen overtuigde hem van het feit dat zijn ervaring aantoonde hoe slecht het met de beveiliging was gesteld. Zelfs de toenadering tot Johan Cruijff – een potentieel doelwit voor ontvoerders – was welbeschouwd kinderlijk simpel geweest. 'Dat is belangrijk nieuws,' vond zijn chef in Stuttgart. 'Ik wil het zo snel mogelijk hebben. Je moet je verhaal vandaag nog schrijven, dan staat het er morgen in.'

Bij de receptie van het Waldhotel ontmoette Frick zijn collega van *Bild-Zeitung*, de eveneens in Stuttgart werkzame Klaus Schlütter. 'Heb je al gehoord wat er vannacht is gebeurd?' vroeg Frick. Schlütter vond het meteen een 'prachtverhaal', temeer daar er tot dan toe tijdens het toernooi bedroevend weinig spannends was gebeurd. Schlütter bood vijfhonderd mark als *Bild* het op eigen gezag mocht publiceren. Frick ging akkoord. De twee boulevardjournalisten zetten zich op een hotelkamer achter een schrijfmachine en begonnen te tikken. Maar het artikel was nog niet doorgegeven aan de *Bild*-redactie in Hamburg of Cruijff was al op de hoogte van het gevaar dat dreigde. Erg ingewikkeld was het niet daarachter te komen – Frick was zo opgewonden over zijn *scoop* dat hij er hardop met anderen over sprak. Cruijff zag Otto Stubbe, de rossig gebaarde *Bild*-verslaggever die Nederland al langer in portefeuille had en daardoor een bekende figuur was voor de spelers, en klampte hem aan. 'Haal dat artikel eruit,' zei hij.

'Dat kan niet,' antwoordde Stubbe, aan wie het verhaal al was voorgelezen door een collega in Hamburg. 'Het wordt al gedrukt.' Vervolgens kreeg Cruijff de pastavertegenwoordiger met de uitpuilende ogen in de gaten. Hij vloog op hem toe, met drie, vier man in zijn kielzog. 'Wat heb je opgeschreven?' vroeg Cruijff.

'Gewoon, wat er is gebeurd,' antwoordde Frick.

'Wat is er dan gebeurd?'

'Dat weet jij heel goed, je was er zelf bij.'

Frick werd dringend verzocht mee naar beneden te gaan. Hoewel hij zonder geweld werd meegenomen, was hij, eenmaal aangekomen in de kelder, er zeker van dat Cruijff hem zou aanvliegen. 'Ik zei hem nogmaals dat het toch zeker waar gebeurd was,' herinnerde Frick zich. 'En Cruijff wees mij op de gevolgen voor zijn gezin.' De Oranjespits stond wild te gebaren en moest door omstanders worden tegengehouden. Gelukkig voor Frick kwam er een cameraploeg aan, en kon hij de benen nemen. Wel werd hij ogenblikkelijk het Waldhotel uitgezet. Terwijl hij met zijn inderhaast gepakte tas wegliep, zag hij over zijn schouder hoe Rinus Michels achter een raam druk gesticulerend en, naar het idee van Frick, verwijtend op Cruijff inpraatte.

Op dinsdag 2 juli publiceerde *Bild-Zeitung* het artikel dat je in ieder geval tot het einde van de twintigste eeuw kon omschrijven als het meest aangehaalde, en verhoudingsgewijs minst gelezen krantenartikel in de Nederlandse sportgeschiedenis. Er is veel onzin over verteld. Het zou op de dag voor de finale zijn geplaatst, het zou op de voorpagina hebben gestaan, het zou vergezeld zijn gegaan van een pikante foto, de inhoud zou ik-weet-niet-wat hebben behelsd. In werkelijkheid stond de onthulling op de vijfde pagina, onder de legendarische, acht kolommen brede kop '*Cruyff, Sekt, nackte Mädchen und ein kühles Bad*'.

Het was een betrekkelijk korte verhandeling, met daarnaast een grote foto van de Braziliaanse keeper Leao die wordt gepasseerd na een Argentijnse vrije trap. Geen foto's van welk zwembad dan ook. Om de connecties van de *Bild*-verslaggevers met de Nederlandse equipe niet verder te verslechteren, was gekozen voor een gefingeerde auteursnaam: Andree Hiller. 'Het begon met een Beat-Party,' aldus 'Hiller'. 'Daarna volgden tedere omarmingen bij een schemerige barverlichting. Na een hevige strijd om superster Johan Cruijff begaf iedereen zich naar het zwembad. Daar werd poedelnaakt een verzoening gevierd.' Daaronder het verslag van de whiskyglazen waarmee de sterren met 'vlotte meisjes' op het '*heisse*' ritme van The Cats dansten; de 'diepe blikken' tussen Cruijff en een 'roodharige onbekende', het flitslicht, de ruzie tussen Cruijff en Krautkrämer, het verzoeningsdrankje op de kamer van de zoon van de hoteleigenaar, de drie *knusprige Mädchen*, het knallen van champagneflessen in het zwembad waarna 'koning Johan en zijn gevolg' zich weer terugtrokken.

'Precies vier uur later, om elf uur,' besloot de gewraakte reportage, 'trainden de levenslustige Hollanders weer, alsof er niets was gebeurd. De selectie van Rinus Michels heeft werkelijk een *Bomben-Kondition...*'

Op diezelfde dinsdag deed Guido Frick een gelijksoortig relaas in zijn eigen krant *Stuttgarter Nachrichten.* Hij deed het deze keer onder zijn eigen naam, zelfs met zijn pasfoto, maar slechts op bladzijde veertien. Ook nu logen de suggestieve passages over het feest met de *Spitzenband* The Cats en het zwembadincident er niet om. Onder de kop 'Superstar Johan Lud Zur Nacktparty' schreef Frick dat de *WM-Stars* zich te buiten waren gegaan aan de mix-drankjes Cuba libre (Cola met rum) en wodka-jus d'orange, die toen in de mode waren. In dit '*Cruijff-Interview im Adamskostüm*' – dat natuurlijk geen echt interview was omdat de *Superstar* meende een blote pastavertegenwoordiger tegenover zich te hebben – gaf Cruijff aan dat hij over vier jaar zou stoppen met profvoetbal, omdat hij dan 31 jaar was. Hij maakte zich zorgen over zijn hart, zei hij: de *Dauerstress* van de topsport wilde hij niet nog langer laten voortduren. Bovendien moest hij aan zijn vrouw en drie kinderen denken. Ten slotte was Cruijff ervan overtuigd dat Nederland wereldkampioen zou worden. Ook als West-Duitsland de tegenstander zou zijn in de finale, zou dat geen belemmering betekenen, wist hij. 'Wij spelen eenvoudig het beste voetbal.'

9. Oorlog

De laatste week van het Nederlandse verblijf in Duitsland was niet de kalmste. Het zwembadincident vond plaats in de nacht van zondag op maandag; de onthullingen daarover in *Bild* werden gepubliceerd op dinsdag, en tussendoor was er op maandag nogmaals een feestavond. Goochelaar Fred Kaps, imitator Robert Paul, zangeres Rita Corita, acteur Lex Goudsmit, Willy en Willeke Alberti, Lenny Kuhr, Johnny Jordaan – de halve Amsterdamse *scene* was naar Hiltrup gevlogen teneinde het Nederlands elftal onder begeleiding van het kwartet van Tonny Eyk een hart onder de riem te steken.

De organisatoren, *De Telegraaf* en de TROS, pakten de dagen daarna flink uit met een paginagrote fotoreportage door Jan Stappenbeld ('Holland In Hiltrup'), inclusief een ruime aankondiging op de voorpagina ('Oranje Oefent Lachspieren'), en met een televisieverslag. Op de foto's van Stappenbeld gieren Cruijff en Lenny Kuhr het uit; Jongbloed en Suurbier doen lekker gek met Rita Corita, en chef sport van *De Telegraaf*, Anton Witkamp, werd, je kon erop wachten, onder algemene hilariteit met kleren en al in het zwembad gegooid. De TROS filmde Willy Alberti die *Louise, zit niet op je nagels te bijten* opvoerde, en toen de Amsterdamse volkszanger *schep vreugd' in het leven, zet de zorgen aan de kant* door de barruimte liet schallen, zongen Michels en Cruijff dat naar hartelust mee. Op de tonen van *If I were a rich man* bromde Lex Goudsmit *Als ik toch eens rijk was* en natuurlijk werd ook het brabbelnederlands van Fadrhonc geïmiteerd. Het onderwerp van de imitatie was iets wat je al haast de rode draad van het verblijf in Hiltrup kon gaan noemen – seks. Op de vraag hoe het met de seksuele begeleiding van het Nederlands elftal was gesteld, antwoordde 'Fadrhonc' met een rollende Tsjechische 'r': 'Ik zeg zo, wanneer zij maken een nummer, dan op het veld en niet in hun bed.' De echte Fadrhonc moest er hartelijk om lachen.

Het was een avond van winnaars. Het publiek bestond uit winnaars, de organisatoren waren winnaars. De TROS had als jonge omroep een verleden achter zich van louter winst. De stichting van voormalige Noordzeepiraten had in luttele jaren het omroepbestel van binnenuit speldenprikken gegeven door jaarlijks leden van de oude omroepen af te snoepen en zendtijd te veroveren – resulterend in de A-status in 1973. Door pretentieloos amusement uit te zenden, daarmee indruisend tegen de mores van de oude zuilen, paste de TROS veel beter bij de nieuwe tijdgeest dan bijvoorbeeld een katholiek instituut als het dagblad *De Tijd*. De TROS won, *De Tijd* verloor. Sportverslaggever Eddy Poelmann van het katholieke dagblad wist daar alles van. Vier dagen voor de feestavond, na afloop van Nederland-Argentinië, hadden hij en zijn collega Kees Jansma te horen gekregen dat hun krant binnen enkele maanden zou worden opgeheven. Er waren te weinig lezers overgebleven om het roomse dagblad nog langer voort te zetten. Maar op deze avond deed Poelmann namens de TROS verslag van de zorgeloze, pretentieloze avond in Hiltrup.

De opmars van 'normloze' instellingen als de TROS – waar alleen kijkcijfers ertoe leken te doen – wekte irritaties op bij de gevestigde orde. Joop Niezen vormde daarvan het levend bewijs: de *VI*-hoofdredacteur en werknemer van de linkse uitgeverij De Weekbladpers wenste bij zoiets rechts en fouts – begrippen die in deze jaren van Joop den Uyl en diens polarisering vrijwel identiek waren – als een *Telegraaf*/TROS-avond zijn gezicht niet te laten zien. Om diezelfde reden hield hij zich bij het *AD*-feestje op de achtergrond, en was hij bijtijds weer vertrokken. 'Zo'n lied als *De Generaal*,' zei hij, 'dat sommigen ontroerend vonden, daar deden wij wat lacherig over.'

Lenny Kuhr zong *De Generaal*, een voor de gelegenheid door Gerrit den Braber geschreven aubade aan Michels, op de melodie van *De Troubadour*. Michels, die een glimmende WK '74-stropdas had omgedaan, beloonde haar met een zoen. De avond werd besloten met Amsterdamse meezingers over *de begrafenis van Manke Nelis* en *de Oude Westertoren*. Alberti en Jordaan die het leven bezongen: het was net Café Nol in de Westerstraat. Als de cultuur van het Nederlands elftal ooit werd gedomineerd door de hoofdstad, dan wel op deze familiaire, oergezellige avond van 1 juli 1974. Het wereldje van Amsterdam was ook niet zo groot: spelers en hun vrouwen en hun ouders kenden elkaar vaak al jaren, soms los van het voetbal. Zo was Danny Cruijff al bekend met Maya Suurbier toen Danny nog Coster heette – ze liet haar haar rood verven, met 'kroeskrulletjes', in de kapsalon waar Maya werkte. En Danny's ouders Cor en Dien waren al bevriend met de schoonouders van Piet Keizer – eigenaars van de Oesterbar aan het Leidseplein – voordat Danny in 1967 voor het eerst ging dansen met Johan in de Amsterdamse dancing Can-Can.

Als hilarisch sluitstuk zong Michels met een eerder hartstochtelijk dan volmaakt vibrato de tweede stem in Willy Alberti's hit uit 1950, *Droomland*. Het was een van de weinige keren dat Michels zich van zijn feestelijke kant liet zien – en juist daarom maakte het veel indruk. In de jaren vijftig liet Michels regelmatig samen met Hans Boskamp een duet galmen langs de badkamertegels van Ajax, maar in zijn hoedanigheid van coach bewaarde hij zijn zangkunsten voor bijzondere gelegenheden. Het moest niet te menselijk worden.

Zowel de *AD*-avond als *De Telegraaf*-avond waren journalistiek gezien ronduit commerciële ondernemingen geweest. De KNVB had geen geld, dus de kranten betaalden en mochten oogsten. 'Anton, zorg jij voor wat artiesten,' had Michels op een dag tegen Anton Witkamp van *De Telegraaf* gezegd. 'Dan hebben jullie iets leuks om over te schrijven.' Dat Michels juist Witkamp even apart nam op het terras van het Waldhotel is niet zo verwonderlijk; dat hij hem toevertrouwde dat de feesten mede ten doel hadden om de wrijvingen tussen de spelers – die kennelijk waren gerezen – te verminderen, evenmin. Witkamp was een van de weinige journalisten die goed overweg konden met de supervisor. Tijdens de wereldkampioenschappen in Mexico was hij Michels' *ghostwriter* geweest voor een WK-column.

Witkamp had zijn collega's in Amsterdam direct enthousiast gemaakt, en Hans Boskamp wilde het allemaal wel arrangeren. Boskamp, het vroegere 'slapie' van Michels bij Ajax en Oranje, had beide avonden voorzien van entertainers, en beide avonden werden door de organiserende dagbladen achteraf 'knal' genoemd. Maar hoe knal ook, *De Telegraaf* schreef niet over het *AD*-feest (alleen, en dan nog summier, over de zwembadaffaire). Het *AD* op zijn beurt deed net of het partijtje van *De Telegraaf* niet had plaatsgehad.

Maar ze vonden beide plaats, en daar bleef het niet bij, qua ontspanning. Volgens Arie Haan keken de Duitsers vooral in de laatste – sportief gezien cruciale – week hun ogen uit. 'De Duitsers verklaarden ons voor gek,' zei hij in *Nieuwe Revu*. 'Die vonden het een losgeslagen zootje. Maar wij waren allemaal grote profs, we konden zonder uitzondering op tijd omschakelen.' Om de verveling te verdrijven werd er 's avonds 'een hoop aan ontspanning gedaan die laatste dagen'. Dan werd er 'vreselijk gelachen en was het de pan uitswingen met keiharde soulmuziek'. De Engelsen verwonderden zich niet minder over de Nederlandse levenswijze – over het drankgebruik, de vrouwen die overkwamen – dan de Duitsers. Zij hebben fantastisch voetbal laten zien, schreef de *Sunday Times*, 'maar de volgende manager die besluit de wijn te ontkurken, de vrouwen te laten toestromen en voor te gaan in zangpartijen zal vermoedelijk eerder met een geweldige kater eindigen dan met een majestueus elftal'. Maar 'dit zijn mannen, geen monniken', legde bondsarts Frits Kessel dezelfde zondagskrant uit: 'Gedwongen celibaat kan de concentratie van een speler verwoesten.'

Evengoed: stappen of zwemmen tot het ochtendgloren was er op die maandagavond niet bij. Onrust was er wel. Na afloop van het feest zat Piet Keizer te kaarten en whisky te drinken op de kamer van Hans Boskamp. Ze hoorden rumoer op de gang. Spelers kwamen kwaad de kamer binnengelopen: het gonsde van de geruchten dat de zoon van de eigenaar, Krautkrämer, voor de gelegenheid tot 'Klootkremer' omgedoopt, hen de avond tevoren in het zwembad een kunstje had geflikt. Veel begrepen Boskamp en Keizer er niet van, of het moest zijn dat ze bij nader inzien toch minder reden hadden zich veilig te voelen in het Waldhotel dan ze al die tijd hadden gedacht.

Inmiddels was Michels door Cruijff op de hoogte gebracht van de naderende *Bild*-publicatie, en zodoende was de feestavond voor de supervisor begonnen en geëindigd met iets waarvan hij een verklaard tegenstander was. Eerst had hij afwijzend gereageerd toen de spelers hem ter ere van zijn huwelijksdag een taart lieten bezorgen, met daarop twee rode harten en daarnaast een boeket rode rozen. Dat was privé, had hij gezegd, dat had niets met topvoetbal te maken. Voetbal was werk en dat moest je gescheiden houden. En nu weer zo'n perskwestie die het moreel van zijn spelers kon ondermijnen.

De volgende ochtend, dinsdag, werd het de voltallige Oranje-equipe pas duidelijk wat er aan de hand was. Het artikel in *Bild* was inderdaad geplaatst. De krant werd bezorgd bij de receptie in de hal. 'Ik was die ochtend wat te laat voor het ontbijt en toen ik beneden kwam zag ik iedereen in groepjes bij elkaar heel bedrukt kijken en praten,' zei Wim Suurbier tegen *Nieuwe Revu*. '*Bild-Zeitung* werd gelezen. Een heel andere sfeer dan gewoonlijk in de ochtend.' De reacties liepen uiteen van grappen – 'Hm, jammer dat ik er niet bij was,' hoorde Hans Joachim Krautkrämer supervisor Michels brommen – tot verontwaardiging. Menige speler maakte zich zorgen over de reacties thuis.

Michels riep de spelers bijeen om een pr-strategie af te spreken. Na overleg met Henk Burgwal van de KNVB had hij tot het volgende besloten: er zou niet officieel worden gereageerd, er kwamen geen communiqués, er zou niet worden ingegaan op details, de hele toestand zou in algemene termen worden ontkend. Er was slechts sprake van een 'hetze' door de Duitse pers, hield Michels zijn spelers achter gesloten deuren voor. Dit was oorlogvoering, bedoeld om het Nederlands elftal uit zijn evenwicht te halen voor het geval het in de finale tot een Nederlands-Duits treffen zou komen. De termen 'oorlog', 'koude oorlog' en 'hetze' gebruikte Michels de dagen na de *Bild*-publicatie opvallend vaak.

's Middags gaf Michels een persconferentie. Volgens het weekblad *Kick* werd deze drukker bezocht dan anders. Journalisten uit verscheidene landen drongen naar voren toen Michels zich in zijn stoel liet zakken. Een verslaggever 'durfde het aan' naar de toestand in de ploeg te informeren, gezien de commotie over het *Bild*-artikel. Gespeeld-onverschillig keek Michels omhoog. 'Er zijn geen moeilijkheden, althans, voor zover ik weet,' zei hij peinzend. 'Verhaaltjes als die in de Duitse kranten behoren tot de koude oorlog en die gaat ook wel weer over. Die koude oorlog is dan toch begonnen. Ik had dit eigenlijk al veel eerder verwacht. Onrust zaaien is het enige doel en elk woord dat je er meer over zegt is belachelijk. Aan dit soort hetzes ben ik in mijn beginperiode in Spanje wel gewend geraakt. Nu zijn het de Duitsers: eerst maken ze je plotseling tot favoriet, dan proberen ze je zó weer in de grond te schoppen.' En, nadat zijn woorden waren omgezet in het Spaans en Engels: 'Bij ons is het in ieder geval geen dooie boel.' Aanvankelijk weigerde hij Duits te spreken; bij nader inzien ging hij er toch maar toe over.

KNVB's secretaris-penningmeester Burgwal verklaarde: 'Ik geloof, dat men in West-Duitsland wat moeite heeft met de zogenaamde vrije discipline die wij in Nederland gewend zijn. Neem de Telesport-TROS-avond van maandag. Komt zoiets bij andere landen voor? Na de polonaise om kwart over elf is iedereen naar bed gegaan. Zondagavond na de winst op Oost-Duitsland is er wat langer gefeest. Alle spelers lagen voor één uur op bed. Nederlandse voetballers kennen hun eigen verantwoordelijkheid.'

De derde hoofdpersoon in de Oranjedelegatie, aanvoerder Johan Cruijff, bovendien de centrale figuur in de 'verzinsels' van *Bild*, zei tegen Ruud ter Weijden voor de televisiecamera: 'Wij weten met z'n allen dat er niets van waar is. Iedereen kent Michels, discipline staat vooraan, dus het is ten enenmale onmogelijk. Daarbij weet je je verantwoordelijkheden. En er staat zoveel op het spel. En je krijgt een avondje aangeboden, dan ga je geen gekke dingen uithalen. Om één uur is dat afgelopen, dat wil dus zeggen om één uur twintig worden alle kamers gecontroleerd. Dat is altijd zo. Koude oorlogvoering.'

Onder de kop 'Sterk Verhaal' liet Cruijff door zijn vaste *ghostwriter* Jan de Deugd optekenen voor zijn column in *De Telegraaf*: 'Een hele opschudding. Verhalen over vreemde uitspattingen in het Nederlandse kamp. Pure onzin. Waanzin. De West-Duitse kranten die dit hebben gepubliceerd, zijn kennelijk bang voor een finale Nederland-West-Duitsland. Het moreel van Oranje moest ondermijnd worden. Dat zal echter niet lukken.'

Het lukte juist wel. In ieder geval een van de twee feestavonden, bedoeld om de spanningen wat weg te nemen, bereikte precies het tegendeel. Het was uit met de vrede.

De sportbijlage van *De Telegraaf* opende de volgende dag met een forse, tweeregelige kop: 'West-Duitse Hetze Schokt Oranje Niet'. Daaronder een ludieke maar grote foto, een echte Stappenbeld-foto, met Piet Keizer die in een walkie-talkie praat en naast hem Ruud Krol in politie-uniform, pet op het schalkse hoofd, gummiknuppel in de ene hand, een pistool in de andere, en achter de twee komedianten een 'enigszins ontklede' beveiligingsbeambte die glimlachend toekijkt. De kop en de foto illustreerden exact waar *De Telegraaf* en vrijwel alle andere Nederlandse journalisten vanaf dinsdagmorgen 2 juli op uit waren: de rijen gesloten houden tegenover de West-Duitse 'campagne', net doen of er niets was gebeurd.

Konden de voetbalbestuurders normaliter op weinig sympathie rekenen, deze keer verdiende Henk Burgwal alle lof omdat hij de manschappen 'met vuur' had verdedigd. De man die 'verantwoordelijk' was voor een 'onbesmet KNVB-blazoen' sprak eigenlijk best 'klare taal'. Hoewel nog maar sprake was van twee publicaties (plus hier en daar een verwijzing in andere media) over één voorval waar hooguit vier Nederlandse voetballers bij betrokken waren, vond ook Eddy Poelmann van *De Tijd* zich geroepen dit onrecht aan de kaak te stellen. In een artikel van zeven kolommen prees hij Nederland als de equipe die zich niet, zoals andere ploegen 'als teken van onzekerheid' had opgesloten, maar die *public relations* bedreef, die steeds open was: een 'teken van een volwassen houding als voetbalprof en als mens'. Bij Nederland kon je twee dagen achter elkaar feesten, jubelde hij, in Hiltrup waren spelers en trainers altijd aanspreekbaar. Dat er lieden waren die hiervan 'misbruik' meenden te moeten maken, wees vooral op 'angst voor de superioriteit' die Oranje 'op alle fronten' bezat. En Cruijff? 'Als één ploeg in een wereldtoernooi ooit een aanvoerder in de gunstigste zin van het woord heeft gehad, dan is het nu Oranje met Cruijff.' Want, wist Poelmann: 'Niet de trainer controleert elke avond of de spelers op de afgesproken tijd op de kamers zijn, maar Cruijff zelf.'

Het zwembadartikel was in wezen niet meer dan een toevalstreffer van een langstrekkende journalist. En deze journalist, Guido Frick, werd na zijn onthulling door menige landgenoot met de nek aangekeken. 'Mensen van de Duitse voetbalbond wilden mij niet meer kennen,' zei hij. 'Sommige Duitse collega's wilden niet langer naast me zitten op de perstribune. Ze vonden dat ik iets onbehoorlijks had gedaan. Ineens hoorde ik er niet meer bij.' Frick beschouwde zichzelf niet eens als een chauvinist – van hem mocht de beste winnen, wie het ook was. 'Over het Duitse spelershotel zou ik hetzelfde gepubliceerd hebben,' zei hij, 'en reken maar dat *Bild* dat verhaal net zo goed had overgenomen.' Het vermoeden van Frick werd gesterkt door de koeienletters waarmee het boulevardblad conflicten in het Duitse trainingskamp ook tijdens het WK aankaartte: '*Aufstand unserer Spieler gegen Schön*'. En: '*In Malente wird man wahnsinnig*'. Koppen die Michels' collega Helmut Schön bepaald onwelkom waren. En dergelijke artikelen waren er wel meer. Michels zag dat anders. Zelfs achter het feit dat de Duitse media het spel van de *Mannschaft* eerst hekelden en het daarna prezen, zocht hij geen sportieve reden, maar een conspiratieve. De sportieve redenen waren er echter volop – het aanvankelijk zwakke spel van West-Duitsland werd na anderhalve week veel beter. En toch zei ook iemand als Ruud Krol dat hij zich 'ergerde' aan 'de manier waarop hier stemming voor dat Duitse elftal wordt gemaakt'. 'De ploeg wordt gewoon de gelegenheid gegund om rustig naar de finale te spelen,' zei hij tegen journalisten, en die waren het volledig met hem eens. En in navolging van Michels werd het zwembadartikel door Poelmann en de meeste van zijn collega's beschouwd als een geregisseerde aanval op Cruijff, op Oranje, op de nationale cultuur, op Nederland. 'Gisteren waren er al tekenen dat de mentaliteit van de groep als geheel alleen maar sterker is geworden,' schreef Poelmann grimmig. 'Meer gericht zelfs, gericht tegen de Duitsers, die dit alles hebben uitgebroed.'

Hoe impulsief deze houding van de Nederlandse journalisten was, bleek al uit de snelheid waarmee *De Telegraaf* de reactie van Cruijff publiceerde: op hetzelfde moment dat het gewraakte *Bild*-artikel op de mat viel. Onthulling en ontkenning vonden daardoor tegelijk plaats. Dat betekent dat de auteur van het artikel, Jan de Deugd, en Cruijff er op maandagavond contact over hadden gehad. Dat was zowel een staaltje van snel handelen door de Amsterdamse ochtendkrant als van het ons-kent-ons tussen de sporter en de journalist. Het gekadreerde stukje las in de eerste plaats als een verdediging. Onder het kopje 'Zenuwenoorlog Tegen Oranje' noemde de schrijver het zwembadincident bij voorbaat een 'overtrokken en opgeblazen affaire'. Cruijff meende 'dat in de Bondsrepubliek nu al wordt geanticipeerd op het feit, dat Nederland zondag tegen West-Duitsland zal spelen. We moeten er gewoon rekening mee houden dat alles en alles zal worden geprobeerd om Oranje uit zijn evenwicht te brengen.'

Op nieuwsgierigheid naar de ware toedracht viel nauwelijks iemand te betrappen. De verdraaiingen van Burgwal, Michels en Cruijff werden als waarheden doorgegeven. Maar als het klopte dat selectiespelers tot in de vroege ochtend met wijnflessen aan het zwemmen waren geweest, in de aanwezigheid van naakte meisjes, dan had dat op z'n minst vragen kunnen oproepen over de discipline en dus over de concentratie en de conditie voor de uiterst belangrijke wedstrijden tegen Brazilië op woensdag en de troostfinale of de grote finale in het weekend. Maar niemand scheen te willen weten of het echt was gebeurd. De oorzaak hiervoor moest worden gezocht in hetzelfde mechanisme als waarvan Ben de Graaf het slachtoffer was geworden: de toenemende saamhorigheid van spelers en pers. Die was al groot (ettelijke journalisten in Hiltrup verzorgden – tot ergernis van diezelfde De Graaf – columns van spelers) en die had zich met de dag verder ontwikkeld. Het was of de Nederlandse gemeenschap tot boven de wolken was opgestegen en dat degenen die een einde dreigden te maken aan de bedwelmende cocktail van eendracht en glorie, 'de Duitsers', zo krachtig mogelijk van repliek moesten worden gediend. 'Ons' was een vuile streek geleverd.

Lex Muller, destijds een jonge verslaggever van het weekblad *Kick*, later van het *AD*, overwoog geen moment verder op de zaak in te gaan dan nodig was. 'Wij wilden ons niet verlagen tot die Duitse boulevardjournalistiek,' zei hij. 'Over privé-zaken schreef je niet. Je moet het zien als een herenakkoord: we deden allemaal wel eens iets wat niet deugde, maar we praatten er niet over. Wij journalisten waren ook geen lieverdjes in het buitenland. Aan dat soort escapades heb ik zelf een echtscheiding overgehouden, en ik ben niet de enige.' Weliswaar was de pers verdeeld in kampen, herinnerde zich Jan de Deugd van *De Telegraaf*: het was links (*de Volkskrant, Trouw, VI*) tegen rechts (*De Telegraaf, Algemeen Dagblad*). 'Maar op dat moment vormden we één front. Vanaf de eerste seconde waren we meer bezig het tegendeel te bewijzen dan uit te zoeken wat er precies was gebeurd. Veel van ons waren van dezelfde generatie als de spelers. We waren vrienden, er was een vertrouwensband.'

De band die *De Telegraaf* tot dan toe met *Bild-Zeitung* had onderhouden, werd terstond opgezegd. Leden van beide sportredacties hadden wekenlang nieuwtjes uitgewisseld, van elkaars faciliteiten geprofiteerd. 'Maar op die dinsdag was het gelijk over,' memoreerde De Deugd. 'We voelden ons verraden. Opeens was het hard tegen hard. En vermoedelijk speelde ook nog door ons achterhoofd dat we onze kansen op de wereldtitel niet wilden verkleinen door de kwestie uit te spitten.'

Tijdens het WK beschuldigden Nederlandse kranten en bladen de Duitsers regelmatig van partijdigheid. In werkelijkheid waren de media bij de oosterburen opvallend vaak op Nederlandse hand – zelfs bij *Bild-Zeitung*. Meestal werden meer Nederlandse voetballers in *Bild*'s 'WK-droomeftal' opgenomen dan Duitsers. 'Veel van mijn collega's vonden Nederland gewoon beter dan Duitsland,' zei Sigi Drach van het boulevardblad *Express Köln*. 'Dat gold ook voor mij. Zulk voetbal had ik nog nooit gezien. Ik wedde voor zestienhonderd mark dat Nederland wereldkampioen zou worden.' En voor zover de Duitse boulevardbladen in de laatste week pro-Duits werden, waar het spel van de *Mannschaft* overigens alle aanleiding toe gaf, dan deed in ieder geval *De Telegraaf* daar qua subjectiviteit niet voor onder. Maar ook *Voetbal International* deed kond van 'de Duitse anti-publiciteitsdoctrine, die mogelijke tegenstanders moet kleineren'. En boven een column in *VI*'s concurrent *Kick* stond in kapitalen: 'Duitsland verdient pak slaag'.

De Deugds superieur Anton Witkamp werd gebeld door de redactie in Amsterdam met de vraag of hij niet ook zo'n smeuïg stuk over dat zwembad wilde schrijven. 'Nee,' had Witkamp resoluut geantwoord. 'Dat kunnen we nu niet hebben. Herrie in het Nederlandse kamp is in ons nadeel. Goud voor Nederland is goud voor *De Telegraaf*.' Op de vraag of Jan Stappenbeld soms foto's had gemaakt van al dat moois met die naakte vrouwen kon hij naar waarheid – en tot verdriet van zijn collega's in Nederland – ontkennend antwoorden.

Witkamp, een ervaren chef sport met een goed ontwikkeld oog voor commercie, had zijn geheime scenario al klaar. Hij had met Michels afgesproken dat deze na een wereldtitel voor Oranje een WK-dagboek zou publiceren in zijn krant – exclusief uiteraard. Voor Witkamp was dat een kwestie van vooruitdenken, van anticiperen, het soort denken waarmee hij de concurrentie wel vaker te snel af was. Met WK-dagboeken zou de ochtendkrant in staat zijn de euforie over de wereldtitel nog dagenlang te verzilveren, wist hij. De sportchef was niet voornemens zich dergelijke voordelen weer te laten afpakken door een of ander incidentje.

Bild werkte overigens net zo; er waren afspraken met de spelers Franz Beckenbauer, Sepp Maier en Gerd Müller voor WK-dagboeken. Beide periodieken beschouwden de wereldtitel voor hun land als een middel om de oplage tijdelijk op te stuwen. 'Wij waren kwaad op *Bild*, maar in Hamburg waren zij evengoed boos op ons,' zei Witkamp. 'Wij wilden immers niet meedoen met hun *scoop*. We gaven hun geen extra details. "We waren er niet bij in het zwembad," zei ik nog, maar dat wilden ze niet geloven. Onze vriendschap was voorbij.'

West-Duitse voetballers kenden het verschijnsel boulevardpers al langer. Zij wisten dus hoe je dat soort berichtgeving moest relativeren. De Nederlanders niet – of liever, nauwelijks. De eerste ontwikkelingen in die richting werden in 1974 zichtbaar. Op 1 februari van dat jaar had het eerste Nederlandse roddelblad het licht gezien, *Story*, een nog betrekkelijk onschuldig weekblad bedoeld voor vrouwen die, volgens de bedenkers, liever naar de destijds populaire televisieserie *Peyton Place* keken dan naar tobberige actualiteitenrubrieken. Het blad wilde voorzien in de behoefte, de boze buitenwereld te ontvluchten met roddels en 'romantiek'.

Vlak na *Story* kwam ook *Deze Week* met z'n eerste nummer. Volgens hoofdredacteur Wibo van de Linde, 'doordrammerig' strijder tegen de 'rode horden', was het weekblad geen echt boulevardblad. Toch behandelde *Deze Week* het menselijke nieuws zoals Nederland dat nog niet kende: met meer oog voor schandalen en sensatie, door Van de Linde – bekend als chef van *Avro's Televizier* – omschreven als entertainment. *Human interest* was ook hier gewenst ('Charlie Chaplin Vertrouwelijk') plus uiteraard veel grote foto's. Dit alles moest bewijzen dat nieuws positief en toch prikkelend kon zijn.

Op het allereerste omslag prijkte het zangechtpaar Gert en Hermien Timmerman, 'Veilig Uit De Hel'. Ook de overige onderwerpen gaven goed aan in welke toonhoogte de belangstelling van de moderne lezer werd gezocht: 'Fotografen boos op "collega" Claus', 'Samen kunnen we het maken', 'Geen monument voor Hitler', 'Politie komt met drankhond', 'Win een troetel met mannetje Wik'. Net als *Bild-Zeitung* – en de Britse tabloids – was *Deze Week* volledig afhankelijk van de verkoop van losse nummers. De koppen op de voorpagina moesten de aandacht van het langslopende publiek zien te prikkelen vanuit het schap: op het volume van een marktkoopman.

In het korte bestaan dat het blad was gegund (het werd in het najaar alweer opgeheven, waarna Van de Linde en zijn *crew* de strijd tegen het 'negatieve, linkse' denken voortzetten met de start van hun televisierubriek TROS-Aktua), werd met één omslagartikel geschiedenis geschreven. Twee maanden na de start, in april 1974, meldde *Deze Week* in reusachtige kapitalen: 'Ajax Gaat Stuk Aan Drank En Vrouwen'. Links daarvan een kleine foto van Ajaxtrainer George Knobel en achter zijn naam een dubbele punt. Daarmee werd gesuggereerd dat de chocoladeletters uit zijn mond waren opgetekend, wat niet het geval was. Het was een klassiek staaltje boulevardoverdrijving, nog dezelfde dag leidend tot het ontslag van Knobel. De Brabander was in het Ajaxmilieu nooit serieus genomen; voor het bestuur was het opheffmakende interview een mooie aanleiding hem terug naar de provincie te sturen.

Toch zou de inhoud van het door Ard Horvers afgenomen interview de Duitse journalisten die permanent in Waldhotel Krautkrämer vertoefden nauwelijks hebben verbaasd. Knobel vertelde over de levenswijze van de Ajaxspelers, die het er na hun derde opeenvolgende Europacupoverwinning in mei 1973 'niet zo zuinig' van hadden genomen. De trainer had na zijn komst in de zomer van 1973 een selectie aangetroffen die redelijk goed verdiende, zei hij, maar wat de spelers daartegenover hadden moeten stellen: 'ga toch op tijd naar bed en ga niet achter de wijven aan en loop je niet te bezatten', dat 'beetje zelfdiscipline' was kennelijk te veel gevraagd. Als Knobel de gangen van al zijn spelers had willen nagaan, concludeerde hij gelaten, dan kon hij 'de FBI wel afhuren'.

Dit Knobel-interview zou je de eerste sportieve boulevardonthulling van Nederland kunnen noemen: twaalf flessen champagne voor de interviewer, ontslag voor de geïnterviewde. Maar vergeleken met Duitsland was het nog niets. West-Duitsland had uiteraard *Bild-Zeitung*, de grootste krant van Europa, die veel Duitsers niet wilden kennen maar waarvan iedereen altijd wist wat erin stond. Sinds 1958 richtte dit 'gedrukte antwoord op de televisie', deze 'advocaat voor de gewone man' zich tegen alles wat links en rood was. Ook tijdens het WK '74 werd de naam van de DDR steevast van aanhalingstekens voorzien: het communistische Oost-Duitsland mocht van oprichter en uitgever Axel Springer niet als een volwaardige natie worden behandeld. Na de dramatische 1-0 nederlaag tegen de 'DDR' riep *Bild* dan ook verontwaardigd uit: '*So Nicht Herr Schön!*'

Dat iemand zo brutaal was een voorval binnen de muren van het spelershotel te openbaren, wetende hoeveel schade dat kon aanrichten: bij de Nederlanders kwam het aan als een schok. Wim Suurbier verklaarde nog nooit van *Bild* te hebben gehoord, laat staan van zijn 'meedogenloze' handelwijze. De schok leidde ertoe dat vanaf de eerste seconde een scherpe houding werd aangenomen – alles ontkennen – van waar geen terugkeer mogelijk leek. Televisiecommentator Herman Kuiphof legde in zijn column in *Voetbal International* een verband tussen deze kwestie en de ontmaskering van bondskanselier Willy Brandts rechterhand, Günter Guillaume, als DDR-spion. Toen, in mei 1974, kwamen er 'ook privé-feitjes uit Brandts leven tevoorschijn, waar sommigen hevig van schrokken', schreef Kuiphof. 'Brandt gaf toen het enige juiste antwoord: "Ik ben geen pilaarheilige." Cruijff had, toen het boulevardblad *Bild* van drank en vrouwen in Hiltrup gewaagde, ongeveer hetzelfde moeten zeggen. Beter dan letterlijk alles ontkennen, ware geweest, toegeven dat er iets uit de hand was gelopen.' Doen 'alsof men als monniken leefde', deed volgens Kuiphof 'onwerkelijk' aan.

Het gevolg was bovendien dat de beste Nederlandse voetballer van de twintigste eeuw misschien wel voor de rest van zijn leven niet meer volkomen ontspannen over de belangrijkste weken uit zijn carrière kon praten. Achter de schittering van zijn geweldige spel doemde altijd weer de schaduw op van een zwembad, van whisky en tabak en knallende champagnekurken.

Een andere columnist die de zaak met onderkoelde distantie observeerde, Nico Scheepmaker, vond dat spelers en coaches er beter aan hadden gedaan wat toegeeflijker en meer ontspannen te reageren. Ook de twee Duitse journalisten die goed op de hoogte waren, dachten er het hunne van. 'Als ik vanaf het begin had opgeschreven wat ik had gezien,' zei Sigi Drach van *Express Köln*, die op het hotelcomplex logeerde, 'dan was ik na drie dagen het hotel uitgezet.' Dat leek inderdaad de paradox van het zwembadincident: over de avond waarop betrekkelijk weinig gebeurde, werd tot in lengte van dagen opgewonden gedaan, terwijl op andere avonden waarover je zelden iemand hoorde des te meer plaatsvond. Of, zoals Arie Haan het cryptisch uitdrukte: 'Wat ze zeggen te hebben aangetoond is soms niet waar, en van wat wél waar is, is veel niet aangetoond. Het was 's avonds vaak erg gezellig. Maar wij hadden dan ook een goede conditie.' Bij die laatste mededeling knipoogde hij. 'Voor hetzelfde geld was er die nacht wel sprake geweest van seks,' zei Jan Jongbloed. 'Dat gebeurde zo vaak. De enige van al die spelers voor wie ik mijn hand in het vuur zou steken, is Wim Jansen. Dat was de keurigheid zelve.'

De woede bij sommige Nederlandse persmuskieten op *Bild* kende nauwelijks grenzen. Een van hen, *VI*'s John Linse, beloofde 'in een dronken bui' zijn schrijfmachine te 'verpletteren op het hoofd van ene Otto Stubbe, een keurig gekleed en gebaard baasje met een duivelse *Bild*-geest'. Stubbe van zijn kant verbaasde zich hooglijk over al die heisa. Sinds 1962 had hij de zomervakanties met zijn gezin aan het strand van Callantsoog in Noord-Holland gevierd. Hij kende de Hollanders als *locker* en *weltoffen*. Fijne mensen, vond hij ze, tolerant en toeschietelijk. 'Maar er waren twee bekende Nederlanders aan wie je niet moest komen,' merkte hij: 'de koningin en Johan Cruijff.'

Tot overmaat van ramp kwam *Bild* de volgende dag, woensdag, met een vervolgartikel. Het betrof veel herhalingen van het eerste stuk, met hier en daar een kleine toevoeging. De 'donkere blikken' tussen Cruijff en de roodharige dame behelsden bij nader inzien een 'hete flirt', die werd gevolgd door de ruzie tussen Cruijff en Frick en de verwijdering van laatstgenoemde uit het Waldhotel, onder 'bedreigingen en scheldpartijen'.

Waarschijnlijk omdat er in de verhouding tussen het Nederlands elftal en het schandaalblad niets meer te redden viel, hadden de verslaggevers Klaus Schlütter en Otto Stubbe hun naam er maar gewoon boven gezet. Het werd gepresenteerd als een interview met Guido Frick, de zogenaamde pastavertegenwoordiger, en het stond te lezen onder de kop '*Ich War Bei Der Nacktparty Dabei*'. Daarnaast een foto van een sierlijk opspringende Cruijff, hoog boven de liggende keeper van Argentinië. 'De "goddelijke" noemen de Nederlandse fans Johan Cruijff,' luidde het onderschrift, 'omdat hij sportief gezien zijn tegenstanders huizenhoog de baas is. Maar ook hij heeft zijn kleine menselijke zwakheden, alleen wil hij daar nu plotseling niets meer van weten.'

Alles ontkennen was ongetwijfeld wat Cruijff deze dagen in de gesprekken met zijn vrouw aan het doen was. Dat had hij immers ook tegenover de pers gedaan. En hij was niet de enige die verantwoording verschuldigd was aan zijn vrouw. Ook Rob Rensenbrink had iets uit te leggen, evenals Piet Schrijvers en Pleun Strik: hun namen stonden in de krant. Laatstgenoemde heeft er nooit een punt van gemaakt – hij had een echtgenote die er geen problemen van maakte. 'Ik was erbij,' zei hij tegen *de Volkskrant*. 'Voor de rest weet ik het niet. Ik heb alleen maar naar vrouwen gekeken. Ik heb al dat tumult nooit begrepen. Een groep jonge mensen die weet dat er een zwembad is en die daar gaan zwemmen. En als er dan een paar meiden zijn die alles uittrekken, nou prima toch? Zal ik mijn hoofd niet omdraaien.'

Reserve-doelman Piet Schrijvers zou zich later, na zijn spelersloopbaan in het lezingencircuit storten en in die hoedanigheid werd hem herhaaldelijk gevraagd naar de toedracht in het zwembad. En dan draaide hij zijn grammofoonplaat maar weer af: in de loop van de laatste WK-week vierde de zoon van Krautkrämer zijn verjaardag in het zwembad. Schrijvers en enkele medespelers waren gaan kijken, iemand duwde Rep in het water en van drie kanten flitsten fotocamera's.

Vier fouten in één anekdote. Het incident was zoals bekend al op zondagavond/maandagmorgen, Rep en de fototoestellen waren er niet bij en Krautkrämer junior was jarig in april. Zulke onjuistheden werden vaker verteld. Tot in de volgende eeuw zou Rob Rensenbrink volhouden dat het hotelzwembad van Hiltrup minstens tachtig meter lang was, in plaats van twintig meter. En reservespeler Willy van de Kerkhof heeft zichzelf eens geplaatst in het tafereel, waar hij feitelijk niet bij was. Bovendien veranderde hij de nacht in een middag. 'Het verhaal in *Bild-Zeitung* was niet opgeklopt,' liet hij het *Eindhovens Dagblad* noteren. 'Maar wij konden niet zwemmen, dus zaten we op een bankje. We hebben toen gewoon met z'n allen een gezellige middag gehad. Als je al die weken in een hotel zit, dan wil je toch een keer een pleziertje hebben.'

Deze vergissingen zijn niet zo verwonderlijk als ze lijken. Voetballers zaten zó vaak in hotels, en rondhangen bij het zwembad, respectievelijk iemand een nat pak bezorgen gold in zóveel gevallen als een middel van vermaak, dat de betrokkenen de gevallen door elkaar zijn gaan halen. Voetballers in hun zwembad waren op zich al haast een cliché: tijdens het WK '74 lieten Zweedse voetballers zich er fotograferen terwijl zij een toren bouwden, en een jaar eerder hadden foto's van de poedelnaakt badende en champagne drinkende landskampioenen van Bayern München nog voor de nodige opschudding gezorgd.

Wat de betrokkenen Schrijvers en Rensenbrink verder gemeen hadden, was dat zij de kwestie binnen afzienbare tijd hadden uitgepraat met hun vrouwen. Rensenbrink werd nog wel enige tijd in de telefooncel gesignaleerd, maar bij Schrijvers was de kous al snel af. 'De vrouw van Willy van de Kerkhof had het in een winkel in *Bild* zien staan en had gelijk Willy opgebeld. En, zoals dat gaat, even later werd ook ik gebeld. "Jij was er zeker bij hè!" zei mijn vrouw. "Ja," zei ik, "wat dacht je!" Zo ging dat tussen ons.'

Zo ging dat niet tussen Johan en Danny. Maar Schrijvers en Rensenbrink en Strik heetten dan ook geen Cruijff en hun namen werden niet onmiddellijk door de Spaanse media in verband gebracht met iets wat op een seksschandaal leek. Cruijff was het laatste seizoen de held van het Spaanse voetbal geworden, De Verlosser die de club uit Catalonië voor het eerst sinds lange tijd landskampioen had gemaakt, een beroemdheid. Blinde paniek thuis in Barcelona – en de gevolgen daarvan waren voor iedereen zichtbaar in de hal van het Waldhotel in Hiltrup. Daar stond Cruijff te praten met zijn vrouw Danny, in een telefooncel schuin tegenover de receptiebalie, een met witte, geluiddempende latjes betimmerd hok, aan de muur een lichtkleurige telefoon met draaischijf. In het voorbijgaan kreeg Piet Schrijvers de indruk dat Cruijff 'meer zweette dan op een training'. *VI*-hoofdredacteur Joop Niezen zag hem 'ongelooflijk lang' staan bellen met zijn vrouw, 'drijfnat van het zweet' want hij kreeg 'verschrikkelijk op zijn donder', waarbij de voetballer zo te zien 'weinig in te brengen had'. Ook in de herinnering van fotograaf Jan Stappenbeld duurde de telefonade eindeloos lang. Uiteindelijk zag fysiotherapeut Hans Wolff hem 'bezweet, met nat haar' weer uit de cel stappen.

Het bleef niet beperkt tot één keer. Herhaaldelijk ging de telefoon en steeds weer moest de aanvoerder opdraven. Doorverbinden met een kamer kon niet; voor aanvang van het WK had Michels verordonneerd dat de spelers geen telefoons op de kamer mochten hebben, bevreesd als hij was voor journalisten en spelersmakelaars die de voetballers uit hun concentratie zouden halen. Dus moest de geplaagde held steeds weer ten overstaan van iedereen naar de telefooncel lopen. 'Man, zeg gewoon dat je er niet bij was,' adviseerde doelman Jongbloed hem. 'Dat heb ik ook gedaan. Dan ben je er vanaf.' Een man die telkens zijn excuses maakt is de baas niet, vond Jongbloed.

Maar er vanaf komen, dat ging niet zo gemakkelijk. Het huwelijk van Johan en Danny Cruijff was er niet naar. Het stond bekend als goed en levendig, waarbij onderlinge meningsverschillen in alle openheid, dus ook in aanwezigheid van vrienden – die soms niet goed wisten waar zij moesten kijken –, werden uitgevochten. En dat uitvechten duurde nogal eens lang. De volgens velen joviale en hartelijke, maar ook vasthoudende Danny was tijdens deze verbale duels niet minder aan het woord dan haar echtgenoot, iets wat hem in andere situaties zelden overkwam. 'Soms, als weer eens "telefoon voor meneer Cruijff" werd geroepen, wilde Johan niet komen,' zei elftalbegeleider Carel Akemann. '"Niet wéér," zei-ie dan. Dan nam ik de hoorn maar aan en beloofde ik Danny, die overstuur was, Johan te zoeken. Johan zat dan bijvoorbeeld in de eetzaal. "Johan, kom nou," riep ik en dan hoorde je Michels mompelen: Johan, ga maar.'

Voor Johan Cruijff leek het gezinsleven nog van grotere betekenis dan voor de anderen. Toen hij op zijn twaalfde jaar zijn vader verloor, en zijn moeder de groentewinkel moest verkopen om als schoonmaakster de kost te gaan verdienen, merkte hij al het wezenlijke belang van een familie waar je terechtkunt als de problemen je te veel worden. Zonder hechte familie- en gezinsbanden zag het bestaan er donker en bedreigend uit. In de ogen van Cruijff vormde zijn Noord-Ierse collega George Best het gruwelijke voorbeeld. In de documentaire *Nummer 14 Johan Cruijff* vergeleek de Nederlander zichzelf met de kleurrijke aanvaller, een vrijgezel die sinds 1969 geleidelijk aan weggegleden was in een wereld van drank, mooie vrouwen en steeds slechter voetbal. Begin 1974 was hij bij Manchester United vertrokken, de club waar de wendbare vleugelspeler wereldfaam had verworven.

Nog veel meer dan Cruijff werd George Best aanbeden als een popster. De 'vijfde Beatle' had constant journalisten om zich heen en er was geen gezin om hem af te schermen. Als de Britse playboy slecht gespeeld had, en hij ging de straat op, wist Cruijff, 'dan was het toch weer met z'n allen tegen één en dat kon-ie niet verkroppen, temeer niet omdat hij thuis geen rustpunt had. Ik kan op een gegeven moment zeggen: ik ben thuis, het is zondagavond, ik heb mijn rust met mijn vrouw en kinderen, ik kan een spelletje gaan doen. Dan heb ik de rust voor mezelf, met niemand iets te maken. Dat heeft hij niet.'

Zonder vrouw en kinderen dreigde de kwellende eenzaamheid nadat de toejuichingen waren weggestorven, vertelde hij in *Nummer 14*. Als hij na alweer een overwinning naar huis reed, in zijn glamoureuze, zachtgroene Citroën Maserati, dan voelde hij zich klein en kwetsbaar, en vond hij troost in het besef dat thuis in Vinkeveen, in een nieuwbouwbungalow aan het water, zijn gezin op hem wachtte.

Achter een hoge schutting speelde zich zijn privé-leven af, met Danny en de kinderen die zoveel mogelijk buiten de schijnwerpers werden gehouden. Zijn gezin verliezen was hetzelfde als tenondergaan, leek het wel. 'Niemand hing meer aan zijn familie dan Johan,' zei Jan de Deugd van *De Telegraaf*, die hem regelmatig opzocht in Barcelona. 'Van jongs af aan was hij eraan gewend geraakt dat anderen iets van hem wilden. Daarom hield hij na zijn jeugd vrijwel steeds de boot af. Zijn beste vrienden waren en bleven zijn jeugdvrienden.'

Geen wonder dus dat de dreigementen die hem vanuit Barcelona werden toegeworpen, zijn aura van onoverwinnelijkheid aantastten. 'De dag na de *Bild*-publicatie hing er al een schaduw over zijn gezicht,' zei De Deugd. 'Die is er in die week niet meer afgegaan.' Het viel op dat Cruijff zich de rest van het toernooi veel meer op de vlakte hield dan daarvoor. 'Je zag Johan amper nog,' herinnerde Hans Boskamp zich. 'Hij leek zich wel te verschuilen. En als hij tevoorschijn kwam, zag hij er bedrukt uit.'

De bedruktheid van Cruijff in de laatste dagen van het WK '74 was meer dan een privé-aangelegenheid. Ze beïnvloedde de stemming (en dus de vorm) van de belangrijkste atleet in Nederlands belangrijkste sportteam dat zich bevond in de beslissende fase van het belangrijkste toernooi denkbaar. Maar voor Cruijff was voetbal niet belangrijker dan zijn gezin. Hij had het al vaker gezegd; het aan zijn dagboek in *Nieuwe Revu* toevertrouwd; het tijdens het WK zelfs aan een rondspartelende 'pastavertegenwoordiger' verteld: lang van huis zijn vond hij vreselijk. Van een afstand bezien was een WK natuurlijk een hoogtepunt in het leven van een profvoetballer – maar de held van het WK '74 zelf hield er liever vandaag mee op dan morgen.

Het was een houding die door zijn vrouw op z'n minst werd gestimuleerd: het werd Cruijff bijna kwalijk genomen dat hij zo lang weg was. Danny – die op de 'vrouwendag' van Nederland-Bulgarije met de grootst mogelijke tegenzin naar Hiltrup was gekomen – vond zichzelf 'niet het lieve geïnteresseerde voetbalvrouwtje zoals iedereen het graag zou zien'. 'Daarom ben je het juist wel,' hield Cruijff zijn echtgenote in het bijzijn van schrijver Jaap ter Haar voor. 'Jij houdt het voetballen buiten de deur. Dat heb ik wel eens rot gevonden, maar achteraf gezien is dat vreselijk goed geweest.' Danny was niet bereid alles maar te accepteren omdat haar man nu eenmaal een ster was. Zij wilde dat Johan zich zoveel mogelijk gedroeg als andere mannen die hun verantwoordelijkheden kennen, en hij ging akkoord. 'Wat heb ik dikwijls gewenst dat ik getrouwd was met een gewone man,' verzuchtte Danny Cruijff tegenover Ter Haar, ten behoeve van diens boek *Boem*, dat een jaar na het WK '74 verscheen. 'Hoe vaak heb ik gedacht dat ons leven pas echt kon beginnen, als het voetballen van Johan voorbij zou zijn? Dat we ook buitenshuis geheel onszelf konden zijn? Nu waren er altijd bemoeienissen. Overal mensen die je aanstaarden. Altijd verplichtingen. Nooit eens plannetjes kunnen maken, want je was afhankelijk van een ronde bal.' Het einde van haar mans voetballoopbaan leek haar 'het toppunt van zaligheid'.

Cruijff maakte er al lang geen geheim meer van dat hij op zijn 31ste zou stoppen met profvoetbal. Op 25 april 1978 zou hij 31 worden. In dat jaar zou zijn loopbaan dus eindigen. Maar wanneer in dat jaar? Voor of na het WK '78? Op 19 juni – nadat hij eerst zijn beklag had gedaan dat hij vaderdag niet met Danny en de kinderen had kunnen vieren – tekende hij in zijn dagboek op: 'Ik weet zeker dat Nederland over vier jaar alles zal doen om er weer bij te zijn. Zelf denk ik dat ik dan niet meer meespeel.' In de formulering schemerde nog een lichte twijfel door. Op dinsdag 2 juli 1974 maakte hij zijn besluit nog iets explicieter. Om acht uur 's avonds, twaalf uur na de bezorging van *Bild* met het zwembadartikel, zette hij zich in de persruimte van het Waldhotel tegenover Joop Niezen en diens NOS radiomicrofoon. Niezen had hem deze dag 'halfziek' gezien, misschien wel 'oververmoeid', met 'luid en vaak' hoesten. 'Dit is mijn eerste en laatste WK-toernooi,' zei Cruijff. 'Over vier jaar ben ik 31 jaar. Ik stop dan met voetballen. Dat heb ik altijd gezegd en dat blijft zo. Ook het zevenjarig contract dat ik bij Ajax had, was gebaseerd op stoppen bij 31 jaar.' Want: 'Op die leeftijd wordt het topvoetbal een moeilijke opgaaf. De buitenwereld beseft niet hoe zwaar het leven van een betaalde voetballer kan zijn. Ben ik 31 dan heb ik er vijftien jaar profvoetbal opzitten. Dat is meer dan genoeg. Dan is er eindelijk gelegenheid om eens wat meer met je gezin op te trekken.'

Wekenlang allerlei verplichtingen nakomen was in feite niet 'menselijk' vond Cruijff. Meer dan welke aanvoerder van een topteam ook was hij dagelijks bereid geweest om journalisten uit vele verschillende landen te woord te staan. 'Ik heb in weken mijn vrouw niet gezien', stond enkele dagen na het radiogesprek ook in Niezens *VI* te lezen. 'En mijn kinderen evenmin. Alles draait om voetbal. Je bent steeds met ik, ik bezig. Ik wil daarvan af. Mijn kinderen, de oudste is drieëneenhalf, komen op een leeftijd dat ze zich bewust worden dat hun vader altijd weg is. Ik wil ze dat niet aandoen. Ik wil ze niet confronteren met ons wereldje. Dat kun je ze niet aandoen. Ook dáárom moet het afgelopen zijn op mijn 31ste. Ik kan het niet hebben dat ze steeds vaker naar mij vragen.'

10. *Karakter*

Het doelpunt werd fantastisch genoemd, historisch, een juweel. Aan het juweel ging een gedenkwaardige spurt langs de linkerzijlijn vooraf, langs duizenden Oranjefans die het Westfalenstadion in Dortmund op deze woensdagavond 3 juli 1974 voor de derde en laatste keer hadden veranderd in een Nederlandse enclave. Tegen een decor van steil oplopende, volgepakte tribunes vloog de bal van de schoen van Ruud Krol naar het strafschopgebied en Johan Cruijff sprong met elastieken behendigheid op en hij volleerde de bal, meesterlijk hangend in de lucht, met de binnenkant van zijn rechtervoet tegen het net. Ontelbare keren is het doelpunt op de Nederlandse televisie vertoond, en evenzovele keren wist deze aanval de harten van talloze liefhebbers op te warmen. De goal betekende dat Oranje de heersende wereldkampioen Brazilië vrijwel zeker zou onttronen. Het stond nu 2-0: nog even en Nederland ging voor het eerst in de geschiedenis naar een WK-finale.

De wereld telde weinig voetballiefhebbers die niet blij waren met deze prestatie van Johan Cruijff en zijn tot voor kort vrijwel onbekende stuntbrigade. Nederland, de redder van het moderne voetbal, had opnieuw toegeslagen.

En toch was het een gewone goal. Gewoon in de zin van: niet virtuoos. Een sprint, een voorzet, een trap, dat was het. Dat het doelpunt desondanks bijzonder was, onvergetelijk zelfs, kwam door de voorgeschiedenis. Het opkomen van de vleugelbacks was in de eerste wedstrijden juist aan de linkerkant – aan Krols kant – op problemen gestuit. 'In onze ploeg trekken Wim van Hanegem, Robbie Rensenbrink en Johan Cruijff naar links,' analyseerde Krol een week eerder in *VI*. 'Kwam ik dan op, dan stonden we met zeker vier man in een blok van twintig meter op elkaar. Er was gewoon geen ruimte.' Met name vanaf het derde WK-optreden, tegen Bulgarije, was dat beter gaan lopen:

Cruijff had zich vaker laten zakken (Van Hanegem beschouwde hem sindsdien meer als een collega-middenvelder dan als een aanvaller), aldus ruimte scheppend voor linksbuiten Rensenbrink om naar het centrum van de aanval op te schuiven, met als gevolg een vrij veld voor Ruud Krol. Daardoor kon de linkerverdediger zijn specialiteit – op het juiste moment naar voren rennen – optimaal uitvoeren.

Van dit tactische onderdeel was het tweede doelpunt tegen Brazilië de volmaakte uitvoering. Rensenbrink had ruimte geschapen voor Krol, deze had zijn spurt gemaakt en de bal voorgezet – naar Cruijff, die als 'middenvelder' op de as van het veld naar de punt van de aanval was gehold om de lastige, want halfhoge bal opspringend links langs keeper Leao te trappen. Het doelpunt toonde aan dat dit gezelschap uitzonderlijke voetballers in staat was een afspraak onder de moeilijkst denkbare omstandigheden vlekkeloos na te komen. En deze wedstrijd van Oranje gold als een der lastigste aller tijden. Tactisch, mentaal en fysiek eiste de Slag om Dortmund van alle betrokkenen het uiterste. Zenuwen, intimidatie, bot geweld én nu en dan tactisch vernuft vormden een adembenemende melange zoals je die op een WK-toernooi maar zelden aantreft. Praktisch alle betrokkenen zagen op deze kille, beetje natte avond bont en blauw van de schoppen en elleboogstoten die van beide zijden naar hartelust waren uitgedeeld. En dan toch zo'n soepel, 'gewoon' doelpunt: artistiek misschien geen uitschieter, maar ambachtelijk des te meer.

Het was een aanval uit een jongensboek. Voetbalboeken voor de jeugd vereisen een beslissende goal als hoogtepunt na een lange aanloop vol overwonnen misère. In dit geval kwamen het jongensboek en de realiteit behoorlijk overeen. Zeker voor Ruud Krol was het doelpunt een sprookje dat waarheid werd.

Zeventien jaar eerder was Ruud Krol niet alleen arm, hij was doodziek. De Aziatische griep raasde door Europa, en kostte het leven aan honderdduizenden patiënten. Ook in Nederland vergde de epidemie slachtoffers. Tallozen, onder wie de achtjarige straatjongen Ruud Krol, werden geveld door de griep. En daar bleef het niet bij, er volgden complicaties: hartstoornissen, hij ging moeilijk lopen. Op een morgen wilde hij opstaan, hij voelde iets vreemds in zijn voet, hij merkte dat hij alleen nog op zijn tenen kon lopen. Maar hij zette door en ging naar school – totdat zijn leraar de aanblik van een scholier die almaar zijn pijn zat te verbijten niet langer kon aanzien en hem naar huis stuurde. Huilend van de pijn werd hij op de rug van zijn elfjarige zus van school naar huis gedragen.

Toen, in 1957, zijn moeder al lang overleden, zijn vader handelaar in stoffen op de markt, hijzelf een acute reumapatiënt, zag het leven er hopeloos uit voor een jongen die ervan droomde voetballer te worden. Gevreesd werd voor kinderverlamming. Juist voor een levenslustige jongen als Ruud Krol was het een opgave om een jaar lang in een ziekenhuis en een sanatorium in het Gooi te worden verpleegd met penicillinespuiten en pijntabletten. Hij was daar eenzaam en ellendig. Het enige wat hij mocht was rusten. Iedere dag verlangde hij ernaar om weer achter een bal te kunnen hollen. Eerst dat eindeloze verlangen, en dan op een dag toch weer mogen voetballen: hij zou het nooit meer vergeten.

Maar Ruud had twee dingen mee: zijn lichaam en zijn vader. Hij had een sterk lijf en Krol senior, ze noemden hem Kuki, stimuleerde hem en was het soort voorbeeld waaraan een opgroeiende jongen als Ruud zich graag optrok. Als stoffenhandelaar leefde en werkte Kuki Krol in een milieu van Amsterdamse joden. Vader Krol, zelf geen jood, kreeg na de oorlog een 'verzetskruis', zoals Ruud later trots vertelde, wegens zijn hulp aan joden tijdens de bezetting. Met zijn heldhaftige vader als een der eerste profvoetballers van het land (hij was aangesloten bij de 'Wilde Bond') groeide Ruud vanaf zijn tiende jaar op zonder reuma en met volkse humor in een wereld van sporters. Kuki Krol was voetballer en wielrenner tegelijk en zoon Ruud leerde kantwerken in de zaak van George Horn, die in de oorlog bij Kuki had mogen onderduiken. George was de broer van de beroemde scheidsrechter Leo Horn – ook al een huisvriend van de familie Krol. Ook Ajax' hulptrainer Cor Brom, die Ruud bezig zag in het Amsterdamse jeugdelftal en hem overhaalde om aan de Middenweg te komen spelen, was een vriend van Kuki. Van deze mensen leerde Ruud Krol wat voetballen en knokken was, hij leerde de wetten van de straat.

In zijn puberteit beleefde hij een ongekend snelle opmars van de amateurs van Rood-Wit naar Ajax, en daar, in Amsterdam-Oost, in enkele jaren van het B-elftal naar het A-elftal. Al in het voorjaar van

1969, hij was net twintig, speelde hij samen met zijn idool Piet Keizer, die hij acht jaar eerder had zien debuteren dankzij kaartjes van 'ome Leo' Horn. En of dat nog niet genoeg was, volgde een half jaar later zijn eerste optreden in het Nederlands elftal tegen wereldkampioen Engeland. Veel korter kon de route van het sanatorium naar Oranje niet zijn. Opgegroeid met niks, en nu had hij alles. Hij besefte dat hij alles te danken had aan zijn eigen doorzettingsvermogen. En juist dat maakte het zo mooi: hoe harder hij ervoor had moeten vechten, hoe meer hij het resultaat daarna koesterde.

Maar ook toen Ruud Krol zijn kans kreeg in het eerste van Ajax, als vervanger van de door Michels als te braaf beschouwde en daarom (naar Feyenoord) getransfereerde Theo van Duivenbode, moest hij knokken. Nooit meer zou hij vergeten hoe hij in de aanloop naar zijn eerste seizoen als basisspeler – de Ajaxselectie zat in een trainingskamp – moest afzien. 'Aanklampen was niet genoeg,' zei hij in *Ajax 1900-2000*, 'je moest nog meer geven, je moest naar de top. Dat werd niet eens zo uitgesproken, dat voelde je. Partijtjes drie tegen drie, dat waren wedstrijden op leven en dood. Echt ongelooflijk.' In het trainingskamp deelde Ruud Krol de kamer met Nico Rijnders, een spijkerharde, jonge international die vlak daarvoor van Go Ahead was overgekomen. Wanneer de twee jonge voetballers 's avonds uitgeput op hun bed lagen, zei Rijnders: 'Doorbijten, doorbijten.' En dan zuchtte Krol: 'Ach Nico, ik kan niet meer, dit is niet op te brengen.' Maar ze praatten elkaar moed in, ze sleepten elkaar erdoorheen.

Behalve het hoge speltempo en de vereiste conditie waaraan Krol moest wennen, was er de kwestie van het been. Krol moest als linksback spelen, maar hij was rechtsbenig. In de jeugdelftallen had hij als spits gespeeld, als middenvelder en de laatste periode als libero: overal, behalve aan de linkerkant. Een rechtsbenige speler die over links ten aanval trekt en een voorzet wil geven, moet afremmen om de bal voor zijn goede rechtervoet te krijgen. Dat kost tijd, en in de periode dat Krol debuteerde werd tijd steeds kostbaarder. Oponthoud verkleinde de kans op doelpunten. Het waren vooral de aanvallers Sjaak Swart, Johan Cruijff en Piet Keizer die Krol stimuleerden zijn linkerbeen verder te ontwikkelen. Ze deden partijtjes waarbij ieder de bal alleen maar met zijn zwakke been mocht schieten. Ergerniswekkende bezigheden vond hij dat, maar ook leerzaam: hij merkte dat hij tekortschoot. Hij ging extra met zijn linkerbeen trainen, twee keer in de week, een half uur lang steeds maar weer de ballen met links in kleine doeltjes proberen te trappen. In het begin was het een ramp, maar uiteindelijk kreeg hij het onder de knie.

De slaappillen die hij gedurende de eerste weken in Ajax 1 nodig had om de zenuwen te bedwingen en tijdig in te slapen, kon hij steeds vaker laten liggen. Wat hij wel nodig had, was een andere levensstijl. Hij stond in de jaren rond 1970 hoog genoteerd op de lijst van meest begeerde vrijgezellen van het land – een positie die hij in de cafés en discotheken in de omgeving van het Leidseplein met overgave verzilverde. Ook toen hij al lang een vaste plaats in Ajax 1 had, zette Michels hem wel eens reserve – naar de overtuiging van Krol vanwege de 'opwindende verhalen' die over hem werden verteld.

Het viel moeilijk te ontkennen: waar Krol kwam, waren de meisjes nooit ver weg. 'Als je jong bent, weet je niet waar je grenzen liggen,' zei hij. 'Het was met mij zo snel gegaan, in een paar jaar van de jeugd van Ajax naar het Nederlands elftal – zonder Jong Oranje als tussenstap – dat ik wel eens te veel uit de band sprong.' Veel meer dan de charmante maar correcte gladprater Theo van Duivenbode was diens opvolger Ruud Krol een kind van zijn generatie: een adonis die van het goede leven hield, die thuis op zijn quadrafonische – voor die tijd hypermoderne – muziekinstallatie The Beatles draaide, en The Who en Deep Purple. Net als John Lennon en Pete Townshend en Ritchie Blackmore was hij stoer en zelfbewust en hij liet dat maar wat graag zien.

Ruud Krol liep door de binnenstad van Amsterdam en hij waande zich een vorst; hij meende dat hij niet meer kapot kon. Maar dat kon hij wel degelijk – in het voorjaar van 1971 brak hij zijn rechterkuitbeen waardoor hij in juni van dat jaar Ajax' eerste Europacupoverwinning moest missen. In de langdurige herstelperiode, toen hij alle tijd had om eens goed na te denken, besefte Krol dat zijn gedrag niet alleen van invloed was op zijn eigen winstpremies, maar ook op die van zijn teamgenoten. Hij matigde zijn uitgaansleven, mede doordat hij verkering kreeg en (in juli 1972) trouwde. Zijn snelle BMW 2002 maakte plaats voor een wat bedaagdere Mercedes.

Soms meende zelfs Michels dat hij te serieus werd, dat zijn spel leed onder zijn ambities. Voor iemand die almaar hamerde op discipline deed de trainer dan een suggestie waarmee hij de kennelijk te gespannen voetballer verraste. 'Ruud,' zei hij dan, 'ga vanavond maar eens lekker uit. En dat hielp ook nog.'

Op een voetbalveld kon niemand hem lankmoedigheid verwijten. Dat had hij behalve aan zijn eigen karakter ook aan Rinus Michels te danken. 'Ik ben door hem gevormd,' zei hij. 'Ik heb geleerd tegen mijn verlies te kunnen, maar niet als er wordt verloren doordat een tegenstander over meer wilskracht of vechtlust beschikt.' Zijn hele loopbaan zou hij er moeite mee hebben een tegenstander de hand te geven. Handjes schudden wekte de suggestie van vriendschappelijkheid, en in de optiek van Ruud Krol nam een tegenstander al snel de contouren aan van een vijand. Voor Krol was voetballen een kwestie van jij of ik. Enkele keren werd hij in de eerste helft van een belangrijke Europacupwedstrijd links en rechts gepasseerd door een getruukte rechtsbuiten: Jimmy Johnstone van Celtic Glasgow, Ufarte van Atletico Madrid, maar al die keren sloeg hij in de tweede helft terug en stapte hij als overwinnaar het veld af. De overwinning: daar ging het om, en om niks anders. Een klap krijgen was voor hem lang niet hetzelfde als knock-out gaan. Hij hield van boksen. 'Ik moest de ander verslaan,' zei hij. 'Zo pepte ik mezelf op. Of anderen dat ook hadden weet ik niet. Ik was altijd met mijn eigen teamprestatie bezig, met verdedigen en opkomen.'

Jaren later dacht hij met voldoening terug aan het oeverloze trainen met zijn linkerbeen en de beloning die dat had opgeleverd. Het leek wel alsof al die uren van afzien, van domweg doorzetten hem naar dat ene bijzondere moment hadden geleid. Daar had hij voor geleefd, om één keer met dat vervloekte linkerbeen iets speciaals te verrichten, iets onvergetelijks. Zijn leven lang zou hij zich de vreugde herinneren van het moment waarop de bal zijn schoen verliet en even later in het doel verdween. Brazilië was verslagen, maar belangrijker nog: hij had zichzelf overwonnen.

De zelfoverwinning was niet de enige reden waarom juist Nederland-Brazilië voor altijd de wedstrijd van zijn leven is gebleven. 'Er zat alles in,' zei hij. 'Mooi spel, venijn, hardheid, het was echt een gevecht. Hoeveel laat een scheidsrechter toe: kijken hoever je kunt gaan, dat deed ik graag. Wie beheerst zich nog net op tijd? Dat is het mooie van topsport. Wij waren goede voetballers, we konden incasseren én uitdelen. Dat laatste hoort erbij, vind ik.'

Beide aspecten kwamen in deze wedstrijd, die Brazilië moest winnen om de finale te halen terwijl Nederland genoeg had aan een gelijkspel, ruim aan bod. Vanaf het begin probeerde Oranje een on-Braziliaans hoog tempo te realiseren door gelijk voor de aanval te kiezen en bij balverlies onmiddellijk de jacht te openen op de Braziliaan die de bal had. En lukte dat niet, en zetten de Zuid-Amerikanen een snelle tegenaanval op, dan werd rigoureus ingegrepen. De Oranjespelers tackelden of hun leven er vanaf hing, ook als daar ogenschijnlijk geen reden toe was. Tegenover de spurts van Wim Suurbier en de briljantdwarrelende dieptepasses van Wim van Hanegem (een Braziliaanse journalist vergeleek hem met de legendarische speler Didi) stond de gewoonte om bij de geringste twijfel tegen het lichaam van de tegenstander aan te lopen.

De enige die fysiek contact uit de weg ging, was Rob Rensenbrink. Het leek wel of hij zijn verjaardag, hij werd 27, ongeschonden wenste door te komen. De ironie wilde dat juist hij er een vervelende blessure aan overhield. Bij het aanzetten voor een sprint verrekte hij een spier in zijn rechterdijbeen.

Een curieus moment deed zich voor na tien minuten spelen. De wedstrijd werd zestig seconden stilgelegd vanwege het overlijden van Juan Perón. Deze Argentijnse president, 'redder des vaderlands', voormalige banneling, was twee dagen eerder overleden, acht maanden nadat hij democratisch was gekozen. Zijn derde echtgenote Isabel volgde hem op – om twee jaar later te worden afgezet door een militaire junta.

Na het minuutje respect gleden de Brazilianen en de Nederlanders weer duchtig op elkaar in, steeds grover, steeds vijandiger. Als de bal ergens anders was, belandde een vuist tegen een kaak of een oor. Bij een opstootje schopte Valdomiro van achteren tegen de kuit van Neeskens. Suurbier incasseerde terwijl hij op de grond zat een schoen tegen zijn neus. Rivelino, die net tegen de puntige elleboog van Rep was aangelopen – Rep was een moderne, dus als dat zo uitkwam gemene aanvaller –, gaf zijn revanche vorm door met gestrekte wijs- en middelvinger de ogen van Cruijff op te zoeken.

Ook werden spelers zomaar tegen de grond geslagen. Halverwege de eerste helft lag Johan Neeskens wel een minuut bewusteloos op het gras; de langharige Braziliaan Mario Marinho had zijn kans waargenomen op het moment dat een Nederlandse aanval net was afgeslagen en iedereen de andere kant opkeek. Kurt Tschenscher, nota bene de scheidsrechter die in de openingswedstrijd op het WK '70 het verschijnsel gele kaart had geïntroduceerd en daarmee een schoon toernooi had ingeluid, zag het niet. De grensrechter evenmin. De enige straf voor Marinho was het 'Hi, ha, hondenlul' van de Oranjesupporters.

In deze arena vol straatvechters voelde Krol zich helemaal in zijn element. De overwinning werd behaald met bluf en brutaliteit en incasseringsvermogen, met een oog-om-oog mentaliteit die zijns inziens typisch Amsterdams was. Net zoals in het Waldhotel werd ook de cultuur op het veld bepaald door 'Amsterdam': de Ajaxspelers, Cruijff, en de andere geboren Amsterdammers, plus Van Hanegem, die zich qua geweld en rancuneuze tegenaanvallen kon meten met de brutaalsten. Sterker nog, de Brazilianen waren zo bang voor hem dat hij praktisch als enige niet werd nagetrapt of bespuwd of geknepen. Hij liet hen gewoon voelen dat hij een nog bekwamere schopper was dan zij, verklaarde Van Hanegem, dan lieten ze het wel uit hun hoofd. Belangrijke steunpilaren bij Brazilië, zoals Pereira en de 'zuiger' Rivelino, kleineerde en intimideerde hij waar ze bij stonden. Hij had geen kind aan ze. 'Michels had gezegd dat ze er flink tegenaan moesten gaan,' herinnerde Carel Akemann zich. 'Nou, die woorden waren aan Willem wel besteed. Niet ver van ons bankje zette hij de noppen van zijn schoen op het dijbeen van een Braziliaanse speler die geblesseerd op de grond lag. Om die jongen extra pijn te doen, draaide hij zijn voet nog wat heen en weer. Die Braziliaan schreeuwde het uit. "Willem, zo had ik het ook weer niet bedoeld," riep Michels.'

De wrede onverzettelijkheid van dit WK-team gaf Ruud Krol het gevoel dat hij bij Oranje in een beter elftal speelde dan bij Ajax. Met de

Feyenoorders Jansen en Van Hanegem op het middenveld en Rijsbergen in de verdediging beschikte Oranje in 1974 immers over meer 'moordenaars' dan Ajax, waar Haan en Mühren op het middenveld en de faire Hulshoff in de verdediging niet bekendstonden als bikkelaars. 'Het WK-team was krachtiger,' zei Krol, 'mentaal sterker. Daardoor lag de kwaliteit, hoewel het spelsysteem ongeveer hetzelfde was, nog iets hoger.'

Brian Glanville van de *Sunday Times* daarentegen beschouwde het Ajax van beginjaren zeventig meer als een exponent van het totaalvoetbal dan Oranje in 1974. Haan en Mühren gaven het middenveldspel zijns inziens meer snelheid en dynamiek. Hoewel Glanville niet alleen stond in die mening, bleek juist in het oorlogszuchtige treffen met Brazilië hoezeer het Nederlands elftal profiteerde van het hand-in-hand gevoel van Feyenoord. De individualistische cultuur van Ajax, waarin spelers vooral hun eigen vindingrijkheid moesten aanboren, werd dankzij Rijsbergen, Jansen en Van Hanegem aangevuld met Rotterdamse saamhorigheid. 'Wie mij pakte, kreeg even daarna een beuk van een ander,' genoot Ajacied Johnny Rep na. 'We hadden allemaal jongens die van zich afbeten. Het ging erom jezelf te handhaven, om keihard te zijn. Dat lag ons wel en ik durf te zeggen: we hadden er plezier in.'

Als weinig anderen kon Ruud Krol genieten van 'bravoure, tegen het arrogante aan', van 'uitstraling' waarmee je een tegenstander kon imponeren al voordat de bal aan het rollen was. Hij noemde die houding onmisbaar voor succes. 'In de tunnel naar het veld keken we elkaar aan,' zei hij. 'Je wist dat iedereen in vorm was, en dat we voor elkaar zouden opkomen. Dat gaf zelfvertrouwen.' Ondanks dat zelfvertrouwen speelde Nederland in de eerste helft tegen Brazilië niet zo sterk. Meer dan in de vorige wedstrijden waren er slordige passes en misverstanden; vooral het uitverdedigen leverde weleens balverlies op. Net als tegen Bulgarije – de laatste en beslissende wedstrijd in de eerste poule – bezorgde ook deze erop-of-eronder-wedstrijd voor nervositeit in de verdediging. Belangrijke factor hierin was het gelegenheidsduo Haan en Rijsbergen. Haan verklaarde achteraf dat hij inderdaad niet bijster overtuigend had gespeeld. 'Ik kwam moeilijk in mijn ritme tegen het korte combinatiespel van de Brazilianen,' zei hij.

Tot ieders verrassing verstoorden de aanvallers van Brazilië de Nederlandse opbouw veelvuldig, waardoor Oranjes geliefde spelletje van de bal rondspelen om de tegenpartij te ontmoedigen en te vermoeien maar weinig uit de verf kwam. Na een half uur besloot Haan de ballen maar gewoon naar voren te knallen. Er werd op hem gemopperd – dit hadden ze immers niet afgesproken – maar dat deerde hem niet.

Ook de geliefde buitenspelval kon weinig worden toegepast, legde Rijsbergen uit: de Brazilianen dreigden deze telkens vanuit het middenveld te zullen ontwijken. Haan bleef daarom voor alle zekerheid achter zijn verdediging lopen, waardoor het speelveld lang werd in plaats van, zoals in de vorige wedstrijden, kort en breed. Gevolg: geen extra middenvelder, geen dominantie, geen langdurig balbezit, slechts nu en dan *pressing*.

Enkele keren was het chaos troef in het Nederlandse strafschopgebied. Maar, gelukkig voor Nederland, hobbelde de bal – terwijl Jongbloed op het verkeerde been stond – een paar centimeter langs de verkeerde kant van de paal, of de bal strandde toevallig tegen de achterkant schoen van Rijsbergen, of een Braziliaan trapte in vrije schietpositie slordig tegen de bal en miste. Enkele keren trad doelman Jongbloed onzeker op. Zijn uiterlijk had hij toch al niet erg mee – op de manier waarop hij zich gedroeg en kleedde zag hij er een beetje uit als een veldspeler die wegens gebrek aan een echte keeper in het doel moest staan. Dat pakte spectaculair uit bij zijn verre uitlopen, waarmee hij ook tegen Brazilië veel gevaar in de kiem smoorde. Maar het was om de zenuwen van te krijgen als Oranje onder druk kwam te staan. Dan zag je hem wijdbeens en klapwiekend met zijn armen opspringen, terwijl de bal toch echt laag was komen aanstuiteren. Na dat tafereeltje noemde een Britse commentator hem een blinde windmolen, gegrepen door hoge winden.

De paniek in de verdediging had te maken met ontzag voor Brazilië. Haan en Rijsbergen zaten er volgens bondsarts Kessel al dagen van te voren bleekjes en nerveus bij. De dag voor de wedstrijd bekende Jongbloed met ingevallen wangen dat hij 'bloednerveus' was en een pilletje nodig had om in slaap te vallen – iets wat ook Krol in deze weken nog wel overkwam. In hun voorbeschouwingen benadrukten de Oranjespelers de techniek van de Brazilianen, hun sterke verdediging, hun uitgekookte tegenaanvallen. Het leek de Nederlanders een verschrikkelijk lastige tegenstander, tegen wie je erg moeilijk tot scoren kwam terwijl zij zelf maar weinig kansen nodig hadden om doeltreffend te zijn. De spelers vonden, en Michels hield hun dat voor aanvang nog eens voor, dat Brazilië door de pers werd onderschat. Het team miste dan wel een hoop sterren van het vorige WK, het was inmiddels wel een enorm sterke eenheid geworden.

Daarnaast werden de vrije trappen van Rivelino gevreesd – de besnorde middenvelder die er ook in 1970 al bij was geweest. 1970, Mexico: de magie en glorie van dat wereldkampioenschap leken het Nederlands elftal, ondanks zijn eigen vijf WK-optredens en ondanks het ontbreken van de Braziliaanse helden Pele, Tostao, Gerson en Carlos Alberto, nog steeds te imponeren.

In de rust probeerde Rinus Michels orde op zaken te stellen. Arie Haan hield hij voor dat deze geen ballen meer aan Wim Rijsbergen mocht geven. Haan moest de problemen zelf maar zien op te lossen, zei hij, en ze niet afschuiven op Rijsbergen. Laatstgenoemde mocht immers niet 'voetballen', Haan wel.

Toch leek het Nederlandse spel in de tweede helft niet veel kalmer te zullen worden dan in de eerste. Maar na vijf minuten kwam het gewenste duwtje in de rug. Terwijl de Brazilianen nog wat vertwijfeld naar de scheidsrechter keken, niet helemaal begrijpend waarom hij had gefloten, profiteerde Van Hanegem van de aarzeling bij de tegenstander door de aan Oranje toegekende vrije trap voortvarend te nemen. Hij trapte de bal vanaf de eigen helft recht vooruit naar Johan Neeskens. Deze gaf hem onmiddellijk door aan Cruijff die bij de rechter zijlijn stond opgesteld. Neeskens rende door naar de rand van het Braziliaanse strafschopgebied, opdat Cruijff hem de bal weer kon toespelen. Dat was inderdaad wat de aanvoerder deed.

Maar wie goed oplette, zag dat de bal tegen de kuit van verdediger Mario Marinho aankwam, en wel zodanig dat hij wat afremde en iets meer de kant van Neeskens op ging. Daardoor kon de middenvelder er met een sliding eerder bij dan Luis Pereira. Dat was gelukje nummer één. Gelukje nummer twee was dat Neeskens de bal – zoals hij later toegaf – tot zijn eigen verrassing met de punt van zijn rechterschoen over de uit zijn doel gekomen keeper Leao in het net wipte.

Daarna kwam Brazilië nauwelijks nog aan voetballen toe. Het enige Zuid-Amerikaanse wapenfeit was een vrije trap van Rivelino, die net naast ging. Alleen al de nuchtere statistieken geven aan dat deze wedstrijd, in weerwil van de legende, sportief gezien nooit een topper kan zijn geweest: 55 overtredingen in negentig minuten hield in dat het spel vaker dan eens per twee minuten werd stilgelegd. En aangezien Tschenscher een zwakke partij floot en hij en zijn grensrechters vele stiekeme overtredingen niet in de gaten hadden, is van vlot aanvalsspel op het – ook nog eens drassige, hier en daar hobbelige – gras van Dortmund vrijwel geen sprake geweest. Zodra een van beide teams iets leuks in petto leek te hebben, volgde een overtreding en lag de boel weer stil.

Zo beschouwd was de manier waarop de 2-0 (Het Juweel) tot stand kwam haast curieus, want volkomen zuiver en zonder mazzel. Ruud Krol veroverde de bal in zijn eigen linker verdedigingszone. Met zijn sterke rechtervoet liftte hij de bal tussen twee Brazilianen door naar Rensenbrink. Deze ontving de bal met zijn rug naar het Braziliaanse doel, iets naar Krol toelopend. Hij draaide zich om en schoof de bal meteen door naar de linksbuitenplaats, waar hijzelf dus niet meer stond en waar Krol naartoe snelde. Als een ervaren linksbuiten controleerde Krol de bal, hij dreef hem verder op en zonder vaart te verminderen keek hij of zich een medespeler voor het doel bevond en toen trapte hij zijn gedroomde voorzet, de trap van zijn leven, met zijn linkervoet, de trap die talloze oefeningen van een kroon voorzag, hier had hij het allemaal voor gedaan, en daar ging de bal, met een schitterend effect, lekker hard en toch iets wegdraaiend van het Braziliaanse doel, naar Cruijff die – volledig ongedekt – onhoudbaar inschoot.

Behalve een Krol-avond was het ook een Cruijff-avond. Van de eerste tot de laatste minuut was Cruijff nadrukkelijk aanwezig, weids gebarend, versnellend, vertragend, ballen veroverend. Hij, de dirigent van het Oranjeorkest, deed letterlijk alles wat in zijn vermogen lag om te winnen. Zijn spel en zijn hele houding waren illustratief voor iets waarin het Nederlandse voetbal vanouds niet uitblonk, maar op deze avond wel. Temperament. Gepassioneerd dook hij op voor het doel van Leao, en hij scoorde in de eerste helft al op een haar na met zijn linkervoet. (Net als Krol had hij daar in zijn jonge jaren veel op geoefend.) Tot zijn vreugde had de Braziliaanse coach Zagalo geen mandekker aan hem gekoppeld, zodat hij met zijn lichte tred en losse, meisjesachtige polsen over de grasmat kon fladderen dat het een aard had.

Geen toeval dus dat hij een groot aandeel had in beide doelpunten. Johan Cruijff leek zich meer dan ooit te willen bewijzen, als voetballer, als aanvoerder. Hij liet zich niet afleiden door de vijandigheden om hem heen, hij zeurde niet tegen de scheidsrechter (een oude kwaal van hem), integendeel, hij poogde conflicten te beslechten. In weinig wedstrijden gaf hij zijn medespelers meer het goede voorbeeld dan in deze. Al zijn energie ging naar het spel zelf.

Energie was misschien wel het meest onderschatte aspect in de loopbaan van Johan Cruijff. Zeggen dat zijn geniale spel hem is komen aanwaaien doet zijn inzet en toewijding net zo weinig recht als die van de meeste andere wonderkinderen op deze wereld. Hij werd groot door zijn talent, uiteraard, maar ook door zijn karakter. Op jonge leeftijd kwam hij al jongens tegen die net zo getalenteerd waren als hij, te beginnen bij zijn oudere broer Henny. Dat wist 'oom Henk', de man die zijn tweede vader werd nadat zijn echte vader was overleden, als geen ander. 'Volgens oom Henk voetbalde Henny, toen we klein waren, beter dan ik,' zei Cruijff in *Boem*. 'Maar Henny miste de gedrevenheid. Om een beroemde prof te worden bij Ajax 1 was voor hem geen levensdoel. Voor mij wel! Het was een ideaal dat jaar na jaar dichter naderde.'

Bij de club van zijn dromen, Ajax, vlak bij zijn huis in Betondorp in Amsterdam, ontmoette hij opnieuw iemand die zich met hem kon meten: Gerrie Splinter. Beiden waren geboren in april, in het teken van de stier; Splinter in 1946, Cruijff een jaar later. Eind jaren vijftig mochten ze lid worden van Ajax. Dat was toen al geen eenvoudige klus, veel spelers moesten eerst een test afleggen. Cruijff hoefde dat niet, men kende hem al lang als het ventje dat vanaf zijn zevende jaar – drie jaar voordat hij lid mocht worden – met een koffertje naar het trainingsveld kwam in de hoop dat hij mocht meedoen. Splinter en Cruijff onderscheidden zich bij de pupillen door een eindeloze hoeveelheid doelpunten. Meestal deden zij dat niet door samenspel, integendeel. Beide aanvallertjes waren brutale lefgozers, pingelaars, voor wie de onderlinge competitie – wie maakt de meeste goals – belangrijker was dan de strijd met de tegenstander. Als de een net had gescoord door vijf tegenstanders te passeren en de bal in het doel te schieten, probeerde de ander daarna hetzelfde te doen. 'Wat me is bijgebleven van die onderlinge wedstrijden tussen Splinter en mij is, dat we ooit eens hebben gezorgd voor een 34-0 overwinning in tweemaal twintig minuten tijd,' noteerde Cruijff in zijn column in het voetbalblad *1-0*. 'Ik maakte toen zeventien goals (waar ik nog steeds trots op ben) en hij twaalf.' De twee haantjes speelden de bal dermate weinig af dat het clubblad er schande van sprak.

Maar in de puberteit traden verschillen op. Deze hadden niets te maken met talent en alles met instelling. Gerrie Splinter vond voetballen leuk; voor Cruijff was voetballen alles. Splinter ging naar de hbs en maakte die af. Cruijff ruilde de School met de Bijbel in voor de mulo en bleef prompt in de eerste klas zitten. (Hij was slecht in taal en goed in rekenen. Op een bepaalde manier zou hij later van beide eigenschappen profiteren. De eerste stelde hem in staat zich te verschuilen achter taalfouten die aangezien werden voor onnavolgbare filosofieën; dankzij de tweede kon hij financiële voorstellen op waarde inschatten.) Na tweeëneenhalf jaar hield Cruijff de school voor gezien. Hij wilde in beweging zijn, zei hij, niet stilzitten. De enige plek waar hij oprechte leergierigheid toonde, was bij Ajax.

Gerrie ging achter de meisjes aan en verwaarloosde de trainingen steeds vaker. 'Ik vond dat het leven nog meer te bieden had,' zei hij in *HP/De Tijd*. 'Ik heb niet slecht geboerd hoor, daar niet van, maar ik denk weleens bij mezelf: had ik het toen maar anders gedaan – was ik maar niet gaan stappen in de Can-Can.' (Paradoxaal genoeg de dancing waar Johan en Danny luttele jaren later voor het eerst samen dansten.) Na afloop van een training toog Gerrie naar het Leidseplein, om, zoals hij zei, 'lol te trappen'. Johan deed het tegendeel – hij bleef de hele middag bij het stadion De Meer hangen: ballen terugschoppen naar het trainingsveld in de hoop dat hij indruk zou maken op de selectiespelers. Terwijl zijn moeder de kleedkamers dweilde, stond hij een bal oeverloos, links, rechts, links, rechts, links, rechts, tegen een muur te trappen. En als hij niet bij de club rondhing, dan voetbalde hij op een zandveldje vlakbij zijn huis, een paar honderd meter verwijderd van het stadion. Daar speelde hij meestal met oudere jongens en hij was ze altijd de baas. Een enkele keer mocht de broodmagere junior meedoen met een laag seniorenteam. Hij toonde geen ontzag. Dat die mannen stukken groter waren dan hij leek hem niets uit te maken.

Weerstand maakte in Cruijff en Splinter verschillende dingen los. 'Gerrie reageerde bij tegenslagen tegenovergesteld aan Johan,' blikte teamgenoot Barry Hulshoff terug op die jaren. 'Iedereen bewonderde Gerrie. Als hij op dreef was, kon niemand hem afstoppen.' Maar: 'Misschien was hij wel te gevoelig. Zodra hij bekritiseerd werd, door de trainer of door medespelers, isoleerde hij zich. Dan raakte hij vervolgens geen bal meer. Geleidelijk aan merkte ik dat hij wegzakte. Ik heb nog geprobeerd langer met hem om te gaan, in de hoop hem zodoende bij de groep te houden. Maar hij ging z'n eigen gang. Cruijff daarentegen voelde zich als een vis in het water als het er stevig aan toeging: dan had hij juist het hoogste woord.'

Cruijff maakte het bij de profs, Splinter niet. In mei 1974 troffen zij elkaar weer. Oranje oefende tegen het Nederlands amateurelftal. Cruijff was de spits bij de profs, Splinter de spits bij de amateurs. Vooraf schonk Cruijff een chocolade konijntje dat hij van de bond had gekregen (het WK-logo) aan zijn oude ploegmaat, die daar maar wat trots op was.

Om kort te gaan: dertig jaar later genoot Splinter niet van een lucratieve oude dag op de zonnige heuvels bij Barcelona, als wereldberoemde ex-sporter, een aanbeden icoon, maar leidde hij een lampenfabriekje op een troosteloos industrieterrein bij Hoorn. 'Als ik vroeger wat meer mijn best gedaad had,' zei hij, 'dan had men nu niet alleen in een beperkt kringetje geweten wie Gerrie Splinter is. Toch wel jammer.' Temeer daar hij wat steviger gebouwd was dan Cruijff en dus minder beperkingen had te overwinnen.

De Spriet, zoals Cruijff werd genoemd, De Lucifer, maar vaker nog Jopie of De Kleine, ging dan wel steeds beter voetballen – maar als hij de top wilde halen kon het daar niet bij blijven. Hij moest aansterken.

Een leren bal vanaf de cornervlag hoog voor het doel trappen bijvoorbeeld kon hij op zijn zestiende jaar nog steeds niet. De kracht ontbrak hem. Vanaf zijn vijftiende schoot Cruijff weliswaar omhoog: op zijn achttiende was hij één meter 76 lang, maar woog hij slechts 62 kilo. Daarom nam een jeugdtrainer hem tussen de middag vaak mee naar huis, dan kreeg hij twee keer per dag warm eten.

Bovendien miste hij een essentiële vaardigheid: hij kon de bal niet recht vooruittrappen, en zeker niet hard. Zijn handicaps boog hij met een zelden vertoonde bezieling om in hun voordeel. Door fantasievol te pingelen op basis van een uitgebreid scala aan (schijn)bewegingen slaagde hij erin eerst een handvol tegenstanders te omspelen, inclusief de keeper, zodat hij de bal daarna in het doel kon *lopen.* (Bij zijn debuut, op een regenachtige dag in november 1964, tegen GVAV in Groningen, scoorde hij door de bal van dichtbij over de doellijn te werken.) En wie niet recht vooruit kan trappen, doet dat krom, met effect – zoals Cruijff dat tot op de laatste wedstrijd in het betaalde voetbal, in mei 1984, zou doen. Hij was niet sterk, daarom moest hij slim zijn. En lenig: het enige vak op school waarin hij naar behoren had gepresteerd, was gymnastiek, hij haalde negens en tienen.

Jeugdtrainers lieten hem rondjes om het stadion lopen, en krachttrainingen doen: liggend op de grond moest hij zijn voeten, waaraan halters waren opgehangen, proberen op te tillen en dan lag het wonderkind net zo lang en zo vaak te kreunen tot zijn benen sterk genoeg waren om het profvoetbal aan te kunnen. Enerzijds leek een armoedige jeugd haast een voorwaarde voor iedere opgroeiende jongen om een wereldster te worden: Beckenbauer was de zoon van een arme postbeambte; Pele de zoon van een landarbeider (met elf dochters); Bobby Charltons vader was mijnwerker; Eusebio werd geboren onder een golfplaten dak in Mozambique. Maar 'Jopie' had daarnaast ook nog eens de tekortkomingen van zijn eigen lijf te overwinnen.

Cruijff week af. Hij was, zoals hij zelf zei, egoïstischer dan de rest. Zakgeld verbrassen aan lekkernijen was er niet bij: wekelijks hield hij de helft over, onder andere omdat hij nooit iets weggaf. 'Kwam het, omdat ik me sinds vaders dood zo vaak zorgen had gemaakt over geld?' vroeg hij zich af in *Boem.* 'Of zat het er eerder in? Ik weet het waarachtig niet.' Het geld dat hij verdiende door brood rond te brengen legde hij opzij voor later. Hij was vroeg oud. 'In het Ajaxrestaurant zie ik tegenwoordig jongens van twaalf jaar een uitsmijter bestellen en een biljartje maken,' schreef Cruijff op 25-jarige leeftijd in het De Gruyterboekje *Cupstukken.* 'Ze halen zonder te blozen twee, drie tientjes uit hun zak. Ze zijn verwend. Die knapen zullen zich later niet meer kapotwerken voor een premie.'

Als tiener speelde hij op aangepaste schoenen, want zijn voeten waren ongewoon breed, en hij had vaak problemen met zijn grote teen. De schoenen waren daardoor zowel verstevigd als hoger, tot boven de enkels, wat hem moest beschermen tegen harde verdedigers. Ondanks deze 'klompen', zoals zijn medespelers ze spottend noemden, leerde hij zichzelf extra wijde passeerbewegingen aan, dansend, huppelend haast, langs de gespierde benen die hem wilden neerhalen. 'Hij was zo goed als ongrijpbaar,' zei ex-Ajacied Cor van der Hart, die tot ver na zijn dertigste doorging met voetballen en die daardoor in zijn nadagen bij Fortuna, midden jaren zestig, wel eens tegen Cruijff speelde. 'Hij kwam op je aflopen met een *air* van: hé ouwe, ik zal jou 's een lesje leren. Het leek wel of hij het erom deed.'

Op bepaalde momenten had hij die houding nog steeds op het WK '74, met die hindeachtige tred die hij dankte aan zijn verhoudingsgewijs lange benen, zijn dansende haren. Op de schaarse momenten dat hij de ruimte kreeg, zag je weer de jongen in hem, dravend met de bal aan de voet, maar meestal was hij de zwervende kapitein die orde op zaken stelde. Op die manier kon hij zijn hardnekkige bewakers ontlopen en toch van groot belang zijn voor een team. Dat was zijn aanpak tijdens de laatste twee seizoenen bij Ajax en die rol cultiveerde hij in Barcelona alleen maar verder. Harde schoppen had hij ook in Dortmund kunnen ontwijken. Tegen Brazilië ging hij twee keer tegen de vlakte. Eerst toen hij een dreun kreeg zonder dat de bal in de buurt was, daarna toen hij bij zijn benen werd gegrepen door een Braziliaan die bang was dat hij alleen op de keeper zou afgaan. Twee gebaren van machteloosheid. Cruijff ging daar niet over lopen klagen bij de scheidsrechter, zijn houding was en bleef constructief.

Meer dan ooit was hij in dit toernooi de centrale figuur en hij beloonde dat vertrouwen door alles te geven wat in hem zat. 'Wonderbaarlijk dat een volk van dertien miljoen mensen en met nog betrekkelijk korte tijd profvoetbal iemand als Cruijff kan voortbrengen, iemand die de wereld opwindt,' vond de *Sunday Times*. En daar ging hij, de wonderbaarlijke, de ongrijpbare en ongenaakbare, het schoffie dat oudere spelers al vanaf het begin bij Ajax aanwijzingen liep te geven of het niks was (de irritaties daarover eenvoudig negerend), daar snelde de nerveuze dribbelaar, die conflicten nooit uit de weg ging, die zijn nek uitstak wanneer dat nodig was, die zijn lichaam tot het uiterste had getart om sterker te worden, steeds een beetje sterker, en hij sprong in volle vaart naar de bal en etaleerde exact die kwaliteiten die hem op zeventienjarige leeftijd al waren toegedicht: zijn positie-kiezen, zijn snelheid en behendigheid, zijn flair. Hij raakte de bal precies goed.

Welbeschouwd telde de tweede helft van Nederland-Brazilië – afgezien van de intimidaties over en weer – maar drie gedenkwaardige momenten: de twee goals en de schop van Luis Pereira tegen Neeskens. Er was in die fase, vijf minuten voor tijd, al zoveel onwelvoeglijks gepasseerd tussen de twee knokploegen dat een rode kaart haast niet kon uitblijven. De Brazilianen maakten er de meeste kans op. Weliswaar beging Nederland net als in alle andere WK-wedstrijden de meeste overtredingen (dertig, tegen Brazilië 25), maar die waren net iets minder misdadig dan die van hun opponenten.

Toen Pereira zijn poging deed Neeskens in tweeën te delen (en hij een van de meest beruchte overtredingen aller tijden tegen een Nederlandse voetballer beging), was hij zichzelf niet. De vele minuten die hij tijdens het WK '74 wel zichzelf was geweest, had hij de reputatie verworven van een 'kei', zoals Van Hanegem het uitdrukte. Luis Pereira gold als een van de revelaties van het toernooi. Tot de strijd met Nederland had hij in weinig WK '74-*dreamteams* ontbroken. Hij was groot en sterk en hij beschikte over een prachtige trap. Nederlandse journalisten noemden hem een artistieke Rinus Israel. Als omgeschoolde spits – een jaar eerder had hij pas zijn debuut in het Braziliaanse team gemaakt – stal deze 28-jarige libero de show met loopacties over de as van het veld die tegenstanders deden sidderen. Voor aanvang van deze wedstrijd had de door hem geleide verdediging pas één goal tegengekregen – net als Nederland trouwens. En nog tijdens dit treffen had hij Van Hanegem geïmponeerd door Cruijff een paar keer simpelweg van de bal te zetten.

Maar in de 85ste minuut wist Luis Pereira dat zijn team zou verliezen. Ook kon hij vermoeden dat velen in zijn voetbalgekke land hun televisietoestel door het raam naar buiten zouden gooien; dat mensen aan hartaanvallen zouden bezwijken, wie weet zelfmoord zouden plegen; dat hij en de andere verslagen wereldkampioenen een helse ontvangst in Rio de Janeiro konden verwachten. Zijn elftal kreeg wekenlang kritiek over zich uitgestort, zo angstig en defensief, zo in tegenspraak met de Braziliaanse voetbaltradities had het nationale team volgens veel landgenoten gespeeld. En nu was alles over. Zijn ploeg was geïrriteerd geraakt door het jagen van Nederland, door het hoge tempo en de kleine speelruimten die daarvan het gevolg waren. Die gram, die frustratie uitte zich in zijn lelijke, voor iedereen goed zichtbare en dus nogal onbeholpen daad. De Nederlandse middenvelder liep halverwege de Braziliaanse helft met de bal aan de voet, in de richting van de linkerzijlijn. Pereira kwam aanlopen en trapte hem zomaar tegen de benen – voluit, zoals je iemand op het strand weleens ziet doen tegen een langswaaiende lege doos, een schop die de geest verlicht. Neeskens rolde over de grond. Het 'Neeskens! Neeskens!' op de tribunes kon niet verhinderen dat hij direct moest worden vervangen door Rinus Israel.

Toen Pereira het veld wilde verlaten kreeg hij de hoon van de Oranjesupporters over zich heen. 'Luis Chevrolet', zoals hij werd genoemd vanwege zijn gracieuze evenwichtigheid, liet zich nog een keer gaan. Vlak voor de Nederlandse spelersbank stond hij zwetend en volkomen overstuur tegen de Nederlandse fans te schelden. Het was geen gezicht, het maakte zijn afgang nog erger dan hij al was. Bondsarts Frits Kessel verdacht hem en enkele van zijn teamgenoten zelfs openlijk van dopinggebruik, overigens zonder een spoor van bewijs.

En ze zagen er nog wel zo eigentijds uit, die Brazilianen. Opvallend veel spelers deden dat in deze zomer – tot in het Oostblok toe, waar Deyna en Tomaszewski samen met enkele andere Polen gemakkelijk een beatgroep hadden kunnen beginnen. De keeper van Joegoslavië, Enver Maric, leek met zijn vlassige snorretje en schouderlange haar weggelopen uit de hippe Amerikaanse countryband The Byrds. De kleine Argentijn Ruben Ayala deed met zijn steile haar, dat een eind over zijn schouders hing, al snel denken aan de hardrockers van Status Quo en de wildgroei op het hoofd van de Schotse doelman David Harvey was niet minder imponerend dan die bij de glitterrockband Slade.

De Braziliaan die tijdens dit WK net zozeer een openbaring was als Luis Pereira, linkerverdediger Francesco Marinho, baarde niet alleen opzien met vakkundig en grof spel. Net zo modern was zijn schouderlange, blonde krulhaar waarmee hij zomaar had kunnen invallen bij de hardrockgroep Led Zeppelin. Marinho's zwarte teamgenoten leken met hun uit kroeshaar opgetrokken motorhelmen sprekend op de funkband Sly and the Family Stone. Maar op de groepsfoto toonde het team meer soul dan op het veld. Van swingend tempovoetbal was maar zelden sprake. In alles wat Jairzinho, Paolo Cesar en Ze Maria deden om eigentijds te lijken – verdedigen, hard spelen, counteren – hadden ze het meest essentiële vergeten: posities wisselen en de bal snel laten rondgaan. 'Ik wil de Nederlandse prestatie niet omlaaghalen,' toonde Pereira zich na afloop een goede verliezer. 'Nederland is het meest complete team dat ik ooit heb meegemaakt. Wie heeft die spelers zo geschoold, dat iedereen alles kan? Ik wou dat die man een tijdje naar Brazilië kon komen.'

'Ongeacht de uitslag van de finale zeg ik nu al dat wij verloren hebben van het beste team ter wereld,' zei de Braziliaanse coach Mario Zagalo. 'In één woord geweldig. Nederland heeft een compleet team, dat zoals het nu wordt aangeduid totaalvoetbal speelt. Cruijff kan het als libero overnemen, terwijl dan de libero dreigend voor de goal verschijnt en ook een doelpunt kan scoren. Op dit moment ligt Nederland op dat terrein alle landen ver voor. Ik geef het ronduit toe, ik heb Nederland onderschat.' Het werd tijd dat voetballers in zijn land deze veelzijdigheid gingen kopiëren, vond hij, hoe moeilijk dat ook zou zijn. 'Wij Brazilianen zijn te balverliefd. Ook wij mogen voortaan de bal niet meer bij ons houden.' Terwijl de Nederlandse sterren Cruijff en Neeskens voor anderen werkten, oogstten de Braziliaanse helden van het WK '70 – Rivelino, Jairzinho, Paolo Cesar – kritiek omdat zij voornamelijk voor zichzelf bezig waren geweest.

Op geen ander moment zullen de Oranjesupporters sterker het gevoel hebben gehad dat Nederland bezig was de wereld een lesje te leren als op de avond van 3 juli 1974. Zoals ze daar stonden, samengepakt op de staantribunes van het Westfalenstadion, hossend, liedjes zingend, met in hun midden de dit keer met twee bussen afgereisde carnavalsvereniging De Deylknotsen uit Wasseneer, leek het allemaal niet stuk te kunnen. In een roes van Oranje-superioriteit zagen de fans hoe de kampioenen van 1970 aan immoreel gedrag ten onder gingen. Het was een *happening*, een historisch moment: Nederland verkondigde de Nieuwe Tijd en zij waren erbij. En omdat zij erbij waren, en met zovelen, en omdat zij op een onschadelijke manier zo ontzettend veel herrie maakten, verdiepten al die fans het idee van verandering nog verder.

Ze kregen kippenvel toen het volkslied werd gespeeld, en na afloop duurde het verschrikkelijk lang voordat de tribunes waren leeggelopen, de mensen bleven maar zingen en klappen, zo blij waren ze. En of dat allemaal nog niet genoeg was, kwamen de Oranjehelden hun kant op om hen te bedanken. Als een feestgezelschap waren ze gekomen (het leeuwendeel al uren voor aanvang), tijdens de wedstrijd was het de hele tijd feest, en als een feestgezelschap gingen ze na afloop in een eindeloze colonne van Nederlandse vlaggen en toeters weer naar huis. Tussen Dortmund en Arnhem zag je alleen maar auto's en bussen van landgenoten, claxonnerend, het rood-wit-blauw wapperend uit de ramen en daken, ze zouden het nooit meer vergeten.

Net als de spelers hadden veel supporters tegen Brazilië opgezien: het meest aansprekende en succesvolle voetballand op aarde, een grote en oude voetbalnatie, drie keer wereldkampioen en zoveel andere keren een kleurrijk vertegenwoordiger op eindtoernooien waaraan Nederland niet eens had meegedaan. En nu dit – het was te mooi om waar te zijn. De veertigduizend Nederlandse supporters van wie velen op de meest ingewikkelde manieren aan kaartjes waren gekomen, soms voor enorme bedragen, schiepen een zodanige atmosfeer dat zelfs commentator Herman Kuiphof chauvinistischer werd dan hemzelf lief was. 'Het was qua voetbal geweldig, maar er waren in defensief opzicht Suurbier- en Neeskens-tackles waarbij je (bij wijze van spreken) de botten der tegenstanders tot op grote afstand hoorde kraken,' schreef hij in *Mijn kijk op sport*. 'Had ik daar mijn afschuw niet duidelijker over behoren uit te spreken? Ja. Waarom deed ik dat dan niet? Een lafaard in de commentaarcabine? Misschien wel. Wetend, dat er in ons land een geweldige euforie was ontstaan en niemand op dat ogenblik kritiek wilde horen, plaatste ik mijn bezwaren op een laag pitje.'

Het zaligmakende gevoel dat er iets hoogs was gehaald, misschien wel het hoogst haalbare voor een land als Nederland, werkte bedwelmend. De wedstrijd tegen Brazilië was immers volgens *Kick* – en niet alleen volgens *Kick* – de meest enerverende, zenuwslopende allroundwedstrijd, ooit door een Nederlandse ploeg opgevoerd. De wereld juichte om de Nederlandse winst. *The Times* omschreef de overwinning als een triomf voor de aanval en de vrijheid van zelfexpressie. De tevredenheid in het Hollandse kamp was immens. Het goud was er nog niet, maar de glorie al wel. Het behalen van de finale werd gezien als iets onvoorstelbaars. De kop boven Cruijffs column in *De Telegraaf* luidde niet 'Doel bijna bereikt' maar: 'Doel Bereikt'. Daaronder liet hij aantekenen: 'Geweldig! We hebben ons doel bereikt. Zondag in de finale tegen West-Duitsland.' Krol zei: 'Wij hebben met de finale al alles bereikt, want dat had niemand van ons gedacht. Ik hoop toch, dat wij Duitsland kunnen verslaan.' Jongbloed schreef in zijn dagboek: 'Ik voel me voor de eerste keer in dit toernooi erg rustig. Waarom weet ik niet, maar ik denk doordat we de finale gehaald hebben, en we dus eigenlijk niet meer kunnen falen.' Rijsbergen zei: 'Mocht het zondag misgaan, dan mag niemand ontevreden zijn. Wie had van tevoren dit kunnen bedenken?'

Dat had niemand. Daarom werd het na afloop van de wedstrijd voor de derde avond op rij laat in de bar van het Waldhotel. Er was weer champagne, er waren borrels. Eigenlijk hadden de meeste personeelsleden van het hotel die avond om tien uur vrij moeten hebben, maar op verzoek van eigenaar Hans Krautkrämer was iedereen bereid een paar uurtjes voor die aardige Hollanders over te werken. 'Er zijn hier geen uitspattingen geweest,' zei hij. 'Wél hebben sommige jongens na een zware wedstrijd een goed glas gedronken. Maar daar is toch geen enkel bezwaar tegen? De Nederlanders zijn echte profs.' Op de bijgaande krantenfoto hief hij samen met zijn echtgenote een glas witte wijn: een toast op de goede afloop van het Nederlandse verblijf in hun Waldhotel. Het zat er bijna op. Bijna.

11. Wij & Zij

De omgewoelde plaggen waren na de veldslag tegen Brazilië nog niet aangestampt of Rinus Michels richtte zijn vizier op de volgende en laatste tegenstander, West-Duitsland. Tot die avond had hij de internationale pers in vier talen te woord gestaan. Dat ging hem goed af. Als een waarlijk vertegenwoordiger van een handelsnatie had hij zijn talenknobbel losjes en tegelijk vol zelfvertrouwen geëtaleerd. In welk land kwam je zulke coaches tegen? Veel trainers spraken alleen maar in hun moedertaal, en wat ze zeiden stelde dikwijls weinig voor. Natuurlijk, ook tegenover de buitenlandse media kon Michels de sfinx uithangen, een vraag nors ontwijken; maar op andere momenten maakte hij indruk met Engels-, Spaans- en Duitstalige voetbalcolleges. Dan tekende het internationale gezelschap zijn visie – onder goedkeurende blikken van de Nederlandse journalisten – vlijtig op. Nederlanders waren trots op Heineken, KLM, Fokker, de globetrotter prins Bernhard, en op Michels. Wereldburgers waren zij, open, toegankelijk, informeel.

Ja – tot de andere partij er misbruik van maakte. Wat Michels de vorige dag, direct na de *Bild*-publicatie, al had willen doen, deed hij vanaf deze woensdagavond consequent: tot nader order sprak hij slechts drie talen. ‘Wanneer de Duitse kranten een oorlog uitlokken,’ zei hij, ‘dan ís het ook een totale oorlog.’

De opmerking was geen bevlieging geweest, geen oprisping van een coach die de emoties van een meeslepende wedstrijd nog moest verwerken. De volgende dag ging hij op dezelfde toon verder. De vele Duitse journalisten in de persruimte van het Waldhotel wisten niet wat hun overkwam: steeds als zij een vraag stelden in het Duits, gaf Michels antwoord in het Nederlands. ‘*I forgot my German*,’ zei hij. ‘Er heerst op het ogenblik een oorlog tussen ons. Maar waarschijnlijk wordt de vrede na de finale in München weer getekend.’

Verontwaardigd vroeg een Duitse journalist: 'Als *Bild-Zeitung* een sensatieartikel publiceert, hoeft u ons toch niet over één kam te scheren?'

'Dat kan wel zijn,' antwoordde Michels in het Nederlands, 'maar ook uit allerlei andere berichten over ons elftal krijg ik de indruk dat het oorlog is. En aangezien de liefde niet van één kant kan komen, is het ook voor mij oorlog.'

Toen Michels in het Duits de vraag kreeg voorgelegd wat er met Rob Rensenbrink aan de hand was, zei hij kortaf: 'Die heeft een spierverrekking,' waarna de Duitse journalisten de koppen bij elkaar staken in een poging de betekenis van dat woord te herleiden.

Hans Hamstra, persmedewerker van de KNVB, probeerde Michels op andere gedachten te brengen. 'Rinus, spreek die jongens toch weer in het Duits toe,' hoorden journalisten hem zeggen. 'Dit is slechte *public relations* voor ons land.' Michels antwoordde: 'Maar wat zij geschreven hebben is een slechte *public relations* voor het Nederlands elftal.' Daar kon Hamstra het mee doen.

De 'andere berichten' waaruit volgens Michels moest blijken dat de Duitsers op oorlog aanstuurden, zullen onder meer betrekking hebben gehad op de entreekaartjes voor de finale. Het toch al geringe aantal dat voor Nederland bestemd was, 3400, werd in de laatste week zonder opgave van redenen met duizend verminderd. De Nederlandse voetbalbond protesteerde, secretaris-penningmeester Henk Burgwal deed wat hij kon, maar tevergeefs. Paniekerig telexverkeer, waarin termen als 'absurd' voorkwamen, en de vrees dat 'de boel mis zou lopen', haalde weinig uit. 'Hadden de Nederlandse fans er ten tijde van de voorverkoop maar meer moeten bestellen,' zei KNVB-bestuurder Jacques Hogewoning gelaten. 'De lage verwachtingen in Nederland weerspiegelden zich in het aantal bestelde kaarten.'

Terwijl tienduizenden Nederlanders dolgraag naar de finale wilden, zat de KNVB volgens Hamstra 'bij wijze van spreken nog verlegen om toegangsbewijzen voor de spelers die in München niet meedoen'. 'Ik zie de zaak somber in,' sprak hij. 'De FIFA en alle betrokkenen doen erg formeel.'

Niet alle instanties werkten tegen. Han Stork, hoofd speciale reizen en verkoopbevordering bij reisbureau Maduro, wist op een bijzondere manier nog vijftienhonderd kaartjes te regelen. Die waren afkomstig uit Zuid-Amerika, van liefhebbers die iets hadden gedaan waarop je de Nederlanders zelden kon betrappen: uit optimisme ruim van tevoren kaartjes kopen. Aangezien Uruguay, Brazilië en Argentinië waren uitgeschakeld, kwamen deze kaartjes weer in het verkoopcircuit terecht. Han Stork had er een stel kunnen bemachtigen. Voor de zoveelste keer in deze weken reed hij in een gehuurde oranje Mercedes naar Frankfurt. Op de terugweg, ergens in het Sauerland, dat midden in de nacht een wagneriaanse aanblik bood, mistig, donker, beetje sinister, hield zijn auto ermee op. Een groenwitte politieauto stopte. Stork legde de politiemannen uit wat voor belangrijks er in zijn kofferbak lag, en dat dat belangrijks allang in Den Haag had moeten zijn. 'Als jullie kans zien om die auto weer aan de praat te krijgen, dan geef ik jullie allebei een kaart,' zei hij. Nog nooit had Stork politieagenten zo hard zien werken. Met een vijl werden niet-passende verdeelpunten vermaakt, en na een tijdje sloeg de motor weer aan. Terwijl de reizenverkoper wegreed, zag hij de dienders zingend van blijdschap in de duisternis verdwijnen.

Om halfzeven 's ochtends reed Han Stork het deftige Noordeinde op, waar reisbureau Maduro, het officiële verkoopadres van de KNVB, was gevestigd. Het was een kille nacht geweest. Er stond een lange rij mensen in jassen, zich warmend aan primusbrandertjes, in tentjes, weggedoken in slaapzakken, allemaal wachtend op de start van de kaartverkoop. Stork laadde de dozen uit en de winkeldeur werd geopend.

Al wekenlang hadden Stork en zijn medewerkers al hun energie en vindingrijkheid moeten aanspreken om aan de vraag te kunnen voldoen, maar dit sloeg alles. Om de handel in zakenreizen niet al te zeer te stremmen had Maduro naast het reisbureau een leegstaand pand gehuurd. In deze bouwval, een inderhaast bij de schouwburg geleend gordijn fungeerde als achterwand, vonden duizenden Nederlanders in de zomer van 1974 hun geluk. Ze kwamen binnen via tourniquetjes, waarna zij aan een provisorisch getimmerde balie zaken deden met personeel dat bestond uit verloofdes en vriendinnen van medewerkers.

Met ieder maximaal twee kaartjes gingen ze weer weg. 'Dat was een hele rare tijd,' herinnerde Stork zich. 'We hebben er per saldo geen cent aan verdiend, maar ik zou het zo weer doen. Je kon van alles regelen. De mensen waren vrolijk, er was een goede sfeer.'

Fijn voor Stork – maar voor Michels en de zijnen leek het er inmiddels op dat iedereen Oranje tegenwerkte. De Duitse omgeving had haar bekoring verloren. Duidelijk was dat er zondagmiddag, ondanks de inzet van Han Stork en zijn medewerkers, geen sprake kon zijn van een Oranjelegioen. West-Duitsland was voor Nederland geen thuisland meer: in plaats van oranje zou het immense, met tachtigduizend mensen gevulde Olympiastadion van München voornamelijk zwart-roodgoud gekleurd zijn. De morele steun waarover de spelers het zo vaak hadden gehad, zou dit keer ontbreken. Die wetenschap bood geen prettig vooruitzicht.

Alles was nu anders, vond Michels, het was oorlog. Als verklaring voor zijn vijandige houding gebruikte hij de woorden 'particuliere redenen'. Min of meer particulier was het feit dat zijn belangrijkste speler, Johan Cruijff, ook na Nederland-Brazilië nog veel aan de telefoon was met zijn vrouw Danny, en dat hij daar zichtbaar onder leed. Volgens Johnny Rep hielden de telefonische discussies wel drie dagen aan, 'en dat heeft in de finale wel een beetje gescheeld'. Er viel na de twee artikelen over de *heisse Flirts* op de feestavond kennelijk nog steeds veel uit te leggen door Cruijff, te ontkennen en te verdedigen als reactie op de aanhoudende verwijten die hem vanuit een riante villa op een heuvel nabij Barcelona werden gedaan. Cruijff, de ultieme *family man*, had reden te vrezen voor zijn huwelijk. 'Danny dreigde niet naar de finale te komen,' zei Hans Boskamp, die op goede voet stond met Cruijffs schoonvader Cor Coster. 'Danny's vader Cor belde me. Het zwembadverhaal stond in de Spaanse kranten. Wil Michels heeft toen nog bemiddeld. Uiteindelijk is Danny toch gekomen. Op zondagmorgen werd ze gebracht door het Philips-vliegtuigje waarmee ook Michels steeds naar Barcelona vloog. Om elf uur kwam ze aan in München.'

Dat Cruijff tot op het laatst veel aan de telefoon zat, illustreerde ook een handgeschreven rekening van Hotel Bachmaier, waar de laatste twee nachten werd geslapen. Voor zover uit de – niet al te heldere – nota iets op te maken viel, was het dat de bedragen achter Cruijffs naam relatief hoog waren. In totaal moest voor achttien bellers 405, 92 mark worden betaald, aldus een document in het KNVB-archief: een gemiddelde van 22,5 per beller. Cruijff alleen was al goed voor 88,55 mark. Maar de lange telefonades wierpen hun vruchten af: op maandag 8 juli, de dag na de finale, zat het echtpaar minnekozend naast en aan elkaar in het vliegtuig op weg naar Schiphol. Zoals gewoonlijk keek Danny weg als Johan een televisieverslaggever te woord stond – ze wilde nog steeds geen voetbalvrouwtje zijn – maar verder leek alles weer vergeten, of in ieder geval vergeven.

Dat Michels de 'hetze' van de Duitse media telkens opvoerde, kon ook bedoeld zijn geweest om de eenheid in het elftal te optimaliseren. Dat was ook zo. Hoewel hij na het WK erg lang volhield dat er achter de 'oorlogvoering' van *Bild* 'duidelijk structuur' had gezeten – 'Ze waren erop uit,' zei Michels 25 jaar later in de documentaire *De Leeuw en de Kater*, en: 'Wij kennen dat niet, wij zijn een stukkie gezonder' – ondanks dat zei hij nog weer later eindelijk wat er werkelijk achter het idee van de structuur zat. 'In topsport heiligt het doel de middelen,' zei hij. 'Wat die Duitse journalist had gedaan – zich onder valse voorwendselen in de groep mengen – werd door ons geïnterpreteerd als stemmingmakerij. Hij had het gebeuren aangedikt. Dat was een smerige streek. Ik heb die toestand toen gebruikt voor de groep: de creatie van een gemeenschappelijke vijand. Je bespeelt alle snaren in zo'n periode, dus ook deze.'

Moraal: het zwempartijtje had wel degelijk plaatsgevonden, en de campagne van 'de Duitse media' tegen Nederland was een verzinsel om de onderlinge banden te versterken. Een oude oorlogstruc.

De supervisor had iets met oorlog – geen voetbalcoach die het woord zo vaak debiteerde als hij. Een direct verband met zijn eigen oorlogsverleden legde hij daarbij voor zover bekend niet. Wel vertelde hij dat met name de Hongerwinter er bij hem flink had 'ingehakt'. Zijn ervaringen in de bezettingstijd kwamen overeen met die van talloze andere Nederlanders. De details uit die laatste, vreselijke maanden van de oorlog zou hij zijn leven lang niet vergeten. In het voorjaar van 1945, zei hij in *De Telegraaf* toen hij 75 was geworden, was hij een spicht van zeventien. In geen maanden had hij aardappelen en groenten gezien. Net als bij veel lotgenoten in de Randstad bestond zijn menu dikwijls uit louter bloembollen. Omdat hij als puber bruikbaar was voor de *Arbeitseinsatz* durfde hij, evenals zijn vader, een tijdlang de deur niet uit. Zeker nadat hij ergens tussen Amsterdam en Alkmaar 'in een razzia' liep, wat hem de schrik van zijn leven bezorgde, verkoos hij binnen te blijven.

En zoals dat ging: zijn moeder ging op voedseljacht in het noorden van het land, zijn oudere zus en jongere broer liepen van Amsterdam naar Deventer om daar in de omgeving wat eten te verzamelen. Rinus zelf lag dagenlang op bed om, vermagerd als hij was, nog een beetje warm te blijven. Op andere momenten sloopten zijn vader en hij het halve huis om stukken hout in de haard te stoppen, want andere brandstof was er niet. Na de bevrijding was hij dermate verzwakt dat het een jaar duurde voor hij weer kon doen wat voor hem een levensvoorwaarde was: voetballen.

Toen Michels enkele jaren later in Lille aan de slag wilde als profvoetballer – zijn eerste profcontract was al getekend – waren het opnieuw militairen die een streep door de rekening haalden: hij moest in militaire dienst.

Later, als coach, vergeleek Michels voetballers opvallend vaak met soldaten. Het spelen van een wedstrijd was 'een primitieve zaak' waarbij een speler weerstanden de baas werd door – net als een 'soldaat aan het front' – zijn 'humane kwaliteiten' te verdringen. Wat iemand 'in menselijk opzicht' minder werd, won hij aan 'gevechtskracht'. Met een verwijzing naar het wrede en langdurige stratego met loopgraven, zei Michels: 'Met voetbal gaat het net als in een oorlog: de ene dag ga je honderd meter vooruit, de volgende dag vijftig meter terug.' Bij een andere gelegenheid, in 1967, noemde hij de destijds modieuze 4-2-4 voetbaltactiek een 'nieuwe slagorde, want voetbal blijft tenslotte een gevecht': 'Beide ploegen hebben een bepaalde organisatie van aanval en verdediging. Die organisatie evolueert. Zoals Napoleon met zijn legers optrok zou het nu absurd zijn.'

Vooral eind jaren zestig, toen Michels zijn Ajaxspelers dag in, dag uit mentale hardheid probeerde bij te brengen zoals hij die bij buitenlandse, meer 'professionele' topclubs ontwaarde, kwam het leger vaak om de hoek kijken. 'Het professionalisme vertoont veeleer een militair karakter,' schreef hij in de *Haagse Post*. 'De organisatie moet bijna identiek zijn aan die van een leger. Een voetbalwedstrijd is geworden tot een strijd tussen twee gevechtseenheden. Een gereglementeerd gevecht, dat tweemaal drie kwartier duurt.' Wilde Ajax naar de Europese top dan moest ook in Amsterdam het doel de middelen heiligen. Geweld diende niet langer te worden geschuwd; niet omdat geweld iets fijns was, maar omdat dat de enige manier was om op Europees niveau te winnen. Ploegen als AC Milan – waarvan Ajax in z'n eerste Europacupfinale in 1969 met 4-1 verloor – waren bereid 'onmenselijk' te zijn. Hollanders waren daar vanouds niet zo goed in, redeneerde hij, zeker niet zo goed als de Duitsers met hun militaire tradities. 'Het aantal werkelijk goede voetballers is in Duitsland mijns inziens minder dan hier in Nederland, maar toch komen ze tot betere prestaties. Door hun inzet en door hun perfecte ploegentactiek.'

In iedere oorlog vormt spionage een belangrijke, soms zelfs doorslaggevende factor. Maar de spion die generaal Michels van actuele informatie over West-Duitsland had moeten voorzien, Cor van der Hart, was door hem naar huis gestuurd. Terwijl Nederland tegen Brazilië speelde, vochten West-Duitsland en Polen in Frankfurt om de andere finaleplaats. Assistent-bondscoach Van der Hart had er helemaal op gerekend dat hij met zijn notitieblokje op de tribunes van het Waldstadion zou plaatsnemen. Geen belangrijker wedstrijd om je op voor te bereiden dan de finale, geen voornamere informatie dan die over de finaleopponent. Van der Harts rapporten over Oranjes tegenstanders waren Michels en de spelers telkens goed bevallen. Ze overlaadden Van der Hart met complimenten, want steeds weer waren zijn inzichten bevestigd door de praktijk op het veld. Maar van Michels hoefde het niet meer. 'Ik weet genoeg,' kreeg de spion te horen. Van der Hart wierp nog tegen dat twee toch zeker meer weten dan één. Het mocht niet baten. Wat Michels zei, gebeurde.

De reden van Van der Harts vertrek had niets te maken met de kwaliteit van zijn werk en alles met zijn gedrag. Hij had zich op die luisterrijke zondagavond met The Cats dermate misdragen dat hij niet kon worden gehandhaafd. De toestanden op dat feest, het handgemeen met *Hauptkommissar* Günther, de in het rond vliegende champagneflessen: dat kon zo niet langer. 'Günther eiste het vertrek van Van der Hart,' zei elftalbegeleider Carel Akemann. 'Als Cor niet zou vertrekken dan zou de beveiliging onmiddellijk worden gestaakt. De Duitsers namen het zeer hoog op.'

Besloten werd dat de assistent-bondscoach op dinsdagmorgen zou vertrekken. Tot het zover was hield Van der Hart zich gedeisd – ook op maandagavond, op het (tweede) feestje met onder anderen Willy Alberti en Lenny Kuhr. 'Ik ben maar op mijn kamer gaan zitten,' herinnerde hij zich, 'beetje drinken. Michels was iemand die alles naar zich toetrok. Hij was de baas en niemand anders. Hij is altijd mijn vriend gebleven, maar het was bij hem wel een beetje van: ikke, ikke en de rest kan stikke. Een eigenheimer. Trok zich van niemand iets aan. Dat wij vroeger samen hadden gevoetbald, en dat ik hem aan zijn proefwedstrijden in Lille heb geholpen, speelde bij hem geen rol. Ik moest weg.'

Tot op hoge leeftijd bleef Van der Hart erbij dat hij uitsluitend en alleen zijn koffers heeft gepakt, omdat Michels zijn rapporten wel kon missen. Conflicten met beveiligingsmensen hebben volgens hem nooit plaatsgehad. Dus wat deed de voetbalheld uit de jaren veertig en vijftig? 'Bij mij was het ja of nee. Daar ben ik keihard in. Ik ben rechtlijnig. Toen hij zei dat hij me niet meer nodig had, zei ik: nou, dan niet. En zoals dat gaat, dan val je erbuiten, dan tel je ineens niet meer mee.'

In de beste traditie van *De Telegraaf* zat fotograaf Jan Stappenbeld op dinsdagochtend vroeg met zijn camera in de aanslag om de aftocht van Cor van der Hart op de gevoelige plaat vast te leggen. Maar Stappenbeld heeft Van der Hart niet zien vertrekken. De assistent-bondscoach, die al zo'n vreselijk jaar achter de rug had bij de KNVB; die beledigd was; die zich als een snotjongen behandeld had gevoeld; die eerst gelokt was met leugens (hij zou de enige bondscoach worden) en die daarna vermalen was in het roddelcircuit van de voetbalbond; deze Van der Hart, die valiumtabletten tegen de overspannenheid moest slikken, die in de aanloop naar het WK ook nog terzijde was geschoven door een supervisor en die nu zijn werk niet mocht afmaken, deze Van der Hart voelde geen enkele behoefte te worden nagekeken. In alle vroegte, 's morgens tussen zes en halfzeven, stapte hij in de auto van Lenny Kuhr en haar man, de Amsterdamse pionier inzake plastische chirurgie Guidian Bialystock. In Utrecht werd hij afgezet.

Toen de spelers die ochtend aan tafel verschenen, was 'Corrie' hoog en breed vertrokken. Vervolgens werd Corrie uitgewist. Een ander woord is er niet voor. Voor hem geen lintje van de koningin (voor Michels en Fadrhonc wel); voor hem enkele maanden later geen dure Philips-videorecorder (voor de rest van de Oranje-equipe wel); zelfs op het plakkaat dat de KNVB naar de familie Krautkrämer zou sturen, als blijk van dank voor de heerlijke tijd die men in het Waldhotel had genoten, ontbrak hij. Het was een kostbaar aandenken, een zilverkleurige plaat op donker hout, met daarin gegraveerd een elftalfoto tegen de achtergrond van de rustieke hotelfaçade. Het plakkaat bevatte de handtekeningen van iedereen, van Michels tot en met de persfunctionarissen en de secretaresses en de materiaalman. Trots zouden de Krautkrämers hem naast de ingang van hun hotel spijkeren – waarschijnlijk niet eens beseffend welke handtekening bij deze *herzliche Erinnerung* ontbrak.

De KNVB verklaarde Van der Harts vertrek met een verwijzing naar diens op handen zijnde start bij Standard Luik: een nogal doorzichtige smoes om de aftocht van de coach te legitimeren. Inderdaad zou hij Zeist na het WK verruilen voor Wallonië, en inderdaad zou dat ingaan op maandag 8 juli, zodat een afreis op deze dinsdag, zes dagen eerder, niet zo gek leek. Maar al voor het WK was afgesproken dat een Belgische assistent-trainer Van der Harts taken zou waarnemen volgens overeengekomen richtlijnen. Ook de transferzaken waren keurig uitbesteed. Alles was geregeld opdat hij het WK helemaal kon afmaken.

Ook de coach met wie Van der Hart veelal de wedstrijd had geanalyseerd, Arie de Vroet, mocht het voor gezien houden. Nu stonden de rapporten van deze oud-international in veel lager aanzien dan die van Van der Hart. (In Zeist riep De Vroet een keer dat hij een verdediger bij Oranjes sparringpartner, een amateurelftal, erg goed vond. Anderen moesten hem erop wijzen dat die speler Ruud Krol was, die een helft bij de amateurs meedeed.) Maar het feit dat ook De Vroet afzwaaide – volgens de KNVB om familieredenen – betekende dat de tegenstander van Nederland in de finale niet in levenden lijve werd bestudeerd. De kennis van de ene tegenstander, Polen, was daardoor gering, die van de andere, West-Duitsland, verouderd.

De uiteindelijke tegenstander heette dus West-Duitsland. Van der Hart had het elftal van Beckenbauer in het begin van het toernooi wel eens bekeken, maar het team dat na de 1-0 overwinning op Polen toeleefde naar de finale, leek in weinig opzichten meer op het zwalkende en onzekere elftal dat hij onder ogen had gehad. West-Duitsland liet zich in de tweede poule van een andere kant zien. Van der Harts rapport had reuze interessant kunnen zijn. 'Ze spelen zeker niet zo mooi en creatief als op het EK '72,' had hij kunnen schrijven, 'maar de samenhang is weer helemaal terug. Het team is sinds het tegenvallende niveau in de eerste poule behoorlijk door elkaar gehusseld. Daar was gezien alle kritiek ook wel reden toe. Enkele spelers hebben op hun falie gekregen en werden zelfs op de bank gezet. Tegen Polen bleek waartoe die omzettingen hebben geleid: er staat een homogeen, knap spelend team dat in staat is in een hoog tempo aan te vallen. Door het midden – een-tweetjes met Müller – en over de vleugels. Ze geven weinig kansen weg. Maier verkeert in grote vorm.'

De stemming in het Duitse kamp was omgeslagen van chagrijn in gematigd optimisme. Neem alleen al het stadion: niet meer die Olympische burcht in Berlijn, met z'n afwachtende publiek, niet meer het ronduit vijandige volk van Hamburg, maar Düsseldorf. Daar, in het Rheinstadion, was de *Mannschaft* gelijk in de eerste wedstrijd van de tweede ronde aangemoedigd zoals tot dan toe niet was gebeurd. Al voordat de bal tegen Joegoslavië aan het rollen was gebracht, schalde het '*Deutschland! Deutschland!*' over de sintelbaan langs de Rijn. Dit was precies wat de aan zichzelf twijfelende mannen van Helmut Schön nodig hadden – Beckenbauer sprak van een 'volledig nieuw WK-gevoel'. Tot genoegen van het team werd ook de tweede wedstrijd in het Rheinstadion afgewerkt, dat in de gelederen van de Duitse equipe, met Schön voorop, iets sensationeels losmaakte. Eindelijk leek ook West-Duitsland een soort Wembley te hebben: een stadion waar het nationale team door dik en dun werd gesteund, waar je boven jezelf kon uitgroeien, een plek van nationale trots.

Vanaf het eerste fluitsignaal speelde Duitsland offensief, met een *fo-*

rechecking die aan Oranje deed denken, agressief storend en met snelle aanvallen over de vleugels. Aan de veteraan Wolfgang Overath – die als dertigjarige zijn derde WK meemaakte – zou Van der Hart beslist enkele zinnen hebben gewijd. Om het kwetsbare ego van de spelverdeler te sparen had Schön diens concurrent, de populaire Günter Netzer, niet eens op de reservebank laten plaatsnemen. Het risico dat de mensen weer om Netzer gingen schreeuwen, en de moed Overath weer in de schoenen zou zakken, wilde de *Bundestrainer* niet lopen. Overath beloonde het gebaar van zijn coach meteen. Hij ontpopte zich als de centrale man, ijver parend aan prachtige en tegelijk effectieve passes. Hij draaide behendig van zijn tegenstanders weg, om zijn medespelers keer op keer met zijn gevoelige linkervoet de diepte in te sturen. 'Veel ballen worden bij hem ingeleverd,' had Van der Hart kunnen noteren, 'en hij doet er heel vaak iets goeds mee. Verdedigt fel mee. Zou ik zeker een mannetje op zetten.'

De houding van Franz Beckenbauer zou Van der Hart hebben verbaasd. Behalve om zijn meesterlijke *passing* en spelinzicht stond *Der Kaiser* erom bekend dat hij weleens te veel risico's nam. Hij verdedigde immers als een opbouwer, zonder slidings, praktisch zonder overtredingen. Maar zoals het een aanvoerder betaamt, had Beckenbauer zijn spel na het echec tegen de DDR aangepast. Zijn soms al te frivole spel bleef achterwege. Geen leuke een-tweetjes met de centrale middenvelder, niet op het middenveld lopen als zijn aanwezigheid achterin gewenst was, niet parmantig doen als er aangepakt moest worden. Zelfs zijn eigen landgenoten keken hun ogen uit bij de degelijkheid die hij nu tentoonspreidde.

Een enkele keer liet hij zien dat hij niet alle streken had verleerd. Dan stond hij secondelang met de bal aan de voet in zijn eigen strafschopgebied: schijntrapje, nog een schijntrapje, en dan stiftte hij de bal met de buitenkant van zijn schoen tussen twee Joegoslaven door naar een medespeler. Maar zulke staaltjes van Beckenbaueriaanse arrogantie toonde hij alleen nog als de buit al binnen was – in dit geval ver in de tweede helft bij een 2-0 voorsprong tegen Joegoslavië. Op mensen als de Nederlandse scheidsrechter Arie van Gemert, die ervaring had met zowel het Duitse nationale elftal als Bayern München, maakte Beckenbauer al jaren indruk met de vanzelfsprekende manier waarop hij brandjes in zijn team kon blussen. En hij schroomde nog steeds niet om zijn medespelers in alle openheid de les te lezen. In Duitslands tweede wedstrijd van deze poule, tegen Zweden (een spannende en enerverende 4-2 zege), weigerde hij de bal diep te spelen omdat niemand zich vrijliep. Met weidse gebaren van zijn onvrede getuigend, trapte hij de bal zachtjes naar Overath, die hooguit vijf meter van hem vandaan stond. Het onbenullige rollertje was geen voortzetting van de aanval, integendeel haast, het was een gebaar van De Boze Kapitein Die Dit Niet Accepteert. Maar zijn traditionele foutjes liet hij achterwege.

Over de rest van de verdediging zou Van der Hart weinig bijzonders op te merken hebben gehad. De defensie was het enige deel van het elftal dat het hele toernooi dezelfde namen bevatte. Georg Schwarzenbeck was een houterige en daardoor kwetsbare voorstopper die het vooral van zijn lengte en concentratie moest hebben. De enige reden waarom deze correcte en bescheiden, maar tegelijk onooglijke 'Katsche' in het nationale elftal stond, was dat Beckenbauer zijn teamgenoot van Bayern erbij wilde hebben en hij bondscoach Schön, die zich een beetje geneerde voor zo'n antivoetballerstype, voor dat doel had omgepraat.

Berti Vogts werd in Nederland een 'bijtertje' genoemd: geen uitblinker in techniek en elegantie, wel een rechtsback met het vermogen om zijn tanden net zo lang in de kuiten van een aanvaller te zetten tot het baasje 'af' zei. Tegen Joegoslavië spande hij zich extra in, met als gevolg dat van Dragan Dzajic, een der duurst betaalde en meest gevreesde linkerspitsen van Europa, weinig werd vernomen. 'Ik ben van mening dat de Duitse ploeg vergeleken bij de eerste wedstrijden zeker twee klassen beter speelde,' zei Dzajic na afloop. 'Vogts was nog nooit zo sterk als dit keer.'

Na afloop was Vogts het middelpunt. De voetballer, van wie iedereen wist dat hij een jeugd vol beperkingen had gekend, werd van alle kanten gefeliciteerd. Op zijn elfde jaar beide ouders verloren, daarna opgevoed door zijn tante: voor de kleine blonde schoenmakerszoon was een team een soort plaatsvervangend gezin. Zijn trainers, Hennes Weisweiler bij Borussia Mönchengladbach, Helmut Schön bij het nationale elftal, waren als vaders voor hem. Tijdens het EK '72, toen Vogts moest afhaken wegens een knieblessure, had hij tegenover zijn coach zitten huilen in de kleedkamer. De plichtsgetrouwe Berti gehoorzaamde altijd, zeker als het teambelang in het geding was. Als geen ander bloeide hij op in de geborgenheid die een selectie met haar begeleiders kon bieden. Zijn ambities leken geen grenzen te kennen – zijn hele leven was ingesteld op voetbal en de poging daar het maximale uit te halen. Het volk sloot de bescheiden vechtjas in zijn armen: het 'Uwe! Uwe!' van de jaren zestig werd opgevolgd door 'Berti! Berti!' in de jaren zeventig.

Naar aanleiding van Duitsland-Polen had spion Van der Hart over Vogts kunnen schrijven: 'In deze vorm niet kapot te krijgen. Had eerst totaal geen vat op Gadocha. Liet zich niet kennen en knokte terug, net zo lang tot hij G. in zijn zak had.' Gadocha vormde met Lato en Szarmach een van de snelste en gevaarlijkste nationale voorhoedes ooit, in een team dat volgens *de Volkskrant* het 'meest sensationele' van het WK-toernooi was geweest. Maar West-Duitsland had geluk: Szarmach deed niet mee, het veld in Frankfurt was een modderpoel en het jonge Polen had intussen nog maar weinig energie over – veel minder dan de Duitsers, over wie Van der Hart zeker zou hebben opgemerkt: 'Uitstekende conditie.'

Paul Breitner – ouwelijke uitstraling, toch pas 22 jaar – speelde zoals men van hem gewend was. Net als zijn Nederlandse collega Ruud Krol opereerde hij vaak als extra aanvaller, maar dan nog nadrukkelijker, dominanter. Hij onderstreepte de revitalisering van zijn ploeg door het eerste doelpunt te maken tegen Joegoslavië, een knal van buiten het strafschopgebied. (Tegen Chili had hij ook al op deze manier gescoord.)

De enige constante factor op het middenveld was Overath. De man rechts van hem, het eigenzinnige loopwonder Uli Hoeness, was na het Drama van Hamburg geslachtofferd, evenals Bernd Cullmann en Jürgen Grabowski. Toen Hoeness na de wedstrijd tegen Joegoslavië weer in genade was aangenomen, etaleerde hij weer zijn oude vorm, met minder praatjes en meer zelfopoffering, zichzelf vanuit het middenveld katapulterend naar de flanken van de voorhoede. Hoeness bestreek zoveel gebied dat West-Duitsland met hem erbij een man meer leek te hebben – zeker tegen de Joegoslaven, die na hun knappe spel in de eerste poule een uitgebluste indruk maakten, maar ook tegen de gevaarlijke Zweden en de nog gevaarlijker Polen.

Maar het meest in het oog lopende toonbeeld van het Nieuwe Duitsland was Rainer Bonhof. Het 22-jarige talent van Borussia Mönchengladbach had voor aanvang van het toernooi nog maar een handvol interlands op zijn naam staan. Hij vond het al geweldig dat hij bij de selectie van 22 namen was gekozen. Bonhof, een geboren Nederlander die zich in zijn tienerjaren had laten naturaliseren om voor het Duitse jeugdelftal te kunnen uitkomen, was energiek, fel en dynamisch. Hij was geen heer in het veld, zoals Cullmann, die hij na de eerste poule uit het Duitse elftal had verdrongen. En juist daarom stond hij model voor wat sommige kranten een Kleine Revolutie noemden: voor het eerst sinds het EK '72 werd de pretentie van *spielerisch* voetbal opgegeven, er werd nu vooral geknokt.

Pas tegen Polen – op een nat veld in de stromende regen – speelde West-Dutsland met de voorhoede zoals die ook in de finale zou optreden. Gerd Müller had steeds in de punt van de aanval gestaan. Hoewel hij op dit WK vaak tijdenlang niet aan de bal kwam, en tot aan Polen pas twee keer had gescoord, bleven Schön en zijn teamgenoten en eigenlijk de hele natie op zijn wonderbaarlijke schutterskwaliteiten vertrouwen. Müller hoefde helemaal niet goed te spelen – of veel aan de bal te zijn – om van grote waarde te zijn voor zijn elftal. Hij speelde zijn eigen wedstrijd, een wedstrijd tegen de keeper. Op het WK '70 was hij topscorer, maar, zei hij van tevoren al, in 1974 zal het niet lukken. En hij kreeg gelijk, ondanks het geluksnummer dertien dat hij sinds zijn doelpuntenreeks in Mexico op zijn rug droeg. Uiteindelijk wist hij tegen Polen – een kwartier voor tijd – dan toch de weergaloze doelman Tomaszewski te verschalken. Op zijn eigen, onnavolgbare wijze zette hij hem op het verkeerde been en trapte de bal in de hoek waar zijn persoonlijke vijand hem niet verwachtte.

Rechts van Müller zou Cor van der Hart een soort speler hebben zien lopen waarop de Nederlanders dol waren, maar veel Duitsers iets minder: Jürgen Grabowski. Hij gold als een flegmatieke speler, een zondagskind wiens fraaie balbehandeling en dribbelkunsten de ene keer alles bewerkstelligden en de andere keer niets. Een idool (en aanvoerder) bij zijn club Eintracht Frankfurt – waar hij in zijn jonge jaren was geliefkoosd door een voormalige bondscoach van Nederland, Elek Schwartz –, maar een twijfelgeval bij de *Nationalmannschaft*. Hij was al bijna dertig, met ruim veertig (gedeeltelijke) interlands achter zijn naam, maar een regelmatige international was hij, 'de beste nummer twaalf ter wereld', allerminst.

Op dit WK werd Grabowski geacht als pure rechtsbuiten te opereren, terwijl hij bij Eintracht vooral middenvelder was, spelmaker zelfs: een rol die bij West-Duitsland was weggelegd voor Beckenbauer en Overath. Wat dat betreft deed Grabowski aan Rob Rensenbrink denken: het enige wat erop zat, was genoegen nemen met een ondergeschikte rol als flankspeler – en dus maar afwachten wanneer de bal zijn kant op kwam. Toen hij na het debacle tegen de DDR zelfs geen reserve mocht zijn, en naar de tribune werd verwezen, sloeg hij in zijn hotelkamer een cadeau dat iemand hem had gegeven tegen de muur kapot. Passie had hij dus meer dan sommigen dachten. En hij nam wraak. De wedstrijd daarna, tegen Zweden, mocht hij invallen, bij de stand 2-2, zijn team balancerend op de rand van de afgrond, en in minder dan geen tijd maakte hij het doelpunt van zijn leven.

'Grabi' speelde als een artiest, niet als een straatvechter, maar tegen het einde van het WK liet hij zich van zijn meest strijdlustige zijde zien. Hoewel assistent-coach Jupp Derwall tijdens het modderballet tegen Polen nog voorstelde hem te vervangen, liet Schön hem staan: eindelijk toonde Grabi vechtlust. En aan de vooravond van de finale probeerden opnieuw Derwall en Beckenbauer de bondscoach ervan te overtuigen dat het beter was een rechtsbuiten op te stellen die meer meeverdedigde. Opnieuw hield Schön vast aan Grabowski: met zijn aanvallende stijl kon hij zijn directe tegenstander, de aanvallend ingestelde Ruud Krol, mooi in de verdediging houden.

Aan de andere kant van Müller speelde Grabowski's teamgenoot bij Eintracht, linksbuiten Bernd Hölzenbein: minder een specifieke buitenspeler, meer een allrounder die bij zijn club meestal als centrumspits fungeerde (maar ook als midenvelder) en die door Schön op dit WK al twee keer als rechtsbuiten was gebruikt. De 28-jarige Hölzenbein stond in lager aanzien dan Grabowski. Een half jaar voor het WK had hij nog gedroomd van een plekje in de selectie; meer zat er niet in, leek hem zo. Maar in de zoektocht naar frisse invloeden na de 'DDR' waren Schön en Beckenbauer bij hem uitgekomen. Pas in West-Duitslands eerstvolgende wedstrijd, tegen Joegoslavië, mocht de man met het reservenummer 17 vanaf het begin meedoen: niet briljant maar wel snel en in staat een man uit te spelen. En één ding kon hij heel goed. Dat ding zou zeker met rood onderstreept in het boekje van Cor van der Hart zijn beland. Dat ding heette: *Schwalbe.*

Mogelijk om zijn niet al te weergaloze talenten met een foefje te verrijken, om zijn belang voor een team te vergroten, had Hölzenbein het vallen over een uitgestoken been tot een circus-act verheven. Hij kon ervoor zorgen dat iets wat misschien maar een halve overtreding was toch met een vrije trap werd beloond. Met zijn theatrale valpartijen had hij zijn club aan menige penalty geholpen. Dan werd hem vaak onsportiviteit verweten. Maar, klaagde Hölzenbein weleens, als hij het voor het nationale team deed, dan vonden diezelfde spelers het ineens prachtig.

Wat deed Hölzenbein tegen Polen? Hij ontving de bal van Breitner, hij snelde op het Poolse strafschopgebied af en begon met grote stappen aan een slalom. Hij kapte de bal met zijn linkervoet naar rechts, met zijn rechtervoet naar links, en zodra een Poolse schoen in zijn richting werd uitgestoken, haakte hij zijn voet daarachter en liet zich vallen. Beckenbauer noemde dat 'zijn specialiteit'. Tegen Zweden probeerde hij het een paar keer, maar toen had de scheidsrechter de truc door. Nu niet. Uli Hoeness mocht een strafschop nemen, maar Tomaszewski hield de bal tegen. 'H. te allen tijde buiten het penaltygebied houden,' zou Van der Hart vast en zeker hebben geschreven.

En dan was er nog keeper Sepp Maier, de clown van het team, een grapjas in een te lange sportbroek met eindeloos lange armen en handen als grijpers. Tot vlak voor het toernooi was hij een onzekere factor. Zijn capriolen waren in de voorafgaande periode niet altijd even constructief en rustgevend geweest. Maar ervaren was hij wel (WK '70, EK '72, Europacupoverwinning met zijn club Bayern München) en een positieve uitstraling op de rest van de spelers had hij als *Spassmacher* altijd. Naarmate het toernooi vorderde, bevestigde hij zijn bijnaam De Kat in toenemende mate met 'onmogelijke reddingen'. Ondanks het doorweekte veld keepte hij tegen Polen een van de beste wedstrijden uit zijn leven: Helmut Schön noemde hem de Vader van de Overwinning. De doelman, die er als kind van droomde toneelspeler te worden, deed zijn reputatie, dat hij onder moeilijke omstandigheden vaak tot zijn beste prestaties kwam, eer aan.

De Ajaxspelers van Oranje kenden Sepp Maier heel goed. Hij was de man langs wiens oren zij de laatste jaren een emmervol ballen in het doel hadden getrapt. Zestien maanden eerder, in maart 1973, was Bayern München met 4-0 verslagen in het Olympisch Stadion. Sepp Maier dook over lage voorzetten heen, hij liet een niet al te moeilijk schot los (Haan scoorde), hij timede verkeerd bij een corner van Cruijff (Haan scoorde opnieuw). Alle vier doelpunten waren na de rust gemaakt, dus tamelijk vlak na elkaar. 'Na afloop stond Maier te huilen in de gang naar de kleedkamer,' herinnerde de Duitse journalist Sigi Drach zich. 'Hij was vernederd. Ook Beckenbauer was er kapot van. Vergeet niet, Bayern was toen al een grote club. Ze hadden erg hun best gedaan, maar ze voelden zich gewoonweg gedemonteerd. Het was *schrecklich*. Jaren later zeiden de spelers nog tegen me: zoals toen werden we nog nooit weggespeeld.'

Het laatste was niet helemaal juist. Zeven maanden daarvoor, in augustus 1972, had Maier zelfs vijf keer moeten 'vissen'. Ter gelegenheid van het afscheid van het oude Bayernstadion – na de Spelen van die zomer zou Bayern z'n thuiswedstrijden voortaan in het Olympisch Stadion afwerken – was Ajax uitgenodigd er een vriendschappelijke wedstrijd te komen spelen. Cruijff 'waaierde' over het hele veld, schreven de kranten; Gerd Müller, *der Bomber der Nation*, had niets in te brengen tegen voorstopper Barry Hulshoff, en zodra Beckenbauer doorschoof naar het middenveld vond hij de onverzettelijke Neeskens tegenover zich. Bayern, dat in zijn oude stadion aan de Grünwalderstrasse twee jaar lang niet had verloren, deed dat nu wel, met 5-0.

De negen doelpunten waren reden voor optimisme aan Nederlandse, en bezorgdheid aan Duitse zijde. 'Twee ploegen die voor de aanval kiezen,' stelde Haan in *Kick*. 'Beter kan je het, dunkt mij, niet wensen. Twee speelstijlen die elkaar goed liggen. Het móét een schitterende finale worden. Mede door een gezonde rivaliteit, daterend van de wedstrijden Ajax-Bayern, maar ook van Feyenoord tegen bijvoorbeeld Borussia Mönchengladbach. Steeds duidelijk in het voordeel van de Nederlanders geweest.'

Hoewel het credo 'Duitsland heeft pas verloren als het laatste fluitsignaal heeft geklonken' al minstens zes jaar oud was, en Michels meer dan eens zijn respect had geuit voor de Duitse veerkracht, wekte de Nederlandse equipe op de dagen voor de finale van zondag 7 juli geen overmatig bezorgde indruk. Op clubniveau was het zo vaak goed gegaan, variërend van de 4-0 zege van Ajax op FC Nürnberg in 1968 tot Feyenoords uitschakeling van Vfb Stuttgart in de UEFA-cup in het voorjaar van 1974. 'Er was geen reden voor een bijzondere voorbereiding op die Duitsers,' zei Johnny Rep. 'We wonnen altijd van ze.'

Maar de Duitsers konden bogen op een lange traditie met het nationale elftal, dat – in tegenstelling tot Oranje – dikwijls tot grotere hoogte steeg dan de clubteams. De totale naoorlogse score tussen beide landen was 14-5 voor de Duitsers. De laatste ontmoeting, in maart 1966, had West-Duitsland in Rotterdam eenvoudig met 4-2 gewonnen. Desondanks besloten Michels en Cruijff dat Oranje in de WK-finale dezelfde tactiek zou hanteren als bij de 5-0 zege van Ajax in München. Net als in augustus 1972 zou Cruijff nog meer dan anders naar het middenveld terugzakken, aldus zijn 'bewaker' van zijn plaats meelokkend, zodat anderen, libero Haan met name, in de door Cruijff vrijgelaten ruimte zouden opduiken om verwarring te stichten. Dat dit Duitse elftal beter was dan het Bayern van destijds, en dat de Duitsers toen pas een week in training waren, en dat een finale voor landenteams andere mores kent dan een vriendschappelijke wedstrijd tussen clubs: het deed kennelijk niet terzake.

Hoewel Michels in 1972 geen coach van Ajax meer was, en hij dus geen getuige was van die 5-0 wedstrijd, ging hij gelijk met het voorstel akkoord. Misschien gebeurde dat wel tijdens een spontane discussie. 'Na het eten zaten er in één keer zomaar een aantal spelers, onder wie Cruijff, Haan, Keizer, Michels en ik te praten over de eventuele speelwijze van Duitsland,' noteerde Jongbloed in zijn dagboek. 'Het al dan niet wijzigen van het Duitse elftal, het schaduwen van Cruijff, etc... kwamen ter sprake.'

Verder is er niet al te veel over de finale gesproken. Cruijff was in de eerste plaats bezig zijn huwelijk te redden en het centrale vraagstuk leek eerder te zijn of Rensenbrinks dijbeen al vorderingen maakte, dan hoe de Duitsers het beste konden worden aangepakt. De spierverrekking overschaduwde zelfs het zwembadincident. 'We waren niet zo bezig met het zwembad,' zei Willem van Hanegem op de NOS-televisie. 'Wel met Rensenbrink, deed-ie nou wel mee of niet? Dat hield ons eerlijk gezegd meer bezig dan de finale zelf.' En Krol zei: 'Die verhalen over dat zwembad waren alleen vervelend voor degenen die erbij waren geweest. De rest had daar geen last van. Waar iedereen last van had, was de vraag wie er linksbuiten ging spelen.'

Al meteen na de slag met Brazilië had bondsarts Kessel gezegd er voor negentig procent zeker van te zijn dat Rensenbrinks spierverrekking niet op tijd zou genezen. Maar kort daarop werd enige vooruitgang geconstateerd. Wat te doen? Michels had drie dingen kunnen besluiten: Piet Keizer of René van de Kerkhof benoemen tot Rensenbrinks vervanger en daar meteen op gaan trainen, of erop gokken dat Rensenbrink in de twee tot drie dagen die hem restten toch in voldoende mate zou herstellen. De supervisor koos voor het laatste. De onzekerheid die daarvan het gevolg was, zorgde tot vlak voor de finale voor onrust. Op vrijdag schreef Jongbloed in zijn dagboek over het dilemma waar Michels voor stond: 'Ik denk dat hij René van de Kerkhof pakt.' Maar een dag later, schreef Jongbloed naar aanleiding van een laatste test voor Rensenbrink: 'Morgenochtend om 8 uur beslist Michels na een training. Buigen of barsten, anders speelt Keizer.'

Tegenover het nadeel van de aanhoudende twijfels in de spelersgroep stond het risico dat zowel Keizer als Van de Kerkhof met zich meebrachten. Van Keizer kon je na diens slechte optreden tegen Zweden niet overdreven veel zelfvertrouwen verwachten. En Van de Kerkhof was in de eerste plaats niet als links- maar als rechtsbuiten meegenomen – als invaller voor Rep. Zijn internationale ervaring was gering en bovendien werd de Eindhovense tweeling weinig serieus genomen. René en Willy werkten dit ook wel enigszins in de hand door een al te hoofse houding enerzijds en door een stapel van vijftig *Suske & Wiske's* die ze in Hiltrup hadden laten aanrukken anderzijds.

René en Willy waren in de oefeninterlands in mei bijna demonstratief overgeslagen, zelfs zodanig dat beiden vermoedden dat zij zouden afvallen, en niet Mulder en Brokamp. Michels ging opvallend losjes met de tweeling om. 'Ik weet wat ik aan ze heb,' zei hij alleen maar. Waarmee hij zal hebben bedoeld: de 22-jarige tweeling was razendsnel, maar tactisch niet overdreven slim, leuk als *pinch hitter*. Die laconieke houding was er vanaf het begin geweest. Vlak voor de start van het trainingskamp in Zeist, toen Gerrie Mühren bekendmaakte dat hij niet meewilde, kreeg elftalbegeleider Carel Akemann de opdracht Willy van de Kerkhof op te roepen. Maar de PSV'er, die aan het verhuizen was, bleek onvindbaar. Ten einde raad, en met knikkende knieën, belde Akemann laat op de avond de supervisor op met de vervelende mededeling dat hij Willy niet kon traceren. 'Geeft niet, Akemann,' bromde Michels, 'dan neem je z'n broer maar.'

Uiteindelijk werd Willy toch opgespoord en mochten ze allebei komen. In Duitsland zat de tweeling veelvuldig op de tribunes. Tijdens Nederland-Brazilië mocht René voor het eerst op de reservebank zitten, terwijl Keizer toen juist naar de tribunes werd gedegradeerd.

De sfeer in het Nederlandse kamp was verre van optimaal. Het regende vaak, waardoor de verveling en het verlangen naar huis almaar sterker werden, en er waren irritaties over de geringe hoeveelheid finalekaartjes die Nederland ter beschikking waren gesteld. Aan de spierverrekking van Rensenbrink werd dagenlang gesleuteld door de fysiotherapeuten. Daarnaast wekten sommigen de indruk dat ze er eenvoudig doorheen zaten. 'Je kon het aan iedereen merken,' zei Rob Rensenbrink tegen *Nieuwe Revu*. 'We waren aan ons eind.' Wellicht was de pijp leeg en hadden de spelers hun hoogtepunt bereikt tegen Brazilië. De Nederlandse interlandcultuur had tot aan deze zomer niet meer behelsd dan: maandag verzamelen, dinsdag trainen, woensdag spelen. Voor iedereen was het een kwestie van pionieren geweest, zonder kennis van zaken wat betreft een balans tussen spanning en ontspanning. Misschien had een feestpartijtje minder ook wel gekund? 'Ik ben ervan overtuigd dat de belangrijkste vorm van vermoeidheid niet lichamelijk van aard was, maar geestelijk,' zei dokter Kessel. 'Hoe houd je zoiets nog eens wekenlang goed na een zwaar seizoen: van die dingen wisten we gewoon weinig af.'

Vooral Johan Cruijff vond het allemaal veel te lang duren. Zijn eerste seizoen bij Barcelona had zakelijk en privé veel van hem geëist, en zowel bij zijn club als bij Oranje was zijn rol dragender dan ooit. Voor aanvang van het WK had hij al opgezien tegen een wekenlange afwezigheid van huis; daar waren in Hiltrup ook nog eens die overweldigende belangstelling van de (internationale) pers en het zwembadincident bij gekomen. Enkele maanden na het toernooi zei Cruijff dat hij tijdens de finale 'geestelijk doodmoe' was.

De familiaire cultuur in het Waldhotel, het veilige ons-kent-ons tussen voetballers en journalisten, was er na alle tumult over de *Bild*-'hetze' wel een beetje af. Hetzelfde gold het gevoel van onoverwinnelijkheid. De 'goede sfeer' waarvoor Michels volgens *Kick*-verslaggever Lex Muller in grote mate verantwoordelijk was door de spelers nu en dan de vrije hand te laten: die sfeer nam af naarmate de finale dichterbij kwam. 'Diep van binnen hebben velen het gevoel gehad dat Nederland geen kampioen kon worden,' zei hij. 'Typisch Nederlands. Ik weet nog goed dat veel journalisten vooraf zeiden: Nederland verdient het, maar het zal wel niet gebeuren.' Daarin werden zij gesteund door Willem van Hanegem: hij was er steeds van overtuigd geweest dat Oranje ver zou komen maar uiteindelijk naast het goud zou grijpen.

Hoewel het verblijf in Hiltrup een regelrechte sleur was geworden, besloot Michels dat de Nederlandse gemeenschap er nog een dag langer zou blijven dan gepland was. Oorspronkelijk zouden de spelers en begeleiders op vrijdag naar München verkassen: dan zou iedereen voldoende tijd hebben om te acclimatiseren, het hotel en het stadion konden worden verkend, even kijken hoe het veld aanvoelt – het bekende ritueel voor een belangrijke wedstrijd. 'Maar opeens zei Michels: we gaan zaterdag,' herinnerde Carel Akemann zich. 'Ik vond het een beetje laat. Zo'n verhuizing geeft altijd rommel. Een dag extra om alles weer op orde te krijgen verdient altijd de voorkeur.'

Zelfs een stoere voetballer als Ruud Krol was verwonderd, en helemaal niet blij met de oekaze dat de verhuizing met een dag was uitgesteld. 'Ik moest altijd eerst een nacht wennen aan een nieuw bedje,' zei hij spijtig. Krol was geen gemakkelijke slaper, ook in vliegtuigen had hij vaak een pilletje nodig en dan lukte het meestal nog niet. 'Iedere matras is weer anders. Met een onbekend bed had ik het altijd moeilijk. Die nacht voor de finale heb ik geen oog dichtgedaan.'

'Michels kwam wel vaker plotseling met veranderingen aanzetten,' zei bondsarts Frits Kessel. "Vanmiddag toch maar geen training," zei hij dan, of: "Laten we maar naar de bioscoop gaan". Meestal kwam hij met zulke wijzigingen als hij bepaalde vibraties bij de spelers had opgevangen. Hij voelde aan wat goed was voor de jongens. Daarover was verder geen discussie mogelijk. Michels nam een besluit nooit zomaar. Er was altijd eerst ampel beraad, waarna een weloverwogen besluit volgde. Ik hield het erop dat hij de reis uitstelde vanwege Rensenbrink. In bussen en vliegtuigen zitten is niet bevorderlijk voor de genezing. Hoe later de reis, hoe beter het is voor de spier van Robbie, zal Michels hebben gedacht. "Weer zo'n stadion verkennen, dat kennen we nu wel," zei hij.'

Zodoende werd vrijdag 5 juli nog zo'n dag waarvan er al zovele waren geweest: om 9.30 uur ontbijt, om 10.30 uur training, om 13.00 uur lunch, om 14.30 uur rust, om 16.00 uur wandeling, om 18.30 uur diner, om 19.30 uur recreatie/telerecording (het bekijken van voetbalbeelden).

Op zaterdag 6 juli werd afscheid genomen van het Waldhotel Krautkrämer. De overtollige materialen verdwenen in een busje met bestemming Zeist, en de Nederlandse equipe, van wie Rensenbrink nog allerminst een fitte indruk maakte, reed om halfelf per bus naar het vliegveld bij Düsseldorf. Als gevolg van een vertraging van de LH 362 kwam het gezelschap pas na vieren aan in het hotel in Rottach-Egern, een eindje rijden buiten de stad. Hotel Bachmaier am See was een uit diverse gebouwen opgetrokken complex, stukken groter dan het onderkomen in Hiltrup, al waren er ook overeenkomsten: het lag aan een meer en er was dag en nacht bewaking. Hoewel ze al het nodige gewend waren in Hiltrup, vergaapten de Nederlanders zich aan de klassiek-luxueuze zakelijkheid die er heerste.

Wat er nog over was aan sfeer in de Nederlandse gelederen loste op in het onoverzichtelijke hotelcomplex. De spelersvrouwen waren aangekomen, zij het niet in Rottach-Egern maar in een hotel in de stad, vanwaar zij de volgende dag naar het stadion zouden gaan. In de herinnering van Johan Neeskens zorgde de nabijheid van de echtgenotes voor onrust. 'De sfeer was anders dan we gewend waren voor een belangrijke wedstrijd,' zei hij tegen *Nieuwe Revu*. 'Het maken van grappen, het op elkaar afreageren, alles werd beïnvloed door de vraag: hoe zou thuis zich voelen?' Door alle commotie over de *Bild*-artikelen broeide het volgens Neeskens 'te veel om een goede finale te spelen'. 'Ik heb het zo gevoeld. Dat was echt dood- en doodzonde.'

Die zaterdagavond zond de TROS het verslag uit van de feestavond in Hiltrup. Michels zong *Droomland* en het publiek droomde mee. Op de Duitse televisie was René van de Kerkhof te gast bij een sportprogramma. Zijn ploeggenoten moesten hartelijk lachen om zijn steenkolenduits. In een ander hotel hield het optreden van de PSV'er ook de aandacht van Kees Jansma gevangen. De journalist van *De Tijd* schrok een beetje van wat hij zag. 'Het was een vast onderdeel van de *Sportschau* dat de gast een aantal ballen door twee gaten probeerde te schieten,' zei hij. 'Dat deed René heel goed, hij stond meteen bovenaan de ranglijst. En Van de Kerkhof deed altijd gek, dus deze keer ook. Vol zelfvertrouwen zei hij dat Nederland met afstand het beste voetbal had gespeeld en zeker ook de finale zou winnen. Ik vond dat best leuk, maar ik merkte dat de Duitsers in het hotel zich erover opwonden. Dat voorval stond niet op zichzelf – het begon wel lichtelijk op te vallen dat Nederland zichzelf erg goed vond.'

Op vrijdag 5 juli pakte *Bild-Zeitung* uit met een enorme kop op de voorpagina: '*Wir stopfen den Deutschen das Mundwerk*'. Volgens het boulevardblad had Haan gezegd dat Nederland de Duitsers wel even de mond zou snoeren, aangezien zij zich, ondanks het pak rammel dat Bayern van Ajax had gekregen, nog steeds de grootsten voelden. Ook Krol werd geciteerd: 'De Duitsers staan onder druk van het moeten presteren, maar wij zijn al wereldkampioen – want wij hebben het beste voetbal van het toernooi gespeeld.' En Suurbier: 'De Duitsers zijn duidelijk bang voor ons. Als Sepp Maier aan de 4-0 tegen Ajax denkt, grijpt hij gelijk weer mis.' En Neeskens: 'Wim Rijsbergen zal de Duitse

Bomber Gerd Müller net zo uitschakelen als alle andere spitsen tot nu toe.' En Cruijff: 'Helmut Schön zal zich op ons moeten richten – wij ons niet naar hem.'

Nederland was inderdaad favoriet voor de zege, concludeerde *Bild*, maar 'man, wat hebben die Hollanders een praatjes'.

Helmut Schön vond *Bild* dan wel 'een krant voor idioten' en waarschijnlijk waren de uitspraken wat aangedikt: hij kon de citaten mooi gebruiken als pepmiddel voor zijn spelers. Bovendien schoven ook andere kranten het wereldgoud al een beetje de Nederlandse kant op. Een deskundige als Brian Glanville van de *Sunday Times* vond het maar het beste als de Nederlanders zouden winnnen. 'Het zou een nieuwe, voortreffelijke naam op de wereldbeker zijn,' schreef hij op 7 juli, de ochtend van de finale. (Op zaterdagavond voorspelde hij op de Duitse televisie een zege voor Oranje.) 'Als ik de kranten er zo eens op nasla,' schamperde Schön op een persconferentie, 'dan hoeft de finale eigenlijk niet gespeeld te worden. Iedereen vindt de Hollanders favoriet, de Hollanders zelf ook. Ach, dat betekent dat wij Duitsers niets meer te verliezen hebben.' En: 'De zenuwen zijn van ons afgevallen. Vooral omdat we telkens vernemen dat wij geen kans hebben. Er is nu een stemming: we zullen wel zien.' Hij vond het best: '*Gott sei Dank* zijn we deze keer eindelijk eens geen favoriet.'

Schöns aanvoerder speelde het *underdog*-spelletje keurig mee. 'Wat wij tot dusver bereikt hebben, danken wij aan vechtlust,' zei Beckenbauer. 'Je moet je afvragen of dat alleen genoeg is voor een finale.'

Deze bescheidenheid was vals. In werkelijkheid werd het moreel van de Duitsers met de dag zonniger – en dat moest letterlijk worden opgevat. Na het eerste trainingskamp bij Hamburg trokken ze naar Kaiserau bij Keulen en al op donderdag, de dag na de 1-0 zege in de modder van Frankfurt, verplaatsten zij zich nog verder naar het zuiden, naar een sportschool in Grünwald bij München. Na iedere verplaatsing knapte de sfeer op en scheen de zon vaker. Samen met de onweersbuien en slagregens waren ook de Spartaanse toestanden in Kaiserau achtergelaten, het werd tijd voor ontspanning. En gewichtige blessures waren er – in tegenstelling tot het Nederlandse kamp – ook al niet. In deze sportschool was een sauna, een massagesalon, een zwembad en je kon er heerlijk wandelen in een lommerrijk park. Zelfs een laatste akkefietje met sponsor Adidas – de spelers dreigden de drie strepen op hun schoenen zwart te verven als de firma niet over de brug kwam – kon de pret niet drukken.

Vooral voor de dominante Beierse kliek in de selectie was de aankomst in Grünwald een soort thuiskomst. Breitner, Hoeness, Schwarzenbeck, Beckenbauer, Müller en Maier mochten hun gezinnen laten komen, en wie wilde, mocht zelfs even naar huis rijden. Franz Beckenbauer hoefde niet naar huis te rijden – hij kon het lopen, want zijn villa stond op vijfhonderd meter van de sportschool. De sportschool waar zijn voetballoopbaan tien jaar eerder was begonnen, de school ook waar hij zijn vrouw Brigitte had ontmoet.

Vrijdagmiddag inviteerde hij de voltallige selectie plus begeleiders in zijn tienkamervilla ter waarde van twee miljoen mark. Een sterker gevoel dat er een thuiswedstrijd in het verschiet lag, kon een team niet krijgen. Het conflict om de premies, het gezichtsverlies tegen de DDR, de instorting van Schön, de 'kampgekte', de onderlinge kwesties – alles verbleekte onder de koesterende zon van Grünwald. Als om zijn eigen herrijzenis te onderstrepen liet Schön zich glimlachend kussen door twee in Hollandse klederdracht gehulde Frau Antjes tegelijk. 'Voor het eerst in dit hele WK-toernooi gleden de verkramptheid en de spanningen van onze schouders af,' schreef Beckenbauer in *Einer wie ich*. 'Ondanks alle ergernissen hadden wij de finale bereikt, niemand kon ons nog iets verwijten.'

Was Nederland niet in overdreven mate bezig met de specifieke eigenaardigheden van het Duitse elftal, en waren sommige spelers er zelfs niet helemaal met hun hoofd bij: voor de Duitsers gold het omgekeerde. De centrale vraag was op welke wijze Johan Cruijff het beste kon worden aangepakt. De Brazilianen hadden getoond hoe dom het was om geen mandekking toe te passen. Aan de andere kant had de Oost-Duitser Weise laten zien dat als je Cruijff flink voor de voeten liep, hij de wedstrijd toch minder kon domineren dan hem lief was. Mandekking dus, maar door wie? Er waren twee kandidaten: de jonge verdedigende middenvelder Rainer Bonhof en de meer ervaren, 28-jarige 'terriër' Berti Vogts. Men was het al snel eens dat Berti de klus moest klaren. Als iemand het kon, was hij het. Van Vogts werd gezegd dat hij, als hem die opdracht was gegeven, bereid was de spits die hij moest *kaltstellen* tot op het toilet te volgen.

Schön liet Vogts bij zich komen. De verdediger werd duidelijk gemaakt dat alles op alles moest worden gezet om Cruijff onder controle te krijgen, schreef Schön later in *Fussball*. Anders zouden de Hollanders hun eigen spel kunnen spelen en dan zag het er slecht voor het Duitse team uit. Schön vertelde dat hij daarom de beste mandekker van het land op Cruijff wilde zetten, hem dus.

'Komt in orde, meneer Schön,' antwoordde de één meter 68 kleine verdediger.

'Hij laat zich vaak bij zijn eigen strafschopgebied aanspelen en dan is hij amper nog van de bal te krijgen,' vervolgde de *Bundestrainer*. 'Maar ik denk dat het onverstandig is als je hem over het hele veld achternaloopt. Dan trekt hij jou te veel weg uit onze verdediging. Het lijkt me het beste als je hem bij de middellijn opwacht en hem vanaf die hoogte bestrijdt.'

Schwarzenbeck moest de plek van Vogts overnemen. Toch wist Schön al dat 'Katsche' veelvuldig op zijn oude plek in het centrum zou opereren, aangezien Rensenbrink dikwijls vanaf zijn linkerplek naar het centrum opschoof als Cruijff zijn stek weer eens verliet. Het spelsysteem van de Nederlanders bevatte voor Schön allang geen geheimen meer.

Het anti-Cruijffplan werd op vrijdagmiddag in een trainingswedstrijdje uitgeprobeerd. Uit reservespelers stelde Schön een 'Nederlands elftal' samen. De rol van Cruijff werd vertolkt door de beste reservespeler denkbaar, de inmiddels uit zijn vormcrisis herrezen Günter Netzer. Hij was er geknipt voor, aldus Schön in *Fussball*: hij liet zich graag terugzakken, hij was 'balvast' en hield van tempowisselingen. Als 'Neeskens' fungeerde Jupp Heynckes, met als opdracht vanuit het middenveld naar het penaltygebied door te stoten om de voorbereidingen van 'Cruijff' af te ronden. Net als Netzer was Heynckes – die geblesseerd was geraakt in de eerste wedstrijd tegen Chili – nu helemaal fit, maar had hij de pech dat de bondscoach in deze fase van het toernooi geen wisselingen meer wilde toepassen in een team dat in geen jaren zo saamhorig was geweest.

Tijdens het partijtje zag Schön iets heel aantrekkelijks: met deze formatie zou de rappe, loopgrage Uli Hoeness tegenover de betrekkelijk langzame Willem van Hanegem komen te staan. Minder plezierig was dat Netzer veel te goed bleek voor Vogts. Hij haalde de bal op bij zijn eigen strafschopgebied, dreef de bal, *passte* en had geen kind aan zijn vroegere ploegmaat van Borussia Mönchengladbach.

Vogts riep iets naar Schön. Deze kon hem niet verstaan en legde de wedstrijd daarom stil. 'Ik krijg hem niet meer te pakken als ik bij de middellijn op hem wacht,' riep Vogts. 'Dan heb ik het menselijk contact verloren.'

De omstanders moesten erom lachen, Schön incluis. De non-spreker Vogts die in zijn voetbalkleren plotseling een psychologische wijsheid debiteerde: dat maakte je niet iedere dag mee. Maar hij uitte wel een herkenbaar probleem: verdedigers willen zich tijdens een wedstrijd instellen op het lijf van de aanvaller, voelen hoe hij reageert, wegdraait, opspringt, ze willen als het ware één met hem worden. En vastklampen, dat kon Vogts erg goed. '*Auftrag An Berti: So Musst Du Cruijff Stoppen*', had *Bild-Zeitung* die morgen in vette letters gedoceerd. Op de bijgaande foto bewogen Vogts en zijn Poolse slachtoffer Robert Gadocha ijzingwekkend dicht tegen elkaar aan, in galop maar hun lichamen volledig parallel – een herenduo dat oefende in het kunstrijden op de schaats.

Vogts had gelijk, menselijk contact was noodzakelijk. 'Goed dan,' riep Helmut Schön terug. 'Ga dan maar met hem mee.'

De Duitsers wisten dat de Nederlanders tot dan toe het beste voetbal hadden laten zien. Maar ze wisten ook dat West-Duitsland zondag in staat moest zijn het beste uit het collectief naar boven te halen. De drie dagen van voorbereiding waren optimaal benut. Iedereen was fit en volledig ingesteld op de tegenstander. Zelfs de dokter had goed nieuws: de hartkloppingen waar Schön de laatste tijd last van had, waren slechts het gevolg van sportieve stress. Op aanraden van de arts hield de bondstrainer middagslaapjes en hij voelde zich kiplekker toen hij op zondagochtend wakker werd.

Ook de spelers hadden goed geslapen. De woorden van zijn vroegere leermeester, de Brit Jimmy Hogan indachtig, had Schön hen aan de vooravond van deze belangrijke wedstrijd een glas bier laten drinken om de spanningen wat te verminderen.

De Duitsers hadden zich nauwgezet en ijverig op hun Nederlandse tegenstander ingesteld. Andersom leek dat nauwelijks het geval. Enkele tientallen kilometers verderop zat Jan Jongbloed zaterdagavond op zijn hotelkamer gebogen over zijn dagboek. 'Nog geen bespreking gehad,' schreef hij laconiek. 'Dat zal morgenochtend na het ontbijt wel gebeuren. *Gute Nacht.*'

12. *Wij waren de besten*

Op zondagmorgen 7 juli 1974 stond Jack Taylor vroeger op dan normaal. Het was de dag van de finale en Taylor wist dat hij daarin een centrale rol zou spelen. Tachtigduizend mensen in het stadion en honderden miljoenen voor de televisie zouden om vier uur die middag naar hem kijken als hij het startsein gaf voor De Grote Wedstrijd. Jack Taylor – officieel heette hij niet Jack maar John Keith – wekte nooit de indruk dat hij het erg vond bekeken te worden. Integendeel, hij stond bekend als een expressieve, stijlvolle scheidsrechter. Beslissingen op het veld benadrukte hij met gevoel voor drama. Met zijn lichaamstaal, en zijn grimmige, blije of gewoon boze blikken leek hij net zo intens mee te leven met de gebeurtenissen om hem heen als de voetballers zelf. Naar een speler die niet wilde luisteren zag je hem weleens een gebalde vuist opheffen, als een boze veldwachter in een kinderserie. En dat niet als grap – voor hem was voetballen niks om te lachen.

Hij had zelf prof willen worden, en toen hij als tiener merkte dat een carrière bij de Wolverhampton Wanderers er niet inzat, had hij zich direct op het fluiten gestort. In 1966 was hij op zijn 35ste de jongste scheidsrechter uit de geschiedenis die het jaarlijkse hoogtepunt in het Engelse voetbal, de nationale bekerfinale, mocht leiden. Tien jaar daarvoor was hij de jongste scheidsrechter ooit in de Football League geweest. Gebrek aan eerzucht of passie kon je hem niet verwijten. Lichamelijk contact met voetballers bijvoorbeeld ging hij zelden uit de weg. Jack Taylor, zei men, was een persoonlijkheid.

Maar gespannen was hij deze morgen ook. Voor de 44-jarige slager uit Wolverhampton zou dit zonder twijfel de belangrijkste sportdag van zijn leven worden. In 1966 had hij het wereldtoernooi van dichtbij mogen meemaken; vier jaar later had hij tijdens de openingswedstrijd als grensrechter gefungeerd en had hij de wedstrijd Zweden-Italië geleid, en op dit wereldkampioenschap had hij als *senior referee* al twee wedstrijden onder zijn hoede gehad, Uruguay-Bulgarije en DDR-Argentinië. Allemaal geweldig om mee te maken, daar niet van, maar een WK-finale was voor iedere scheidsrechter natuurlijk de absolute top. (Een top die tegen het einde van de twintigste eeuw bevestigd zou worden: mede op basis van zijn prestaties op deze zondagmiddag werd hij als enige scheidsrechter opgenomen in de door de FIFA erkende International Football Hall of Champions.)

Hij schoof de gordijnen open. Het raam van kamer 2002 in het stijlvolle Arabella Hotel bood een prachtig uitzicht op de stad München. In de verte zag Taylor de toren van het Olympisch Stadion, de plek waar het allemaal ging gebeuren. In november 1973 had hij gejuicht toen zijn eigen land werd uitgeschakeld door Polen: Engeland niet naar het WK, dat vergrootte zijn kans op twee wedstrijden. Die had hij gekregen, en nu kwam de finale er nog eens bovenop.

Gehuld in oude sportkleren nam hij de lift naar beneden. De zon scheen zacht. Om de spieren alvast een beetje los te maken wandelde hij naar een braakliggend landje in de buurt van het hotel, en liep enkele rondjes. Onder het lopen dacht hij aan de taalproblemen die hij tijdens de finale zou kunnen krijgen met zijn grensrechters. De een, Ramón Barreto, kwam uit Uruguay, de ander, Gonzales Archundia, uit Mexico. Barreto en Archundia spraken geen woord Engels, Taylor sprak geen Spaans. De reservescheidsrechter was een Hongaar, Karoly Palotai, wat het onderlinge contact niet zou versoepelen. Taylor herinnerde zich het afschuwelijke moment van zijn Zwitserse collega Gottfried Dienst, die in de finale van het WK '66 tussen Engeland en West-Duitsland bij de zijlijn niet in staat was tot overleg met zijn Russische grensrechter Tofik Bachramov. Niemand had destijds precies gezien of een schot van Engeland de Duitse doellijn had gepasseerd (de bal was via de onderkant van de lat het veld weer in gestuit). Op zo'n dramatisch moment niet kunnen communiceren, en dan de rest van je leven achtervolgd worden door televisiebeelden die jouw beslissing – het toegekende doelpunt – in twijfel trekken: het leek Taylor een gruwel.

Bovendien deden zich ook tijdens het WK '74 weer misverstanden voor tussen scheids- en grensrechters. Taylor was er alles aan gelegen dat te vermijden. Hij bedacht een plan. Het plan zou later door de FIFA minutieus geboekstaafd worden als hét voorbeeld van een scheidsrechter die zijn zaakjes eigenhandig en creatief oplost.

De rijzige Taylor – zijn lengte van één meter 85 gebruikte hij vaak om zijn gezag in het veld te versterken – kuierde terug naar het Arabella Hotel. Hij friste zich op en kleedde zich aan voor het ontbijt, wat in zijn geval betekende dat hij er behoorlijk werk van maakte. Hij trok een modieus, paars overhemd met enorme boord aan, deed een stropdas voor. Zorgvuldig kamde hij zijn zwarte haar achterover. Dat haar, in combinatie met zijn – zeker voor scheidsrechtersnormen – lange bakkebaarden gaf hem een beetje het uiterlijk van een rock-'n-rollzanger in ruste. Na een goedkeurende blik in de spiegel begaf hij zich naar beneden voor een ontbijt samen met zijn Zuid-Amerikaanse grensrechters Barreto en Archundia.

Om elf uur kwamen de drie mannen bijeen op de kamer van Taylor. Ook diens Nederlandse vriend, scheidsrechter Arie van Gemert, die Brazilië-Schotland had geleid, was erbij. Gespreksonderwerp was de communicatie op het veld. 'Dat ze me nou geen Engelstalige grensrechters hebben gegeven,' hoorde Van Gemert zijn Engelse collega mopperen. Met de hulp van een tolk ontvouwde Jack Taylor zijn ideeën. 'Recentelijk hebben jullie weer kunnen zien hoe erg het is als een speler een overtreding begaat achter de rug van de scheidsrechter en de grensrechters het niet melden,' zei hij volgens zijn autobiografie *Jack Taylor – World Soccer Referee*. 'Dat mag ons niet overkomen.' Hij pakte een rode en een gele kaart, knipte deze in vieren en gaf de aanwezigen een geel en een rood stukje. 'Als er achter mijn rug iets gebeurt, en je vindt de overtreding een gele of rode kaart waard, dan heb je voldoende tijd om het nummer van de speler op te schrijven, plus de eerste letter van het land waartoe hij behoort. Dus bijvoorbeeld "7H" voor een Hollander of "3G" voor een Duitser. Nadat je dat hebt opgeschreven, houd je het strak in de hand, en je arm houd je kruislings voor je borst. Je zorgt ervoor dat ik het maar net kan lezen. Ik zal me volledig op jouw standpunt baseren als jij de enige was die het zag.'

Terwijl Jack Taylor naar het stadion werd gereden, verbaasde hij zich over de veiligheidsmaatregelen: werkelijk overal langs de kant zag hij politiemensen. Voor de ingang van het Olympiastadion stapte hij uit. Het was gebouwd voor de Zomerspelen van 1972, een futuristische arena onder een nylon koepel, een soort tentdak, en het lag in een uitgestrekt, heuvelachtig park waar de eerste toeschouwers al toestroomden. Nederlandse supporters die uit de trein voor het stadion stapten, werden verwelkomd door een Beierse blaaskapel met jagerspetjes waaruit witte pluimpjes staken. Het orkestje speelde *Het lied van de Zilvervloot.* Samen met de Duitse toeschouwers deden de Nederlanders zich te goed aan zuurkool met worst en bier. Onderwijl doorzochten de veiligheidsmensen het complete park, de struiken, de prullenbakken, en in het stadion alle gangen, kasten en verder alle plekken waar iets verborgen kon zitten. Wat de voorafgaande weken had gegolden – alles moest worden gedaan om een moordaanslag zoals tijdens de Spelen van '72 te voorkomen – gold op deze dag, en in dit Olympiastadion, in verhoogde mate.

Boven het stadion cirkelde een politiehelikopter. Het was prima weer voor observaties – en voor voetbal: typisch Beiers weer, zei men, een wittig-blauwe lucht, beetje schel misschien, windstil.

Op weg naar de kleedkamer werd Jack Taylor van alle kanten succes gewenst, en zodra hij zich in zijn kleedkamer terugtrok, namen agenten voor zijn deur plaats. Het gaf hem een veilig gevoel. Daar zat hij, twee uur voor aanvang van zijn *finest hour.* En dan te bedenken dat het maar een haartje had gescheeld of een ander was deze eer toegekomen. Drie dagen eerder, in de trein van Frankfurt naar München, kreeg Taylors collega Bobby Davidson van een bevriend lid van de scheidsrechterscommissie te horen dat hij de finale zou 'krijgen'. De Schot Davidson was hier uiteraard dolgelukkig mee. Maar aan Taylor, met wie hij kamer 2002 in het Arabella Hotel deelde, vertelde hij niets. Op vrijdagochtend klopten enkele Britse journalisten op de deur. Ze vroegen naar Jack Taylor, want hij, zo hadden zij vernomen, zou de finale fluiten. De informatie werd even later bevestigd. Bobby Davidson plofte neer op de bank. Hij voelde zich bedrogen, hij checkte uit zonder van iemand afscheid te nemen, vloog terug naar Schotland en verklaarde nooit meer een internationale wedstrijd te zullen fluiten.

Inderdaad had de scheidsrechterscommissie in eerste instantie voor Davidson gekozen, zo bleek later, maar vervolgens had een disciplinaire commissie van de FIFA er een streep door gehaald. Davidson was grensrechter geweest bij Nederland-Brazilië en in die wedstrijd had hij een cruciale overtreding gemist: de stoot van Mario Marinho tegen het hoofd van Johan Neeskens. Davidson had de aanslag niet aan de scheidsrechter gemeld, of durven melden, en daarmee het scheidsrechterskorps van de wereldvoetbalbond bepaald geen goede dienst bewezen. Zo iemand mocht geen WK-finale fluiten. Daardoor mocht Taylor het dus wel, en hij dacht geen moment aan zijn arme vriend Bobby Davidson, erkende hij in zijn autobiografie *Jack Taylor – World Soccer Referee*. Hij dacht alleen aan zichzelf, zo ambitieus was hij wel.

Om halfdrie, anderhalf uur voor de aftrap, liep het scheidsrechterlijk trio het veld op voor een inspectie. Maar lang mocht het niet duren want om drie uur zou de afsluitingsceremonie van het WK-toernooi plaatsvinden. De ceremonie behelsde onder andere dat de spelersbussen van alle deelnemende landen over de atletiekbaan rondom het veld reden. Een wit majorettekorps bewoog ritmisch op *Oh when the saints*, en een orkest speelde de *Negende Symfonie* van Beethoven – maar ook *Tulpen uit Amsterdam*.

In de catacomben van het stadion stond de nieuwe wereldbeker al gereed. De oude, die iets kleiner was, en vernoemd naar Jules Rimet, de oprichter van het mondiale toernooi, was in Brazilië gebleven nadat dat land de prijs in 1970 voor de derde keer had gewonnen. De nieuwe beker, eenvoudig FIFA World Cup gedoopt, was 36 centimeter hoog, woog vijf kilo en verbeeldde twee voetballers die een globe triomferend in de lucht hielden. Het beeldje van achttienkaraats goud was uit een kluis gehaald door twee officials die tegelijk twee sleutels omdraaiden. Met een devotie als betrof het de Heilige Graal was de beker, in een met leer beklede kist, door twee gehandschoende dragers in een zwarte geldtransportwagen gezet, waarmee het naar het stadion was getransporteerd.

Een ander aanbeden object, de wedstrijdbal, Adidas Official World Cup stond erop, werd met minstens zoveel zorg omringd, en wel door scheidsrechter Jack Taylor. Hij controleerde de spanning met een goudglimmend apparaatje, hij mat de omtrek, hij liet hem stuiten – ja, hij stuitte goed.

Tijdens de ceremonie al bleek op het ereterras hoezeer de voetbalsport begin jaren zeventig aan *society* had gewonnen. Rijken, artiesten, politici, intellectuelen, het leek wel of iedereen die iets voorstelde erbij wilde zijn. Talloze Duitse politici waren er, van minister van Buitenlandse Zaken Hans-Dietrich Genscher tot Willy Brandt die, hoewel hij een maand eerder had moeten aftreden wegens een spionageschandaal, vrolijk de hand schudde van Henry Kissinger. Een Amerikaanse minister van Buitenlandse Zaken die belangstelling toont voor voetbal: in de Duitse en Nederlandse media werd dit wonderlijke feit breed uitgemeten. Kissinger, voetballiefhebber, geboren in Duitsland maar met zijn joodse ouders gevlucht voor de nazi's, was ook al getuige geweest van Nederland-Brazilië. (Hij zat naast de moeder van Hans Joachim Krautkrämer.) Prins Rainier en prinses Gracia van Monaco waren er, Liz Taylor toonde haar laatste minnaar, en de Nederlandse premier Joop den Uyl, de nieuwe Bondskanselier Helmut Schmidt en prins Bernhard stonden beneden op de sintelbaan gedrieën te kletsen en pijpen te roken en grapjes te maken als betrof het een herensociëteit.

Ook aanwezig waren onder anderen de Nederlandse ministers Dries van Agt, Max van der Stoel, Wim Duisenberg, Tjerk Westerterp en Harry van Doorn. (Pieter van Vollenhoven was er ook.) De regerings-Fellowship had op de heenweg helemaal vol gezeten, zo graag wilde het kabinet erbij zijn. 'De ministers wilden heel graag meegaan en tal van staatssecretarissen ook,' zei Van Agt. 'Er was een overrompelend animo. Ik denk niet dat die belangstelling bij het kabinet-Biesheuvel ook zo groot zou zijn geweest.' Twee dagen daarvoor had de regering het nog over deze dag gehad: over het vervoer maar ook over de gebeurtenissen van de dag na de finale, op maandag 8 juli. Het stond al vast dat de spelers en begeleiders een uitgebreid onthaal zouden krijgen. Volgens de notulen van het kabinetsberaad van vrijdag 5 juli – onder de kopjes 'Zeer Geheim' en 'Wereldkampioenschap voetbal' – had minister van Buitenlandse Zaken Van der Stoel erop gewezen dat de te verwachten Oranjedrukte op Schiphol de aankomst van VN-secretaris-generaal Kurt Waldheim, die Nederland op diezelfde dag zou bezoeken, kon bruuskeren. De ontvangst van Waldheim moest maar worden aangepast, vond de regering.

Tevens had de ministerraad zich geheel aangesloten bij de geest van het land door enkele leden van de Oranje-equipe te ridderen, ongeacht het resultaat in de finale. De vraag was alleen wie. In de vergaderzaal van het Catshuis ontspon zich een korte discussie. Minister van CRM, Van Doorn, stelde voor om Michels, Cruijff en verzorger Pierre van den Akker koninklijk te onderscheiden. Maar minister van Financiën Duisenberg vond drie lintjes wat aan de magere kant, een mening die gedeeld werd door minister van Justitie Van Agt: hij vroeg zich af waarom bondscoach Fadrhonc niet was voorgedragen. Van Doorn antwoordde dat hij daarover had overlegd met KNVB-Meuleman: deze had een lintje voor Fadrhonc onverstandig genoemd. Bovendien zou Fadrhonc' onderscheiding de scheve situatie creëren dat drie begeleiders zouden worden benoemd en maar één speler. Minister van Volkshuisvesting Hans Gruijters leek het daarom aardig om doelman Jan Jongbloed te onderscheiden, maar die gedachte lokte geen genotuleerde reacties uit.

Uiteindelijk kreeg Van Agt zijn zin; ondanks de bezwaren van de KNVB werd besloten dat Fadrhonc, de tot assistent gedegradeerde bondscoach, zijn onderscheiding toch zou krijgen.

Op een bepaalde manier sloot zowel het kabinet-Den Uyl als het Nederlands elftal naadloos aan bij de tijdgeest. Beide streefden ze naar een radicale breuk met het verleden, beide golden als progressief, als vlot in de omgang, openhartig tegenover de media; beide hadden te maken met sterke, eigenzinnige persoonlijkheden die het niet zo nauw namen met de discipline qua drank en vrouwen, en beide gezelschappen toonden een sterke neiging tot zelfoverschatting.

Het kabinet-Den Uyl was bovendien een sportief kabinet – sportief in de zin dat de beraadslagingen veel conditie vergden. Het ging vaak dagen en halve nachten door. Als het overleg weer eens was geschorst, vormde een partijtje voetbal in de tuin van het Catshuis een welkom tijdverdrijf. Een ander middel waarmee afleiding werd gezocht en gevonden, was drank. Minister van Verkeer & Waterstaat Tjerk Westerterp vond het verschil tussen Biesheuvel – in wiens kabinet hij staatssecretaris van Buitenlandse Zaken was – en diens opvolger Den Uyl gigantisch. 'Het was een hele overgang,' zei hij. 'Bij Biesheuvel was ik braveriken gewend, maar in dit kabinet had je Hans Vredeling, Marcel van Dam, Jan Pronk, Joop den Uyl, en die konden hem behoorlijk raken. Ik ook trouwens. Ik weet nog dat ik er een keer, tijdens weer zo'n eindeloze vergadering, tussenuit kneep. Ik reed van Den Haag naar Breda, dronk een paar borrels en keerde 's nachts om twee uur weer terug – en toen waren ze nog even ver als toen ik was vertrokken.' En sommige leden van het kabinet konden de handen niet thuislaten, wist Westerterp nog. 'In vliegtuigen werden stewardessen lastiggevallen. Tegen een van ons heeft de KLM nog een vliegverbod overwogen: het personeel was het zat om steeds in de billen te worden geknepen.'

Zeker voor Tjerk Westerterp kreeg het verblijf in München al snel het karakter van een reünie. De minister was tien jaar lang ambtelijk medewerker in het Europees Parlement geweest. Uit die periode kende hij Helmut Schmidt nog ('Ze noemden hem *Schnauze Schmidt* omdat hij mensen die het woord voerden enorm kon afbekken'), evenals *Bundespräsident* Walter Scheel. In de jaren zestig, toen Scheel een commissie in het Europees Parlement voorzat, was de KVP'er Westerterp zijn secretaris. De twee hadden een goede verstandhouding, met intieme gesprekken, tijdens welke Westerterp de indruk kreeg dat Scheel met een zekere trots terugdacht aan zijn oorlogsverleden als piloot bij de *Luftwaffe*. 'Ach, *Herr* Westerterp!' liep Scheel zijn vroegere secretaris in het Olympiastadion met open armen tegemoet. De Nederlandse minister zag vanuit zijn ooghoek dat Joop den Uyl hierdoor onaangenaam verrast was, om niet te zeggen dat zijn minister-president jaloers toekeek. Voor de socialist Den Uyl, aanvoerder van het eerste linkse kabinet in jaren, was Scheel ongetwijfeld meer iets voor zijn niveau dan voor dat van een burgerlijke reactionair als Westerterp, een pragmaticus zonder idealen, een Brabantse katholiek bovendien. Westerterp groette Scheel, zijn vroegere superieur, hartelijk terug. De relatie tussen de Nederlanders en Duitsers op de eretribune was goed. Nog wel.

De wijzers van de klok kropen in de richting van vier uur. Scheidsrechter Jack Taylor deed dingen die hij in geen jaren had gedaan. Al zijn spullen liep hij keer op keer na, alsof hij zichzelf uit nervositeit niet meer vertrouwde. Wat anders losjes ging, vanzelfsprekend, verliep nu gespannen. Na alles diverse keren te hebben gecontroleerd, stond hij op. Hij liep door de gang van de kleedkamers die eindigde bij twee glazen schuifdeuren met uitzicht op de onderkant van de tribunes en de trap naar het hoger gelegen veld. De Duitse spelers voegden zich bij hem, even later gevolgd door de Nederlanders. Taylor en zijn *linesmen* controleerden de schoenen van de spelers: geen problemen. Met zijn rechterhand gaf Johan Cruijff een klapje op de rug van Franz Beckenbauer. Sepp Maier deed hetzelfde bij doelman Jongbloed.

Op dat moment, opwindend geroffel van noppen in de gang, rusteloze benen geurend naar massageolie, was de morele voorsprong van de Nederlanders enorm. 'Meestal stonden we in de gang al met 1-0 voorsprong tegen die Duitsers,' zei Rep. 'Ze durfden ons eenvoudig niet aan te kijken.' Het aan arrogantie grenzende zelfvertrouwen van Krol en Van Hanegem en Cruijff, die er lol in hadden een ander klein te maken, was iets om je tegen te wapenen – en dat hadden de Duitsers dan ook gedaan. *Bundestrainer* Schön wist hoezeer de Duitsers geïmponeerd konden zijn van hun *selbstbewusste* tegenstanders. 'Straks,' had hij zijn spelers moed ingepraat, 'als je in de tunnel naar het veld naast een Nederlander staat en hij kijkt je aan: kijk terug! Niet wegkijken!'

Het was een hele wandeling van de glazen deuren naar het veld, eerst over een lap gras, dan over een strook gravel, dan weer een stuk gras, de atletiekbaan en dan, ten slotte, het veld. Terwijl de acteurs op het signaal van vertrek wachtten, en het publiek almaar luider werd, de spanning steeg merkbaar, vroeg Jack Taylor zich af of dit was wat de gladiatoren voelden als zij op het punt stonden het Colosseum te betreden. Ook bedacht hij hoeveel miljoenen mensen hem op dat ogenblik bekeken. Hij voelde zich blootgesteld, schreef hij later.

De mannen in het zwart, Jack Taylor, Ramón Barreto en Gonzales Archundia, gingen voorop. Taylor keek naar boven: hij zag de Nederlandse en de Duitse vlag, maar ook de Engelse. De *Union Jack* wapperde fier in het midden. Die hangt daar alleen voor mij, dacht Taylor – en onwillekeurig, in een sentimentele vlaag, kwam de Tweede Wereldoorlog bij hem naar boven, zijn jeugd in die moeilijke jaren, een foto die hij als kind had gezien van München, de ruïnes van een gebombardeerde stad, platgegooid door de geallieerden.

Achter hem liepen de finalisten, langs een erehaag van junioren, allemaal in een rood trainingspak, allemaal met het haar over de oren. Zodra Joop den Uyl – nog steeds op de sintelbaan, waar de notabelen hun genoeglijke samenzijn onverminderd hadden voortgezet – zijn beroemde landgenoot Cruijff in het vizier kreeg, boog hij voorover en sloeg hem op zijn schouder.

Jack Taylor posteerde zich op de middellijn, halverwege de middenstip en de zijlijn, voor het aanhoren van de volksliederen. Rechts van hem de Nederlandse ploeg, links de West-Duitse. Illustratief voor wat er de voorafgaande weken allemaal was gebeurd met Oranje, was de volgorde waarin de spelers stonden opgesteld: die was sinds de eerste wedstrijd tegen Uruguay niet meer veranderd. Nederland had een bijgelovig elftal, en aangezien het in de eerste wedstrijd goed was gegaan, sensationeel zelfs, moest alles nadien zoveel mogelijk onveranderd blijven. In de bus werden altijd cassettebandjes van The Cats gedraaid, met Suurbier en Neeskens als voorgangers bij het meezingen, en op het laatste stuk moest een bandje met diverse artiesten uit de luidsprekers klinken. Van Hanegem had het bandje speciaal uit Hendrik-Ido-Ambacht meegenomen, hij beschouwde het als zijn 'talisman'. Vooral aan de nummers *Sorrow* van David Bowie (een recente hit) en Joe Cocker's slepende ballade *Blue Medley* werd grote waarde gehecht. Als Bowie's melancholieke, trage vibrato langs het gangpad ging, of de schorre stem van Cocker, dan kreeg Van Hanegem het gevoel dat alles goed kwam.

Maar opeens was het cassettebandje verdwenen en Van Hanegem heeft zich daarna nog vaak afgevraagd of dat de ontwikkelingen op zondag 7 juli nadelig heeft beïnvloed. In de bus naar het Olympisch Stadion van München hadden de Oranjehelden er sowieso al iets anders bijgezeten dan gebruikelijk: rustiger, bleker vooral. Het viel Jongbloed op dat de meesten strak voor zich uit zaten te kijken.

In de kleedkamer had iedereen op het WK zijn vaste plekje gehad (net als de Duitsers trouwens), wat onder meer inhield dat Rijsbergen naast Suurbier zat en dat ze samen grapjes maakten. Bovendien had Suurbier altijd een slipje aan van minstens drie jaar oud, anders liep alles in het honderd. Ook hoefde je niet te proberen voor te dringen bij de massagetafels: aan de volgorde van opkomst viel niet te tornen. 'Die rituelen hadden wij ook,' zei Bernd Cullmann. 'In de bus of in de kleedkamer: niemand zat op de plek van een ander. Voetballers zijn gewoontedieren.' Het succes dat het Nederlands elftal tijdens het WK '74 voor het eerst sinds vele jaren had gekend – en dus ook de angst om dat weer te verliezen – manifesteerde zich ten slotte in de slagorde bij de volksliederen. Ook in München stond aanvoerder Cruijff het dichtst bij de scheidsrechter en daarna kwamen Jongbloed, Haan, Rensenbrink, Rijsbergen, Rep, Suurbier, Jansen, Van Hanegem, Krol en Neeskens. Kenmerkend voor het belang van het WK '74 voor de geschiedenis van Oranje is dat de betrokkenen nadien hebben geprobeerd deze volgorde zo lang mogelijk vast te houden. Zelfs toen inmiddels verscheidene andere spelers in Oranje stonden, nam Neeskens zijn eigen vertrouwde plekje aan de buitenkant weer in.

De vertrouwde gestalte van Rob Rensenbrink was er dus toch. Zoals gewoonlijk luisterde hij tussen Haan en Rijsbergen in naar het Wilhelmus – op de plek waar velen Piet Keizer hadden verwacht. De dag na de wedstrijd waarin hij de spierverrekking in zijn rechterdijbeen had opgelopen, Nederland-Brazilië, had hij zijn kans op deelname aan de finale nog 'één op honderd' geschat, maar hij durfde het toch aan.

Op de ochtend van de finale, om acht uur, waren dokter Kessel, supervisor Michels, masseur Pierre van den Akker, fysiotherapeut Hans Wolff en de geplaagde linksbuiten hotel Bachmair in Rottach-Egern uit gelopen. Een laatste test was noodzakelijk – Rensenbrink bleek nog niet klachtenvrij te zijn. In een belendend park moest hij sprintjes trekken – van vijftig meter, daarna van honderd meter, terwijl zijn coach en verzorgers hem nauwlettend in de gaten hielden. Het resultaat was redelijk, maar niet volmaakt. Rensenbrink gaf aan dat hij geen pijn meer voelde. 'Ik wil hem toch met een bal zien,' zei Michels. Naarmate de spieren warm werden, moest de voetballer zich meer inspannen. Kessel herinnerde zich dat de planten 'in het rond' vlogen, zo hard werd er met de bal 'gewerkt'. Na een half uur bleek dat Rensenbrink alle gewenste handelingen zonder noemenswaardige problemen kon verrichten. Hoewel Michels tot op het laatste moment twijfelde of Rensenbrink wel echt fit was, werd Rensenbrinks signaal serieus genomen. Hij stond bekend als een gevoelige jongen, die niet in staat werd geacht zich te verbijten – zoals Neeskens dat kon – alleen maar om 's middags te mogen meespelen. En intensiever dan hij was een profvoetballer nog niet vaak behandeld – van donderdag tot zondag had hij wel zeven keer per dag op de massagetafel gelegen. Al die tijd was de equipe in onzekerheid gebleven, het werd tijd voor beslissingen. 'Hoe gaat het?' vroeg Michels.

'Goed,' antwoordde Rensenbrink.

'Dan speel je.'

Dat kwam Cor du Buy goed uit. Ondanks de bandage om Rensenbrinks rechterbeen, die je van een afstand kon zien, was Du Buy uitermate tevreden dat hij meedeed. Rensenbrink speelde namelijk niet op schoenen van KNVB-sponsor Adidas, zoals de meeste van zijn teamgenoten, maar op Puma's, en Cor du Buy behartigde samen met zijn broer Jaap de belangen van Puma in Nederland. De aanwezigheid van Rensenbrink was voor de gebroeders Du Buy – Jaap deed de zaken, en Cor, als voormalige tafeltenniskampioen annex landelijke bekendheid, deed de pr – commercieel bijzonder interessant. Het betekende: Rensenbrink op de teamfoto, Rensenbrink op het veld, Rensenbrink op de televisie, Rensenbrink op de wedstrijdfoto's – inclusief zijn gesponsorde schoeisel. 'Rensenbrink speelde de WK-finale op Puma-schoenen': daar was best iets mee te doen.

De gebroeders Du Buy hadden een mondiale trekpleister als Johan Cruijff al acht jaar onder contract staan. En in de Oranjeselectie van '74 hadden ook Arie Haan en de gebroeders Van de Kerkhof zich aan Puma verbonden. 'Weliswaar speelde Rensenbrink ook op Puma,' herinnerde Cor du Buy zich, 'maar hij kreeg daarvoor niet betaald. Voor aanvang van het WK meldde hij zich bij ons: hij wilde er geld voor hebben, speciaal voor zijn optreden op dat toernooi.'

Wat betreft de financiële verlangens van Rensenbrink moest snel contact worden gezocht met West-Duitsland, waar Puma was gevestigd. (Puma en Adidas stamden beide uit de Dassler-familie en beconcurreerden elkaar vurig.) Zo ging dat wel vaker – de sponsoring was in

Nederland nog een kwestie van pionieren – en Rensenbrink kreeg zijn zin. Gedurende het WK werden de vergoedingen vanuit het Duitse moederbedrijf zijn kant op gesluisd. Na het WK is nogal eens beweerd dat Rensenbrink alleen maar aan de finale heeft meegedaan vanwege het extraatje van Puma. Het viel iedereen – zijn medespelers incluis – op dat hij van de eerste tot de laatste minuut dat hij meedeed nauwelijks belangwekkende handelingen verrichtte. Geen sprint, geen passeerbeweging, geen gevaarlijke voorzet, geen doelpoging. Hij liep er maar een beetje bij. Tegenover de aantijging dat Rensenbrink het teambelang schade had berokkend door geblesseerd aan deze belangrijke wedstrijd te beginnen, alleen om er zelf financieel beter van te worden, stelde de linksbuiten dat hij zijn gezondheid toch zeker niet op het spel ging zetten voor 'een paar duizend gulden'. 'Ik werd inderdaad per wedstrijd uitbetaald,' zei hij. 'Maar ik voelde die ochtend in München gewoon geen pijn. Anders had ik het heus wel gezegd. Ik ben niet gek – zelfs voor het spelen van een finale wilde ik geen blijvend letsel riskeren.'

De verdachtmakingen aan het adres van Rensenbrink waren niet zo verwonderlijk: sporters die hun pijn onderdrukten om een financiële vergoeding te kunnen incasseren waren een bekend verschijnsel. 'Je zag dat zo vaak,' zei Jaap du Buy. 'Je legde een briefje van duizend op een geblesseerde knie en de volgende dag was die knie weer beter.' Hoewel Rensenbrink slechts één helft meedeed, en hij zoals hij zelf zei 'geen moment in de wedstrijd' had gezeten, kreeg hij zijn dukaten. Niet vanuit West-Duitsland dit keer, maar uit Nederland. Op de dag na de finale belde Rensenbrink met Cor du Buy. 'Hij ging direct door naar zijn vakantiebestemming, zei hij,' wist Du Buy zich nog te herinneren. 'Hij vroeg of ik het geld naar Schiphol kon brengen. Aldus gebeurde. Ik reed naar het vliegveld en overhandigde hem daar een envelop met tienduizend gulden. Ik haalde het zo uit mijn zak. Dat ging allemaal zwart. Later heb ik dat geld weer vanuit Duitsland teruggekregen.'

Zodoende stond het Nederlands elftal met de elf vertrouwde namen naar het volkslied te luisteren. Ze stonden er losser bij dan de West-Duitsers, net zoals zij zich het hele toernooi al losser – brutaler, onverschilliger – hadden gedragen. De houding van een enkeling (Wim

Rijsbergen) neigde naar het militaire: hielen tegen elkaar, rug recht, borst vooruit; maar de meeste Nederlanders namen een eigen, persoonlijke houding aan. Daarmee illustreerden zij een hang naar individualisme en onafhankelijkheid – alsof zij haarfijn aanvoelden wat de jongere generaties graag zagen. Een beetje sergeant had deze *line-up* onmiddellijk afgeblazen. De afstand tussen de spelers varieerde, evenals de mate waarin de voetballers hun benen uit elkaar hielden. Wim Jansen en Arie Haan lieten de handen langs het lichaam hangen, de rest hield ze op de rug. Neeskens, Rep en Krol droegen hun shirts niet in, maar uit de broek, wat zij vanaf de 4-1 overwinning op Bulgarije stelselmatig deden. (*Never change a winning shirt.*)

Van Hanegem stond geen moment stil, zijn knieën wiegden onophoudelijk, hij blikte wat naar links en naar rechts, hij mompelde iets en grinnikte – ogenschijnlijk zonder contact met zijn buren te onderhouden. Willem van Hanegem had binnenpretjes. Met de KNVB-mascotte, een pluchen konijn Ko Knal, in zijn hand, en een beetje door de heupen gezakt, zette keeper Jan Jongbloed geen keeper in afwachting van een WK-finale neer: eerder een jongen die stond te wachten op een verlate bus.

Beide ploegen waren ongeveer even oud. De Duitsers waren gemiddeld 26,6 jaar, de Nederlanders 26,3 jaar. Maar in anciënniteit bleven de Nederlanders ver achter: gemiddeld speelden zij hun 22ste interland, de Duitsers hun 44ste.

Voor Duitse begrippen was ook de *line-up* van de *Mannschaft* een rommeltje. Stonden hun voorgangers in 1966 op Wembley nog in militaire slagorde, een onberispelijk collectief van jongemannen die op oude mannen wilden lijken; nu zag je elf verschillende mensen. Drie van de acht spelers hielden de handen op de rug, bij de overige acht hingen de armen langs het lichaam. Uniformiteit was ook bij de Duitse voetballers in aanzien gedaald. Net als Oranje symboliseerde het Duitse team jeugd & rebellie – een smetteloze presentatie getuigde te veel van volgzaamheid. De een had de rits van zijn trainingsjack een stukje open, de ander had hem bijna dicht en weer een ander had zijn kraag tot onder de kin opgetrokken.

Toch stonden de West-Duitsers strakker in het gelid dan Oranje.

(De overeenkomst met de finale van 1954 tussen West-Duitsland en Hongarije is treffend: in beide gevallen verloor de meest nonchalante *line-up.*) Voor de symboliek kwam dat mooi uit: Nederland verkeerde nog in de waan van een betere samenleving, met Nederland als 'gidsland' voor de rest van de wereld, terwijl aan de andere kant van de grens de politicus van de ontspanning, de beminde idealist Willy Brandt, net was vervangen door de strenge en gevreesde bureaucraat Helmut Schmidt. Illusies koesterde West-Duitsland niet meer zo veel, en illusies had ook dit Duitse elftal tijdens het toernooi welbewust opgeborgen. In tegenstelling tot Oranje had de *Mannschaft* niet één wedstrijd gespeeld waarvan je kon verwachten dat die als een mythe de geschiedenis zou ingaan.

Sportmerkdissidenten kende het elftal niet. Alle Duitsers droegen kleren en schoenen van Adidas. Geen wonder: de *Bundesmannschaft* en Adidas deelden een lange geschiedenis. De Duitse voetbalbond was al aan 'de magische drie strepen' gelieerd sinds de WK-finale in 1954, toen de meer getalenteerde Hongaren het met hun ouderwetse, zware schoeisel moesten afleggen tegen de moderne, afschroefbare noppen waarmee de Duitsers in de modder van Bern – volgens Adidas – beter uit de voeten konden. De spelers van Borussia Mönchengladbach, die bij hun club op Puma speelden, was het verboden iets anders te dragen dan Adidas. Ook de eigenzinnige *Superstar* Günter Netzer had zich daarbij moeten neerleggen.

Bij Nederland droegen drie van de elf spelers Puma's, en bij Johan Cruijff weken zelfs de kleren af. Voor de zevende keer dit toernooi had een hotelmedewerkster de verticale banden met de drie strepen van zijn mouwen moeten verwijderen. Een van de drie witte strepen had zij eraf moeten halen, om de banden vervolgens weer op de mouwen te stikken. 'Voor het WK hadden we tegen Cruijff gezegd: Johan, je gaat daar toch zeker geen drie strepen dragen hè?' zei Cor du Buy. 'Daar was hij trouwens contractueel aan gehouden.' Bovendien had Cruijff een hekel aan de KNVB: een extra prikkel om de officiële sponsor van de voetbalbond dwars te zitten. 'Ik weet zeker dat dat een rol heeft gespeeld,' zei de Nederlandse Adidas-vertegenwoordiger Piet Lagarde. 'Het had ook een beetje te maken met KNVB'tje pesten.'

Terwijl de trage deunen van het *Wilhelmus* door het moderne stadion galmden, zweeg het publiek, dat vrijwel geheel Duits was, beleefd. Na het slotakkoord werd niet gefloten. Even later werd het Duitse volkslied hartstochtelijk meegezongen, maar niet door de spelers. Als op afspraak hielden zij hun mond dicht. Berti Vogts beet op zijn onderlip.

Na het Duitse volkslied zwermden de spelers uiteen om de spieren nog wat los te maken, en prins Bernhard liep het veld op. Dit was een van de redenen geweest waarom de benoeming van de scheidsrechter met zoveel geheimhouding was omgeven, veronderstelde Jack Taylor: een koninklijke hoogheid verschijnt niet iedere dag op een voetbalveld. Samen met Sir Stanley Rous – ex-FIFA-voorzitter, hoofd van het WK-comité – overhandigde prins Bernhard een zilveren munt aan scheidsrechter Taylor, waarmee deze de *toss* kon verrichten. De munt, beslagen met de Javaanse tijger enerzijds en het wapen van Indonesië anderzijds, was de eerste in een serie getiteld Red de Natuur en was bedoeld om het Wereldnatuurfonds aan geld te helpen voor het behoud van bedreigde diersoorten.

Taylor keerde zich naar de middenstip om de *rupia*-munt in aanwezigheid van Cruijff en Beckenbauer op te gooien. Prins Bernhard nam afscheid met een militair saluut. Jongbloed raapte de wedstrijdbal op en gaf hem aan Jack Taylor. Het was niet warm. Een dun wolkendek spreidde en filterde het zonlicht, de vlaggen hingen slap. Cruijff zag er vermoeid uit, alsof hij al een hele wedstrijd achter de rug had. Beckenbauer oogde groter en rustiger, en won de *toss.* De aanvoerders gaven elkaar de hand.

Eenzelfde tafereel vond elders in het stadion plaats, hoger, op de tribune, waar de managers zaten. Ze waren met zijn tienen, vijf van Hoogovens en vijf van Hoesch. Beide staalondernemingen waren exact twee jaar eerder gefuseerd in Estel, en het gezamenlijk bijwonen van deze finale leek de raad van bestuur een boeiende aanleiding om elkaar wat beter te leren kennen. Daar was alle reden toe. Duitsers en Nederlanders laten samenwerken in één orgaan betekende dat heel wat cultuurverschillen moesten worden overwonnen. Alsof je zomaar het Nederlandse en Duitse elftal probeerde te mixen. Alsof Duitsers niet veelvuldig met '*immer gerade aus*' de verkeerde kant op werden gestuurd als zij de weg naar Zandvoort vroegen. Alsof 'eerst onze fietsen terug' geen gevleugeld begrip meer was. Alsof Duitsers in sommige opzichten niet een andere wereld vertegenwoordigen, een wereld die veel verder weg was dan Amerika.

Op papier zag de fusie er schitterend uit: je koppelde de haven van IJmuiden aan het achterland van Dortmund, in het Ruhrgebied en dus centraal in West-Europa, en je kreeg met de oprichting van Estel een perfect staalbedrijf. Maar op menselijk gebied viel alles lang niet mee. Vanaf dag één al niet. De informele Nederlanders, die 'je' tegen elkaar zeiden en bij de geringste gelegenheid hun vrouwen erbij haalden, verwonderden zich over de formele Duitsers die elkaar nooit tutoyeerden en die elkaars echtgenotes zelden of nooit te zien kregen. 'We deden ons uiterste best dat bij hen te doorbreken,' herinnerde zich Hoogovens-bestuurder Olivier van Rooyen. 'Onze aanwezigheid bij de finale paste in dat beeld.'

Bij de Duitsers was medezeggenschap van het personeel geïnstitutionaliseerd, maar dat betekende wel dat als iedereen zijn zegje had gedaan er een besluit werd genomen dat vervolgens loyaal werd uitgevoerd. Dus stoorden de Duitsers zich aan de almaar voortkletsende Nederlanders die nooit leken op te houden met het verwerven van draagvlak. Spottend zeiden de Duitsers dat in een Nederlands bedrijf, waar nooit iets geformaliseerd leek te zijn, een besluit hooguit de status had van een niet-onaardige bijdrage aan de voortgang van de discussie.

Uiteindelijk, in 1982, liep de papieren goudmijn stuk op culturele verschillen. En op de oliecrisis, en op de staalcrisis natuurlijk, die vanaf 1975 in heel West-Europa huishield. Maar 1974 was een topjaar voor de staalindustrie. Dus op zondagmiddag 7 juli 1974 dronken de managers van Estel hun biertjes in een prima stemming. 'Of Nederland nu wint, of Duitsland: Estel wint altijd,' aldus de kantoorhumor op het Estel-hoofdkwartier in Nijmegen. Tevreden keken de managers de kant op van de cornervlaggen, waarachter reusachtige reclameborden stonden: 'Hoogovens + Hoesch = Estel'.

Hoewel, cornervlaggen... die waren er nog niet. Jack Taylor kwam er nog net op tijd achter. Als hij het niet op tijd had bemerkt, bedacht hij zich later weleens, bijvoorbeeld pas na het snelle Hollandse doelpunt, dan had hij een schokkend besluit moeten nemen. De wedstrijd had van voren af aan gestart moeten worden, bij de stand 0-0. Wat een toestand zou dat zijn geweest! Wat een afgang voor de ambitieuze scheidsrechter uit Wolverhampton! Welk een historische blunder! Niks International Football Hall of Champions! Maar, nog net op tijd, Taylor wilde al fluiten voor het begin van de wedstrijd, zag hij een man zijn kant op rennen. Taylor keek gealarmeerd om zich heen en toen ontdekte hij het. Geen cornervlaggen. Drie weken hebben de Duitsers hun toernooi voorbeeldig georganiseerd, dacht Taylor, en zoiets simpels zien ze over het hoofd.

Taylor gebaarde naar Beckenbauer en Cruijff wat er aan de hand was, en terwijl een functionaris haastig rond het veld holde om de cornervlaggen in de daartoe bestemde gaten te steken, moesten de voetbalprofs glimlachen. Cruijff wisselde olijke blikken van verstandhouding uit met zijn Duitse opponenten aan de andere kant van de middencirkel, en sprong toen *sur place* wat op en neer. Van Hanegem ontspande zichtbaar door het ongebruikelijke voorval, hij gooide zijn imposante benen nog wat los. Jongbloed liep als een tijger in zijn kooi door het strafschopgebied, tegen een achtergrond die sterk afweek van de vorige zes WK-wedstrijden. Nu geen muur van oranje om zijn moreel te sterken, alleen maar een hoge façade van rood-zwart-gele vlaggen die hem in zijn gele trui klein en kwetsbaar maakten. Het was twee minuten over vier. Cruijff klapte bemoedigend naar de spelers achter hem en trapte af.

Van Hanegem ontving de bal en speelde hem recht naar achteren, naar Neeskens. Deze trapte de bal in één keer door naar Krol aan de linkerkant van het veld. Krol nam hem met zijn rechtervoet aan en trapte hem met zijn linker terug naar Rijsbergen. Deze ontving de bal met zijn linkervoet, draaide half om zijn as naar de rechterkant en speelde de bal met zijn rechtervoet naar Haan, die hem rechts aannam en hem ook weer met rechts doorspeelde naar Suurbier, die hem gelijk aan Haan teruggaf. Haan verplaatste de bal in één keer naar Rijsbergen. De voorstopper ontving de bal met zijn linkervoet, deed twee stappen naar voren, naar de middencirkel, en zag daardoor niet dat Cruijff zich naar de verdediging had laten terugzakken en nu achter hem stond. Rijsbergen trapte de bal met zijn rechtervoet naar Haan, die de komst van

Cruijff wél had gezien en daarom met de bal aan zijn voeten bleef stilstaan, in afwachting van zijn aanvoerder, die naar hem toekwam om de bal over te nemen. Haan verhield zich tot Cruijff als een ober tot een receptieganger. Met een superieure vanzelfsprekendheid pakte Cruijff een glas van Haans dienblad en liep ermee verder, op zoek naar een uitdaging.

Vogts was op Cruijff toegelopen en wachtte op vijf meter afstand op wat komen ging. Cruijff wees ergens heen, en gaf de bal aan Rijsbergen. Vogts liep weer terug.

Haan was al vanachter de rug van Cruijff naar voren gerend, en nu liep Rijsbergen met de bal over de middellijn, waardoor het centrale verdedigingsduo in z'n geheel ten aanval leek te trekken. Cruijff bleef bij de middencirkel, hij wandelde. Rijsbergen liep met de bal nog tien meter verder naar voren, hield in en speelde de bal naar Krol, links van hem, vijftien meter over de middellijn. Krol nam de bal met zijn linkervoet aan en trapte hem met zijn rechter langs de zijlijn naar voren, naar Rensenbrink. De linksbuiten zette een een-tweetje op met Neeskens maar deze plaatste de bal terug naar Rijsbergen. Er zat niets anders op voor Neeskens, hij werd op de huid gezeten door zijn directe tegenstander Rainer Bonhof. Rijsbergen trapte de bal terug naar Cruijff die zich nog steeds in de middencirkel bevond.

Dit lijkt wel een partij schaken, dacht scheidsrechter Taylor.

Behalve de Nederlandse keeper Jan Jongbloed stonden alle spelers op de helft van Duitsland. De meest vooruitgeschoven Duitser was centrumspits Gerd Müller, hij stond op twintig meter afstand van de middellijn. Johan Cruijff boog zich iets voorover en hij speelde de bal zachtjes vooruit met zijn rechtervoet. Hij verliet de middencirkel. In trage looppas deed hij vijf stappen voorwaarts, iedere stap met zijn rechtervoet was een tikje tegen de bal. Op de tribunes klonk aanzwellend gefluit – de mensen waren het er niet mee eens, of misschien maakten ze zich zorgen. Vogts liep naar Cruijff toe maar hield vijf meter voor hem in. Durfde hij niet aan te vallen? De Duitse verdediger liep achterwaarts terug. Toen maakte Cruijff een korte schijnbeweging naar rechts en versnelde onmiddellijk daarna de linkerkant op. Vogts draaide zich om rende schuin van achteren met hem mee.

Na twee vertraagde bewegingen in voorwaartse richting versnelde

Cruijff opnieuw, hij schakelde naar een nog hogere versnelling dan de vorige keer. Hij verwijderde zich van Vogts en liep recht op het doel af. Vergeleken bij de soepele, atletische draf van zijn tegenstander oogde de motoriek van de blonde verdediger schokkerig, als een koude motor waarvan direct na de start het maximale werd gevraagd. Cruijff naderde het Duitse strafschopgebied. Links van hem probeerde Uli Hoeness hem de pas af te snijden – door samen met zijn toesnellende ploeggenoten Beckenbauer en Bonhof een trechter te vormen waar geen doorkomen aan was. De opening in de trechter vernauwde zich in hoog tempo, de vraag was of Cruijff zich daar nog wel doorheen kon persen. De kleine lenige held waagde het erop: Hoeness kwam te laat en zag zich genoodzaakt zijn rechterbeen uit te steken. Vlak voor de zestienmeterlijn raakte zijn been het linkerbeen van Cruijff. Een duidelijke overtreding.

Terwijl Cruijff nog bezig was met zijn val, dankzij de vaart van zijn sprint het strafschopgebied binnen zwevend, wees Neeskens demonstratief naar de penaltystip en bracht scheidsrechter Taylor het fluitje al naar zijn mond. Taylor nam een moedige beslissing. De finale van de tiende wereldkampioenschappen voetbal was nog geen twee minuten oud en hij gaf Nederland een penalty. Het zegt iets over de geestesgesteldheid van Jack Taylor dat hij geen moment aarzelde. Scheidsrechters durven zulke ingrijpende besluiten doorgaans niet zo vroeg in een wedstrijd te nemen, zeker niet in belangrijke wedstrijden en al helemaal niet als de halve wereld toekijkt. Jack Taylor wel. De slager uit Wolverhampton was voor niemand bang. Hij was theatraal en emotioneel en fysiek ingesteld, maar ook ongecompliceerd. Regels zijn regels, vond hij, tegenover wie en op welk moment ze ook moeten worden toegepast. Als deze penalty het slot moest zijn van de meest bizarre openingsminuten die een WK-finale ooit te zien had gegeven (Nederland had de bal veertien keer overgespeeld zonder dat er een Duitser aan te pas was gekomen): nou, dan was dat maar zo.

Helaas voor Taylor nam hij behalve een stoere ook een verkeerde beslissing. Dat kwam doordat hij, aan de kant waar hij stond, niet kon zien dat de overtreding al voor de rand van het penaltygebied werd ingezet. Bovendien was het allemaal erg snel gegaan. Zelfs na het zien van een op normale snelheid afgedraaide videoband gaf je Taylor achteraf gelijk. Slechts op een enkele foto zou later te zien zijn dat hij fout zat. Uli Hoeness, de man van de overtreding, was meteen overtuigd van Taylors onjuiste inschatting, net als zijn aanvoerder. 'Het was erbuiten!' schreeuwde Beckenbauer naar Taylor, met het van hem bekende, arrogante wegwerpgebaar. Hij liep langs de scheidsrechter en voegde hem een merkwaardig zinnetje toe. '*You are an Englishman*,' zei hij. Taylor vond het raadselachtige woorden, schreef hij in zijn autobiografie. Refereerde Beckenbauer aan de dramatische confrontaties tussen Engeland en West-Duitsland op de WK's van 1966 en 1970? Wilde hij hem beïnvloeden voor het vervolg van de wedstrijd? Bracht hij oude politieke tegenstellingen tussen de twee landen in herinnering, de Tweede Wereldoorlog wellicht? Taylor had geen idee. Hij hield zijn wijsvinger tegen zijn lippen, de Duitse aanvoerder moest zijn mond houden. Verder protesteerden de Duitsers niet. Zij wisten dat zij van een Engelse scheidsrechter niet snel het voordeel van de twijfel zouden krijgen, en vermoedelijk was dat precies wat het zinnetje van Beckenbauer wilde uitdrukken.

Johan Neeskens legde de bal op de penaltystip. Daar stond hij, de benen nog zonder wedstrijdgevoel. Deze trap zou zijn eerste van de middag zijn. Hij deed enkele passen naar achteren en nam zijn aanloop. 'Sepp, rechts van je!' hoorde hij Beckenbauer roepen. De woorden brachten Neeskens in de war. Inderdaad was het zijn gewoonte de bal hard en – voor hem – links langs de doelman te trappen. Tegen Bulgarije had hij dat drie keer zo gedaan. Maar nu hij wist dat Sepp Maier het wist, deed hij iets wat penaltynemers nooit moeten doen: twijfelen. Neeskens' zelfvertrouwen, dat de vorige keren zo groot was geweest, verdampte. Hij zag dat Maier de hoek rechts van hem eerst uitnodigend breed maakte, om zich meteen daarop voor te bereiden op een duik in die richting.

Tijdens zijn aanloop besloot Neeskens de andere kant op te mikken. 'Ik kwam bij de bal en op dat moment stond mijn standbeen, door mijn aarzeling, eigenlijk verkeerd om nog goed te kunnen schieten,' schreef hij in zijn autobiografie *Neeskens*. Hij trapte de bal niet naar links, wat hij eerst had gewild (en waar zijn standbeen nog steeds vanuit ging), noch naar rechts, wat hij nu ineens wilde – hij deed geen van beide. Hij katapulteerde de bal per ongeluk recht vooruit (maar wel met zijn volle gewicht erachter) en intussen raakte zijn schoen ook nog de penaltystip; wit kalk stoof op. Gelukkig voor Neeskens had Maier het advies van Beckenbauer opgevolgd en was hij al naar rechts gedoken voordat hij zag dat hij de bal gemakkelijk had kunnen opvangen als hij was blijven staan. De ongelukkig verstuurde bal vloog langs de graaiende handen van Maier in het doel.

'Eén nul! We leiden!' riep tv-commentator Herman Kuiphof.

'Let op, nu verliezen we,' zei KNVB-bestuurder Henk Burgwal op het ereterras.

'Dit winnen we nooit meer,' dacht Franz Beckenbauer.

De Nederlanders vertoonden geen extase. Na een korte groepsknuffel liepen zij nuchter terug naar hun eigen speelhelft.

'Nederland, dat eens werd beschouwd als vlak en oninteressant, staat nu bekend als een haard van progressiviteit,' jubelde een Britse commentator. 'Dat blijkt ook uit het spel van hun voetballers. Ze maken een draaikolk van positiewisselingen.'

De eerste Duitse aanval eindigde met een doelpoging van Paul Breitner – geen zelfverzekerde knal in de bovenhoek van het doel, zo'n knal waarmee hij zijn ploeg tegen Chili en Joegoslavië nieuwe hoop gaf, maar een vertwijfelde afzwaaier die zelfs de cornervlag niet passeerde.

Nederland speelde soepel, veel soepeler dan de Duitsers. Een van de minst soepele Duitsers, Berti Vogts, voerde binnen enkele minuten twee tackles uit op de benen van de soepelste van allemaal, Cruijff, en kreeg de gele kaart. 'Dit maakt zijn nervositeit er niet minder op,' veronderstelde de Duitse tv-commentator Rudi Michel terecht. Even later tackelde Neeskens twee keer achter elkaar op de benen van Bonhof: Taylor gaf nu geen geel, alleen een vermaning. We hebben de scheidsrechter niet tegen, moeten de Nederlanders hebben gedacht. Wat Oranje niet deed, was aandringen. In een laag speltempo werd de bal wat heen en weer getrapt, zoals teams weleens doen als ze vlak voor het einde een voorsprong willen consolideren. Van jagen viel niets te bekennen. Het was alsof Nederland zijn tegenstander niet wilde vermoorden – een tweede goal maken – maar er alleen maar mee wilde spelen, als een kat met een langzaam stervende muis.

Het was niet afgesproken, het ging als het ware vanzelf. De Ajaciden in de Oranjeploeg waren bij hun club gewend om de bal na een voorsprong op de eigen helft rond te spelen (althans in belangrijke wedstrijden), in de hoop dat de tegenstander zou oprukken en de eigen aanval daarvan kon profiteren. Maar wat Nederland op deze middag ook deed, de Duitsers kwamen niet. 'Ze bleven gewoon staan!' herinnerde Haan zich later. 'Daardoor ontstond er voor mij geen ruimte om naar voren te komen. Zij dachten, in de rust zien we wel verder, en wij vonden het best zo.'

Terwijl de Nederlanders de meeste van hun duels, voor zover daar sprake van was, wonnen, gebruikten ze de daardoor gecreëerde speelruimte nauwelijks om bij het Duitse doel te komen. 'Dat gaat niet goed,' mompelde Ajacied Barry Hulshoff naast tv-commentator Kuiphof. Minister Tjerk Westerterp voorspelde op de eretribune: 'Dit maakt de Duitsers razend.' Dat zei Westerterp niet omdat hij veel van voetbal afwist – hij wist er weinig van – maar omdat hij veel met Duitsers had samengewerkt en hun mentaliteit kende. 'Ze zijn te allen tijde zeer gesteld op hun eer,' zei hij later. 'Bij de Nederlanders op de eretribune merkte ik een sfeer van, vanmiddag gaan we de Tweede Wereldoorlog rechtzetten, en omgekeerd vóélde je het gifpeil bij de Duitsers in het stadion stijgen: "Ze houden ons voor de gek". Dat moet je bij Duitsers nooit doen. Diezelfde avond zei een Duitse collega-bewindsman tegen me: "Als Nederland had gewonnen, was hier de revolutie uitgebroken." Zó elektrificerend was de stemming in het stadion.'

Op de tribunes groeide het chagrijn, er werd gefloten. 'Holland wint de Wereldcup,' klonk het zachtjes in het immense Olympiastadion, en: 'Hij heeft gewonnen, de zilvervlóóóóóót.'

'Je zag de Duitsers per minuut kwaaier uit hun ogen kijken,' herinnerde Johnny Rep zich. 'Ze werden echt giftig. We hebben dat zelf uitgelokt. Dat rondspelen van ons beschouw ik als de grootste blunder uit mijn loopbaan. We dachten na die snelle goal dat we er al waren. In plaats daarvan hadden we die gasten gewoon moeten afmaken.'

Pas de volgende dag, op het bordes van de Amsterdamse Stadsschouwburg, besefte Ruud Krol wat het betekende om wereldkampioen te zijn – en dus ook welke kans hij had laten liggen door niet alles te geven wat hij in zich had. 'Hadden we dat allemaal maar eerder geweten,' verzuchtte hij later. 'We waren te veel bezig geweest om te laten zien dat wij de besten waren.'

Vooral Willem van Hanegem had er zichtbaar plezier in om de bal vlak voor zijn eigen strafschopgebied naar een medespeler te trappen en dan een beetje te gaan lopen kuieren – alsof hij de lucht van de Duitse ondergang zodoende langer en dieper kon inademen. Kleineren deed hij toch al zo graag – niemand die zo kon genieten van het pesten van tegenstanders, van het voor schut zetten, als de populaire volksjongen uit Utrecht. Vooraf en tijdens het toernooi had hij voorspeld dat Nederland ver zou komen, maar niet zou winnen. Om die reden had hij gedurende het WK niet één keer gejuicht bij een Nederlands doelpunt. Juichen doe je als je hebt gewonnen, vond hij, en een toernooi kent nu eenmaal slechts één winnaar. Hoe vreselijk is het dan als het juist de vermaledijde Duitsers zijn die jouw voorspelling doen uitkomen?

Maar als je ervan overtuigd bent dat je de Duitser toch niet zult verslaan, kun je hem altijd nog kleineren. En dat deed Van Hanegem. 'Als ik al een fout heb gemaakt tegen de Duitsers is het dat ik ze wilde vernederen, ze totaal in het stof wilde laten bijten,' zei hij in het boekje *De elleboogstoot.* 'Wat mij betreft kun je Duitsers niet diep genoeg onder de zooien spitten. Ik heb niks persoonlijks tegen die mensen, maar hun houding staat me zo tegen. Als ze boven je staan, spugen ze op je kop en als ze onder je liggen, likken ze je zolen schoon.'

In werkelijkheid was er met Van Hanegem wel degelijk iets persoonlijks aan de hand. De Duitsers waren de oorlog begonnen en in die oorlog had zich – overigens tijdens een bombardement van de geallieerden – een tragedie voltrokken in de familie Van Hanegem. Maar hij sprak daar haast nooit over. Wekenlang was het de Duitse journalisten opgevallen dat ze hem niet hoefden aan te klampen voor een interview – stelselmatig keek hij de andere kant op. 'We zijn er maar mee opgehouden het te proberen,' zei Otto Stubbe van *Bild-Zeitung.* 'Je kreeg duidelijk de indruk dat hij ons niet moest.'

Na de zege op Brazilië had Van Hanegem de mond vol over de Duitsers. Hij zou het een 'afgang' vinden als zondag niet van 'die Duitsers' zou worden gewonnen, en dat had te maken met: 'Die haat, die is er altijd geweest. Dat heeft achtergronden, die iedereen kent, en die nog altijd niet weg zijn. Die Duitsers irriteren, omdat zij altijd maar roepen dat zij de grootsten zijn.' Dat gold ook een beetje voor de Engelsen, zei hij, maar toch: 'De stemming is grimmig. Het is waar, je merkt het elke dag, al vóór de wedstrijd tegen de Brazilianen. Daarom hoop ik maar dat het lukt zondag. Ik zou het m'n leven niet vergeten als wij niet konden voorkomen, dat ze later kunnen roepen dat zij toch maar wereldkampioen zijn geworden – en wij niet.'

De Zeeuwse Oranjehistoricus Matty Verkamman, in 1974 *Trouw*-verslaggever, zag Van Hanegem na de finale staan schelden. 'Ik was er van overtuigd dat hij zich grotendeels had laten leiden door zijn onnoemelijke afkeer van de tegenstander,' schreef hij. 'Veel later, toen ik voor een boek zijn Zeeuwse wortels blootlegde, begreep ik waarom Willem indertijd zo stond te schelden. Willem is van 1944 en toen hij zeven maanden jong was, werd zijn Zeeuws-Vlaamse geboortedorp Breskens getroffen door een zwaar bombardement. Een groot aantal familieleden van Willem kwam om het leven, onder anderen zijn vader Lo en zijn broertje Izak. Ik kan me dan voorstellen dat je in 1974 een WK-finale tegen Duitsland anders beleeft. Het vervelende was dat Willems weerzin van de tegenstander door de meeste ploeggenoten werd gedeeld en zeer contraproductief werkte.'

Had Van Hanegem maar geweten dat de oorlog ook aan Duitse zijde zijn sporen had achtergelaten. Wolfgang Overath bijvoorbeeld – een groot bewonderaar van Van Hanegem – verloor zijn negentienjarige broer, die niet was teruggekeerd van het front. Een andere, veertienjarige broer liep tegen het einde van de oorlog de straat op om een jongetje dat op de grond lag te helpen, en werd daarbij dodelijk getroffen door een geallieerde kogel. Zulke verhalen waren er meer.

Later die zondag, toen er in het Nederlandse spelershotel werd gefeest, gedanst en gezongen, deed Van Hanegem niet mee. Ergens in een hoekje zat hij aan een tafel, ontroostbaar, zijn hoofd lag voorover op zijn armen.

Het gebeurde in de twintigste minuut. West-Duitsland had zich al een klein beetje opgericht. Hierin had Beckenbauer het goede voorbeeld gegeven. Ze hadden hem vroeger te mager gevonden voor het topvoetbal, te veel een solist, te speels, en zowel zakelijk als privé was hij betrokken geweest bij affaires waarvan *Bild-Zeitung* het Duitse lezerspubliek had laten meegenieten. Maar nu stond hij er. Het ging uitsluitend om te overleven, besefte hij, de geseling van de Nederlanders te doorstaan. Aan het spel van *Der Kaiser* kleefde eventjes niets keizerlijks, frivoliteiten bleven achterwege. Had Beckenbauer in de vorige wedstrijden al laten zien dat hij wel degelijk kon vechten als het tij tegenzat, nu ging hij nog een stapje verder. Hij stelde zich puur op als een verdediger en, geheel in strijd met zijn reputatie als voetballende artiest, werkte hij ballen *rücksichtslos* weg.

Een schot van Breitner zeilde maar net over de Nederlandse lat. Uli Hoeness, die tot Schöns genoegen inderdaad tegenover Van Hanegem bleek te staan, hoorde de Nederlander na een lange sprint zwaar ademen. Hoeness putte daar moed uit: de voorspelling van de *Bundestrainer*, dat de Duitsers uiteindelijk over de beste conditie zouden beschikken, leek nu al uit te komen. Vogts merkte dat Cruijff, de alom bejubelde held van het WK, geïrriteerd raakte over de strenge bewaking en Vogts' onbestrafte schoppen, en zich al een beetje inhield.

Natuurlijk verzond Van Hanegem een meesterlijke dieptepass op Krol die naar voren was gehold; en zeker wel demarreerde libero Haan een keer onvervaard door de Duitse defensie, en ongetwijfeld was het waar dat Rijsbergen zijn tegenstander Gerd Müller tot twee keer toe bijna achteloos de baas was. Maar daar tegenover stond dat de Duitse verdedigers Breitner, Schwarzenbeck en Vogts al ten aanval waren getrokken voordat het in de twintigste minuut gebeurde.

Dat West-Duitsland toen al een beetje was gaan lopen, zij het nog niet helemaal rechtop, kwam ook door z'n enorme WK-ervaring. Een achterstand als deze was niets nieuws, West-Duitsland had al zo vaak moeten terugvechten. Het Wonder van Bern bijvoorbeeld was begonnen met een 2-0 achterstand en geëindigd in een 3-2 overwinning; in 1966 waren de Duitsers teruggekomen na een terechte voorsprong voor Spanje, en hadden ze in de finale tegen Engeland vlak voor tijd gelijk gemaakt zodat een verlenging nodig was; in 1970 hadden Beckenbauer, Maier, Overath en Müller een koffer vol weerstand opgedaan in thrillerachtige duels met Engeland en Italië; in beide wedstrijden hadden de Duitsers een achterstand goedgemaakt. En voor zover er in het voorjaar van 1974 nog Duitse internationals waren die dachten dat een achterstand, hoe verdiend ook, onoverkomelijk was, werd hun de ogen geopend door Schwarzenbeck: vlak voor het einde van de Europacupfinale in mei had hij een 1-0 voorsprong van een superieur Atletico Madrid ongedaan gemaakt met een afstandsschot. De Spanjaarden hadden prachtig gespeeld, maar ze waren twee dagen later zo moe dat de Duitsers er in de opnieuw gespeelde finale met 4-0 een showtje van konden maken.

De oude en simpele wijsheden van Sepp Herberger, de grondvester van het naoorlogse West-Duitse voetbal, werden bij herhaling in de praktijk gebracht. Als er in 1974 een nationale cultuur was waarin niemand twijfelde aan de waarheid van 'de bal is rond' (alles is mogelijk) en 'een wedstrijd duurt negentig minuten' (de laatste minuut telt evenzeer mee als de eerste), dan was het de Duitse.

In de twintigste minuut dus, kregen de Duitsers hun aanleiding om rechtop te gaan lopen. Müller haalde een onaangenaam geintje uit met zijn bewaker Rijsbergen. Terwijl hij een dieptepass van Overath opving op de rand van het strafschopgebied, met zijn rug naar het doel en Rijsbergen vlak achter zich, liet hij zich achterovervallen en daalde met zijn dikke billen precies op de knieën van Rijsbergen. Vervolgens liep hij zogenaamd kwaad naar scheidsrechter Taylor, omdat deze Nederland een vrije trap toekende. Met zijn theater suggereerde Müller dat Rijsbergen hem omlaag had getrokken en hij misschien wel een penalty verdiende. En toen kwam het. Achter de rug van Taylor liep Müller provocerend dicht voorlangs Van Hanegem, die hem meteen een duw gaf. Müller liet zich overdreven vallen – en dat was het enige wat Taylor van het voorval onder ogen kreeg, Gerd Müller die op de grond lag. Overath spoedde zich naar Taylor om hem op de misdadige praktijken van Van Hanegem te wijzen.

Taylor deed wat hij die ochtend had besproken in het Arabella Hotel. Hij maakte zich los uit de kluwen van opgewonden Duitsers en Nederlanders en vervoegde zich bij grensrechter Archundia, die zijn aandacht had getrokken met een opgeheven vlaggetje. De Brit en de Mexicaan wisselden geen woord uit – dat hoefde ook niet. Het was zelfs niet de bedoeling. Archundia hield een geel kaartje in de palm van zijn hand, die hij tegen zijn borst drukte. Jack Taylor keek goed en zag 'H3'. De scheidsrechter wist genoeg. Hij liep terug naar de plek des onheils en toonde Willem van Hanegem, de Nederlander met rugnummer drie, de gele kaart.

Nederlands koene voorstopper Rijsbergen gekwetst, Van Hanegem geel (en geïrriteerd), voor de Duitsers ging het de goede kant op. Hun spel verliep met de minuut beter. Vogts schreeuwde: 'Franz, nu gaat het allemaal anders!' De kleine blonde verdediger kreeg er weer helemaal zin in. Net als zijn prooi Johan Cruijff had hij de voorafgaande dagen een kwestie met een vrouw gehad, maar dan heel anders, hoopgevender vooral. Hoog in de lucht tussen Frankfurt en München was hij verliefd geworden op een stewardess. Zijn teamgenoten verkeerden in een uitgelaten stemming na de zege op Polen, maar Vogts, altijd kritisch op zichzelf, vond dat hij onder de maat had gepresteerd, en had de pest in. Zijn neerslachtigheid verdween toen hij in de ogen keek van de jonge vrouw die hem iets te drinken aanbood: Monika Müller. Vogts, de eenzame jongen van het volk, bepaald geen Don Juan, had bij het verlaten van het vliegtuig pardoes haar naam en telefoonnummer gevraagd, en beloofd haar snel, na de finale, terug te bellen. Korte tijd later trouwden ze.

Enkele minuten na het incident tussen Gerd Müller en Van Hanegem speelde Overath, de soms kwetsbare middenvelder, de bal schitterend vrij uit zijn eigen strafschopgebied terwijl hij werd belaagd door drie Nederlanders. Die Nederlanders waren Jansen, Rep en Suurbier: de complete rechterflank van Oranje. Overath rukte met de bal aan zijn voet op, draaide en verlegde het spel naar de Nederlandse rechterflank (zijn linkerflank), waar immers geen Nederlanders meer stonden. Breitner was daar wel, geheel ongemoeid gelaten door zijn directe tegenstander Rep. Dat zag er dus gevaarlijk uit – maar hoewel het verdedigen door de aanvallers een wezenlijk element in het Nederlandse spel was, leek het de aanvaller Rep niet zo te interesseren. Ook Hölzenbein bevond zich aan de Duitse linkerkant, hij nam de bal aan.

Breitner en Hölzenbein stoomden samen op en vonden maar één man tegenover zich: Arie Haan, die Suurbiers plek had waargenomen. Haan deinsde achteruit en liet Hölzenbein zo ongehinderd diens tempo verhogen. Jansen kwam aangerend om hulp te bieden – sneller dan Suurbier, die harder kon lopen dan Jansen maar die kennelijk minder haast had. Haan stond voor een lastig dilemma: zwenkte hij naar de rechterzijlijn om te voorkomen dat Breitner in de ruimte zou spurten, dan kon Hölzenbein door het centrum oprukken; trok hij naar het centrum, dan had Breitner aan de zijkant vrij spel. Haan deed geen van beide. Achterwaarts liep hij verder terug en wachtte af. Hölzenbein versnelde. Haan kwam nu wel naar het centrum, maar te laat. Hölzenbein zette Rijsbergen met een eenvoudige schijnbeweging op het verkeerde been waardoor hij een vrij veld naar het doel had.

Haan deed precies wat een spion die Duitsland-Polen zou hebben gezien hem met kracht zou hebben ontraden: hij liep zover naar achteren dat Bernd Hölzenbein, bijgenaamd *Der Schwalbenkönig*, ongehinderd het penaltygebied kon binnengaan. 'Daar hebben ze me niet voor gewaarschuwd,' zei Haan. De bewegingen van Hölzenbein waren dezelfde als die van drie dagen eerder tegen Polen: met zijn lange benen kapte hij de bal behendig naar links en naar rechts, zijn voet haakte aan het been van Wim Jansen, die in paniek een sliding had gemaakt, en hij liet zich theatraal, met wijde armen als vleugels, voorover vallen.

Jack Taylor stond er vlak achter. Hij had een uitstekend zicht op het tafereel en hij aarzelde geen moment. Penalty. 'Hij maakt het erger dan het is,' dacht Taylor lichtelijk geïrriteerd bij zichzelf, 'maar de spelregels zeggen dat een poging om iemand te laten vallen even erg is als het daadwerkelijk laten vallen, en Jansen deed zeker geen poging de bal te spelen.' Het was een zuivere strafschop, schreef Taylor in zijn memoires, 'en die mening zal ik nooit herzien'. Maar in werkelijkheid was hij net iets minder zeker van zijn zaak. Toen hij maanden later samen met zijn Nederlandse collega-scheidsrechter Arie van Gemert in Amsterdam naar een filmverslag van de finale zat te kijken, zei hij: 'Zoals ik het nu zie, was het geen penalty.' Jansen heeft altijd ontkend dat hij Hölzenbein aanraakte. De Duitser zelf heeft steevast het tegendeel verklaard. Een door *Bild-Zeitung* gepubliceerd citaat waarin hij schuld bekende, was volgens hem vals. De waarheid lag waarschijnlijk in het midden. Er was sprake van een lichte aanraking waarvan het effect door Hölzenbein werd overdreven. (Pas na de komst van de kabeltelevisie in het begin van de jaren tachtig, toen de Nederlandse voetballiefhebbers wekelijks Bundesliga-wedstrijden konden zien, leerden zij de naam van Hölzenbeins truc kennen: *Schwalbe*.)

Nog maar kort geleden had Hölzenbein de woede van Beckenbauer opgewekt door Bayern München met een zwaluwachtige duikvlucht – beloond met een strafschop – uit te schakelen voor de Duitse beker. Nu riep diezelfde Beckenbauer: 'Bravo!' Te midden van de verontwaardigde Nederlanders nam Overath de zwaluw mee het strafschopgebied uit – stiekem bijna, als een dief in de nacht.

Vaststond dat Uli Hoeness de strafschop niet zou nemen: tegen Polen had hij de met een penalty beloonde duikvlucht van Hölzenbein niet kunnen verzilveren. De eerste kandidaat was daarom Gerd Müller, maar ineens liep Breitner naar voren. Zonder eventueel commentaar van Müller of anderen af te wachten pakte hij de bal en legde hem liefdevol op de stip. De pas 22-jarige verdediger deed zes passen achteruit en haalde diep adem. Hij hoorde niets meer. In de heksenketel van het Olympisch Stadion voelde hij zich de eenzaamste man op aarde.

Terwijl Breitner op de bal toeliep, maakte Jongbloed een beweging naar links in een poging zijn opponent te verwarren. Zijn opponent beschikte echter over een sterk karakter. Hij maakte van de gelegenheid gebruik om de bal vliegensvlug en kinderlijk eenvoudig rechts van Jongbloeds naar links overhellende lichaam te schuiven. Door de verrassend snelle manoeuvre van Breitner stond Jongbloed nogal stijf, en recht overeind, op het verkeerde been.

25 minuten gespeeld, de stand 1-1 dankzij twee penalty's: zulke WK-finales had de wereld nog niet eerder gezien. En mocht de wereld hebben gegrinnikt na het zien van de stijve Oranjedoelman, en mochten de mensen denken dat de *Flying Dutchman* alleen maar goed was in uitlopen: niet lang na de penalty van Breitner etaleerde hij zijn compleetheid op grootse wijze. Na een simpele een-twee met Hölzenbein (wiens directe tegenstander Suurbier nergens te bekennen was) brak Berti Vogts door op links. Inderdaad, Vogts brak door op links: de Duitsers wisselden minstens zoveel van posities als de Nederlanders. Centrumspits Müller assisteerde op het middenveld, rechtsback

Schwarzenbeck zag je vaak op links lopen, de verdedigende middenvelder Bonhof dook op voor het Nederlandse doel, rechtshalf Hoeness brak zomaar door op links, bijvoorbeeld om een voorzet te geven naar de eventjes als centrumspits acterende linksback Paul Breitner.

Iedereen liep overal en aangezien dat bij Nederland ook het geval was, viel iets van structuur in deze merkwaardige wedstrijd nauwelijks te ontdekken. Zo talrijk als nu waren de Duitse positiewisselingen op dit WK nog niet geweest, en de reden daarvoor was simpel: de Duitsers volgden de Nederlanders. 'Wij reageerden,' zei Hölzenbein daarover. 'Wij ageerden niet.'

Maar uit die reagerende basishouding ontsproten wel degelijk eigen initiatieven. Want Vogts brak dus door – ongehinderd door Cruijff – en dat kon hij doen omdat hij de bal bijna sierlijk over de wild tackelende Neeskens had getild. Inderdaad, bijna sierlijk. Van Cruijff had hij steeds minder last en nu liep hij helemaal alleen op doelman Jongbloed af. Hij verkocht de bal een verschrikkelijke trap, goed gemikt bovendien, maar de bal belandde op de blote vuisten van de flitsend reagerende keeper. Als Jongbloed de bal had gemist had niemand hem iets kwalijk genomen. Maar hij miste niet.

Neeskens draaide niet lekker. Hij hield ervan als zijn directe tegenstanders statisch en hard waren. Zijn dynamiek stelde hem dan in staat een dergelijke speler te overvleugelen. Maar Rainer Bonhof was vrij dynamisch, en fanatiek en brutaal, en hij bestreek grote delen van het veld. Vaak holde Neeskens amechtig achter Bonhof aan en dat zal hij van tevoren niet hebben gedacht. Van Krol zag je deze middag amper een dwingende rush langs de zijlijn en zijn vriend, de lolbroek Wim Suurbier, was nooit waar hij moest zijn. Zelden heeft iemand zo lopen 'zwemmen' als Suurbier op deze middag. Daardoor had Hölzenbein de tijd van zijn leven, hij groeide boven zichzelf uit.

Het Duitse speltempo ging verder omhoog. Nederland ging prat op zijn buitenspelers, maar na de gelijkmaker waren het de Duitse vleugels waar leven in zat. Grabowski en Hölzenbein, nota bene door hun coach Helmut Schön het veld ingestuurd met de opdracht de gevreesde vleugelverdedigers Krol en Suurbier af te stoppen, konden zich meer en meer op hun aanvallende acties richten. Grabowski deed met de Nederlandse verdedigers wat hij wilde. De rechtsbuiten, in eigen land vaak een twijfelgeval omdat hij te week zou zijn, deed Britse commentatoren denken aan hun voetballegende Stanley Matthews. Het leek wel een wraakoefening. Vier jaar eerder stond hij op de nominatie om naar Feyenoord te gaan. Om de komst van de Duitser naar Rotterdam te voorkomen, schopten de Feyenoorders, en vooral Van Hanegem, hem tijdens een vriendschappelijke wedstrijd bont en blauw. Grabowksi bedankte voor de eer en bleef in Frankfurt. Maar nu was hij de baas. Met een paar subtiele bewegingen legde hij Jansen en Krol vlakbij de cornervlag in de luren op een manier die het slechte humeur bij het publiek voor de rest van de middag het stadion uitjoeg.

Korte tijd later liep hij zo eenvoudig van Van Hanegem weg dat deze hem vlak voor de Nederlandse zestienmeterlijn van achteren neerhaalde. Met een nonchalante gratie, die iedereen van Nederland, niet van Duitsland verwachtte, stiftte Franz Beckenbauer de bal met de buitenkant van zijn rechtervoet vol effect naar het doel. Jongbloed tikte de bal beheerst over de lat. Wat het afstoppen van verdedigers betrof, lieten juist de Nederlandse vleugelaanvallers het afweten. 'Rep is lui, hij stopt Breitner niet af,' mopperde de voormalige Ajaxspeler Klaas Nuninga op de perstribune. En Rensenbrink liep volgens Nuninga 'geen meter', en was rijp voor vervanging.

In deze periode van Duitse dominantie kreeg – zoals wel vaker – de andere partij de beste mogelijkheid bij een tegenaanval. Iets voorbij de middellijn had Vogts de bal verspeeld, terwijl de rest van zijn elftal op de Nederlandse helft stond. Zoals gewoonlijk had Van Hanegem de situatie razendsnel ingeschat en de bal onmiddellijk naar de vooruitgeschoven Cruijff en Rep getrapt. De twee Nederlanders zagen de vijandelijke speelhelft vrijwel onbemand voor zich – alleen Beckenbauer liep daar rond. Cruijff en Rep draafden op de Duitse aanvoerder af, die hun de doorgang naar het doel van Maier wilde beletten. Het was twee tegen één. Op deze manier hadden ze in het verleden heel wat goals gemaakt (twee tegen Independiente in de finale van 1972 om de wereldbeker voor clubs), ze voelden elkaar in zulke situaties vaak blindelings aan. 'Beckenbauer moet de grote ster van dit toernooi worden,' had Cruijff vijf dagen eerder een beetje schamper opgemerkt in *VI*. 'Het is jammer dat we elkaar in welke wedstrijd dan ook niet gauw zullen tegenkomen. Ik zou hem kunnen opzoeken. Dat wel. Zou interessant zijn.'

Nou, dit was zijn kans. Cruijff liep recht op Beckenbauer af. Van hen tweeën was hij de snelste. Hij kon een schijnbeweging naar links maken en er dan rechts in een hogere versnelling langsgaan, alleen op doelman Maier af. Beckenbauer liep achteruit, dus die moest zich eerst nog omdraaien als Cruijff de sprint zou aangaan. In plaats daarvan gaf Cruijff de bal aan Rep, die links van hem meeliep. Hij speelde de bal iets te hard, waardoor de hoek voor Rep niet ideaal was. Bovendien was Rep rechtsbenig en werd hij nu genoodzaakt met links te schieten. Hij schoot niet al te hard, en Maier, die zijn doel 'kleiner' had gemaakt door goed getimed uit te lopen, hield het schot tegen. 'Het maakte niet uit dat ik de bal met links moest schieten,' zei Rep. 'Ik trapte niet goed. Ik wilde de bal stiften en dat mislukte. Hij had gewoon moeten zitten.'

Van enige aanvallende flair was hierna bij Oranje geen sprake meer. Bij de Duitsers des te meer. Vooral over de vleugels kregen ze alle ruimte. Grabowski dolde wat met Haan en Suurbier en aan de andere kant oogstte Neeskens een gele kaart omdat hij Hölzenbein omverliep. En toen viel het tweede doelpunt. Schwarzenbeck had de bal op de middellijn, Van Hanegem liep naar hem toe. Cruijff en Jansen stonden in de buurt maar zij hadden alleen oog voor de bal. Achter hun rug holde Bonhof naar de rechterzijkant. Dit was het spel zoals de Duitsers het uitvoerig hadden besproken in hun trainingskamp in het zonnige Grünwald: de buitenspelval, waarmee de Hollanders zoveel tegenstanders een minderwaardigheidscomplex hadden bezorgd, moest ontlopen worden met naar binnen trekkende buitenspelers, en middenvelders die in de daardoor geschapen ruimte op de vleugels zouden opduiken. In de 43ste minuut volgde een prima uitvoering, en niet voor de eerste of laatste keer deze middag.

Grabowksi had de weg vrijgemaakt voor Bonhof en daar ging de middenvelder. Hij kreeg de bal van Schwarzenbeck. Als 'rechtsbuiten' had hij linksback Krol tegenover zich moeten vinden, maar die liep ergens bij de middellijn. Arie Haan had zijn plek ingenomen om het gevaar te bezweren. Krol liep intussen losjes terug, Cruijff wandelde. Als een volleerde rechtsbuiten passeerde Bonhof de Nederlandse libero

Haan buitenom. Terwijl Haan stijf stilstond op de (vanuit Bonhof gezien) rechterpunt van het strafschopgebied, snelde de Duitse verdedigende middenvelder nog net binnen het penaltygebied naar de achterlijn. Over dat moment zou Haan later zou zeggen: 'Ineens zag ik de lijn van het strafschopgebied. Ik schrok, en verstarde. 'O nee,' ging het door me heen, 'hij is al te ver', en weg was-ie. Ik had hem eerder moeten aanpakken. Nu riskeerde ik een penalty en durfde ik niet in te grijpen. Toen, evenals bij die actie van Hölzenbein, kon je zien dat ik geen echte verdediger ben. Het hele toernooi ging het goed, maar in die twee situaties niet. Later als trainer heb ik spelers geleerd wat ik toen had moeten doen.'

Bonhof trapte de bal vrij hard en laag voor het doel. Krol, die het toch maar op een sprinten had gezet, was nog net op tijd terug om zichzelf tussen Gerd Müller en het doel te plaatsen.

Müller deed iets waarop hij eindeloos had geoefend. In Nederland is nadien vaak smalend geoordeeld over de handeling die hij op het punt stond te verrichten ('een frommelgoal'), maar in werkelijkheid was zij de vrucht van oeverloze trainingsarbeid. *Der Bomber der Nation* speelde immers altijd zijn eigen wedstrijd – tegen de keeper. 'Ik train maar op één ding,' vertelde hij aan verslaggever Kees Jansma tijdens het toernooi. 'Dat gaat zo: Beckenbauer speelt mij de bal toe, terwijl ik met mijn rug naar het doel sta, met Schwarzenbeck in mijn rug. Ik draai en ik schiet in de hoek die de doelman niet verwacht. Dat is mijn werk en dat is wat ik doe.' En dat deed hij. De corpulente spits stond met zijn rug schuin naar het Nederlandse doel. De door Bonhof geschoten bal sprong een halve meter van zijn voet weg, en van het doel af. Müller bewoog – met Krol achter zich – naar de bal, hij draaide zich wonderbaarlijk ver om en trapte de bal niet in de dichtstbijzijnde hoek, waar Jongbloed hem verwachtte omdat alle spitsen dat nu eenmaal doen, en waarheen de keeper dus al bewoog, maar in de verre hoek.

Müller raakte de bal niet hard, maar doordat Jongbloed naar links helde moest deze machteloos toezien hoe de bal tergend langzaam rechts van hem het doel in rolde. 'Het was een goal van Gerd Müller zoals eigenlijk alleen Gerd Müller ze maakt,' zei de Duitse tv-commentator Rudi Michel. Dat waren achteraf ook de lovende woorden van Rinus Michels. Diens collega Helmut Schön had eind jaren zestig niet goed geweten wat hij met dat dikke mannetje aanmoest. De billen van Müller waren geen gezicht, vond hij, maar tegelijk kon Schön moeilijk ontkennen dat de reactiesnelheid die Müller in het vijandelijk penaltygebied kon etaleren zeldzaam was. In het najaar van 1966 had het ventje toch mogen debuteren in het West-Duitse elftal (samen met Sepp Maier), en ook daar deed hij wat hij bij zijn club Bayern München onwaarschijnlijk vaak deed, scoren. Namens Bayern voerde hij de ene na de andere topscorerslijst aan (veertig goals in het seizoen 1971-1972). Statistisch gezien was zijn doelpunt tegen Holland dan ook niet meer dan normaal: tot de finale had Müller 67 keer gescoord in 61 wedstrijden, een gemiddelde van meer dan een goal per wedstrijd.

Rijsbergen was hem tot aan dat doelpunt in de 43ste minuut steeds de baas geweest, vrij gemakkelijk zelfs, maar in het universum van Gerd Müller leek dat allemaal weinig uit te maken. De bal kwam, de bommenwerper draaide met zijn heupen en de bal lag in het doel.

'Zijn we d'r toch ingetuind, zijn we d'r toch ingetuind,' verzuchtte tv-commentator Herman Kuiphof. Inderdaad was Nederland erin getuind. Nederland dacht dat de Duitsers een afwachtende houding aannamen omdat ze zich gewonnen gaven. Maar de Duitsers hadden slechts hun wonden gelikt en moed verzameld om er later weer tegenaan te kunnen gaan. Je kon ook zeggen dat Nederland in zijn eigen val was getuind, in de val van de zelfoverschatting, van de slordige voorbereiding, de gebrekkige discipline, de hooghartigheid, de gemakzucht, de gebrekkige kennis van – en ontzag voor – de tegenstander, de afgenomen conditie, de vermoeiende spanningen van zes weken trainingskamp. Of misschien was het nog eenvoudiger en werd de val primair veroorzaakt door de zenuwen voor zoiets onbekends als een WK-finale.

In ieder geval pakte iets wat in de vorige wedstrijden nog zo behoorlijk was verlopen nu nadelig uit: de rol van Arie Haan als libero. (Hetgeen overigens onverlet liet dat Haan een bar, die hij vlak na het WK opende in Groningen, Libero noemde.) De laatste man had in veel gevallen het aanvalsspel kunnen ondersteunen door zich op het middenveld aan te dienen en de tegenstander zo voor verrassingen te plaatsen. Maar ervaring als verdediger had hij natuurlijk niet. Tegen Brazilië had dat tekort al een paar keer opgespeeld, maar toen had dat niet tot tegendoelpunten geleid. Nu wel. Bij de eerste Duitse goal liet hij Hölzenbein het strafschopgebied binnenkomen (Krol: 'Een echte verdediger had zo'n man gelijk aangepakt'), en bij de tweede goal liet hij zich wel erg gemakkelijk uitspelen door Rainer Bonhof, die toch niet door het leven ging als een getruukte aanvaller. Voor de Duitsers gold het tegenovergestelde. Waar zij goed in waren: de passeertechniek van Grabowski en Hölzenbein, het vierkantemeterwerk van Gerd Müller, het leiderschap van Beckenbauer, de haast bovenmenselijke concentratie van Berti Vogts, het curieuze reddingswerk van Sepp Maier – dat alles lukte juist wel.

Voor het eerst in de wedstrijd begon Neeskens de Duitsers op te jagen. En Rensenbrink deed iets interessants, hij gaf een dieptepass naar Krol. Deze trapte de bal voor het doel maar Beckenbauer kopte hem vallend over de achterlijn. 'Dat is de estheet die in dit toernooi ook nog heeft leren knokken,' sprak de Duitse commentator goedkeurend.

De routinier Overath, die gedurende de eerste helft het ene na het andere knappe passje had verzonden, die zich overal op het veld meldde waar hij nodig was, die daarmee bewees dat iedereen hem tot een half jaar daarvoor geheel ten onrechte had afgeschreven, deze Overath liep naar achteren om de bal hoogstpersoonlijk bij Beckenbauer op te halen. Beckenbauer, met respect voor de man in vorm, stond hem af. (Zoals Beckenbauer op het EK '72 de bal zo vaak aan Netzer gaf toen deze in de vorm van zijn leven verkeerde.) Overath slalomde op zijn gemakje langs Rep en Neeskens, die zich beperkten tot apathisch toekijken, en zette Hölzenbein aan het werk.

Taylor verklaarde de eerste helft voor geëindigd. Van Hanegem trapte de bal tegen de scheidsrechter aan, die vervolgens vermanend op hem afkwam. Dat ging op z'n Taylors: eerst '*hey!*' roepen en dan met demonstratief samengeperste lippen schouder aan schouder naast hem gaan lopen. Maar de Feyenoorder wandelde gewoon door in de richting van de kleedkamer, Taylor op een wegwerpgebaar trakterend. Cruijff snelde toe – niet om de twist te beslechten maar om van alles naar Taylor te roepen. Van Hanegem trok zijn ooglid omlaag om aan te geven dat de scheidsrechter beter uit zijn doppen moest kijken. Taylor bracht zijn hand dreigend naar zijn borstzakje.

Cruijff ging voor Taylor staan. Taylor gebaarde dat hij weg moest wezen. Cruijff praatte, trok zijn schouders op. Getergd kromde Taylor zijn rug. Als het braafste jongetje van de klas gaf Gerd Müller de bal aan de scheidsrechter. Intussen liep iedereen door naar de kleedkamers. Al lopend praatte Cruijff nog steeds tegen Taylor aan, die zijn wijsvinger voor zijn lippen hield: mondje dicht. Maar dat deed Cruijff niet, hij bleef Taylor verzoeken beter op Vogts te letten, die zijns inziens veel te hard speelde. '*Off!*' riep Taylor. Hij kende Cruijff al jaren. Acht jaar daarvoor al voegde hij hem tijdens de Europacupwedstrijd Ajax-Besiktas eens '*mind your own business*' toe. Taylor leidde in 1971 de Europacupfinale Ajax-Panathinaikos, hij had Oranje al eens gefloten en ook had hij Cruijff bij Barcelona meegemaakt. En juist omdat Taylor met vallen en opstaan zijn eigen temperament had leren beheersen, gunde hij opgewonden spelers de tijd om te kalmeren. Maar deze keer wist de voetballer in kwestie van geen ophouden. Taylor vond dat zijn gezag openlijk dreigde te worden aangetast. Hij moest iets doen.

Ze liepen nog steeds op het veld. Taylor hield in, terwijl Cruijff verder liep en maar bleef doorpraten en zijn schouders ophalen. Taylor liet de bal op de grond vallen om een hand vrij te maken voor zijn fluitje. Hij blies, ging in looppas naar Cruijff toe en toonde hem de gele kaart. Cruijff maakte een wegwerpgebaartje, stapte over de zijlijn, maar keerde toen weer om en zette zijn eenzijdige conversatie met Taylor voort. Taylor stuurde hem opnieuw weg: 'Nog één woord en je komt voor de tweede helft het veld niet meer op.' Hij nam de bal weer in zijn handen. Cruijff en Van Hanegem, die de hele tijd in de buurt was gebleven zonder iets te zeggen (hij had al geel), liepen nu samen door naar de kleedkamer.

Tot aan het rustsignaal had Cruijff het voordeel dat zijn tegenstander Vogts een gele kaart had gekregen (en dus moest oppassen voor een rode kaart), en hij niet. Dat voordeel was nu weg.

Het was Rensenbrink zelf die tegen zijn coach Michels zei dat hij niet meer verder wilde spelen. Hij had geen bal goed geraakt, vond hij, voor het team had hij amper iets kunnen betekenen. Terwijl de Duitsers in een kleedkamer verderop elkaar alleen maar de meest eenvoudige voetbalwijsheden hoefden voor te houden – kom jongens, op deze voet verder gaan, het gaat lekker zo, blijven knokken, nu niets veranderen – zag Michels zich voor een lastige situatie geplaatst. Piet Keizer maakte zijn schoenveters vast in de veronderstelling dat hij zou invallen. Iedereen verwachtte dat. De dag ervoor, zaterdag, had Michels immers nog gezegd Keizer zou spelen als Rensenbrink geblesseerd zou blijven. En in een persoonlijk onderhoud had Michels aan Keizer gevraagd of deze beschikbaar was voor het geval Rensenbrink niet op tijd fit zou zijn; Keizer had geantwoord dat hij dat graag wilde.

Maar Michels zei nu niets. Wim Rijsbergen was geblesseerd (door de overtreding van Müller) en de supervisor wilde niet in één keer twee nieuwe spelers inbrengen: aangezien er maximaal twee spelers mochten worden vervangen, kon een eventueel nieuw probleemgeval betekenen dat Oranje met tien man verder moest. Rijsbergen werd behandeld in een wasruimte achter een wand, die de witgepleisterde, door tl-buizen verlichte kleedkamer in tweeën deelde. Michels wachtte zo lang mogelijk, om te zien of Rijsbergen verder kon.

Voor zichzelf had Michels al besloten dat René van de Kerkhof zou invallen; diens snelheid en opportunisme kon Oranje goed gebruiken. Keizer zou eventueel vanaf het begin hebben meegedaan, maar dit was een andere situatie. Hier moest *pressing* worden gespeeld en daarvoor was Keizer, die de laatste periode meer als een soort middenvelder had geopereerd, minder geschikt. Er werd weinig gesproken. Een enkeling zei: 'Kom op jongens, we hebben nog 45 minuten.' Een ander: 'Wij zijn absoluut veel beter dan die Duitsers.' Reservedoelman Piet Schrijvers vroeg aan Jongbloed of hij iets voor hem kon doen. Hij draaide wat noppen van medespelers aan, haalde glazen water. De tijd begon te dringen. Cruijff liep naar Michels, die zich bij Rijsbergen in het washok ophield, om te vragen wie Rensenbrink nu zou vervangen. Hij kreeg geen antwoord. Piet Keizer zat op de massagetafel, klaar om in te vallen; reserve Rinus Israel had hem alvast uit zijn trainingspak geholpen. Het belletje ging, de spelers moesten het veld op. Ineens kwam Michels uit het washok en zei, zonder Keizer aan te kijken: 'Kerkhof, omkleden.' Rijsbergen had hem verteld dat hij het ondanks de pijn wilde proberen. Dus kon ook Rensenbrink worden vervangen.

Keizer was verbijsterd. Hij, de held van Ajax, de levende legende, de gedoodverfde invaller op zijn eerste en laatste WK, kreeg een klap die lang nadreunde. Drie maanden later beëindigde hij zijn loopbaan.

René van de Kerkhof was totaal verrast – het commando dat hij zich moest omkleden was zo ongeveer het eerste wat Michels gedurende al die weken tegen hem had gezegd. 'Gaan jullie maar zwemmen,' waren de enige woorden die Van de Kerkhof zich later kon herinneren. Dat zei Michels tegen de selectiespelers die zelfs niet op de reservebank mochten zitten, die tot de tribune veroordeeld waren. Maar Van de Kerkhof speelde een goede tweede helft. Hij zorgde voor snelheid op de vleugels, voor de diepgang die voordien zo werd gemist. Voor het eerst in het toernooi moest Oranje iets uitvoeren waarop in het trainingskamp in Zeist was geoefend: volledige *pressing*, alles op alles zetten om een achterstand goed te maken. 'In de oefencampagne hebben we er veel op getraind,' zei Michels in de kleedkamer, 'in de hoop dat het niet nodig zou zijn. Nu is het dus wel nodig, laat maar zien wat je ervan terecht brengt.'

Konden de Duitsers bij een achterstand moreel terugvallen op prestaties uit het verleden, voor de Nederlanders ging dat niet op. Historisch gezien was de inhaalrace waarvoor zij zich gesteld zagen iets nieuws. Niet alleen had het team tijdens het WK '74 nooit achtergestaan, ook in de jaren daarvoor kon Oranje amper bogen op dreigende nederlagen die dankzij een collectieve krachtsinspanning in een overwinning waren uitgemond. De laatste uitoverwinning die na een achterstand werd behaald, dateerde van 1958 (België-Nederland 2-3). En aangezien ook het dominante segment van Ajaxspelers nauwelijks op dergelijke clubprestaties kon wijzen, moest er een unicum plaatsvinden, wilde Nederland alsnog het goud pakken. Een door Johan Cruijff geleid elftal had een belangrijke internationale wedstrijd op vreemde bodem nog nooit kunnen winnen nadat het eerst had achtergestaan. De troepen nieuw moreel inblazen als alles tegenzat leek niet zijn *fort*. Cruijffs laatste aansprekende wapenfeit in dat opzicht was een doeltreffende kopbal in Nürnberg, najaar 1968, waardoor Ajax gelijkspeelde in plaats van verloor. In West-Duitsland, dat wel.

Hoewel Cruijff, zoals Rijsbergen het uitdrukte, ook in de beslissende tweede helft 'slecht' was (wat hij toeschreef aan de gevolgen van het zwembadincident), kreeg Nederland kansen. Het waren er vijf.

Kans één. Van Hanegem reageerde vlotter op een subliem genomen vrije trap van Cruijff dan de aarzelende Beckenbauer, maar zijn kopstoot naar de grond, waardoor de bal vervaarlijk opstuitte, had onvoldoende kracht.

Kans twee. Bij de tweede paal kopte Cruijff een hoge voorzet terug naar de voeten van Rep, maar deze kwam een fractie van een seconde te laat. (Cruijff maakte Rep ogenblikkelijk verwijten, waarop de rechtsbuiten terugriep: 'Rot toch op man.')

Kans drie. Vanaf de linkerkant trapte Van de Kerkhof met zijn rechtervoet de bal hoog voor het doel, voorbij de tweede paal, maar de snoeiharde volley van Neeskens dreunde vanaf een meter of acht precies op het lijf van Maier, die deze middag ballen aantrok als een magneet.

Kans vier: Suurbier gaf een lage en scherpe voorzet vanaf rechts, en als Rep, die fanatiek naar de bal gleed, zijn voet net iets beter tegen de bal had kunnen krijgen was het zeker een doelpunt geweest.

Kans vijf: Rep versnelde op de rechtervleugel langs Schwarzenbeck en creëerde zo voor zichzelf een behoorlijke schietkans, maar zijn schot ging een decimeter voorlangs het doel. 'Ik had er die middag gewoon twee moeten maken,' zei Rep later, en daar zat wat in.

Het was niet zo dat de Duitsers in de tweede helft werden gedeklasseerd, al zegt de mythe van wel. Nederland viel meer aan, maar was per saldo niet gevaarlijker. West-Duitsland bleef op zijn momenten sterk spelen. Zo speelde Grabowski de bal al meteen na het begin van de tweede helft tussen de benen van Krol door, en toonde Hölzenbein zich met zijn kittige passeeracties ook na de rust de meerdere van Suurbier. En omgekeerd probeerde iemand als Neeskens een (kansloze) *Schwalbe* uit in het Duitse strafschopgebied, liep Cruijff onbesuisd tegen Vogts aan en had Suurbier een gele kaart moeten krijgen, na een vliegende tackle op de benen van uitblinker Overath. En net als in alle voorgaande wedstrijden maakte Nederland ook nu de meeste overtredingen: 25 tegen vijftien voor Duitsland, dat ook nog eens de Fair Play Cup zou winnen.

Opvallend was dat de Duitsers permanent trachtten Taylor te beïnvloeden door hem op al dan niet werkelijke wandaden van de tegenstander te wijzen (ongeveer zoals de Nederlanders tegen Brazilië hadden gedaan), terwijl Oranje dat vrijwel achterwege liet. Dat suggereerde dat Nederland deze middag niet in de effectiviteit van zijn invloed geloofde.

De Nederlander met de meeste invloed, Cruijff, was er wel en niet tegelijk. Vanaf het begin van de tweede helft zag hij er nog tobberiger uit dan in de eerste. Meestal bemoeide hij zich nauwelijks met de opbouw van de aanvallen. Dan had hij de bal bij de middellijn, met vijf meter voor hem de ontmoedigende aanwezigheid van die kleine blonde terriër uit Mönchengladbach, en dan trapte hij de bal naar Suurbier of Rijsbergen of Haan, en die moesten er dan maar het beste van maken. Cruijff die de bal trapte naar Rijsbergen: dat was in andere wedstrijden niet voorgekomen – het was altijd andersom gegaan. Zelfs Haan mocht de bal niet aan Rijsbergen afstaan. Het leek wel of Cruijff de strijd tegen Vogts had opgegeven. Vogts was een van de weinige verdedigers voor wie hij al jaren ontzag had. Twee jaar eerder figureerde de 'terriër' (evenals Beckenbauer) in een 'ideaal elftal' dat Cruijff had samengesteld in het blad *1-0*. 'Zijn mandekking en z'n inzet zijn zó goed dat-ie voor mij moeilijk te overtreffen is op zijn plaats,' schreef Cruijff, wellicht refererend aan een jeugdtoernooi in de jaren zestig, toen Vogts hem volledig uit de wedstrijd had gespeeld. 'Voor een aanvaller is hij een ontzettend moeilijke tegenstander, die noch op conditie, noch door intimidatie volledig weggespeeld kan worden en daarnaast staat hij ook in offensief opzicht zijn mannetje.'

Een enkele keer maakte de aanvoerder een spurt en veroverde hij de bal met een venijnige sliding. En natuurlijk zette hij wel eens een gevaarlijke aanval op, maar dat waren de uitzonderingen. De dirigerende, alom tegenwoordige Cruijff, De Leider, liet zich deze middag niet zien. 'In zeker opzicht was het behalen van de finale al een historisch hoogtepunt,' legitimeerde hij Oranjes tegenvallende spel in zijn boekje *Ik houd van voetbal*. 'Misschien waren we al tevreden met al die loftuitingen, legden we ons neer bij wat we al hadden bereikt. Toch denk ik dat we gewonnen hadden als we niet tegen de Duitsers hadden gemoeten.'

Want: 'De laatste wedstrijd is altijd hun beste wedstrijd.'

Over de vermoedens dat de nasleep van het nachtelijke zwempartijtje zijn tol had geëist, zei hij tegen *Nieuwe Revu*: 'Ik geloof niet dat die affaire van invloed is geweest. Het is natuurlijk een leuk excuus, maar als je drie Europacups hebt gewonnen, als je onder de meest extreme omstandigheden hebt bewezen dat je je niet laat beïnvloeden door gebeurtenissen van buitenaf, zou deze groep zich dan nu ineens wél hebben laten leiden door omstandigheden van buitenaf? Nee, ik vind het een zwak excuus!'

Toch wees ook de vinger van zijn coach, Rinus Michels, zijn richting op. In de finale van 1974 speelden drie vedetten, stelde hij: Cruijff, Beckenbauer en Müller, en van de drie sterren achtte hij Cruijff 'mentaal niet in optimale conditie'. Helmut Schön vond dat ook. Bij wijze van uitzondering, mogelijk geïnspireerd door de zege, maakte de anders zo vormelijke coach na afloop een grap, een cynische kwinkslag – genoteerd in *Fussball* – die de situatie evenwel kernachtig weergaf. 'Jammer dat die beroemde Cruijff niet meedeed,' zei hij tegen Vogts. 'Anders had je het vanmiddag vast een stuk moeilijker gehad.'

Ergens op de perstribune zat Guido Frick. Ook hij had geen gemakkelijke middag. De sportverslaggever van *Stuttgarter Nachrichten* annex *Spetzle*-vertegenwoordiger werd omgeven door Duitse journalisten die hem niet meer wilden kennen, en hij keek naar voetballers voor wie hetzelfde gold of die rondbazuinden dat hij een leugenaar was. Nog steeds bewonderde de Judas de Nederlandse spelers veel meer dan de Duitse, en van hem mocht Oranje winnen, graag zelfs, maar aan het zwakke spel van Cruijff voelde hij zich niet schuldig. Toen hij Nederland allemaal kansen zag missen dacht hij alleen maar: door hun losse levenswandel van de afgelopen weken kunnen ze zich niet meer voldoende concentreren voor het spelen van een finalewedstrijd. Ze hebben het onheil over zichzelf afgeroepen.

Gebrek aan concentratie kon je de *Bundesmannschaft* in ieder geval niet verwijten. In Duitsland is de tweede helft de geschiedenis ingegaan als een periode waarin de Duitsers meer geluk hadden dan de Nederlanders, en dat is niet helemaal terecht. Weliswaar resulteerden de Duitse aanvallen in slechts drie serieuze doelkansen, maar met twee daarvan was iets bijzonders aan de hand. De eerste kans was een gewone, zo eentje waarvan Nederland er ook enkele kreeg. Uit een hoge hoekschop van Hoeness kopte Bonhof – volledig ongedekt door René van de Kerkhof, de anti-kopper die door een speling van het lot van het totaalvoetbal, of omdat hij de weg kwijt was, in zijn eigen strafschopgebied was gaan staan – de bal ter hoogte van de tweede paal rakelings voorlangs het doel. De hoek waarop Bonhof mikte was volledig vrijgelaten. Als de bal een iets andere koers had gehad, was Jongbloed kansloos geweest.

Toen kwamen de bijzondere kansen.

Nummer één. Na een vernuftige steekpass van Grabowski ving de schuin naar rechts sprintende Gerd Müller de bal ter hoogte van de penaltystip op met zijn dijbeen. Hij liet de bal een keer stuiten en schoot hem uit de draai tegen de binnenkant van het linkerzijnet. Wederom verdween de bal diagonaal in de verre hoek. Een prachtige goal, de Nederlandse defensie was met een haarfijne en snelle combinatie uitgespeeld. Maar Taylor maakte de tweede fout van de dag: hij (en zijn grensrechter) meende dat Müller buitenspel had gestaan. Niemand protesteerde, hoewel Müller zich op het moment van ontvangst zeker een meter voor de laatste Nederlandse verdediger, Rijsbergen, had bevonden.

Bijzondere kans nummer twee. Om zijn verdediging te ontlasten trapte Beckenbauer de bal onkeizerlijk hoog vanuit zijn verdediging naar de Nederlandse helft. Deze landde min of meer toevallig voor de voeten van Hölzenbein. De Frankfurter had alleen Wim Jansen voor zich. Overtuigd van zijn kunnen ging de Duitser vanaf de linkerkant het strafschopgebied in. Hij maakte een schijnbeweging naar links, waar Jansen onmiddellijk intrapte, en hij bewoog meteen daarop met de bal aan zijn voet naar rechts. Jansen stak zijn been op kniehoogte uit en Hölzenbein, wie had anders verwacht, viel er dramatisch overheen. Als Taylor de valpartij van Hölzenbein in de eerste helft een zuivere penalty had gevonden, dan was dit er een in het kwadraat. '*Aber, aber Mister* Taylor,' klaagde de Duitse commentator Michel, 'op zo'n moment moet je toch de moed hebben nog een keer te fluiten!' Op het veld klaagde niemand. Het was vijf minuten voor het slot en de Duitsers, murw, moe, waren alleen nog maar bezig met aftellen en hopen dat het goed zou aflopen, wat het deed.

Conclusie na een meeslepende, dramatische, zenuwslopende, onvergetelijke, alles verterende tweede helft: Nederland speelde beter, oefende de meeste druk uit, maar miste zijn vijf kansen eigenhandig; West-Duitsland werd bij twee van zijn drie kansen tekortgedaan door de scheidsrechter. Als Taylor en zijn helpers beter hadden opgelet was het 3-1 geworden, zo niet 4-1.

De slager uit Wolverhampton boog zijn hoofd waar de spanning en de zweetdruppels vanaf dropen naar voren en blies zo hard hij kon op zijn fluitje, West-Duitsland was wereldkampioen.

'*So*,' zei Helmut Schön. Meer zei hij niet. Hij voelde geen emoties die overeenkwamen met de glorie van dat moment. Welbeschouwd was die glorie haast buitensporig: met zilver op het WK '66, brons op het WK '70, goud op het EK '72 en goud op het WK '74 was hij 's werelds meest succesvolle voetbalcoach van na de oorlog. En toch, toen iedereen naast hem opveerde van het bankje bleef hij nog even zitten. Dat was het dus: wereldkampioen worden. Hier had hij al die tijd naartoe gewerkt, en nu het zo ver was, na een zenuwslopende strijd met zijn spelers, met de publieke opinie, met zichzelf, met zijn DDR-verleden, met zijn idealen omtrent creatief aanvalsvoetbal, na het verlies van zijn geliefde poedel Dickie en het verraad van doelman Maier die zijn verdriet daarover aan de media had doorverteld, zodat heel de natie kwam te weten dat de *Bundestrainer* stuk zat na het verlies van een veertienjarig hondje – na dat alles voelde Helmut Schön op geen stukken na wat hij al die tijd had gedacht dat hij nu zou voelen. '*So*.'

Met zijn onafscheidelijke geruite petje op de kalende schedel liep hij het veld op teneinde zijn spelers te omarmen. In de euforische drukte om hem heen kon hij de jongens zo snel niet vinden. Wel trof hij Beckenbauer, die er ook al betrekkelijk kalmpjes bijliep, denkend aan zijn naderend afscheid als international. De scheiding tussen de coach en de voetballers was meer dan symbolisch. Later die avond zou Schön bij het feestbanket in het Hilton Hotel in München opnieuw afgezonderd van zijn spelers zijn. Na afloop dronk de hoffelijke succestrainer bier en Sekt: gelukkig, verlicht, bevrijd van alle spanningen, en hij overdacht dat de spelers hem zat waren en dat hij genoeg had van de spelers. Dat klopte – achter zijn rug was de complete Duitse equipe hem gesmeerd. Hij zou alleen achterblijven, verre van nuchter. De naam van het hotel waar hij de nacht diende door te brengen wist hij niet meer, noch waar zijn koffer was. Na een zoektocht langs de grotere hotels van München vond hij een plekje in het Holiday Inn, zonder pyjama, zonder tandenborstel, zonder alles. Dat is wat hij voelde toen hij de slaap probeerde te vatten, schreef hij later in zijn memoires: hij voelde zich 'een wereldkampioen zonder alles'.

Johan Cruijff zag eruit als een bijna-wereldkampioen met niets. Nadat Jack Taylor voor het laatst op zijn fluitje had geblazen overzag de Nederlandse aanvoerder de gebeurtenissen op het veld. Met de armen boven zijn hoofd gebaarde hij dat de spelers naar hem toe moesten komen. Hij bedankte de paar duizend Oranjesupporters, die er in de hectiek van het Duitse vreugdevuur verloren bij zaten. Berti Vogts gaf hij een complimenterend tikje in de nek. Zelden zal een speler zo het sentiment van zijn volk hebben uitgedrukt als Cruijff op dat moment. Zijn haren waren nat van het zweet, de slierten kleefden aan zijn ingevallen gezicht. Hij was gesloopt, kapot, maar vooral was er de leegte in zijn ogen. Leegte raasde door Nederland, hele generaties zouden tot hun dood onthouden wat zij deden en voelden op het moment dat Jack Taylor afblies. De vlam van de illusie dat Nederland de wereld een lesje zou leren doofde in een seconde.

Voor Oranje was de finale een wedstrijd te veel geweest. Het team had de harten van miljoenen gestolen, en dat kon van de Duitsers niet worden gezegd. Buiten West-Duitsland was niemand opgewonden geraakt van wat Beckenbauer en Breitner hadden laten zien. Zelfs voor veel Duitse voetballiefhebbers zou het opnoemen van de finale-opstelling al snel een hele opgave worden. De *Mannschaft* van 1954, ja, die kende iedereen uit zijn hoofd, maar die van 1974 werd al snel vergeten. Het Nederlands elftal daarentegen kreeg in de loop der jaren mythische proporties, een beetje zoals het de Hongaarse verliezers van 1954 was vergaan. En Cruijff was de man om wie alles had gedraaid. Zijn Europese glans expandeerde dankzij het WK '74 naar alle continenten. Eeuwige roem werd zijn deel.

Toen hij na afloop van de belangrijkste wedstrijd van zijn leven op het veld van München stond, met die holle ogen, die uitgebluste blik, had hij daar geen idee van. Een schaduw van ontgoocheling hing over zijn gezicht. Zes weken lang had hij zich uitgesloofd, iets onmenselijks verricht, vond hij zelf. Het gemis van zijn gezin was hem zwaar gevallen. Een even glorieuze als ellendige periode liep eindelijk af, hij mocht naar huis. Hij was de beste geweest, maar de beste had niet gewonnen.

De winnaars zaten of stonden of sprongen in de badruimte, uitgelaten als kinderen, ze dronken Duitse champagne en ze zongen: '*Holland wint den Wereldcup, Holland wint den Wereldcup, Holland wint den Wereldcup, la-lala-la-la-la.*'

Verantwoording

Als bij citaten in dit boek geen bron wordt genoemd, zijn ze afkomstig uit eigen interviews. Er zijn er tientallen afgenomen, met voetballers, coaches, supporters, zakenlieden, politici, artiesten en bestuurders. Soms duurde het gesprek vele uren, want over sommige onderwerpen raakt een mens niet snel uitgepraat.

Voor dit boek is behalve van tientallen eigen interviews ook uitvoerig gebruik gemaakt van bestaande bronnen. Deze bestonden uit honderden artikelen in kranten en tijdschriften, radio- en televisie-interviews, documentaires, biografieën en andere boeken. Speciale vermelding behoeven publicaties die direct verband hielden met het WK'74, zoals een uitgave van *Nieuwe Revu* uit 1988 (*De Jongens van '74*), evenals een reconstructie in *de Volkskrant* in 1994, alsmede de tv-documentaires *Oranje viel aan* uit 1994 en *De Leeuw en de kater* uit 1999. Ook boden de WK-dagboeken van Jan Jongbloed en Johan Cruijff in respectievelijk *Vrij Nederland* en *Nieuwe Revu* de nodige details en inzichten. Autobiografieën van bijvoorbeeld Helmut Schön, Paul Breitner en Franz Beckenbauer waren zeer bruikbaar, en wel in die mate dat men zich afvraagt waarom Nederlandse voetballers en coaches zich niet vaker geroepen voelen aan het einde van hun loopbaan gedetailleerd verantwoording af te leggen omtrent hun carrière en verdere leven.

Van vele kanten zijn mensen mij behulpzaam geweest. Allereerst gaat mijn dankbaarheid uit naar Sytze de Boer, die mij jarenlang voedde met zijn grote feitenkennis van de voetbalgeschiedenis, en wiens niet te stuiten nieuwsgierigheid naar nog onbekende feiten een permanente inspiratiebron was. En wanneer mijn teksten hem bereikten, kwamen deze binnen de kortste keren voorzien van correcties en nieuwe suggesties weer terug. Ook de opmerkingen en adviezen van meelezer Frans

Oosterwijk waren ronduit stimulerend. Maar de teksten gingen pas naar hen nadat mijn vrouw Dido Michielsen ze had doorgenomen. Haar eerstelijnskritiek was soms onbarmhartig en altijd terecht, en daarom onmisbaar. Groot was verder de hulp van Laura Kors, die supporters opspoorde en interviewde. Michel Bongers, Hugo Borst, Roel van Dalen, Johan Derksen, Jaap de Groot, Bert Hiddema, Lieske Nix, Marcel Rözer, Ewoud Sanders, Jacques Schmitz, Henk Spaan, Evert Vermeer en Stijn Wiegerinck hielpen mij bij het vergaren van videobanden, boeken, artikelen, telefoonnummers en andere gegevens.

Geïnterviewd werden Dries van Agt, Carel Akemann, Max Albrecht, Frits Barend, Christoph Biermann, Hans Boskamp, Kees Brunt, Cor du Buy, Jaap du Buy, Bernd Cullmann, Jan de Deugd, Siegfried Drach, Guido Frick, Arie van Gemert, Ben de Graaf, Arie Haan, Cor van der Hart, Jacques Hogewoning, Titus den Hollander, Bernd Hölzenbein, Kees Jansma, Jan Jongbloed, Frits Kessel, Ronald Koole, Hans Joachim Krautkrämer, Ruud Krol, Piet Lagarde, Jan van Leusden, Rinus Michels, Lex Muller, Joop Niezen, Heinz-Florian Oertel, Wolfgang Overath, Dick van den Polder, Henk Post, Rob Rensenbrink, John Rep, Olivier van Rooijen, Wim Rijsbergen, Piet Schrijvers, Jan Stappenbeld, Han Stork, Otto Stubbe, Wim Teling, Cees Veerman, Matty Verkamman, Tjerk Westerterp, Anton Witkamp, Hans Wolff.

Archieven werden doorgenomen bij *Bild-Zeitung* (Keulen), IWO (Amsterdam-ZO), KNVB (Zeist), Meertens Instituut (Amsterdam), Nationaal Archief (Den Haag), Nederlands Audiovisueel Archief (Hilversum).

Bibliografie

Barend, Frits, en Henk van Dorp: *2 x 45 minuten.* Baarn, 1978.

Beckenbauer, Franz: *Einer wie ich.* Stuttgart, 1975.

Beckenbauer, Franz: *WM74.* Bern, 1974.

Blickensdörfer, Hans: *Der Kaiser. Die Franz Beckenbauer Story.* Heilbronn/München, 1991.

Blickensdörfer, Hans: *Berti Vogts.* Stuttgart, 1977.

Bonte, R.F.: *Oog in oog met... Johan Cruijff.* Leiden, 1967.

Breitner, Paul: *Ich will kein Vorbild sein. Unser Fussball – so wie ich ihn verstehe.* München, 1980.

Colin, François, en Lex Muller: *Geschiedenis van de wereldbeker voetbal.* Antwerpen 1998.

Cruijff, Johan: *Ik houd van voetbal.* Den Haag, 2002.

Cruijff, Johan: *Cupstukken 71/72.* Haarlem, 1972.

Cruijff, Johan en Danny: *Boem! Hun levensverhaal verteld aan Jaap ter Haar.* Bussum, 1975.

Derwall, Jupp: *Fussball ist kein einfaches Spiel.* Berlijn 2002.

Drakesteijn, Fred: *Johan Neeskens.* Sportsterren-serie; Amsterdam, 1972.

Eeden, Ed van: *Totaalvoetbal. Elf interviews met spelers uit het legendarische team van de WK'74.* Amsterdam, 1994.

Emmenes, Ad van: *Neerlands voetbalglorie. Alle interlands van 1905 tot heden.* Amsterdam, 1980.

Furrer, Günther: *Deutschland 74. Die X. Fussball-Weltmeisterschaft* (dl I en II). Zürich, 1972.

Gerhardt, Wilfried (red.): *World cup 74* (dl I en II). *The official documentation of the organizing committee for the 1974 world cup football tournament.* Dortmund, 1974.

Glanville, Brian: *The story of the world cup.* Londen, 1993.

Hanegem, Willem van: *Voetballessen in techniek, taktiek en... kromme ballen.* Bussum, 1974.
Hesse-Lichtenberger, Ulrich: *Tor! The story of German football.* Londen, 2002.
Hiddema, Bert: *De generaal.* Amsterdam, 2003.
Hiddema, Bert: *Cruijff! Van Jopie tot Johan.* Amsterdam, 1996.
Hoeness, Uli, en Paul Breitner, Udo Lattek: *Fussball Weltmeisterschaft 1974 Deutschland.* Künzelsau, 1974.
Horn, Leo: *Leo Horn en het WK'74.* Bussum, 1974.
Huberty, Ernst, en Willy B. Wange: *Weltmeisterschaft 1974.* Keulen, 1974.
Jansen van Galen, John: *Het Ik-tijdperk.* Amsterdam, 1980.
Kuiphof, Herman: *Mijn kijk op sport.* Baarn, 1988.
Kürten, Dieter (samenst.): *Fussballmeisterschaft 1974.* Stuttgart, 1974.
Linden, Frénk van der: *De elleboogstoot. En andere bekentenissen uit de voetbalwereld.* Amsterdam, 1994.
Menzel, Roderich: *Elf berühmte Fussballer.* Düsseldorf, 1975.
Menzel, Roderich: *Die besten elf Torjäger.* Düsseldorf, 1975.
Michels, Rinus: *Teambuilding als route naar succes.* Leeuwarden, 2000.
Molenaar, Hans, en Cees van Nieuwenhuizen: *Wereldkampioenschap München74.* Baarn, 1974.
Molenaar, Hans, en Joop Niezen: *De wondere wereld van het topvoetbal.* Baarn, 1977.
Neeskens, Johan: *Neeskens.* Hilversum, 1990.
Nelissen, Jean: *Sterren van een voetbalnatie.* Baarn, 1974.
Planting, Rik: *Lucky Ajax, de eregalerij.* Amsterdam, 1996.
Rensenbrink, Rob: *Gouden schoen 1976.* Brussel, 1976.
Scheepmaker, Nico: *Voor Oranje trillen al mijn snaren. Markante beschouwingen over het Nederlands elftal.* Utrecht, 1994.
Scherzer, Hartmut: *Jürgen Grabowski.* München, 1980.
Schlegel, Klaus: *X. Fussball-Weltmeisterschaft 1974.* Berlijn, 1974.
Schön, Helmut: *Fussball.* Frankfurt aM, 1978.
Schulze-Marmeling, Dietrich e.a.: *Fussball für Millionen. Die Geschichte der deutschen Nationalmannschaft.* Göttingen, 1999.
Smagt, Wil van der, e.a.: *Willem van Hanegem.* Amsterdam, 1978.
Taylor, Jack (with David Jones): *World soccer referee.* Devon, 1976.

Taylor, Jack: *Soccer refereeing. A personal view.* Londen 1978.
Vaessen, Theo: *Arie Haan, genoeg gelachen. Een boekje open over voetbal.* Weert, 1984.
Verkamman, Matty (samenst.): *Het Nederlands elftal. De historie van Oranje 1905-1989.* Amsterdam, 1989.
Verkamman e.a.: *De Internationals. De historie van Oranje.* Amsterdam, 1999.
Vos, Maarten de (red.): *De slag om het voetbalgoud.* Haarlem, 1974.
Vos, Maarten de: *De Ajacieden.* Baarn, 1971.
Weisweiler, Hennes: *Fussball Weltmeisterschaft 1974.* München, 1974.
Winner, David: *Brilliant orange. The neurotic genius of Dutch football.* Londen, 2000.
Zoest, Rob van (samenst.): *Ajax 1900-2000.* Bussum, 2000.

OVER DE AUTEUR

Auke Kok (1956) is journalist, non-fictieschrijver en columnist in *NRC Handelsblad*. Andere boeken van zijn hand zijn *De verrader – Leven en dood van Anton van der Waals* (1995; heruitgave 2005); *Balverliefd* (2000) en *Onze Jongens – De nieuwe helden van Oranje* (2006). Voor *1974 – Wij waren de besten* ontving hij de Nico Scheepmaker Prijs voor het Beste Sportboek van 2004.

1974. Wij waren de besten werd in het voorjaar van 2004, in opdracht van Uitgeverij Thomas Rap te Amsterdam, gedrukt bij Hooiberg, Epe. Het omslag werd ontworpen door Nienke Katgerman, de typografie van het binnenwerk werd verzorgd door CeevanWee, Amsterdam.
Foto omslag: Cor Mooij
Auteursportret: Hanny van Herk

Eerste druk april 2004
Tweede druk april 2004
Derde druk mei 2004
Vierde druk juni 2005
Vijfde druk september 2005
Zesde druk maart 2006
Zevende druk april 2006
ISBN 90 6005 615 9
NUR 301